W0265176

Vom gleichen Autor erschienen außerdem
als Heyne-Taschenbücher

Die Kanonen von Navarone · Band 411
Nacht ohne Ende · Band 433
Die Überlebenden der Kerry Dancer · Band 504
Jenseits der Grenze · Band 576
Angst ist der Schlüssel · Band 642
Eisstation Zebra · Band 685
Die schwarze Hornisse · Band 944
Agenten sterben einsam · Band 956
Der Satanskäfer · Band 5034
Geheimkommando Zenica · Band 5120
Souvenirs · Band 5148
Tödliche Fiesta · Band 5192
Dem Sieger eine Handvoll Erde · Band 5245
Nevada Pass · Band 5330
Golden Gate · Band 5454
Der Traum vom Südland · Band 7013

ALISTAIR MacLEAN

DIE INSEL

Roman

WILHELM HEYNE VERLAG
MÜNCHEN

HEYNE-BUCH Nr. 5280
im Wilhelm Heyne Verlag, München

Titel der englischen Originalausgabe
BEAR ISLAND
Deutsche Übersetzung von Werner von Grünau

4. Auflage

Genehmigte, ungekürzte Taschenbuchausgabe
Copyright © 1971 by Alistair MacLean
Copyright © 1974 by Lichtenberg Verlag GmbH, München
Printed in Germany 1978
Umschlagfoto: Bildagentur Mauritius, Mittenwald
Umschlaggestaltung: Atelier Heinrichs, München
Gesamtherstellung: Ebner, Ulm

ISBN 3-453-00647-X

Für Ian und Marjory

I

Selbst einem schlechten Beobachter mußte der Name der *Morning Rose* in dieser Phase ihrer langen, sehr bewegten Laufbahn als ein Fehlgriff erscheinen; wenn man je von einem Schiff hätte sagen können, es nähere sich dem Ende seiner Tage, so war es hier der Fall. Offiziell als arktischer Dampf-Trawler bezeichnet, war die *Morning Rose* mit ihren 560 Bruttoregistertonnen 173 Fuß lang, 30 von Spant zu Spant; ohne Ladung, jedoch mit Brennstoff und Wasser voll betankt, hatte sie einen Tiefgang von 14,3 Fuß, und sie war tatsächlich bereits im Jahr 1926 auf der Jarrow-Werft vom Stapel gelaufen.

Die *Morning Rose* hatte also schon längst ihren Höhepunkt überschritten; sie war langsam, unsicher und drohte jeden Augenblick an den ächzenden Nähten auseinanderzubrechen. Das gleiche galt für Kapitän Imrie und Mr. Stokes. Die *Morning Rose* verbrauchte im Verhältnis zu ihrer Leistung eine Menge Brennstoff. Auch hier eine Ähnlichkeit mit Kapitän Imrie und Mr. Stokes: Gersten-Whisky für Kapitän Imrie, Jamaika-Rum für Mr. Stokes. Und genau damit waren sie nun beschäftigt; beide heizten mit ihren jeweiligen Brennstoffen nach, und das mit der unerschütterlichen Hingabe von Männern, die nicht durch reinen Zufall siebzig Jahre alt geworden waren.

Soweit ich es feststellen konnte, heizte keiner aus der kleinen Schar von Essern an den beiden langen Tischen längsschiffs mit irgend etwas Ähnlichem nach. Dafür gab es natürlich einen guten Grund, den gleichen Grund, der auch das spärliche Erscheinen beim Essen an diesem Abend erklärte. Dies lag nicht am Essen, das zwar in der Küche des Hotels Savoy keine schlaflosen Nächte auslösen würde, aber doch ganz ordentlich war; auch lag es nicht an irgendwelchen ästhetischen Einwänden, denn die Ausstattung des Speiseraums war eine Pracht: eine Symphonie in Teakmöbeln, weinfarbenen Teppichen und Vorhängen. Nicht ganz das, was man auf einem gewöhnlichen Trawler erwartete, aber kaum ein gewöhnlicher Trawler hat, wenn seine Fischereitage vorbei sind, wie man es von der *Morning Rose* 1956 annehmen mußte, das Glück, mit neuen Maschinen ausgestattet und ausgerechnet von einem Reedereimillionär, dessen

Begeisterung für die See ebenso groß war wie seine völlige Unkenntnis in allen nautischen Dingen, zu einer Luxusjacht umgebaut zu werden.

Das Ärgernis an diesem Abend lag außerhalb des Schiffes. Dreihundert Meilen nördlich des Polarkreises können die Wetterbedingungen wunderbar friedlich sein: spiegelglatte, milchig weiße See, die sich unter einem Baldachin von ausgeblichenem Blau oder Sternen, die weniger Sterne sind als kleine Splitter gefrorenen Feuers, unter einem unendlich schwarzen Himmel von Horizont zu Horizont ausbreitet. Aber solche Tage sind selten, und gewöhnlich trifft man sie nur in jener kurzen Periode an, die in diesen hohen Breiten als Sommer gilt. Aber dieser kurze Sommer war längst entschwunden. Wir steckten jetzt schon tief im Oktober, die Zeit der berüchtigten Stürme der Tagundnachtgleiche. Eine wirklich klassische äquinoktiale Schönheit fegte gerade über uns hinweg. Moxen und Scott, die beiden Stewards, hatten klugerweise die Vorhänge des Speiseraums vorgezogen, so daß wir nicht sehen konnten, wie klassisch sie war.

Wir brauchten sie auch nicht zu sehen. Wir konnten sie hören und spüren. Das wilde Trauerlied des Sturms in der Takelung klang uns in den Ohren, ein hoher, heulender, eintöniger Laut, ebenso einsam, verloren und unheimlich wie die Klage einer Hexe. In monoton regelmäßigen Abständen vernahmen wir den dumpf klatschenden Knall, wenn der breite Bug des Trawlers in die Täler der steilen Wellen krachte, während er unter der Geißel des scharfen Windes, der in der Unendlichkeit der grönländischen Eiskappe, ganze siebenhundert Meilen entfernt, geboren wurde, unbeirrbar ostwärts weiterstampfte. Wir hörten auch die ständig sich verändernde Schwankung im tiefen Ton der Maschine, wenn die Schraube nach oben schoß, fast über den Wasserspiegel hinaus, um dann wieder tief ins Meer einzutauchen.

Und wir bekamen den Sturm zu spüren, der die meisten Anwesenden offensichtlich sehr quälte. Einen Augenblick lang, je nachdem, auf welcher Seite der längsschiff verlaufenden Tische wir saßen, neigten wir uns scharf nach links oder rechts, wenn der Bug eine Welle hinaufrollte und das Schiff schlingerte. Im nächsten Augenblick lehnten wir uns ebenso scharf in die andere Richtung, wenn das Heck hoch auf dem Kamm der gleichen Welle dahinjagte. Um das ständig sich verstärkende Gefühl von Elend und Unbehagen noch zu steigern, begannen die dicht aufeinander folgenden Wellen jenseits der Damastvorhänge langsam, aber unheildrohend zu einer unruhigen Kabbelsee auseinanderzubrechen. Dies verstärkte gewaltig die für einen Fischdampfer typische Neigung der *Morning Rose*, unaufhörlich auch unter Bedingungen zu schlingern, die knapp über die eines Mühlenteichs hinausgingen. Die beiden verschiedenen Bewegungen, in Längs- und Querrichtung, vereinten sich nun, um einen äußerst unangenehmen Korkenziehereffekt hervorzubringen.

Da ich den größten Teil der vergangenen acht Jahre auf See zugebracht hatte, verspürte ich selber keine quälenden Symptome, aber ich brauchte kein Arzt zu sein, um die Symptome der Seekrankheit zu erkennen. Das matte Lächeln, der geflissentlich von jedem Essen abgewendete Blick und der Ausdruck weltentrückter Kommunikation mit dem inneren Selbst — alle Vorzeichen waren reichlich vorhanden.

Die Seekrankheit hört ganz und gar auf, komisch zu sein, wenn man selber unter ihr leidet. Ich hatte genügend Pillen verteilt, aber gegen einen arktischen Sturm sind diese Pillen ungefähr ebenso wirksam wie Aspirin gegen Cholera.

Ich sah mich um und fragte mich, wer wohl als erster gehen würde. Antonio, dachte ich, dieser hochgewachsene, gertenschlanke, feine, recht gezierte, aber dennoch sympathische Römer mit einem Wust von lächerlich blondem, lockigem Haar. Es ist eine Tatsache, daß die Haut eines Menschen im Zustand tiefster Übelkeit, dem unvermeidlichen Vorspiel für heftigen Brechreiz, eine Färbung annimmt, die man nur als grünlich bezeichnen kann: in Antonios Fall war es eher eine Tönung von apfelgrünem Kräuterlikör, eine seltsame Verfärbung seiner von Natur aus bläßlichen Haut, wie ich sie niemals zuvor gesehen hatte. Jedenfalls war es keine Frage, daß es sich um das echte Symptom der Krankheit handelte: noch ein wildes Rollen, und Antonio würde in wilder Flucht aus dem Speiseraum stürzen, ohne Abschied oder Entschuldigung.

So unwiderstehlich ist die Macht der Suggestion, daß innerhalb weniger Sekunden und schon beim nächsten Überrollen drei weitere Passagiere, zwei Männer und ein Mädchen, hastig aufstanden und hinauseilten. Und so groß ist die Macht geballter Suggestion, daß innerhalb weiterer zwei Minuten, abgesehen von Kapitän Imrie, Mr. Stokes und mir selbst, nur noch zwei andere übrigblieben: Mr. Gerran und Mr. Heissman.

Kapitän Imrie und Mr. Stokes, die am oberen Ende ihrer jetzt so gut wie verlassenen Tische saßen, beobachteten das eilige Entschwinden der letzten Leidenden, sahen einander leicht verwundert an, schüttelten die Köpfe und machten sich wieder an die Arbeit, ihre Brennstoffreserven aufzufüllen. Kapitän Imrie, eine mächtige, herrlich patriarchalische Gestalt mit durchdringenden blauen Augen, die zum Sehen nicht viel taugten, ließ sein dichtes, weißes, glatt nach hinten gebürstetes Haar bis auf seine Schultern herabfallen; seine Abendkrawatte, die er zum Essen bevorzugte, verdeckte ein noch imposanterer wallender Bart, um den ihn so mancher biblische Prophet beneidet hätte. Wie stets trug er eine zweireihige Jacke mit Goldknöpfen und mit dem breiten weißen Streifen eines Kommodore der Royal Navy, den er eigentlich nicht tragen durfte; vier Reihen von Ordensbändern, die er hingegen tragen durfte, blieben von der Pracht seines Bartes verborgen. Nun hob er noch immer unter Kopfschütteln seine Flasche Whisky aus ihrem Behälter, füllte sein Glas fast bis zum Rand und goß die unbedeutende Menge Wasser hinzu, die erforderlich war, um es ganz voll zu machen. Genau in diesem Augenblick hob sich die *Morning Rose* auf einem Wogenkamm ungewöhnlich hoch, verweilte eine, wie es schien, unzumutbar lange Zeit und stürzte dann zugleich vorwärts und zur Seite hinab, um mit einem dröhnenden, bebenden Krachen in das Tal der nächsten Welle zu tauchen. Kapitän Imrie verschüttete nicht einen Tropfen: so wie er dasaß, hätte er ebensogut in der Schankstube des Mainbrace in Hull sitzen können, wo ich ihm zuerst begegnet war. Er kippte auf einen Zug das halbe Glas hinunter und griff nach seiner Pfeife. Kapitän Imrie beherrschte schon lange die Kunst, auf See mit Haltung zu speisen.

Mr. Gerran ganz offensichtlich nicht. Er starrte auf seine Lammkoteletts mit Rosenkohl und Kartoffeln, die nicht dort waren, wo sie hätten sein sollen — sie lagen auf seiner Serviette, die er über seinen Schoß gebreitet hatte. Verdrossen furchte er die Stirn. Dies war eine Krise kleineren Formats, und von Otto Gerran konnte man kaum sagen, daß er in seiner kraftlosen Art auf der Höhe war, wenn er sich irgendeiner Krise gegenübersah. Aber für den jungen Moxen, den Steward, war das alles Routine: mit seiner eigenen Serviette und einem kleinen Plastikeimer, den er offenbar von irgendwo herangezaubert hatte, machte er sich daran, die laufenden Reparaturen durchzuführen, während Gerran mit einem Ausdruck der Verblüffung und des Widerwillens hinabblickte.

Im Sitzen sah Otto Gerran, abgesehen von seinem seltsam schmalen, spitzen Schädel, der sich zu vollen, fleischigen Wangen verbreiterte, so aus, als sei er in einer der Standardformen gegossen worden, die die große Mehrheit menschlicher Gestalten hervorbringen: erst wenn er aufstand — eine Leistung, die er nur mit großer Mühe und so selten wie möglich vollbrachte —, wurde einem klar, was für ein widernatürliches Mißverständnis er darstellte. Mit seinen dicksohligen Schuhen erreichte er ganze fünf Fuß zwei Zoll und wog dabei zweihundertundfünfundvierzig Pfund; abgesehen von seiner äußerst schlecht sitzenden Kleidung kam er der Vorstellung der vollkommensten menschlichen Kugelgestalt, auf die jemals meine Blicke gefallen waren, am nächsten. Er hatte keinen Hals, lange, schlanke, empfindsame Hände und die kleinsten Füße, die ich jemals bei einem Menschen seiner Größe gesehen hatte. Nachdem die Bergungsarbeiten beendet waren, blickte Gerran Imrie an. Sein Gesicht war braunrot angelaufen, wobei die Purpurfärbung stärker hervortrat als das Braune. Dies bedeutete nicht, daß er zornig war, denn Gerran zeigte niemals seinen Zorn. Aber seine Koronarthrombose war mindestens fünfzehn Jahre überfällig.

»Das ist doch wirklich lächerlich, Kapitän Imrie.« Für einen Mann von so gewaltigem Umfang hatte Gerran eine überraschend hohe Stimme: überraschend für jemanden, der kein Arzt war. »Müssen wir denn in diesen entsetzlichen Sturm hineinsteuern?«

»Sturm?« Kapitän Imrie senkte sein Glas und sah Gerran ungläubig an. »Sagten Sie etwa ›Sturm‹? So ein leichter Wind?« Er blickte zu dem Tisch hinüber, an dem ich mit Mr. Stokes saß. »Windstärke sieben, würden Sie wohl sagen, Mr. Stokes? Vielleicht ein bißchen auf acht gehend?«

Mr. Stokes schenkte sich noch etwas Rum ein, lehnte sich zurück und überlegte. Im Gegensatz zu Kapitän Imrie, der mit einem Wust von Haaren gesegnet war, fiel er durch völlige Kahlheit im Gesicht und auf dem Kopf auf. Mit seinem glänzenden Schädel, seinem eingeschrumpften braunen Gesicht, das von tausend Falten durchfurcht war, und einem langen, dünnen, mageren Hals wirkte er ebenso alt und zeitlos wie eine Galapagos-Schildkröte. Er bewegte sich auch mit der gleichen Geschwindigkeit. Er und Kapitän Imrie waren miteinander zur See gefahren — auf Minenräumbooten in einer so unglaublich fernen Vergangenheit wie der des Ersten Weltkriegs —, und sie waren zusammengeblieben, bis sie sich vor zehn Jahren offiziell zur Ruhe gesetzt hatten. Niemand, so geht die Sage, hatte sie jemals einander anders anreden hören als mit Kapitän Imrie und Mr. Stokes. Manche behaupteten, daß sie sich privat der Ausdrücke Skipper und Chef (Mr. Stokes war der Leitende Ingenieur) bedienten, aber dies wurde als ein unbegründetes Gerücht abgetan, durch das keinem der beiden Männer Gerechtigkeit widerfuhr. Es verstrichen einige Augenblicke, bis Mr. Stokes zu einer wohlüberlegten Ansicht gelangt war. »Sieben«, sagte er.

»Sieben.« Kapitän Imrie nahm dieses Urteil ohne jedes Zögern hin, als habe ein Orakel gesprochen, und schenkte sich erneut ein. Ich dankte allen möglicherweise existierenden Göttern für die unendlich beruhigende Anwesenheit von Smithy, dem Ersten Offizier, auf der Brücke. »Sehen Sie, Mr. Gerran? Nichts.« Da sich Gerran in diesem Augenblick krampfhaft an den Tisch klammerte, der eine Neigung von dreißig Grad aufwies, gab er keine Antwort. »Ein Sturm? Mein Lieber, mein Lieber. Ich muß an dieses erste Mal denken, als Mr. Stokes und ich die *Morning Rose* auf die Fischgründe um die Bäreninsel führten, der allererste Trawler, der jemals in diesen Gewässern fischte und mit vollen Laderäumen zurückkehrte, 1928, glaube ich, war es —«

»1929«, sagte Mr. Stokes.

»1929.« Kapitän Imrie richtete seine strahlenden blauen Augen auf Gerran und Johann Heissman, einen kleinen, mageren, blassen Mann mit ständig ängstlichem Gesichtsausdruck: Heissmans Hände blieben niemals ruhig. »Ja, das war ein Sturm! Wir liefen einmal mit einem Trawler aus Aberdeen aus, ich habe seinen Namen vergessen —«

»*Silver Harvest*«, sagte Mr. Stokes.

»*Silver Harvest*. Maschinenschaden bei Stärke zehn. Zwei Stunden lag er breitseits zur See, zwei Stunden, bevor wir eine Trosse an Bord bekamen. Sein Kapitän — sein Kapitän —«

»MacAndrew. John MacAndrew.«

»Danke, Mr. Stokes. Brach sich sein Genick. Schleppte sein Schiff — und ihn mit seinem gebrochenen Nacken in Schienen — dreißig Stunden lang bei Stärke zehn, vier davon bei Stärke elf. Mann, die Brecher hätten Sie sehen sollen. Ich sage Ihnen, das waren Berge, ganz einfach Berge. Der Bug dreißig Fuß rauf und runter, rauf und runter, so rollten wir von Seite zu Seite, Stunde um Stunde, wobei jeder Mann mit Ausnahme von Mr. Stokes und mir sein Inneres herauskotzte ...« Er unterbrach sich, als Heissman eilig aufsprang und aus dem Speiseraum stürzte. »Fühlt sich Ihr Freund nicht wohl, Mr. Gerran?«

»Könnten wir nicht beidrehen, oder was man in solchen Fällen macht?« flehte Gerran. »Oder Schutz suchen?«

»Schutz? Schutz wovor? Wieso, ich erinnere mich ...«

»Mr. Gerran und seine Begleitung haben ihr Leben nicht zur See verbracht, Kapitän«, sagte ich.

»Richtig, richtig. Beidrehen? Beidrehen würde die Wellen nicht aufhalten. Und der nächste Unterschlupf ist Jan Mayen — und das ist dreihundert Meilen weiter westlich — in das Unwetter hinein.«

»Wir könnten doch vor dem Sturm laufen. Würde das nicht bestimmt helfen?«

»Ach ja, das könnten wir tun. Dann würde das Schiff ruhiger laufen, kein Zweifel. Wenn Sie das wirklich wollen, Mr. Gerran. Sie wissen, was im Vertrag steht — der Kapitän hat alle Befehle zu befolgen, mit Ausnahme derer, die das Schiff gefährden könnten.«

»Schon gut, schon gut. Also dann los.«

»Es ist Ihnen selbstverständlich klar, Mr. Gerran, daß dieses Wetter noch einen Tag oder länger anhalten kann?«

Gerran erlaubte sich ein leichtes Lächeln. »Wir haben keinen Einfluß auf die Launen der Mutter Natur, Kapitän.«

»Und daß wir auf fast neunzig Grad Ost abdrehen müssen?«

»Da verlasse ich mich auf Sie, Kapitän.«

»Ich glaube, Sie verstehen noch immer nicht recht. Es wird uns zwei, vielleicht drei Tage kosten. Und wenn wir nach Osten zusteuern, so ist das Wetter nördlich vom Nordkap für gewöhnlich schlimmer als hier. Vielleicht müssen wir in Hammerfest Unterschlupf suchen. Könnten dabei eine Woche verlieren, vielleicht sogar mehr. Ich weiß nicht, wieviel hundert Pfund täglich es Sie kostet, dieses Schiff und seine Mannschaft zu chartern und Ihre eigene Kameramannschaft und all diese Schauspieler und Schauspielerinnen zu bezahlen — wie man sagt, sollen manche dieser Leute, die man Stars nennt, ein ganzes Vermögen im Handumdrehen verdienen ...« Kapitän Imrie brach ab und stieß seinen Stuhl zurück. »Aber was rede ich? Für einen Mann wie Sie hat Geld nichts zu bedeuten. Entschuldigen Sie mich, ich muß auf die Brücke.«

»Warten Sie.« Gerran sah betroffen aus. In der ganzen Filmbranche war seine sprichwörtliche Knauserigkeit bekannt, und Kapitän Imrie hatte ihn nicht ohne Absicht an seinem empfindlichsten Nerv getroffen. »Eine Woche! Eine ganze Woche verlieren?«

»Wenn wir Glück haben.« Kapitän Imrie zog seinen Stuhl wieder an den Tisch heran und griff nach seinem Whisky.

»Aber ich habe doch schon drei Tage verloren. Die Orkneyriffe, das Meer, die *Morning Rose* — bisher nicht einen Fuß Hintergrund.« Gerrans Hände waren nicht zu sehen, aber mich hätte es nicht überrascht, wenn er sie gerungen hätte.

»Und Ihr Regisseur und Ihre Kameramannschaft während der letzten vier Tage nur noch auf dem Rücken«, fuhr Kapitän Imrie mitleidig fort. Es war unmöglich festzustellen, ob sich hinter dem schützenden Gewirr von Bart und Schnurrbart ein Lächeln verbarg. »Die Launen der Natur, Mr. Gerran.«

»Drei Tage«, wiederholte Gerran. »Vielleicht noch eine Woche. Ein Budget für dreiunddreißig Tage Außenaufnahmen, von Kirkwall nach Kirkwall.« Otto Gerran sah krank aus: ganz offensichtlich stellten der Zustand seines Magens und seine Filmfinanzen große Anforderungen an ihn. »Wie weit ist es noch bis zur Bäreninsel, Kapitän Imrie?«

»Dreihundert Meilen, wenn alles glattgeht. Achtundzwanzig Stunden, wenn wir unsere Höchstgeschwindigkeit beibehalten können.«

»Und *können* Sie sie beibehalten?«

»Ich habe dabei nicht an die *Morning Rose* gedacht. Die steht alles durch. Es handelt sich um Ihre Leute, Mr. Gerran. Nichts gegen sie, natürlich nicht, aber ich denke, sie würden sich auf einem dieser Tretboote wohler fühlen.«

»Ja, natürlich, natürlich.« Es war ihm anzusehen, daß auch ihm diese Seite der Angelegenheit gerade aufgegangen war. »Dr. Marlowe, Sie müssen doch während Ihrer Zeit bei der Marine eine Menge Seekranker behandelt haben.« Er hielt inne, aber da ich ihm nicht widersprach, fuhr er fort: »Wie lange brauchen Menschen, um sich von einer solchen Krankheit zu erholen?«

»Kommt darauf an, wie krank sie sind.« Ich hatte über diese Angelegenheit niemals nachgedacht, aber die Antwort erschien mir logisch.

»Wie lange sie krank gewesen sind und wie schlimm. Neunzig stürmische Minuten bei einer Überquerung des Kanals, und in zehn Minuten ist man wieder frisch wie ein Frühlingsmorgen. Vier Tage in einem Sturm auf dem Atlantik, und man braucht ebenso lange, um wieder ins Lot zu kommen.«

»Aber Menschen *sterben* doch nicht an Seekrankheit, oder?«

»Ich habe niemals von einem solchen Fall gehört.« Trotz all seiner gewohnten Unentschlossenheit und törichten Überheblichkeit, die andere dazu brachten, über ihn zu lachen — natürlich versteckt und hinter seinem Rücken —, war Gerran, und das wurde mir zum erstenmal bewußt, einer Entschlossenheit fähig, die an Rücksichtslosigkeit grenzte. Es hatte wohl, wie ich annahm, etwas mit Geld zu tun. »Das heißt, nicht unmittelbar dadurch. Aber bei einem Menschen, der bereits an Herzschwäche leidet, an schwerem Asthma, Bronchitis oder Magengeschwüren — na ja, das könnte ihn erledigen.«

Er schwieg einige Augenblicke. Wahrscheinlich überprüfte er in Gedanken den körperlichen Zustand seiner Schauspieler und Kameraleute und sagte dann: »Ich muß zugeben, daß ich mir um unsere

Leute ein wenig Sorgen mache. Hätten Sie etwas dagegen, Sie sich einmal anzusehen, nichts weiter als eine kurze Untersuchung? Die Gesundheit ist verflucht mehr wert als jeder Profit — ha! Profit in dieser Zeit! —, den wir aus diesem elenden Film herausschlagen könnten. Als Arzt werden Sie mir gewiß von ganzem Herzen zustimmen.«

»Natürlich«, sagte ich. »Sofort.« Gerran mußte etwas haben, was ihm jenen gewissen Ruf eingebracht hatte, der ihn während der letzten zwanzig Jahre begleitete. Man mußte diese massive Heuchelei bewundern, die offensichtlich ein Teil davon war. Nun hatte er mich festgenagelt. Ich hatte erklärt, Seekrankheit allein sei nicht tödlich. Wenn ich jetzt kategorisch feststellte, daß ein Mitglied oder Mitglieder seiner Truppe nicht fähig wären, weitere Leiden durch das Meer zu ertragen, würde er darauf bestehen, den Beweis einer Krankheit vorzulegen, die in Verbindung mit Seekrankheit möglicherweise tödlich wirken könnte. Also ein Beweis, den zu führen mir in Anbetracht der begrenzten Untersuchungsmöglichkeiten an Bord des Schiffes erstens schwerfallen würde und der zweitens überhaupt unmöglich gewesen wäre, denn jeder einzelne Angehörige dieser Gruppe war vor Verlassen britischen Bodens einer strengen ärztlichen Untersuchung durch die Versicherung unterworfen worden. Wenn ich jetzt allen völlige Gesundheit bescheinigte, würde Gerran sofort Kurs auf die Bäreninsel nehmen, ohne Rücksicht auf die Leiden »unserer Leute«, um die er sich angeblich solche Sorgen machte, wobei er eine erhebliche Einsparung an Zeit und Geld herausholen würde. Und für den unwahrscheinlichen Fall, daß einer von ihnen rücksichtsloserweise unter unseren Händen starb, so hatte er mir als dem Mann, der grünes Licht gegeben hatte, den Schwarzen Peter zugeschoben.

Ich leerte mein Glas mit minderwertigem Kognak, den Gerran in geringen Mengen angeschafft hatte, und stand auf. »Sie bleiben noch hier?«

»Ja. Danke für Ihre Hilfsbereitschaft, Doktor, danke.«

»Bei uns wird niemals geschlossen«, antwortete ich.

Ich fing an, Smithy zu mögen, obwohl ich ihn kaum kannte oder irgend etwas über ihn wußte. Und ich sollte ihn niemals richtig kennenlernen. Daß ich ihn jemals in meiner beruflichen Tätigkeit kennenlernen sollte, war undenkbar: sechs Fuß zwei Zoll in Pantoffeln und gewiß nicht weit von zweihundert Pfund entfernt, war

Smithy von allen, die jemals meines Weges gekommen waren, als Kandidat für eine Operation am unvorstellbarsten.

»Dort im Schrank für Erste Hilfe.« Smithy deutete auf einen Schrank in einer Ecke des spärlich erleuchteten Ruderhauses. »Kapitän Imries höchst persönliches Elixier. Nur für Notfälle.«

Ich holte eine von einem halben Dutzend Flaschen heraus, die durch filzbelegte Federklemmen festgehalten wurden, und betrachtete sie unter der Lampe des Kartentisches. Meine Achtung vor Smithy stieg beträchtlich. Ein wenig nördlich vom siebzigsten Breitengrad und an Bord eines überalterten Trawlers, mochte er noch so umgebaut sein, erwartet man nicht, einen Otard-Dupuy VSOP zu finden.

»Was stellt einen Notfall dar?« fragte ich.

»Durst.«

Ich goß etwas Otard-Dupuy in ein kleines Glas und reichte es Smithy, der jedoch den Kopf schüttelte und mich beobachtete, als ich den Kognak probierte und dann das Glas mit entsprechender Hochachtung senkte.

»Dies auf Durst zu vergeuden«, sagte ich, »ist ein Verbrechen gegen die Natur. Kapitän Imrie wird nicht allzu glücklich sein, wenn er hier heraufkommt und sieht, wie ich mir seine Spezialreserve hinter die Binde kippe.«

»Kapitän Imrie ist ein Mann, der nach festen Grundsätzen lebt. Der festeste darunter ist der, daß er niemals zwischen acht Uhr abends und acht Uhr morgens auf der Brücke erscheint. Oakley — er ist der Bootsmann — und ich wechseln einander in der Nacht ab. Glauben Sie mir, das ist für alle Betroffenen das Sicherste. Aber was führt Sie auf die Brücke, Doktor — abgesehen von diesem sicheren Instinkt für die Ortung von VSOP?«

»Die Pflicht. Ich untersuche das Wetter, bevor ich den Gesundheitszustand von Mr. Gerrans bezahlten Sklaven untersuche. Er befürchtet, sie könnten ihm wie Fliegen wegsterben, wenn wir unter solchen Bedingungen länger auf diesem Kurs bleiben.« Die Bedingungen schienen sich, wie ich festgestellt hatte, zu verschlechtern, denn das Schlingern der *Morning Rose* war nun deutlich stärker geworden als vorher: vielleicht lag das nur an der Höhe der Brücke, aber das glaubte ich nicht.

»Mr. Gerran hätte Sie zu Hause lassen und lieber seinen Handleser oder Wahrsager mitbringen sollen.« Smithy, ein sehr zurückhaltender Mann, gebildet und offensichtlich intelligent, wirkte stets ein wenig belustigt. »Was das Wetter betrifft, so war die Voraussage um achtzehn Uhr so, wie sie für gewöhnlich für dieses Gebiet ausfällt, vage und nicht sehr ermutigend. Es gibt«, fügte er überflüssigerweise noch hinzu, »nicht sehr viele Wetterstationen in dieser Gegend.«

»Was glauben Sie?«

»Es wird nicht besser werden.« Damit war das Wetter für ihn erledigt, und er lächelte. »Ich bin nicht sehr unterhaltsam, aber wer ist das schon, wenn er einen Otard-Dupuy hat? Befreien Sie Ihre Beine eine Stunde von Ihrem Gewicht und dann erzählen Sie Mr. Gerran, daß alle seine bezahlten Sklaven, wie Sie sie nennen, auf dem Achterdeck einen Rundtanz aufführen.«

»Ich habe den Verdacht, daß Mr. Gerran den Hang hat, sehr argwöhnisch allem auf den Grund zu gehen. Aber, wenn ich darf? ...«

»Sie sind eingeladen.«

Ich schenkte mir noch einmal ein und stellte die Flasche dann in den Schrank zurück. Smithy war, wie angekündigt, nicht sehr gesprächig, aber das Schweigen hatte etwas recht Verbindendes. Nach einer Weile sagte er: »Sind doch von der Marine, Doc?«

»Vergangenheit.«

»Und jetzt dies?«

»Beschämend, finden Sie nicht?«

»Touché.« Verschwommen sah ich das Weiß seiner Zähne, als er im Halbdunkel lächelte. »Ärztlicher Pfuscher, der dem Pack Penicillin reinhaut oder bei einer Operation ganz einfach betrunken war?«

»Nichts so Großartiges. ›Ungehorsam‹ war das Wort, das man gebrauchte.«

»Peng. Bei mir auch.« Eine Pause. »Ihr Mr. Gerran. Ist der in Ordnung?«

»Das sagen die Versicherungsärzte.«

»Das habe ich nicht gemeint.«

»Sie können nicht von mir erwarten, daß ich etwas Schlechtes über meinen Arbeitgeber sage.« Wieder dieses nur verschwommene Aufschimmern der weißen Zähne.

»Na ja, das wäre auch eine Art, meine Frage zu beantworten. Aber, hören Sie, dieser Kerl muß doch verrückt sein — oder ist das bereits ein beleidigender Ausdruck?«

»Nur für Psychiater. Mit ihnen rede ich nicht. Ich habe nichts gegen Verrückte. Aber ich möchte Sie daran erinnern, daß Mr. Gerran auf eine sehr berühmte Vergangenheit zurückblicken kann.«

»Als Verrückter?«

»Das auch. Aber auch als Filmemacher, als Produzent.«

»Welcher Produzent hetzt schon bei Anbruch des Winters eine ganze Gruppe von Filmleuten auf die Bäreninsel?«

»Mr. Gerran braucht Realismus.«

»Was Mr. Gerran braucht, ist eine Gehirnuntersuchung. Hat er auch nur die geringste Ahnung, wie es dort oben um diese Jahreszeit aussieht?«

»Er ist auch ein Mann mit einem Traum.«

»Für Träumer ist kein Platz in der Barentssee. Wie haben es die Amerikaner nur jemals geschafft, einen Mann auf den Mond zu bringen ...«

»Unser Freund Otto ist kein Amerikaner. Er ist Mitteleuropäer. Wenn Sie Leute suchen, die Träume herstellen oder mit ihnen hausieren gehen, so ist das der Ort, um sie zu finden: am Oberlauf der Donau.«

»Und auch die schlimmsten Gauner und Betrüger Europas?«

»Sie können nicht alles verlangen.«

»Er ist weit weg von der Donau.«

»Gerran mußte in aller Eile fliehen, als sehr viele Menschen in aller Eile fliehen mußten, ein Jahr vor dem Krieg. Landete in Amerika — wo sonst? — dann in Hollywood — wieder, wo sonst? Sagen Sie über Gerran, was Sie wollen — und ich fürchte, es gibt eine Menge Menschen, die gerade das tun —, aber Sie müssen seine Energie, mit der er wieder angefangen hat, bewundern. In Wien hatte er ein blühendes Filmunternehmen zurückgelassen und kam in Kalifornien mit dem an, was er auf dem Leib hatte.«

»Das ist nicht so wenig.«

»Damals war es das. Ich habe Bilder gesehen. Kein Windhund, aber noch immer ungefähr hundert Pfund weniger als heute. Jedenfalls hatte es Gerran innerhalb von ein paar Jahren in der amerikanischen Filmindustrie mächtig weit gebracht — hauptsächlich, wie man mir sagte, indem er im psychologisch richtigen Augenblick vom Anti-Nazismus auf Anti-Kommunismus umschaltete — er hat eine Handvoll widerlich super-patriotischer Filme herausgebracht, die die Kritik zur Verzweiflung trieben und das Publikum in Begeisterung versetzten. Mitte der fünfziger Jahre spürte Gerran, daß die Filmsonne über Hollywood unterging — man kann es nicht sehen, aber er trägt ein eingebautes Radarsystem mit sich herum. Seine Liebe zu dem von ihm erwählten Land verdunstete zugleich mit seinem Bankkonto, und er setzte sich nach London ab, wo er eine Reihe von Avantgarde-Filmen drehte, die die Kritiker in Begeisterung versetzten und das Publikum zur Verzweiflung trieben — und Gerran in die roten Zahlen.«

»Sie scheinen Ihren Otto gut zu kennen«, meinte Smithy.

»Jeder, der die ersten fünf Seiten des Exposés für seinen letzten Film gelesen hat, würde seinen Otto kennen. Ich gebe Ihnen mal eine Kopie. Der Film wird überhaupt nicht erwähnt, nur Otto. Läßt selbstverständlich solche Worte wie ›widerlich‹ und ›Verzweiflung‹ aus, und Sie müssen auch ein bißchen zwischen den Zeilen lesen. Aber es ist alles drin.«

»Ich hätte gern ein Exemplar.« Smithy dachte etwas nach und sagte dann: »Wenn er in den roten Zahlen steckt, woher kommt dann das Geld? Ich meine, um diesen Film zu drehen.«

»Sie mit Ihrem abgesicherten Leben! Ein Produzent schwimmt immer dann am meisten im Geld, wenn die Gerichtsvollzieher bereits ihr Lager vor den Toren des Studios aufgeschlagen haben — natürlich eines gemieteten Studios. Wer gibt die Party des Jahres im Savoy, wenn die Banken ihm den Kredit sperren und die Versicherungsgesellschaften ihre Ultimaten stellen? Unser Freund, der großartige Produzent. Das ist eine Art Naturgesetz. Sie sollten sich lieber an Schiffe halten, Mr. Smith«, fügte ich freundlich hinzu.

»Smithy«, sagte er nachdenklich. »Wer finanziert Ihren Freund?«

»Meinen Arbeitgeber. Ich habe keine Ahnung. In Geldsachen ist Otto sehr verschwiegen.«

»Aber jemand muß ihn doch finanzieren.«

»Natürlich.« Ich stellte mein Glas ab und stand auf. »Vielen Dank für die Gastfreundschaft.«

»Selbst nachdem er eine Reihe von Nieten produziert hat? Scheint mir verrückt. Zumindest faul.«

»In der Filmwelt, Smithy, wimmelt es von verrückten und faulen Kunden.« Tatsächlich wußte ich nicht, ob es so war oder nicht, aber wenn diese Schiffsladung in irgendeiner Weise für die Filmindustrie repräsentativ war, schien mir dies eine zutreffende Vermutung zu sein.

»Oder vielleicht hat er ganz einfach diese Story in die Hand bekommen, um allen Geschichten ein Ende zu setzen.«

»Das Drehbuch. Da mögen Sie jetzt ins Schwarze getroffen haben — aber diese Frage müßten Sie mit Mr. Gerran persönlich erörtern. Abgesehen von Heissman, der es schrieb, ist Gerran der einzige, der es gesehen hat.«

Die Höhe der Brücke war kein entscheidender Faktor gewesen. Als ich leeseits auf die Steuerbordleiter trat, blieb mir kein Zweifel, daß sich das Wetter noch verschlechtert hatte. Sogar auf dieser Seite war die Kraft des bitterkalten Windes so stark, daß ich mich mit beiden Händen am Geländer festhalten mußte. Die *Morning Rose* rollte nun unberechenbar und heftig hin und her.

Selbst in der schwärzesten Nacht, und das war unbestritten eine der schwärzesten, wird es auf See niemals völlig finster. Es mag zwar unmöglich sein, die Horizontlinie, wo See und Himmel aufeinanderstoßen, genau auszumachen, aber gewöhnlich kann man um einige vertikale Grade unterhalb oder oberhalb der Horizontlinie blicken und mit Gewißheit erklären, dies dort ist Himmel und dies ist Meer; denn das Meer ist stets dunkler als der Himmel. In dieser Nacht jedoch war es ausgeschlossen, so etwas zu sagen, nicht weil die großen, ungleichmäßig vom Osten sich heranwälzenden Wogen einen schwankenden, verschwommenen Horizont bildeten, sondern weil in dieser Nacht zum erstenmal Kältenebel über der See lag, jene charakteristische Erscheinung, die man vor Norwegens Küste antrifft, wo die eisigen Landwinde über die warmen Gewässer der Fjorde hinwegstreichen oder wo — wie hier — die warme Atlantikluft über das arktische Wasser zog. Alles, was ich sehen konnte, war, daß die Schaumkronen nun von den auf ihrer Leeseite weiß geäderten Wellen fortgerissen wurden und sich die Sturzseen über dem Vorschiff der *Morning Rose* brachen, wobei die weiße, eisige Gischt auf Steuerbordseite in die See hinabzischte. Eine Nacht für Pantoffeln und Kaminfeuer.

Ich ging nach vorn zur Tür des Wohndecks und stieß dabei gegen jemand, der hinter der Treppe stand und sich an ihr festklammerte. Das Gesicht konnte ich nicht sehen, denn es war vom windzerzausten Haar völlig verdeckt, aber das brauchte ich auch nicht, denn an Bord gab es nur eine Person mit solchen langen, strohfarbenen Strähnen, und das war Mary Dear. Diesen Namen hatte ich ihr gegeben, um sie von Gerrans Scriptgirl zu unterscheiden, die Mary Darling hieß. Mary Dear hieß eigentlich Mary Stuart, aber auch das war nicht ihr richtiger Name: Sie hieß ursprünglich Ilona Wisniowecki, aber sie war klugerweise bald zu dem Schluß gelangt, daß dies nicht der größtmögliche Aktivposten auf ihrem Weg in die Filmwelt sei. Warum sie sich einen schottischen Namen ausgesucht hatte, wußte ich natürlich nicht, vielleicht war es ganz einfach der Klang.

»Mary Dear«, sagte ich, »zu dieser späten Stunde draußen und in einer solchen Nacht!« Ich streckte die Hand aus und berührte ihre

Wange. Ihre Haut war eisig kalt. »Sie können diesen Frischluftfanatismus auch ein bißchen übertreiben. Kommen Sie mit rein.« Ich ergriff ihren Arm — es überraschte mich kaum, daß sie ziemlich heftig zitterte —, und sie kam ganz gehorsam mit.

Die Tür zum Wohndeck führte unmittelbar in den Salon für die Passagiere, der, wenn auch ziemlich schmal, die ganze Breite des Schiffes einnahm. Am entgegengesetzten Ende war eine eingebaute Bar, wo der Alkohol hinter zwei verglasten Gittertüren stand: diese Türen waren ständig verschlossen, und der Schlüssel befand sich in Otto Gerrans Tasche.

»Sie brauchen mich nicht abzuschleppen, Doktor.« Für gewöhnlich sprach sie mit tiefer, leiser Stimme. »Genug ist genug, und ich wollte sowieso hereinkommen.«

»Warum waren Sie überhaupt draußen?«

»Können Ärzte das nicht immer gleich erkennen?« Sie berührte den mittleren Knopf ihres schwarzen Ledermantels, und da begriff ich, daß sich ihr Innenleben nicht allzu freundlich zu der Berg- und Talfahrt der *Morning Rose* stellte. Aber mir war auch klar, daß sie, selbst wenn die See spiegelglatt gewesen wäre, dort draußen in der Kälte an Deck gestanden hätte: sie sprach nicht viel mit den anderen, und auch die anderen redeten kaum mit ihr.

Sie strich sich das wirre Haar aus dem Gesicht, und ich sah, daß sie sehr blaß und erschöpft war. Ihr slawisches Gesicht mit den hohen Backenknochen — sie war Lettin — wirkte sehr reizvoll, eine Tatsache, die man zwar anerkannte, aber in herabsetzender Weise als ihr einziges Plus wertete. Von ihren letzten beiden Filmen — ihren einzigen Filmen — hieß es, sie wären Katastrophen erster Güte gewesen. Sie war ein schweigsames Mädchen, kühl, zurückhaltend, fast abweisend. Aber ich mochte sie, vielleicht als einziger.

»Ärzte sind nicht unfehlbar«, erklärte ich und sah sie mit meinem durchdringendsten ärztlichen Blick an. »Was hat ein Mädchen wie Sie überhaupt hier auf diesem schwimmenden Museum zu suchen?«

Sie zögerte. »Das ist eine persönliche Frage.«

»Der ärztliche Beruf greift tief in das Persönliche hinein. Was machen Ihre Kopfschmerzen? Ihre Geschwüre? Was ist mit Ihrer Schleimbeutelentzündung? Wir wissen nie, wo wir aufhören sollen.«

»Ich brauche das Geld.«

»Wir beide, Sie und ich.« Ich lächelte sie an, aber sie erwiderte mein Lächeln nicht. So ließ ich sie stehen und ging zum Hauptdeck hinunter.

Dort lagen die meisten Kabinen der Passagiere der *Morning Rose*, zwei Reihen von ihnen längsschiff den Mittelgang entlang. Hier hatte sich früher der Stauraum für die Fische befunden, und obwohl man alles mit Dampf durchspült, ausgeräuchert und während des Umbaus desinfiziert hatte, stank es noch immer bedrückend scheußlich nach Lebertran, der zu lange der Sonne ausgesetzt war. Schon unter gewöhnlichen Verhältnissen war die Luft ekelerregend; unter diesen außergewöhnlichen Umständen aber war sie kaum dazu angetan, den Seekranken rasche Linderung zu verschaffen. Ich klopfte an die erste Tür auf Steuerbordseite und trat ein.

Johann Heissman, der unbeweglich in seiner Koje lag, sah wie eine Kreuzung zwischen einem ruhenden Krieger und einem mittelalterlichen Bischof aus, der für sein eigenes Steinmonument Modell saß. Tatsächlich schien in Anbetracht seiner mageren, bleichen, über seiner schmalen Brust gefalteten Finger, seiner dünnen wächsernen Nase, die zur Decke emporragte, und seiner seltsam durchsichtig wirkenden Augenlider das Bild der Gruft in diesem Fall besonders passend; aber dieses Bild täuschte, denn ein Mann überlebt nicht zwanzig Jahre Zwangsarbeit in einem sowjetischen Lager im östlichen Sibirien, nur um bei Seekrankheit seine Karten hinzuwerfen.

»Wie geht es Ihnen, Mr. Heissman?«

»Ach, mein Gott!« Er öffnete die Augen, ohne mich anzusehen, stöhnte und schloß sie erneut. »Wie es mir geht!«

»Es tut mir leid. Aber Mr. Gerran macht sich Sorgen . . .«

»Otto Gerran ist ein tobsüchtiger Irrer.« Ich faßte dies nicht als ein Anzeichen plötzlicher Besserung seines körperlichen Zustandes auf, aber fraglos klang seine Stimme diesmal erheblich kräftiger. »Ein Spinner! Ein Verrückter!«

Während ich mir in meinem Innern eingestand, daß Heissman mit seiner Diagnose ziemlich richtig lag, verzichtete ich doch auf jeden Kommentar. Otto Gerran und Johann Heissman waren schon zu lange miteinander befreundet, als daß ich es hätte riskieren können, jenen gefährlichen Boden zu betreten, der zwischen ihnen liegen mochte. Sie kannten einander, soweit ich es hatte feststellen können, seitdem sie vor fast vierzig Jahren ein unbedeutendes Gymnasium irgendwo an der Donau besucht hatten. Zur Zeit des Anschlusses im Jahr 1938 betrieben sie zusammen ein verhältnismäßig gutgehendes Filmstudio in Wien. An diesem Punkt in Raum und Zeit hatten sie sich plötzlich und — wie es damals schien — für alle Zeiten voneinander getrennt. Während Gerrans sicherer Instinkt seine flüchtenden Schritte nach Hollywood lenkte, hatte sich Heissman unglücklicherweise in völlig falscher Richtung bewegt. Er war erst vor drei

Jahren entgegen allen Erwartungen jener, die ihn gekannt und seit einem Vierteljahrhundert für tot gehalten hatten, plötzlich aus der bodenlosen Tiefe seines langen sibirischen Winters wieder aufgetaucht. Er hatte Gerran aufgespürt, und nun sah es so aus, als wären sie genauso gute Freunde wie eh und je. Man nahm an, daß Gerran über das Wie und Warum von Heissmans verlorenen Jahren Bescheid wußte, und sollte dies wirklich der Fall sein, dann war er auch der einzige Mensch, der klar sah, denn Heissman sprach verständlicherweise niemals von seiner Vergangenheit. Über die beiden Männer waren nur zwei Dinge mit Sicherheit bekannt — daß Heissman es war, der auf ein Dutzend Drehbücher in der Zeit vor dem Krieg zurückblicken konnte und die treibende Kraft hinter diesem Unternehmen in der Arktis war, und daß Gerran ihn als gleichberechtigten Partner in seiner Firma *Olympus Productions* aufgenommen hatte. Es schien mir geraten, vorsichtig aufzutreten und meine Kommentare zu Heissmans Meinung ganz für mich zu behalten.

»Falls Sie irgend etwas brauchen, Mr. Heissman . . .«

»Ich brauche nichts.« Wieder öffnete er seine durchsichtig wirkenden Augenlider, und diesmal starrte er mich an, mit Augen von ausgeblichenem Grau, von Blutäderchen durchzogen. »Sparen Sie sich Ihre Behandlung für Gerran, diesen Schwachsinnigen, auf.«

»Behandlung?«

»Gehirnchirurgie.« Matt senkte er die Augenlider und schlüpfte in die Gestalt des mittelalterlichen Bischofs zurück. So ließ ich ihn allein und ging zur nächsten Tür.

In dieser Kabine waren zwei Männer, von denen der eine ganz offensichtlich übel dran war, während der andere ebenso offensichtlich nicht im geringsten litt. Neal Divine, der Regisseur, hatte sich in die Resignation der Todesstunde zurückgezogen, eine Haltung, die der Heissmans überraschend ähnelte, und obwohl er sich nicht einmal in Rufweite der Todespforte befand, war er zweifellos sehr seekrank. Er sah mich an, zwang sich zu einem schwachen Lächeln, das halb Entschuldigung und halb ein Erkennen andeutete, und blickte dann wieder weg. Wie er dort lag, tat er mir leid, aber im übrigen hatte er mir von dem Augenblick an, als er an Bord der *Morning Rose* stieg, bereits leid getan. Er war ein Mann, der ganz in seinem Beruf aufging, mager, hohlwangig, nervös und, wie es schien, ständig mühsam sein Gleichgewicht auf der Messerschneide quälender Entscheidungen wahrend. Er ging leise und redete leise, als befürchte er ständig, die Götter könnten ihn hören. Das hätte eine bedeutungslose Verschrobenheit sein können, aber ich war nicht dieser

Meinung: fraglos bewegte er sich in ständiger Furcht vor Gerran, der sich keine Mühe gab, die Tatsache zu verheimlichen, daß er ihn als Mann ebensosehr verachtete, wie er ihn als Künstler bewunderte. Warum sich Gerran, ein Mensch von unbestreitbar hoher Intelligenz, so verhalten mochte, wußte ich nicht. Vielleicht gehörte er zu jener Gruppe von Menschen, die einen so unerschöpflichen Vorrat an Feindseligkeit gegenüber der Menschheit ganz allgemein in sich tragen, daß sie keine Gelegenheit versäumen, einen Teil davon auf die Schwachen, die Nachgiebigen oder diejenigen loszulassen, die nicht imstande sind, sich zu rächen. Möglicherweise war es eine persönliche Angelegenheit. Ich kannte keinen der beiden Männer oder deren Vergangenheit gut genug, um mir ein gültiges Urteil zu bilden.

»Oh, da hätten wir ja den barmherzigen Samariter«, erhob sich hinter mir eine rauhe Stimme. Ich sah mich ohne Hast um und betrachtete die Gestalt im Pyjama, diesen Mann, der sich auf seiner Koje aufgerichtet hatte und sich mit der linken Hand am Halteriemen des Schotts festhielt, während er sich mit der anderen ebenso fest an den Hals einer dreiviertelleeren Whiskyflasche anklammerte. »Hoch steigt das Schiff und hinab taucht es wieder, aber nichts wird sich zwischen den gütigen Hirten und seine Mission der Barmherzigkeit für seine elende Herde stellen. Wollen Sie mir bei einem Verdauungsschluck Gesellschaft leisten, guter Mann?«

»Später, Lonnie, später.« Lonnie Gilbert wußte wie ich, daß es später zu spät sein würde. Drei Zoll Whisky in Lonnies Händen hatten eine ebenso große Lebenserwartung wie das letzte Baiser beim Nachmittagstee des Pfarrers, aber den Konventionen war Genüge getan, die Ehre gerettet. »Sie waren nicht beim Essen, so dachte ich ...«

»Essen!« Er hielt inne, überprüfte das Wort, das er soeben ausgesprochen hatte, auf seine Modulation und seinen Tonfall hin und gelangte zu dem Schluß, es habe ihm beim Aussprechen an der gebotenen Verachtung gefehlt. »Essen! Nicht der Schweinefraß, der, wie ich annehme, für alle, denen mein esoterischer Geschmack fremd ist, einigermaßen genießbar ist. Es ist die Stunde, zu der serviert wird. Barbarisch. Sogar der Hunne Attila ...«

»Wollen Sie damit sagen, daß Sie erst zu Ihrem Aperitif greifen, wenn die Glocke läutet?«

»Genau das. Was soll ein Mann sonst tun?«

Da diese Frage von unserem etwas ältlichen Herstellungsleiter kam, war sie rein rhetorisch. Trotz der klaren blauen Kinderaugen und seiner makellosen Ausdrucksweise war Lonnie, seitdem er an Bord der *Morning Rose* gekommen war, noch nicht nüchtern gewesen. Man stellte sich allgemein die Frage, ob er seit Jahren jemals nüchtern gewesen sei. Niemand — am allerwenigsten Lonnie — schien das etwas auszumachen, aber es lag nicht daran, weil niemand Lonnie mochte. Alle mochten sie ihn mehr oder weniger, je nach ihrer eigenen Natur. Lonnie, der nun alt wurde und sein ganzes Leben mit Filmen verbracht hatte, besaß eine seltene Begabung, die sich niemals hatte entfalten dürfen. Jetzt war es zu spät. Ihm fehlte es ganz einfach an Energie und Rücksichtslosigkeit, um sich an die Spitze zu bringen, und die Menschheit neigt dazu, aus welchen Gründen auch immer, ihre Versager zärtlich zu lieben. Und Lonnie sprach, wie es hieß, niemals schlecht von anderen; auch dies vertiefte die Zuneigung, die man ihm entgegenbrachte — ausgenommen bei jener Minderheit, die gewohnheitsgemäß über alle herzog.

»Das ist kein Problem, mit dem ich selber gern zu tun hätte«, erklärte ich. »Wie fühlen Sie sich?«

»Ich?« Er lehnte seinen kahlen Schädel nach hinten, kippte die Flasche, senkte sie wieder und wischte sich ein paar Tropfen des Elixiers aus seinem grauen Bart. »Bin in meinem Leben noch niemals krank gewesen. Wer hätte denn jemals von einer in Essig eingelegten Zwiebel gehört, die sauer wurde?« Er neigte den Kopf zur Seite. »Ah!«

»Wieso ah?« Er lauschte, das sah ich ihm an, aber ich hörte nichts weiter als das Krachen des Bugs in den Brechern und das dröhnende Vibrieren des uralten Stahlrumpfes, das jedes Eintauchen begleitete.

»Der leise Klang der Hörner aus dem Land der Elfen«, sagte Lonnie. »Horch! Die Engel der Verkündigung.«

Ich horchte, und dieses Mal hörte ich es. Ich hatte es schon viele Male gehört, seitdem ich an Bord der *Morning Rose* gekommen war, und jedesmal mit stetig steigerndem Entsetzen, ein gellendes, mißtönendes Getöse, das geeignet schien, kaum Geringeres als eine Weltkatastrophe anzukündigen. Die drei Urheber dieses wahnwitzigen Kesselraumlärms, Josh Hendriks' junge Tonassistenten, waren vielleicht nicht gerade stocktaub, aber ihre klassische musikalische Ausbildung konnte kaum als vollständig betrachtet werden. Keiner von ihnen war imstande, auch nur eine Note zu lesen. John, Luke und Mark waren alle in die gleiche zeitgenössische Form gegossen. Sie trugen schulterlang wallendes Haar und Kleidungsstücke, die den Verdacht erregten, sie wären in die Wäscherei eines Guru eingebrochen. Ihre gesamte freie Zeit verbrachten sie mit ihren Aufnahmeapparaten, mit Gitarre, Trommeln und Xylophon im Aufenthaltsraum im Vorschiff, wo sie, wie es schien, Tag und Nacht probten, auf den Augenblick ihres großen Durchbruchs in der Popmusikwelt wartend, die sie als *Die Drei Apostel* erobern wollten.

»In einer solchen Nacht hätten sie die Passagiere damit verschonen können«, meinte ich.

»Da unterschätzen Sie aber unser unsterbliches Trio, mein Lieber. Die Tatsache, daß man als Musiker qualvoll existiert, hindert einen Menschen nicht daran, ein goldenes Herz zu haben. So haben sie die Passagiere *eingeladen*, ihren Schöpfungen zu folgen, in der Hoffnung, dies könnte ihre Leiden mildern.« Er schloß die Augen, als ein rauhes Gebrüll, überlagert von einem hohen Schrei wie von einem in Schmerzen sich windenden Tier, draußen den Gang entlanghallte. »Das Konzert scheint angefangen zu haben.«

»Sie können ihre Psychologie nicht als falsch verwerfen«, sagte ich. »Danach wird einem der arktische Sturm wie ein Sommernachmittag auf der Themse vorkommen.«

»Sie tun ihnen unrecht.« Lonnie senkte das Niveau in der Flasche um einen weiteren Zoll und ließ sich dann wieder in seine Koje hinabsinken, um damit anzuzeigen, daß die Audienz beendet sei. »Überzeugen Sie sich einmal selbst.«

Ich überzeugte mich selber davon, daß ich ihnen unrecht getan hatte. *Die Drei Apostel*, von Mikrophonen, Verstärkern, Lautsprechern und geheimnisvollen elektronischen Apparaten umgeben, produzierten sich auf einem niedrigen Podium in einer Ecke des Aufenthaltsraums und hielten ihr Gleichgewicht mit bemerkenswerter Leichtigkeit weitgehend dadurch, daß ihre körperlichen Verzerrungen und Verrenkungen mit dem Schlingern und Rollen der *Morning Rose* recht gut synchronisiert zu sein schienen. Wenn auch seltsamerweise recht konservativ in blaue Jeans und psychedelische Umhänge gekleidet und in einer Haltung von fast religiösem Eifer über ihre Mikrophone gebeugt, so gaben diese drei jungen Tonassistenten doch hemmungslos ihr Bestes her, und es war klar, daß sie glaubten, ihr Bestes käme dem Erhabenen sehr nah. Ich fragte mich, wie wohl Engel mit Wattepfropfen im Ohr aussehen mochten, und wandte dann meine Aufmerksamkeit den Zuhörern zu.

Es waren fünfzehn Leute, zehn Angehörige des Aufnahmeteams und fünf Schauspieler. Die meisten von ihnen waren offensichtlich übel dran. Eine Hand berührte meine Schulter, und ich sah Charles Conrad von der Seite an.

Conrad war dreißig Jahre alt und sollte in dem Film die männliche Hauptrolle spielen, noch kein Star mit großem Namen, aber ein Mann, der sich einen beachtlichen internationalen Ruf aufbaute. Er war ein fröhlicher Mensch, gutaussehend, mit kräftigen Gesichtszügen und dichtem braunem Haar, das ihm ständig über die Augen fiel. Er hatte Augen vom blauesten Blau und sehr weiß schimmernde, prachtvolle Zähne, die einen Zahnarzt in Begeisterung oder in tiefste Verzweiflung versetzt hätten, je nachdem, ob er in erster Linie an den ästhetischen oder wirtschaftlichen Aspekten seines Berufes interessiert war. Stets gab er sich freundlich, höflich und rücksichtsvoll — ob aus Instinkt oder Berechnung, das ließ sich unmöglich sagen. Er hielt seine Hand an mein Ohr und nickte zu den Musikern hinüber.

»Macht Ihr Vertrag härene Gewänder zur Bedingung?«

»Nein. Warum? Etwa der Ihre?«

»Solidarität der arbeitenden Klasse.« Er lächelte und sah mich mit einem seltsam prüfenden Aufleuchten in den Augen an. »Haben Sie unsere Opernsänger aufgegeben?«

»Die werden sich schon erholen. Ich sage im übrigen meinen Patienten stets, daß Abwechslung ebenso gut ist wie Ruhe.« Die Musik brach jäh ab, und ich senkte meine Stimme. »Aber dies ist schon etwas übertrieben. Tatsache ist, daß ich im Dienst bin. Mr. Gerran macht sich um Sie alle ein wenig Sorgen.«

»Er möchte wohl, daß seine Herde in erstklassigem Zustand auf den Viehmarkt kommt?«

»Nun ja, Sie stellen wohl alle einen beträchtlichen Kapitalaufwand für ihn dar.«

»Kapitalaufwand? Ha! Wissen Sie, daß dieser falsche, alte Geizkragen von einem Bierfaß uns nicht nur zu Ausverkaufspreisen eingekauft hat, sondern uns auch nicht einen Penny zahlen will, bis die Dreharbeiten beendet sind?«

»Nein, das wußte ich nicht.« Ich hielt inne. »Wir leben in einer Demokratie, Mr. Conrad, in einem Land freier Menschen. Sie brauchen sich nicht auf dem Sklavenmarkt zu verkaufen.«

»Was Sie nicht sagen! Was wissen denn Sie von der Filmindustrie?«

»Nichts.«

»Offensichtlich. Sie befindet sich in der größten Depression ihrer Geschichte. Achtzig Prozent der Techniker und Schauspieler sind arbeitslos. Ich arbeite lieber für ein paar Pennies, als daß ich verhungere.« Er blickte finster vor sich hin, aber dann setzte sich seine ihm angeborene gute Laune wieder durch. »Sagen Sie ihm, daß seine Stütze und sein Stab, dieser unbezwingbare Hauptdarsteller Charles Conrad, gesund und munter ist. Achtung, nicht etwa glücklich, ganz einfach gesund und munter. Um glücklich zu sein, müßte ich ihn über Bord kippen sehen.«

»Ich werde ihm das alles übermitteln.« Ich blickte mich im Raum um. *Die Drei Apostel* erfrischten sich erbarmungsvoll mit Ginger Ale. Auch die meisten Zuhörer erfrischten sich, obwohl sie ganz offensichtlich etwas Stärkeres brauchten als Ginger Ale. Ich sagte zu Conrad: »Dieser kleine Haufen wird dran glauben müssen.«

»Schnelle Massendiagnose?«

»Das bringt die Erfahrung mit sich. Auch spart es Zeit. Wer fehlt?« Er sah sich um. »Heissman zum Beispiel . . .«

»Den habe ich aufgesucht. Und Neal Divine. Und Lonnie. Und Mary Stuart — nicht etwa, daß ich sie hier erwartet hatte.«

»Unsere schöne, hochnäsige junge Slawin, was?«

»Das unterschreibe ich nur zur Hälfte. Man muß nicht hochnäsig sein, um andere Leute zu meiden.«

»Ich mag sie auch.« Ich sah ihn an. Ich hatte erst zweimal kurz mit ihm gesprochen. Es war ihm anzusehen, daß er meinte, was er sagte. »Mir wäre es lieber«, seufzte er, »sie hätte die weibliche Hauptrolle anstelle unserer regierenden Mata Hari.«

»Sie können doch damit nicht etwa die köstliche Miss Haynes meinen?«

»Das kann ich und das tue ich«, erwiderte er brummig. »Die *femmes fatales* machen mich fertig. Sie werden bemerken, daß sie nicht unter den Anwesenden ist. Ich wette, daß sie mit ihren beiden verdammten schlappohrigen Hunden im Bett liegt, die alle Blähungen haben und high von Riechsalz sind.«

»Wer fehlt sonst noch?«

»Antonio.« Wieder lächelte er. »Nach Aussage des Grafen — er teilt mit ihm die Kabine — liegt Antonio *in extremis* und wird wahrscheinlich die Nacht nicht überstehen.«

»Er hat den Speiseraum ziemlich eilig verlassen.« Ich ließ Conrad stehen und trat an den Tisch des Grafen. Der Graf, ein Mann mit einem hageren, adlerartigen Gesicht, schwarzem, bleistiftdünnen Schnurrbart, strichgeraden Augenbrauen und aus der Stirn glatt nach hinten gekämmten ergrauendem Haar, schien sich in einem mehr als nur erträglichen Gesundheitszustand zu befinden. Er hielt ein sehr großes Glas Kognak in der Hand, und ich brauchte nicht erst zu fragen, um zu wissen, daß es der allerbeste war, den man erhalten konnte, denn der Graf war ein berühmter Kenner auf jedem Gebiet, von Blonden bis zum Kaviar. Ein ebenso anspruchsvoller Perfektionist auf der Jagd nach den Lebensgenüssen wie in der Ausübung seines Berufes, was möglicherweise dazu beigetragen hatte, ihn zu dem zu machen, der er war: zum besten Kameramann für Beleuchtungseffekte in England und wahrscheinlich in Europa. Auch brauchte ich mich nicht zu fragen, woher er den Kognak hatte. Das Gerücht wollte wissen, daß er Otto Gerran schon seit sehr langer Zeit kannte, zumindest lange genug, um seine eigenen privaten Vorräte mitzubringen, sobald Otto Gerran auf Safari zog. Graf Tadeusz Leszczynski — wie niemand ihn jemals nannte, weil niemand es aussprechen konnte — hatte sehr viel über das Leben gelernt, seitdem er sich, überstürzt und für immer, Mitte September 1939 von seinen riesigen polnischen Besitzungen getrennt hatte.

»'n Abend, Graf«, sagte ich. »Zumindest sehen Sie recht wohl aus.«

»Tadeusz für meine Standesgenossen. Kerngesund, wie ich gern zugebe. Ich treffe die richtigen Vorbeugungsmaßnahmen.« Er berührte die kaum wahrnehmbare Ausbuchtung an seiner Jacke. »Wollen Sie mir bei meiner Prophylaxe ein wenig Gesellschaft leisten? Ihre Penicilline und Aureomycine sind für den Gläubigen nichts weiter als Hexengebräu.«

Ich schüttelte den Kopf. »Leider befinde ich mich auf einem Dienstgang. Mr. Gerran möchte genau wissen, wie krank dieses Wetter alle macht.«

»Ach! Unser Otto ist selber ganz munter?«

»Einigermaßen.«

»Man kann auch nicht alles haben.«

»Conrad hat mir erzählt, daß Ihr Schlafgenosse Antonio vielleicht einen Besuch nötig hat.«

»Antonio braucht nichts weiter als einen Knebel, eine Zwangsjacke und ein Kindermädchen, und zwar in dieser Reihenfolge. Er wälzt sich herum, kotzt über den ganzen Boden und stöhnt wie ein Ungläubiger, den man auf die Folter spannt.« Der Graf rümpfte seine anspruchsvolle Nase. »Sehr scheußlich.«

»Ich kann es mir gut vorstellen.«

»Für einen Mann von hoher Empfindlichkeit, verstehen Sie.«

»Natürlich.«

»Ich *mußte* einfach hinausgehen.«

»Ja. Ich werde ihn mir ansehen.« Ich hatte meinen Stuhl gerade bis zum äußersten Ende der Sicherheitskette zurückgeschoben, als sich Michael Stryker neben mir niederließ. Stryker, ebenfalls gleichberechtigter Teilhaber in *Olympus Productions,* verband die beiden normalerweise getrennten Aufgaben eines künstlerischen und technischen Leiters miteinander — Gerran ließ niemals eine Gelegenheit zum Sparen vorbeigehen. Er war ein großer, dunkler, unbestreitbar gutaussehender Mann mit einem kurzgestutzten Schnurrbart, und man hätte ihn leicht für ein Matinee-Idol aus der Mitte der dreißiger Jahre halten können, wären nicht seine der Mode entsprechenden langen, unordentlichen Haare gewesen, die etwa neunzig Prozent seines seidenen Rollkragenpullovers verdeckten. Er sah abgebrüht aus, war fraglos zynisch und nach dem, was ich über ihn gehört hatte, völlig amoralisch. Er besaß auch die zweifelhafte Ehre, Gerrans Schwiegersohn zu sein.

»Zu dieser späten Stunde sehen wir Sie selten unterwegs, Doktor«, sagte er. Er drehte eine lange, schwarze russische Zigarette in eine Spitze aus Onyx und tat dies mit der ganzen Sorgfalt eines Präzisionstechnikers, der an einem Rolls-Royce-Motor die Nocken anbringt, und hielt sie dann ins Licht, um das Ergebnis zu betrachten. »Nett von Ihnen, sich den Massen anzuschließen, *esprit de corps* und was sonst noch.« Er zündete sich seine Zigarette an, blies eine Wolke ungesunden Rauchs über den Tisch und sah mich forschend an. »Nach zweimaligem Überlegen, nein. Sie sind nicht der Typ mit *esprit de corps.* Wir müssen es mehr oder weniger sein. Sie nicht. Ich glaube auch nicht, daß Sie es könnten. Zu kühl, zu gelassen, zu klinisch, zu sehr beobachtend — und ein Einzelgänger. Stimmt's?«

»Das ist eine recht gute Beschreibung eines Arztes.«

»Hier in dienstlicher Eigenschaft, he?«

»Genau.«

»Ich möchte wetten, der alte Ziegenbock hat Sie geschickt.«

»Mr. Gerran hat mich geschickt.« Es wurde mir zunehmend klarer, daß Otto Gerrans Teilhaber aller Wahrscheinlichkeit nach niemals mit lautem Geschrei das Recht für sich in Anspruch nehmen würden, ihn in die Ruhmeshalle zu wählen.

»Das ist der alte Ziegenbock, den ich meine.« Stryker sah den Grafen nachdenklich an. »Eine seltsame und ungewohnte Besorgtheit von seiten unseres Otto, findest du nicht, Tadeusz? Ich frage mich, was dahinterliegt.«

Der Graf holte eine ziselierte silberne Hüftflasche hervor, goß sich noch einen reichlichen Schluck Kognak ein, lächelte und sagte kein Wort. Ich sagte ebenfalls nichts. Auch zu einem späteren Zeitpunkt konnte ich mir im Rückblick keine Schuld geben und tat es auch nicht, denn ich war auf der Grundlage der wenigen Tatsachen, die mir damals bekannt waren, zu einem Schluß gelangt. Ich sagte zu Stryker: »Miss Haynes ist nicht hier. Es geht ihr doch gut?«

»Nein, ich fürchte, sie ist kein Seemann. Sie leidet ziemlich stark unter dem Wetter, aber was soll ein Mann dagegen tun? Sie bettelt um Beruhigungsmittel oder Schlaftabletten und hat mich darum gebeten, Sie kommen zu lassen, aber selbstverständlich mußte ich nein sagen.«

»Warum?«

»Mein lieber Freund, seitdem wir an Bord dieses verdammten Höllenschiffes gekommen sind, lebt sie nur noch von Drogen.«

Seiner Gesundheit konnte es nicht schaden, dachte ich, daß Kapitän Imrie und Mr. Stokes nicht am gleichen Tisch saßen. »Zunächst einmal ihre eigenen Tabletten gegen Seekrankheit, dann die anderen, die Sie ausgegeben haben, zwischendurch Aufmunterungspillen und zum Nachtisch Barbiturate. Naja, Sie wissen, was geschehen würde, wenn sie zu all dem Zeug noch Sedative oder noch mehr Drogen nähme.«

»Nein, das weiß ich nicht. Sagen Sie es mir.«

»Wie?«

»Trinkt sie? Sehr viel, meine ich?«

»Trinken? Nein. Ich will sagen, sie rührt das Zeug niemals an.«

Ich seufzte. »Warum bleiben Schuster nicht bei ihren Leisten? Ich überlasse Ihnen die Filme, und Sie überlassen mir die Medizin. Jeder Medizinstudent im ersten Jahr könnte Ihnen sagen . . . na, lassen wir das. Weiß sie denn, was für Tabletten sie heute genommen hat und wie viele — so viele können es gar nicht gewesen sein, denn sonst wäre sie jetzt bewußtlos?«

»Das kann ich mir vorstellen.«

Ich schob meinen Stuhl zurück. »Innerhalb von fünfzehn Minuten wird sie schlafen.«

»Sind Sie sicher? Ich glaube . . .«

»Welche Kabine hat sie?«

»Die erste rechts am Gang.«

»Und die Ihre?« fragte ich den Grafen.

»Die erste links.«

Ich nickte, stand auf, entfernte mich, klopfte an die erste Tür rechts und trat nach einem kaum vernehmbaren Gemurmel ein. Judith Haynes saß aufrecht in ihrem Bett, wie Conrad vorausgesagt hatte mit einem Hund auf jeder Seite — zwei sehr schönen, wunderbar gepflegten Cocker-Spaniels. Jedoch konnte ich keine Spur von Riechsalz feststellen. Sie sah mich mit ihren glänzenden Augen flüchtig an und schenkte mir ein mattes Lächeln, ängstlich und tapfer zugleich. Mein Herz blieb, wo es war.

»Nett von Ihnen, daß Sie kommen, Doktor.« Sie hatte eine jener dunklen Sirupstimmen, die bei einer persönlichen Begegnung ebenso wirkungsvoll war wie in einem verdunkelten Kino. Sie trug ein rosa gestepptes Bettjäckchen, das sich mit der Farbe ihres Haars entsetzlich biß, und hoch um ihren Hals ein grünes Chiffontuch, das in der Farbe paßte. Ihr Gesicht war weiß wie Alabaster. »Michael hat gesagt, Sie können mir nicht helfen.«

»Mr. Stryker war allzu vorsichtig.« Ich setzte mich auf den Rand der Matratze und ergriff ihr Handgelenk. Der Cockerspaniel neben mir knurrte tief in seiner Kehle und fletschte die Zähne. »Wenn dieser Hund mich beißt, schlage ich ihn zusammen.«

»Rufus würde keiner Fliege etwas antun, nicht wahr, Rufus, mein Liebling?«

Fliegen waren es nicht, um die ich mir Sorgen machte, aber ich schwieg, und sie fuhr mit einem traurigen Lächeln fort: »Sind Sie Hunden gegenüber allergisch, Doktor Marlowe?«

»Hundebissen gegenüber bin ich allergisch.«

Ihr Lächeln schwand, bis ihr Gesicht nur noch traurig war. Ich wußte nichts von Judith Haynes mit Ausnahme dessen, was ich aus zweiter Hand erfahren hatte, und da alles, was ich gehört hatte, von ihren Kollegen in der Branche stammte, strich ich entschlossen etwa neunzig Prozent von dem ab, was man mir erzählt hatte. Das einzige, was ich mit einiger Sicherheit bis dahin über die Filmwelt gelernt hatte, war die Tatsache, daß Verleumdungen, Heuchelei, Doppelzüngigkeit, Unterstellungen und Rufmord einen so wesentlichen Teil ihrer normalen Struktur darstellten, daß man unmöglich wissen konnte, wo die Wahrheit endete und die Lüge begann. Sicher war nur, daß die Wahrheit fast augenblicklich endete.

Miss Haynes, so erzählte man sich, behauptete, vierundzwanzig Jahre alt zu sein, und sie war es nach sichersten Aussagen während der letzten vierzehn Jahre geblieben. Dies, so munkelte man, erkläre ihre Vorliebe für Chiffonhalstücher, denn dort verrieten sich die fehlenden Jahre. Ebensogut hätte man sagen können, daß sie Chiffontücher liebte. Mit der gleichen Autorität wurde festgestellt, sie sei ein völlig durchtriebenes Luder, und ihre einzige versöhnende Eigenschaft sei die völlige Hingabe an ihre beiden Cockerspaniels. Aber sogar diese zweifelhafte Anerkennung wurde durch die Bemerkung eingeschränkt, als ein Mensch müsse sie jemanden haben, den sie liebte, jemanden, der ihre Zuneigung erwiderte. Es hieß, sie habe es mit Katzen versucht, aber das sei nicht gelungen — offenbar hatten die Katzen ihre Liebe nicht erwidert. Aber eins war unbestreitbar:

Miss Haynes war groß, schlank, hatte wunderbares tizianrotes Haar und besaß die klassische Schönheit griechischer Skulpturen. Andererseits hieß es, daß sie überhaupt nicht spielen konnte. Nichtsdestoweniger war sie tatsächlich ein sehr heißer Kassenschlager: dafür sorgte der schmachtende königliche Gesichtsausdruck, ihr Warenzeichen, im Gegensatz zu ihrem wilden Privatleben. Auch wurde ihre Karriere in keiner Weise spürbar durch die Tatsache behindert, daß sie Otto Gerrans Tochter war, den sie, wie es hieß, verachtete, dazu die Frau von Michael Stryker, den sie, wie es hieß, haßte, und gleichberechtigter Teilhaber in der Firma *Olympus Productions.*

Soweit ich feststellen konnte, ließ ihr körperlicher Zustand nicht viel zu wünschen übrig. Ich fragte sie, wie viele Pillen der verschiedenen Sorten sie während des Tages genommen hätte. Nachdem sie eine Weile hilflos und verwirrt um sich geblickt und die Zahl mit dem schön geformten, schlanken Zeigefinger ihrer rechten Hand an den schön geformten, schlanken Fingern der linken abgezählt hatte — man sagte ihr nach, sie sei imstande, Pfund und Dollar mit der Geschwindigkeit und Genauigkeit eines IBM-Computers zu addieren —, nannte sie mir schätzungsweise einige Zahlen, wonach ich ihr ein paar Tabletten gab, mit der Anweisung, wie viele von ihnen und wann sie sie nehmen sollte. Dann ging ich. Ich verschrieb keine Beruhigungsmittel für die Hunde — ich fand, sie sähen munter genug aus.

Die vom Grafen und Antonio bewohnte Kabine lag unmittelbar gegenüber auf der anderen Seite des Ganges. Ich klopfte zweimal an, ohne Antwort, ging hinein und sah, warum keine Antwort erfolgt war: Antonio war wohl da, aber ich hätte bis zum Jüngsten Tag klopfen können, und Antonio hätte mich nicht gehört, denn Antonio würde niemals mehr etwas hören. Von der Via Veneto über Mayfair bis in die Barentssee, um dort so elend zu sterben! Für den fröhlichen, lachenden Antonio hätte es niemals einen richtigen oder angemessenen Ort zum Sterben geben können, denn wenn ich jemals einem Mann begegnet bin, der in das Leben verliebt war, so ist es Antonio gewesen. Daß dieses verwöhnte Geschöpf aus den genußsüchtigen Kreisen der europäischen Hauptstädte in dieser freudlosen und so unbeschreiblich düsteren Umgebung sterben sollte, war widersinnig und wirkte wie ein Schlag. Es war so unwirklich, daß es vorübergehend Glauben und Verstehen ausschaltete. Aber dort lag er, genau dort, zu meinen Füßen, sehr wirklich, sehr tot.

Die Kabine war von dem süßlich-sauren Geruch des Erbrochenen erfüllt, und überall lagen die sichtbaren Spuren der Seekrankheit herum. Antonio lag nicht in seiner Koje, sondern am Boden auf dem Teppich daneben, sein Kopf unnatürlich weit nach hinten gestreckt, so daß er einen rechten Winkel mit seinem Körper bildete. Da war Blut, sehr viel noch nicht geronnenes Blut an seinem Mund und am Boden neben seinem Mund. Der Körper war in einer bizarren Haltung erstarrt, Arme und Beine in seltsamem Winkel weggestreckt. Die Knöchel schimmerten wie Elfenbein. Er wälzt sich herum, hatte der Graf gesagt, kotzt wie ein auf die Folter gespannter Mann, und damit war er nicht weit von den Tatsachen entfernt, denn Antonio war unter Qualen gestorben. Bei Gott, er *mußte* doch geschrien haben, wenn auch seine Kehle fast die ganze Zeit über blockiert gewesen sein mochte, er wäre gar nicht imstande gewesen, ein Schreien zu unterdrücken. Aber da *Die Drei Apostel* lauthals gebrüllt hatten, waren seine Schreie wahrscheinlich ungehört verhallt. Und dann entsann ich mich des Schreis, den ich vernommen hatte, als ich mit Lonnie Gilbert in seiner Kabine sprach, und ich spürte, wie sich die Haare in meinem Nacken sträubten. Ich hätte den Unterschied zwischen dem hohen Geheul eines Rocksängers und dem Schrei eines unter Qualen sterbenden Mannes erkennen müssen.

Ich kniete nieder, nahm eine flüchtige Untersuchung vor und stellte dabei nicht mehr fest, als was auch jeder Laie gefunden hätte. Dann drückte ich die starren Augen zu und streckte im Bewußtsein der nahenden Todesstarre die verzerrten Glieder mit einer Leichtigkeit, die mich überraschte. Danach verließ ich die Kabine, schloß die Tür hinter mir und zögerte nur einen Augenblick, bevor ich den Schlüssel in meine Tasche steckte. Wenn der Graf wirklich so überaus empfindsam war, wie er behauptete, würde er froh sein, daß ich den Schlüssel mitgenommen hatte.

II

»Tot?« Otto Gerrans braunrote Hautfarbe hatte sich um eine Tönung vertieft, bei der ich hätte schwören können, sie sei mit Indigo überlagert. »Tot, haben Sie gesagt?«

»Das habe ich gesagt.« Gerran und ich waren allein im Speiseraum. Es war jetzt zehn Uhr, und auf den Schlag halbzehn waren Kapitän Imrie und Mr. Stokes zu ihren Kabinen aufgebrochen, wo sie während der nächsten zehn Stunden von jeder Verbindung abgeschnitten blieben. Ich griff nach einer Flasche mit scharfem Feuerwasser, auf die jemand, ohne zu erröten, ein Etikett geklebt hatte, das behauptete, der Inhalt sei Kognak. Ich nahm die Flasche von Gerrans Tisch mit mir in die Pantry des Stewards, kehrte mit einer Flasche Hine zurück und setzte mich. Es war bezeichnend für Gerrans unzweifelhaften Schockzustand, daß er meine kurze Abwesenheit nicht nur nicht bemerkt zu haben schien. Er sah mich starr, unverwandt und ohne mich zu sehen an, während ich mir zwei Finger breit Kognak einschenkte. Er ließ keinerlei Reaktion erkennen. Nur etwas Außergewöhnliches, das einem Zustand tiefen Schocks recht nahe kam, konnte Gerrans geizige Natur in Schach halten, und ich fragte mich, was wohl die Ursache dieses Schocks sein mochte. Gewiß, die Nachricht vom Tod irgendeines Menschen, den man kannte, kann als Schock wirken, aber als betäubenden Schlag empfindet man sie nur, wenn die allernächsten und liebsten Menschen betroffen sind. Falls Gerran irgendeinem Menschen gegenüber auch nur ein gewisses Maß von Zuneigung hegte — bei dem unglücklichen Antonio war es bestimmt weit weniger —, so verbarg er es mit großem Geschick. Vielleicht war er, wie so viele, dem Tod auf See gegenüber abergläubisch; vielleicht machte er sich wegen der schädlichen Auswirkungen auf Schauspieler und Techniker Sorgen; vielleicht fragte er sich auch trübsinnig, wo er in der Unendlichkeit der Barentssee einen Maskenbildner, Friseur und Garderobier auftreiben sollte, denn Gerran hatte im geheiligten Namen der Sparsamkeit die drei normalerweise getrennten Aufgaben in der Person eines einzigen Mannes vereint, des toten Antonio. Unter offensichtlich angestrengter

Aufbietung all seiner Willenskraft löste er den Blick von der Hine-Flasche und richtete seine Augen auf mich.

»Wieso kann er denn tot sein?«

»Sein Herz hat versagt. Seine Atmung hat ausgesetzt. So kann er gestorben sein. So kann jeder andere auch sterben.«

Gerran griff nach der Hine-Flasche und goß etwas Kognak in sein Glas. Er verschüttete ihn buchstäblich, und der sich ausbreitende Fleck auf dem Tischtuch war so groß wie meine Hand: so sehr zitterte seine eigene. Er goß sich drei Fingerbreit ein. Zitternd hob er das Glas zum Mund, und die Hälfte des Inhalts verschwand mit einem einzigen Schluck; das meiste davon rann die Kehle hinunter, aber ein guter Teil tropfte auf sein Hemd. Mir kam der Gedanke, daß, falls ich jemals einen guten, zuverlässigen Mann brauchte, der mir in Augenblicken der Not zur Seite stände, es bestimmt nicht der Name Otto Gerran war, der mir automatisch einfallen würde.

»Wie ist er gestorben?« Der Kognak hatte Gerran gutgetan, seine Stimme war leise, kaum mehr als ein Flüstern, aber sie klang fest.

»Unter Qualen, würde ich sagen. Aber wenn Sie meinen, warum er gestorben ist, so weiß ich es nicht.«

»Sie wissen es nicht? Sie — Sie sind doch Arzt.« Gerran hatte alle Mühe, sich auf seinem Platz zu halten. Mit einer Hand umklammerte er das Kognakglas, und die andere reichte kaum aus, seine schwere, massive Gestalt gegen das entfesselte Auf- und Abtauchen der *Morning Rose* zu verankern. Ich sagte nichts, und so fuhr er fort: »War es die Seekrankheit? Könnte sie es bewirkt haben?«

»Seekrank war er wohl.«

»Aber Sie haben gesagt, daß ein Mensch allein daran nicht stirbt.«

»Er ist auch nicht allein daran gestorben.«

»Ein Magengeschwür, haben Sie gesagt. Oder das Herz. Oder Asthma . . .«

»Es war Gift.«

Gerran starrte mich einen Augenblick an, sein Gesicht wies keinerlei Anzeichen von Verstehen auf. Dann stellte er sein Glas auf den Tisch und sprang jäh auf, für einen Mann seines Kalibers keine geringe Leistung. Der Trawler rollte nun geradezu bösartig. Ich beugte mich hastig vor und bekam gerade noch Gerrans Glas zu fassen, als es umzufallen drohte. Im gleichen Augenblick schwankte Gerran auf die eine Seite und taumelte dann quer durch den Speiseraum auf die Steuerbordtür zu, die zum Oberdeck führte. Er stieß sie auf, und sogar über das Heulen des Windes und das Krachen der Brecher hinweg hörte ich, wie er sich heftig erbrach. Nach einer

Weile kam er wieder herein, wankte durch den Raum und ließ sich auf seinen Stuhl fallen. Sein Gesicht war aschgrau. Ich reichte ihm sein Glas, und er leerte es auf einen Zug. Dann griff er nach der Flasche und schenkte sich erneut ein. Er trank noch einen Schluck und starrte mich an.

»Gift?«

»Mir sah es nach Strychnin aus. Er hatte alle . . .«

»Strychnin? Strychnin! Großer Gott! Strychnin! Da . . . da werden Sie ja eine Leichenschau vornehmen müssen, eine . . . eine Obduktion.«

»Reden Sie keinen solchen Unsinn. Ich werde nichts dergleichen tun und das aus sehr stichhaltigen Gründen. Zunächst einmal: haben Sie eine Ahnung, was eine Obduktion ist? Es ist eine sehr üble Angelegenheit, das kann ich Ihnen versichern. Ich habe hier nicht die Einrichtungen und bin auch kein Spezialist in Pathologie — bei einer Obduktion aber braucht man einen. Sie benötigen auch die Zustimmung der Verwandten — und wie sollen Sie die mitten auf der Barentssee einholen? Sie brauchen auch die Anweisung eines Untersuchungsrichters — nicht den Untersuchungsrichter selber. Im übrigen gibt ein Untersuchungsrichter eine solche Anweisung nur dort, wo der Verdacht auf dunkle Machenschaften vorliegt. Hier gibt es keinen solchen Verdacht.«

»Nein — keine dunklen Machenschaften? Aber Sie haben doch gesagt . . .«

»Ich habe gesagt, mir sähe es nach Strychnin aus. Ich habe nicht gesagt, es sei Strychnin. Ich bin überzeugt, daß es das nicht ist. Er schien die klassischen Symptome von Starrkrampf und Opisthotonus aufzuweisen — das ist dann der Fall, wenn sich der Rücken so heftig durchbiegt, daß der Körper nur noch auf dem Kopf und den Fersen ruht — und sein Gesicht verriet tiefstes Entsetzen: fast immer liegt beim Einsetzen einer Strychninvergiftung die Überzeugung eines drohenden Todes vor. Aber als ich ihn ausstreckte, habe ich keine Anzeichen eines Starrkrampfes feststellen können. Außerdem stimmt der zeitliche Ablauf nicht. Strychnin zeigt gewöhnlich die ersten Wirkungen innerhalb von zehn Minuten, und eine halbe Stunde nach Einnahme des Zeugs ist man hinüber. Antonio hat mindestens zwanzig Minuten lang hier mit uns beim Essen gesessen, und da hat ihm noch nichts gefehlt — gewiß, er war seekrank, aber das war auch alles. Und dann ist er erst vor wenigen Minuten gestorben — das ist viel zu lange. Abgesehen davon, wer in aller Welt würde einen so harmlosen Burschen wie Antonio umbringen wollen? Haben Sie unter Ihren Leuten etwa einen tobsüchtigen Psychopathen, der aus reinem Vergnügen mordet? Sehen Sie da irgendeinen Zusammenhang?«

»Nein, nein, nicht den geringsten. Aber — das Gift. Sie sagten ...«

»Lebensmittelvergiftung.«

»Lebensmittelvergiftung! Aber man stirbt doch nicht gleich an Lebensmittelvergiftung. Meinen Sie Ptomainvergiftung?«

»Ich meine nichts dergleichen, denn so etwas gibt es nicht. Sie können Ptomain nach Herzenslust ohne jede Schädigung essen. Aber man kann alle möglichen Lebensmittelvergiftungen haben, chemische Vergiftungen, zum Beispiel Quecksilber in Fisch, eßbare Pilze, die keine eßbaren Pilze sind, eßbare Muscheln, die keine eßbaren Muscheln sind — aber das eigentlich Bösartige sind *Salmonellen.* Und die können einen Menschen umbringen. Glauben Sie mir. Gerade gegen Ende des Krieges hat zum Beispiel eine Abart davon, *salmonella enteritidis,* etwa dreißig Menschen in Stoke-on-Trent befallen. Sechs von ihnen sind gestorben. Und es gibt sogar noch bösartigere mit dem Namen *clostridium botulinum* — eine Art Halbvetter von *Botulinus,* einer reizenden Substanz, die mit Sicherheit in einer Nacht eine ganze Stadt ausrotten kann –, das Gesundheitsministerium befaßt sich damit. Dieses *clostridium* scheidet ein Exotoxin aus, das wahrscheinlich das stärkste in der Natur vorkommende Gift ist. Zwischen den beiden Weltkriegen hat eine Gruppe von Touristen beim Loch Maree in Schottland ein Picknick veranstaltet, bei dem man belegte Brote mit Entenpastete aus der Dose aß. Acht von ihnen haben davon gegessen. Alle acht sind gestorben. Damals gab es kein Gegenmittel, und das gibt es auch heute nicht. Das oder etwas Ähnliches muß es gewesen sein, was Antonio gegessen hat.«

»Ich verstehe.« Er trank noch einen Schluck Kognak und blickte dann mit weit aufgerissenen Augen zu mir auf. »Großer Gott! Sehen Sie denn nicht, was das bedeutet, Mensch! Wir alle sind gefährdet, wir alle. Dieses *clostridium,* oder wie immer Sie es nennen, könnte sich wie ein Waldbrand ausbreiten ...«

»Beruhigen Sie sich. Es ist nicht ansteckend, nicht übertragbar.«

»Aber die Kombüse ...«

»Glauben Sie, dieser Gedanke wäre mir noch nicht gekommen? Dort kann die Quelle der Ansteckung nicht sein. Dann wären wir schon alle erledigt — ich nehme an, daß Antonio, das heißt, bevor sein Appetit ihn verließ — das gleiche gegessen hat wie wir alle. Ich habe darauf nicht besonders geachtet, aber wahrscheinlich kann ich es von den Leuten erfahren, die links und rechts von ihm saßen — bestimmt waren es der Graf und Cecil.«

»Cecil?«

»Cecil Golightly — Ihr Aufnahmeassistent oder so etwas.«

»Ach! Der Herzog.« Aus einem nicht ganz ersichtlichen Grund wurde Cecil, ein kleiner, gerissener Cockneyzwerg, stets als Herzog bezeichnet, wahrscheinlich weil es überhaupt nicht zu ihm paßte. »Dieses kleine Schwein sieht nie was! Seine Augen sind immer nur auf seinen Teller gerichtet. Aber Tadeusz — hm, dem entgeht nicht viel.«

»Ich werde sie fragen. Ich werde auch die Kombüse, den Proviantraum und den Kühlraum überprüfen. Die Chancen stehen eins zu zehntausend — meiner Ansicht nach werden wir feststellen, daß Antonio seinen eigenen kleinen Vorrat an Büchsendelikatessen hatte —, aber ich gehe der Sache auf jeden Fall nach. Soll ich an Ihrer Stelle Kapitän Imrie aufsuchen?«

»Kapitän Imrie?«

Ich blieb geduldig. »Der Kapitän muß benachrichtigt werden. Man muß den Tod ins Logbuch eintragen. Ein Totenschein muß ausgestellt werden — normalerweise würde er es selber tun, aber nicht, wenn ein Arzt an Bord ist. Allerdings muß ich erst dazu autorisiert werden. Dann muß er Vorbereitungen für die Bestattung auf See treffen. Morgen vormittag, würde ich sagen.«

Er erschauerte. »Ja, bitte, bitte, tun Sie das. Natürlich, Bestattung auf See. Ich muß jetzt gehen, sofort John aufsuchen und ihm von dieser entsetzlichen Geschichte berichten.« Mit »John« meinte er, wie ich annahm, John Cummings Goin, Buchhalter der Firma, Partner in *Olympus Productions* und allgemein als Oberaufseher der Finanzen anerkannt — und somit in vielfacher Hinsicht der eigentliche Oberaufseher der ganzen Gesellschaft. »Und dann gehe ich zu Bett. Ja, ja, zu Bett. Klingt entsetzlich, ich weiß, wo der arme Antonio dort unten liegt, aber es hat mich schrecklich ergriffen, wirklich schrecklich ergriffen.« Ich konnte ihm darin nicht widersprechen, denn selten hatte ich einen Menschen so unglücklich gesehen.

»Ich kann Ihnen ein Beruhigungsmittel in Ihre Kabine bringen.«

»Nein, nein, ich brauche nichts.« Unbewußt griff er nach der Flasche Hine, stopfte sie sich in eine der geräumigen Taschen seiner zeltähnlichen Jacke und wankte aus dem Speiseraum. Was Schlaflosigkeit betraf, so zog Gerran ganz offensichtlich hausgemachte Heilmittel sogar den modernsten pharmazeutischen Erzeugnissen vor.

Ich ging zur Tür auf Steuerbord, öffnete sie und blickte hinaus. Wenn Smithy gesagt hatte, das Wetter würde nicht besser, so war er mit seiner Prognose sehr vorsichtig gewesen: die meteorologischen Bedingungen verschlechterten sich rapide. Die Lufttemperatur war nun ein gutes Stück unter Null gesunken, und die ersten dünnen Schneeflocken trieben über mich hinweg, fast parallel zur Meeresoberfläche. Die Wellen waren nun keine Wellen mehr, sondern nur in Bewegung gesetzte Wassermassen, die launenhaft nach allen Richtungen auseinanderstrebten, aber doch noch im wesentlichen nach Osten liefen. Die *Morning Rose* fuhr nicht länger mehr in Schlangenlinien, sondern begann zu taumeln, stürzte dabei in ein brückenhohes Wellental mit einem explosiven Krachen, das ziemlich genau an die scharfe, peitschenähnliche Detonation eines nicht allzu fernen Schiffsgeschützes erinnerte; dann kämpfte und mühte sie sich ab, richtete sich wieder auf, nur um von der nächsten wie eine Mauer sich heranwälzenden See gepackt zu werden, die sie von einer Seite zur anderen warf. Ich lehnte mich noch weiter hinaus, blickte empor und war von den kaum sichtbaren Umrissen der wie wild klatschenden Flagge am Vormast ein wenig verwirrt, da sie nicht zur Steuerbordseite hin flatterte, wie sie sollte, sondern nach Steuerbord achtern. Das bedeutete, daß der Wind auf Nordost drehte, und was dies nach sich ziehen mochte, konnte ich nicht einmal ahnen. Ich argwöhnte nur verschwommen, daß es nichts Gutes war. Ich ging wieder hinein, riß die Tür mit Mühe hinter mir zu, sprach ein stilles Dankgebet für die unendlich beruhigende Anwesenheit des zuverlässigen Smithy auf der Brücke, begab mich erneut in die Pantry des Stewards und versorgte mich mit einer Flasche Black Label, da sich Gerran mit dem letzten trinkbaren Kognak aus dem Staub gemacht hatte. Ich nahm ihn mit zum Tisch des Kapitäns, setzte mich auf seinen Stuhl, schenkte mir eine kleine Portion ein und stellte die Flasche in Kapitän Imries praktisches schmiedeeisernes Gestell.

Ich fragte mich, warum ich Gerran nicht die Wahrheit gesagt hatte. Ich war, wie ich glaubte, ein überzeugender Lügner, aber das Lügen war nicht meine Gewohnheit. Wahrscheinlich, weil Gerran mir den Eindruck machte, er sei alles andere als ein stabiler Charakter, erschien er mir bei noch weiter erhöhtem Pegelstand an Kognak, zuzüglich zu dem, was er bereits konsumiert hatte, nicht gerade als der ideale Mitwisser.

Antonio war nicht an Strychnin gestorben. Dessen war ich ganz sicher. Ebenso überzeugt war ich, daß er auch nicht an *clostridium botulinum* gestorben war. Das Exotoxin dieser speziellen Anaerobe war bestimmt so tödlich, wie ich es gesagt hatte, aber glücklicherweise ahnte Gerran nicht, daß die Inkubationszeit selten weniger als vier Stunden betrug und, in extremen Fällen, bis zu achtundvierzig Stunden gedauert hatte. Es bestand eine gewisse Möglichkeit, daß Antonio im Verlauf des Nachmittags den Inhalt einer Dose mit schlecht gewordenen Trüffeln oder dergleichen aus seiner Heimat verschlungen hatte, aber in diesem Fall hätten sich die Symptome bereits bei Tisch gezeigt, und abgesehen von seiner sonderbaren grünlichen Verfärbung hatte ich nichts in dieser Richtung beobachtet. Es mußte sich um eine Art organischer Vergiftung handeln, aber es gab so viele Erscheinungsformen, und ich war alles andere als ein Fachmann auf diesem Gebiet. Auch mußte es sich nicht um ein Verbrechen handeln: es sterben mehr Menschen an einer zufälligen Vergiftung als durch die Machenschaften Übelgesinnter.

Die Tür auf der Leeseite wurde aufgestoßen, und zwei Leute taumelten in den Raum, beide jung, beide mit Brille und beide mit Gesichtern, die von den windzerzausten Haaren fast ganz verdeckt blieben. Sie erblickten mich, zögerten, sahen einander an und wollten schon wieder gehen, aber ich winkte ihnen zu, und sie näherten sich, nachdem sie die Tür hinter sich geschlossen hatten. Sie wankten auf meinen Tisch zu, setzten sich, strichen sich die Haar aus den Gesichtern, und jetzt erst erkannte ich in ihnen Mary Darling, unser Scriptgirl, und Allen — niemand wußte, ob er noch einen anderen Namen hatte oder ob dies sein Vor- und Nachname war. Er bediente die Klappe und legte die Filme ein. Ein sehr ernsthafter junger Mann, dem man vor kurzem nahegelegt hatte, seine Universität zu verlassen. Er war ein intelligenter Bursche, langweilte sich aber schnell. Intelligent, aber nicht sehr vernünftig — er betrachtete nämlich das Filmemachen als die herrlichste Aufgabe auf Erden.

»Entschuldigen Sie, daß wir hier so hereinplatzen, Dr. Marlowe.« Allen war überhöflich, sehr respektvoll. »Wir hatten keine Ahnung ... um die Wahrheit zu sagen, wir suchten nur einen Platz, wo wir uns hinsetzen könnten.«

»Und jetzt haben Sie diesen Platz gefunden. Ich gehe sowieso. Probieren Sie etwas von Mr. Gerrans ausgezeichnetem Whisky — Sie sehen beide so aus, als könnten Sie ein bißchen davon gebrauchen.« Tatsächlich sahen sie sehr blaß aus.

»Nein, danke, Dr. Marlowe. Wir trinken nicht.« Mary Darling — alle nannten sie Mary Darling — war in eine noch ernsthaftere Form gegossen und hatte dazu passend eine sehr affektierte Art zu sprechen. Sie hatte sehr langes, fast platinblondes Haar, das völlig sich selber überlassen über ihren Rücken hinabfiel und ganz offensichtlich seit Jahren die ordnende Hand eines Friseurs nicht mehr gespürt hatte: sie mußte Antonios Herz gebrochen haben. Auf ihrem Gesicht lag ein zur Gewohnheit gewordener strenger Ausdruck, sie trug eine riesige Hornbrille, kein Make-up — nicht einmal Lippenstift — und verbreitete eine geschäftsmäßige, kompetente Mit-mir-ist-nicht-zu-Spaßen und Ich-kann-für-mich-selber-sorgen-danke-Atmosphäre um sich, die so offensichtlich unecht war, daß niemand den Mut hatte, ihr zu sagen, sie bluffte.

»Kein Zimmer im Gasthaus?« fragte ich.

»Na ja«, sagte Mary Darling, »im Aufenthaltsraum ist man nicht sehr für sich, finden Sie nicht auch? Und was diese drei jungen ... jungen ... betrifft ...«

»*Die Drei Apostel* tun ihr Bestes«, sagte ich begütigend. »Bestimmt war der Salon leer?«

»Ganz und gar nicht.« Allen versuchte ein mißbilligendes Gesicht zu machen, aber ich sah, daß sich seine Augen zusammenzogen. »Ein Mann war da. Im Pyjama. Mr. Gilbert.«

»Er hatte ein großes Schlüsselbund in seiner Hand.« Mary Darling hielt inne und preßte ihre Lippen zusammen: »Er versuchte gerade, die Türen zu öffnen, hinter denen Mr. Gerran alle seine Flaschen aufbewahrt.«

»Typisch Lonnie«, räumte ich ein. Es ging mich nichts an. Wenn Lonnie die Welt so traurig und leer fand, konnte weder ich noch sonst jemand viel dagegen tun. Ich hoffte nur, Gerran würde ihn nicht dabei erwischen. Zu Mary sagte ich: »Sie könnten es immer mit Ihrer Kabine versuchen.«

»Aber nein! *Das* können wir doch nicht tun.«

»Nein, wahrscheinlich nicht.« Ich bemühte mich, mir darüber klarzuwerden, warum nicht, aber ich war zu alt. Ich verabschiedete mich von ihnen und ging durch die Pantry in die Kombüse. Sie war nicht sehr groß, kompakt, tadellos sauber, eine kleine kulinarische Symphonie aus rostfreiem Stahl und weißen Kacheln. Zu dieser späten Stunde hatte ich erwartet, sie leer zu finden, aber das war sie nicht: Haggerty, der Chefkoch mit der vorschriftsmäßigen viereckigen Chefmütze auf seinem ergrauenden kurzen Haar, stand über ein paar Töpfe auf dem Herd gebeugt. Er drehte sich um und sah mich ein wenig erstaunt an.

»'n Abend, Dr. Marlowe.« Er lächelte. »Führen Sie eine ärztliche Inspektion meiner Küche durch?«

»Wenn Sie erlauben, ja.«

Sein Lächeln erstarb. »Ich fürchte, das verstehe ich nicht ganz, Sir.« Er konnte sehr steif sein, dieser Haggerty; rund zwanzig Jahre in der Royal Navy hatten ihre Spuren hinterlassen.

»Entschuldigen Sie, nur eine Formalität. Wir scheinen einen Fall von Lebensmittelvergiftung an Bord zu haben. Ich sehe mich nur ein bißchen um.«

»Lebensmittelvergiftung! Nicht aus dieser Kombüse, das kann ich Ihnen versichern. In meinem ganzen Leben hatte ich keinen solchen Fall.« Haggerty, in seiner Berufsehre gekränkt, schob jedes menschliche Gefühl beiseite. »Siebenundzwanzig Jahre als Koch auf der *Andrew*, Dr. Marlowe, die letzten sechs Jahre als Chef auf einem Flugzeugträger, und dann will man mir vorwerfen, daß meine Kombüse nicht hygienisch sei . . .«

»Niemand wirft Ihnen dergleichen vor.« Ich schlug ihm gegenüber denselben Ton an. »Jeder sieht doch, daß hier alles einwandfrei ist. Käme die Ansteckung aus dieser Kombüse, wäre es nicht Ihre Schuld.«

»Aus dieser Kombüse stammt sie nicht.« Haggerty hatte ein kantiges, rötliches Gesicht und grünlich blaue Augen. Seine Hautfarbe, vom Zorn verfärbt, war jetzt um zwei Schattierungen dunkler, und seine Augen blickten feindselig. »Entschuldigen Sie mich, ich habe zu tun.« Er wandte mir den Rücken zu und begann, mit seinen Töpfen zu klappern. Ich mag es nicht, wenn Leute mir den Rücken zuwenden, während ich mit ihnen spreche, und meine instinktive Reaktion bestand darin, ihn zu veranlassen, mich wieder anzusehen, aber dann sagte ich mir, er sei in seinem Stolz verletzt, von seinem Gesichtspunkt aus zu Recht, und so begnügte ich mich mit seinem Rücken.

»Sie arbeiten noch sehr spät, Mr. Haggerty?«

»Abendessen für die Brücke«, erklärte er unzugänglich. »Mr. Smith und der Bootsmann. Sie lösen sich um elf Uhr in der Wache ab und essen dann zusammen.«

»Hoffen wir, daß sie um zwölf Uhr noch gesund und munter sind.«

Sehr langsam wandte er sich zu mir um. »Was soll denn das heißen?«

»Es heißt, daß das, was einmal geschehen ist, sich jederzeit wiederholen kann. Wissen Sie, daß Sie nicht das geringste Interesse daran gezeigt haben, wer die Person ist, die sich vergiftet hat, oder wie krank diese Person ist?«

»Ich verstehe nicht, was Sie meinen, Sir.«

»Ich finde das höchst sonderbar. Vor allem, da diese Person kurz nachdem sie ein in dieser Kombüse zubereitetes Essen zu sich genommen hatte, sich heftig erbrochen hat.«

»Ich erhalte meine Befehle von Kapitän Imrie«, erklärte er ausweichend. »Nicht von Passagieren.«

»Sie wissen, wo sich der Kapitän zu dieser Nachtzeit aufhält. Im Bett und sehr, sehr weit weg. Das ist kein Geheimnis. Wollen Sie nicht jetzt mit mir kommen und sehen, was Sie angerichtet haben? Um sich diese vergiftete Person anzusehen.« Das war nicht sehr nett von mir, aber ich wußte nicht, was sonst ich hätte tun können.

»Um zu sehen, was *ich* angerichtet habe!« Wieder drehte er sich um, stellte seine Töpfe energisch zur Seite und nahm die Chefmütze ab. »Das sollte lieber bewiesen werden, Doktor.«

Ich ging voraus zu Antonios Kabine und schloß die Tür auf. Der Gestank war ekelerregend. Antonio lag noch so da, wie ich ihn verlassen hatte, nur daß er jetzt weit mehr wie ein Toter aussah als vorher: das Blut war aus Gesicht und Händen gewichen, so daß sie weiß und durchsichtig aussahen. Ich wandte mich zu Haggerty um.

»Beweis genug?«

Haggertys Gesicht erbleichte nicht, da rötliche Gesichter mit zahlreichen geplatzten roten Äderchen das nicht tun, aber es nahm eine seltsam schmutzige Ziegelfärbung an. Er starrte ungefähr zehn Sekunden auf den Toten am Boden, wandte sich dann ab und ging rasch den Gang entlang.

Ich verschloß die Tür und folgte ihm, von einer Seite des Gangs zur anderen taumelnd, da die *Morning Rose* in den großen Wellentälern heimtückisch rollte. So suchte ich mir unsicher meinen Weg bis zum Speiseraum, holte mir den Black Label aus Kapitän Imries schmiedeeisernem Gestell, lächelte Mary Darling und Allen freundlich an — mochte Gott wissen, was sie dachten, als ich dort aufkreuzte — und kehrte in die Kombüse zurück. Nach dreißig Sekunden fand sich auch Haggerty ein. Er sah elend aus, und ich wußte, daß er sich übergeben hatte. Ich zweifelte nicht daran, daß er während seines Lebens auf See eine Menge gesehen hatte, aber der Anblick eines Menschen, der eines unnatürlichen Todes gestorben ist, hat etwas besonders Erschreckendes an sich. Ich schenkte ihm drei Fingerbreit Whisky ein, und er stürzte ihn mit einem Zug hinunter. Er hustete, und das Husten oder der Whisky brachten wieder die alte Farbe in sein Gesicht zurück.

»Was war es?« Seine Stimme klang rauh. »Was ... was für ein Gift konnte einen Menschen so umbringen? Mein Gott, ich habe noch niemals etwas so Entsetzliches gesehen.«

»Ich weiß es nicht. Das möchte ich ja gerade herausfinden. Darf ich mich jetzt etwas umsehen?«

»Bei Gott, ja. Nehmen Sie es mir nicht übel, Doktor — ich habe es doch nicht wissen können, oder? Was wollen Sie zuerst sehen?«

»Es ist zehn Minuten nach elf«, sagte ich.

»Zehn Minuten nach — mein Gott, die Brücke hatte ich ganz vergessen.« Er richtete das Essen für die Kommandobrücke mit bemerkenswerter Geschwindigkeit und Sicherheit her — zwei Büchsen Orangensaft, ein Dosenöffner, eine Flasche mit Suppe und dann das Hauptgericht in verschließbaren Kochgeschirren. Das alles stellte er in einen Korb, dazu Bestecke und zwei Flaschen Bier. Die ganze Vorbereitung dauerte kaum länger als eine Minute.

Während seiner Abwesenheit — sie dauerte keine zwei Minuten — besichtigte ich die geringen unverpackten Lebensmittel, die Haggerty in seiner Kombüse aufbewahrte, auf Regalen und in einem großen Kühlschrank. Selbst wenn ich dazu imstande gewesen wäre, was nicht der Fall war, besaß ich doch an Bord keine Apparate zur Untersuchung von Lebensmitteln, und so mußte ich mich auf meine Augen, auf Geschmack und Geruchssinn verlassen. Soweit ich es feststellen konnte, war alles in Ordnung. Wie Haggerty gesagt hatte, betrieb er eine hygienisch saubere Kombüse, einwandfreie Lebensmittel in einwandfreien Behältern.

Haggerty kam zurück. »Wieder das Menü von heute abend?«

»Orangen- oder Ananassaft, Ochsenschwanzsuppe ...«

»Alles aus Dosen?« Er nickte. »Sehen wir uns die einmal an.« Ich öffnete sie unter Haggertys nun sehr besorgten Blicken. Sie schmeckten, wie diese Büchsenerzeugnisse für gewöhnlich schmecken, das heißt, sie waren alle völlig harmlos in ihrer ziemlich geschmacklosen Art.

»Hauptgericht?« fragte ich. »Hammelkoteletts, Rosenkohl, Meerrettich und Salzkartoffeln?«

»Stimmt. Aber diese Dinge werden nicht hier aufbewahrt.« Er führte mich in den angrenzenden Kühlraum, in dem Obst und Gemüse gelagert wurden, dann von dort tiefer in den Tiefkühlraum, wo im grellen Licht nackter Birnen ganze Seiten von Rind, Schwein und Hammel an Stahlhaken unheimlich hin und her schwankten. Ich fand erwartungsgemäß nichts und erklärte Haggerty, daß es seine Schuld nicht sei, was immer geschehen sein mochte, stieg dann zum Oberdeck hinauf und eilte einen Innengang entlang, bis ich vor Kapitän Imries Kajüte gelangte. Ich drehte am Knauf, aber sie war abgeschlossen. Ich klopfte ein paarmal an, ohne Erfolg. Ich hämmerte gegen die Tür, bis meine Knöchel rebellierten, trat dann mit dem Fuß dagegen, alles mit dem gleichen Ergebnis: Kapitän Imrie hatte noch immer rund neun Stunden Schlaf vor sich, und meine verhältnismäßig schwachen Geräusche hatten keinerlei Aussicht, bis in die tiefsten Tiefen der Bewußtlosigkeit vorzudringen, in die er nun gesunken war. Ich gab es auf. Smithy würde wissen, was zu tun war.

Ich kehrte in die nun von Haggerty verlassene Kombüse zurück und ging durch die Pantry in den Speiseraum. Mary Darling und Allen saßen auf einer kleinen Sitzbank an einem Schott, ihre vier Hände ineinander verschlungen, blaß — sehr blaß —, die Gesichter etwa eine Handbreit auseinander. Sie starrten sich in einer Art mystisch-unglücklicher Verzauberung in die Augen. Es war, wie ich wußte, eine unumstößliche Wahrheit, daß Liebschaften an Bord eines Schiffes schneller erblühten als an Land, aber ich hatte geglaubt, diese Erscheinungen wären auf die Bahamas und ähnlich milde Klimazonen beschränkt. An Bord eines Trawlers in einem ausgewachsenen Orkan inmitten der Arktis hätte ich angenommen, daß einige der für Romantik wesentlichen Voraussetzungen völlig fehlten oder zumindest nur in kleinsten Mengen vorhanden waren. Ich setzte mich auf Kapitän Imries Stuhl, schenkte mir ein kleines Glas ein und sagte: »Prost!«

Sie fuhren auseinander, als hätte man sie plötzlich mit eingeschalteten Elektroden verbunden. Mary Darling sagte vorwurfsvoll: »Sie haben uns aber einen Schrecken eingejagt, Dr. Marlowe.«

»Entschuldigen Sie.«

»Wir wollten sowieso gerade gehen.«

»Nun muß ich mich wirklich entschuldigen.« Ich sah Allen an. »Etwas ganz anderes als die Universität, nicht wahr?«

Er lächelte matt. »Es ist schon ein Unterschied.«

»Was haben Sie studiert?«

»Chemie.«

»Lange?«

»Na ja, fast drei Jahre.« Wieder das matte Lächeln. »So lange habe ich gebraucht, um festzustellen, daß ich darin nicht viel taugte.«

»Und Sie sind jetzt?«

»Einundzwanzig.«

»Noch reichlich Zeit, um festzustellen, wofür Sie sich eignen. Ich war dreiunddreißig, bis ich als Arzt fertig war.«

»Dreiunddreißig.« Er sprach es nicht aus, aber sein Gesicht verriet es: Wenn es so lange dauerte, bis er fertig sein würde, welche unvorstellbare Last von Jahren schleppte er mit sich herum? »Was haben Sie vorher getan?«

»Nichts, worüber ich gern sprechen möchte. Sagen Sie, Sie beide haben doch heute abend beim Essen am Tisch des Kapitäns gesessen, nicht wahr?« Sie nickten. »Sie saßen mehr oder weniger Antonio gegenüber?«

»Ich glaube«, sagte Allen. Das war ein guter Anfang. Er glaubte es immerhin.

»Er fühlt sich nicht wohl. Ich versuche jetzt festzustellen, ob er etwas gegessen hat, was ihm nicht bekommen ist, etwas, worauf er allergisch reagiert. Hat einer von Ihnen gesehen, was er gegessen hat?«

Sie blickten einander unsicher an.

»Nun?« fragte ich aufmunternd. »Vielleicht Pommes frites?«

»Es tut mir leid, Dr. Marlowe«, erklärte Mary Darling. »Ich fürchte, wir sind keine sehr guten Beobachter.« Offensichtlich keine Unterstützung von dieser Seite: Sie waren so ineinander verloren, daß sie sich nicht einmal daran erinnern konnten, was sie gegessen hatten. Oder vielleicht hatten sie ganz einfach gar nichts gegessen. Ich hatte es nicht bemerkt. Ich war selber kein sehr aufmerksamer Beobachter gewesen. Aber ich hatte ja auch nicht erwartet, daß sich ein Mord ereignen würde.

Sie waren jetzt aufgestanden und klammerten sich, um einen Halt zu finden, aneinander, als das Deck versuchte, unter ihren Füßen zu verschwinden. »Wenn Sie jetzt nach unten gehen«, sagte ich, »könnten Sie dann Tadeusz bitten, er möchte so freundlich sein, hierher zu kommen, um sich mit mir zu treffen. Er wird im Aufenthaltsraum sein.«

»Er könnte schon im Bett liegen«, meinte Allen. »Schlafen.«

»Wo immer er ist«, erklärte ich mit Bestimmtheit, »im Bett ist er nicht.«

Schon nach kurzer Zeit erschien Tadeusz, der gewaltig nach Kognak roch, mit einem beleidigten Ausdruck auf seinen aristokratischen Zügen. Ohne Einleitung sagte er: »Verdammt ärgerlich. Wirklich verdammt ärgerlich. Wissen Sie, wo ich einen Hauptschlüssel bekommen könnte? Antonio, dieser Idiot, ist in der Kabine, hat die Tür von innen verschlossen und muß bis zu den Augenbrauen mit Beruhigungsmitteln vollgestopft sein. Ich kann ihn ganz einfach nicht wach bekommen. Dieser Schwachsinnige!«

Ich holte seinen Kabinenschlüssel hervor. »Er hat die Tür nicht von innen verschlossen. Das habe ich von außen getan.« Der Graf sah mich einen Augenblick verständnislos an, griff dann automatisch nach seiner Flasche, während sich auf seinem Gesicht Schrekken und Verstehen offenbarten. Kein allzu großer Schock, nur ein Anflug davon, aber ich war überzeugt, daß dieses Bißchen jedenfalls echt war. Er hob die Flasche an, und zwei oder drei Tropfen rannen in sein Glas. Er griff nach dem Black Label, schenkte sich mit sicherer Hand großzügig ein und trank einen großen Schluck.

»Er konnte mich nicht hören? Er — befindet er sich jenseits allen Hörens?«

»Es ist schrecklich. Etwas, was er gegessen hat, ein mörderisches Gift, ein starkes, schnell wirkendes, tödliches Gift.«

»Ganz tot?« Ich nickte. »Ganz tot«, wiederholte er. »Und ich habe ihm gesagt, er sollte endlich mit dieser großen italienischen Oper, mit diesem ganzen Quatsch aufhören. Ich bin hinausgegangen und habe einen Sterbenden zurückgelassen.« Er trank noch mehr Whisky und verzog das Gesicht, ein Ausdruck, der kein herabsetzendes Urteil über Johnnie Walker bedeutete. »Es liegt ein Vorteil darin, ein entgleister Katholik zu sein, Dr. Marlowe.«

»Unsinn. Sack und Asche sind nicht nur keine Hilfe, sondern hier überhaupt nicht angebracht. Also gut, Sie haben nicht vermutet, daß irgend etwas bei ihm nicht stimmte. Ich habe ihn bei Tisch gesehen, ohne schlauer zu sein, und dabei bin ich doch Arzt. Und als Sie ihn in der Kabine verließen, war es ohnehin schon zu spät: da hat er schon im Sterben gelegen.« Ich schenkte ihm noch etwas Whisky ein, ließ aber mein eigenes Glas unberührt. »Beim Essen haben Sie neben ihm gesessen. Können Sie sich an das erinnern, was er gegessen hat?«

»Das Übliche.« Der Graf war offensichtlich tiefer erschüttert, als seine aristokratische Natur es ihm zu zeigen erlaubte. »Oder richtiger, er hat nicht das Übliche gegessen.«

»Ich bin nicht in der richtigen Verfassung für Rätsel, Tadeusz.«

»Grapefruit und Sonnenblumenkerne. Das war es ungefähr, wovon er sich ernährte. Einer dieser vegetarischen Irren.«

»Vorsicht, Tadeusz. Diese Irren könnten noch Ihre Sargträger werden.«

Wieder verzog der Graf das Gesicht. »Eine besonders unpassende Bemerkung. Antonio hat niemals Fleisch gegessen. Und er hatte etwas gegen Kartoffeln. So blieben ihm nur Rosenkohl und Meerrettich. Ich erinnere mich besonders gut daran, weil Cecil und ich ihm unseren Meerrettich abgetreten haben, für den er, wie es schien, eine besondere Vorliebe hatte.« Der Graf erschauerte. »Ein barbarisches Essen, nur für unwissende angelsächsische Gaumen geeignet.

Sogar der junge Cecil besitzt soviel Kultur, diesen Abfall zu verabscheuen.« Es war auffallend, daß der Graf der einzige Mensch in diesem Filmteam war, der Cecil Golightly nicht Herzog nannte. Vielleicht fand er, daß er in diesem Rennen um Titel zu hoch eingestuft wurde, aber noch wahrscheinlicher hatte er, da er selber ein waschechter Aristokrat war, etwas dagegen, wenn man mit Titeln allzu frivol umsprang.

»Hat er Obstsaft getrunken?«

»Antonio hatte seinen eigenen hausgemachten Gerstentrank.« Ein leichtes Lächeln spielte über das Gesicht des Grafen. »Er behauptete, alles, was aus einer Dose käme, sei bereits vorher verfälscht worden. Unser Antonio war in diesen Dingen sehr genau.«

»Suppe? Hat er welche gegessen?«

»Ochsenschwanz?«

»Natürlich. Noch etwas? Ich meine, was er gegessen hat?«

»Er hat nicht einmal sein Hauptgericht zu Ende gegessen — na ja, seinen Rosenkohl und den Meerrettich. Vielleicht erinnern Sie sich, daß er hastig aufsprang.«

»Ich erinnere mich. Wurde er leicht seekrank?«

»Ich weiß es nicht. Vergessen Sie nicht, daß ich ihn nicht länger als Sie kenne. Während der letzten zwei Tage hatte er nicht viel Farbe. Aber wer hatte die schon?«

Ich versuchte, mir eine andere scharfsinnige Frage auszudenken, als John Cummings Goin eintrat. Seinen ungewöhnlichen Nachnamen hatte er von einem französischen Großvater in Hoch-Savoyen geerbt, wo es offenbar kein ganz ungewöhnlicher Name war. Das Filmteam sprach unweigerlich von ihm als *Comin' and Goin'*, aber Goin war sich dessen offenbar nicht bewußt. Er war nicht der Mann, dem gegenüber man sich irgendwelche Freiheiten herausnehmen konnte.

Jeder andere Mensch, der in einer solchen Nacht vom Oberdeck her den Speiseraum betrat, hätte einen Anblick geboten, der zwischen windverweht und sturmzerzaust gelegen hätte. Aber jedes Haar von Goins schwarzem, in der Mitte gescheiteltem, glatt zurückgekämmtem Haar war an seinem Platz. Hätte man mir erzählt, daß er die üblichen Markenpomaden zugunsten von Tischlerleim mied, hätte ich keinen Anlaß gehabt, daran zu zweifeln. Und die Frisur war für den Mann charakteristisch — alles war bei ihm glatt, ruhig, ordentlich und unter Kontrolle. Nur in einer Hinsicht hinkte der Vergleich. Seine Haare waren glänzend, aber Goin war es nicht: er war ganz einfach nur tüchtig. Er war von mittlerem Wuchs, rundlich, ohne dick zu sein, und hatte ein glattes, faltenloses Gesicht. Er war der einzige Mann, den ich jemals gesehen hatte, der einen Kneifer trug. Der Kneifer paßte so gut zu ihm, daß es undenkbar war, er könnte jemals eine andere Art von Lesehilfe benutzen. Er war vor allem anderen ein zivilisierter Mensch und im besten Sinne dieses Wortes weltmännisch.

Er nahm sich ein Glas aus einem Regal, wartete das wilde Stampfen der *Morning Rose* ab, um sich rasch und sicher bis zu dem Stuhl rechts von mir zu bewegen, griff dann nach dem Black Label und sagte: »Darf ich?«

»Wie gewonnen, so zerronnen«, antwortete ich. »Ich habe ihn gerade aus Mr. Gerrans privatem Vorrat gestohlen.«

»Geständnis zur Kenntnis genommen.« Er schenkte sich ein. »Das macht mich zu einem Helfershelfer. Prost!«

»Ich nehme an, Sie kommen gerade von Mr. Gerran«, sagte ich.

»Ja. Er ist ganz durcheinander. Traurig, traurig, die Sache mit diesem jungen Kerl. Eine bedauerliche Angelegenheit.« Auch das war für Goin typisch: stets setzte er die Prioritäten richtig. Der durchschnittliche Buchhalter einer Firma hätte sich, wenn er mit der Nachricht vom Tod eines Angehörigen des Teams konfrontiert wurde, sofort gefragt, wie der Tod das Projekt als Ganzes treffen würde. Goin hingegen sah zunächst einmal die menschliche Seite. Aber ich wußte, daß ich ihm gegenüber ungerecht war. »Wenn ich richtig verstanden habe«, fuhr er fort, »war es Ihnen bisher nicht möglich, die Todesursache genau festzustellen.« Es war unvermeidlich, daß auch die Diplomatie Goin zur zweiten Natur geworden war: er hätte einfach und wahrheitsgemäß auch sagen können, ich hätte nicht die geringste Ahnung.

So sagte ich es an seiner Stelle. »Ich habe nicht die geringste Ahnung.«

»Wenn Sie so reden, schaffen Sie es niemals bis in die Harley Street.«

»Gift, soviel ist sicher. Aber das ist auch alles, was sicher ist. Ich habe die übliche, zur Seefahrt gehörige ärztliche Bibliothek zur Verfügung, aber die hilft mir nicht sehr. Um ein Gift zu identifizieren, müssen Sie in der Lage sein, entweder eine chemische Analyse durchzuführen oder die Auswirkung des Giftes am Opfer zu beobachten — die meisten stärkeren Gifte weisen typische Symptome auf, und sie folgen ihren eigenen, höchst exzentrischen Wegen. Aber Antonio war tot, bevor ich zu ihm gelangte, und mir fehlen die Möglichkeiten für jede pathologische Arbeit, vorausgesetzt, daß ich überhaupt dazu imstande wäre.«

»Sie zerstören meinen ganzen Glauben an den ärztlichen Beruf. Zyankali?«

»Unmöglich. Antonio hat sich beim Sterben Zeit gelassen. Ein paar Tropfen Blausäure — Cyanwasserstoff — oder sogar nur eine winzige Menge offizineller Säure, und die enthält nur zwei Prozent wasserfreien Cyanwasserstoffs — und Sie sind tot, bevor noch Ihr Glas auf dem Boden zerschellt. Und Zyankali macht die Sache zum Mord, macht sie stets zum Mord. Es gibt meines Wissens nach keine Möglichkeit, die Verabreichung auf einen bösen Zufall zurückzuführen. Aber Antonios Tod war, dessen bin ich sicher, ein Unglücksfall.«

Goin schenkte sich noch etwas Whisky ein. »Warum sind Sie so sicher, daß es ein Unglücksfall war?«

»Warum ich so sicher bin?« Das war schwierig aus dem Handgelenk zu beantworten, denn ich war überzeugt davon, hier handele es sich keineswegs um einen Unglücksfall. »Zunächst einmal gab es keine Gelegenheit, das Gift zu verabreichen. Wir wissen, daß Antonio den ganzen Nachmittag über bis zur Zeit des Abendessens in seiner Kabine allein war.« Ich sah den Grafen an. »Hatte Antonio irgendwelche eigene Verpflegung bei sich in der Kabine?«

»Wie haben Sie das erraten?« Der Graf blickte mich überrascht an.

»Das war kein Raten. Ich hake nur die einzelnen Möglichkeiten ab?«

»Zwei Körbe. Voll mit Gläsern — ich glaube, ich erwähnte es schon, daß Antonio niemals etwas aus Dosen aß — Gläser mit allen möglichen sonderbaren Gemüsegerichten, darunter auch Dutzende von Gläsern mit Säuglingsnahrung. Ein sehr wählerischer Esser war unser Antonio.«

»Allmählich wird es mir klarer. Ich glaube, dort liegt die Lösung. Ich werde Kapitän Imrie bitten, seine Vorräte in Verwahrung zu nehmen, um sie nach unserer Rückkehr untersuchen zu lassen. Kehren wir zum Faktor der günstigen Gelegenheit zurück. Antonio kam hier in den Speiseraum und hat das gleiche gegessen wie wir anderen auch ...«

»Keinen Obstsaft, keine Suppe, keine Hammelkoteletts, keine Kartoffeln«, warf der Graf ein.

»Nichts von alledem. Aber was er gegessen hat, das haben wir auch gegessen. Dann sofort wieder zurück in seine Kabine. Und weiter — wer wollte einen so harmlosen Menschen wie ihn umbringen, abgesehen davon, daß Antonio für uns alle ein völlig Fremder war und zum erstenmal in Wick zu uns gestoßen ist? Und wer, außer einem Menschen, der völlig irre ist, würde in einer so kleinen Gemeinschaft ein tödliches Gift verabreichen, wo er doch weiß, daß es kein Entkommen gibt und Scotland Yard nur an der Hafenmauer von Wick lehnt und auf unsere Rückkehr wartet?«

»Vielleicht würde ein Irrer davon ausgehen, daß ein normaler Mensch so denkt«, meinte Goin.

»Welcher englische König war es, der sich an Neunaugen zu Tode gefressen hatte?« fragte der Graf. »Wenn Sie mich fragen, so kann unser armer Antonio sehr wohl durch eine zu große Portion Meerrettich umgekommen sein.«

»Könnte sein.« Ich schob meinen Stuhl zurück und wollte aufstehen. Aber ich erhob mich nicht sofort. Weit hinten, in den dunklen, verborgenen Winkeln meines Bewußtseins hatte der Graf eine kleine Glocke ausgelöst, ein unendlich leises Klingeln, so fern und schwach, daß es mir völlig entgangen wäre, hätte ich nicht mit allen meinen Sinnen gelauscht. Aber ich hatte gelauscht, so wie Menschen immer lauschen, wenn sie wissen, ohne zu ahnen warum, daß der alte Mann mit der Sense dort hinten zwischen den Kulissen steht und sich zum nächsten Schnitt heranschleicht. Ich wußte, daß beide Männer mich beobachteten, und seufzte. »Jetzt muß etwas geschehen. Antonio muß versorgt werden ...«

»Mit Segeltuch?« fragte Goin.

»Mit Segeltuch. Die Kabine des Grafen muß gesäubert werden. Der Tod ist einzutragen. Totenschein. Und Mr. Smith muß die Vorbereitungen für die Bestattung treffen.«

»Mr. Smith?« Der Graf war ein wenig überrascht. »Nicht unser ehrenwerter Alter?«

»Kapitän Imrie liegt in Morpheus' Armen«, erwiderte ich. »Ich habe es versucht.«

»Sie bringen Ihre Götter durcheinander«, meinte Goin. »Bacchus ist der, den Sie meinen.«

»Wahrscheinlich. Entschuldigen Sie mich, meine Herren.«

Ich begab mich direkt in meine Kabine, aber nicht, um den Totenschein auszustellen. Wie ich Goin erzählt hatte, schleppte ich eine Art medizinischer Bibliothek mit mir herum, die sehr umfangreich war. Ich holte mir mehrere Bücher heraus, darunter Glaisters *Medizinische Jurisprudenz und Toxikologie*, Dewars *Handbuch der Forensischen Pharmazie*, *Legale Medizin and Toxikologie* von Gonzales, Vance und Helpern, wie es schien, ein Werk aus der Vorkriegszeit. Ich begann, mich mit den Tabellen zu befassen, und nach fünf Minuten hatte ich es gefunden.

Die Angabe befand sich in der Rubrik »Organische Gifte« und trug die Überschrift *»Akonit«*. Botanisch: Eine giftige Pflanze aus der Familie der *Ranunkulazeen*. Es wird besonders hingewiesen auf: *Sturmhut* und *Gelber Eisenhut*. Pharmazeutisch *Aconitum napellus*. Dieses und Aconitin, sein alkaloides Extrakt, wird allgemein als das tödlichste aller bisher bekannten Gifte betrachtet: eine Dosis von nicht mehr als 0,004 Gramm ist für den Menschen tödlich. Akonit und sein Alkaloid rufen bei Anwendung eine brennende, seltsam prickelnde und lähmende Wirkung hervor. Später tritt, vor allem bei größeren Dosen, heftiges Erbrechen ein, danach tritt Muskellähmung, Lähmung der Sinnesorgane und starke Herzschwäche ein. Es folgt der tödliche Kollaps.

Behandlung: Um erfolgreich zu sein, muß sie so unmittelbar wie möglich einsetzen. Magenspülung, 12 Gramm Gerbsäure in 9 Litern warmen Wassers, danach 1,2 Gramm Gerbsäure in 180 Millilitern lauwarmen Wassers, dann Tierkohle in Wasser aufgeschwemmt. Stimulantien für Herz und Atem, künstliche Beatmung und Sauerstoff werden sich als notwendig erweisen.

Anmerkung: Die Wurzel von Akonit wurde häufig versehentlich anstelle von Meerrettich gegessen.

III

Ich starrte noch immer, ohne zu lesen, den Artikel über Akonit an, als sich ganz allmählich die Erkenntnis in mein Bewußtsein drängte, daß mit der *Morning Rose* etwas ganz und gar nicht stimmte. Sie machte noch immer Fahrt, und ihre altgedienten Dampfmaschinen mit Ölfeuerung stampften so zuverlässig dahin wie eh und je, aber die Bewegung als solche hatte sich verändert. Ihr Schlingern und Rollen hatte so stark zugenommen, daß sie jetzt in einem Winkel von fast siebzig Grad wild und erschreckend hin und her schwang. Das Stampfen hatte entsprechend abgenommen,und das dumpfe, schnarrende Vibrieren des breiten Bugs, der in die quer zu ihm heranrollenden Seen krachte, war zu einem Bruchteil dessen abgesunken, was es zuvor gewesen war.

Ich legte ein Zeichen ins Buch, schloß es, schwankte dann taumelnd den Gang entlang — man hätte nicht behaupten können, ich sei gerannt, denn das war physisch unmöglich —, den Niedergang hinauf, durch den Salon und hinaus aufs Oberdeck. Es war dunkel, aber nicht so dunkel, daß es mich daran gehindert hätte, die Richtung nach dem Aufprall des Sturms und der Gischt, die von den Kämmen der aufgewühlten See weggerissen wurde, einzuschätzen. Ich fuhr zurück und klammerte mich fester an einen der zweckdienlichen Handgriffe, als sich eine gewaltige Wasserwand, schwarz, geädert und bösartig, auf der Backbordseite ein Stück voraus vom Ladebaum erhob, mindestens zehn Fuß höher als mein Kopf. Ich war überzeugt, daß die Welle mit ihren Hunderten von Tonnen Wasser mitten aufs Vorschiff des Trawlers krachen würde. Ich konnte mir nicht vorstellen, wie dies nicht eintreten sollte, aber es trat nicht ein. Als die Welle auf uns herabschoß, vertiefte sich das Wellental auf Steuerbord, und die *Morning Rose,* die fast bis vierzig Grad überkrängte, stürzte ganz einfach in dieses Tal, von dem gewaltigen Gewicht des Wassers auf ihrer exponierten Backbordseite hinuntergedrückt. Es folgte das vertraute dumpfe, explosionsartige, krachende Donnern; die *Morning Rose* erzitterte und ächzte, als sich die überbeanspruchten Platten und Nieten bemühten, es mit der plötzlichen zerrenden Belastung aufzunehmen, während weißes, eiskaltes Wasser über die Steuerbordseite hinwegschäumte und um meine Knöchel wirbelte. Dann war es verschwunden und rauschte gurgelnd durch die Speigatts, während sich die *Morning Rose* wieder aufrichtete und weit auf die andere Seite hinüberrollte. Dies war kein Anlaß zur Sorge, keine Gefahr für Sicherheit und Leben — es war genau das, wofür man arktische Trawler baute, und die *Morning Rose* konnte weiterhin diese harte Behandlung bis in alle Unendlichkeit ertragen. Aber doch gab es Anlaß zur Sorge, wenn man sich eines solchen Wortes bedienen kann, um einer verzweifelt heftigen Beklemmung Ausdruck zu geben: Diese gewaltige Welle, die den Trawler auf Backbordbug gepackt hatte, hatte die *Morning Rose* auch um fast zwanzig Grad aus ihrem Kurs geworfen. Niemand unternahm einen Versuch, sie wieder herumzureißen. Noch ein kleinerer Brecher, und schon lag sie um fünf Grad weiter nach Osten; auch auf diesem Kurs blieb sie. Ich rannte zur Brückentreppe und prallte gegen einen Menschen genau an der gleichen Stelle, wo ich eine Stunde zuvor auf Mary Dear gestoßen war. Ich warf ihn fast um. Diesmal war der Kontakt erheblich fester, und die Person stieß ein »Uff!« hervor. Instinkt und eine Art augenblicklich einsetzender Überlegung sagten mir, ich sei erneut mit der gleichen Person zusammengestoßen: Judith Haynes würde mit ihren Spaniels im Bett liegen, und Mary Darling war entweder mit Allen zusammen oder träumte im Bett von ihm. Auf jeden Fall gehörten beide nicht dem Freilufttyp an.

Ich sagte etwas, das man vielleicht als eine barsche Entschuldigung hätte mißverstehen können, trat dann zur Seite und hatte bereits meinen Fuß auf der ersten Sprosse, als sie meinen Arm mit beiden Händen ergriff.

»Etwas stimmt nicht, ich weiß es. Was?« Ihre Stimme war ruhig, gerade laut genug, um sich über die hohe Begleitmusik des Windes in der Takelung hinweg verständlich zu machen. Selbstverständlich wußte sie, daß etwas nicht stimmte. Der Anblick von Dr. Marlowe, der sich mit einer Geschwindigkeit bewegte, die nur um ein Geringes über seinem gewohnten Schlendergang lag, wirkte wie eine Polizei- oder Luftschutzsirene. Ich wollte schon etwas in diesem Sinn sagen, als sie hinzufügte: »Deswegen bin ich an Deck gekommen«, was jede schneidende Bemerkung, die ich zu äußern im Begriff stand, mit Erfolg von vornherein abschnitt, denn sie hatte noch vor mir das drohende Unheil bemerkt. Aber ihre Gedanken waren auch nicht mit *Aconitum napellus* beschäftigt gewesen.

»Das Schiff hat keine Führung. Niemand tut auf der Brücke Dienst, niemand versucht, den Kurs zu halten.«

»Kann ich irgend etwas tun?«

Sie war wunderbar. »Ja. Am Schott der Pantry neben dem Herd befindet sich ein Boiler. Bringen Sie mir einen Krug mit heißem Wasser, nicht zu heiß, so daß man es trinken kann, ferner einen Becher und Salz. Eine Menge Salz.«

Ich ahnte ihr Nicken mehr, als daß ich es sah, und dann war sie verschwunden. Vier Sekunden später stand ich im Ruderhaus. Verschwommen erkannte ich eine am Kartentisch zusammengesunkene Gestalt, dann eine andere, die offenbar wie erstarrt am Ruder saß. Die beiden Lichter an der Decke waren nichts als ein matter gelber Schein. Ich brauchte fast fünfzehn entsetzliche Sekunden, aber nur noch ein paar Sekunden mehr, um den Drehschalter zu finden und ihn ganz aufzudrehen. In der jähen Flut weißgrellen Lichts mußte ich blinzeln.

Smithy befand sich neben dem Kartentisch, Oakley am Ruder, der erstere auf der Seite, der andere in Sitzhaltung, aber das bedeutete nicht, wie ich sehen konnte, daß sich Oakley etwa in einem besseren Gesundheitszustand befunden hätte als der Erste Offizier. Keiner von ihnen schien imstande zu sein, sich aus seiner Lage zu befreien. Die Rücken waren bei beiden gekrümmt, die Köpfe hingen auf die Knie herab; beide hielten ihre Hände fest verkrampft auf das Zwerchfell gedrückt. Keiner von ihnen gab auch nur einen Laut von sich. Möglicherweise empfand keiner von ihnen einen Schmerz, und die verkrampften Stellungen, die sie eingenommen hatten, waren die Folge eines völlig unnatürlichen motorischen Mechanismus; es war gleichfalls möglich, daß ihre Stimmbänder gelähmt waren.

Zuerst sah ich mir Smithy an. Ein Leben ist ebenso wichtig wie ein anderes, aber in diesem Fall mußte ich das Beste für alle herausholen. Die Tatsache indes, daß zu diesen »allen« auch ich zufällig gehörte, beeinflußte meine Wahl nicht: wenn die *Morning Rose* in Schwierigkeiten geriet, und ich war von einer seltsamen, weltentrückten Überzeugung erfüllt, daß dies der Fall sei, war Smithy der Mann, den ich um mich haben wollte.

Smithys Augen waren geöffnet, und ihr Blick verriet volles Bewußtsein. Unter anderem war in dem Akonitartikel auch vermerkt worden, daß bis ganz zum Schluß das volle Bewußtsein erhalten bleibt. Konnte dies das Ende sein? In der Beschreibung war auch von Muskellähmung die Rede, und mit Muskellähmung hatten wir es zweifellos hier zu tun. Dann Lähmung der Sinnesorgane — vielleicht schrien sie deshalb nicht vor Schmerz, es war auch denkbar, daß sie sich dort oben auf der Brücke das Herz aus dem Hals gebrüllt hatten, aber niemand war in der Nähe gewesen, sie zu hören. Jetzt spürten sie jedoch überhaupt nichts mehr. Ich registrierte verschwommen die Tatsache, daß zwei blecherne Eßgeschirre dicht nebeneinander am Boden lagen, beide fast völlig leergegessen. Beide Männer hätten sich eigentlich *in extremis* befinden müssen, wäre da nicht ein sehr seltsamer Faktor gewesen: Es fehlte jedes Anzeichen heftigen Erbrechens, von dem in der Beschreibung die Rede war. Ich wünschte zu Gott, daß ich mir irgendwo, irgendwann einmal die Mühe gegeben hätte, etwas über Gifte, ihre Ursachen, ihre Wirkungen, ihre Symptome und ihre abweichenden Symptome zu lernen.

Mary Stuart trat ein. Ihre Kleidung war durchnäßt und ihr Haar fürchterlich zerzaust, aber sie hatte sich sehr beeilt und geholt, worum ich sie gebeten hatte, einschließlich eines Löffels, den ich vergessen hatte. Ich sagte: »Ein Becher mit heißem Wasser, sechs Löffel Salz. Schnell. Gut umrühren.« Magenspülung hieß es im Buch, aber was das Vorhandensein von Gerbsäure und tierischer Kohle betraf, hätte ich ebensogut auf dem Mond sitzen können. Die beste und tatsächlich auch einzige Hoffnung lag in einem starken, schnell wirkenden Brechmittel. Alaun und Zinksulfat war das Zeug, das der alte Junge während meiner medizinischen Ausbildung vorgezogen hätte, aber mir ist noch immer nichts Besseres begegnet als Natriumchlorid — gewöhnliches Kochsalz. Ich hoffte voller Verzweiflung, daß die Aufnahme des Akonitins in den Blutkreislauf noch nicht allzuweit fortgeschritten war — und daß es sich wirklich um Akonitin handelte, daran zweifelte ich nicht einen Augenblick. Zufall bleibt Zufall, aber ein so ausgefallenes Gebräu wie Curare in diesem Stadium als Möglichkeit ins Auge zu fassen, hieße doch, die Dinge ein wenig übertreiben. Ich brachte Smithy in eine sitzende Stellung und schob gerade meine Hände unter seine Achselhöhlen, als ein dunkelhaariger junger Seemann, der auch bei diesem bösen Wetter nur Jeans und Pullover trug, ins Ruderhaus gestürzt kam. Es war Allison, der Dienstältere der beiden Steuermannsmaaten. Er sah die beiden Männer an Deck an — starrte sie nicht etwa an. Er war ein Seemann von Smithys Format.

»Was ist los, Doktor?«

»Lebensmittelvergiftung.«

»Müßte so etwas sein. Ich schlief schon. Etwas hat mich geweckt. Ich wußte, daß etwas nicht stimmte und daß wir keine Führung mehr hatten.« Ich glaubte es ihm, denn alle erfahrenen Seeleute besitzen diese eingewurzelte Fähigkeit, Unheil zu spüren. Sogar im Schlaf. Das hatte ich schon früher bemerkt. Er trat schnell an den Kartentisch und streifte dann den Kompaß mit einem Blick. »Fünfzig Grad vom Kurs ab, nach Osten.«

»Wir haben die ganze Barentssee zur Verfügung, um in ihr herumzuschippern«, sagte ich. »Würden Sie mir liebenswürdigerweise bei Mr. Smith helfen?«

Jeder von uns packte einen Arm, und wir schleppten ihn zur Backbordtür. Mary Dear hörte auf, den Inhalt des Bechers, den sie in der Hand trug, umzurühren, und sah uns ziemlich verstört an.

»Wohin gehen Sie mit Mr. Smith?«

»Wir bringen ihn auf die Brückennock hinaus.« Was glaubte sie wohl, wollten wir mit ihm anstellen — ihn über Bord werfen? »Viel frische Luft. Die wirkt sehr heilsam.«

»Aber da draußen schneit es! Es ist bitterkalt.«

»Ihm wird auch — das hoffe ich — sehr, sehr übel werden. Besser draußen als drin. Wie schmeckt das Gebräu?«

Sie leckte ein bißchen Salzwasser vom Löffel und verzog das Gesicht. »Scheußlich!«

»Könnten Sie es hinunterschlucken?«

Sie versuchte es und erschauerte. »Nur mit Mühe.«

»Noch drei Löffel.« Wir zerrten Smithy hinaus und richteten ihn zu einer sitzenden Stellung auf. Das Schauerkleid aus Segeltuch gab ihm etwas Schutz, aber nicht viel. Seine Augen waren geöffnet und folgten unseren Bewegungen; er schien sich dessen, was vorging, bewußt zu sein. Ich setzte das Brechmittel an seine Lippen und hob den Becher an, aber die Flüssigkeit rann einfach nur über sein Kinn herab. Ich drückte seinen Kopf nach hinten und goß ihm etwas von dem Brechmittel in den Mund. Offensichtlich waren nicht alle seine Empfindungen gelähmt, denn unwillkürlich verzerrte sich sein Gesicht vor Abscheu. Noch wichtiger, sein Adamsapfel hüpfte hinauf und hinunter, und ich wußte, daß er etwas davon geschluckt hatte. Ermutigt goß ich die doppelte Menge hinein, und diesmal schluckte er alles. Keine zehn Sekunden später erbrach er sich so heftig, wie ich es noch bei keinem Mann gesehen hatte. Gegen Marys Proteste und trotz Allisons unverhohlener Angst zwang ich noch etwas mehr Salzwasser in ihn hinein. Als er anfing, Blut zu spucken, wandte ich meine Aufmerksamkeit Oakley zu.

Nach fünfzehn Minuten hatten wir es mit zwei noch immer sehr kranken Männern zu tun, die ganz offensichtlich unter heftigen Bauchschmerzen litten und bis zu einem Punkt völliger Erschöpfung geschwächt waren, aber wir hatten zwei Männer, die nicht den gleichen Weg einschlagen würden wie der unglückliche Antonio. Allison stand am Ruder, die *Morning Rose* war wieder auf Kurs. Mary Dear, deren strohfarbenes Haar jetzt mit Schnee bedeckt war, kauerte neben einem sehr angeschlagenen Oakley. Smithy war inzwischen so weit wiederhergestellt, daß er auf dem Süll des Ruderhauses sitzen konnte, obwohl er noch immer meinen Arm brauchte, um ihn gegen das Taumeln der *Morning Rose* zu stützen. Allmählich begann er auch seine Stimme wiederzuerlangen, obwohl in minimalem Ausmaß.

»Kognak«, krächzte er.

Ich schüttelte den Kopf. »Kontraindiziert. So heißt es in den Lehrbüchern.«

»Otard-Dupuy«, beharrte er. Zumindest sein Denken war ziemlich klar. Ich stand auf und holte ihm eine Flasche aus Kapitän Imries privatem Vorrat. Nach allem, was sein Magen gerade durchgemacht hatte, könnte allerhöchstens so etwas wie Karbolsäure hier noch größeren Schaden anrichten. Er führte die Flasche zum Mund, schluckte und erbrach sich sofort wieder.

»Vielleicht hätte ich Ihnen von Anfang an Kognak geben sollen«, rief ich. »Salzwasser ist allerdings billiger.«

Er versuchte zu lächeln, eine kurze, schmerzliche Bemühung, und kippte erneut die Flasche. Diesmal blieb der Kognak unten; er mußte einen mit Stahl oder Asbest ausgelegten Magen haben. Ich nahm ihm die Flasche weg und bot sie Oakley an, der jedoch zurückwich und den Kopf schüttelte.

»Wer steht am Ruder?« Smithys Stimme war ein heiseres, angestrengtes Flüstern, als täte ihm das Sprechen weh, was fast mit Sicherheit der Fall war.

»Allison.«

Er nickte befriedigt. »Verdammtes Schiff«, sagte er. »Verdammte See. Ich bin seekrank. Ich — seekrank!«

»Krank sind Sie wohl. Hat aber nichts mit der See zu tun. Dies verdammte Schiff, das in dieser verdammten See herumschaukelt, ist das einzige, was Sie gerettet hat: Windstille mit ruhiger See, und Smithy befände sich unter den Unsterblichen.« Ich versuchte mir vorzustellen, warum jemand, der nicht völlig durchgedreht war, sich Smithy und Oakley unter die Unsterblichen wünschte, aber dieser Gedanke war so widersinnig, daß ich ihn, kaum daß er aufgetaucht war, wieder fallenließ. »Lebensmittelvergiftung, und ich hatte Glück. Ich bin gerade noch rechtzeitig gekommen.«

Er nickte, sagte jedoch nichts. Wahrscheinlich tat ihm das Reden zu weh. Mary Dear meinte: »Mr. Oakleys Hände und Gesicht werden erfrieren, und er zittert vor Kälte. Ich im übrigen auch.«

Und mir erging es, wie ich nun bemerkte, nicht anders. Ich half Smithy zu einem festgeschraubten Stuhl auf der anderen Seite des Ruders und ging dann Mary Dear helfen, die sich abmühte, einen knieweichen Oakley auf die Beine zu stellen. Wir hatten Oakley gerade einigermaßen hochbekommen, keine einfache Aufgabe, denn er war praktisch nichts weiter als Ballast und wir brauchten eine Hand für ihn und eine für uns selber, als Goin und der Graf oben auf der Treppe erschienen.

»Gott sei Dank, endlich!« Goin war ein wenig außer Atem, aber nicht ein Haar in Unordnung. »Wir haben überall nach Ihnen ... Was zum Teufel! Ist der Mann betrunken?«

»Er ist krank. Dieselbe Krankheit, an der Antonio starb, nur hatte er Glück. Wo brennt's denn?«

»Die gleiche Krankheit — Sie müssen sofort mitkommen, Marlowe. Mein Gott, das entwickelt sich ja zu einer richtigen Epidemie.«

»Einen Augenblick.« Ich ließ Oakley so bequem wie möglich auf einem Haufen Kapok-Schwimmwesten niedersinken. »Noch ein Fall, wie ich annehme?«

»Ja, Otto Gerran.« Vielleicht zog ich eine Augenbraue hoch, ich weiß es nicht mehr, ich weiß nur, daß ich keine besondere Überraschung verspürte. Mir schien, daß jeder, der überhaupt nur auf Riechweite dieses verfluchten Akonitins gekommen war, jederzeit umzukippen drohte. »Vor zehn Minuten ging ich zu seiner Kabine, ich erhielt keine Antwort, trat ein, und dort lag er, wälzte sich auf dem Teppich ...«

Mir kam der despektierliche Gedanke, daß in Anbetracht seiner fast vollkommenen Kugelgestalt niemand jemals besser dafür ausgestattet war, auf einem Teppich herumzurollen, als Otto Gerran. Nur war es unwahrscheinlich, daß Gerran in diesem Augenblick die humoristische Seite der Angelegenheit zu sehen vermochte. Zu Allison sagte ich: »Können Sie jemand heraufholen, der Ihnen hilft?«

»Keine Schwierigkeit.« Der Steuermannsmaat nickte zur kleinen Sprechanlage in der Ecke hinüber. »Ich brauche nur in der Messe anzurufen.«

»Nicht nötig.« Es war der Graf. »Ich bleibe hier.«

»Sehr freundlich von Ihnen.« Ich nickte Smithy und Oakley nacheinander zu. »Die sind noch nicht imstande, nach unten zu gehen.

Sollten sie es versuchen, werden sie mit der größten Bestimmtheit über Bord gehen. Könnten Sie ihnen ein paar Decken holen?«

»Selbstverständlich.« Er zögerte. »Meine Kabine ...«

»Ist abgeschlossen. Die meine nicht. Auf dem Bett liegen Decken und noch ein paar zusätzliche unten im Hängeschrank.« Der Graf ging hinaus, und ich wandte mich Allison zu. »Falls ich nicht die Tür zur Kapitänskajüte mit Dynamit sprenge, wie soll ich dann seine Aufmerksamkeit auf mich lenken? Er scheint einen sehr guten Schlaf zu haben.«

Allison lächelte und deutete wieder auf die Sprechanlage in der Ecke. »Das Telefon zur Brücke hängt gerade über seinem Kopf. In der Leitung ist ein Widerstand. Ich kann ihn so drehen, daß der Anruf wie das Nebelhorn von der QE 2 klingt.«

»Sagen Sie ihm, er soll in Mr. Gerrans Kabine kommen, und sagen Sie ihm auch, es sei dringend.«

»Na ja.« Allison war unschlüssig. »Kapitän Imrie schätzt es nicht sehr, mitten in der Nacht geweckt zu werden. Das muß schon ein verdammt guter Grund sein, und jetzt, wo der Erste und der Bootsmann wieder in Ordnung sind, ist es ...«

»Sagen Sie ihm, Antonio ist tot.«

IV

Otto Gerran war zumindest nicht tot. Noch über das Heulen des Windes, den Aufruhr der See, das Ächzen und Stöhnen des altgedienten Trawlers hinweg, der in den arktischen Sturm hineinstampfte, konnte man Gerrans Stimme wenigstens ein Dutzend Schritte von seiner Kabinentür entfernt hören. Was er sagte, war jedoch alles andere als deutlich, und das würgende Keuchen und das gequälte Stöhnen ließen für den Augenblick, in dem wir die Tür öffnen würden, das Schlimmste erwarten.

Otto Gerran sah so aus, wie er sich anhörte, noch nicht ganz *in extremis*, aber auf dem schnellsten Wege dahin. Wie Goin gesagt hatte, wälzte er sich tatsächlich am Boden und hielt mit beiden Händen seine Kehle umklammert, als versuchte er, sich selber zu erwürgen. Seine normalerweise bräunlichrote Hautfärbung hatte sich zu einem dunklen, gefährlich aussehenden Purpur vertieft, seine Augen waren blutunterlaufen, und rötlicher Schaum am Mund hatte seine Lippen fast in der gleichen Tönung wie sein Gesicht verfärbt. Soweit ich feststellen konnte, hatte er nicht ein einziges Symptom mit Smithy und Oakley gemein.

»Richten wir ihn auf und dann ins Badezimmer«, sagte ich zu Goin. Als Absichtserklärung war dies ziemlich klar, aber die Durchführung war alles andere als einfach: sie erwies sich als unmöglich. Die Aufgabe, 245 Pfund willenloser Qualle in die Vertikale zu bringen, ging offensichtlich völlig über unsere Kräfte. Ich wollte gerade den Versuch aufgeben und an Ort und Stelle etwas unternehmen, als Kapitän Imrie und Mr. Stokes die Kabine betraten. Meine Überraschung über die bemerkenswerte Schnelligkeit, mit der sie in Erscheinung traten, war nichts gegenüber meinem anfänglichen Erstaunen, als ich bemerkte, daß beide Männer völlig angezogen waren. Erst als ich die horizontalen Falten in ihren Hosen feststellte, wurde mir klar, daß sie sich in ihren Kleidern hingelegt hatten. Ich sprach ein Stoßgebet für Smithys schnelle und vollständige Wiederherstellung.

»Was in Gottes Namen geht hier vor?« In welchem Zustand sich Kapitän Imrie auch vor etwa einer Stunde befunden haben mochte, so war er jetzt völlig nüchtern. »Allison hat mir gesagt, dieser italienische Bursche sei tot und ...« Er unterbrach sich jäh, als Goin und ich so weit zur Seite traten, daß er einen ersten Blick auf den am Boden liegenden, stöhnenden Gerran werfen konnte. »Herrje!« Er trat vor und starrte auf ihn herunter. »Was, zum Teufel ... Ein epileptischer Anfall?«

»Gift. Das gleiche Gift, das Antonio umgebracht hat und fast auch den Ersten Offizier und Oakley. Los, helfen Sie uns, ihn ins Badezimmer zu schaffen.«

»Gut!« Er sah Mr. Stokes an, als erwartete er von ihm eine Bestätigung, daß es unmöglich Gift sein könnte, aber Mr. Stokes war nicht in der Stimmung, irgend etwas zu bestätigen. Er starrte nur in einer Art dumpfer Faszination den sich windenden Mann am Boden an. »Gift! Auf *meinem* Schiff. Was für ein Gift? Wo haben sie es her? Wer hat es ihnen gegeben? Warum sollte ...«

»Ich bin Arzt, kein Detektiv. Ich weiß nichts von wer, wo, wann, was. Ich weiß nur, daß ein Mann hier stirbt, während wir palavern.«

Wir vier brauchten mit vereinten Kräften weniger als dreißig Sekunden, um Otto Gerran ins Badezimmer zu befördern. Es war fast ein Musterbeispiel für rohe Mißhandlung, aber man konnte mit einiger Sicherheit davon ausgehen, daß er lieber Otto Gerran war, geschunden, jedoch am Leben, als Otto Gerran, unversehrt, jedoch tot. Das Brechmittel wirkte ebenso schnell und gründlich wie bei Smithy und Oakley, und nach drei Minuten hatten wir ihn wieder unter einem Berg von Decken in seiner Koje. Er stöhnte noch immer krampfartig und fröstelte so stark, daß seine Zähne unbeherrscht aufeinanderschlugen, aber das tiefe Rot wich allmählich aus seinen Wangen, und der Schaum auf seinen Lippen war getrocknet.

»Ich glaube, er ist jetzt durch, aber bitte, beobachten Sie ihn«, sagte ich zu Goin. »In fünf Minuten bin ich wieder hier.«

Kapitän Imrie hielt mich an der Tür zurück. »Bitte, Dr. Marlowe, auf ein Wort.«

»Später.«

»Jetzt. Als Kapitän dieses Schiffes ...« Ich legte eine Hand auf seine Schulter, und er verstummte. Ich hatte Lust, ihm zu sagen, daß er sich als Kapitän dieses Schiffes mit Whisky hatte vollaufen lassen und in seiner Koje geschnarcht hatte, während rings um ihn her Menschen wie die Fliegen umkippten, aber das wäre alles andere als fair gewesen. Ich war reizbar, weil sich unangenehme Dinge ereigneten, die sich nicht ereignen durften, und ich nicht wußte, warum oder wer dafür zur Rechenschaft zu ziehen war.

»Otto Gerran wird am Leben bleiben«, erklärte ich. »Er bleibt am Leben, weil er das große Glück hatte, daß Mr. Goin in seine Kabine hineingeschaut hat. Aber wie viele andere liegen am Boden ihrer Kabinen, die nicht das Glück hatten, daß jemand bei ihnen hineinschaute, Leute, die schon so weit hinüber sind, daß sie nicht einmal mehr ihre Türen erreichen können? Bisher vier Fälle. Wer sagt uns denn, daß es nicht ein Dutzend ist?«

»Ein Dutzend? Tja. Ja, natürlich.« Ich selber hatte Boden berührt und tauchte allmählich aus meiner Tiefe wieder auf, während Kapitän Imrie gerade untertauchte. »Wir begleiten Sie.«

»Ich komme schon zurecht.«

»So wie eben mit Mr. Gerran?«

Wir begaben uns sofort in den Aufenthaltsraum. Es waren noch zehn Personen dort, alles Männer, die meisten von ihnen stumm, unglücklich. Es ist nicht so leicht, redselig und lustig zu sein, wenn man sich mit einer Hand an seinem Stuhl festhalten und mit der anderen sein Glas umklammern muß. *Die Drei Apostel* hatten, entweder aus Erschöpfung oder auf allgemeines Verlangen hin, ihr Handwerkszeug beiseite gelegt und tranken mit ihrem Chef, Josh Hendriks, einem kleinen, mageren, verschlossenen Anglo-Holländer mittleren Alters, der stets ein besorgtes Gesicht machte. Selbst außer Dienst war er mit einem Gewirr elektronischen Aufnahmematerials behangen. Das Gerücht wollte wissen, er schliefe auch in diesem Aufzug. Stryker, der weit davon entfernt schien, sich um seine leidende Frau Sorgen zu machen, saß an einem Tisch in seiner Ecke und sprach mit Conrad und zwei anderen Schauspielern, Gunther Jungbeck und Jon Heyter. An einem dritten Tisch vervollständigten John Halliday, der die Standaufnahmen machte, und Sandy, der Requisiteur, die Gesellschaft. Keiner von ihnen litt, soweit ich es beurteilen konnte, an etwas, was sich nicht durch die tiefen Tauchkunststücke der *Morning Rose* erklären ließ. Ein paar von verhaltener Neugier bestimmte Blicke streiften uns, aber ich gab keine Erklärung für unser ungewöhnliches Erscheinen. Erklärungen brauchen Zeit, aber die Wirkungen des *Akonitins* warteten auf niemand, wie es mir erbarmungslos immer wieder vor Augen geführt wurde.

Allen und Mary Darling fanden wir in dem sonst menschenleeren Salon, noch grüner denn je, aber ihre Hände ineinander verschlungen, starrten sie sich mit jener hingebungsvollen Intensität von Leuten an, die wissen, daß es kein Morgen gibt. Ihre Nasen waren einander so nah, daß sie bei ihren Versuchen, sich anzusehen, schielen mußten. Zum erstenmal, seit ich Mary Darling begegnet war, hatte sie ihre riesige Brille abgesetzt, und ohne Brille war sie tatsächlich ein sehr hübsches Mädchen.

Ich streifte den Alkoholschrank in der Ecke mit einem Blick. Die Glastüren waren intakt, woraus ich schloß, daß Lonnie Gilberts Schlüsselbund imstande war, die meisten Türen zu öffnen. Hätte er hier versagt, so hätte ich mich nach Anzeichen für die Verwendung eines anderen Werkzeuges umgesehen, vielleicht nicht gerade nach dem berserkerhaften Schwingen einer Axt, aber doch zumindest nach dem unauffälligen Gebrauch eines Stechbeitels. Aber solche Anzeichen fehlten.

Heissman schlief in seiner Kabine, es war ein gestörter, unruhiger Schlaf, aber offensichtlich war er nicht krank. Nebenan lag Neal Divine. Sein Schutzbrett am Bett war so hoch gestellt, daß man ihn kaum sah. Er ähnelte mehr denn je einem mittelalterlichen Bischof, aber einem, der zu diesem Zeitpunkt glücklich war und nichts von sich selber wußte. Lonnie saß aufrecht in seiner Koje, seine Arme über seinem mächtigen Wanst verschränkt. Aus der Tatsache, daß seine rechte Hand unter der Decke unsichtbar blieb, und sich fast mit Sicherheit liebevoll um den Hals einer Flasche entwendeten schottischen Whiskys schloß, ging deutlich hervor, wie sehr seine vielen Schlüssel in universaler Weise vielfältige Verwendung finden konten. Ein glückseliges Lächeln lag auf seinem Gesicht.

Judith Haynes' Kabine ließ ich aus — sie hatte nicht zu Abend gegessen — und betrat die letzte bewohnte Kabine. Der Chefelektriker der Gruppe, ein mächtiges, dickes, rotgesichtiges und pausbäckiges Individuum, das sich des Namens Frederick Crispin Harbottle erfreute, lag auf einem Ellbogen aufgestützt und aß trübsinnig einen Apfel. Ganz im Gegensatz zu seinem Aussehen war er ein unentwegt mürrischer und durch und durch pessimistischer Mensch. Aus Gründen, über die ich mir nicht hatte klarwerden können, wurde er von allen Eddie genannt. Das Gerücht wollte wissen, daß man ihn im gleichen Atemzug von sich selber und jenem anderen, etwas besser bekannten Elektriker, Thomas Edison, hatte reden hören.

»Entschuldigen Sie«, sagte ich. »Wir haben hier einige Fälle von Lebensmittelvergiftung. Offensichtlich gehören Sie nicht zu ihnen.« Ich nickte zu dem Besitzer des anderen Bettes hinüber, der zusammengerollt mit dem Rücken zu uns dort lag. »Wie geht es dem Herzog?«

»Am Leben.« Eddie sprach im Tonfall philosophischer Resignation. »Hat, bevor er weg war, vor Bauchschmerzen gestöhnt und geächzt. Genaugenommen stöhnt und ächzt er jede Nacht. Sie kennen doch den Herzog, er kann einfach nicht anders.«

Wir alle kannten ihn. Wenn es möglich ist, daß ein Mensch innerhalb von vier Tagen zu einer Legende wird, dann hatte sich Cecil Golightly genau dazu entwickelt. Seine hemmungslose Gefräßigkeit lag gerade noch innerhalb der Grenzen des Glaubhaften, und wenn Gerran vor weniger als einer Stunde ihn als ein kleines Schwein bezeichnet hatte, das niemals seine Augen vom Tisch hob, dann hatte er nichts als die Wahrheit gesagt. Das Fassungsvermögen des gierigen Herzogs für alles Eßbare war ebenso anormal wie sein offensichtlich so gut wie erloschener Stoffwechsel, denn er ähnelte am ehesten einem Menschen, der erst kürzlich aus einem langen Aufenthalt in einem Konzentrationslager wiederaufgetaucht war.

Mehr aus Gewohnheit beugte ich mich über den Herzog, um ihn mit einem flüchtigen Blick zu betrachten, aber ich war froh, es getan zu haben, denn was ich zu sehen bekam, waren weit offene, von Schmerz abgestumpfte Augen, die sich wild und richtungslos hin und her bewegten, aschfarbene Lippen, die sich lautlos in einem aschfarbenen Gesicht verzerrten, und die krallenartigen Finger beider Hände, die sich tief in seinen Bauch bohrten, als versuchte er ihn aufzureißen.

Goin hatte ich gesagt, ich würde in fünf Minuten wieder in Gerrans Kabine sein; es vergingen fünfundvierzig Minuten, bis ich zurück war. Der Herzog hatte sich, weil er soviel länger als Smithy, Oakley oder Gerran ohne Behandlung geblieben war, dem Abgrund schon so weit genähert, daß ich seinen Fall als unlösbar und hoffnungslos fast aufgegeben hätte. Aber der Herzog war sehr viel hartnäckiger als ich, und diese skelettartige Gestalt verfügte über eine eiserne Konstitution. Aber dennoch wäre er ohne unaufhörliche künstliche Beatmung, ohne eine Injektion mit einem herzstärkenden Mittel und Anwendung von Sauerstoff bestimmt gestorben. Nun würde er ebenso bestimmt am Leben bleiben.

»Ist das nun zu Ende? Sind wir durch?« Otto Gerran sprach mit schwacher, kläglicher Stimme, und dem äußeren Anschein nach mußte ich zugeben, daß er allen Anlaß hatte, schwach und kläglich zu klingen. Er hatte seine normale Farbe noch nicht wiedergewonnen, sah so abgezehrt aus, wie es einem Mann mit vollem Gesicht nur möglich sein kann, und ganz offensichtlich hatte sein

Erlebnis ihn ziemlich erschöpft zurückgelassen. In Anbetracht dieses Ausbruchs von Vergiftungserscheinungen, die noch zu dem ständig schlechten Wetter hinzukamen, das ihn hinderte, auch nur einen Meter Hintergrundfilm zu drehen, hatte Gerran allen Anlaß zu glauben, das Schicksal sei nicht auf seiner Seite.

»Das könnte ich mir denken«, antwortete ich. Angesichts der Tatsache, daß ein Mensch mit an Bord war, der Böses beabsichtigte und sich anscheinend sehr gut auf einige der geheimen Gifte verstand, war dies eine so grundlose Behauptung, wie ich sie meiner Erinnerung nach noch niemals aufgestellt hatte, aber etwas mußte ich ja sagen. »Bei jedem weiteren Opfer hätten sich die Symptome inzwischen eingestellt, und ich habe alle überprüft.«

»Haben Sie das wirklich?« fragte Kapitän Imrie. »Was ist mit meiner Besatzung? Die Leute haben die gleiche Verpflegung wie Sie.«

»Daran habe ich nicht gedacht.« Infolge irgendeiner geistigen Blockierung oder einfach nur aus Gedankenlosigkeit hatte ich völlig grundlos angenommen, die Auswirkungen wären auf die Filmleute begrenzt. Kapitän Imrie dachte wahrscheinlich, ich betrachtete seine Leute als zweitrangige Bürger, die im Gegensatz zu Gerrans hochqualifizierten, teuren Schauspielern und Technikern kaum einer ernsthaften Überlegung wert waren. So fuhr ich fort: »Was ich sagen wollte ... ich habe nicht gewußt, daß sie die gleiche Verpflegung haben. Es hätte mir klar sein sollen. Wenn Sie mir jetzt den Weg zeigen ...«

Von einem besorgten Mr. Stokes begleitet, führte mich Kapitän Imrie im Wohndeck der Mannschaft herum. Dieses bestand aus fünf einzelnen Kammern — zwei für das seemännische Personal, eine für die Maschinisten, eine für die beiden Köche und die letzte für die zwei Stewards. Die letzte besuchten wir zuerst.

Wir öffneten die Tür und blieben wie angewurzelt stehen. Es erschien einem wie eine unzumutbar lange Zeit, aber wahrscheinlich waren es nur ein paar Sekunden. Vor uns zwei entseelte Geschöpfe, ihres Willens, ihrer Sprache und ihrer Bewegungsmöglichkeit beraubt. Ich faßte mich als erster und trat ein.

Der Gestank war so ekelerregend, daß ich mich zum erstenmal in dieser Nacht fast übergeben hätte; die Kammer selber befand sich in einem Zustand unbeschreiblicher Unordnung. Umgeworfene Stühle, überall verstreute Kleidungsstücke und bei beiden Kojen Laken und Decken herausgerissen, die zerfetzt überall herumlagen. Der erste, überwältigende Eindruck war der, daß dort ein Kampf auf Leben und Tod stattgefunden hatte, aber Moxen ebenso wie Scott, der letztere von einem zerrissenen Laken fast bedeckt, sahen seltsam friedlich aus, wie sie dort lagen, und keiner von ihnen wies irgendwelche Spuren von Gewalttätigkeit auf.

»Ich sage, wir fahren zurück. Ich sage, wir kehren jetzt um.« Kapitän Imrie verkeilte sich noch tiefer in seinen Stuhl, als wollte er sich in dieser Auseinandersetzung eine physisch beherrschende Stellung sichern. »Sie, meine Herren, müssen sich vergegenwärtigen, daß ich der Herr dieses Schiffes bin und Verantwortung gegenüber Passagieren wie Mannschaft habe.« Er hob seine Flasche aus dem schmiedeeisernen Gestell und schenkte sich großzügig ein. Ich bemerkte dabei automatisch und ohne große Überraschung, daß seine Hand nicht ganz sicher war. »Hätte ich Typhus oder Cholera an Bord, würde ich sofort beim nächsten Hafen in Quarantäne gehen, wo ärztliche Hilfe zur Verfügung stände. Drei Tote und vier Schwerkranke. Ich finde nicht, daß Cholera oder Typhus schlimmer sein könnten als das, was wir hier auf der *Morning Rose* haben. Wer wird als nächster sterben?« Er sah mich vorwurfsvoll an. Imrie schien der verständlichen Ansicht zu sein, daß es meine Pflicht als Arzt sei, Leben zu erhalten, und daß alles, was geschah, weitgehend meine Schuld sei, da ich nicht mit großem Erfolg arbeitete. »Dr. Marlowe räumt ein, daß er nicht imstande ist, die Gründe für diesen ... tödlichen Ausbruch zu finden. Bei Gott, das für sich allein ist doch Grund genug, die ganze Sache abzublasen?«

»Es ist ein langer, langer Weg zurück nach Wick«, meinte Smithy. Ebenso wie Goin, der neben ihm saß, war Smithy in mehrere Decken gehüllt und sah wie Gerran noch sehr angeschlagen aus. »In dieser Zeit kann sehr viel geschehen.«

»Wick, Mr. Smith? Ich habe nicht an Wick gedacht. Innerhalb von vierundzwanzig Stunden kann ich in Hammerfest sein.«

»In weniger«, warf Mr. Stokes ein. Er schlürfte von seinem Rum, überlegte und gab dann seine Erklärung dazu ab. »Mit dem Wind und dem Seegang auf Backbord und ein wenig Unterstützung von mir im Maschinenraum? Zwanzig Stunden.« Er schien seine Hausaufgabe zu überprüfen und fand sie fehlerlos. »Ja, zwanzig Stunden.«

»Sehen Sie?« Imrie wandte den Blick seiner durchdringenden blauen Augen von mir Gerran zu. »Zwanzig Stunden.«

Nachdem wir festgestellt hatten, daß es in der Mannschaft keine weiteren Fälle gab, hatte Kapitän Imrie in einer für ihn sehr unbedingten Art Otto Gerran in den Speiseraum befohlen. Otto Gerran hatte seinerseits seine drei Partner Goin, Heissman und Stryker kommen lassen. Der andere Partner, Miss Haynes, lag, wie Stryker berichtete, in tiefem Schlaf, was in Anbetracht der Beruhigungsmittel, die ich ihr verschrieben hatte, alles andere als überraschend war. Der Graf hatte sich ohne jede Einladung der Sitzung angeschlossen, aber alle schienen seine Anwesenheit dort als ganz natürlich zu betrachten.

Zu behaupten, es herrschte im Speiseraum eine Atmosphäre der Panik, wäre eine wenn auch verzeihliche Übertreibung gewesen, aber auch die Behauptung, es hätte nur ein geringes Maß an Befürchtungen, Besorgtheit und Ungewißheit gegeben, wäre einer Untertreibung gleichgekommen. Vielleicht war Otto Gerran erregter als alle anderen Anwesenden, und das war verständlich, denn Gerran hatte weit mehr zu verlieren als jeder andere.

»Ich erkenne die Gründe für Ihre Unruhe an«, erklärte Gerran, »und Ihre Sorge um uns alle spricht sehr für Sie. Aber ich meine, daß diese Sorge Sie übervorsichtig macht. Dr. Marlowe sagt, daß diese — eh — Epidemie endgültig überstanden ist. Wir würden bestimmt sehr dumm aussehen, wenn wir jetzt umkehrten und davonliefen, und sich nichts weiter mehr ereignete.«

»Ich bin zu alt, Mr. Gerran«, erwiderte Kapitän Imrie, »um mir noch etwas daraus zu machen, wie ich aussehe. Wenn es sich um die Wahl handelt, wie ein Idiot dazustehen oder noch einen Toten auf meinem Schiff zu haben, ziehe ich jederzeit den Idioten vor.«

»Ich stimme mit Mr. Gerran überein«, erklärte Heissman. Er sah noch immer krank aus, und so klang auch seine Stimme. »Alles hinzuwerfen, wenn wir schon so nah sind — etwas mehr als einen Tag bis zur Bäreninsel. Setzen Sie uns dort ab und fahren Sie dann nach Hammerfest — genauso, wie ursprünglich geplant. Das bedeutet — naja, Sie würden innerhalb von ungefähr sechzig Stunden anstelle von vierundzwanzig Hammerfest anlaufen. Was soll in diesen zusätzlichen sechsunddreißig Stunden geschehen, was nicht auch innerhalb der nächsten vierundzwanzig eintreten könnte? Alles wegen sechsunddreißig Stunden verlieren, nur weil Sie vor Angst davonlaufen?«

»Ich laufe nicht vor Angst davon, wie Sie sagen.« Es lag etwas Eindrucksvolles in Imries ruhiger Würde. »Meine erste ...«

»Ich habe nicht Sie persönlich gemeint«, erklärte Heissman.

»Meine erste Sorge gilt den mir anvertrauten Leuten. Und sie sind *mir* anvertraut. *Ich* bin derjenige, der die Verantwortung trägt. *Ich* muß die Entscheidung treffen.«

»Zugegeben, Kapitän, zugegeben.« Goin war ganz er selber, wie üblich unerschütterlich, ein ruhiger, vernünftiger Mann. »Aber finden Sie nicht, daß man in einer solchen Angelegenheit das Für und Wider abzuwägen hat? Gegenüber dem, was Dr. Marlowe jetzt als die sehr unwahrscheinliche Möglichkeit eines erneuten Ausbruchs dieser Lebensmittelvergiftung betrachtet, haben wir es fast mit der unvermeidlichen Gewißheit zu tun, daß man uns nämlich, wenn wir Hammerfest anlaufen, dort weiß Gott wie lange in Quarantäne steckt. Eine Woche, vielleicht zwei Wochen, bevor der Hafenarzt uns freigibt. Und dann wird es zu spät sein, wir müßten einfach jeden Gedanken daran, den Film überhaupt zu drehen, aufgeben und nach Hause fahren.«

Vor weniger als ein paar Stunden hatte, wie ich mich erinnerte, Heissman höchst abträgliche Bemerkungen über Gerrans geistige Fähigkeiten gemacht, aber gegenüber Kapitän Imrie stellte er sich hinter ihn, und da war nun Goin, der sich genauso verhielt: beide Männer wußten, wer ihnen die Butter aufs Brot schmierte. »Die Verluste für *Olympus Productions* werden riesig sein.«

»Kommen Sie mir nur nicht damit, Mr. Goin«, erwiderte Imrie. »Was Sie sagen wollen, ist nichts anderes, als daß die Verluste für die Versicherungsgesellschaft riesig sein werden.«

»Falsch«, entgegnete Stryker, und seinem Tonfall und seiner Haltung war zu entnehmen, daß die Solidarität in der Leitung der *Olympus Productions* als nahtlos zu betrachten war. »Für sich allein und persönlich sind alle Schauspieler und Techniker versichert. Das Filmprojekt als solches — eine Garantie in bezug auf einen erfolgreichen Abschluß — ließ sich nicht versichern, zumindest nicht im Hinblick auf die dafür geforderten Prämien. Wir allein tragen den Verlust — ich möchte hinzufügen, daß die Auswirkungen für Mr. Gerran katastrophal sein würden.«

»Das tut mir sehr leid.« Kapitän Imrie schien wirklich Mitleid zu haben, aber nicht einen Augenblick war seine Stimme die eines Mannes, der sich anschickte, seine Stellung zu räumen. »Aber ich fürchte, das ist Ihre Angelegenheit. Und ich möchte Sie, Mr. Gerran, daran erinnern, was Sie vorhin selber gesagt haben. ›Die Gesundheit ist verflucht mehr wert als jeder Profit, den wir aus diesem Film herausschlagen könnten.‹ Würden Sie nicht zugeben, daß dies hier zutrifft?«

»Das ist doch Unsinn, so etwas zu behaupten«, meinte Goin

gelassen. Er besaß die seltene Gabe, potentiell verletztende Bemerkungen mit einer so kühlen Stimme von sich zu geben, daß ihnen jede Spitze genommen wurde. »› Profit ‹, sagen Sie, war das Wort, dessen sich Mr. Gerran bediente. Selbstverständlich würde Mr. Gerran bereitwillig auf jeden möglichen Profit verzichten, falls sich eine solche Notwendigkeit ergeben sollte, und diese Notwendigkeit müßte nicht einmal besonders dringend oder zwingend sein. Das hat er schon früher getan.« Dies stand im Widerspruch zu dem Eindruck, den ich von Gerran hatte, aber Goin kannte ihn ja viel länger als ich. »Sogar ohne einen Profit könnten wir noch einigermaßen ungeschoren davonkommen, und viel mehr können die meisten Filmgesellschaften ohnehin nicht erwarten. Aber sie reden nicht — *wir* reden nicht — von einem Ausbleiben des Profits, wir sprechen hier von einem totalen und nicht mehr wiedergutzumachenden Verlust, einem Verlust, der sich auf sechsstellige Zahlen belaufen und uns das Rückgrat brechen würde. Diese Sache ist ein kollektives Unternehmen, Kapitän Imrie, aber dennoch sprechen Sie leichtfertig davon, unsere Firma zu liquidieren, Dutzende von Technikern und ihre Familien brotlos zu machen und aller Wahrscheinlichkeit nach die Karrieren einiger vielversprechender Schauspieler und Schauspielerinnen hoffnungslos zu zerschlagen. Und weswegen? Wegen der sehr unwahrscheinlichen Möglichkeit, daß jemand erneut erkranken könnte. Haben Sie da nicht das rechte Maß verloren, Kapitän Imrie?«

Sollte dies der Fall sein, so sagte Kapitän Imrie es nicht. Er sagte überhaupt nichts. Er hatte nicht gerade den Gesichtsausdruck eines Mannes, der scharf nachdachte.

»Mr. Goin hat das alles sehr klar dargelegt«, stellte Gerran fest. »Wirklich sehr klar. Und es gibt noch einen wesentlichen Punkt, der Ihnen entgangen zu sein scheint, Kapitän Imrie. Sie haben mich an etwas erinnert, das ich schon früher gesagt habe. Darf ich Sie nun an etwas erinnern, das *Sie* früher gesagt haben? Darf ich Sie daran erinnern ...«

»Und darf ich Sie unterbrechen, Mr. Gerran«, warf ich ein. Ich wußte sehr genau, was er zu sagen beabsichtigte, und es war das letzte, was ich von ihm zu hören wünschte. »Bitte. Wenn Sie so wollen, ein Vorschlag zur Güte. Sie wollen weitermachen. Das gleiche gilt für Mr. Goin, das gleiche für Mr. Heissman. Auch für mich — und wenn auch nur, weil mein Ruf als Arzt davon abzuhängen scheint. Graf?«

»Keine Frage«, antwortete er. »Bäreninsel.«

»Und selbstverständlich wäre es nicht fair, Mr. Smith oder Mr. Stokes zu fragen. So schlage ich vor ...«

»Wir sind hier nicht im Parlament, Dr. Marlowe«, rief Imrie. »Nicht einmal in einem Stadtrat. Entscheidungen an Bord eines Schiffes auf See werden nicht durch eine allgemeine Abstimmung herbeigeführt.«

»Das liegt auch nicht in meiner Absicht. Ich schlage vor, daß wir ein Schriftstück aufsetzen. Wir bringen Kapitän Imries Vorschläge und seine wohldurchdachten Ansichten zu Papier. Falls weitere Krankheitsfälle auftreten, nehmen wir sofort Kurs auf Hammerfest, selbst wenn wir uns zu dem Zeitpunkt nur noch eine Stunde vor der Bäreninsel entfernt befinden. Ich schlage ferner vor, es sollte durch eine Erklärung des Arztes festgestellt werden, daß eine Gefahr nicht besteht, damit Kapitän Imrie abgesichert ist und nicht der Beschuldigung ausgesetzt werden kann, er habe die Gesundheit seiner Mannschaft und seiner Passagiere aufs Spiel gesetzt. Ich werde eine solche eidesstattliche Erklärung abgeben und unterzeichnen. Die einzige Beschuldigung, um die sich der Kapitän jederzeit Sorgen zu machen hätte, wäre die Gefährdung seines Schiffes, und eine solche liegt hier nicht vor. Wir werden also erklären, daß der Kapitän aus aller Verantwortung und Haftung für irgendwelche Folgen entlassen wird, die sich aus unserer Entscheidung ergeben könnten. Die Führung des Schiffes, alle seemännischen Angelegenheiten stehen selbstverständlich ganz allein in seiner Verantwortung. Wir fünf werden die Sache am besten jetzt gleich unterzeichnen. Nun, Kapitän Imrie?«

»Einverstanden.« Es gibt einen Zeitpunkt für schnelle Entscheidungen, und Kapitän Imrie betrachtete ganz offensichtlich diesen als eingetreten. Bestenfalls war dieser Vorschlag ein lahmer Kompromiß, aber doch einer, auf den er sich gern einließ. »Und jetzt, meine Herren, würden Sie mich bitte entschuldigen. Ich muß schon früh aufstehen — um vier Uhr, um genau zu sein.« Ich fragte mich, wann er wohl das letzte Mal zu einer so ungewöhnlichen Stunde aufgestanden war — wahrscheinlich nicht mehr seit dem Ende seiner Fischereizeit. Aber die Krankheit des Ersten Offiziers und des Bootsmanns stellten nun einmal außergewöhnliche Umstände dar. Er sah mich an. »Habe ich das Schriftstück bis zum Frühstück?«

»Zum Frühstück. Könnten Sie, Kapitän, auf dem Weg zu Ihrem Bett Haggerty bitten, mich aufzusuchen? Ich würde ihn auch persönlich bitten, aber Zivilisten gegenüber ist er ein wenig empfindlich.«

»Ein ganzes Leben in der Royal Navy läßt sich nicht über Nacht vergessen. Jetzt?«

»Sagen wir in zehn Minuten? In der Kombüse.«

»Führen Sie noch immer Ihre Untersuchungen fort? Es ist nicht Ihre Schuld, Dr. Marlowe.«

Wenn es schon nicht meine Schuld war, dachte ich, wäre es mir doch lieber, alle anderen würden endlich damit aufhören, mir dieses Gefühl zu geben. Statt dessen dankte ich ihm und wünschte ihm eine gute Nacht, und er wünschte uns eine gute Nacht und verließ uns in Begleitung von Smithy und Mr. Stokes. Gerran legte die Fingerspitzen aneinander, sah mich an und setzte sein bestes Aufsichtsratsvorsitzendengesicht auf.

»Wir schulden Ihnen unseren Dank, Dr. Marlowe. Das haben Sie gut gemacht. Ein ausgezeichneter Vorschlag, der ihm half, sein Gesicht zu wahren.« Er lächelte. »Ich bin es nicht gewohnt, Unterbrechungen so einfach hinzunehmen, aber in diesem Fall war es berechtigt.«

»Hätte ich Sie nicht unterbrochen, würden wir uns jetzt alle unterwegs nach Hammerfest befinden. Sie wollten ihn gerade an jenen Teil Ihres Vertrages erinnern, in dem festgelegt wurde, daß er alle Ihre Anweisungen mit Ausnahme derer, die tatsächlich das Schiff gefährden könnten, zu befolgen hat. Sie standen im Begriff, ihn darauf hinzuweisen, daß er, da eine solche Gefahr nicht besteht, sich des Vertragsbruchs schuldig machte und daher vor dem Gesetz den gesamten im Vertrag festgelegten Betrag aufs Spiel setzte, was ihn bestimmt ruiniert hätte. Aber für einen solchen Mann kommt das Geld erst ein langes, langes Stück hinter dem Stolz, und Kapitän Imrie ist ein sehr stolzer Mann. Er hätte Ihnen erklärt, Sie sollten sich zum Teufel scheren, und hätte mit seinem Schiff Kurs auf Hammerfest genommen.«

»Ich möchte behaupten, daß die Feststellung unseres verehrten Arztes hundertprozentig stimmt.« Der Graf hatte etwas Kognak gefunden und schenkte sich nun großzügig ein. »Sie waren nahe dran, Otto, mein Junge.«

Wenn sich auch der Chef des Unternehmens darüber ärgerte, von seinem Kameramann so vertraulich angesprochen zu werden, so zeigte er es nicht im geringsten. Er sagte nur: »Ich gebe Ihnen recht. Wir stehen in Ihrer Schuld, Dr. Marlowe.«

»Ein Freiplatz bei der Premiere«, antwortete ich, »und alle Schulden sind getilgt.« Ich überließ das Direktorium seinen Überlegungen und schlängelte mich schwankend hinunter zu den Passagieren. Allen und Mary Darling saßen noch immer an der gleichen Stelle im Salon. Nur hatte sie jetzt ihren Kopf auf seine Schulter gelegt und schien zu schlafen. Ich winkte ihm im Vorbeigehen zu, und er erwiderte meinen Gruß. Er schien sich langsam an mein ständiges Auftauchen zu gewöhnen.

Ohne anzuklopfen, betrat ich die Kabine des Herzogs. Es war jemand da. Eddie, der Elektriker, lag in tiefem Schlaf und schnarchte gewaltig. Der Anblick seines Kabinengenossen, der dem Sensenmann nur knapp entgangen war, hatte ihn, soweit ich sehen konnte, nicht im geringsten zermürbt. Cecil Golightly war wach und sah verständlicherweise sehr blaß und eingefallen aus, litt aber offensichtlich nicht, aller Wahrscheinlichkeit nach wohl weitgehend deshalb, weil Mary Stuart, die ebenso blaß war wie er, an seinem Bett saß und seine Hand hielt. Mir kam der Gedanke, daß sie vielleicht mehr Freunde besaß, als sie oder ich glaubten.

»Großer Gott!« rief ich. »Sind Sie noch immer hier?«

»Haben Sie es nicht von mir erwartet? Sie haben mich doch gebeten zu bleiben und auf ihn aufzupassen. Oder haben Sie das vergessen?«

»Gewiß nicht«, log ich. »Hatte nur nicht erwartet, Sie würden so lange bleiben, das ist alles. Das war sehr nett von Ihnen.« Ich blickte auf den ausgestreckten Herzog hinab. »Fühlen Sie sich ein bißchen besser?«

»Erheblich, Doktor. Erheblich besser.« Da seine Stimme nicht viel mehr als ein angestrengtes Flüstern war, klang es nicht sehr überzeugend, aber nach allem, was er in der vergangenen Stunde durchgemacht hatte, erwartete ich es auch nicht.

»Ich würde gern ein wenig mit Ihnen reden«, fuhr ich fort. »Nur ein paar Minuten. Fühlen Sie sich stark genug?«

Er nickte. »Dann lasse ich Sie allein«, sagte Mary Dear und wollte schon aufstehen, aber ich legte meine Hand auf ihre Schulter, um sie daran zu hindern.

»Nicht nötig. Der Herzog und ich haben keine Geheimnisse.« Ich bedachte ihn mit einem Blick, von dem ich hoffte, er würde ihn als nachdenklich empfinden. »Es wäre allerdings möglich, daß der Herzog vor mir ein Geheimnis verbirgt.«

»Ich? Ein — ein Geheimnis?« Cecil war ehrlich erstaunt.

»Sagen Sie mir, wann haben die Schmerzen eingesetzt?«

»Die Schmerzen? Halb zehn. Zehn. Etwa um diese Zeit, ganz sicher bin ich nicht.« Vorübergehend seiner Schlagfertigkeit und seines fröhlichen Humors beraubt, war der Herzog jetzt tatsächlich ein sehr armseliger kleiner Cockney. »Als diese dumme Sache mich traf, war mir nicht sehr danach zumute, auf eine Uhr zu gucken.«

»Bestimmt nicht«, meinte ich mitfühlend. »Und beim Essen haben Sie heute abend den letzten Bissen zu sich genommen?«

»Den letzten Bissen.« Sogar seine Stimme klang jetzt fest.

»Nicht den kleinsten Happen? Verstehen Sie, Cecil, ich stehe vor einem Rätsel. Miss Stuart hat Ihnen doch erzählt, daß auch andere erkrankt sind?« Er nickte. »Seltsam ist dabei, daß sich die anderen fast unmittelbar nach dem Essen erbrachen. Aber in Ihrem Fall hat es länger als eine Stunde gedauert. Das finde ich sehr sonderbar. Sind Sie auch ganz sicher? Sie haben nichts mehr zu sich genommen?«

»Aber Doktor!« Er schnaufte ein wenig. »Sie kennen mich doch.«

»Ja. Deswegen frage ich auch.« Mary Dear sah mich mit kühl abschätzenden, vorwurfsvollen braunen Augen an. Jetzt konnte es nicht mehr lange dauern, bis sie sagen würde, ob ich denn nicht wüßte, daß Cecil ein kranker Mann sei. »Sehen Sie, ich weiß, daß die anderen, die sich erbrochen haben, an einer Art Lebensmittelvergiftung litten, die sie sich beim Abendessen zugezogen haben, und ich weiß auch, wie ich sie behandeln muß. Aber Ihre Krankheit müßte eine andere Ursache haben. Ich habe keine Ahnung, was es war oder wie sie zu behandeln ist, und bis ich eine Art Diagnose vornehme, kann ich mir keinerlei Risiko leisten. Morgen früh werden Sie sehr hungrig sein und auch noch eine Weile länger, aber ich muß Ihrem Organismus Zeit geben, sich zu beruhigen. Ich möchte also nicht, daß Sie *irgend etwas essen,* was eine so heftige Reaktion auslösen würde, bei der ich Ihnen dann nicht helfen könnte. Wir müssen Zeit gewinnen, um es herauszubekommen.«

»Ich verstehe nicht, Doktor.«

»Tee und Toast für die nächsten drei Tage.«

Der Herzog wurde nicht noch bleicher, als er ohnehin schon war, denn das war unmöglich. Er sah nur schwer betroffen aus.

»Tee und Toast?« Seine Stimme war ein schwaches Krächzen. »Drei Tage lang!«

»Zu Ihrem eigenen Besten, Cecil.« Ich klopfte ihm mitleidig auf die Schulter und richtete mich auf, um zu gehen. »Wir möchten Sie nur wieder auf den Beinen sehen.«

»Ich hatte schon so etwas wie Hunger verspürt«, erklärte der Herzog mit einigem Pathos.

»Wann?«

»Kurz vor neun.«

»Kurz vor neun — eine halbe Stunde nach dem Essen?«

»Dann überkommt mich immer ein Heißhunger. Ich habe mich in die Kombüse geschlichen, verstehen Sie, und da war ein Topf auf einer Heizplatte, aber ich hatte nur Zeit für einen Löffel voll, da hörte ich schon zwei Leute kommen und bin in den Kühlraum gesprungen.«

»Und haben gewartet?«

»Ich mußte doch warten.« Die Stimme des Herzogs war die eines Ehrenmannes. »Hätte ich die Tür auch nur einen Spalt geöffnet, hätten sie mich gesehen.«

»Sie haben Sie also nicht gesehen. Das bedeutet, daß sie wieder gegangen sind. Und dann?«

»Sie hatten das ganze verdammte Zeug hineingeschaufelt«, erklärte der Herzog verbittert.

»Glückspilz.«

»Glückspilz?«

»Moxen und Scott, nicht wahr? Die Stewards?«

»Wieso ... wieso wissen Sie das?«

»Die haben Ihnen das Leben gerettet, Herzog.«

»Was haben sie?«

»Sie haben gegessen, was Sie hatten essen wollen. So sind Sie noch am Leben. Die beiden sind tot.

Allen und Mary Darling hatten offensichtlich ihre Mitternachtswache aufgegeben, denn der Salon war menschenleer. Mir blieben noch fünf Minuten, bevor ich mich mit Haggerty in der Kombüse treffen sollte, fünf Minuten, in denen ich meine Gedanken sammeln mußte. Der Haken war nur der, daß ich sie erst finden mußte, bevor ich sie sammeln konnte. Dann wurde mir klar, daß mir nicht einmal mehr die Zeit blieb, sie zu finden, denn auf dem Niedergang waren Schritte zu hören. Mary Stuart versuchte ohne sichtlichen Erfolg mit dem wilden Stampfen der *Morning Rose* fertig zu werden und ging schwankend auf einen Sessel mir gegenüber zu. Es war eher ein Zusammenbrechen als ein Sichhinsetzen. Insoweit es für eine so außerordentlich gut aussehend junge Frau möglich war, erschöpft auszusehen, sah sie wirklich erschöpft aus: ihr Gesicht war grau. Ich hätte mich über sie ärgern sollen, weil sie meinen Gedankengang unterbrach. Langsam und verschwommen wurde mir klar, daß ich unfähig war, diesem lettischen Mädchen gegenüber Gefühle zu hegen, die auch nur entfernt an Feindseligkeit grenzten. Außerdem war sie ganz offensichtlich gekommen, um mit mir zu reden. Sie suchte Hilfe oder Beruhigung oder Verständnis. Für ein so stolzes, zurückhaltendes, abweisendes Mädchen war es bestimmt sehr schwer, darum zu bitten. Ich konnte ihr wahrhaftig keine Schwierigkeiten in den Weg legen.

»Haben Sie sich erbrochen?« fragte ich. Als Einleitung einer Unterhaltung war dies kein besonders gelungener Anfang, aber von Ärzten erwartet man nicht, daß sie gute Manieren haben. Sie nickte und hielt ihre Hände so fest ineinander verkrampft, daß ich den schwachen, elfenbeinernen Schimmer ihrer Knöchel sah.

»Ich hatte gedacht, Sie wären seefest?« Der leichte Plauderton.

»Es ist nicht die See, die mich krank macht.«

Ich verzichtete auf weiteres leichtes Geplauder. »Mary Dear, warum legen Sie sich nicht hin und versuchen zu schlafen?«

»Was Sie nicht sagen! Zuerst erzählen Sie mir, daß sich noch zwei weitere Männer vergiftet haben und gestorben sind, und dann verlangen Sie von mir, einfach in Schlaf zu sinken und glückselig zu träumen. Ist es nicht so?« Ich antwortete nicht, und sie verzog ihr Gesicht. »Sie verstehen sich besonders gut darauf, schlechte Nachrichten zu überbringen, nicht wahr?«

»Professionelle Abgebrühtheit. Aber Sie sind doch bestimmt nicht hier, um mir meine Taktlosigkeit vorzuwerfen. Was ist los, Mary Dear?«

»Warum nennen Sie mich ›Mary Dear‹?«

»Verletzt es Sie?«

»O nein. Nicht wenn Sie es sagen.« Bei jeder anderen Frau hätten diese Worte einen koketten Beiklang gehabt, aber hier fehlte er. Sie waren als Feststellung einer Tatsache gedacht, nichts weiter.

»Um so besser.« Ich weiß nicht, was ich mit diesem ›um so besser‹ meinte, es gab mir nur das verschwommene Gefühl, etwas Gescheites gesagt zu haben. »Jetzt erzählen Sie mir.«

»Ich habe Angst«, sagte sie nur.

Sie hatte also Angst. Sie war müde, überanstrengt; sie hatte vier sehr, sehr kranke Männer gepflegt, sie hatte erfahren, daß drei weitere, die sie kannte, am Gift gestorben waren, und die Gewalt des arktischen Sturms, der draußen tobte, genügte, um auch den Unerschrockensten ängstlich zu machen. Aber nichts von alledem sagte ich zu ihr.

»Wir alle haben zuweilen Angst, Mary.«

»Sie auch?«

»Ich auch.«

»Haben Sie jetzt Angst?«

»Nein. Wovor sollte man Angst haben?«

»Vor dem Tod. Vor Krankheit und Tod.«

»Ich muß mit dem Tod leben, Mary. Ich hasse ihn, selbstverständlich, aber ich fürchte ihn nicht. Wäre es der Fall, wäre ich als Arzt untauglich. Oder etwa nicht?«

»Ich habe mich wohl nicht sehr klar ausgedrückt. Mit dem Tod kann ich mich abfinden. Aber nicht, wenn er blindlings zuzuschlagen scheint, und man weiß, daß es nicht blindlings geschieht. Wie es hier der Fall ist. Er schlägt unbekümmert und rücksichtslos zu, ohne Grund oder Ursache, aber man weiß, daß es Grund und Ursache gibt. Verstehen Sie — verstehen Sie, was ich meine?«

Ich verstand ganz genau, was sie meinte. So sagte ich: »Selbst wenn ich mich in Hochform befinde, ist Metaphysik kaum meine starke Seite. Vielleicht verfolgt der alte Mann mit der Sense bei all seiner Wahllosigkeit doch eine bestimmte Methode, aber ich bin zu müde ...«

»Ich spreche nicht von Metaphysik.« Sie machte mit ihren gefalteten Händen eine fast zornige, hastige Bewegung. »An Bord dieses Schiffes, Dr. Marlowe, ist etwas fürchterlich faul.«

»Etwas fürchterlich faul?« Gott allein wußte, daß ich mit ihr darin völlig übereinstimmte. »Was sollte denn hier faul sein, Mary Dear?«

Ernst antwortete sie: »Sie wollen mich doch nicht etwa herablassend behandeln, Dr. Marlowe? Ein törichtes Weib aufheitern?«

Darauf mußte ich sofort eine Antwort geben, und so sagte ich ausweichend, aber bestimmt: »Ich hatte nicht die Absicht, Sie zu verletzen, Mary Dear. Dazu mag ich Sie zu sehr.«

»Wirklich?« Ein leichtes Lächeln spielte über ihr Gesicht. »Mögen Sie auch alle die anderen?«

»Mag ich sie — da muß ich passen.«

»Finden Sie nicht diese Menschen irgendwie seltsam, irgendwie sehr sonderbar, ich meine die Atmosphäre, die sie hervorrufen?«

Hier befand ich mich schon auf festerem Boden. Ich antwortete offen: »Ich müßte taub und blind geboren sein, um das nicht zu bemerken. Den ganzen lieben Tag lang ist man damit beschäftigt, unterdrückte Feindseligkeit abzuwehren, sich Spannungen fernzuhalten und durch Unterströmungen zu waten. Und zur gleichen Zeit, wenn Sie mir dieses Durcheinander von Vergleichen verzeihen wollen, versucht man, seine Augen vor dem unaufhörlichen Schauer von Funken zu schützen, die alle von sich geben, während sie ihre Messer schleifen. Jeder ist jedem gegenüber so beängstigend freundlich, bis selbstverständlich der Augenblick eintritt, in dem alle so irregeführt sind, daß sie einander den Rücken zukehren. Unser hochgeschätzter Arbeitgeber, Otto Gerran, kann seine Partner in der

Firma, Heissman, Stryker, Goin und seine liebe Tochter, nicht genügend hochjubeln, die er aber dann, sobald sie außer Hörweite sind, nach besten Kräften heruntermacht. Das alles wäre unverzeihlich, wenn nicht die Tatsache auffallen würde, daß Heissman, Goin, Stryker und seine liebe Tochter sich ihm und *ihren* Partnern gegenüber genauso verhielten. Die gleichen kleinlichen Eifersüchteleien, die gleiche offensichtlich verlogene Aufrichtigkeit, das gleiche Lächeln mit dem Messer unter dem Mantel findet man auch in der unteren Schicht dieses Filmteams. Und um die Angelegenheit noch zu komplizieren, haben wir dieses reizende Intermezzo zwischen der oberen und der unteren Schicht. Der Herzog, Eddi Harbottle, Halliday, der Standfotograf, Hendriks und Sandy verabscheuen von Herzen, was wir das Management nennen könnten, Gefühle, die vom Management selber von ganzem Herzen erwidert werden. Und alle scheinen einen besonderen Groll dem unglückseligen Regisseur, Neal Divine, entgegenzubringen. Gewiß, das alles ist mir nicht entgangen, ich müßte ja ein Schlafwandler sein, wäre es anders, aber ich habe es zu neunzig Prozent als belanglos abgetan und es auf die normalerweise gesunde, verleumderische Hinterhältigkeit zurückgeführt, die nun einmal von der Filmwelt nicht zu trennen ist. Betrüger, Schwindler, Lügner, Scharlatane, Speichellecker, Heuchler gibt es auf der ganzen Welt, nur scheint eben das Filmmilieu wie ein grob verzerrendes Vergrößerungsglas zu wirken, das alle unerwünschten Eigenschaften heraushebt und grell beleuchtet, während es die erfreulicheren unbeachtet läßt oder bestenfalls verkleinert — immerhin muß man doch annehmen, daß es auch solche gibt.«

»Sie halten nicht sehr viel von uns, nicht wahr?«

»Was hat denn diesen Eindruck bei Ihnen hervorgerufen?«

Das überhörte sie. »Und wir sind alle schlecht?«

»Nicht alle. Nicht Sie. Auch nicht die andere Mary oder der junge Allen — aber vielleicht liegt es daran, daß sie noch zu jung sind oder zu neu in diesem Geschäft, um sich den anerkannten Verhaltensweisen anzupassen. Und ich bin ziemlich sicher, daß Charles Conrad auf der Seite der Engel steht.«

Wieder dieses leichte Lächeln. »Wollen Sie damit sagen, daß sich seine Gedanken in der gleichen Richtung bewegen wie die Ihren?«

»Ja. Kennen Sie ihn näher?«

»Wir sagen einander ›guten Morgen‹.«

»Sie sollten ihn genauer kennenlernen. Er würde Sie gern besser kennen. Er mag Sie — das hat er gesagt. Nein, nein, wir haben nicht über Sie gesprochen — Ihr Name tauchte nur unter einem Dutzend anderer auf.«

»Schmeichler.« Ihre Stimme verriet nichts. Ich wußte nicht, ob sich dahinter Freude in bezug auf Conrad oder Ironie mir gegenüber verbarg. »Sie stimmen mir also zu? Die Atmosphäre hier hat etwas sehr Seltsames?«

»Ja, nach normalen Maßstäben.«

»Nach allen Maßstäben.« Sie strahlte eine eigentümliche Gewißheit aus. »Mißtrauen, Argwohn und Eifersucht, das alles erwartet man in unserer kleinen unerfreulichen Welt zu finden, aber nicht in dem Ausmaß, wie es hier der Fall ist. Vergessen Sie nicht, daß ich mich in diesen Dingen auskenne. Ich wurde in einem kommunistischen Land geboren, ich bin in einem kommunistischen Land aufgewachsen. Verstehen Sie?«

»Ja. Wann sind Sie herausgekommen?«

»Vor zwei Jahren. Vor genau zwei Jahren.«

»Wie?«

»Bitte. Andere werden vielleicht den gleichen Weg benutzen wollen.«

»Und ich stehe im Sold des Kremls. Ganz wie Sie wollen.«

»Habe ich Sie verletzt?« Ich schüttelte den Kopf. »Mißtrauen, Argwohn, Eifersucht, Dr. Marlowe. Aber hier steckt noch mehr dahinter, viel mehr. Haß und auch Furcht. Ich — ich kann es riechen. Sie etwa nicht?«

»Sie haben noch etwas Besonderes auf dem Herzen, Mary Dear, und Sie führen mich auf sehr gewundenen Wegen dorthin. Mir wäre lieber, Sie kämen zur Sache.« Ich warf einen Blick auf meine Uhr. »Ich will nicht unhöflich erscheinen, aber ich möchte auch dem Menschen gegenüber, der jetzt auf mich wartet, nicht unhöflich sein.«

»Wenn sich Menschen nur genügend hassen und fürchten, kann Schreckliches geschehen.« Diese Worte schienen nicht einmal einer Bestätigung zu bedürfen, und so schwieg ich, während sie fortfuhr: »Sie haben gesagt, daß diese Erkankungen, diese Todesfälle die Folge einer zufälligen Lebensmittelvergiftung sind. Sind sie das, Dr. Marlowe? *Sind* sie es?«

»So lange haben Sie also gebraucht, um bis zu diesem Punkt zu gelangen? Sie glauben, dahinter stünde eine Absicht, jemand habe hier seine Finger im Spiel? *Ist es das*, was Sie glauben?« Ich hoffte, sie würde den Eindruck haben, daß dieser Gedanke mir zum erstenmal gekommen sei.

»Ich weiß nicht, was ich denken soll. Aber ja — ja, genau das denke ich.«

»Wer?«

»Wer?« Sie sah mich, wie es schien, voll echter Verwunderung an. »Wie sollte ich denn das wissen? Das kann jeder sein.«

»Als Staatsanwalt würden Sie sensationell wirken. Wenn also nicht wer — warum dann?«

Sie zögerte, sah zur Seite, streifte mich dann wieder kurz mit einem Blick und starrte zu Boden. »Warum, das weiß ich auch nicht.«

»Sie haben als Grundlage für Ihre unglaubliche Vermutung also nichts weiter als Ihre Instinkte.«

»Ich habe meine Sache wohl sehr schlecht vertreten, nicht wahr?«

»Sie hatten nichts zu vertreten, Mary. Prüfen Sie nur einfach die Tatsachen, und Sie werden sehen, wie lächerlich Ihre Vermutung ist. Sieben Menschen sind hier betroffen, die nichts miteinander zu tun haben, und alle hat es zufällig erwischt — oder könnten Sie mir einen Grund nennen, warum eine Gruppe so verschiedener Leute wie ein Filmproduzent, ein Friseur, ein Kameramann, ein Erster Offizier, ein Bootsmann und zwei Stewards die Opfer sein sollten? Können Sie mir sagen, warum die einen leben und die anderen tot sind? Können Sie mir sagen, warum zwei der Opfer dieses Gift mit dem im Speiseraum servierten Essen zu sich nahmen, zwei mit dem Essen, das sie in der Kombüse verzehrten, und einer, der Herzog, der sich entweder in der Kombüse oder im Speiseraum vergiftet hat? Können Sie mir das sagen, Mary?«

Sie schüttelte den Kopf, das strohblonde Haar fiel ihr über die Augen, und sie ließ es dort hängen. Vielleicht wollte sie mich nicht ansehen, vielleicht wollte sie auch nicht, daß ich sie ansah.

»Nach dem heutigen Tag«, erklärte ich, »stehe ich, wie man mich wissen ließ, zwischen den Ruinen meines Rufes als Arzt, aber ich wette mit dem, was von ihm noch übrig ist, zusammen mit allem anderen, was Sie noch nennen möchten, daß diese ganze Vergiftung völlig zufällig ist und niemand an Bord der *Morning Rose* wünschte oder beabsichtigte, diese sieben Menschen zu vergiften.« Was etwas völlig anderes war als die Behauptung, an Bord der *Morning Rose* sei niemand, der für diese tragische Entwicklung verantwortlich sei. »Es sei denn, wir hätten einen Irren an Bord, und Sie können über unsere ach so individualistischen Gefährten an Bord sagen, was Sie wollen — Sie haben es ja bereits gesagt, von ihnen ist keiner geisteskrank. Das heißt, nicht in krimineller Hinsicht.«

Während ich sprach, hatte sie mich nicht angesehen, und selbst als ich fertig war, bot sie mir weiterhin den Anblick ihres Scheitels. Ich stand auf, schwankte zu dem Sessel hinüber, in dem sie saß, hielt mich mit einer Hand an der Rückenlehne fest und hob mit einem Finger der anderen Hand ihr Kinn an. Sie richtete sich auf und strich sich das Haar aus den Augen, braune Augen, groß, bewegungslos und voller Furcht. Ich lächelte sie an, und sie erwiderte mein Lächeln, aber ihr Lächeln erreichte nicht ihre Augen. Ich wandte mich um und verließ den Salon.

Ich kam gute zehn Minuten zu spät zu meiner Verabredung in der Kombüse, und da Haggerty es mir bereits zur Genüge klargemacht hatte, er lege großen Wert auf Einhaltung der Formen, erwartete ich, ihn in einer Stimmung anzutreffen, die sich zwischen heller Empörung und kühler Mißbilligung bewegte. Haggertys Aufmerksamkeit aber war von weit unmittelbareren, dringenderen Angelegenheiten in Anspruch genommen, denn als ich mich der Kombüse durch die Pantry der Stewards näherte, vernahm ich einen lauten und sehr zornigen Wortwechsel. Zumindest war Haggerty laut und zornig.

Eigentlich war es nicht so sehr ein Wortwechsel, sondern vielmehr ein Monolog, den Haggerty führte. Sein Gesicht war jetzt vor Zorn hochrot angelaufen, seine grünblauen Augen traten hervor. Sandy, unser Requisiteur, war der unglückliche Partner in diesem sehr einseitigen Streitgespräch, und sein stillschweigendes Hinnehmen der Beschimpfungen, die über ihm ausgeschüttet wurden, rührte weniger von einem Mangel an möglichen Entgegnungen als von Luftmangel her. Zuerst glaubte ich, Haggerty habe seine sehr große rote Hand um Sandys mageren Hals gelegt, aber dann sah ich, daß er die beiden Aufschläge von Sandys Jacke in einer Hand zusammenzog. Die Wirkung jedoch war ungefähr die gleiche, und da Sandy nur etwa die Hälfte des Umfangs von Haggerty besaß, konnte er auch nur sehr wenig dagegen tun. Ich klopfte Haggerty auf die Schulter.

»Sie würgen diesen Mann ja ab«, sagte ich sanft. Haggerty streifte mich mit einem kurzen Blick und kehrte zu seinem Strangulieren zurück. Ich fuhr ebenso sanft fort: »Dies ist kein Schiff der Kriegsmarine, und ich bin kein Stabswachtmeister, ich kann Ihnen also keine Befehle erteilen. Aber ich bin, was ein Gericht als sachverständigen Zeugen gelten lassen würde, und ich glaube nicht, daß es meine Aussage in Zweifel ziehen könnte, wenn Sie wegen Gewalttätigkeit belangt würden. Das könnte Sie, wie Sie wissen, die Ersparnisse Ihres ganzen Lebens kosten.«

Wieder sah mich Haggerty an, und diesmal blickte er nicht zur Seite. Widerstrebend ließ er den Kragen des kleinen Mannes los und stand nun da, wildäugig, schwer atmend und, wie es schien, vorübergehend um Worte verlegen.

Sandy aber war es nicht. Nachdem er sich seine Kehle ein bißchen gerieben hatte, um festzustellen, ob sie noch unversehrt sei, überschüttete er Haggerty mit einem Schwall nicht druckfähiger Beschimpfungen und fuhr dann brüllend fort: »Hast du verstanden? Hast du es gehört, du großer, dicker, häßlicher Affe? Du kommst vor Gericht! Gewalttätigkeit, mein Junge, und das wird dich was kosten ...«

»Mund halten«, rief ich müde. »Ich habe nichts gesehen, und er hat Sie mit keinem Finger angerührt. Seien Sie froh, daß Sie noch atmen.« Nachdenklich sah ich Sandy an. Eigentlich kannte ich ihn gar nicht, wußte so gut wie nichts von ihm und war mir nicht einmal sicher, ob ich ihn mochte oder nicht. Sollte Sandy einen anderen Namen haben, wie Allen und der tote Antonio, so schien niemand ihn zu kennen. Er behauptete, Schotte zu sein, sprach aber mit einem kräftigen Liverpooldialekt. Er war ein seltsamer zwergenhafter, ausgedörrter Kobold mit einem faltigen walnußbraunen Gesicht und Schädel — sein Kopf war glänzend kahl — und schütteren weißen Haaren, die etwa in Höhe des Ohrläppchens begannen und in ungekämmtem Wirrwarr über seine mageren Schultern herabfielen. Er hatte unstete wieselartige Augen. Stand er unter dem Einfluß von Gin, was häufig der Fall war, so behauptete er gern, er kenne nicht nur seinen Geburtstag nicht, sondern nicht einmal das Jahr seiner Geburt, das er mit ungefähr 1919 oder 1920 angab. Im allgemeinen aber war man an Bord aus gutem Grund anderer Ansicht und setzte das Datum, ohne gefühllos sein zu wollen, auf 1900 oder ein wenig früher fest.

Nun bemerkte ich erst, daß einige Sardinen- und Heringsdosen am Boden lagen, auch noch eine größere Büchse mit Cornedbeef. »Aha!« rief ich. »Der mitternächtliche Schleicher schlägt wieder zu.«

»Was soll das heißen?« fragte Haggerty argwöhnisch.

»Vielleicht haben Sie unserem Freund keine ausreichend große Portion zum Abendessen gegeben«, erklärte ich.

»Es war doch nicht für mich.« In Not hatte Sandy eine hohe, winselnde Stimme. »Ich schwöre es. Verstehen Sie ...«

»Ich sollte diesen lächerlichen Zwerg über Bord werfen. Ein kleiner, gemeiner, diebischer Lump ist er. Kaum wende ich den Rücken, ist er hier unten und zieht seine Kunststücke ab, dieser Dieb. Und wem wird die Schuld für den Diebstahl gegeben, he, sag mir das, wer bekommt die Schuld? Wer muß dem Kapitän für die fehlenden Vorräte Rede und Antwort stehen? Wer muß den Verlust aus seiner eigenen Tasche bezahlen? Und wem wird sein Lohn gesperrt, weil er die Tür zur Kombüse nicht abgeschlossen hat?« Während sich Haggerty mit den Ungerechtigkeiten in diesem Leben befaßte, stieg offensichtlich sein Blutdruck noch höher. »Und sich vorzustellen«, erklärte er verbittert, »daß ich meinen Mitmenschen stets vertraut habe. Ich sollte ihm sein verfluchtes Genick brechen.«

»Das können Sie aber jetzt nicht tun«, erwiderte ich beschwichtigend. »Sie können von mir als Arzt nicht verlangen, im Zeugenstand einen Meineid zu leisten. Außerdem ist kein Schaden entstanden, nichts ist gestohlen. Sie brauchen nicht für Verluste zu zahlen, warum also erst Kapitän Imrie verärgern?« Ich sah Sandy an, dann die Dosen am Boden. »Ist das alles, was Sie gestohlen haben?«

»Ich schwöre bei Gott . . .«

»Ach, seien Sie doch still.« Zu Haggerty gewandt fuhr ich fort: »Wo war er und was tat er, als Sie hereinkamen?«

»Er hatte seine verdammte, große, lange Nase dort in den Kühlschrank gesteckt, das hat er getan. Habe ihn auf frischer Tat ertappt.«

Ich öffnete die Tür des Kühlschranks. Er war mit Butter, Käse, haltbarer Milch, Speck und Fleischbüchsen vollgestopft. Das war alles. Zu Sandy sagte ich: »Kommen Sie her. Ich möchte Ihre Kleidung durchsuchen.«

»*Sie* wollen meine Kleider durchsuchen?« Sandy hatte nach seiner Befreiung wieder Mut gefaßt. »Für wen halten *Sie* sich eigentlich? Für einen verfluchten Bullen? Für den CID, he?«

»Nur für einen Arzt. Für einen Arzt, der feststellen möchte, warum heute nacht drei Menschen gestorben sind.« Sandy starrte mich an, seine Augen weiteten sich hinter den randlosen Gläsern, und sein Unterkiefer sackte ab. »Wußten Sie denn nicht, daß Moxen und Scott tot sind? Die beiden Stewards?«

»Jawohl, davon habe ich gehört.« Er fuhr sich mit der Zunge über die Lippen. »Aber was hat das mit mir zu tun?«

»Ich bin nicht sicher. Noch nicht.«

»Das können Sie mir doch nicht in die Schuhe schieben. Was reden Sie da?« Der kurze Augenblick von Sandys Selbstsicherheit war verstrichen. »Ich habe nichts damit zu tun . . .«

»Drei Männer sind gestorben, beinah vier. Sie sind an Lebensmittelvergiftung gestorben oder fast daran zugrunde gegangen. Das Essen kommt aus der Kombüse. Ich bin an Leuten interessiert, die unerlaubte Besuche in der Kombüse machen.« Ich sah Haggerty an. »Ich denke, wir sollten lieber Kapitän Imrie hier dabei haben.«

»Nein! Mein Gott, nein!« Sandy war einer Panik nahe. »Mr. Gerran würde mich umbringen ...«

»Kommen Sie her.« Er trat auf mich zu, der letzte Widerstand in ihm war gebrochen. Ich durchsuchte seine Taschen, aber keine Spur des einzigen Instruments, das er benutzt haben könnte, um Lebensmittel im Kühlschrank zu infizieren: eine Injektionsnadel. »Was wollten Sie mit diesen Büchsen tun?« fragte ich.

»Sie waren nicht für mich. Das habe ich Ihnen schon gesagt. Was sollte ich mit ihnen tun? Ich esse nicht so viel, daß eine Maus davon leben könnte. Jeden können Sie fragen. Man wird es Ihnen sagen.«

Ich brauchte niemanden zu fragen. Was er sagte, war völlig wahr. Sandy hing, ebenso wie Lonnie Gilbert, fast ausschließlich von der Distillers Co., Ltd. ab, um seine Quote an Kalorien zu erfüllen. Aber er hätte noch immer diese Büchsen mit Fleisch als eine Rückversicherung, als eine irreführende Spur benutzen können, wenn man ihn erwischte.

»Für wen waren also die Büchsen?«

»Für den Herzog. Cecil. Ich war gerade in seiner Kabine. Er sagte, er sei hungrig. Nein, das hat er nicht gesagt. Er hat gesagt, er würde hungrig *werden*, weil Sie ihn für drei Tage auf Tee und Toast gesetzt haben.« Ich dachte an mein Gespräch mit dem Herzog zurück. Die Drohung mit Tee und Toast hatte ich nur ausgesprochen, um Informationen aus ihm herauszuholen, und jetzt erst fiel mir ein, daß ich vergessen hatte, diese Drohung zurückzunehmen. Dieser Teil von Sandys Geschichte mußte also wahr sein.

»Der Herzog hat Sie gebeten, ihm einige Vorräte zu besorgen?«

»Nein.«

»Haben Sie ihm gesagt, Sie würden ihm welche holen?«

»Nein. Ich wollte ihn überraschen. Ich wollte sein Gesicht sehen, wenn ich mit den Büchsen auftauchte.«

Kein Weiterkommen. Möglicherweise sprach er die Wahrheit. Aber ebensogut konnte er diese Geschichte als Tarnung für andere, weit üblere Machenschaften benutzen. Ich konnte das nicht entscheiden und würde es wahrscheinlich niemals erfahren. So sagte ich: »Melden Sie lieber Ihrem Freund, dem Herzog, daß er vom Frühstück ab wieder auf normale Kost gesetzt ist.«

»Sie meinen ... ich kann gehen?«

»Wenn Mr. Haggerty nicht den Wunsch hat, Sie anzuzeigen.«

»Ich würde mich zu so etwas nicht erniedrigen.« Haggerty packte mit seiner großen Hand Sandy am Nacken, mit einem so kraftvollen Griff, daß der kleine Mann vor Schmerz wimmerte. »Wenn ich dich jemals auch nur auf Riechweite von meiner Kombüse erwische, werde ich mich nicht damit begnügen, dich nur am Genick zu packen, dann breche ich dir das verdammte Ding.« Haggerty schleppte ihn bis zur Tür, warf ihn buchstäblich hinaus und kam zurück. »Wenn Sie mich fragen, Sir, ist der viel zu billig davongekommen.«

»Er ist nicht einmal Ihren Zorn wert, Mr. Haggerty. Wahrscheinlich hat er sogar die Wahrheit gesagt — nicht daß er etwa dadurch kein kleiner diebischer Halunke wäre. Haben Moxen und Scott heute abend hier gegessen, nachdem die Passagiere fertig waren?«

»Wie jeden Abend. Das Bedienungspersonal ißt gewöhnlich vor den Gästen — aber die beiden zogen es andersherum vor.« Nachdem Sandy gegangen war, sah Haggerty sehr beunruhigt und verstört aus. Der Verlust der beiden Stewards hatte ihn offensichtlich schwer getroffen und war mit größter Gewißheit für seine gewalttätige Reaktion Sandy gegenüber verantwortlich.

»Ich glaube, daß ich den Ursprung des Gifts gefunden habe. Meiner Ansicht nach war der Meerrettich durch einen sehr unerfreulichen Organismus, *clostridium botulinum*, verseucht, eine sporenbildende Anaerobe, die man zuerst in Gartenerde findet.« Ich hatte noch niemals von einem solchen Verseuchungsfall gehört, aber er war nicht auszuschließen. »Unmöglich, daß dies auf Sie zurückfallen könnte — denn sie ist vor, während und nach dem Kochen in keiner Weise zu erkennen. Sind heute abend noch Reste übriggeblieben?«

»Ein wenig. Ich habe für Moxen und Scott ein Essen zubereitet und den Rest weggetan.«

»Weg?«

»Um ihn wegzuwerfen. Es war nicht genug übrig, um noch etwas damit zu machen.«

»Dann ist es also weg.« Noch eine Tür ins Schloß gefallen.

»In einer solchen Nacht? Keine Angst. Der Abfall kommt in Kunststoffsäcke, die dann zerlöchert und über Bord geworfen werden — am Morgen.«

Die Tür hatte sich wieder geöffnet. »Bedeutet das, daß das Zeug noch da ist?«

»Natürlich.« Er nickte in Richtung eines viereckigen Kunststoffkastens, der mit Flügelschrauben am Schott befestigt war. »Dort.«

Ich trat zu dem Kasten und öffnete den Deckel. »Wollen Sie es analysieren?« fragte Haggerty.

»Das hatte ich vor. Oder richtiger, ich will es für eine Analyse aufheben.« Ich ließ den Deckel zufallen. »Das wird jetzt nicht mehr möglich sein. Der Behälter ist leer.«

»Leer? Über Bord — bei diesem Wetter?« Haggerty trat heran und warf unnötigerweise selber einen Blick hinein. »Verdammt komisch. Noch dazu gegen die Vorschrift.«

»Vielleicht hat Ihr Gehilfe ...«

»Charlie? Dieser stinkfaule Nichtstuer? Der nicht. Außerdem hat er heute abend dienstfrei.« Haggerty kratzte sich seine grauen Haarstoppeln. »Weiß Gott, warum sie es getan haben, aber es müssen Moxen oder Scott gewesen sein.«

»Ja«, sagte ich. »Die müssen es gewesen sein.«

Ich war so müde, daß ich nur noch an meine Kabine und meine Koje denken konnte. Ich war so müde, daß mir erst, als ich in meiner Kabine ankam und meine leere Koje sah, einfiel, daß man alle meine Decken für Smithy und Oakley weggenommen hatte. Ich streifte mit einem Blick den kleinen Tisch, auf dem ich die toxikologischen Bücher hatte liegen lassen, nachdem ich sie zu Rate gezogen hatte. Wie mit einem Schlag war meine Müdigkeit verflogen.

Das Werk über Gerichtsmedizin, das mir die Informationen über Akonitin geliefert hatte, lag mit seinem Rücken am entlegensten Ende des Schlingerborts am Tisch, natürlich bei einer der heftigen Schwankungen der *Morning Rose* dorthin befördert. Das Buchzeichen, ein seidenes Band, das oben am Buch befestigt war, lag nun in seiner ganzen Länge auf dem Tisch. An und für sich ein bedeutungsloser Umstand, hätte ich mich nicht noch ganz deutlich daran erinnert, daß ich das Buchzeichen sorgfältig eingelegt hatte, um den Absatz, den ich soeben gelesen hatte, zu markieren.

Ich fragte mich, wer wohl wüßte, daß ich den Abschnitt über Akonitin gelesen hatte.

V

Plötzlich gefiel mir meine Kabine nicht mehr so recht. Nicht etwa als ein Ort zum Schlafen. Der exzentrische Reedereimillionär, der die *Morning Rose* völlig ausgeweidet und für die Unterbringung von Gästen hergerichtet hatte, besaß offenbar eine gewaltige Abneigung gegenüber Schlössern an Kabinentüren, und da er die Mittel und die Möglichkeit besaß, seine Theorien in die Praxis umzusetzen, hatte er dies auch getan. Vielleicht war es nur eine krankhafte Furcht, oder es rührte von der Überzeugung her, daß schon so viele Menschen ihr Leben auf See unnötigerweise verloren hatten, weil sie beim Untergang ihrer Schiffe in abgeschlossenen Kabinen wie in einer Falle saßen — was tatsächlich, wie ich wußte, den Tatsachen entsprach. Jedenfalls war es auf der *Morning Rose* unmöglich, eine Kabine von innen abzuschließen; sie war nicht einmal mit einem Riegel versehen.

Ich fand, daß der Speiseraum der richtige Ort für mich sei. Dort gab es, wie ich mich erinnerte, eine sehr bequeme Sitzbank an einem Eckschott, wo ich mich hineinzwängen konnte und auch Rückendeckung hatte. In dem Kasten unter der Sitzbank befand sich eine großartige Auswahl sehr flauschiger Schiffsdecken, Erbstücke des ehemaligen Eigentümers. Das Beste aber: Dieser Raum war hell erleuchtet und allen zugänglich, ein Ort, an dem die Menschen auch noch zu so später Stunde kamen und gingen, ein Platz, wo sich niemand unbemerkt anschleichen konnte. Nicht etwa, daß mich dies gegen einen Mörder schützen könnte, der unbedingt einen Schuß aus nächster Nähe durch das große Fenster des Speiseraums auf mich abfeuern wollte. Es war aber doch ein kleiner Trost, daß der Betreffende oder die Betreffenden, die es auf Gesundheit oder Leben einer Person abgesehen hatten, bisher nicht zu offener Gewalttätigkeit übergegangen waren. Aber das stellte keinerlei Garantie dar, daß sie es nicht noch tun würden. Warum zum Teufel konnten die Verleger von Handbüchern nicht die berühmte *Encyclopaedia Britannica* nachahmen und ganz auf Lesezeichen verzichten? In diesem Augenblick fiel mir ein, daß ich die gesamte Direktion der

Olympus Productions in einer Vollsitzung im Speiseraum zurückgelassen hatte. Wie lange war das her? Zwanzig Minuten, länger nicht. Vielleicht noch weitere zwanzig Minuten, und die Luft würde rein sein. Nicht etwa, daß ich gegenüber einem der vier Herren besonderen Argwohn hegte. Sie würden es nur für sehr seltsam halten, wenn ich es vorzog, die Nacht dort zu verbringen, während ich ein Deck tiefer eine durchaus komfortable Kabine besaß.

Teils einem jähen Impuls nachgebend, teils auch, um die Zwischenzeit zu überbrücken, beschloß ich, nach dem Herzog zu schauen, um mich über seinen Zustand zu informieren und ihm eine ruhige Nacht durch das Versprechen zu bescheren, er würde vom Frühstück an wieder auf volle Ration gesetzt. Außerdem wollte ich feststellen, ob Sandy die Wahrheit gesagt hatte. Seine Tür war die dritte links. Die zweite auf der rechten Seite stand weit offen. Es war Mary Stuarts Kabine. Mary war da, schlief jedoch nicht. Sie saß in einem zwischen Tisch und Koje eingekeilten Sessel, ihre Augen weit offen und die Hände im Schoß.

»Was ist denn hier los?« fragte ich. »Sie sehen aus wie jemand, der Totenwache hält.«

»Ich bin nicht schläfrig.«

»Und die Tür offen. Erwarten Sie jemanden?«

»Seitdem Sie an Bord gekommen sind, haben Sie die Tür nicht abschließen können. Sie hat gar kein Schloß.«

»Ich weiß. Es war unwichtig. Erst seit heute abend.«

»Sie — Sie glauben doch nicht etwa, daß sich jemand, während Sie schlafen, einschleicht und Sie umbringt?« Ich sagte es im Tonfall eines Menschen, der niemals auf den Gedanken käme, daß so etwas ihm selber zustoßen könnte.

»Ich weiß nicht, was ich glauben soll. Mir geht es gut.«

»Angst? Noch immer?« Ich schüttelte den Kopf. »Schämen Sie sich. Denken Sie an Ihre Namensschwester, die kleine Mary Darling. Sie hat keine Angst, allein zu schlafen.«

»Sie schläft auch nicht allein.«

»Nein? Na schön, wir leben in einem großzügigen Zeitalter.«

»Sie ist mit Allen zusammen. Im Aufenthaltsraum.«

»Ach! Warum schließen Sie sich dann nicht ihnen an? Wenn Sie fälschlicherweise glauben, Sie brauchten Sicherheit, dann finden Sie sie dort.«

»Ich habe keine Lust, wie sagt man doch, das fünfte Rad am Wagen zu spielen.«

»Ach, Quatsch!« rief ich und ging zum Herzog hinüber. Er hatte etwas Farbe auf seinen Wangen und befand sich offensichtlich auf dem Wege der Besserung. Ich fragte ihn, wie er sich fühlte.

»Beschissen«, antwortete der Herzog. Er rieb sich den Magen.

»Noch immer Schmerzen?«

»Ja, vor Hunger«, erwiderte er.

»Nichts heute abend. Morgen geht es wieder bergauf — Tee und Toast können Sie vergessen. Übrigens war das von Ihnen nicht gerade ein Geniestreich, Sandy loszuschicken, um die Kombüse auszuplündern. Haggerty hat ihn auf frischer Tat ertappt.«

»Sandy? In der Kombüse?« Seine Überraschung war echt. »Ich habe ihn doch nicht losgeschickt.«

»Bestimmt aber hat er Ihnen erzählt, daß er es vorhätte?«

»Mit keinem Wort. Hören Sie, Doktor, Sie können mir nicht etwas anhängen ...«

»Hier hängt niemand jemandem etwas an. Ich muß ihn falsch verstanden haben. Vielleicht wollte er Sie nur überraschen — er sagte etwas davon, Sie hätten einen solchen Heißhunger.«

»Das habe ich auch gesagt. Aber, ganz ehrlich ...«

»Schon gut. Es ist ja nichts passiert. Gute Nacht.«

Ich kehrte auf dem gleichen Weg zurück und kam wieder an Mary Stuarts offener Tür vorbei. Sie sah mich an, sagte aber nichts, und so schwieg auch ich. In meine Kabine zurückgekehrt, blickte ich auf die Uhr. Nur fünf Minuten waren verstrichen, also lagen noch fünfzehn vor mir. Der Teufel sollte mich holen, wenn ich so lange wartete. Wieder spürte ich die Müdigkeit, ich war müde genug, um augenblicklich in Schlaf zu sinken, aber ich mußte einen Grund finden, um dort hinaufzugehen. Zum erstenmal wandte ich mein rasch schwindendes Denkvermögen dem Problem zu und hatte innerhalb von Sekunden die Lösung gefunden. Ich öffnete meine Arzttasche und holte drei der wesentlichsten Dinge, die sie enthielt, hervor — Totenscheine. Ich weiß nicht recht warum, aber ich zählte nach, wie viele noch übrig waren — zehn. Alles in allem also dreizehn. Ich war froh, nicht abergläubisch zu sein. Ich steckte die Scheine und ein paar Bogen Briefpapier mit dem prächtigen Briefkopf des Schiffes in meine Aktentasche — der frühere Eigentümer war kein Mann, der halbe Sachen machte.

Ich öffnete weit die Kabinentür, um genügend Licht zum Sehen zu haben, stellte fest, daß der Gang menschenleer war, und schraubte schnell die Birne an der Decke heraus, die ich dann aus größerer Höhe fallen ließ, bis ich durch ein Schütteln dicht an meinem Ohr das unmißverständliche helle Klirren der zerbrochenen Glühfäden vernahm. Ich schraubte die jetzt unbrauchbare Birne wieder in ihren Sockel, ergriff meine Aktentasche, schloß die Tür und machte mich auf den Weg zur Brücke.

Das Wetter hatte sich nicht im geringsten gebessert, wie ich während meines eiligen Gangs über das Oberdeck und die Brückentreppe hinauf feststellte. Der fast horizontal treibende Schnee hatte sich so verdichtet, daß das Licht an der Mastspitze nur noch ein in der Finsternis über mir schaukelndes mattes Glühen war.

Allison stand am Ruder und verbrachte mehr Zeit damit, auf den Radarschirm zu blicken als auf den Kompaß. Da die Sicht so schlecht war, verstand ich sein Verhalten. »Wissen Sie, wo der Kapitän die Mannschaftsliste aufbewahrt? In seiner Kabine?« fragte ich.

»Nein.« Er sah mich über die Schulter an. »Dort im Kartenhaus.« Er zögerte. »Wozu brauchen Sie denn die, Dr. Marlowe?«

Ich zog einen Totenschein aus der Aktentasche und hielt ihn dicht an das Licht des Kompaßhauses. Allison preßte die Lippen zusammen. »Oberste Schublade, Schrank auf Backbord.«

Ich fand die Liste, notierte mir Namen, Adresse, Alter, Geburtsort, Glaubensbekenntnis und nächste Verwandte jedes einzelnen der drei Toten, legte das Buch zurück und ging in den Speiseraum hinunter. Eine halbe Stunde war verstrichen, seitdem ich Gerran, seine drei Partner und den Grafen, die dort saßen, verlassen hatte. Und da waren sie noch immer alle fünf, rund um einen Tisch, und blickten in Aktendeckel hinein, die auf dem Tisch vor ihnen ausgebreitet lagen. Ein ganzer Haufen befand sich auf dem Tisch, und noch mehr waren auf dem Boden verstreut, wohin das Rollen des Schiffes sie offenbar befördert hatte. Der Graf sah mich über den Rand seines Glases an. Seine Aufnahmefähigkeit für Kognak war beispiellos.

»Noch immer unterwegs, mein lieber Freund? Sie rackern sich wirklich für uns ab. Wenn Sie so weitermachen, möchte ich vorschlagen, daß Sie einen Sitz bei uns im Direktorium erhalten.«

»Ich bin einer von den Schustern, die bei ihrem Leisten bleiben.« Ich sah Gerran an. »Entschuldigen Sie, daß ich störe, aber ich muß einige Formulare ausfüllen. Sollte ich hier eine Privatsitzung unterbrechen ...«

»Das hat mit Privatem nichts zu tun, das kann ich Ihnen versichern.« Goin war es, der mir geantwortet hatte. »Wir gehen nur unseren Drehplan für die nächsten vierzehn Tage durch. Alle Schauspieler und Techniker werden morgen ein Exemplar bekommen. Wollen Sie auch eins?«

»Vielen Dank. Wenn ich erst einmal mit dem hier fertig bin. Leider ist das Licht in meiner Kabine ausgefallen, und beim Schein von Streichhölzern zu schreiben, liegt mir nicht.«

»Wir wollten gerade aufbrechen.« Gerran sah noch immer grau und sehr müde aus, aber er war geistig elastisch genug, um auch physisch noch lange Zeit durchzuhalten. »Ich glaube, wir alle könnten einen guten Schlaf gebrauchen.«

»Das würde ich jedenfalls verschreiben. Aber könnten Sie Ihren Aufbruch nicht um fünf Minuten verschieben?«

»Wenn nötig, selbstverständlich.«

»Wir haben Kapitän Imrie eine Garantie oder eine eidesstattliche Erklärung versprochen, um ihn von jeder Schuld freizusprechen, sollte es weitere Ausbrüche dieser geheimnisvollen Krankheit geben. Er möchte ein solches Schriftstück auf seinem Frühstückstisch vorfinden, natürlich mit den entsprechenden Unterschriften. Und da Kapitän Imrie um vier Uhr aufsteht und ich annehme, daß er entsprechend früh frühstückt, möchte ich meinen, es ist das Beste, wenn Sie jetzt alle unterschreiben.«

Sie nickten zustimmend, ich setzte mich an einen der Nebentische und verfaßte in meiner besten Handschrift, die ziemlich schlecht ist, eine Verbindlichkeitserklärung, die dieses Problem löste. Die anderen waren offenbar der gleichen Ansicht oder zu müde, als daß es sie noch interessierte, denn sie unterzeichneten, nachdem sie das Schriftstück flüchtig überflogen hatten. Auch der Graf unterschrieb, und ich dachte nicht daran, auch nur mit einer Augenbraue zu zucken. Niemals war es mir auch nur in den Sinn gekommen, daß der Graf zu diesem hohen Gremium eines Direktoriums gehören könnte. Ich hatte geglaubt, daß die in Fachkreisen hochgeschätzten Kameraleute, zu denen der Graf zweifellos gehörte, stets nur freie Mitarbeiter waren und deshalb nicht in das Direktorium einer Filmgesellschaft gewählt werden konnten. Aber zumindest trug dies dazu bei, seinen Mangel an gehörigem Respekt gegenüber Gerran zu erklären.

»Und jetzt, ins Bett.« Goin rückte seinen Stuhl zurück. »Sie auch, Doktor?«

»Sobald ich die Totenscheine ausgefüllt habe.«

»Eine unerfreuliche Aufgabe.« Goin reichte mir einen Aktendeckel. »Dies könnte Sie vielleicht hinterher etwas aufmuntern.«

Ich nahm ihn entgegen, und Gerran hievte sich mit der üblichen Schwerfälligkeit in aufrechte Stellung. »Diese Bestattungen, Dr. Marlowe, diese Beisetzungen auf See . . . wann finden sie statt?«

»Bei Tagesanbruch, das ist das übliche.« Gerran schloß mit einem

Ausdruck des Leidens die Augen. »Nach allem, was Sie durchgemacht haben, Mr. Gerran, möchte ich Ihnen raten, nicht dabeizusein. Ruhen Sie sich morgen so lange wie möglich aus.«

»Glauben Sie wirklich?« Ich nickte, und Gerran setzte seine Leidensmaske ab. »Werden Sie mich vertreten, John?«

»Natürlich«, antwortete Goin. »Gute Nacht, Doktor. Vielen Dank für Ihre Hilfe.«

»Ja, ja, vielen Dank, vielen Dank«, sagte Gerran.

Sie entfernten sich schwankend, und ich holte meine Totenscheine heraus und füllte sie aus. Ich steckte sie in einen Umschlag und die unterschriebene eidesstattliche Erklärung — im letzten Augenblick fiel mir noch ein, meine eigene Unterschrift hinzuzufügen — in einen anderen, adressierte sie an Kapitän Imrie und nahm sie mit mir auf die Brücke, um Allison zu bitten, sie dem Kapitän zu übergeben, wenn er um vier Uhr früh auf Wache käme. Allison war nicht da. Statt dessen hockte Smithy, dick angezogen und bis fast zu den Augenbrauen eingemummt, auf einem hohen Hocker am Ruder. Er hatte jedoch keine Hand am Ruder, das sich in periodischen Abständen wie aus eigenem Antrieb hin- und herdrehte. Die Beleuchtung war ganz aufgedreht. Er sah bleich aus und hatte dunkle Ringe unter den Augen, wirkte aber nicht mehr krank. Seine Fähigkeit, wieder zu Kräften zu kommen, war ganz erstaunlich.

»Automatische Steuerung«, erklärte er fast heiter, »und soviel Licht wie zu Hause. Wer braucht denn bei einer Sichtweite von Null noch etwas zu sehen?«

»Sie sollten im Bett sein«, erwiderte ich schroff.

»Ich bin gerade von dort gekommen und gehe gleich wieder dorthin zurück. Smith, der Erste Offizier, ist noch nicht sein altes eigenes Ich, und das weiß er. Ich bin nur heraufgekommen, um die Lage anzupeilen und Allison eine Kaffeepause zu ermöglichen. Außerdem hatte ich gedacht, ich würde Sie hier vielleicht treffen. Sie waren nicht in Ihrer Kabine.«

»Aber jetzt bin ich hier. Weswegen wollten Sie mich sprechen?«

»Otard-Dupuy«, sagte er. »Was halten Sie davon?«

»Klingt nicht schlecht.« Smithy glitt von seinem Hocker herab und ging auf den Schrank zu, in dem Kapitän Imrie seinen eigenen Vorrat an Stärkungsmitteln aufbewahrte. »Aber Sie haben das Schiff doch nicht durchgekämmt, um mir einen Kognak anzubieten?«

»Nein. Um bei der Wahrheit zu bleiben, ich habe versucht, mir über dies und jenes klarzuwerden. Kein Glück bei diesem Spiel. Wäre ich dafür intelligent genug, dann wäre ich zu intelligent, um dort zu sein, wo ich jetzt bin. Ich dachte, Sie könnten mir helfen.« Er reichte mir ein Glas.

»Wir würden ein großartiges Team abgeben«, meinte ich.

Ein kurzes Lächeln. »Drei Mann tot und vier halbtot. Lebensmittelvergiftung. Was für eine Vergiftung?«

Ich hatte ihm die Geschichte der sporentragenden Anaeroben aufgetischt, die ich auch Haggerty erzählt hatte. Aber Smithy war nicht Haggerty.

»Ein sehr selektives Gift, finden Sie nicht? Packt A und tötet ihn, läßt B aus, wirft sich auf C, bringt ihn aber nicht um, läßt D aus und so weiter. Und wir alle haben das gleiche gegessen.«

»Gifte sind für ihre Unberechenbarkeit berüchtigt. Sechs Leute können bei einem Picknick das gleiche verseuchte Essen zu sich nehmen; von ihnen landen drei im Krankenhaus, während die anderen nicht den kleinsten Schmerz verspüren.«

»Naja, manche Leute kriegen Bauchschmerzen und andere nicht. Aber das ist doch eine ganz andere Sache, als wenn ein Gift, das stark genug ist, um einen Menschen zu töten, ihn jäh und schnell umzubringen, andere völlig ungeschoren läßt. Ich bin kein Arzt, aber das kann ich ganz einfach nicht glauben.«

»Ich finde es selber ein wenig merkwürdig. Haben Sie an etwas Besonderes gedacht?«

»Ja. Diesen Vergiftungen liegt eine Absicht zugrunde.«

»Absicht?« Ich trank einen Schluck vom Otard-Dupuy, während ich mich fragte, wieweit ich bei Smith gehen könnte. Nicht zu weit, dachte ich, noch nicht. So sagte ich: »Selbstverständlich steckte Absicht dahinter. Und es war so leicht. Das ist also unser Giftmörder. Er hat seinen kleinen Beutel mit Gift bei sich, auch hat er diesen kleinen Zauberstab. Er fuchtelte mit ihm herum, macht sich selber unsichtbar und flitzt dann um die Eßtische. Eine Prise für Gerran, keine für mich, eine Prise für Sie, eine Prise für Oakley, keine Prise für, sagen wir, Heissman und Stryker, eine doppelte Prise für Antonio, keine für die Mädchen, eine Prise für den Herzog, jeweils zwei für Moxen und Scott und so weiter. Ein launischer, unberechenbarer Bursche, unser unsichtbarer Freund. Oder möchten Sie das als selektiv bezeichnen?«

»Ich weiß nicht, wie ich es nennen soll«, erwiderte Smithy sachlich. »Aber ich weiß, als was ich Sie bezeichnen sollte — als unaufrichtig, verschlagen, ausweichend und alles in allem als einen Mann, der viel zu viel protestiert. Natürlich soll das keine Beleidigung sein.«

»Natürlich.«

»Ich möchte Sie auch nicht als vollkommenen Idioten hinstellen. Sie können mir doch nicht erzählen, daß Sie sich keine Gedanken in dieser Richtung gemacht haben.«

»Das habe ich. Aber da ich sehr viel länger als Sie darüber nachgedacht habe, mußte ich sie als erledigt abtun. Motiv, Gelegenheit, Möglichkeiten der Durchführung — nichts von allem war zu finden. Wissen Sie nicht, was das erste ist, was ein Arzt tut, wenn er mit einem Fall zufälliger Vergiftung konfrontiert wird? Er argwöhnt, da sei kein Zufall im Spiel.«

»Sie geben sich also damit zufrieden?«

»Soweit dies möglich ist.«

»Ich verstehe.« Er machte eine Pause. »Wissen Sie, daß wir im Funkraum einen Sender haben, mit dem wir ungefähr jeden Ort auf der nördlichen Halbkugel erreichen können? Ich habe das Gefühl, daß wir ihn bald werden benutzen müssen.«

»Wozu in aller Welt?«

»Hilfe.«

»Hilfe?«

»Ja. Sie wissen doch: das Ding, das man braucht, wenn man in Not gerät. Ich glaube, daß wir jetzt Hilfe brauchen. Noch ein paar komische kleine Zwischenfälle, und ich bin überzeugt, daß wir Hilfe brauchen.«

»Es tut mir leid«, entgegnete ich, »aber das ist mir zu hoch. Außerdem ist England jetzt weit, weit entfernt.«

»Die Seestreitkräfte der NATO sind es nicht. Sie führen zur Zeit irgendwo im Seegebiet um das Nordkap herum Manöver durch.«

»Sie sind gut informiert«, stellte ich fest.

»Es lohnt sich, gut informiert zu sein, wenn ich mit jemandem zu tun habe, der behauptet, sich mit drei geheimnisvollen Todesfällen völlig abzufinden, während ich überzeugt bin, daß jemand niemals ruhen und sich niemals zufriedengeben dürfte, bis er genau wüßte, wie diese drei Menschen gestorben sind. Ich habe schon zugegeben, daß ich nicht sehr gescheit bin, aber unterschätzen Sie mein bißchen Intelligenz nicht völlig.«

»Das tue ich nicht. Ich überschätze auch die meine nicht. Vielen Dank für den Otard-Dupuy.«

Ich trat zur Tür auf Steuerbord. Die *Morning Rose* rollte und stampfte noch immer, sie zitterte und erschauerte, während sie sich ihren Weg nach Norden durch den wilden Seegang erkämpfte. Es war nicht länger möglich, das vom Sturm aufgewühlte Wasser zu sehen. Wir befanden uns jetzt in einer Welt, die fast ganz undurchsichtig war, eine blinde, rauhe Welt von treibendem Weiß, eine Welt schneedurchsetzter Finsternis, die knapp auf Armeslänge begann und endete. Ich blickte auf den Boden der Brückennock und konnte im bleichen Licht aus dem Ruderhaus Fußspuren im Schnee erkennen. Es waren die Abdrücke eines Menschen, scharf und deutlich abgegrenzt, offenbar nur ein paar Sekunden alt. Einen Augenblick war ich fest überzeugt, daß jemand hier gewesen war, um dem Gespräch zwischen Smith und mir zu lauschen. Dann wurde mir klar, daß es *nur* eine Spur war, die ich selber getreten hatte, und sie war vom Schneesturm, der horizontal über den Windschutz hinwegfegte, nicht aufgefüllt oder verweht worden. Schlafen, dachte ich, jetzt schlafen. Denn infolge meines Mangels an Schlaf, der ermüdenden Ereignisse der vergangenen paar Stunden, der physischen Erschöpfung durch die Gewalt des Unwetters und Smithys düsterer Ahnungen fing ich bereits an, mir alles mögliche einzubilden. Da wurde mir bewußt, daß Smithy neben mir stand.

»Sind Sie mit mir einer Ansicht, Dr. Marlowe?«

»Natürlich. Oder glauben Sie, ich sei der unsichtbare Borgia, der hier herumgeistert, eine kleine Prise hier, eine kleine Prise dort?«

»Nein, das glaube ich nicht. Aber ich glaube auch nicht, daß Sie mit mir einer Ansicht sind.« Seine Stimme klang trübsinnig. »Vielleicht werden Sie sich eines Tages wünschen, Sie wären es gewesen.«

Eines Tages sollte ich es mir wünschen, denn dann hätte ich Smithy nicht auf der Bäreninsel zurückzulassen brauchen.

In den Speiseraum zurückgekehrt, griff ich nach dem Manuskript, das Goin mir gegeben hatte, ging zur Sitzbank in der Ecke, holte mir eine Schiffsdecke heraus und klemmte mich in die Ecke, meine Füße bequem auf einem Drehstuhl, der zum nächsten Tisch gehörte. Ohne großes Interesse hob ich den Aktendeckel und überlegte, ob ich ihn öffnen sollte oder nicht, als die Tür auf der Leeseite aufging und Mary Stuart eintrat. Auf ihrem zerzausten hellen Haar lag Schnee, und sie trug einen dicken Tweedmantel.

»Hier sind Sie also.« Sie warf die Tür hinter sich ins Schloß und sah mich fast vorwurfsvoll an.

»Hier bin ich also«, versicherte ich.

»Sie waren nicht in Ihrer Kabine, und Ihr Licht geht nicht. Wissen Sie das?«

»Das weiß ich. Ich hatte noch etwas Schriftliches zu erledigen. Deswegen bin ich hier. Ist etwas nicht in Ordnung?«

Sie schwankte durch den Speiseraum und setzte sich schwerfällig auf die Sitzbank mir gegenüber. »Nicht mehr als vorhin.« Sie und Smithy sollten sich zusammentun, sie würden großartig miteinander auskommen. »Haben Sie etwas dagegen, wenn ich hier bleibe?«

Ich hätte antworten können, es sei gleichgültig, ob ich etwas dagegen hätte oder nicht, der Speiseraum stände ihr ebenso zur Verfügung wie mir, aber da sie ein empfindliches Geschöpf zu sein schien, lächelte ich nur und sagte: »Ich würde es als eine Beleidigung auffassen, wenn Sie weggingen.« Sie erwiderte mein Lächeln, nichts weiter als ein verständnisvolles Aufflackern, setzte sich, so gut es ging, auf ihrem Sitz zurecht, zog den Mantel fester um sich und stemmte sich gegen die heftigen Bewegungen der *Morning Rose.* Sie schloß die Augen, und durch die langen dunklen Wimpern, die nun auf ihren bleichen Wangen lagen, traten ihre hochangesetzten Bakkenknochen noch deutlicher hervor. Ihre slawische Abstammung war unverkennbar.

Es kostete mich keine große Überwindung, Mary Stuart anzusehen, aber dafür verspürte ich, während ich sie beobachtete, eine zunehmende Gereiztheit. Es waren nicht so sehr ihre ängstlichen Phantastereien und ihr Verlangen nach Gesellschaft, die mich beunruhigten, sondern vielmehr die offensichtliche Unbehaglichkeit, die sie verspürte, als sie versuchte, ihr Gleichgewicht im Sitzen zu bewahren, während ich mich an meinem eigenen Platz so bequem festgesetzt hatte. Es gibt nichts Unangenehmeres, als wenn man selber es gemütlich hat und dabei einen anderen Menschen sieht, der sich abquält. Um meine Schuldgefühle aber noch zu verstärken, begann sie unwillkürlich zu frösteln.

»Bitte«, sagte ich. »Auf meinem Platz werden Sie es bequemer haben. Und hier ist auch eine Decke, die Sie nehmen sollten.«

Sie öffnete die Augen. »Nein, danke.«

»Es gibt hier noch eine Menge Decken«, meinte ich in einem Anflug von Gereiztheit. Nichts bringt das Böse in mir schneller zum Ausbruch als süßlich lächelndes Leiden. Ich nahm die Decke, vollführte meine üblichen Tanzschritte über den schwankenden Boden und legte ihr die Decke um. Sie sah mich ernst an, sagte aber nichts.

In meine Ecke zurückgekehrt, griff ich wieder nach dem Manuskript, aber anstatt darin zu lesen, begann ich mir Gedanken um meine Kabine und um die Menschen zu machen, die sie möglicherweise während meiner Abwesenheit aufsuchten. Mary Stuart war dort gewesen, aber sie hatte es mir ja auch nicht verheimlicht, und die Tatsache, daß sie nun hier war, bestätigte den Grund für ihren Besuch. Zumindest schien sie ihn zu bestätigen. Sie habe Angst, erklärte sie, sie sei einsam, und so war es ganz natürlich, daß sie Gesellschaft suchte. Warum meine Gesellschaft? Warum nicht die von, sagen wir, Charles Conrad, der erheblich jünger und netter war und besser aussah als ich? Oder auch seine beiden Kollegen, Gunther Jungbeck und Jon Heyter, beides hübsche Kerle? Vielleicht wollte sie aus ganz anderen Gründen mit mir zusammen sein? Vielleicht beobachtete sie mich, bewachte sie mich geradezu, gab möglicherweise anderen die Gelegenheit, meine Kabine aufzusuchen, während ... plötzlich wurde mir unangenehm bewußt, daß es in meiner Kabine sonderbare Dinge gab, die ich andere lieber nicht sehen lassen wollte.

Ich legte das Manuskript hin und eilte zur Tür auf der Leeseite. Mary öffnete die Augen und hob den Kopf.

»Wohin gehen Sie?«

»Hinaus.«

»Entschuldigen Sie. Ich wollte nur — kommen Sie zurück?«

»Entschuldigen Sie mich auch. Ich möchte nicht unhöflich sein«, log ich, »ich bin nur müde und gehe nach unten. In einer Minute bin ich wieder da.«

Sie nickte, und ihre Blicke folgten mir, bis ich die Tür hinter mir geschlossen hatte. Einmal draußen, verhielt ich mich rund zwanzig Sekunden ganz still, ließ die wirbelnden Schneeflocken unbeachtet, die sogar hier, auf der Leeseite, es darauf anzulegen schienen, in meinen Kragen und die Hosenbeine einzudringen, und lief dann nach vorn. Ich spähte durch das große Fenster, und sie saß noch immer dort, wo ich sie verlassen hatte, nur daß sie jetzt die Ellbogen auf den Knien aufstützte und das Gesicht in den Händen vergrub, wobei sie den Kopf langsam hin- und herwiegte. Zehn Jahre früher wäre ich sehr schnell in den Speiseraum zurückgekehrt, hätte die Arme um sie gelegt und ihr erklärt, alle Not sei nun überstanden. Jetzt betrachtete ich sie nur und fragte mich, ob sie wohl erwartet habe, daß ich sie beobachtete, dann ging ich weiter nach vorn und hinunter ins Wohndeck der Passagiere.

Mitternacht war vorbei, aber die Bar des Salons war noch nicht geschlossen, denn Lonnie Gilbert hatte mit einer geradezu heldenhaft kühnen Mißachtung von Gerrans Zorn beide Glastüren weit aufgerissen und sich — in dieser Stellung festgekeilt — würdevoll hinter der Bar niedergelassen, eine Flasche Whisky in der einen und einen Sodasiphon in der anderen Hand. Er strahlte mich väterlich an, als ich hindurchging, und da es schon zu spät war, um Lonnie darauf aufmerksam zu machen, daß die besseren Whiskysorten keiner blutleeren Unterstützung durch Sodawasser bedurften, nickte ich nur und ging nach unten.

Falls jemand in meiner Kabine gewesen sein und meine Sachen durchstöbert haben sollte, so hatte er es auf sehr umsichtige Weise getan. Soweit ich mich erinnern konnte, war alles so, wie ich es verlassen hatte. Meine beiden Koffer hatten im Deckel elastische Leinentaschen, und in jede dieser Taschen schob ich, während ich den Deckel möglichst horizontal hielt, eine kleine Münze gerade an den Rand der Tasche. Dann schloß ich die Koffer. Trotz der wilden Bocksprünge des Trawlers würden diese Münzen bleiben, wo sie waren, vom Druck des Tuches im Innern festgehalten; sobald man aber den Deckel öffnete, würde dieser Druck nachlassen, und selbst wenn man den Deckel nur ein Stück anhob, mußten die Münzen bis zum unteren Rand der Tasche gleiten. Dann verschloß ich meine Arzttasche und stellte sie auf den Gang hinaus. Ich zog die Tür hinter mir zu und klemmte ein flaches Streichholz zwischen die untere Kante der Tür und das Süll. Wurde die Tür auch nur einen Spalt geöffnet, mußte das Streichholz hinunterfallen.

Es überraschte mich nicht, daß Lonnie noch immer seine Stellung im Salon hielt, als ich dorthin kam.

»Aha!« Er betrachtete sein leeres Glas mit einem Ausdruck der Verwunderung und streckte dann eine zielsichere Hand aus. »Der gute Samariter mit seinem Zauberkasten. Darauf versessen, der leidenden Menschheit beizustehen? Eine neue, entsetzliche Epidemie, stimmt's? Dein alter Onkel Lonnie ist stolz auf dich, mein Junge. Dieser hippokratische Geist ...« Er brach ab, nur um sogleich wieder fortzufahren: »Nachdem wir dieses Thema angeschnitten haben oder unversehens darüber gestolpert sind, wie man wohl sagen könnte, fragte ich mich, ob Sie mir bei einem kleinen Schluck Gesellschaft leisten wollen.«

»Vielen Dank, Lonnie, nein. Warum gehen Sie nicht zu Bett? Wenn Sie so weitermachen, werden Sie morgen nicht aufstehen können.«

»Und das, mein lieber Junge, ist der ganze Sinn dieser Übung. Ich will morgen gar nicht aufstehen. Übermorgen? Na schön, wenn es sein muß, will ich dem Übermorgen ins Gesicht schauen. Ich will einfach nicht, verstehen Sie, denn das Morgen ist, wie ich festgestellt habe, dem Heute stets jammervoll ähnlich. Das einzig Gute, was sich vom Heute sagen läßt, ist, daß zu jedem gegebenen Augenblick ein gewisser Teil davon bereits unwiderruflich verstrichen ist.« Er machte eine Pause, um seine Sprachbeherrschung zu bewundern. »Unwiderruflich verstrichen, wie ich sage, und mit dem Verstreichen jeden Augenblicks liegt entsprechend weniger vor einem. Aber das ganze Morgen kommt noch auf einen zu. Man stelle sich das vor. Das Ganze — der ganze liebe lange Tag.« Er hob sein erneut gefülltes Glas. »Andere Leute trinken, um die Vergangenheit zu vergessen. Aber einige von uns — sehr, sehr wenige, und es wäre nicht recht von mir zu behaupten, daß wir mit Voraussicht, Verständnis und Intelligenz weit über das übliche Maß hinaus begabt sind, aber ich möchte doch sagen, wir sind anders — einige von uns also trinken, um die Zukunft zu vergessen. Wie kann man nur, werden Sie fragen, die Zukunft vergessen? Zunächst einmal bedarf es dazu einiger Übung. Und selbstverständlich einer kleinen Unterstützung.« Er leerte die Hälfte seines Glases mit einem Schluck und summte vor sich hin: »›Morgen und morgen und morgen kriecht in schleppendem Schritt von Tag zu Tag bis zur letzten Silbe dahin . . .‹«

»Lonnie«, sagte ich, »ich finde, daß sie Macbeth nicht im geringsten ähneln.«

»Und damit ist alles mit ein paar Worten gesagt. Keine Ähnlichkeit. Eine tragische Gestalt, ein trauriger Mann, vom Schicksal verfolgt und dem Untergang geweiht. Ich aber, ich bin da ganz anders. Wir Gilberts besitzen den unbezähmbaren Geist, die unbezwingliche Seele. Ihre Shakespeares mögen ja alle ganz gut sein, aber mein Mann ist Walter de la Mare.« Er hob sein Glas und blinzelte es kurzsichtig gegen das Licht an. »›Wirf letzten Blick auf alle zu jeder Stunde lieblichen Dinge.‹«

»Ich glaube nicht, daß er es ganz so gemeint hat, Lonnie. Auf jeden Fall, Befehl des Arztes, und tun Sie mir den Gefallen — machen Sie, daß Sie zum Teufel hier herauskommen. Wenn Gerran Sie hier findet, wird er sie zum Richtplatz schleifen und vierteilen lassen.«

»Otto Gerran? Wissen Sie was?« Lonnie beugte sich vertraulich vor. »Otto ist wirklich ein sehr freundlicher Mensch. Ich mag Otto. Zu mir ist er immer freundlich gewesen, mein Otto. Die meisten Leute sind freundlich, mein guter Junge, wußten Sie das nicht? Die meisten Leute sind gut, viele von ihnen sehr gut. Aber nicht so freundlich wie Otto. Da fällt mir ein . . .«

Er unterbrach sich, als ich hinter die Bar ging, die Flaschen zurückstellte, die Türen schloß, die Schlüssel in die Tasche seines Morgenmantels gleiten ließ und seinen Arm ergriff.

»Ich versuche nicht, Ihnen Lebensnotwendiges vorzuenthalten«, erklärte ich. »Auch bin ich nicht autoritär und kein Moralprediger. Aber ich bin ein empfindlicher Mensch und möchte den Tag nicht erleben, an dem Sie feststellen, daß Ihre Einschätzung Gerrans hundertprozentig falsch ist.« Lonnie folgte mir ohne auch nur den leisesten Protest. Sicherlich hatte er Notvorräte in seiner Kabine gelagert. Als wir den Niedergang hinabtaumelten, sagte er: »Sie glauben, daß ich mit bis auf den Boden durchgetretenem Gaspedal auf dem besten Weg in eine andere Welt bin, nicht wahr?«

»Solange Sie nicht jemanden anfahren, geht es mich nichts an, wie Sie fahren, Lonnie.«

Er stolperte in seine Kabine, setzte sich schwerfällig aufs Bett und rückte dann mit bemerkenswerter Behendigkeit zur Seite. Ich konnte daraus nur schließen, daß er sich versehentlich auf eine Whiskyflasche gesetzt hatte. Er sah mich nachdenklich an und fragte: »Sagen Sie mir, mein Junge, glauben Sie, daß es im Himmel Bars gibt?«

»Leider besitze ich darüber keine Informationen, Lonnie.«

»Schon gut, schon gut. Es ist eine angenehme Abwechslung, einen Arzt zu finden, der nicht die Quelle aller Weisheit ist. Sie dürfen mich jetzt verlassen, mein guter Junge.«

Ich streifte Neal Divine, der jetzt ruhig schlief, mit einem Blick, sah Lonnie noch einmal an, der ungeduldig und aus offensichtlichen Gründen auf mein Weggehen wartete, und ließ beide allein.

Mary Stuart saß, wo ich sie zurückgelassen hatte, die Arme nach beiden Seiten ausgestreckt und die Finger gespreizt, um dem jetzt spürbar heftigen Stampfen der *Morning Rose* entgegenzuwirken. Das Schlingern hingegen war erheblich abgeschwächt, und so nahm ich an, daß der Wind noch immer um Nord herum drehte. Sie sah mich aus ihren normalerweise großen braunen Augen an, die jetzt jedoch in dem entsetzlich müden Gesicht unnatürlich geweitet wirkten, und blickte dann wieder weg.

»Entschuldigen Sie«, sagte ich. »Ich habe über Klassiker und Theologie mit unserem Herstellungsleiter diskutiert.« Ich steuerte meinen Ecksitz an und ließ mich dankbar nieder. »Kennen Sie ihn etwas besser?«

»Alle kennen doch Lonnie.« Sie versuchte zu lächeln. »Wir haben beim letzten Film, in dem ich gespielt habe, zusammen gearbeitet.« Wieder bemühte sie sich um ein Lächeln. »Haben Sie ihn gesehen?«

»Nein.« Ich hatte allerdings von ihm gehört, genug, daß ich einen

Umweg von fünf Meilen gemacht hätte, um ihn nicht sehen zu müssen.

»Er war scheußlich. Ich war scheußlich. Ich kann mir nicht vorstellen, warum man mir noch eine Chance geboten hat.«

»Sie sind ein sehr schönes Mädchen«, sagte ich. »Sie brauchen nicht spielen zu können. Schauspielerische Leistung lenkt nur von der Erscheinung ab. Trotzdem können Sie ja eine ausgezeichnete Schauspielerin sein. Wie soll ich das wissen? Was ist mit Lonnie?«

»Ja. Er war auch dort. Ebenso Mr. Gerran und Mr. Heissman.« Da ich nichts sagte, fuhr sie fort: »Dies ist der dritte Film, den wir zusammen drehen. Der dritte, seitdem Mr. Heissman — naja, seitdem er ...«

»Ich weiß. Mr. Heissman war ziemlich lange fort.«

»Lonnie ist ein netter Mann. Er ist so hilfsbereit und freundlich, und ich glaube, er ist ein sehr weiser Mann. Aber auch seltsam. Sie wissen doch, daß Lonnie gern etwas trinkt. Als wir eines Tages nach zwölf Stunden Dreharbeit alle todmüde ins Hotel zurückkamen, bestellte ich einen doppelten Gin, und er wurde sehr wütend auf mich. Warum führte er sich so auf?«

»Weil er ein seltsamer Mann ist. Sie mögen ihn also?«

»Wie könnte ich ihn nicht mögen? Er mag alle Menschen, und alle mögen ihn. Sogar Mr. Gerran mag ihn — sie sind sehr dick miteinander befreundet. Aber schließlich kennen sie sich schon seit Jahren.«

»Das habe ich nicht gewußt. Hat Lonnie Familie? Ist er verheiratet?«

»Ich weiß es nicht. Ich glaube, er war es mal. Vielleicht ist er geschieden. Warum stellen Sie so viele Fragen über ihn?«

»Weil ich ein typischer, neugieriger, schnüffelnder Knochenbrecher bin und soviel wie möglich über Menschen zu erfahren suche, die meine Patienten sind oder es werden könnten. So weiß ich zum Beispiel jetzt genug über Lonnie, um ihm niemals einen Kognak zu geben, wenn er ein Stärkungsmittel braucht, denn er würde nicht die geringste Wirkung haben.«

Sie lächelte und schloß die Augen. Die Unterhaltung war beendet. Ich holte noch eine Decke unter meinem Sitz hervor, legte sie um mich — die Temperatur im Speiseraum fiel spürbar ab — und griff nach dem Aktendeckel, den Goin mir gegeben hatte. Ich schlug die erste Seite auf. Abgesehen von dem Titel »Bäreninsel« hieß es dort ohne jede weitere Einleitung:

»Es wird ganz allgemein die Ansicht vertreten, daß *Olympus Pro-*

ductions die Herstellung dieser ihrer letzten Produktion unter so restriktiven Bedingungen auf sich nimmt, die einer Aura fast völliger Geheimhaltung gleichkommen. Derartige Behauptungen sind immer wieder in bekannten Presseorganen und Fachzeitschriften erschienen, und infolge des Fehlens von Gegendarstellungen seitens der Herstellungsleitung haben diese unbestätigten Meldungen ein solches Maß an Substanz und Glaubwürdigkeit gewonnen, daß man sie unter diesen Umständen als psychologisch unvermeidlich betrachten könnte.« Ich las dieses Geschwafel noch einmal durch, das allenfalls für die Spalten der gehobenen Sonntagszeitungen geeignet war. Und dann hatte ich begriffen: Sie machten einen Film ganz im Geheimen, und es war ihnen gleichgültig, wer davon erfuhr. Das war für den Film auch eine sehr gute Werbung, dachte ich, aber nein, damit tat ich diesen Leuten unrecht. In dem Artikel hieß es weiter:

»Andere kinematografische Produktionen« — ich nahm an, er meinte Filme —, »wurden unter Bedingungen ähnlicher Geheimhaltung begonnen und gelegentlich sogar zu Ende geführt, aber diese anderen unter dem Siegel der Verschwiegenheit durchgeführten Pseudounternehmen hatten es bedauerlicherweise auf nichts anderes als auf ein Maximum an kostenloser Reklame abgesehen. Dies ist, worauf wir mit einigem Stolz hinweisen, nicht das Ziel von *Olympus Productions.*« Großartige alte Olympus, das mußte ich noch erleben, eine Filmgesellschaft, die sich keine kostenlose Reklame wünschte. Als nächstes würde noch die Bank von England beim Klang des Wortes »Geld« die Nase rümpfen. »Unsere offenkundig kabbalistische Einstellung zu dieser Produktion, die zu so vielen wirren und weitgehend auf schlechten Informationen beruhenden Spekulationen geführt hat, ist uns tatsächlich durch Überlegungen von größter Bedeutung auferlegt worden. Der Umgang mit dieser Story, die in den falschen Händen sehr wohl zu potentiell und gefährlich explosiven internationalen Reaktionen führen könnte, erfordert das Äußerste an Feinfühligkeit und Gewandtheit, wesentliche Voraussetzungen für die schöpferische Leistung, von der wir voller Zuversicht erwarten, daß man sie als ein kinematografisches Meisterwerk begrüßen wird, jedoch Fähigkeiten, die, wie auch wir annehmen — nein, dessen sind wir sicher —, nicht imstande wären, den ungeheuren Schaden zu beheben, der durch — und wir sind auch in dieser Hinsicht ganz sicher — die weltweite Erregung ausgelöst werden würde, die unmittelbar und automatisch dem vorzeitigen Durchsickern der Story, die wir zu filmen beabsichtigen, folgen müßte.

Wir sind jedoch zuversichtlich. Wenn diese Produktion auf unsere Art durchgeführt wird, zu der uns genehmen Zeit und unter den strengsten Sicherheitsvorkehrungen (aus diesem Grund haben wir uns zu der außerordentlichen Maßnahme entschlossen, alle Schauspieler und technischen Angestellten des hier zur Debatte stehenden Filmprojekts, einschließlich des geschäftsführenden Direktors und seiner Kollegen im Direktorium, durch eidesstattliche notarielle Erklärungen zum Stillschweigen zu verpflichten) und dann dem Publikum präsentiert wird, wir bis dahin ein Höchstmaß an Spannung erreicht haben, eine *tour de force* von so beispielloser Art, daß die Rechtfertigung für ...«

Mary Stuart nieste, und ich segnete sie dafür zweimal, zunächst einmal ihrer Gesundheit wegen und dann wegen der vom Himmel gesandten Unterbrechung der Lektüre dieser so »bescheiden« abgefaßten Werbeschrift. Ich sah sie erneut an, als sie wieder nieste. Sie saß jetzt seltsam zusammengekauert da, die Hände verkrampft, ihr Gesicht weiß und schmal. Ich legte die Werbeschrift der *Olympus Productions* beiseite, schlug meine Decke zurück, durchquerte den Speiseraum in einem Zickzacktaumel, setzte mich neben sie und nahm ihre Hände in die meinen. Sie waren eiskalt.

»Sie frieren«, erklärte ich, was an sich überflüssig war.

»Mir fehlt nichts. Ich bin nur ein wenig müde.«

»Warum gehen Sie nicht hinunter in Ihre Kabine? Dort ist es mindestens zwanzig Grad wärmer als hier, und hier werden Sie niemals zum Schlafen kommen, wenn Sie sich die ganze Zeit dagegen stemmen müssen, von ihrem Sitz zu fallen.«

»Nein. Dort unten schlafe ich auch nicht. Ich habe kaum geschlafen, seitdem ...« Sie unterbrach sich. »Und hier oben fühle ich mich bei weitem nicht so — kodderig wie unten. Bitte.«

So leicht gebe ich nicht auf, und so sagte ich: »Dann nehmen Sie zumindest meinen Ecksitz, dort haben Sie es sehr viel bequemer.«

Sie zog ihre Hände zurück. »Bitte lassen Sie mich nur hier.«

Ich gab es auf und ließ sie allein. Ich machte drei schwankende Schritte auf meinen Sitz zu, blieb verärgert stehen, kehrte zu ihr zurück und zog sie nicht allzu sanft hoch. Wortlos sah sie mich an, in müder Verwunderung, sagte auch dann noch nichts und übte keinen Widerstand, als ich sie in meine Ecke führte, noch zwei Schiffsdecken herausholte, sie in diese einhüllte, ihre Füße auf die Sitzbank hob und mich neben sie setzte. Sie blickte ein paar Sekunden zu mir auf, und ihr Blick wanderte zwischen meinem rechten und meinem linken

Auge hin und her. Dann wandte sie mir ihr Gesicht zu, schloß die Augen und ließ eine ihrer eisigen Hände unter meine Jacke gleiten. Während dieser ganzen Zeit sprach sie nicht ein einziges Wort, auch ihr Gesicht blieb völlig ausdruckslos, und ich wäre durch dieses rührende Vertrauen zu mir zutiefst bewegt gewesen, wäre da nicht die Überlegung, daß, wenn es ihre Absicht oder ihr Auftrag war, mich so genau wie möglich zu beobachten, sie nicht einmal in ihren optimistischsten Augenblicken hätte hoffen können, in eine Situation zu geraten, in der sie nur eine Handbreit von meinem Hemd entfernt mich im Auge behalten konnte. Ich konnte nicht einmal einen tiefen Atemzug tun, ohne daß sie es bemerkte. Wenn sie andererseits so unschuldig war wie der Treibschnee, der jetzt das große Fenster bedeckte, das nur fünfzehn Zentimeter von meinem Kopf entfernt war, dann war es alles andere als wahrscheinlich, daß irgend jemand beabsichtigen könnte, einen gewalttätigen Anschlag mit dauerhafter Wirkung gegen mich durchzuführen, solange Mary Stuart fast auf meinem Schoß saß. Das war, fand ich, eine recht annehmbare Lösung. Ich blickte auf das halb verborgene, hübsche Gesicht hinab und kam zu dem Schluß, daß ich möglicherweise bei diesem Handel sogar noch etwas besser wegkam.

Ich griff nach meiner eigenen Decke, legte sie mir nach Art der Navajos um meine Schultern, nahm mir die Werbeschrift der Olympus erneut vor und las weiter. Die beiden nächsten Seiten enthielten weitgehend eine übertriebene Darstellung der Vorgeschichte, wobei der Verfasser — ich nahm an, es sei Heissman — geradezu ekelerregend lange auf dem Zwillingsthema der außerordentlichen künstlerischen Verdienste des Unternehmens und der Notwendigkeit absoluter Geheimhaltung herumritt. Nach dieser Lobhudelei in eigener Sache wandte sich der Verfasser den Tatsachen zu.

»Nach langer Überlegung und genauer Prüfung mit anschließender Ablehnung einer beträchtlichen Zahl möglicher Alternativen haben wir uns schließlich für die Bäreninsel als den für dieses Projekt geeigneten Ort entschieden. Wir sind uns dessen bewußt, daß Sie alle, und dies schließt auch die gesamte Mannschaft der *Morning Rose* von Kapitän Imrie abwärts ein, glaubten, wir liefen einen Bestimmungsort in der Nähe der Lofoten an, und es war nicht gerade auf günstige Umstände zurückzuführen, daß dieses Gerücht in gewissen Londoner Kreisen unmittelbar vor unserer Abreise immer mehr an Glaubhaftigkeit gewann. Wir entschuldigen uns hier nicht für einen Vorgang, der oberflächlich betrachtet als bewußte Irreführung erscheinen könnte, denn es war für unsere Zwecke und für die Wahrung der Geheimhaltung wesentlich, sich dieser List zu bedienen.

Die folgende kurze Beschreibung der Băreninsel verdanken wir der Königlichen Geographischen Gesellschaft in Oslo, die auch die Übersetzung besorgte.« Das war eine Erlösung, denn da der Übersetzer nicht Heissman hieß, würde ich vielleicht imstande sein, das Ganze schon beim ersten Lesen zu begreifen. »Diese Informationen erhielten wir durch die freundliche Vermittlung einer dritten Partei, die keinerlei Verbindungen zu *Olympus Productions* besitzt, nämlich eines bekannten Ornithologen, der absolut unbekannt bleiben muß. Es sei hier noch beiläufig erwähnt, daß die norwegische Regierung uns die Erlaubnis erteilt hat, auf der Insel zu filmen. Wir nehmen an, daß sie dabei davon ausgeht, wir wollten einen Dokumentarfilm auf der Insel drehen. Eine solche Vereinbarung aber wurde nicht mit uns getroffen, ganz zu schweigen von einer Verpflichtung.«

Dieser letzte Abschnitt überraschte mich — nicht etwa diese Selbstgefälligkeit, gescheiter zu sein als alle anderen, denn die war offenbar von allem, was Heissman schrieb, nicht zu trennen, sondern die Tatsache, daß er dies alles aussprach. Heissman war ganz offensichtlich nicht der Mensch, der dazu neigte, seine eigene Intelligenz zu verbergen — der Begriff »schmutzige Durchtriebenheit« wäre ihm niemals in den Sinn gekommen —, aber er war ebensowenig ein Mann, der dieser besonderen Art der Selbstbeweihräucherung gestattet hätte, ihn in Gefahr zu bringen. Wenn die Norweger dahinterkämen, daß man sie getäuscht hatte, so gab es fast mit Sicherheit keine Stelle im internationalen Recht, bei der sie hätten einhaken können — ganz gewiß hätten die Leute von *Olympus Productions* eine solche Möglichkeit niemals außer acht gelassen. Es blieb Norwegen also nichts weiter übrig, als den Film nach seiner Fertigstellung in ihrem Land mit einem Verbot zu belegen, und da Norwegen kaum als ein wichtiger Markt betrachtet werden konnte, würde es diesen Leuten kaum schlaflose Nächte bereiten. Andererseits würde es wirkungsvoll irgendwelche Gewissensbisse beschwichtigen, die hätten entstehen können, wäre dem Projekt sogar diese oberflächliche offizielle Segnung versagt geblieben. Allein die Tatsache, daß man sie in die geheimen inneren Vorgänge bei Olympus einweihte, würde dazu beitragen, Schauspieler und Techniker fester an das Unternehmen zu binden. Denn es ist ein fast universelles Naturgesetz, daß die Menschheit, die sich noch immer in einem schmerzlichen Entwicklungsprozeß befindet, ihre kleinen, nach außen sich abschließenden oder geheimen Gesellschaften heiß liebt, ob es sich bei ihnen um eine weitentlegene Freimaurerloge in Saskatchewan oder um die Whites von St. James handelt. Ich war mir durchaus der Möglichkeit bewußt, daß es noch eine andere und vielleicht unheimliche Auslegung von Heissmans vertraulicher Offenheit gab, aber da ich mich nun den ersten Morgenstunden näherte, verspürte ich keine besondere Neigung, diesen Dingen noch weiter auf den Grund zu gehen.

»Die Bäreninsel«, so begann die Beschreibung, »gehört der Svalbard-Gruppe an, von der Spitzbergen bei weitem die größte Insel ist. Diese Gruppe blieb bis zu Beginn des zwanzigsten Jahrhunderts neutral und wurde von keinem Staat in Anspruch genommen. Wegen seiner erheblichen Investierungen beim Abbau der mineralischen Vorkommen und der Anlage von Walfängerstationen beanspruchte Norwegen die Souveränitätsrechte über dieses Gebiet.«

Es folgte ein langer und für mich höchst uninteressanter Bericht über die Geschichte der Insel, die in der Hauptsache aus endlosen Händeln zwischen Norwegern, Deutschen und Russen wegen Walfang- und Bergwerksrechten zu bestehen schien. Allerdings war ich ein wenig überrascht, zu erfahren, daß noch in den zwanziger Jahren rund einhundertachtzig Norweger in den Kohlenbergwerken bei Tunheim im Nordosten der Insel gearbeitet hatten. Ich hätte mir vorstellen können, daß sogar die Eisbären, nach denen die Insel benannt wurde, um diesen trostlosen Ort einen möglichst weiten Bogen geschlagen hätten. Die Bergwerke wurden, wie es schien, nach einer geologischen Untersuchung geschlossen. Die Insel war jedoch auch heute nicht völlig unbewohnt: die norwegische Regierung unterhielt eine meteorologische Station und einen Sender in Tunheim.

Es folgten Abschnitte über die natürlichen Hilfsquellen, die Vegetation und die Tierwelt, die ich alle nur überflog. Die Hinweise auf das Klima jedoch fand ich weit interessanter und höchst entmutigend. »Das Zusammentreffen des Golfstroms und des Grönlandstroms«, so hieß es dort, »hat außerordentlich schlechte Wetterbedingungen zur Folge, mit starken Regenfällen und dichten Nebeln. Die durchschnittliche sommerliche Temperatur steigt auf nicht mehr als fünf Grad über dem Gefrierpunkt. Erst Mitte Juli werden die Seen eisfrei und schmilzt der Schnee. Die Mitternachtssonne dauert 106 Tage vom 30. April bis 13. August; die Sonne bleibt vom 7. November bis 4. Februar unter dem Horizont.« Dieser zuletzt genannte Punkt ließ unsere Anwesenheit dort, so spät im Jahr, tatsächlich als sehr sonderbar erscheinen, da Gerran kaum mehr als höchstens ein paar Stunden Tageslicht erwarten konnte. Vielleicht verlangte das Drehbuch, daß die ganze Story bei Dunkelheit gedreht werden sollte.

»Physikalisch und geologisch«, hieß es dort weiter, »hat die Bäreninsel die Gestalt eines Dreiecks, dessen Spitze nach Süden weist; sie hat auf ihrer Nord-Süd-Achse eine Länge von annähernd zwölf Meilen, und ihre Breite beläuft sich auf zehn Meilen im Norden bis zu zwei Meilen im Süden an dem Punkt, an dem die am südlichsten gelegene Halbinsel beginnt. Ganz allgemein bestehen der Norden und der Westen aus einer ziemlich flachen Hochebene mit einer Erhebung von ungefähr dreißig Metern, während der Süden und der Osten gebirgig sind, wobei die beiden Hauptmassive aus der Gruppe des Misery Fjell im Osten und aus dem Antarcticfjell und den dazugehörigen Bergen, dem Alfredfjell, dem Hambergfjell und dem Fuglefjell im äußersten Südosten bestehen.

Gletscher gibt es nicht. Das gesamte Gebiet ist von einem Gewirr seichter Seen bedeckt, die kaum tiefer als ein paar Meter sind. Diese machen ungefähr ein Zehntel der Gesamtfläche der Insel aus. Der Rest des Inneren der Insel setzt sich weitgehend aus eisigen Sümpfen und losem Geröll zusammen, die eine Durchquerung außerordentlich schwierig gestalten.

Die Küste der Bäreninsel wird als die vielleicht unwirtlichste und ödeste der Welt betrachtet. Dies trifft insbesondere für den Süden zu, wo die Insel in steilen Felswänden abfällt und die Flüsse in Wasserfällen ins Meer hinabstürzen. Eine charakteristische Eigentümlichkeit dieses Gebiets sind die einzelnen Felssäulen, die nahe dem Fuß der Felswände im Meer stehen, Überreste aus jener fernen Periode, in der die Insel erheblich größer war, als sie es jetzt ist. Die Schmelze von Schnee und Eis im Juni/Juli, die gewaltigen Gezeitenströme und die massive Erosion untergraben diese Küstenerhebungen, so daß der Felsen in großen Blöcken ständig ins Meer abbricht. Die großen Urgesteinswände des Hambergfjell fallen über 450 m steil ab. An ihrem Fuß erheben sich unmittelbar aus dem Meer scharfe Felsnadeln bis zu einer Höhe von rund 80 m, während die Steilwände des Fuglefjell fast ebenso hoch sind und an ihrer Südspitze eine bemerkenswerte Ansammlung hoher Felssäulen, Zinnen und Bögen aufweisen. Östlich von diesem Gebiet, zwischen Kap Bull und Kap Kolthoff, liegt eine Bucht, die auf drei Seiten von vertikal abstürzenden Felswänden umgeben ist, die nirgends niedriger als 350 m sind.

Diese Kliffs sind die besten Vogelbrutplätze auf der nördlichen Halbkugel.«

Das alles mochte, wie ich annahm, für die Vögel sehr schön sein. Ich wappnete mich bereits, zu Heissmans klarer Prosa zurückzukehren, als sich die Tür auf der Leeseite öffnete und John Halliday hereintaumelte. Halliday, der äußerst tüchtige Standfotograf des Unternehmens, war ein dunkelhäutiger, düsterer, schweigsamer und niemals lächelnder Amerikaner. Sogar an seinem normalen mürrischen Wesen gemessen wirkte Halliday jetzt ungewöhnlich finster. Als er uns erblickte, blieb er unsicher stehen und hielt die Tür noch immer offen.

»Verzeihung.« Er machte eine Bewegung, als wollte er umdrehen. »Ich wußte nicht . . .«

»Treten Sie nur ein«, rief ich, »treten Sie ein. Die Dinge sind nicht so, wie sie scheinen. Was Sie hier vor sich sehen, ist nichts weiter als ein Arzt-Patient-Verhältnis.« Er schloß die Tür und setzte sich verdrießlich auf die Sitzbank, auf der Mary Stuart vorhin noch gesessen hatte. »Schlaflosigkeit?« fragte ich. »Ein Anflug von Seekrankheit?«

»Schlaflosigkeit.« Er kaute niedergeschlagen auf dem Stück schwarzen Tabaks herum, das niemals seinen Mund zu verlassen schien. »Die Seekrankheit gehört Sandy ganz allein.« Wie ich wußte, war Sandy sein Kabinengenosse. Gewiß, Sandy hatte nicht besonders strahlend ausgesehen, als ich ihn das letzte Mal in der Kombüse sah, aber das hatte ich Haggertys Verlangen zugeschrieben, ihn auszuweiden. Zumindest erklärte es, warum er den Herzog nicht mehr aufsuchte, nachdem er uns verlassen hatte.

»Leidet ein bißchen unter dem Wetter, was?«

»Sogar sehr unter dem Wetter. Komische grüne Farbe und kotzt über den ganzen Teppich.« Halliday rümpfte die Nase. »Der Gestank . . .«

»Mary.« Ich schüttelte sie sanft, und sie öffnete ihre schlaftrunkenen Augen. »Ich muß einen Augenblick weggehen.« Sie sagte nichts, während ich ihr zu einer halbsitzenden Stellung aufhalf, streifte nur Halliday ohne jede Neugier mit einem Blick und schloß erneut die Augen.

»Ich glaube nicht, daß er so krank ist«, meinte Halliday. »Keine Vergiftung oder etwas dergleichen, wollte ich sagen. Da bin ich ganz sicher.«

»Schadet nichts, ihn sich anzusehen«, erklärte ich. Halliday hatte wahrscheinlich recht. Andererseits hatte Sandy freies Spiel in der

Kombüse gehabt, bevor Haggerty ihn erwischte, und in Anbetracht von Sandys griffbereiten Fingern, an denen so viel kleben blieb, war alles vorstellbar, einschließlich der Möglichkeit, daß sein Appetit nicht ganz so vogelartig war, wie er behauptete. Ich ergriff meine Arzttasche und ging hinaus.

Wie Halliday gesagt hatte, wies Sandy eine recht seltsame grüne Farbe auf, und offensichtlich war ihm sehr übel gewesen. Er saß aufgerichtet in seiner Koje, beide Unterarme um seine Mitte geschlungen. Als ich eintrat, sah er mich kläglich an.

»Mein Gott, ich sterbe«, wimmerte er. Er stieß einen kurzen Fluch aus, eine bissige Auflehnung unterschiedslos gegen das Leben im allgemeinen und Otto Gerran im besonderen. »Warum dieser verrückte Lump uns ausgerechnet an Bord dieses verdammten, alten, stinkenden Höllenschiffes schleppt . . .«

Ich gab ihm ein paar Schlaf- und Beruhigungspillen und ging wieder hinaus. Allmählich fand ich, Sandy sei alles andere als ein besonders sympathischer Charakter. Aber noch wichtiger war, daß Leute, die an einer Akonitin-Vergiftung litten, nicht reden konnten.

Von einer Seite zur anderen schwankend und wieder mit beiden Armen seitlich ausgestreckt, um sich zu stützen, hielt Mary Stuart ihre Augen noch immer geschlossen. Halliday, der finster auf seinem Tabakpriem herumkaute, blickte gleichgültig und halb fragend zu mir auf, als sei es ihm ziemlich egal, ob Sandy noch lebte oder bereits tot sei.

»Sie haben recht«, erklärte ich, »nichts weiter als das Wetter.« Ich ließ mich ein kleines Stück von Mary Stuart nieder, und sie nahm nicht einmal durch das Zucken eines Augenlids meine Anwesenheit zur Kenntnis. Ich fröstelte unwillkürlich und zog mir die Decke um die Schultern. »Es wird ein bißchen kühl in diesem Raum«, sagte ich. »Warum nehmen Sie nicht eine von diesen und pennen hier unten?«

»Nein, danke. Ich hatte keine Ahnung, daß es hier so kalt ist. Ich hole mir meine Decken und das Kissen und ab in den Salon.« Ein schwaches Lächeln folgte. »Solange nur Lonnie nicht mit seinen Nagelstiefeln während der Mittelwache über mich hinwegtrampelt.« Offenbar war es allgemein bekannt, daß der Alkohol in der Bar Lonnie wie ein Magnet anzog. Halliday kaute noch etwas herum und nickte dann in Richtung der Flasche in Kapitän Imries schmiedeeisernem Gestell. »Sie sind ein Mann des Whiskys, Doktor. Das richtige Zeug, um sich aufzuwärmen.«

»Stimmt. Aber ich bin ein wählerischer Whiskymann. Was ist es?« Halliday sah genauer hin. »Black Label.«

»Gibt kaum Besseren. Aber ich selber bin auf Malz verschworen. Ihnen ist kalt, versuchen Sie mal. Sie sind eingeladen. Habe ihn von Gerran gestohlen.«

»Ich bin nicht so auf Schottischen versessen. Was nun Bourbon ...«

»Zersetzt den Verdauungstrakt. Ich spreche als Arzt. Nehmen Sie mal einen Schluck von diesem Zeug, und Sie werden den tödlichen Kentuckygetränken auf ewig abschwören. Los. Versuchen Sie mal.«

Halliday betrachtete unsicher die Flasche. Zu Mary Stuart sagte ich: »Was ist mit Ihnen? Einen kleinen Schluck? Sie ahnen nicht, wie das den Ofen aufheizt.«

Sie öffnete die Augen und bedachte mich mit einem seltsam ausdruckslosen Blick. »Nein, danke. Ich trinke kaum.« Wieder schloß sie die Augen.

»Ein Makel, der zur Vollkommenheit führt«, sagte ich zerstreut, denn meine Gedanken waren ganz woanders. Halliday wollte nicht aus dieser Flasche trinken, Mary Stuart auch nicht, aber Halliday schien der Ansicht zu sein, es sei nur gut und richtig, wenn ich es täte. Waren sie beide während meiner Abwesenheit auf ihren Plätzen geblieben oder hatten sie sich als emsige kleine Bienen betätigt, wobei der eine Wache hielt, falls ich vorzeitig zurückkehren sollte, während der andere den Charakter des Black Label mit Ingredienzien verwandelte, die nicht notwendigerweise aus Schottland stammten? Aus welchem Grunde war Halliday in den Speiseraum gekommen? Um mich wegzulocken? Warum war er nicht direkt mit Decken und Kissen in den Salon gegangen, anstatt hier in den Speiseraum heraufzukommen, wo es, wie er von den Mahlzeiten her wissen mußte, erheblich kälter war als unten? Weil selbstverständlich Mary Stuart, bevor sie sich mir zeigte, mich durch das Außenfenster beobachtet und Halliday gemeldet hatte, ein gewisses Problem sei entstanden, das sich nur lösen ließe, indem man für meine vorübergehende Abwesenheit im Speiseraum sorgte. Sandys Krankheit war ein willkommener Zufall — falls es sich dabei um einen Zufall handelte, wie mir jetzt plötzlich durch den Kopf ging. Wenn Halliday derjenige war oder mit der Person unter einer Decke steckte, die so geschickt mit Giften umzugehen verstand, dann hätte die Zugabe eines milden Brechmittels in Sandys Getränk kein größeres Problem aufgeworfen als das der günstigen Gelegenheit. Das alles ergab einen Sinn.

Ich bemerkte, daß Halliday aufgestanden war und unsicher auf mich zuschwankte, eine Flasche in der einen und ein Glas in der anderen Hand. Die Flasche war ungefähr zu einem Drittel voll, wie ich fast automatisch feststellte. Schwankend blieb er vor mir stehen, schenkte reichlich ein, verbeugte sich leicht, reichte mir das Glas und lächelte. »Wir neigen wohl beide etwas zum Konservativen und können nicht aus unserer Haut, Doktor. Mit den Worten des bekannten Songs: ›Ich will, wenn du willst, so will auch ich.‹«

Ich erwiderte sein Lächeln. »Ihre Bereitschaft zum Experiment macht Ihnen alle Ehre. Nein danke. Ich sagte Ihnen schon, ich mag das Zeug einfach nicht. Habe es versucht. Und Sie?«

»Nein, ich ...«

»Wie können Sie es dann wissen?«

»Ich glaube nicht ...«

»Sie wollten ihn doch gerade versuchen. Los. Trinken Sie.«

Mary Stuart öffnete die Augen. »Bringen Sie immer Leute dazu, gegen ihren Willen zu trinken? Ist es das, was Ärzte tun — Menschen Alkohol aufzuzwingen, die ihn gar nicht haben wollen?«

Ich hatte Lust, sie finster anzusehen und zu sagen: »Warum halten Sie nicht den Mund?« Aber statt dessen lächelte ich und sagte: »Einwände der Antialkoholiker zurückgewiesen.«

»Was kann's schon schaden«, meinte Halliday. Er setzte das Glas an die Lippen. Ich starrte ihn an, bis mir einfiel, daß es besser sei, ihn nicht so anzustarren. Das alles vollzog sich im Bruchteil einer Sekunde. Nun lächelte ich nachsichtig und streifte Mary Stuart mit einem Blick. Ihre leicht zusammengepreßten Lippen verrieten nichts weiter als einen Anflug von strenger Mißbilligung. Dann blickte ich rechtzeitig zu Halliday zurück, der gerade sein halb geleertes Glas senkte.

»Nicht schlecht«, erklärte er. »Gar nicht übel. Allerdings ein etwas komischer Geschmack.«

»In Schottland würde man Sie wegen einer solchen Äußerung verhaften«, erwiderte ich, ohne darüber nachzudenken. Der Bösewicht hatte, ohne mit der Wimper zu zucken, den Schierlingsbecher geleert, während seine Komplizin gleichgültig zusah. Ich fühlte mich sehr klein, wie ein vollkommener, ausgewachsener Idiot. Als Detektiv waren meine induktiven und deduktiven Geisteskräfte mit Null anzusetzen. Ich hatte sogar das Bedürfnis, mich bei ihnen zu entschuldigen, nur daß sie nicht begriffen hätten, wovon ich redete.

»Sie haben vielleicht sogar recht, Doktor, man könnte mit der Zeit dieses Zeug mögen.« Halliday hob sein Glas, trank erneut, brachte die Flasche zu ihrem Gestell zurück und nahm seinen alten Platz wieder ein. Er blieb dort noch etwa eine halbe Minute, leerte sein

Whiskyglas mit ein paar Schlucken und stand jäh auf. »Mit dieser Ladung in meinem Innern kann ich sogar Lonnies Schuhnägel in Kauf nehmen. Gute Nacht.« Er eilte hinaus.

Ich sah die Tür an, durch die er entschwunden war, sehr nachdenklich, ohne daß es sich auf meinem Gesicht spiegelte. Ich verstand noch immer nicht, warum er überhaupt in den Speiseraum gekommen war. Und welcher Gedanke hatte ihn plötzlich zum Aufbruch gedrängt? Ein nutzloser Gedankengang, dem ich mich da hingab, denn ich konnte nicht einmal einen Ausgangspunkt finden, um eine Theorie zu entwickeln. Ich sah Mary Stuart an und fühlte mich sehr schuldig. Mörderinnen, das wußte ich, erscheinen in allen Gestalten, Größen und Verkleidungen, aber wenn sie in dieser besonderen Verkleidung auftauchten, konnte ich niemals mehr meinem Urteil trauen. Ich fragte mich, was in aller Welt einen so lächerlichen Argwohn rechtfertigte. Ich mußte sogar noch müder sein, als ich dachte.

Als sei sie sich meiner Blicke bewußt, öffnete sie die Augen und sah mich an. Sie besaß die ungewöhnliche Fähigkeit, ein stilles und völlig ausdrucksloses Gesicht aufzusetzen, aber hinter dieser Ferne, dieser Zurückhaltung lag ein erhebliches Maß an Verletzbarkeit. Wunschdenken auf meiner Seite, das war möglich. Aber es erfüllte mich eine seltsame Gewißheit, daß es nicht so war. Noch immer ohne zu sprechen, noch immer ohne ihren Ausdruck zu verändern, erhob sie sich ein wenig, hoppelte unbeholfen in ihrem Kokon von Decken bis zu mir und setzte sich dicht neben mich. In meiner besten onkelhaften Art legte ich einen Arm um ihre Schultern, aber dort blieb er nicht lange, denn sie packte mein Handgelenk und hob entschlossen und ohne jede Eile meinen Arm über ihren Kopf hinweg und schob ihn von sich. Nur um zu zeigen, daß Ärzte Übermenschen sind und sich nicht von Patienten beleidigen lassen, die für ihr eigenes Verhalten wirklich nicht verantwortlich sind, lächelte ich sie an. Sie erwiderte mein Lächeln, und ihre Augen waren, wie ich voller Staunen sah, mit Tränen gefüllt. Fast so, als sei sie sich dieser Tränen bewußt und wünsche, sie zu verbergen, schwang sie plötzlich ihre Beine auf die Sitzbank, wandte sich mir zu und kehrte zur Betrachtung meines Hemdes auf kürzeste Entfernung zurück, nur legte sie diesmal ihre Arme um mich. Was die Bewegungsfreiheit betraf, so war ich nun so gut wie in Handschellen. Daß sie keine tödlichen Absichten mir gegenüber hegte, schien sicher. Ebenso sicher war ich, daß sie sich entschlossen hatte, mich nicht aus den Augen zu lassen. Wieviel Überwindung es dieses stolze, abweisende Mädchen kostete, konnte ich nicht einmal ahnen. Noch weniger konnte ich mir vorstellen, was sie überhaupt veranlaßte, so zu handeln.

Ich saß da, versuchte in meinem jetzt gründlich vernebelten Gehirn nachzugrübeln und machte dabei, wie vorauszusehen, nicht den geringsten Fortschritt. »Mary Dear?« sagte ich.

»Ja?« Sie wandte ihr Gesicht nicht nach oben, um mich anzusehen, und man braucht mir nicht zu sagen warum: die Stelle in der Höhe meines vierten Hemdenknopfes wurde spürbar feucht.

»Ich möchte Sie nicht stören, aber es ist der richtige Zeitpunkt für meinen Schlaftrunk.«

»Whisky?«

»Ach! Zwei Herzen, die wie eins schlagen.«

»Nein.« Ihre Arme schlossen sich fester um mich.

»Nein?«

»Ich kann den Whiskygeruch nicht ausstehen.«

»Bin nur froh«, erwiderte ich *sotto voce*, »nicht mit Ihnen verheiratet zu sein.«

»Was haben Sie gesagt?«

»Ich sagte: ›Ja, Mary Dear‹.«

Fünf weitere Minuten verstrichen, und es wurde mir bewußt, daß mein Kopf für diese Nacht Schluß gemacht hatte. Träge griff ich nach der Werbeschrift der Olympus, las das Geschwafel über das einzige vollständige Exemplar des Drehbuches, das im Tresor einer Londoner Bank deponiert war, und legte es wieder weg. Mary Stuart atmete ruhig und gleichmäßig und schien zu schlafen. Ich beugte mich vor und blies leicht über das linke Augenlid hin, das ungefähr der einzige Teil ihres Gesichts war, den ich sehen konnte. Es zuckte nicht, sie schlief wirklich. Versuchsweise veränderte ich meine Stellung ein wenig, und ihre Arme schlossen sich automatisch fester um mich. Offensichtlich hatte sie, bevor sie sich in den Schlaf zurückzog, ihrem Unterbewußtsein eine Nachricht hinterlassen. Ich fand mich damit ab, dort zu bleiben, wo ich war, denn dies war keine Art von Gefangenschaft, die bei mir nachhaltige Narben hinterlassen würde. Ich fragte mich schläfrig, ob die Absicht hinter dieser seidenen Einkerkerung darin bestand, mich zu hindern, etwas zu unternehmen oder zufällig auf irgendeine andere Teufelei zu stoßen, die sehr wohl irgendwo ausgekocht werden mochte. Aber ich war zu müde, als daß es mir noch etwas ausmachte. So beschloß ich, einfach dort sitzen zu bleiben und bis zum Anbruch des Morgens schlaflos Wache zu halten. Innerhalb von nicht einmal zwei Minuten war ich eingenickt.

Mary Stuart hielt keine Wache und sie schien auch nicht wie ein Kohlenträger gebaut zu sein, aber sie war auch nicht mit Eiderdaunen gefüllt, denn als ich erwachte, war mein linker Arm eingeschlafen und fast unbrauchbar. Nach dem Leuchtzeiger meiner Uhr war es 4 Uhr 15.

Es spricht für meinen Scharfsinn, daß mindestens zehn Sekunden verstrichen, bevor mir bewußt wurde, warum ich die Leuchtzeiger hatte befragen müssen. Natürlich weil es dunkel war, aber warum war es im Speiseraum dunkel? Als ich einschlief, brannten noch alle Lichter. Und was hatte mich geweckt? Was immer es sein mochte, es war noch da. Die Haare in meinem Nacken verrieten mir eine andere, feindselige Gegenwart in diesem Raum.

Sanft ergriff ich Mary Stuarts Handgelenke, um Ihre Arme wegzuheben. Wieder setzte der automatische Widerstand ein. Ich drückte ihre Arme weg, glitt an der Sitzbank entlang, ließ sie vorsichtig bis in die Horizontale sinken, stand auf und ging auf die Mitte des Raums zu.

Dann blieb ich ganz still stehen, meine Hände umklammerten die Tischkante, um mein Gleichgewicht zu halten, und mein Atem setzte fast aus, während ich angespannt lauschte. Ich hätte mir die Mühe sparen können. Ich war zwar sicher, daß seit meinem Einschlafen das Unwetter etwas abgeflaut war, aber doch nicht in dem Maße, daß man jede verstohlene Bewegung über das Heulen des Sturms und das Krachen der Seen, über das metallische Quietschen und Ächzen der alten Stahlplatten und Nieten der *Morning Rose* hinweg gehört hätte.

Die mir nächste Schalteranlage — eine zweite gab es neben der Pantry — befand sich neben der Tür auf Lee. Ich machte einen Schritt in der entsprechenden Richtung, blieb aber dann stehen. Wußte der im Raum Anwesende, daß ich wach war? Waren seine Augen besser mit der Dunkelheit vertraut als die meinen, die sich soeben erst geöffnet hatten? Konnte er meine Gestalt verschwommen erkennen? Würde er erraten, daß ich meine ersten Schritte zu den Schaltern lenken würde? Versuchte er, mir den Weg zu versperren? Wenn der Betreffende das wollte, wie würde er mir den Weg versperren? Trug er eine Waffe bei sich und welche Art Waffe — es war mir unangenehm bewußt, daß ich nichts weiter als zwei Hände besaß, die linke noch dazu ein ziemlich nutzloser Klumpen kribbelnder Nadeln.

Ich vernahm das metallische Klicken eines Türgriffs, und ein Schwall eisiger Luft schlug mir entgegen: der Anwesende ging durch die Tür auf Lee hinaus. Mit vier Schritten war ich an der Tür, trat aufs Deck, stieß instinktiv den rechten Unterarm vor, als mir ein grelles Licht jäh in die Augen stach, und wünschte sogleich, ich hätte statt dessen meinen linken Unterarm benutzt, der mir ein gewisses Maß an Schutz gegenüber etwas Hartem, Schwerem und sehr Festem geboten hätte, das kraftvoll und schmerzlich mit der linken Seite meines Halses in Berührung kam. Ich klammerte mich Halt suchend an die Außenkante der Tür, aber es war nicht mehr viel Kraft in meinen Händen. Und ich hatte überhaupt keine Kraft mehr in den Beinen. Obwohl mich das Bewußtsein nicht verließ, sank ich zu Boden, als habe man ihn unter mir weggezogen. Bis ich diese vorübergehende Lähmung überstanden hatte und wieder fähig war, die Tür als Stütze zu benutzen und zittrig auf die Beine zu kommen, war ich allein an Deck. Ich hatte keine Ahnung, wohin mein Angreifer entschwunden war. Außerdem war diese Angelegenheit nur von akademischem Interesse, da meine Beine mein Gewicht nicht einmal im Stehen zu tragen vermochten. Allein der Gedanke, zu Fuß Leitern und Niedergänge schnell zu bewältigen, war geradezu lächerlich.

Noch immer mich an alles klammernd, was mir gerade unter die Hände kam, trat ich in den Speiseraum zurück, machte tastend Licht und zog die Tür hinter mir zu. Mary Stuart hatte sich auf einem Ellbogen aufgestützt und rieb sich mit der unteren Handfläche ein Auge, während das Lid des anderen nur halb geöffnet war, typisch für Leute, die gerade aus einem sehr tiefen Schlaf erwachen. Ich blickte weg, taumelte auf Kapitän Imries Tisch zu und ließ mich schwer auf seinen Stuhl fallen. Ich hob die Flasche Black Label aus dem Gestell. Sie war halb voll. Während ich die Flasche anstarrte, ohne sie eigentlich zu sehen, verstrichen kaum mehr als ein paar Sekunden, obwohl sie mir unendlich lang erschienen. Dann blickte ich herum, um das Glas zu entdecken, das Halliday benutzt hatte. Es war nirgends zu sehen, aber es konnte zu Boden gefallen und in einem Dutzend verschiedener Richtungen aus meinem Blickfeld gerollt sein. Ich nahm mir ein anderes Glas aus dem Tischgestell, goß etwas Whisky hinein, trank ihn und kehrte zu meinem Platz zurück. Mein Hals schmerzte scheußlich. Einmal den Kopf kräftig schütteln, und er würde herunterfallen.

»Atmen Sie nicht durch die Nase«, riet ich ihr, »und dann werden Sie den Teufelstrank kaum riechen.« Ich half Mary Stuart zu einer sitzenden Stellung auf, zog ihre Decken zurecht und kam ihr zur Abwechslung diesmal zuvor, indem ich meine Arme um sie legte. »So ist es gut«, sagte ich.

»Was war los? Was ist geschehen?« Ihre Stimme war leise und klang etwas zittrig.

»Nur die Tür. Der Wind hat sie aufgestoßen. Ich mußte sie schließen. Das ist alles.«

»Aber das Licht war aus.«

»Ich hatte es ausgemacht. Gleich nachdem Sie eingeschlafen waren.«

Sie wand einen Arm aus den Decken hervor und berührte sacht die eine Seite meines Halses.

»Es verfärbt sich schon«, flüsterte sie. »Es wird sich bald zu einem riesigen, häßlichen, blauen Fleck entwickeln. Es blutet auch.« Ich stopfte ein Taschentuch in meinen Kragen. Sie fuhr mit der gleichen leisen Stimme fort: »Wie ist das passiert?«

»Einer dieser blöden Zufälle. Ich bin ausgerutscht und habe mir den Hals am Süll der Tür gestoßen. Es schmerzt ein wenig.«

Sie antwortete nicht, befreite auch ihren anderen Arm, packte mich an beiden Jackenaufschlägen, starrte mich mit einem sehr kläglichen Gesicht an und legte ihre Stirn auf meine Schulter. Nun war mein Kragen an der Reihe, feucht zu werden. Das war für eine Aufseherin ein höchst ungewöhnliches Verhalten — denn daß es ihre Aufgabe war, mich zu beobachten und wirkungsvoll auszuschalten, davon war ich immer fester überzeugt. Aber im übrigen war sie die ungewöhnlichste Aufseherin, der ich jemals begegnet war. Und die netteste. Dr. Marlowe, sagte ich zu mir, diese Dame ist in Not, und du bist auch nur ein Mensch. Ich schlug meine argwöhnischen Gedanken in den Wind und streichelte das wirre, blonde Haar. Ich hatte mich einmal zu der Ansicht bekehren lassen, daß nichts Gefühle der Erregung bei Frauen so beschwichtige wie dieses sanfte Streicheln. Nur Sekunden später fragte ich mich, wo ich diesen offensichtlich himmelschreienden Unsinn aufgepickt hatte, denn plötzlich riß sie sich hoch und schlug mir zweimal mit der geballten linken Faust auf die Schulter. Ich war mehr denn je davon überzeugt, daß sie nicht aus Eiderdaunen bestand.

»Lassen Sie das bleiben!« rief sie. »Lassen Sie das *bleiben.*«

»Schon gut«, antwortete ich nachgiebig. »Ich werde es nicht wieder tun, es tut mir leid.«

»Nein, nein! Mir tut es leid. Ich weiß nicht, was mich dazu gebracht hat — ich wollte wirklich ...«

Sie unterbrach sich, obwohl ihre Lippen sich noch immer bewegten, und starrte mich mit Tränen in den Augen an. Ihr nun nicht mehr schönes Gesicht wirkte wehrlos, entmutigt und sehr verzweifelt. Es war mir geradezu unangenehm, denn ich liebe es nicht, stolze, zurückhaltende Menschen so schwach zu sehen. Es folgte ein heftiger Atemzug, und dann schlang sie zu meinem Erstaunen ihre Arme so fest um meinen Hals, als wollte sie mich strangulieren. Sie weinte wortlos, und ihre Schultern bebten.

Großartig gespielt, dachte ich anerkennend, wirklich großartig gespielt. Und dann verachtete ich mich selber wegen meines Zynismus. Ganz abgesehen von der Tatsache, daß sie als Schauspielerin kaum in der Lage war, eine solche Rolle zu spielen, war ich überzeugt, daß es sich hier um einen echten, hemmungslosen Gefühlsausbruch handelte. Und was in aller Welt sollte sie dadurch gewinnen, mir gegenüber die Wehrlose zu spielen?

Für wen also die Tränen? Nicht meinetwegen, dessen war ich sicher, warum ausgerechnet meinetwegen? Ich kannte sie kaum, sie kannte mich kaum, ich war nichts weiter für sie als eine Schulter, an der sie weinen konnte; aller Wahrscheinlichkeit nach war ich nur die Schulter eines Arztes, an der sie sich ausweinen durfte. Für wen also die Tränen?

Ich wußte es nicht, und zu diesem Zeitpunkt war es mir auch gleichgültig. Unter normalen Umständen hätte einem so reizenden verzweifelten Mädchen meine ganze ungeteilte Sorge gegolten, aber die Umstände waren alles andere als normal und meine Gedanken mit anderen Dingen beschäftigt, so daß mir Mary Stuarts seltsames Verhalten verhältnismäßig unwichtig erschien.

Ich konnte meine Augen nicht von der Whiskyflasche neben dem Tisch des Kapitäns abwenden. Als Halliday auf mein Drängen hin, wie ich mich jetzt reumütig erinnerte, seinen ersten Schluck trank, war die Flasche etwa zu einem Drittel gefüllt; nach seinem zweiten Glas war sie etwa viertelvoll. Und jetzt war sie halbvoll. Der leise, gewalttätige Mann, der vorhin die Lichter ausgeschaltet und durch den Speiseraum gegangen war, hatte die Flaschen ausgetauscht und außerdem auch noch das Glas weggenommen, das Halliday benutzt hatte.

Mary Stuart sagte etwas mit ihrer gedämpften undeutlichen Stimme, das ich nicht verstehen konnte. In Anbetracht der salzigen Tränen und des salzigen Blutes würde mich die Arbeit in dieser Nacht ein neues Hemd kosten. »Bitte?« fragte ich.

Sie bewegte den Kopf, um deutlicher sprechen zu können.

»Entschuldigen Sie. Entschuldigen Sie, ich habe mich so dumm benommen. Können Sie mir verzeihen?«

Ich drückte ihre Schulter mit einer mehr oder weniger automatischen Bewegung, denn meine Augen und meine Gedanken waren noch immer mit der Flasche beschäftigt, aber ihr schien die Antwort zu genügen. Zögernd sagte sie. »Werden Sie wieder schlafen?« Sie hatte noch nicht aufgehört, sich so töricht zu verhalten, wie sie selber glaubte; oder vielleicht war sie überhaupt nicht so töricht.

»Nein, Mary Dear, ich werde nicht wieder schlafen.» Wieviel feste Entschlossenheit ich auch in meine Stimme legte, es war überflüssig. Der pochende Schmerz an meinem Hals bot genügend Garantie für mein Wachbleiben.

»Das ist gut.« Ich fragte sie nicht, was diese rätselhafte Bemerkung bedeuten sollte. Körperlich hätten wir einander nicht näher sein können, aber mit meinen Gedanken war ich nicht mehr bei ihr. Ich war bei Halliday, dem Mann, von dem ich geglaubt hatte, er sei gekommen, um mich zu töten, den ich so gut wie gezwungen hatte, etwas zu trinken, und der getrunken hatte, was für mich bestimmt war.

Ich wußte, ich würde ihn niemals wiedersehen. Nicht lebend.

VI

In diesen hohen Breiten und zu dieser Jahreszeit brach der Tag erst gegen halb elf Uhr an, und zu dieser Stunde bestatteten wir die drei Toten, Antonio, Moxen und Scott. Bestimmt hätten ihre Schatten uns wegen der fast ungehörigen Eile verziehen, mit der ihre Bestattung durchgeführt wurde, denn der heftige Schneesturm tobte sich noch in voller Stärke aus, der Wind war wie mit Rasiermessern durchsetzt, schnitt durch Kleidung und Fleisch und stieß seine eisigen Finger bis ins Mark. Kapitän Imrie las, eine große, mit Messing beschlagene Bibel in seinen behandschuhten Händen, rasch den Text des Bestattungsgottesdienstes. Zumindest nahm ich an, daß er es tat, da er nach allem, was ich hörte, ebensogut aus der Bergpredigt hätte vorlesen können, denn der Wind riß ihm ganz einfach die unhörbaren Worte vom Mund und trug sie über die grauweiße Öde des Wassers davon. Dreimal glitt ein in Segeltuch gewickeltes Bündel unter der einzigen Flagge der *Morning Rose* sanft ins Meer, dreimal verschwand ein Bündel lautlos unter dem Meeresspiegel. Wir sahen wohl das Aufspritzen, konnten es aber nicht hören, denn unsere Ohren vernahmen nur das hohe, einsame Klagen im Requiem des Windes in der gefrorenen Takelung.

An Land fällt es den Leidtragenden für gewöhnlich schwer, sich von einem neu ausgehobenen Grab zu trennen, aber hier gab es kein Grab, hier gab es nichts, worauf sich der Blick heften konnte, und die scharfe Kälte genügte, um jeden anderen Gedanken als den an sofortigen Windschutz und Wärme zu vertreiben. Außerdem hatte Kapitän Imrie erklärt, es sei unter Fischern ein alter Brauch, einen Trinkspruch auf die Toten auszubringen. Es konnte sehr wohl ein Brauch sein, den Imrie selber erfunden hatte, und ganz gewiß waren diese Toten keine Fischer gewesen. Aber was immer der Ursprung sein mochte, ich bin überzeugt daß dies zur äußerst raschen Räumung des Decks beitrug.

Ich blieb, wo ich war. Ich hatte Hemmungen, mich den anderen anzuschließen, nicht etwa, weil ich Kapitän Imries Vorschlag als widerwärtig oder als ethisch verwerflich empfand — nur ganz große

Heuchler könnten in der christlichen Ethik ein Hindernis sehen, den Abgeschiedenen eine gute Reise zu wünschen —, sondern weil es in einem Gedränge für mich sehr schwierig sein würde, festzustellen, wer mir ein Glas einschenkte und was er hineintäte. Außerdem hatte ich in der vergangenen Nacht nicht mehr als drei Stunden geschlafen. Mein Kopf war müde und mein Geist ein wenig ausgefranst, und so hoffte ich, daß eine fraglos heldenhafte Behandlung, indem man sich einem arktischen Schneesturm aussetzte, dazu beitragen könnte, einen Teil der Spinnweben wegzublasen. Ich klammerte mich an eine der zahlreichen Halteleinen, die an Deck ausgespannt waren, schlich bis zu einer der größten unter den zahlreichen Deckslasten, die wir mit uns schleppten, suchte dort das bißchen illusorischen Windschutzes, den sie in Lee bot, und wartete auf das Davonfliegen der Spinnweben.

Halliday war tot. Seinen Leichnam hatte ich nicht gefunden, obwohl ich möglichst unauffällig alle Verstecke auf der *Morning Rose* durchstöbert hatte. Er war verschwunden und hatte keine Spur hinterlassen. Ich wußte, daß Halliday in der finstersten Tiefe der Barentssee lag. Wie er dorthin gekommen war, wußte ich nicht, und das erschien mir auch nicht so wichtig. Es konnte durchaus sein, daß er dazu keiner Hilfe bedurfte. Er war so überstürzt aus dem Speiseraum verschwunden, weil das Gift in seinem Whisky — meinem Whisky — ebenso schnell wie tödlich gewirkt hatte. Er hatte das dringende Verlangen verspürt, sich zu erbrechen, und der geeignetste Ort dafür war die Reling. Ein Ausrutschen auf Schnee oder Eis, einer der zahlreichen Stürze in eins der Wellentäler, die der Trawler während der Nacht hinter sich brachte, und sein bis dahin bestimmt geschwächter, benommener Zustand, seine Übelkeit — das alles genügte, um ihn wehrlos zu machen. Der einzige Trost, falls dies ein Trost war, lag darin, daß er wahrscheinlich dem Gift erlegen war, bevor sich seine Lungen mit Wasser füllten. Ich schließe mich nicht der allgemeinen Auffassung an, daß Tod durch Ertrinken ein verhältnismäßig leichter, schmerzloser Tod sei.

Ich war ziemlich sicher, daß Hallidays Abwesenheit bisher von niemandem außer mir selber und dem Mörder bemerkt worden war, und was den letzten Punkt betrifft, so war nicht einmal dies völlig sicher, denn es war durchaus möglich, daß der Betreffende von Hallidays kurzem Erscheinen im Speiseraum nichts wußte. Gewiß, Halliday war nicht zum Frühstück erschienen, aber das traf auch für andere zu. So war sein Fehlen unbemerkt geblieben. Sein Kabinengenosse, Sandy, litt noch so stark unter dem Wetter, daß Hallidays

Gegenwart oder Abwesenheit ihm völlig gleichgültig war. Und da Halliday ein großer Einzelgänger war, gab es niemanden, der sich seinetwegen beunruhigte. Ich hoffte, daß sein Fehlen möglichst lange unentdeckt blieb. Obwohl die unterschriebene eidesstattliche Erklärung, die Kapitän Imrie an diesem Morgen erhalten hatte, keinen besonderen Hinweis enthielt, was geschehen sollte, falls jemand abgängig war, so schien er mir durchaus imstande, dies zum Vorwand zu nehmen, um die Reise abzubrechen und mit aller Kraft voraus Kurs auf Hammerfest zu nehmen.

Als ich früh am Morgen in meine Kabine zurückkehrte, war das Streichholz, das ich zwischen der Unterkante meiner Kabinentür und dem Süll eingeklemmt hatte, nicht mehr an seinem Platz. Die Münzen, die ich in den Seitentaschen des Deckels meiner Koffer zurückgelassen hatte, waren von vorn nach hinten gerutscht, ein sicheres Zeichen dafür, daß man in meiner Abwesenheit meine Koffer geöffnet hatte. Es besagt viel über meinen Geisteszustand, daß mich diese Entdeckung nicht besonders überraschte. Mehr als jemals zuvor mußte ich darauf achten, mir den Rücken freizuhalten.

Ich hörte einen Laut hinter meinem Rücken, reagierte instinktiv und stürzte mit ein paar raschen Schritten vorwärts. Woher sollte ich wissen, welcher harte oder scharfe Gegenstand nun meinen Hinterkopf oder meine Schulterblätter treffen würde. Dann wollte ich mich schnell umdrehen, aber eine gleichzeitige Überlegung sagte mir, es sei unwahrscheinlich, daß jemand die Absicht haben könnte, mich bei vollem Tageslicht auf dem Oberdeck vor den Blicken interessierter Zuschauer auf der Brücke umzulegen. So drehte ich mich gemächlich um und sah Charles Conrad, der das bißchen Windschutz, das die Deckslast in Lee bot, aufsuchte.

»Was haben Sie vor?« fragte ich. »Morgengymnastik um jeden Preis? Oder haben Sie nichts für Kapitän Imries Whisky übrig?«

»Weder das eine noch das andere.« Er lächelte. »Nichts weiter als Neugier.« Er klopfte auf die mit einer Persenning verzurrte Last. Sie war fast drei Meter hoch, hatte eine halbrunde längliche Form — die Basis war flach — und wurde von mindestens einem Dutzend Stahltrossen festgehalten. »Wissen Sie, was das ist?«

»Ist das ein Intelligenztest?«

»Ja.«

»Vorgefertigte Arktishütten. Das erzählte man sich jedenfalls in Wick. Sechs davon und so konstruiert, daß alle wegen des leichteren Transportes ineinander passen.«

»Stimmt. Aus Sperrholz, Kapok-Isolierung, Asbest und Aluminium.« Er deutete auf eine andere umfangreiche Deckslast unmittelbar vor der, hinter der wir Schutz gesucht hatten. Dieser seltsam geformte Gegenstand schien in seiner Länge eine ungefähr ovale Gestalt zu haben, vielleicht sechs Fuß hoch. »Und dies?«

»Wieder ein Test?«

»Natürlich.«

»Und meine Antwort wird falsch sein? Wieder?«

»Wenn Sie noch immer glauben, was man Ihnen in Wick erzählt hat, dann ja. Das sind keine Hütten, denn wir brauchen keine Hütten. Wir sind unterwegs in ein Gebiet mit Namen Sorhamna — Südhafen —, wo bereits Hütten stehen, und zwar durchaus brauchbare. Ein Kerl mit Namen Lerner kam vor siebzig Jahren her, um nach Kohlen zu schürfen — die er übrigens auch gefunden hat. Ein etwas verdrehter Bursche, der die Felsen an der Küste mit den deutschen Nationalfarben anstrich, um damit anzuzeigen, dies sei Privatbesitz. Er hat Hütten gebaut — er hat sogar eine Straße über das Vorgebirge bis zur nächsten Bucht angelegt, zur Kvalrossbukta — Walroßbucht. Nach ihm hat ein deutsches Fischereiunternehmen ebenfalls einen Stützpunkt hier besessen — und auch diese Leute haben gebaut. Noch wichtiger, eine norwegische wissenschaftliche Expedition hat hier während des letzten Internationalen Geophysikalischen Jahres neun Monate verbracht — und auch sie haben Hütten gebaut. Was immer in Sorhamna fehlen mag, Unterkünfte sind es nicht.«

»Sie sind sehr gut informiert.«

»Ich vergesse nichts, was ich gerade erst vor einer halben Stunde gelesen habe. Goin hat heute früh die Runde gemacht und Exemplare der Werbeschrift für diesen Film verteilt, der offenbar der größte Film werden soll, der jemals gedreht wurde. Haben Sie nicht auch eine von ihm bekommen?«

»Ja. Nur hat er vergessen, mir auch ein Wörterbuch dazu zu liefern.«

»Ein Wörterbuch wäre sehr angezeigt.« Er klopfte auf die Persenning neben uns. »Dies ist die Nachbildung des mittleren Teils eines U-Boots — nichts weiter als eine Hülle, nichts im Innern. Wenn ich sage, es handelte sich um eine Nachbildung, meine ich nicht, daß es aus Pappe besteht — es besteht aus Stahl und wiegt zehn Tonnen, einschließlich vier Tonnen gußeisernen Ballast. Der andere Gegenstand dort vorn ist ein Kommandoturm, der auf dies hier geschraubt werden soll, sobald es im Wasser liegt.«

»Ach was!« rief ich, weil mir kein anderer Kommentar dazu einfiel. »Und diese angeblichen Traktoren und Treibstoffässer auf dem Achterdeck, sind das etwa Tanks und Flakgeschütze?«

»Traktoren und Treibstoff, wie angegeben.« Er machte eine Pause. »Wissen Sie, daß es nur ein Exemplar des Drehbuchs für diesen Film gibt und dieses Exemplar in der Bank von England oder in einem ähnlichen Institut aufbewahrt wird?«

»Darüber bin ich eingeschlafen.«

»Sie haben nicht einmal einen Drehplan für die Szenen, die auf der Insel gedreht werden sollen. Nur eine Reihe unzusammenhängender Ereignisse, die zusammengefaßt nicht den geringsten Sinn ergeben. Gewiß, es muß Verbindungsstücke geben, um dem Ganzen einen Sinn zu verleihen. Aber sie liegen alle im Tresor in der Threadneedle Street oder wo sonst diese verdammte Bank ist. Nicht ein Stück davon ergibt einen Sinn.«

»Vielleicht soll es gar keinen Sinn ergeben.« Ich wurde mir bewußt, daß sich meine Füße langsam in Eisblöcke verwandelten. »Nicht in diesem Stadium. Es mag ausgezeichnete Gründe für die Geheimniskrämerei geben. Ermutigen nicht auch manche Produzenten ihre Regisseure, die Sache aus dem Handgelenk zu schütteln, im Verlauf der Handlung und je nach der Stimmung, die sie gerade reitet, zu improvisieren?«

»Nicht Neal Divine. Er hat in seinem ganzen Leben noch keine Szene aus dem Handgelenk geschüttelt.« Von Conrads Stirn war unter dem dichten braunen Haar, das Schnee und Wind ihm fast bis in Höhe der Augenbrauen gedrückt hatten, außer starken Falten nicht viel zu sehen. »Wenn in einem Drehplan von Divine in Szene 289 für Sie eine Melone und ein Cancan vorgeschrieben sind, dann werden Sie in 289 einen Cancan mit Melone tanzen. Was nun Gerran betrifft, so rührt er sich nicht von der Stelle, bevor nicht alles bis zum letzten Streichholz und zum letzten Penny ausgerechnet ist. Vor allem bis zum letzten Penny.«

»Er steht in dem Ruf, etwas vorsichtig zu sein.«

»Vorsichtig!« Conrad erschauerte. »Empfinden Sie nicht dieses ganze Unternehmen als völlig verrückt?«

»Die ganze Filmwelt«, antwortete ich aufrichtig, »empfinde ich als verrückt, aber als ein ganz gewöhnlicher Mensch, der ihr zum erstenmal ausgesetzt wird, kann ich nicht entscheiden, ob sich die hier vorliegende besondere Art von Verrücktheit von der Norm unterscheidet oder nicht. Was halten denn Ihre Schauspielerkollegen davon?«

»Was für Schauspielerkollegen?« fragte Conrad verdrießlich.

»Judith Haynes schließt sich noch immer mit ihren beiden Kötern ein. Mary Stuart schreibt Briefe in ihrer Kabine, zumindest behauptet sie, es seien Briefe, aber wahrscheinlich ist es ihr Testament. Und falls Gunther Jungbeck und Jon Heyter überhaupt eine Ansicht über irgend etwas haben, behalten sie sie vorsorglich für sich. Auf jeden Fall sind sie selber zwei höchst seltsame Vögel.«

»Sogar für Schauspieler?«

»Touché.« Er lächelte, aber gab sich damit nicht allzu große Mühe. »Bestattungen auf See wecken den Menschenfeind in mir. Nein, es liegt einfach daran, daß sie so wenig von der Filmwelt wissen, mindestens von der britischen Filmwelt, was an sich ganz verständlich ist, denn Heyter hat immer nur in Kalifornien und Jungbeck in Deutschland gearbeitet. In Wirklichkeit sind sie gar nicht so seltsam, nur gibt es nichts Gemeinsames, worüber wir reden könnten, keine gemeinsamen Interessen.«

»Aber Sie müssen doch etwas über sie wissen?«

»Nicht einmal das, was gar nicht so überraschend ist. Ich bin gern Schauspieler, aber die Filmwelt langweilt mich zu Tode, und ich halte mich von der Gesellschaft fern. Dadurch werde auch ich zu einem Sonderling. Aber Gerran legt seine Hand für sie ins Feuer — er spricht sogar mit höchster Anerkennung von ihnen, und das genügt mir. Wahrscheinlich werden beide mich, wenn es erst einmal soweit kommt, bei der Arbeit in die Ecke drängen.« Wieder fröstelte er. »Conrads Neugier bleibt ungestillt, aber Conrad hat überhaupt genug. Würden Sie als Arzt nicht jetzt etwas Whisky verschreiben, den der alte Imrie so großzügig ausschenken soll?«

Wir stellten fest, daß, da Kapitän Imrie den Whisky so reichlich ausschenkte, er offensichtlich aus seinem eigenen privaten Vorrat stammte, und nicht aus Gerrans, denn Gerran, tief in eine bunte Decke gehüllt und seine rötlichbraune Gesichtsfarbe noch immer nur ein bleicher Widerschein seines früheren Ich, saß auf seinem üblichen Stuhl am Tisch und erhob, soweit ich es feststellen konnte, keine Einwendungen. Es mußten mindestens zwanzig Menschen anwesend sein, alles andere als ein fröhlicher Haufen. Ich war überrascht, Judith Haynes zusammen mit ihrem Mann, Michael Stryker, dort zu sehen, der sich aufmerksam um sie bemühte. Ich war auch überrascht, Mary Darling anzutreffen. Ihr Pflichtbewußtsein oder ihre Auffassung von dem, was sich gehörte, mußten stärker sein als ihre Abneigung gegenüber Alkohol, aber noch mehr verwunderte es mich, daß sie jeden Sinn für das Schickliche verloren hatte, da sie nun den jungen Allen am Arm festhielt, als gehöre er ihr. Hingegen überraschte es mich nicht, daß Mary Stuart nicht da war. Das gleiche galt von Heissman und Sandy. Die beiden Schauspieler, mit denen Conrad nach seinen eigenen Worten so wenig gemein hatte, Jungbeck und Heyter, standen in einer Ecke zusammen, und zum erstenmal betrachtete ich sie mit einem gewissen Maß wirklichen Interesses. Sie sahen aus wie Schauspieler, keine Frage, sie sahen zumindest so aus, wie meiner Ansicht nach Schauspieler aussehen sollten. Heyter war groß, jung, blond, ein hübscher Kerl, und vor zwanzig Jahren hätte man sein Gesicht als sauber bezeichnet. Es war ein lebendiges, ausdrucksvolles, offenes Gesicht. Jungbeck war mindestens fünfzehn Jahre älter, ein untersetzter Mann mit mächtigen Schultern, mit Schatten unter den Augen und dunklem, welligem Haar, das leicht zu ergrauen begann. Er besaß ein spontanes, gewinnendes Lächeln. Er sollte, wie ich wußte, in der bevorstehenden Produktion den Bösewicht spielen, und trotz des dafür geeigneten Körperbaus und seiner blau schimmernden Wangen sah er so gar nicht danach aus.

Die fast völlige Stille im Speiseraum rührte nicht, wie ich bald bemerkte, von der Feierlichkeit des Anlasses her, obwohl auch dieses Element vorhanden sein mochte. Kapitän Imrie hatte eine Rede gehalten und sie nur unterbrochen, um unser Erscheinen zur Kenntnis zu nehmen und damit auch die Gelegenheit, noch mehr Alkohol auszuschenken, den ich aber ablehnte. Und jetzt fuhr Kapitän Imrie offensichtlich dort fort, wo er aufgehört hatte.

»Tja«, sagte er schwerfällig, »so ist es, so ist es. Sie sind heute von uns gegangen, auf eine traurige, tragische Weise von uns gegangen, drei von Britanniens Söhnen ...« Ich war im Augenblick fast froh, daß Antonio das nicht zu hören brauchte. »Aber es bleibt uns allen nicht erspart, früher oder später schlägt uns die Stunde, und wenn sie schon ruhen müssen, gäbe es da einen besseren Ort als diese ehrenvollen Gewässer um die Bäreninsel, wo schon Zehntausende ihrer Landsleute schlafen?« Ich fragte mich hartherzig, welche Stunde wohl geschlagen haben mochte, als Kapitän Imrie sich den ersten Stärkungstrunk des Morgens eingeschenkt hatte, aber dann fiel mir ein, daß er seit vier Uhr morgens auf den Beinen war. Er füllte sein Glas wieder, ohne indessen den glatten Fluß seines Monologs zu unterbrechen. Seine Zuhörerschaft aber hatte, wie ich mit Bedauern bemerkte, den Ausdruck von Männern und Frauen, die ganz woanders zu sein wünschten.

»Ich frage mich, was die Bäreninsel für Menschen wie Sie bedeutet«, fuhr er fort. »Nichts, wie ich annehme, warum sollte sie? Sie ist nichts weiter als ein Name. Ebenso wie die Insel Wight oder jener Ort drüben in Amerika, Coney Island: nichts weiter als ein Name. Aber für Leute wie Mr. Stokes und mich und Tausende von anderen ist es ein bißchen mehr als das. Sie war eine Art Wendepunkt, ein Trennungsstrich in unserem Leben, so etwas, was die Leute von der Geographie oder der Geologie eine Wasserscheide nennen würden. Als wir diesen Namen kennenlernten, wußten wir, daß kein Name uns jemals zuvor so viel bedeutet hatte — und kein Name jemals wieder so viel bedeuten würde. Und wir wußten auch, daß nichts jemals wieder so sein würde wie früher. Die Bäreninsel war der Ort, wo Jungen über Nacht zu Männern heranreiften. Und die Bäreninsel war auch der Ort, wo Männer mittleren Alters wie ich zu alten Männern wurden.« Das war ein anderer Kapitän Imrie, der jetzt sprach, ruhig sich erinnernd, traurig, ohne Bitterkeit.

»Wir nannten sie ›das Tor‹«, fuhr er fort. »Das Tor zur Barentssee, zum Weißen Meer und zu jenen Orten in Rußland, zu denen wir die Geleitzüge all die langen Kriegsjahre hindurch führten, alle diese weit zurückliegenden Jahre hindurch. Wenn man dieses Tor hinter sich ließ und wieder zurückkehrte, konnte man von Glück sprechen. Wenn man es ein halbes Dutzend Mal geschafft hatte, war damit das Glück für ein ganzes Leben aufgebraucht. Wie oft, Mr. Stokes, haben wir dieses Tor durchfahren?«

»Zweiundzwanzigmal.« Dieses eine Mal brauchte Mr. Stokes nicht zu überlegen.

»Zweiundzwanzigmal. Ich erwähne dies nicht, weil ich mit dabei war, sondern weil die Menschen in diesen Geleitzügen nach Murmansk mehr gelitten haben, als Menschen jemals in einem Krieg haben ausstehen müssen oder in einem künftigen Krieg ausstehen werden, und hier war es, in diesen Gewässern, um das Tor herum, daß sie am meisten litten, denn hier wartete der Feind bei Tag und bei Nacht, und hier war es, wo der Feind uns zur Strecke brachte. Die schönen Schiffe und die großartigen Jungs, unsere Jungs und die Deutschen, es liegen mehr von ihnen in diesen Gewässern als irgendwo anders auf der Welt, aber die Gewässer sind nun wieder rein, und das Blut ist fortgespült. Jedoch nicht in unserem Bewußtsein, nicht in unserem Bewußtsein: dreißig Jahre sind inzwischen verstrichen, und ich kann das Wort ›Bäreninsel‹ nicht hören, nicht einmal, wenn ich es zu mir selber sage, ohne daß mein Blut erstarrt. Der Friedhof in der Arktis, und wir hoffen, daß sie jetzt in Frieden ruhen, aber noch immer erstarrt mein Blut.« Er erschauerte, als überliefe ihn ein körperliches Frösteln, aber dann lächelte er zaghaft.

»Die Alten reden zuviel, ein alter Schwätzer redet zuviel, und so wissen Sie jetzt, wie entsetzlich es ist, wenn ein alter Schwätzer vor Sie hintritt. Im Grunde hatte ich nichts weiter sagen wollen, als daß sich unsere Schiffsgefährten nun in guter Gesellschaft befinden.« Er hob sein Glas. »*Bon voyage.*«

Bon voyage. Aber nicht der letzte Abschied, nicht das letzte Mal, daß wir *Gute Reise* sagen würden, das empfand ich zutiefst in meinem Innern; und ich wußte, daß Kapitän Imrie es auch so empfand. Ich wußte, es war eine Art Vorherwissen oder Vorahnung, die ihn dazu gebracht hatten, so zu reden. Sie waren für weit ausschweifende Erinnerungen verantwortlich, die ebenso unangebracht wie belanglos waren — oder es zu sein schienen. Ich fragte mich, ob sich Kapitän Imrie auch nur verschwommen dieses Vorgangs der Gedankenübertragung bewußt sei, der Verdrängung der entsetzlichen, der furchtbaren Ereignisse aus ferner Vergangenheit durch das Bewußtsein, daß solche Dinge nicht auf Aktionen offener Kriegsführung beschränkt waren, daß der gewaltsame Tod keine Grenzen in Zeit und Raum anerkannte, daß die unheimlichen, öden Gewässer der Barentssee seine Gefilde, seine Heimat waren.

Ich fragte mich, wie viele von den anderen Anwesenden diese atavistische Furcht spürten, diese seltsam namenlose Angst, der man so häufig an den einsamsten und trostlosesten Orten auf Erden begegnet, eine Furcht, die durch Äonen bis zum Urmenschen zurückreicht, der noch kein Feuer kannte, bis zu jenen unvorstellbar fernen Vorfahren, die sich voller Entsetzen in ihren lichtlosen Höhlen zusammenkauerten, während die Mächte des Bösen und der Finsternis die Nacht durchstreiften. Eine Furcht, die hier und jetzt durch den plötzlichen, gewaltsamen und unerklärlichen Tod von drei ihrer Gefährten in der vergangenen Nacht nur allzu leicht verstärkt wurde.

Es war schwierig zu entscheiden, dachte ich, wer es war, der durch solch urzeitliches Auftauchen von Vorahnungen berührt wurde, denn die Menschen gestehen sich nur ungern das Dasein solch irrationaler, kindlicher, abergläubischer Vorstellungen ein, ganz zu schweigen davon, sie zu zeigen oder über sie zu diskutieren. Ohne Zweifel Kapitän Imrie und Mr. Stokes. Sie waren beide in eine Ecke gegangen und starrten jetzt, ohne zu sehen, dessen war ich sicher, und ganz gewiß ohne zu sprechen, auf die Gläser in ihren Händen. Und da die beiden selten, wenn überhaupt jemals, beieinander saßen, ohne sehr ausführlich über Dinge von tiefster Bedeutung zu reden, war dies an sich schon höchst bedeutsam. Neal Divine, hohlwangiger denn je, aber offenbar von seinem sehr üblen Zustand am vorigen Abend etwas erholt, saß für sich allein, wobei er das leere Glas in seiner Hand ständig drehte, so wie immer nervös und besorgt, aber ob er nun mit der Seekrankheit beschäftigt war oder mit dem Gedanken, er müsse mit seinen Aufgaben als Regisseur beginnen und sich damit Gerrans scharfer Zunge aussetzen, oder ob auch er Finger aus der toten Vergangenheit tief in sich hineingreifen fühlte, war unmöglich zu sagen.

Goin saß neben Gerran am oberen Ende des Tisches, und auch sie schwiegen. Ich fragte mich, welche Beziehung die beiden Männer verband. Es schienen recht freundschaftliche Beziehungen zu sein, aber Goin und Gerran kamen, wie ich beobachtet hatte, nur zusammen, wenn geschäftliche Angelegenheiten zu besprechen waren. Es konnte sehr wohl sein, daß sie persönlich wenig miteinander gemein hatten, aber die Tatsache, daß Goin vor kurzem zum Vizepräsidenten und sozusagen zum Thronfolger der *Olympus Productions* ernannt worden war, schien genug über Gerrans Wertschätzung auszusagen. Und da sie nun beieinander saßen und nicht sprachen, nahm ich an, daß sie über ähnliche Dinge nachgrübelten, die Imries Aufmerksamkeit und die meine in Anspruch nahmen.

Die Drei Apostel schwiegen, aber das bedeutete nichts. Wenn sie ihrer Instrumente, Musikzeitschriften und grellbunten, primitiven Comics beraubt waren, die mitzubringen sie wahrscheinlich unter den gegenwärtigen Umständen für unschicklich hielten, waren sie für gewöhnlich der Sprache nicht sehr mächtig. Stryker, noch immer sehr um seine Frau bemüht, sprach leise mit dem Grafen, während der Herzog in auffälliger Weise nicht mit seinem Kabinengenossen Eddie sprach, aber da die beiden selten zusammen redeten, war auch dies kaum bedeutsam. Mir wurde bewußt, daß Lonnie Gilbert neben mir stand, und ich fragte mich, in welchem Ausmaß, wenn überhaupt, die verborgene Bedeutung von Kapitän Imries Worten bis in sein vernebeltes Gehirn gedrungen war. Lonnie hielt ein Glas Whisky umklammert, Gefäß und Inhalt tatsächlich für eine Familie ausreichend, in scharfem Gegensatz zu den verhältnismäßig kleinen Portionen, die er sich gegen Mitternacht in der Bar selber eingeschenkt hatte. Ich konnte nur vermuten, daß irgendwo in den entlegeneren Winkeln von Lonnies Bewußtsein noch rudimentäre Überreste eines Gewissens lauerten, die ihm nur bescheidene Mengen auf unehrenhafte Weise erlangten Alkohols gestatteten.

»›Neid und Verleumdung, Haß und Schmerz und jene Unruhe, die Menschen Wonne nennen, sollen sie nicht mehr berühren, sie nicht mehr quälen‹«, verkündete Lonnie. Er hob sein Glas, senkte den

Flüssigkeitspegel um zwei Finger und leckte sich geräuschvoll die Lippen. »›Vor der Ansteckung ...‹«

»Lonnie.« Ich nickte auf das Glas zu. »Wann haben Sie heute morgen angefangen?«

»Angefangen? Mein lieber Freund, ich habe überhaupt nicht aufgehört. Eine schlaflose Nacht. ›Vor der Ansteckung durch der Welt langsame Besudelung sind sie nun sicher und können niemals mehr das kalt gewordene Herz betrauern, den Kopf so früh ergraut ...‹«

Lonnie bemerkte, daß er seine Zuhörerschaft verloren hatte, brach ab und folgte der Richtung meines Blicks. Mary Darling und Allen gingen hinaus, den Anstandsregeln war Genüge getan. Mary zögerte, blieb vor Judith Haynes' Stuhl stehen, lächelte und sagte: »Guten Morgen, Miss Haynes. Ich hoffe, daß Sie sich heute besser fühlen?«

Judith Haynes lächelte, ein fragmentarisches Aufschimmern gesunder Zähne, und blickte dann zur Seite: ein falsches Lächeln, dazu bestimmt, als solches gesehen und verstanden zu werden, gefolgt von einer unmißverständlichen, verächtlichen Abweisung. Ich bemerkte, wie die Röte in Mary Darlings Wangen stieg, und sie schien schon etwas erwidern zu wollen, aber Allen ergriff mit zusammengepreßten Lippen ihren Arm und drängte sie sanft zur Tür.

»Na«, meinte ich, »ich möchte wohl wissen, was das zu bedeuten hatte. Eine sichtlich beleidigte Miss Haynes, aber ich kann mir nicht vorstellen, daß unsere kleine Mary irgend jemanden verletzen könnte.«

»Aber das hat sie getan, mein Freund, sie hat es getan. Unsere Judith ist eine jener traurigen, unglückseligen Frauen, die kein anderes weibliches Wesen, das jünger, hübscher oder intelligenter ist als sie, um sich dulden. Unsere kleine Mary hat sich in mindestens zwei dieser Punkte schuldig gemacht.«

»Sie enttäuschen mich«, erwiderte ich. »Da habe ich mannhaft versucht, mich nicht der offenbar allgemein verbreiteten Ansicht anzuschließen — oder zumindest sie nicht zu beachten, daß nämlich Judith Haynes ein hochprozentig gemeines Luder ist, und jetzt ...«

»Und damit hatten Sie recht.« Lonnie betrachtete sein leeres Glas mit einem Ausdruck leichter Verwunderung. »Ein Luder ist sie nicht, auf jeden Fall macht sie keine Karriere damit, es sei denn unabsichtlich. Denen gegenüber, die keine Bedrohung oder Konkurrenz darstellen, kleinen Kindern oder Schoßhunden, ist sie zu großzügigen Gesten fähig, sogar zu Zuneigung. Aber abgesehen davon ein armes, armes Wesen, unfähig zu lieben oder bei anderen Liebe zu erwecken, mit anderen Worten, eine Seele ohne Liebe, launisch aber bemitleidenswert, ein Mensch, der, nachdem er sich einmal richtig angesehen und nicht gemocht hat, was sich ihm da bot, sich von der Wirklichkeit abwendet und seine Zuflucht in menschenfeindlichen Hirngespinsten sucht.« Lonnie vollführte eine rasche seitliche Bewegung in Richtung auf eine unbewachte Flasche Whisky, füllte erneut sein Glas mit einer lebenslange Praxis verratenden Schnelligkeit und Sachkenntnis, kehrte heiter zurück und spann sein Thema weiter aus.

»Krank, krank, krank, und es sind die Kranken, nicht etwa die Gesunden, die unsere Hilfe und unser Mitleid brauchen.« Lonnie konnte gelegentlich sehr priesterlich wirken. »Sie gehört zu dem unglücklichen Haufen der freiwillig umherziehenden Verwundeten, denen es geradezu Lust bereitet, sich verletzen zu lassen, beschimpft zu werden, und wenn der echte Schmerz ausbleibt, dann um so besser, denn dann kann man sich einbilden, seinem Herzenswunsch noch näher gekommen zu sein. Für diese Unglücklichen, die nur sich selber lieben, stellt die liebende Umarmung des Selbstmitleids, zärtlich gestreichelt wie ein alter lieber Freund, den höchsten, kostbarsten Genuß im Leben dar. Ich kann Ihnen versichern, mein lieber Freund, daß sich kein Flußpferd jemals in seinem afrikanischen Schlammbad mit auch nur der Hälfte des Genusses gewälzt hat ...«

»Bestimmt haben Sie recht, Lonnie«, antwortete ich, »und das ist auch ein sehr passender Vergleich.« Ich hörte ihm nicht mehr zu, denn meine Aufmerksamkeit war jetzt durch einen flüchtigen Blick auf eine Gestalt, die draußen auf Deck vorbeieilte, geweckt und festgehalten worden. Heissman, ich war fast sicher, daß es Heissman war, und sollte er es sein, so stellten sich mir sofort drei Fragen, die ebenso umgehende Antworten verlangten. Heissman bewegte sich meistens äußerst bedächtig und träge, wozu also die für ihn so uncharakteristische Hast? Warum, wenn er sich nach achtern bewegte, wählte er dazu die Luv- anstatt der Leeseite der Aufbauten, es sei denn, daß er hoffte, durch die weitgehend mit Schnee bedeckten Fenster auf der Wetterseite des Speiseraums nicht beobachtet werden zu können? Und was hatte er in Anbetracht seiner allgemein bekannten und fast pathologischen Abneigung gegenüber Kälte — wahrscheinlich ein unvermeidliches Erbe seiner langen Jahre in Sibirien — überhaupt auf dem Oberdeck zu suchen? Ich klopfte Lonnie auf die Schulter. »Bin im Handumdrehen zurück, wie man so sagt. Ich muß die Kranken besuchen.«

Ich ging ohne jede Eile durch die Tür auf der Leeseite hinaus und blieb dann stehen, um festzustellen, ob jemand an meinem Verschwinden so interessiert war, daß er mir folgte. Und jemand folgte mir auch fast unmittelbar, aber sollte er sich für meine Absichten interessieren, ließ er es sich nicht anmerken. Gunther Jungbeck lächelte mich flüchtig und gleichgültig an und eilte nach vorn, zum Eingang des Wohndecks der Passagiere. Ich wartete noch ein paar Sekunden und kletterte dann die senkrechte Eisenleiter gleich hinter der Brücke und dem Funkraum zum Bootsdeck hinauf.

Ich ging um den Schornstein und die Frischluftventilatoren zum Maschinenraum herum, traf aber niemanden dort an. Ich hatte es auch nicht erwartet, denn sogar ein Eisbär hätte sich ohne zwingenden Grund nicht auf diesem offenen, dem Wind ausgesetzten Bootsdeck aufgehalten. Ich trat hinter eins unserer beiden Motorrettungsboote, suchte das bißchen fragwürdigen Windschutz, den ich neben einem Ventilator finden konnte, und spähte auf das Achterdeck hinaus.

Während der ersten Augenblicke konnte ich nichts sehen, das möglicherweise von Interesse für mich sein könnte, nicht so sehr wegen des Schneetreibens als wegen der Tatsache, daß alle Gegenstände, mit denen das Achterdeck vollgestopft war, tief in ihre formlosen Kokons aus Schnee gehüllt waren. Es war in den meisten Fällen praktisch unmöglich, zu erkennen, ob sie belebt waren oder nicht. Nicht bis sich einer möglicherweise bewegte.

Nun rührte sich einer der Konkons von der Stelle, eine schlanke, gespenstige Gestalt, die sich aus dem Schutz eines kantigen, sperrigen Gegenstands löste, dem Verschlag für einen Motorschlitten. Die Gestalt wandte sich halb in meine Richtung, und obwohl das Gesicht von einer Hand fast vollständig verborgen war, die beide Seiten der Anorakkapuze gegen den Schnee zusammenhielt, blieb doch noch genügend strohfarbenes Haar sichtbar, das es mir erlaubte, den einzigen Menschen an Bord mit einer solchen Haarfarbe zu erkennen. Fast sofort gesellte sich eine zweite Gestalt zu ihr, die hinter dem Windschutz des Bootsdecks in mein Gesichtsfeld trat, und ich brauchte nicht das magere, asketische Gesicht zu sehen, um zu wissen, daß dies Heissman war.

Er ging unmittelbar auf das Mädchen zu, ergriff seinen Arm, und sagte etwas zu ihr. Ich ließ mich auf die Knie sinken, teils um das Risiko einer Entdeckung herabzusetzen, teils um den Versuch zu machen, die Worte zu verstehen, die dort gesprochen wurden. Sich zu verstecken gelang zwar, aber ich hörte kaum etwas, weil der Wind in der falschen Richtung wehte und weil sie ihre Köpfe so dicht zusammensteckten. Ich kroch bis zum äußersten Ende des Bootsdecks weiter und kauerte mich mit vorgebeugtem Kopf zusammen, aber auch das nützte nichts.

Heissman hatte jetzt einen Arm um Mary Stuarts Schultern gelegt, und diesmal löste seine vertrauliche Geste eine Reaktion aus, allerdings kaum die erwartete, denn sie schlang einen Arm um seinen Nacken und drückte ihren Kopf an seine Schulter. Mindestens zwei weitere Minuten verstrichen in diesem höchst vertraulichen Zwiegespräch, dann entfernten sie sich langsam in Richtung auf das Wohndeck, Heissman noch immer mit seinem Arm um die Schultern des Mädchens. Ich machte keinen Versuch, ihnen zu folgen, denn ein solcher Versuch hätte nicht nur mit größter Wahrscheinlichkeit zu einer raschen Entdeckung geführt, sondern er wäre auch sinnlos gewesen. Was sie an Persönlichem zu sagen hatten, war bereits gesagt.

»Yoga in der Barentssee«, sagte eine Stimme hinter mir. »Wenn das kein Eifer ist!«

»Fanatiker treiben stets alles bis zum Exzeß«, erwiderte ich. Ich erhob mich schwerfällig, aber ohne allzu große Eile, bevor ich mich umdrehte, denn ich wußte, daß ich von Smithy nichts zu befürchten hatte. In einem Dufflecoat mit Kapuze und sehr viel besser aussehend als kurz vor Mitternacht, sah er mich nun mit einem Ausdruck der Belustigung fragend an, nur daß seine Augen nichts Lustiges fanden. »Diese Übungen muß man sehr regelmäßig betreiben«, erklärte ich.

»Selbstverständlich.« Er ging an mir vorbei, blickte über die Reling des Bootsdecks hinab und betrachtete die von Mary und Heissman im Schnee hinterlassenen tiefen Spuren. »Haben Sie Vögel beobachtet?«

»Den Schlupfwinkel von Wasserhuhn und Reiher.«

»Was Sie nicht sagen! Aber ein seltsames Paar von Liebesvögeln, finden Sie nicht?«

»Das liegt an dieser Filmwelt, Smithy. In ihr scheint es von seltsam schlecht zueinander passenden Vögeln zu wimmeln.«

»Von seltsamen Vögeln, genau.« Er nickte in Richtung Vorschiff auf das Kartenhaus zu. »Wärme und Behaglichkeit, Doktor, der richtige Ort für weitere ornithologische Forschungen.«

Sehr warm war es dort nicht, denn Smithy hatte, nachdem er durch das Fenster geblickt und beobachtet hatte, wie ich mich vorsichtig über das Bootsdeck bewegte, die Seitentür offen gelassen, aber die Form der Flasche, die er aus dem Schrank holte, strahlte eine gewisse Behaglichkeit aus. »Sollen wir erst den Vorkoster des Königs kommen lassen?«

Ich betrachtete das unbeschädigte Bleisiegel. »Nur wenn Sie glauben, daß jemand seine eigene Abfüllanlage mit an Bord gebracht hat.«

»Ich bin einigen Dingen nachgegangen.« Smithy zerbrach das Siegel. »Gestern nacht haben wir zusammen gesprochen. Zumindest habe ich gesprochen. Vielleicht haben Sie mir zugehört, vielleicht auch nicht. Gestern nacht habe ich mir Sorgen gemacht. Ich glaubte, daß Sie nicht mit mir übereinstimmten. Jetzt fürchte ich mich fast zu Tode. Denn jetzt weiß ich es.«

»Weil ich mich mit Ornithologie befasse?« antwortete ich ruhig.

»Unter anderem auch das. Nun zu dieser großangelegten Vergiftung. Ich hatte Zeit, ein bißchen darüber nachzudenken. Selbstverständlich konnten Sie nicht ahnen, wer der Täter war — es ist kaum vorstellbar, daß Sie, hätten Sie gewußt, wer den Italiener umgebracht hat, ihn das gleiche an den sechs anderen hätten versuchen lassen, von denen zwei sterben sollten. Tatsächlich konnten Sie nicht einmal sicher sein, ob das Ganze nicht auf Zufall beruhte.«

»Danke verbindlichst«, rief ich. Meine Hochachtung vor Smithy war jäh in sich zusammengefallen. »Nur daß es sich nicht auf einer scheinbar so zufälligen Linie entwickelte. Es war tatsächlich rein zufällig.«

»Das war in der vergangenen Nacht.« Seine Worte klangen, als habe er mich nicht gehört. »Da haben Sie noch nichts ahnen können. Jetzt können Sie es. Es ist doch einiges geschehen, etwa nicht?«

»Was denn?« Meine Hochachtung vor Smithy schnellte jäh wieder in die Höhe. Er war sicher, daß etwas Übles im Gange war, aber wieso? Hatte er sich eine Liste gemacht, auf der er abhakte, wer wohl so geschickt mit dem Akonitin umzugehen verstand — allerdings konnte er unmöglich wissen, daß es sich bei dem verwendeten Gift um Akonitin handelte. Aber er mochte sich fragen, wo der Betreffende es her hatte, wo er es jetzt aufbewahrte und wo er gelernt hatte, es so geschickt zuzubereiten, daß man es im Essen nicht bemerkte? Und wer war dieser Giftmischer, warum handelte er so, wie er es tat? Und warum diese Zufälligkeiten bei der Vergiftung? Beruhten seine Vermutungen nur auf meinem abweisenden Verhalten?

»Nun, eine Menge, von dem nicht alles notwendigerweise erst in letzter Zeit geschehen ist, nur Dinge, die allmählich ans Licht kommen oder in Anbetracht dessen, was wir die jüngste Entwicklung nennen könnten, seltsam erscheinen. Zum Beispiel, warum hat man ausgerechnet Kapitän Imrie und Mr. Stokes für diese Aufgabe ausgesucht und nicht einen jungen tüchtigen Kapitän und Ingenieur, die sich auf Jachten und Charterfahrt verstehen und gewöhnlich in dieser Zeit des Jahres arbeitslos sind? Weil sie so alt und so aufgeschwemmt von Whisky und Rum sind, daß sie von vierundzwanzig Stunden zwanzig Stunden lang nicht wissen, welche Tageszeit es ist. Sie sehen ganz einfach nicht, was vorgeht, und selbst wenn sie es täten, würden sie ohnehin all dem keine Bedeutung beilegen.«

Ich setzte mein Glas nicht ab, sah auch Smithy nicht interessiert oder so an, als ob ich ihm mit ungeteilter Aufmerksamkeit lauschte. Aber das tat ich. Dieser Gedanke war mir noch niemals gekommen.

Smithy fuhr fort. »Gestern nacht habe ich gesagt, meiner Ansicht nach wäre die Anwesenheit von Mr. Gerran und seiner Gefolgschaft hier oben zu dieser Zeit des Jahres ein wenig sonderbar. So denke ich nicht mehr. Ich finde sogar, daß es verdammt eigenartig ist und einer gewissen verständlichen Erklärung seitens Ihres Freundes Gerran bedarf, die wir aller Wahrscheinlichkeit nach nicht erhalten werden.«

»Er ist nicht mein Freund«, entgegnete ich.

»Und dann dies.« Er zog ein Exemplar der Werbeschrift der *Olympus Productions* hervor. »Unendlich sinnloses Geschwafel von diesem alten Gauner Goin, mit dem er jeden, der in seine Nähe kommt, überschüttet. Haben Sie ...«

»Goin? Ein Gauner?«

»Ein nicht vertrauenswürdiger, opportunistischer, geldgieriger Gauner, bei dem die linke Hand niemals weiß, was die rechte tut, und das würde ich sogar sagen, wenn er kein berufsmäßiger Buchhalter wäre.«

»Der sollte vielleicht lieber auch nicht mein Freund sein«, meinte ich.

»Diese ganze lächerliche Geheimniskrämerei, auf der sie in diesem Reklamepamphlet herumreiten! Nur um die Bedeutung ihres blödsinnigen Drehbuchs hervorzuheben. Ich wette hundert zu eins, daß es sich dabei um eine Tarnung handelt, die sehr viel wichtiger ist als ihr ganzes Drehbuch. Und noch einmal hundert zu eins, daß gar kein Drehbuch im Tresor liegt, von dem sie reden, ganz einfach, weil es gar kein Drehbuch gibt. Und dann ihr Drehplan für die Bäreninsel. Haben Sie den gelesen? Das ist nicht einmal komisch. Nichts weiter als zusammenhanglose Vorkommnisse im Zusammenhang mit Höhlen, und geheimnisvolle Motorboote, Schüsse auf U-Boot-Attrappen, Herumklettern in den Steilwänden, Absturz ins Meer und Tod in arktischem Schnee. Das alles hätte sich ein Fünfjähriger ausdenken können.«

»Sie haben eine sehr argwöhnische Ader, Smithy«, sagte ich.

»Finden Sie? Und diese junge polnische Schauspielerin, die Blonde ...«

»Eine Lettin. Mary Stuart. Was ist mit ihr?«

»Die ist ganz sonderbar. Immer so für sich und allein. Ist niemals mit anderen zusammen. Aber wird auf der Brücke jemand krank oder in Gerrans Kabine oder in der Kabine von dem jungen Burschen, den sie Herzog nennen, wer taucht auf? Wer sonst als unsere Freundin Mary Stuart.«

»Sie ist eine Art Samariterin. Würde man etwas so Auffälliges tun, wenn man keine Aufmerksamkeit erregen will?«

»Vielleicht ist es die beste Art, dies zu erreichen. Aber sollte es nicht der Fall sein, warum legt sie es dann darauf an, gerade jetzt so wenig wie möglich aufzufallen, als sie sich mit Heissman im Schneesturm auf dem Achterdeck traf?«

Ich hätte sehr viel lieber Smith für mich als gegen mich, dachte ich. »Vielleicht eine romantische Verabredung?« antwortete ich.

»Mit Heissman?«

»Smithy, Sie sind kein Mädchen.«

»Nein.« Ein kurzes, breites Lächeln. »Aber ich kenne welche. Warum sind alle großen Tiere von der Geschäftsleitung vor anderen Leuten Gerran gegenüber so stinkfreundlich und im kleinen Kreis so kritisch? Wieso ist ein Kameramann auch Direktor? Warum ...«

»Wie haben Sie das erfahren?«

»Soso, Sie wissen es also auch. Weil Kapitän Imrie mir die eidesstattliche Erklärung, die Sie und die Direktoren der *Olympia* unterzeichnet haben, gezeigt hat. Da hat der Graf als einer von ihnen mit unterschrieben. Warum hat der Regisseur, dieser Divine, der so tüchtig in seinem Beruf sein soll, eine solche Angst vor Gerran, während Lonnie, der nicht nur ein ständig unter Alkohol stehender Faulenzer ist, sondern sich auch an Gerrans privaten Alkoholbeständen ungestraft vergreift, auf ihn pfeift?«

»Sagen Sie mir, Smithy«, fragte ich, »wieviel Stunden haben Sie eigentlich in der letzten Zeit auf das Steuern und Führen dieses Schiffes verwandt?«

»Schwierig zu sagen. Ungefähr genausoviel, möchte ich behaupten, wie Sie in Ihrem ärztlichen Beruf.«

Ich sagte nicht »Touché« oder etwas Derartiges. Ich ließ nur Smithy noch etwas akonitinfreien Alkohol in mein Glas gießen und blickte zum Fenster auf die graue, wirbelnde, eisige Welt hinaus. So viele Fragen, Smithy, so viele Fragen. Warum hatte sich Mary heimlich mit Heissman getroffen, wenn Heissman, den ich vergangene Nacht beobachtet hatte, offensichtlich viel zu elend gewesen war, um sich mit irgendwelchen Schurkereien zu beschäftigen — nicht, daß dies nun die beängstigende Möglichkeit ausschloß, Heissman könnte einer von mehreren sein, die keine große Achtung vor dem Leben hatten. Er könnte auch leicht ein Anführer oder Verbindungsmann sein. Warum hatte Gerran, obwohl selber ein Opfer des Gifts, so heftig reagiert, als er hörte, Antonio sei dem Gift zum Opfer gefallen? War Cecils Raubzug in die Vorratskammer so harmlos gewesen, wie er behauptete? Und Sandy? Wer hatte sich mit meinem Buch über Akonitin befaßt, wer die Essensreste in der Kombüse weggeschafft? Wer war in der Nacht in meiner Kabine gewesen und hatte mein Gepäck durchsucht? Warum hatte er mein Gepäck durchsucht — dieser äußerst aktive Giftmischer, vielleicht der gleiche Mann, der den Whisky gepanscht, mich niedergeschlagen hatte und für Hallidays Tod verantwortlich war? Und wieder die Frage, ob es mehr als einer war? Und wenn Halliday durch Zufall umgekommen war, wie ich mit Sicherheit annahm, warum war er dann in den Speiseraum gekommen, wo sein Besuch, dessen war ich gleichfalls sicher, keineswegs zufällig war?

Da gab es so viele Wenn und Aber, daß ich anfing, mich an lächerliche Strohhalme zu klammern, anstatt mich durch diesen undurchdringlichen Nebel hindurchzukämpfen. Wie waren Lonnies Ausfälle gegenüber Judith Haynes zu erklären — denn um Geringeres hatte es sich nicht gehandelt — diese Behauptung, sie verabscheue die ganze Menschheit, insbesondere wenn sie weiblich sei? Zweifellos war Miss Haynes ebenso imstande, boshaft und eifersüchtig zu sein wie so viele andere sonst reizende Frauen, aber man hätte meinen sollen, daß sie in bezug auf Reichtum, Erfolg, Berühmtheit, Stellung und Aussehen bereits mehr als genug für sich buchen konnte, um sich allzu lange damit aufzuhalten, andere Frauen, denen sie begegnete, von oben herab zu behandeln. Aber warum hatte sie Mary Darling die kalte Schulter gezeigt?

Und was hatte das nun mit Mord zu tun? Ich wußte es nicht, aber man konnte nichts, was auch nur im geringsten ein wenig seltsam anmutete, ohne weiteres so abtun, als habe es nichts mit den Vorgängen an Bord der *Morning Rose* zu tun, dachte ich niedergeschlagen. Konnte man zum Beispiel Jungbeck und Heyter als möglicherweise verdächtig betrachten, weil einer von ihnen mir aus dem

Speiseraum hinaus gefolgt war — um so mehr, als Conrad schon vorher meinen Argwohn auf die beiden gelenkt hatte, indem er behauptete, von ihnen als Schauspieler nichts zu wissen? Oder konnte gerade dieser Faktor Conrad selber in den Bereich der Verdächtigen rücken? Hol's der Teufel, dachte ich überdrüssig, wenn ich so weitermache, werde ich noch den jungen Allen als den großen Giftmischer hinstellen, nur weil er mir erzählte, daß er früher einmal kurze Zeit an der Universität Chemie studiert hat.

»Einen Penny für Ihre Gedanken, Dr. Marlowe.« Smithy gehörte nicht zu den Leuten, die ihre Gedanken hinter ihrem Gesicht verbergen konnten.

»Werfen Sie Ihr Geld nicht weg. Was für Gedanken?«

»Zwei Gedanken. Zwei Arten von Gedanken. Alle Überlegungen, die Sie über jene Dinge angestellt haben, von denen Sie mir nichts sagen, und all die schuldbewußten Gedanken, die Sie deswegen plagen.«

»Das ist wie ein Naturgesetz«, antwortete ich. »Manche Menschen sind mehr als andere in Gefahr, daß ihnen Ungerechtigkeiten zustoßen.«

»Sie haben mir also alles, was Sie denken, mitgeteilt?«

»Nein. Aber was ich Ihnen vorenthalten habe, ist kaum der Erwähnung wert. Wenn ich auf einige Tatsachen hinweisen könnte . . .«

»Sie geben also zu, daß etwas ziemlich faul ist?«

»Selbstverständlich.«

»Und Sie haben mir alles gesagt, was Sie wissen, aber nicht alles, was Sie denken?«

»Natürlich.«

»Ich bin enttäuscht«, rief Smithy, »denn ich habe meine Illusionen in bezug auf den ärztlichen Beruf eingebüßt.« Er griff unter die Kapuze meines Anoraks, zog den Schal herunter und starrte die nun vielfarbige und mit Schorf verkrustete Stelle an meinem Hals an. »Mein Gott! Was ist das? Wie ist das passiert?«

»Ich bin gestürzt.«

»Die Marlowes dieser Welt stürzen nicht. Sie werden gestoßen. Wo sind Sie hingefallen?« Mir gefiel der kaum spürbare Akzent auf dem Wort »fallen« ganz und gar nicht.

»Am Oberdeck. Backbordseite. Ich habe mir den Hals am Süll der Tür zum Speiseraum angeschlagen.«

»Wirklich? Ich würde eher sagen, daß die Wunde durch etwas verursacht wurde, was Kriminologen als harten Gegenstand bezeichnen. Ein sehr harter Gegenstand, etwa zwei Finger breit und mit einer scharfen Kante. Das Süll am Speiseraum ist etwa drei Zoll breit und aus Hartgummi. Das ist bei allen Türen auf der *Morning Rose* der Fall, damit sie völlig wind- und wasserdicht sind, oder haben Sie das noch nicht bemerkt? Wie Sie vielleicht auch noch nicht bemerkt haben, daß John Halliday, der Standfotograf der Gruppe, fehlt?«

»Woher wissen Sie das?« Diesmal hatte er mich so hart getroffen, daß meine Gesichtszüge erstarrten.

»Sie widersprechen mir nicht?«

»Ich weiß es nicht. Woher wissen Sie es?«

»Ich bin hinuntergegangen, um den Requisiteur aufzusuchen, diesen älteren Mann, den sie Sandy nennen. Ich hatte gehört, er sei krank und ...«

»Warum sind Sie zu ihm gegangen?«

»Wenn es von Bedeutung ist ... weil er nicht zu der Sorte Mensch gehört, die andere häufig besuchen. Man scheint ihn nicht zu mögen. Es ist nicht ganz leicht, krank und zugleich unbeliebt zu sein.« Ich nickte, denn das entsprach Smithys Charakter. »Ich fragte ihn, wo sein Kabinengenosse Halliday sei, denn ich hatte ihn beim Frühstück nicht gesehen. Sandy erklärte mir, er sei frühstücken gegangen. Ich habe Sandy gegenüber nichts gesagt, aber es hatte mich ein wenig neugierig gemacht, und so habe ich mich im Aufenthaltsraum umgesehen. Dort war er auch nicht. Ich wurde noch neugieriger und begann die *Morning Rose* zweimal vom einen Ende zum anderen zu durchsuchen. Ich glaube, daß ich jeden Winkel und jede Ecke auf dem Schiff durchstöbert habe, wo sogar eine verirrte Möwe sich hätte verstecken können, und Sie können sich auf mein Wort verlassen, Halliday befindet sich nicht mehr auf der *Morning Rose*.«

»Haben Sie es dem Kapitän gemeldet?«

»Na, was für eine tolle Reaktion! Nein, ich habe es dem Kapitän nicht gemeldet.«

»Warum nicht?«

»Aus dem gleichen Grund wie Sie. Wie ich meinen Kapitän Imrie kenne, würde er sofort erklären, daß es keine für diesen Fall verbindliche Klausel in jener Übereinkunft gibt, und er würde mit der *Morning Rose* geraden Kurs auf Hammerfest nehmen.« Smithy sah mich über den Rand seines Glases hinweg mit einem unergründlichen Ausdruck im Gesicht an. »Ich bin ziemlich neugierig auf das, was geschehen wird, wenn wir zur Bäreninsel kommen.«

»Das könnte interessant werden.«

»Sehr unverbindlich. Es könnte, und das sage ich nach einigem Nachdenken, ebenso interessant sein, bei Dr. Marlowe eine gewisse

Art von Reaktion auszulösen. Nur ein einziges Mal. Nur fürs Archiv — für mein eigenes privates Archiv. Ich frage mich, ob es mir gelingen könnte. Erinnern Sie sich, daß ich auf der Brücke in den ersten Morgenstunden gesagt habe, wir müßten möglicherweise Hilfe erbitten und in einem solchen Fall hätten wir hier einen Sender, der fast jeden Ort auf der nördlichen Halbkugel erreichen könnte. Vielleicht habe ich es nicht genau mit diesen Worten gesagt, aber im wesentlichen stimmt es.«

»Im wesentlichen stimmt es.« Selbst für mich klang die Wiederholung der Worte mechanisch, und ich mußte mich ganz bewußt darauf konzentrieren, nicht zu erschauern, als ein Tausendfüßler einen eisigen Fandango zwischen meinen Schulterblättern zu tanzen begann.

»Nun, wir können um Hilfe rufen, bis wir blau im Gesicht sind, denn dieser Sender erreicht nicht einmal mehr die Kombüse.« Dieses eine Mal zeigte Smithys Gesicht, obwohl es fast unglaublich war, eine Regung, die nicht auf Belustigung beruhte. Mit vor Zorn verzerrtem Gesicht holte er einen Schraubenzieher aus seiner Tasche und trat zu der großen stahlblauen Empfangs- und Sendeanlage am inneren Schott.

»Tragen Sie immer einen Schraubenzieher mit sich herum?« Allein die Banalität der Frage ließ sie unter diesen Umständen als passend erscheinen.

»Nur wenn ich die Funkstation im Nordosten der Bäreninsel rufe und keine Antwort bekomme. Und das ist kein gewöhnlicher Sender, sondern eine offizielle Basis der norwegischen Regierung.« Smithy begann an den Schrauben der vorderen Platte zu arbeiten. »Ich habe dieses verdammte Ding schon mal vor ungefähr einer Stunde abgeschraubt. Sie werden gleich sehen, warum ich es wieder eingesetzt habe.«

Ich wartete und rief mir unser Gespräch auf der Brücke in den ersten Morgenstunden wieder ins Gedächtnis, als er diesen Sender und die verhältnismäßig große Nähe der Atlantikstreitkräfte der NATO erwähnte — und andeutungsweise auch ihre Verfügbarkeit. Gleich darauf hatte ich durch die Tür auf Steuerbord hinausgeblickt und die scharf umrissenen, frischen Fußspuren im Schnee entdeckt. Fußspuren, die von einem heimlichen Lauscher stammten, davon war ich sogleich überzeugt. Ein lächerlicher Gedanke, den ich fast augenblicklich verwarf, als mir klar wurde, daß es nur eine Spur war, die ich wohl selber hinterlassen hatte. Aus einem mir jetzt unerklärlichen Grund war mir niemals der Gedanke gekommen, daß jeder, der gescheit genug war, die Reihe nicht aufgeklärter Verbrechen zu begehen, die sich an Bord der *Morning Rose* ereignet hatten, viel zu gescheit war, um die ins Auge fallende Gelegenheit zu übersehen, die darin lag, bereits vorhandene Fußspuren zu benutzen. Die Fußspuren waren tatsächlich frisch gewesen.

Smithy löste die letzte der Schrauben und entfernte nicht ohne einige Mühe die Frontplatte. Etwa zehn Sekunden betrachtete ich das nun offen vor mir liegende Innere, dann sagte ich: »Jetzt verstehe ich, warum Sie die Frontplatte wieder eingesetzt haben. Das einzige, was mir rätselhaft erscheint, ist die Tatsache, daß dieses Gehäuse ein bißchen klein für einen Mann zu sein scheint, der mit einem vierzehnpfündigen Vorschlaghammer dort herumtrampeln will.«

»Sieht ganz danach aus, was?« Das Ausmaß der Zerstörung war tatsächlich unbeschreiblich. Ein Vandale hatte sich da ausgetobt und dafür gesorgt, daß die Empfangs- und Sendeanlage niemals wieder funktionsfähig sein würde, wie groß auch der Vorrat an mitgeführten Ersatzteilen war. »Haben Sie genug gesehen?«

»Ich glaube wohl.« Er begann, die Frontplatte wieder einzusetzen, und ich sagte: »Haben Sie Sender in den Rettungsbooten?«

»Ja. Mit Handbetrieb. Sie reichen etwas weiter als die Kombüse, aber ein Megaphon würde fast den gleichen Dienst tun.«

»Das müssen Sie natürlich dem Kapitän melden.«

»Natürlich.«

»Dann nichts als ab nach Hammerfest?«

»Von jetzt ab in vierundzwanzig Stunden kann er, was mich betrifft, ab nach Tahiti gehen.« Smithy zog die letzte Schraube an. »Dann werde ich es ihm nämlich melden. In vierundzwanzig Stunden. Vielleicht in sechsundzwanzig.«

»Ihre äußerste Grenze, um in Sorhamna Anker zu werfen?«

»Um dort festzumachen. Ja.«

»Sie sind ein sehr hinterlistiger Mann, Smithy.«

»Das liegt an der Gesellschaft, in der ich mich befinde. Und an dem Leben, das ich führe.«

»Sie brauchen sich keine Vorwürfe zu machen, Smithy«, sagte ich freundlich. »Wir leben in einer aufregenden gefährlichen Zeit.«

VII

Wenn die norwegischen Verfasser des Berichts über die Bäreninsel behaupteten, sie habe die unwirtlichste, ödeste Küste der Welt, so hatten sie mit der maßvollen Untertreibung von Berufsgeographen gesprochen. Als wir uns der Bäreninsel beim ersten Licht des anbrechenden Tages näherten — was in jenen Breiten, zu dieser Jahreszeit und unter einem grauen, tiefen Schneehimmel Mitte des Vormittags war —, bot sich uns das furchtbarste, abschreckendste und entsetzlichste Schauspiel der Natur. Eine beängstigende Öde, seltsam bösartig, abstoßend und trotz allem faszinierend, ein Ort des Bösen, des Schrecklichen und des Unheimlichen, ein Ort, der in furchteinflößender Weise an unsere Sterblichkeit gemahnte, der Höhepunkt aller Schrecken für unsere längst dahingegangenen nordischen Vorfahren, für die die Hölle ein Land ewiger Kälte war und dies die ewig gefrorene Vorhölle darstellte, die man nur in den Angstträumen der Todesstunde erlebte.

Die Bäreninsel war schwarz. Ihr Anblick traf einen wie ein Schlag, und vielleicht war ihre Schwärze das Furchtbarste an dieser Insel. Die Bäreninsel war schwarz, so schwarz wie das Trauergewand einer Witwe. Hier, in diesem Gebiet von Schnee und Eis das ganze Jahr hindurch, wo im Winter sogar das Wasser der Barentssee milchigweiß war, diesen ebenholzschwarzen Block anzutreffen, der sich 500 Meter hoch jäh in den bedeckten Himmel erhob, weckte das gleiche Gefühl ungläubigen Staunens, hatte die gleiche betäubende Wirkung, die hier allerdings um das Hundertfache verstärkt war, ähnlich dem ersten Blick auf die schwarze Eiger-Nordwand, die sich in furchterregender Größe über den Schneegefilden des Berner Oberlandes erhebt.

Wir befanden uns genau südwestlich vom südlichsten Punkt der Bäreninsel und dampften auf östlichem Kurs durch die ruhigste See, die wir seit unserem Auslaufen aus Wick erlebt hatten. Aber sogar diese Bezeichnung war nur relativ, denn man mußte sich noch immer festhalten, um eine lotrechte Haltung zu wahren. Das Wetter hatte sich auch nicht im geringsten zum Besseren verändert, und die verhältnismäßig ruhige See war einzig und allein der Tatsache zuzuschreiben, daß der Wind jetzt unmittelbar aus Norden wehte; wir befanden uns in Lee dieser riesigen Felswände und nützten den geringen Windschutz aus, den sie zu bieten vermochten. Wir näherten uns auf Gerrans Verlangen von dieser Seite, denn verständlicherweise lag ihm daran, einen Vorrat von Hintergrundaufnahmen anzulegen, der bis jetzt noch nicht vorhanden war. Diese öden Steilwände wären der Traum jedes Kameramanns oder jedes Regisseurs gewesen. Aber Gerrans bisheriges Glück blieb ihm treu. Die Schneeböen, die auf jeden Fall genau in das Objektiv der Kamera getrieben wären und es vollständig bedeckt hätten, verbargen zumeist auch die Felswände.

Genau nördlich lagen die höchsten Steilwände der Insel; die schroffen Zinnen des Hambergfjell fielen senkrecht in die schaumgekrönten Wellen ab, die seinen Fuß peitschten, und weiter draußen erhob sich eine mächtige Felsnadel bis zu einer Höhe von mindestens 80 Metern. Im Nordosten, weniger als eine Meile entfernt, ragten die Felswände des Fuglefjell mit einer unglaublichen Ansammlung hoher Klippen, Felssäulen und Bögen zu ihren Füßen auf, die nur das Werk eines herkulischen Bildhauers sein konnten, der blind und wahnsinnig gewesen war.

Dies alles sahen wir, als wir auf der Brücke standen, deren vordere Fenster mit einer schnell rotierenden Klarsichtscheibe unmittelbar vor dem Rudergast ausgerüstet waren, während sich auf beiden Seiten zwei sehr große Scheibenwischer befanden, die weit weniger wirksam mit dem Treibschnee fertig zu werden versuchten.

Ich stand mit Conrad, Lonnie und Mary Stuart hinter dem Scheibenwischer auf Backbord. Conrad, der im wirklichen Leben keineswegs ein solcher Draufgänger war wie auf der Leinwand, schien sich auf eine Art scheuer Freundschaft mit Mary eingelassen zu haben. Ich dachte, daß dies ihrem gesellschaftlichen Leben zugute kommen könnte, da sie seit dem Morgen des vergangenen Tages kaum mit mir gesprochen hatte, was ein bißchen unhöflich war angesichts der zahlreichen Krämpfe und Schmerzen, die ich auf mich genommen hatte, um sie während der letzten Nacht vor schweren Stürzen zu bewahren. Sie hatte mich zwar in diesen vierundzwanzig Stunden nicht gerade gemieden, aber auch nicht meine Nähe gesucht. Vielleicht bedrückte sie ihr Gewissen oder die unverzeihliche Art, mit der sie mich behandelte. Aber auch ich hatte nicht gerade ihre Gesellschaft gesucht.

Ich hatte ihr gegenüber ausgeprägt ambivalente Gefühle entwickelt: Eigentlich mußte ich ihr dankbar sein, weil sie mir unwissentlich das Leben gerettet hatte, da ihre Abneigung gegen Whisky mich davor bewahrt hatte, den letzten Schlaftrunk zu nehmen, den ich jemals auf dieser Welt trinken sollte, während sie mich gleichzeitig daran hinderte, umherzuwandern und möglicherweise auf den Kerl zu stoßen, der in der Zeit der Mittelwache mit bösen Absichten im Herzen und einem Vorschlaghammer in der Faust herumzog. Ich zweifelte auch nicht länger daran, daß sie und jener dann, für den sie arbeitete, fraglos wußten, daß ich ein Mensch sei, der Grund genug haben mochte, zu ungelegenen Stunden unterwegs zu sein. Mich beschäftigte jener andere Mann, für den sie möglicherweise arbeitete. Ich zweifelte nicht länger daran, daß es Heissman war. Ärzte sind durch ihren Beruf noch weniger unfehlbar und Irrtümern ausgesetzt als der Durchschnittsmensch, und ich konnte mich sehr wohl getäuscht haben, als ich ihn von Schmerzen geplagt auf seinem Bett liegen sah und ihn für bewegungsunfähig hielt. Außerdem war er, abgesehen von Goin, der einzige, der eine Kabine für sich allein hatte, die er — unbeobachtet von einem Kabinengenossen — verlassen und wieder betreten konnte. Und selbstverständlich war da seine geheimnisvolle sibirische Vergangenheit. Aber das alles reichte nicht aus, um ihm etwas anzuhängen, nicht einmal sein heimliches Zusammentreffen mit Mary Stuart.

Lonnie berührte meinen Arm, und ich drehte mich um. Er roch wie eine Schnapsbrennerei. »Erinnern Sie sich an das, worüber wir vor zwei Nächten gesprochen haben?« fragte er.

»Wir haben über sehr vieles gesprochen.«

»Bars.«

»Können Sie niemals an etwas anderes denken, Lonnie? Was für Bars?«

»Im großen Jenseits«, erklärte Lonnie feierlich. »Glauben Sie, daß es dort welche gibt? Im Himmel, meine ich. Ich finde, man kann es kaum Himmel nennen, wenn keine Bars dort sind, oder? Ich würde es nicht als Gnadenakt bezeichnen, einen alten Mann wie mich in einen Prohibitionshimmel zu schicken. Darin läge keine Güte.«

»Ich weiß es nicht, Lonnie. Nach den Aussagen der Bibel möchte ich annehmen, daß es dort etwas Wein gäbe. Und eine Menge Milch und Honig.« Lonnie machte ein gequältes Gesicht. »Aber wieso nehmen Sie an, daß Sie jemals diesem Problem gegenüberstehen werden?«

»Es war nur eine rein theoretische Frage.« Der alte Mann sprach voller Würde. »Es wäre absolut *un*christlich, mich dorthin zu schikken. Mein Gott, bin ich durstig. Unfreundlich wäre es! Ich meine, die Barmherzigkeit ist doch die größte der christlichen Tugenden.« Traurig schüttelte er den Kopf. »Ein Akt größter Unbarmherzigkeit, mein lieber Junge, geradezu die Verneinung dessen, was man unter Güte versteht.« Lonnie blickte durch ein Seitenfenster auf die phantastischen Formen der kleinen Inseln Keilhous Öy, Hosteinen und Stappen, die nun weniger als eine halbe Meile entfernt unmittelbar auf unserer Backbordseite lagen. Sein Gesicht war von einem Ausdruck friedlichen Opferwillens geprägt. Er war sternhagelvoll.

»Glauben Sie an diese Güte, Lonnie?« fragte ich neugierig. Nach einem ganzen Leben im Filmgeschäft erschien mir das ziemlich unmöglich.

»Was gäbe es denn sonst noch, mein lieber Junge?«

»Sogar für die, die sie nicht verdienen?«

»Ganz richtig. Das ist es gerade. Sie sind es, die sie am meisten verdienen.«

»Sogar Judith Haynes?«

Er sah mich an, als hätte ich ihm einen Schlag versetzt, und als ich den Ausdruck seines Gesichts sah, hatte ich selber das Gefühl, ihn geschlagen zu haben, obwohl ich seine Reaktion seltsam übertrieben fand. Ich streckte entschuldigend meine Hand aus, aber er wandte sich ab. Auf seinem Gesicht spiegelte sich eine eigenartige Traurigkeit, als er die Brücke verließ.

»Jetzt habe ich das Unmögliche erlebt«, erklärte Conrad. Er lächelte nicht, aber sein Ausdruck war weder streng oder kritisch. »Nun ist es doch mal jemandem gelungen, Lonnie Gilbert zu verletzen.«

»Man muß eben darauf hinarbeiten«, sagte ich. »Ich habe gegen Lonnies Glauben verstoßen. Er hält mich für unfreundlich.«

»Unfreundlich?« Mary Stuart legte eine Hand auf den Arm, mit dem ich mich festhielt. Die Haut unterhalb der braunen Augen wirkte merklich dunkler als vor sechsunddreißig Stunden und begann sogar etwas verschwollen auszusehen; das Weiß der Augen war trübe und rot geädert. Sie zögerte, als wollte sie noch etwas sagen, aber dann richtete sich ihr Blick auf einen Punkt hinter meiner linken Schulter. Ich wandte mich um.

Kapitän Imrie schloß hinter sich die Tür zum Ruderhaus auf der Steuerbordseite. Soweit es möglich war, Ausdrucksveränderung und Mienenspiel dieses so herrlich überwucherten, bärtigen Gesichts zu erkennen, schien der Kapitän beunruhigt, ja sogar erregt zu sein. Er trat unmittelbar auf Smithy zu und sprach leise und heftig auf ihn ein. Smithy verriet Überraschung und schüttelte dann den Kopf. Wieder sagte Kapitän Imrie ein paar Worte. Smithy zuckte die Achseln und erwiderte etwas. Beide Männer sahen mich an, und ich wußte, daß noch mehr Unheil nahte, wenn es nicht schon eingetreten war. Bisher war kein Unglück geschehen, von dem ich nicht direkt oder indirekt betroffen war. Kapitän Imrie starrte mich mit seinen durchbohrenden, blauen Augen an, deutete mit dem Kopf in einer für ihn höchst uncharakteristischen Entschlossenheit auf die Tür des Kartenraums und ging voraus. Ich zuckte mit den Achseln, als wollte ich mich bei Mary und Conrad entschuldigen, und folgte ihm. Kapitän Imrie schloß ungestüm die Tür hinter mir.

»Neuer Ärger, Mister.« Ich hatte für den Ton, in dem er mich »Mister« nannte, nicht viel übrig. »Einer von den Filmleuten ist verschwunden, John Halliday.«

»Wohin verschwunden?« Es war keine sehr intelligente Frage.

»Gerade das wüßte ich gern.« Mir gefiel auch nicht, wie er mich ansah.

»Er kann doch nicht einfach verschwunden sein. Ich meine, Sie haben doch sicher nach ihm gesucht?«

»Selbstverständlich haben wir nach ihm gesucht.« Die Stimme klang rauh vor Erregung. »Vom Kettenkasten bis zum Achtersteven. Er ist nicht an Bord der *Morning Rose.*«

»Mein Gott«, rief ich. »Das ist ja furchtbar.« Ich sah ihn mit einem, wie ich hoffte, verwirrten Gesicht an. »Aber warum erzählen Sie mir das?«

»Weil ich dachte, Sie könnten uns vielleicht helfen.«

»Ihnen helfen? Gern, aber wie? Ich gehe davon aus, daß Sie an mich nur in meiner Eigenschaft als Arzt herantreten, und ich kann Ihnen versichern, daß es in dem, was ich von ihm gesehen oder in seinem Gesundheitsbericht gelesen habe, absolut nichts gibt . . .«

»Ich bin nicht in Ihrer verdammten Eigenschaft als Arzt an Sie herangetreten!« Kapitän Imrie begann heftig zu atmen. »Ich habe mir nur gedacht, Sie könnten mir auf andere Weise helfen. Finden Sie es nicht äußerst seltsam, Mister, daß Sie bei allem, was hier geschehen ist, immer mitten drin waren?« Ich hatte nichts darauf zu erwidern, denn mir war gerade der gleiche Gedanke gekommen. »Wie kommt es, daß Sie es waren, der ›zufällig‹ Antonio tot aufgefunden hat? Wie kommt es, daß ›zufällig‹ Sie es waren, der auf die Brücke kam, als Smith und Oakley krank waren? Wie kommt es, daß Sie ausgerechnet in die Kabine des Stewards im Mannschaftsdeck gegangen sind? Ich nehme an, daß Sie als nächstes direkt in Mr.

Gerrans Kabine gegangen wären und auch ihn tot aufgefunden hätten, wäre nicht Mr. Goin glücklicherweise zuerst dort erschienen. Und ist es nicht verflucht sonderbar, Mister, daß ein Arzt — der einzige Mensch, der diesen Leuten hätte helfen können und anscheinend nicht dazu imstande war — auch der einzige an Bord ist, der genügend medizinische Kenntnisse besitzt, um sie krank zu machen?«

Keine Frage — betrachtete man die Sache aus diesem Gesichtswinkel, so entwickelte Kapitän Imrie eine durchaus stichhaltige Theorie. Zunächst einmal war ich etwas überrascht festzustellen, daß er überhaupt imstande war, eine Theorie zu entwickeln. Ich hatte ihn ganz offensichtlich unterschätzt, und wie sehr, das sollte mir gleich klarwerden.

»Und warum haben Sie vorgestern nacht, als ich im Bett war, noch spät so viel Zeit in der Kombüse verbracht, verdammt noch mal? Das ist der Ort, von dem das ganze Gift herrührt. Haggerty hat es mir berichtet. Er hat mir gemeldet, Sie hätten dort herumgeschnüffelt und ihn vorübergehend aus der Kombüse entfernt. Sie haben nicht gefunden, was Sie suchten. Aber Sie sind später zurückgekehrt, nicht wahr? Sie wollten feststellen, wo die Reste des Essens waren, stimmt's? Gaben vor, überrascht zu sein, als sie verschwunden waren. Vor Gericht würde das einen guten Eindruck machen.«

»Ach, zum Teufel, Sie dummer, alter ...«

»Und gestern nacht waren Sie noch sehr, sehr spät unterwegs, oder nicht? O ja, ich habe Nachforschungen angestellt. Oben im Speiseraum — das hat mir Mr. Goin erzählt; auf der Brücke — das weiß ich von Oakley; unten im Salon — das habe ich von Gilbert und ...« — er legte eine dramatische Pause ein —, »in Hallidays Kabine ... das weiß ich von seinem Kabinengenossen. Und vor allem eins: Wer war der Mann, der mich zurückhielt, nach Hammerfest zu fahren? Wer überredete die anderen dazu, diese wertlose Erklärung zu unterschreiben, die mich aus jeder Haftung entließ? Sagen Sie mir das, Mister?«

Nachdem Kapitän Imrie seine Trumpfkarte ausgespielt hatte, verzichtete er auf weitere Beweismittel. Ich mußte diesen alten Trottel zur Vernunft bringen, denn er redete sich in eine Erregung hinein, in der er mich noch in Eisen werfen würde. Ich hatte volles Mitgefühl mit ihm, und was ich ihm zu sagen hatte, tat mir leid, aber ganz offensichtlich war dies für mich kein Tag, an dem man Freundschaften schloß. Ich sah ihn zehn Sekunden lang kühl und unergründlich an und sagte dann: »Die Anrede für mich lautet ›Doktor‹

und nicht ›Mister‹. Und ich bin verdammt noch mal nicht Ihr Untergebener.«

»Was ist? Was soll das?«

Ich öffnete die Tür zum Ruderhaus und forderte ihn auf, hindurchzugehen.

»Sie erwähnten gerade das Wort ›Gericht‹. Kommen Sie her und wiederholen Sie diese verleumderischen Anschuldigungen in Gegenwart von Zeugen, und Sie werden sich in einer Ecke des Gerichts wiederfinden, in der zu erscheinen Sie niemals erwarten würden. Können Sie sich das Ausmaß des Schadens vorstellen?«

Nach seinem Gesicht und dem augenfälligen Schrumpfen seiner kräftigen Gestalt war es klar, daß Kapitän Imrie dazu sehr wohl imstande war. Ich war weit davon entfernt, stolz auf mich zu sein, denn er war ein alter, von Sorgen geplagter Mann, der aufrichtig sagte, was seiner Ansicht nach gesagt werden mußte, aber er ließ mir keine Wahl. Ich schloß die Tür und fragte mich, wie ich es am besten anfangen sollte.

Aber es blieb mir keine Zeit zum Anfangen. Das Klopfen an der Tür und ihr Aufreißen erfolgten gleichzeitig. Oakley wirkte ängstlich und hatte es offenbar eilig.

»Ich glaube, Sie sollten lieber sofort in den Speiseraum kommen, Sir«, stieß er zu Imrie gewandt hervor. Er sah mich an. »Sie leider auch, Dr. Marlowe. Dort unten ist es zu einem üblen Kampf gekommen.«

»Allmächtiger Gott!« Sollte Kapitän Imrie noch einige schwache Hoffnungen gehegt haben, ein glückhaftes Schiff zu führen, so mußte auch die letzte jetzt dahinschwinden. Für einen Mann seines Alters und seiner Statur eilte er bemerkenswert schnell hinaus. Ich folgte ihm etwas gemächlicher.

Oakleys Meldung war recht zutreffend. Es war zu einem Kampf gekommen, und so lange er dauerte — offensichtlich nur sehr kurz —, mußte er sehr unangenehm gewesen sein. Nur etwa ein halbes Dutzend Menschen befanden sich im Speiseraum — einige litten noch immer so stark unter den Unbilden der Barentssee, daß sie die Einsamkeit ihrer Kabinen der abweisenden Schönheit der Bäreninsel vorzogen, während *Die Drei Apostel* wie immer unten im Aufenthaltsraum saßen und weiterhin mit ihrem mißtönenden Lärm nach der untersten Stufe auf der Leiter zu musikalischer Unsterblichkeit suchten. Drei von den sechs standen herum, einer saß, einer kniete, und der letzte lag am Boden ausgestreckt. Die drei, die standen, waren Lonnie, Eddie und Hendriks, alle mit einem Ausdruck besorgter, aber unschlüssiger Hilflosigkeit, die nichtbetroffene Zuschauer bei solchen Gelegenheiten lähmt. Michael Stryker saß auf einem Stuhl am Kapitänstisch und benutzte ein sehr blutbeflecktes Taschentuch, um eine Wunde am rechten Backenknochen abzutupfen. Die Knöchel der Hand, die das Tuch hielt, waren arg zerschunden. Die knieende Gestalt war Mary Darling. Von ihr sah ich nichts weiter als ihren Rücken, ihr langes blondes Haar, das bis auf den Boden herabfiel, und ihre große Hornbrille, die ein Stück von ihr entfernt lag. Sie weinte lautlos, und ihre mageren Schultern zitterten krampfartig in einem Anfall von Hysterie. Ich kniete nieder und hob sie, noch immer kniend, in eine aufrechte Stellung. Sie starrte mich mit aschgrauem Gesicht und tränenlosen Augen an, ohne mich zu erkennen. Ohne ihre Brille war sie so gut wie blind.

»Schon gut, Mary«, sagte ich. »Ich bin es nur, Dr. Marlowe.« Ich blickte auf die Gestalt am Boden und erkannte in ihr, nicht ohne eine gewisse Mühe, den jungen Allen. »Los, seien Sie vernünftig. Lassen Sie mich ihn untersuchen.«

»Er ist entsetzlich verletzt, Dr. Marlowe. Schrecklich zugerichtet!« Es fiel ihr schwer, ihre Worte zwischen dem langen, fast lautlosen Schluchzen hervorzustoßen. »Ach, sehen Sie ihn an, sehen Sie ihn doch an, es ist furchtbar!« Dann begann sie richtig zu weinen, jetzt nicht mehr lautlos. Ihr ganzer Körper bebte. Ich blickte auf.

»Mr. Hendriks, würden Sie bitte zur Kombüse gehen und Mr. Haggerty um etwas Kognak bitten. Sagen Sie ihm, ich brauche ihn. Sollte er nicht da sein, nehmen Sie ihn sich trotzdem.« Hendriks nickte und eilte davon. Zu Kapitän Imrie gewandt sagte ich: »Entschuldigen Sie, ich hätte um Ihre Erlaubnis bitten sollen.«

»Es ist in Ordnung, Doktor.« Wir verkehrten wieder auf sachlicher Ebene miteinander, mochte es auch von kurzer Dauer sein. Vielleicht erfolgte diesmal seine Antwort weitgehend automatisch, denn sein eigentliches und ganz offensichtlich feindseliges Interesse konzentrierte sich im Augenblick auf Michael Stryker. Ich wandte mich wieder Mary zu.

»Setzen Sie sich dort drüben auf die Bank und trinken Sie einen Schluck Kognak. Haben Sie mich verstanden?«

»Nein! Nein! Ich ...«

»Befehl des Arztes.« Ich sah Eddie und Lonnie an, und ohne ein Wort von mir führten sie Mary zur nächsten Sitzbank. Ich wartete nicht mehr ab, ob sie die Anweisungen des Arztes befolgte oder nicht. Allen, der sich jetzt bewegte, hatte dringenderen Anspruch auf meine Fürsorge. Stryker hatte ganze Arbeit geleistet: eine Wunde an der Stirn, eine Schwellung auf der Backe, ein Auge, das bis zum Abend geschlossen sein würde, Blut, das aus beiden Nasenlöchern floß, eine gespaltene Lippe, ein fehlender Zahn und ein anderer so locker, daß auch er bald ausfallen würde. »Haben Sie das angestellt?« fragte ich Stryker.

»Ist das nicht klar?«

»Mußten Sie ihn so übel zurichten? Mein Gott, Mensch, er ist doch nur ein junger Bursche. Warum suchen Sie sich nicht das nächste Mal jemanden von Ihrem Kaliber?«

»Jemanden wie Sie zum Beispiel?«

»Ach, zum Teufel!« rief ich gereizt. Unter Strykers hauchdünnem Zivilisationslack lag sehr viel Grausamkeit. Ich betrachtete ihn nicht weiter, bat Lonnie, Wasser aus der Kombüse zu holen, und säuberte Allen, so gut ich konnte. Wie stets in solchen Fällen verbesserte das Abtupfen des Blutes das Aussehen um etwa achtzig Prozent. Ein Pflaster auf seiner Stirn, zwei Wattebäusche in der Nase, eine kleine Naht in der betäubten Lippe, das war alles, was ich für ihn tun konnte. Ich richtete mich auf, als Kapitän Imrie empört Stryker auszufragen begann.

»Was ist geschehen, Mr. Stryker?«

»Ein Streit.«

»Tatsächlich, ein Streit?« Kapitän Imries Stimme klang sehr spöttisch. »Und was hat diesen Streit ausgelöst?«

»Eine Beleidigung. Von seiner Seite.«

»Von diesem ... von diesem Kind?« Die Gefühle des Kapitäns stimmten offensichtlich mit den meinen überein.

»Was für eine Beleidigung, um einen Jungen so zusammenzuschlagen?«

»Eine persönliche Beleidigung.« Stryker tupfte die Wunde an seiner Wange ab, und Hippokrates für kurze Zeit vergessend, tat es mir leid, daß sie nicht tiefer war, obwohl sie auch so recht unerfreulich aussah. »Er hat ganz einfach das bekommen, was jeder zu erwarten hat, der mich beleidigt, das ist alles.«

»Ich werde mich bemühen, meine Zunge im Zaum zu halten«, antwortete Kapitän Imrie. »Jedoch, als Kapitän dieses Schiffes ...«

»Ich bin kein Mitglied Ihrer verdammten Besatzung. Wenn dieser junge Idiot keine Beschwerde erhebt — und das wird er nicht —, wäre ich Ihnen sehr verbunden, wenn Sie sich um Ihre eigenen Angelegenheiten kümmerten.« Stryker erhob sich und verließ den Raum.

Kapitän Imrie machte eine Bewegung, als wollte er ihm folgen, besann sich dann aber eines anderen, ließ sich schwerfällig am

Kopfende seines eigenen Tisches nieder und griff zu seiner Privatflasche. Zu den drei Männern, die nun um Mary herumstanden, sagte er: »Hat einer von Ihnen gesehen, was geschehen ist?«

»Nein, Sir.« Es war Hendriks. »Mr. Stryker stand allein dort drüben am Fenster, als Allen auf ihn zutrat und etwas zu ihm sagte, ich weiß nicht was, und im nächsten Augenblick rollten beide am Boden. Das ganze hat nicht länger als ein paar Sekunden gedauert.«

Kapitän Imrie nickte müde und goß sich einen kräftigen Schluck in sein Glas. Offensichtlich und ganz zu Recht verließ er sich auf Smithy, als sich das Schiff seinem Liegeplatz näherte. Es gelang mir, Allen, der jetzt bei Bewußtsein war, wieder auf die Beine zu stellen, und ich führte ihn zur Tür. »Bringen Sie ihn nach unten?« fragte Kapitän Imrie.

Ich nickte. »Und wenn ich zurückkomme, erzähle ich Ihnen genau, wie ich das hier angestellt habe.« Er sah mich finster an und wandte sich wieder seinem Whisky zu. Ich bemerkte, daß Mary von dem Kognak nippte und jedesmal erschauerte. Lonnie hielt ihre Brille in der Hand, und ich entfloh mit Allen, bevor er sie ihr zurückgab.

Ich verstaute Allen in seiner Koje und deckte ihn zu. In seine übel zugerichteten Wangen kam nun etwas Farbe, aber er hatte noch immer nicht gesprochen.

»Worum ging es eigentlich?« fragte ich.

Er zögerte. »Entschuldigen Sie, ich möchte es lieber nicht sagen.«

»Warum denn nicht?«

»Bitte, seien Sie nicht böse. Es ist etwas Persönliches.«

»Könnte es jemandem schaden?«

»Ja, mir —« Er brach ab.

»Schon gut. Sie müssen sie sehr gern haben.« Er sah mich eine Weile schweigend an und nickte. »Soll ich sie herbringen?« fragte ich.

»Nein, Doktor, nein! Ich möchte es nicht — ich meine mit einem solchen Gesicht. Nein, nein, das könnte ich nicht.«

»Ihr Gesicht hat vor fünf Minuten sehr viel schlimmer ausgesehen. Aber auch da hat sie sich alle Mühe gegeben, und ihr ist fast das Herz gebrochen.«

»Wirklich?« Er versuchte zu lächeln und zuckte zusammen. »Das ist gut.«

Ich ging hinaus und zu Strykers Kabine. Er antwortete auf mein Klopfen, aber sein Gesicht drückte nicht gerade Freude aus, als er mich sah. Ich deutete auf seine immer noch blutende Wunde.

»Wünschen Sie, daß ich mir die etwas näher ansehe?« Judith

Haynes in einem pelzgefütterten Anorak und in Hosen, in denen sie eine gewisse Ähnlichkeit mit einem rothaarigen Eskimo bekam, saß mit beiden Cockerspaniels auf dem Schoß auf dem einzigen Stuhl der Kabine. Ihr strahlendes Lächeln hatte sie vorübergehend eingestellt.

»Nein.«

»Es könnte eine Narbe zurückbleiben.« Mir war es gleichgültig, ob eine Narbe zurückblieb oder nicht.

»Oh.« Der Faktor seines Aussehens, das war nicht allzu schwer zu erraten, spielte für Stryker eine große Rolle. Ich trat ein, schloß hinter mir die Tür, untersuchte die Wunde und tupfte sie ab, desinfizierte sie und legte ein Pflaster auf. »Hören Sie, ich bin nicht Kapitän Imrie«, sagte ich. »Mußten Sie diesen Jungen so zusammenschlagen? Sie hätten ihn mit einem leichten Schlag zu Boden bringen können.«

»Sie waren doch anwesend, als ich Kapitän Imrie erklärt habe, daß es sich um eine rein persönliche Angelegenheit handelte.« Offenbar mußte ich meine Psychologie ein wenig umstellen. Weder meine freiwillig angebotene Hilfe noch meine Mäßigung noch die verborgene Schmeichelei hatten auch nur im geringsten besänftigend gewirkt. »Auch wenn Ihnen der Doktortitel um den Hals hängt, gibt Ihnen das noch immer nicht das Recht, unverschämte, neugierige Fragen zu stellen. Erinnern Sie sich, was ich sonst noch zu Imrie gesagt habe?«

»›Ich wäre Ihnen sehr verbunden, wenn Sie sich um Ihre eigenen Angelegenheiten kümmerten.‹«

»Richtig.«

»Bestimmt denkt der junge Allen genauso.«

»Dieser junge Allen hat verdient, was ihm zugestoßen ist«, erklärte Judith Haynes. Ihre Stimme klang auch nicht freundlicher als Strykers. Ich fand ihre Worte aus zwei Gründen interessant. Ganz allgemein wurde angenommen, daß sie ihren Mann haßte, aber davon war hier nichts zu spüren. Und darin mochte ein befriedigender Ansatzpunkt für weitere Nachforschungen liegen, denn ganz offensichtlich verstand sie es nicht so gut wie ihr Mann, ihre Zunge im Zaum zu halten.

»Woher wissen Sie das, Miss Haynes? Sie waren doch nicht anwesend?«

»Das brauchte ich auch nicht. Ich ...«

»Liebling!« Strykers Stimme klang schroff, warnend.

»Trauen Sie Ihrer Frau nicht zu, daß sie für sich selber sprechen kann?« fragte ich. Er ballte seine großen Fäuste, aber ich beachtete ihn nicht und sah wieder Judiths Haynes an. »Wissen Sie, daß sich dort oben im Speiseraum ein Mädchen die Augen über das ausweint, was Ihr Mann in seiner Rohheit dem Jungen angetan hat? Bedeutet Ihnen das nichts?«

»Wenn Sie dieses kleine Luder meinen, dieses Scriptgirl, so hat sie ebenfalls genau das verdient, was ihr zugestoßen ist.«

»Liebling!« Strykers Stimme klang gefährlich. Ich starrte Judith Haynes ungläubig an, aber ich sah, daß sie ihre Worte ernst gemeint hatte. Ihr blutroter Mund war zu einer Linie zusammengepreßt, die so gerade und so dünn war wie die Kante eines Lineals. Die sonst schönen grünen Augen wirkten giftig, und das Gesicht war in seinen krampfhaften Bemühungen, Haß, Bösartigkeit oder gemeine Gedanken zu verbergen, geradezu häßlich. Es war eine fast erschrekkende Zurschaustellung, einer der sicherlich sehr, sehr seltenen öffentlichen Auftritte, bei denen nach einem weit verbreiteten Gerücht in der Filmwelt eine ziemlich gleichmäßige Mischung von zänkischem Bauernweib und kreischender Fischhändlerin erkennbar wurde.

»Dieses — harmlose — Kind?« In nur langsam erwachender Ungläubigkeit legte ich Pausen zwischen meine Worte. »Ein Luder?«

»Eine Schlampe, eine kleine Schlampe! Eine Dirne! Ein kleines Miststück ...«

»Hör auf!« Strykers Stimme klang wie eine Peitsche, aber es lag ein Unterton von Gereiztheit in ihr. Ich hatte den Eindruck, daß er nur in äußerster Verzweiflung in einem solchen Ton mit seiner Frau sprach.

»Ja, hören Sie auf«, rief ich. »Ich weiß nicht, wovon zum Teufel Sie reden, Miss Haynes, und ich bin verdammt sicher, Sie wissen es auch nicht. Ich weiß nur, daß Sie krank sind.«

Ich wandte mich zum Gehen, aber Stryker vertrat mir den Weg. Seine Wangen hatten etwas an Farbe verloren.

»Niemand darf mit meiner Frau so reden.« Seine Lippen bewegten sich kaum, während er sprach.

Plötzlich war ich dieser Strykers überdrüssig. »Ich habe Ihre Frau beleidigt?« fragte ich.

»Unverzeihlich.«

»Und so habe ich auch Sie beleidigt?«

»Sie haben genau begriffen, Marlowe.«

»Und jeder, der Sie beleidigt, erhält, was er verdient hat. Das haben Sie doch auch Kapitän Imrie gesagt.«

»Genau das habe ich gesagt.«

»Ich verstehe.«

»Das habe ich mir gedacht.« Er stand mir noch immer im Wege.

»Und wenn ich mich entschuldige?«

»Eine Entschuldigung?« Er lächelte abweisend. »Wollen wir es mal probehalber versuchen?«

Ich wandte mich an Judith Haynes und sagte: »Ich weiß nicht, wovon zum Teufel Sie reden, Miss Haynes, und ich bin verdammt sicher, Sie wissen es auch nicht. Ich weiß nur, daß Sie krank sind.«

Ihr Gesicht sah aus, als hätten sich unsichtbare Krallen tief in beide Wangen geschlagen, von der Schläfe bis zum Kinn; die Haut war zurückgezogen, bis sie sich über den Knochen wie ein Trommelfell spannte. Ich drehte mich um und sah Stryker an. Seine Gesichtshaut sah keineswegs gespannt aus. Das auffallend gutaussehende Gesicht sah nun gar nicht mehr so gut aus, die Konturen schienen eingesunken und schwammig, und alle Farbe war aus den Wangen gewichen. Ich streifte ihn im Vorbeigehen, öffnete die Tür und blieb stehen.

»Sie elender Kerl«, sagte ich. »Keine Sorge, Ärzte verraten nie etwas.«

Ich war froh, wieder hinauf in die saubere, beißende Kälte des Oberdecks zu kommen. Ich hatte etwas Krankhaftes, Ungesundes und Schmutziges dort unten hinter mir gelassen, und ich brauchte kein Arzt zu sein, um zu wissen, was für eine Krankheit es war. Das Schneetreiben hatte sich nun ein wenig gelichtet, und als ich zur Wetterseite auf Backbord hinausblickte, bemerkte ich, daß wir achteraus ein Vorgebirge etwa eine halbe Meile hinter uns gelassen hatten, während ein neues etwa in der gleichen Entfernung am Backbordbug auftauchte. Kap Kolthoff und Kap Malmgren, wie ich von der Karte her wußte. Wir dampften also in nordöstlicher Richtung durch die Evjebukta. Die Felswände waren hier weniger hoch, aber wir fuhren jetzt mehr in ihrem Windschutz als vor zwanzig Minuten, und die See war noch stiller geworden. Wir hatten kaum noch drei Meilen vor uns.

Ich blickte zur Brücke hinauf. Das Wetter besserte sich offensichtlich erheblich, oder das Interesse oder die Neugier waren durch die Nähe unseres Bestimmungsortes geweckt, denn jetzt stand eine kleine Gruppe von Menschen auf beiden Seiten der Brücke, die Kapuzen so tief heruntergezogen, daß die Gesichter nicht zu erkennen waren. Ich wurde mir bewußt, daß ganz in meiner Nähe eine Gestalt zusammengekauert an dem vorderen Aufbau der Brücke lehnte. Es war Mary Darling, deren lange, zerzauste blonde Haare nach jeder Kompaßrichtung wehten. Ich ging auf sie zu, legte unbekümmert meinen Arm um sie und beugte ihren Kopf ein wenig zurück. Gerötete Augen, Tränenspuren auf den Wangen, ein schmales, klägliches Gesicht, halb hinter der riesigen Brille verborgen: die Schlampe, das Luder, die kleine Dirne.

»Mary Darling«, sagte ich, »was tun Sie hier oben? Es ist viel zu kalt. Sie sollten drinnen sein oder unter Deck.«

»Ich wollte allein bleiben.« In ihrer Stimme lag noch immer ein unterdrücktes Schluchzen. »Und Mr. Gilbert wollte mir weiterhin Kognak einflößen — und na ja ...« Sie erschauerte.

»Sie haben also Lonnie mit dem Stärkungsmittel allein gelassen. Das dürfte, was Lonnie betrifft, ein befriedigender Abschluß sein.«

»Aber Dr. Marlowe!« Sie wurde sich des Arms um ihre Schultern bewußt und machte einen schwachen Versuch, sich zu befreien. »Wenn die anderen das sehen!«

»Das ist mir gleichgültig«, erwiderte ich. »Ich möchte, daß die ganze Welt von unserer Liebe weiß.«

»Sie möchten, daß die ganze Welt ...« Sie blickte mich entgeistert an, und ihre großen Augen sahen hinter der Brille riesig aus. Dann zeigte sich der erste kleine Anflug eines Lächelns. »Oh, Dr. Marlowe!«

»Unten ist ein junger Mann, der Sie sofort sehen möchte«, sagte ich.

»Ach!« Das Lächeln verschwand, mochte Gott wissen, welche ernsthafte Bedeutung sie meinen Worten beilegte. »Ist er — ich meine, er muß doch wohl in ein Krankenhaus, nicht wahr?«

»Noch heute nachmittag wird er aufstehen und herumlaufen.«

»Wirklich? Ist das auch wahr?«

»Wenn Sie meine Fähigkeiten als Arzt in Zweifel ziehen wollen ...«

»Aber Dr. Marlowe! Aber was ... warum will er ...«

»Ich könnte mir vorstellen, daß er Ihre Hand halten möchte. Selbstverständlich versetze ich mich in seine Lage.«

»Oh, Dr. Marlowe! Wird es denn — ich meine, in seiner Kabine ...«

»Muß ich Sie etwa hinunterschleppen?«

»Nein.« Sie lächelte. »Ich glaube nicht, daß das nötig sein wird.« Sie zögerte. »Dr. Marlowe?«

»Ja?«

»Ich finde Sie wundervoll. Wirklich.«

»Verduften Sie jetzt.«

Sie lächelte, jetzt fast glücklich, und verschwand. Ich wünschte, ich könnte ihre Ansicht von mir teilen, dann würde es weit weniger Tote, Kranke und Verletzte um mich herum geben. Aber über eins war ich froh. Ich hatte Mary Darling nicht zu verletzen brauchen, wie ich es befürchtet hatte. Es gab keine Notwendigkeit, ihr auch nur eine der Fragen zu stellen, die sich in meinem Bewußtsein bereits formten, als ich die Kabine der Strykers verließ. Wenn sie auch nur entfernt fähig gewesen wäre, etwas von dem zu sein, was Judith Haynes ihr — weiß Gott aus welchen hundsgemeinen Gründen — angedichtet hatte, dann hätte sie kein Scriptgirl in der Filmindustrie sein dürfen. Sie hätte alle Voraussetzungen besessen, als eine der großen Schauspielerinnen unserer Zeit berühmt und reich zu werden. Im übrigen brauchte ich ihr jetzt keine Fragen mehr zu stellen, jedenfalls nicht in bezug auf sie, Allen und die Strykers. Es war schwer zu sagen, ob meine Verachtung für Michael Stryker größer war als mein Mitleid.

Einige Minuten blieb ich, wo ich war, und beobachtete ein paar Leute von der Besatzung, die gerade aufs Vorschiff gekommen waren, um damit anzufangen, die nicht mehr erforderliche Verzurrung der Deckslasten zu entfernen, die Persennings abzunehmen und Taue aufzuschließen, während zwei andere sich daran machten, den vorderen Ladebaum klarzumachen und die Winde zu erproben. Offensichtlich hatte Kapitän Imrie nicht die Absicht, bei unserer Ankunft Zeit zu vergeuden. Es war verständlich, daß er sich in aller Eile aus dem Staub machen wollte. Ich ging achtern zum Speiseraum.

Lonnie war als einziger anwesend, allein, aber nicht einsam, so lange er beglückt die Flasche Hine mit seiner Hand umklammern konnte. Er ließ sein Glas sinken, als ich mich neben ihn setzte.

»Na, haben Sie die Leiden der noch gehfähigen Verwundeten gelindert? Sie sehen so nachdenklich aus, mein lieber Freund.« Er klopfte auf die Flasche. »Für die sofortige Behebung aller Alltagssorgen ...«

»Diese Flasche gehört der Pantry, Lonnie.«

»Die Früchte der Natur gehören der ganzen Menschheit. Ein Schlückchen?«

»Und wäre es nur, um Sie daran zu hindern, alles zu trinken. Ich habe mich Ihnen gegenüber zu entschuldigen, Lonnie. Bezüglich unserer so erfreulichen Hauptdarstellerin. Ich glaube nicht, daß es auf dieser Welt genügend Freundlichkeit gibt, um sie auf sie zu verschwenden.«

»Ödland, würden Sie sagen? Steiniger Boden?«

»So würde ich es nennen.«

»Buße und Erlösung gibt es nicht für unsere schöne Judith?«

»Das weiß ich nicht. Ich weiß nur, daß ich nicht gern derjenige wäre, einen solchen Versuch zu machen, und wenn ich sie ansehe, kann ich nur zu dem Schluß gelangen, daß es sehr viel Lieblosigkeit auf dieser Welt gibt.«

»Darauf ein Amen.« Lonnie trank noch einen Schluck Kognak. »Aber wir dürfen die Gleichnisse vom verirrten Schaf und vom verlorenen Sohn nicht vergessen. Niemand ist jemals völlig verloren.«

»Allerdings. Ich wünsche Ihnen viel Glück bei dem Versuch, sie auf den Pfad der Rechtschaffenen zurückzuführen — bei dieser Aufgabe dürften Sie es nicht mit allzu großer Konkurrenz zu tun haben. Wie kommt es Ihrer Meinung nach wohl, daß ein Mensch sich so sehr von zwei anderen zu unterscheiden vermag?«

»Von Mary Dear und Mary Darling? Sehr liebe Mädchen. Trotz meiner Senilität liebe ich sie heiß. Was für nette Kinder.«

»Sie könnten nichts Böses tun?«

»Niemals!«

»Ach, das ist leicht gesagt. Aber was wäre, wenn sie zum Beispiel stark unter Einfluß von Alkohol ständen?«

»Bitte?« Lonnie schien wirklich empört. »Was reden Sie da? Unvorstellbar, mein lieber Freund, unvorstellbar!«

»Nicht einmal, sagen wir, wenn Sie einen doppelten Gin trinken würden?«

»Was für ein haarsträubender Unsinn! Wir reden hier vom Einfluß des Alkohols und nicht von Aperitifs für Säuglinge in Windeln.«

»Sie würden also nichts Schlimmes darin sehen, wenn beide nur um einen Drink bäten?«

»Natürlich nicht.« Lonnie wirkte sehr verwirrt. »Sie führen etwas im Schilde, mein lieber Freund.«

»Ja, das tue ich. Ich habe mich nämlich gefragt, warum Sie einmal, nach einem langen Drehtag, als Mary Stuart Sie nur um einen einzigen Drink bat, völlig die Beherrschung verloren haben.«

Mit einer seltsamen Bewegung, die an eine Zeitlupenaufnahme erinnerte, stellte Lonnie Flasche und Glas auf den Tisch und erhob sich schwankend. Er sah alt, müde und entsetzlich verwundbar aus.

»Seitdem Sie hereingekommen sind — ja, jetzt sehe ich es.« Er sprach in einer Art traurigen Flüstertons. »Seitdem Sie hereingekommen sind, haben Sie auf diese eine Frage hingearbeitet.«

Er schüttelte den Kopf, und seine Augen sahen mich nicht. »Ich hatte geglaubt, Sie wären mein Freund«, sagte er ruhig und ging mit unsicheren Schritten hinaus.

VIII

Die Nordwestecke der Bucht von Sorhamna, wo die *Morning Rose* schließlich angelegt hatte, lag knapp drei Meilen in Luftlinie nordöstlich vom südlichsten Punkt der Bäreninsel. Die Bucht von Sorhamna, U-förmig und nach Süden zu offen, war in ostwestlicher Richtung etwa tausend Yards breit und von Norden nach Süden fast eine Meile lang. Der östliche Arm des Hafens war reich gegliedert; er begann mit einer kleinen Halbinsel von etwa dreihundert Yards Länge, gefolgt von einer zweihundert Yards breiten Wasserfläche mit kleinen Inseln verschiedener Größe, dann von der weit größeren Insel Måkehl, sehr schmal von Osten nach Westen, die sich ungefähr eine halbe Meile bis zu ihrer Südspitze, dem Kap Roalkvam, hinzog. Das Land nach Norden und Osten zu war niedrig, nach Westen oder nach der eigentlichen Insel hin stieg es von einer flachen Landstufe ziemlich steil an, erhob sich aber nirgends höher als bis zu einem kleinen Höhenzug von ungefähr 400 Fuß, etwa auf halbem Weg die eine Seite der Bucht entlang. Hier gab es keine steilen Abgründe wie beim Hambergfjell oder Fuglefjell im Süden. Andererseits war hier das ganze Land mit Schnee bedeckt, ziemlich tief an den Nordhängen und in ihren Tälern, wo die bleiche, niedrige Sommersonne und die rauhen Winde nicht hingelangten.

Sorhamna war der beste Ankergrund der Bäreninsel. Wenn der Wind aus Westen oder Norden wehte, bot die Bucht den Schiffen, die dort Zuflucht suchten, vollkommenen Schutz. Auch vor östlichen Winden bot sie ausreichende Deckung — hier war die Lücke zwischen Kap Heer und Måkehl der entscheidene Faktor, und wenn der Wind aus dieser Kompaßrichtung wehte und es zum Schlimmsten kam, konnte ein Schiff noch immer Anker lichten und im Lee der Insel Måkehl Schutz suchen. Wehte aber der Wind von Süden, war ein Schiff allem Unbill der Barentssee unmittelbar ausgesetzt.

Das war auch der Grund, warum das Tempo des Ausladens an Bord der *Morning Rose* so hektische Formen annahm. Schon als wir uns Sorhamna näherten, begann der Wind, der während der letzten sechsunddreißig Stunden langsam nach verschiedenen Richtungen gedreht hatte, immer schneller in allen Kompaßrichtungen umzuspringen, so daß er, als wir festmachten, unmittelbar aus Osten wehte. Jetzt stand er ein paar Strich Süd zu Ost, nahm an Stärke zu, und die *Morning Rose* begann seine Wirkungen zu spüren. Er brauchte jetzt nur noch an Geschwindigkeit ein paar Knoten zuzulegen oder sich um noch ein paar Strich zu drehen, und die Lage des Trawlers würde unhaltbar sein.

Vor Anker hätte die *Morning Rose* den drohenden Sturm durchstehen können, aber der Haken war der, daß sie nicht vor Anker lag. Sie lag an einer Pier aus zerbröckelndem Kalkstein vertäut — eine Konstruktion aus Eisen oder Holz hätte in diesen stürmischen, rauhen Gewässern keine lange Lebensdauer gehabt. Diese Anlage hatten Lerner und der Deutsche Seefischerei-Verein ungefähr um die Jahrhundertwende errichtet, und sie war dann von der Expedition im Zusammenhang mit dem Internationalen Geophysikalischen Jahr, die dort den Sommer verbrachte, ausgebessert worden — falls man sich hier dieses Wortes bedienen durfte. Die Anlegestelle, die man an jedem anderen Ort auf der nördlichen Halbkugel ohne weiteres als unbrauchbar erklärt und für die allgemeine Benutzung gesperrt hätte, war ursprünglich T-förmig, aber der linke Balken des T war nun so gut wie ganz verschwunden, während der mittlere Teil, der ans Ufer führte, an der Südseite schwer beschädigt war. Gegen diese gefährlich von der See zerfressene Anlage begann nun die *Morning Rose* immer stärker zu schlagen, als die aus Südosten anrollenden Seen sie auf der Steuerbordseite von achtern her packten, während die dämpfende Wirkung zahlreicher Fender, die aus Blöcken von Weichholz und aus alten Lastwagenreifen bestanden, in zunehmendem Maße an Wert verlor. Die Wirkung des Scheuerns, wenn der Trawler kräftig und wiederholt gegen die Landungsstelle schlug, war so stark, daß alle, die an Deck arbeiteten, hin- und herschwankten und sich am nächsten festen Gegenstand anklammern mußten. Es war schwierig zu sagen, welche Wirkung dies nun auf die *Morning Rose* haben mochte, denn abgesehen von dem Schaben und den leichten Dellen an den Stahlplatten war nichts zu sehen, aber Trawler sind der Überlieferung nach hart im Nehmen, und es war unwahrscheinlich, daß sie dabei größeren Schaden erlitt. Was jedoch sichtlich Schaden nahm, war die Anlegestelle selber, denn große Brocken des Steins fielen mit erschreckender Häufigkeit in die Bucht. Da der größte Teil unseres Brennstoffs, der Vorräte und der Ausrüstung noch immer dort stand, war der anscheinend kurz bevorstehende Einsturz der Pier eine Angelegenheit, die man keinesfalls mit Gleichmut betrachten konnte.

Als wir kurz vor zwölf längsseits kamen, war das Ausladen sehr rasch und glatt vonstatten gegangen. Noch bevor wir festmachten, hatte der Ladebaum achtern den sechzehn Fuß langen Prahm zu Wasser gelassen, und drei Minuten später war ihm ein etwas kleineres Boot mit Außenbordmotor gefolgt. Diese Boote sollten bei uns bleiben. Innerhalb von zehn Minuten hatte der speziell dafür verstärkte Ladebaum auf dem Vorschiff die seltsam geformte Nachbildung des Mittelteils eines U-Bootes — seitlich verkürzt, um einen flachen Boden zu ermöglichen, über Bord gehievt und langsam zu Wasser gelassen, wo sie mit anscheinend vollkommener Stabilität schwamm, zweifellos dank der vier Tonnen schmiedeeisernen Ballasts. Erst als die Attrappe des Kommandoturms hinausgeschwenkt wurde, um auf dem Mittelteil des U-Boots befestigt zu werden, begannen die Schwierigkeiten.

Er ließ sich ganz einfach nicht festschrauben. Goin, Heissman und Stryker, die als einzige die ursprünglichen Versuche beobachtet hatten, erklärten, daß die Sache dort hervorragend geklappt hätte. Ganz offensichtlich aber klappte sie jetzt nicht hervorragend. Der Kommandoturm von elliptischer Form war so konstruiert, daß er genau auf einen vertikalen Flansch im Zentrum des Mittelteils paßte, aber er dachte nicht daran, sich einpassen zu lassen. Es stellte sich heraus, daß eine der flachen, rundlichen Erhöhungen an der Basis des Kommandoturms mindestens einen viertel Zoll vom genauen Maß abwich, ein Umstand, der fast mit Sicherheit auf die schweren Erschütterungen zurückzuführen war, die wir unterwegs von Wick herauf hatten hinnehmen müssen. Es genügte, daß nur eine einzige Verzurrung nicht stramm genug war, um eine kleine vertikale Bewegung zu ermöglichen, die dann zu der winzigen Verformung führte.

Die Lösung war einfach — man brauchte nur diese verbogene Rundung wieder in die richtige Form zu hämmern, was auf einer Werft mit fachkundigen Arbeitern wahrscheinlich nicht länger als ein paar Minuten gedauert hätte. Aber wir verfügten weder über die technischen Anlagen noch über Fachkräfte, und die Minuten zogen sich zu Stunden hin. Dutzendmal hatte der vordere Ladebaum den widerspenstigen Kommandoturm auf den Flansch gedrückt; ebensooft mußte er wieder angehoben und mühsam mit Hämmern bearbeitet werden. Mehrmals war es uns gelungen, dem verbogenen Stück die richtige Form zu geben, aber dann stellten wir fest, daß die

Verformung sich auf rätselhafte, boshafte Weise ein paar Zoll wieder entfernt erneut einstellte. Auch wurde die Angelegenheit trotz des Umstandes, daß der U-Bootteil durch die Pier und das Schiff verhältnismäßig gut geschützt war, keineswegs von den kleinen Wellen erleichtert, die jetzt um den Bug der *Morning Rose* herumkrochen und ihn zunächst sanft, aber dann mit zunehmender Stärke schaukelten. Dieses Schaukeln war so stark, daß die angestrebte Reparatur ganz offensichtlich sowohl von einer glücklichen zeitlichen Abstimmung als auch von der Überzeugungskraft der Hämmer abhing.

Kapitän Imrie ließ sich durch diese Sorgen nicht in Erregung versetzen. Es lag nicht in seiner Natur, sich über irgend etwas besonders zu erregen; aber seine tiefe Besorgnis ließ sich daran erkennen, daß er nicht nur das Mittagessen ausließ, sondern sich seit unserer Ankunft in Sorhamna mit nichts Stärkerem als Kaffee erfrischt hatte. Abgesehen von dem Wohlergehen der *Morning Rose* — ganz offensichtlich waren ihm die Passagiere völlig gleichgültig —, bestand seine Hauptsorge darin, das Vorschiff von der noch übrigen Deckslast zu räumen, da ich gehört hatte, wie Gerran ihn ziemlich unfreundlich daran erinnerte, es gehöre mit zu seinen vertraglichen Verpflichtungen, vor dem Auslaufen nach Hammerfest alle Passagiere und die gesamte Ladung an Land zu bringen. Was Kapitän Imries Gedanken so sehr beschäftigte, war die Tatsache, daß, während die Dunkelheit nahte und der Wind auffrischte, die Last auf dem Vorschiff noch nicht ausgeladen war und dies auch nicht geschehen würde, bis der vordere Ladebaum von seiner Aufgabe, den Kommandoturm über dem Mittelteil in der Schwebe zu halten, befreit war.

Daß sich Kapitän Imrie so sehr auf diese eine Sache konzentrierte, hatte auch einen Vorteil. Er fand jetzt weniger Zeit, sich um Hallidays Verschwinden zu kümmern. Genauer gesagt, er hatte wenig Zeit, auch nur den Versuch zu machen, etwas Konstruktives zu unternehmen, denn ich wußte, wie sehr diese Sache ihn weiterhin bedrückte, da er sich die Zeit genommen hatte, mir zu erklären, es sei seine Absicht, gleich nach seiner Ankunft in Hammerfest mit den Justizbehörden in Verbindung zu treten. Es gab zwei Dinge, die ich in diesem Stadium für mich behielt. Erstens konnte ich nicht einsehen, welchen denkbaren Sinn das haben sollte — wahrscheinlich aber hatte er ganz einfach das Gefühl, er müsse irgend etwas unternehmen. Zweitens war ich ziemlich sicher, daß er niemals Hammerfest erreichen würde, doch schien es mir kaum der richtige Augenblick zu sein, ihm zu erklären, warum ich das dachte. Ich hoffte, er würde kurz nach Verlassen der Bäreninsel in einer aufnahmefreudigeren Stimmung sein.

Ich ging über die ächzende eiserne Gangway hinunter — ihre rostigen eisernen Räder, offenbar für alle Zeit in ihrer Stellung festgefressen, rieben bei jedem Schaukeln der *Morning Rose* hin und her — und suchte mir meinen Weg auf der altersschwachen Pier. Ein kleiner Traktor und ein kleiner Motorschlitten — es waren der dritte und der vierte Gegenstand, die vom Achterdeck des Trawlers entladen wurden — hatten Schlitten als Anhänger, und alle halfen, die Ausrüstungsgegenstände auf diese Schlitten zu verladen, um sie zu den Hütten zu schaffen, die auf der leicht erhöhten Landstufe nicht weiter als zwanzig Meter vom Ende der Pier entfernt lagen. Alle taten es voller Energie: Wenn die Temperatur bei fünfzehn Grad unter dem Gefrierpunkt liegt, ist die Versuchung zu faulenzen nicht allzu groß. Ich folgte einem Transport hinauf zu den Hütten.

Im Gegensatz zur Pier waren die Hütten verhältnismäßig neueren Datums und befanden sich in gutem Zustand, Überreste des letzten Internationalen Geophysikalischen Jahres — es hätte keine denkbare wirtschaftliche Rechtfertigung dafür gegeben, sie abzubauen und sie nach Norwegen zurückzutransportieren. Sie waren, obwohl aus Fertigteilen konstruiert, nach Art der niedrigen Hütten erbaut, die man in den höheren alpinen Gebieten Europas allgemein findet. Sie sahen stämmig und untersetzt aus und wirkten, als senkten sie die Köpfe gegen den Sturm, so daß man den Eindruck hatte, sie würden aller Wahrscheinlichkeit nach noch nach hundert Jahren dort stehen.

Insgesamt waren es fünf Gebäude, alle mit ziemlich großen Abständen untereinander, soweit es der Höhenrücken jenseits der Landstufe erlaubte.

Vier kleinere Hütten lagen in gewisser Entfernung von den vier Ecken eines weit größeren zentralen Blocks. Nach dem recht großartigen Plan, den Heissman in seiner Werbeschrift aufgezeichnet hatte, sollten diese für Transportmittel, Brennstoff, Vorräte und Ausrüstung zur Verfügung stehen. Ich war nicht ganz sicher, was er eigentlich mit Ausrüstung meinte. Diese vier waren alle quadratisch und besaßen keine Fenster. Das zentrale und sehr viel größere Gebäude hatte eine seltsame, an einen Seestern erinnernde Form mit einem fünfeckigen Mittelstück und fünf dreieckigen Anbauten, die miteinander einen Gesamtkomplex bildeten. Der Sinn einer solchen Anlage war schwer zu erkennen, ich hätte angenommen, daß sie ein Maximum an Wärmeverlust beim Heizen begünstigte. Im Mittelteil befand sich der Wohn-, Eß- und Kochtrakt; in jedem Arm lagen zwei winzige kahle Räume, die als Schlafquartiere dienten. Die Heizung bestand aus mit Öl gefüllten, elektrisch betriebenen, schwarzen Heizkörpern, die an den Wänden befestigt waren, aber bis wir unseren eigenen tragbaren Generator aufgestellt hatten, waren wir von einfachen Ölöfen abhängig. Die Beleuchtung wurde durch Coleman-Kerosinlampen sichergestellt. Für das Kochen, das offenbar aus dem endlosen Öffnen und Aufwärmen von Dosen bestehen sollte, war ein einfacher Ölherd vorgesehen. Unnötig zu sagen, daß Gerran keinen Koch mitgebracht hatte, denn Köche kosteten Geld.

Mit der bemerkenswerten Ausnahme von Judith Haynes arbeiteten alle, sogar der noch immer angeschlagene Allen, bereitwillig und so schnell mit, wie es die ungewohnte Kälte erlaubte. Sie arbeiteten schweigend und bedrückt. Obwohl niemand freundschaftlich mit Halliday verbunden war, hatte doch die Nachricht von seinem Verschwinden die Niedergeschlagenheit und die Befürchtungen dieser Menschen weiter angeheizt. Alle glaubten jetzt, vom Unglück verfolgt zu sein, bevor auch nur der erste Drehtag angebrochen war. Stryker und Lonnie, die nur miteinander sprachen, wenn es absolut erforderlich war, überprüften alle Vorräte, Treibstoff, Öl, Verpflegung, Kleidung und arktische Ausrüstung. Gerran bestand, was immer seine Fehler sein mochten, auf Gründlichkeit. Sandy, der sich, kaum auf festem Boden, sichtlich erholt hatte, befaßte sich mit seinen Requisiten, Hendriks mit seiner Tonanlage, der Graf mit Kameras und Zubehör, Eddie mit seinen elektrischen Anlagen und ich selber mit meiner medizinischen Ausrüstung. Gegen drei Uhr hatten wir, als es bereits zu dämmern begann, alles verstaut; die einzelnen Schlafkammern waren zugewiesen, ebenso die Feldbetten, auf denen Schlafsäcke verteilt lagen.

Wir zündeten die Ölöfen an, ließen den trübsinnigen, brummigen Eddie und die mißmutigen *Drei Apostel* zurück, um den Dieselgenerator in Gang zu setzen, und gingen zur *Morning Rose* — ich selber, weil es für mich wichtig war, mit Smithy zu sprechen, die anderen, weil es in der Hütte noch entsetzlich unfreundlich und kalt war, wohingegen die viel gelästerte *Morning Rose* im Vergleich dazu eine Zuflucht der Wärme und Behaglichkeit bot. Kurz nach unserer Rückkehr setzte eine Reihe verwirrender Ereignisse ein.

Zehn Minuten nach drei paßte plötzlich völlig unerwartet und entgegen allen Vorzeichen der Kommandoturm genau auf den Flansch des Mittelteils des U-Boots. Sechs Schraubenbolzen wurden sofort festgemacht, um ihn in dieser Stellung zu halten — insgesamt waren es vierundzwanzig —, und der Prahm machte sich sofort ans Werk, diese schwerfällige Konstruktion in den fast vollkommenen Windschutz zu schleppen, der durch den rechten Winkel des Mittelstücks der Pier mit dem nach Norden gerichteten Arm gebildet wurde.

Um drei Uhr fünfzehn begann das Ausladen der Deckslast auf dem Vorschiff, und dies vollzog sich unter der Leitung von Smithy reibungslos und schnell. Weil ich Smithy bei seiner Arbeit nicht stören wollte und es in diesem Augenblick ohnehin unmöglich war, mit Smithy unter vier Augen zu sprechen, ging ich in meine Kabine hinunter, holte aus der Tiefe meiner Arzttasche ein kleines, rechteckiges, in Leinwand gewickeltes Päckchen, legte es in einen kleinen, mit einer Schnur zusammengebundenen Seesack und ging wieder nach oben.

Das war um drei Uhr zwanzig. Das Ausladen war noch immer in vollem Gange, aber Smithy war nicht da. Es sah fast so aus, als habe er meine vorübergehende Abwesenheit abgewartet, um woanders hinzugehen. Und daß er fortgegangen war, daran bestand kein Zweifel. Ich fragte den Mann an der Winde, wohin er gegangen sei, aber auch dieser konnte verständlicherweise nichts Genaues über Smithys Verbleib sagen. Er sei entweder nach unten oder an Land gegangen, erklärte er. Ich suchte in seiner Kabine, auf der Brücke, im Kartenhaus, im Speiseraum nach ihm. Kein Smithy. Ich fragte Passagiere und Besatzung — mit dem gleichen Ergebnis. Niemand hatte ihn gesehen, niemand hatte eine Ahnung, ob er an Bord war oder an Land, was durchaus verständlich schien, denn inzwischen herrschte fast völlige Dunkelheit, und das grelle Licht der Bogenlampe, die nun ausgefahren war, um das Ausladen zu ermöglichen, tauchte die Gangway in tiefe Schatten.

Auch von Kapitän Imrie war keine Spur zu entdecken. Der Wind war nun fast ganz auf Südost umgesprungen und frischte noch immer auf. Die *Morning Rose* begann in regelmäßigen Abständen mit einer Folge schabender Stöße und einem Geräusch krächzenden Metalls gegen die Mauer der Pier zu schlagen. Normalerweise hätte das bestimmt Imrie auf den Plan gerufen, aus seinem besorgten Bestreben heraus, alle seine verdammten Passagiere und ihre Ausrüstung endlich loszuwerden, um sein Schiff möglichst schnell in die Sicherheit des offenen Meeres hinauszuführen. Aber er war nicht da, ich konnte ihn nirgends erblicken.

Um drei Uhr dreißig ging ich an Land und eilte die Pier entlang zu den Hütten. Sie waren menschenleer mit Ausnahme der Hütte für das Material, wo Eddie unter Fluchen versuchte, den Diesel zu starten. Als er mich hörte, blickte er auf.

»Niemand könnte von mir behaupten, daß ich gern klage, Dr. Marlowe, aber dieser verfluchte ...«

»Haben Sie Mr. Smith gesehen? Den Ersten Offizier?«

»Keine zehn Minuten her. Er schaute herein, um festzustellen, wie wir vorankommen. Warum? Ist etwas ...«

»Hat er etwas gesagt?«

»In welcher Beziehung?«

»Wohin er ging? Was er vorhatte?«

»Nein.« Eddie sah die frierenden *Drei Apostel* an, deren ausdruckslose Gesichter keinem etwas nützten. »Hat nur ein paar Minuten mit den Händen in den Taschen dort herumgestanden und zugesehen, was wir tun. Er hat ein paar Fragen gestellt und ist wieder davongetrottet.«

»Haben Sie gesehen, wohin er ging?«

»Nein.« Er sah die *Drei Apostel* an, die gleichzeitig die Köpfe schüttelten. »Irgendwas los?«

»Nichts Dringendes. Das Schiff wird bald ablegen, und der Kapitän hat nach ihm gesucht.« Wenn dies auch nicht gerade eine genaue Darstellung des gegenwärtigen Standes der Dinge war, würde sie es doch zweifellos in sehr wenigen Minuten sein. Ich vergeudete keine Zeit mehr darauf, nach Smithy zu suchen. Wenn er sich im Lager herumgetrieben hatte, anstatt die so dringende Räumung des Vorschiffs zu überwachen, was normalerweise seinem Pflichtbewußtsein entsprochen hätte, dann mußte Smithy einen sehr guten Grund für ein solches Verhalten haben. Er wollte ganz einfach vorübergehend untertauchen.

Um drei Uhr fünfunddreißig kehrte ich auf die *Morning Rose* zurück. Diesmal war Kapitän Imrie nicht zu übersehen. Ich hatte geglaubt, er sei nicht fähig, sich über irgend etwas zu erregen, aber als ich ihn im scharfen Licht an der Tür des Speiseraums stehen sah, wurde mir klar, daß ich mich geirrt haben mußte. Vielleicht war »erregt« nicht das richtige Wort, aber zweifellos befand er sich in einem äußerst reizbaren Zustand und kochte vor Wut. Seine Fäuste waren geballt, von seinem Gesicht sah man nur rote und weiße Flecken, und seine hellen blauen Augen funkelten. Mit unheimlicher Kürze wiederholte er mir gegenüber, was er offensichtlich während der letzten paar Minuten schon einigen Leuten erzählt hatte. Aus Sorge über das sich verschlechternde Wetter hatte er Allison angewiesen, mit Tunheim wegen eines Wetterberichts in Verbindung zu treten. Dies war Allison nicht gelungen. Dann hatten er und Allison entdeckt, daß die Funkanlage hoffnungslos zerstört war. Und vor ungefähr einer Stunde war der Empfänger noch in Ordnung gewesen — zumindest hatte Smith es gesagt, denn um diese Zeit hatte er den letzten Wetterbericht aufgeschrieben. Oder was, wie er *sagte*, der letzte Wetterbericht gewesen war. Und jetzt von Smith keine Spur. Wo zum Teufel war Smith?

»Er ist an Land gegangen«, erklärte ich.

»An Land? An Land? Woher in aller Welt wissen Sie, daß er an Land gegangen ist?« Kapitän Imries Ton klang nicht sehr freundlich, aber er befand sich auch nicht in einer sehr freundlichen Stimmung.

»Weil ich gerade im Lager war und mit Mr. Harbottle, dem Elektriker, gesprochen habe. Mr. Smith war vor kurzem dort.«

»Dort? Er sollte die Deckslast löschen. Was zum Teufel hat er dort getrieben?«

»Ich habe Mr. Smith nicht gesehen«, erklärte ich geduldig. »So habe ich ihn auch nicht fragen können.«

»Was zum Teufel haben *Sie* dort zu suchen?«

»Sie vergessen sich, Kapitän Imrie. Ich bin Ihnen gegenüber nicht verantwortlich. Ich hatte nur vor der Abfahrt mit ihm sprechen wollen. Wir haben uns recht gut verstanden.«

»Ja, das haben Sie!« rief Imrie vielsagend. Aber es hatte nichts zu bedeuten, er war nur in der Stimmung, vielsagend zu reden. »Allison!«

»Sir?«

»Zum Bootsmann. Suchtrupp an Land. Aber schnell, ich übernehme selber die Führung.« Hätte es jemals einen Zweifel an der tiefen Sorge Kapitän Imries gegeben, so bestand jetzt keiner mehr. Er drehte sich wieder zu mir um, aber da Gerran und Goin jetzt neben mir standen, war ich nicht sicher, ob er sich an mich wandte oder nicht. »Und wir legen in einer halben Stunde ab, mit Smith oder ohne ihn.«

»Ist das richtig gehandelt, Kapitän?« fragte Gerran. »Er ist vielleicht nur etwas spazierengegangen oder hat sich verirrt — sehen Sie doch, wie dunkel es ist.«

»Finden Sie es nicht verflucht komisch, daß Mr. Smith gerade dann verschwindet, wenn ich entdecke, daß ein Funkgerät, mit dem er seiner Behauptung nach Wettermeldungen empfängt, über jede Reparaturmöglichkeit hinaus zertrümmert ist?«

Gerran verstummte, aber Goin, der ewige Diplomat, mischte sich besänftigend ein.

»Ich glaube, Kapitän, Mr. Gerran hat recht. Es wäre eine etwas ungerechte Handlungsweise. Ich gebe zu, daß die Zerstörung Ihrer Funkanlage eine ernste, besorgniserregende Angelegenheit ist und dazu eine sehr unheimliche Sache angesichts all der rätselhaften Vorkommnisse in jüngster Zeit. Aber meiner Ansicht nach wäre es ein Fehler, sofort davon auszugehen, daß Mr. Smith irgend etwas damit zu tun hat. Zunächst einmal macht er mir den Eindruck, ein viel zu intelligenter Mann zu sein, um sich so offensichtlich selber zu belasten. Und zweitens, warum sollte Ihr Erster Offizier, der genau weiß, was für ein lebenswichtiges Gerät Ihre Funkanlage ist, etwas so Ungeheuerliches tun? Und drittens, wohin in aller Welt sollte er auf der Bäreninsel entfliehen, falls er versuchen wollte, den Folgen seiner Handlung zu entgehen? Ich bringe hier nicht etwas so Simples vor wie einen Unfall oder Gedächtnisschwund; ich möchte nur die Vermutung äußern, daß er sich möglicherweise verlaufen hat. Sie könnten wenigstens bis zum Morgen warten.«

Ich sah, wie sich Kapitän Imries Fäuste entkrampften, und ich wußte, daß er zwar nicht schwankend wurde, aber doch zumindest an dem Punkt angelangt war, sich die Sache zu überlegen, ein Zustand der Unschlüssigkeit, der gerade so lange dauerte, wie Gerran brauchte, um alles zu vereiteln, was Goin möglicherweise zu erreichen im Begriff stand.

»Natürlich, das ist es«, erklärte er. »Er hat sich nur ein wenig umsehen wollen.«

»Was? In dieser pechschwarzen Finsternis?« Das war eine Übertreibung, aber eine verzeihliche. »Allison! Oakley! Alle herkommen!« Er senkte seine Stimme um ein paar Dezibel und sagte zu uns: »Ich lege in einer halben Stunde ab, mit oder ohne Smith. Hammerfest, meine Herren, Hammerfest und das Gesetz.«

Er eilte über die Gangway hinunter, ein halbes Dutzend Männer dicht hinter ihm. Goin seufzte. »Wir sollten ihm am besten helfen.« Er entfernte sich, und Gerran folgte ihm nach einem Augenblick des Zögerns.

Ich hatte nicht die Absicht, helfend einzugreifen. Wenn Smithy nicht gefunden werden wollte, würde er auch nicht gefunden werden. Statt dessen ging ich in meine Kabine hinunter, schrieb eine kurze Notiz, nahm den kleinen Seesack mit und begab mich auf die Suche nach Haggerty. Ich mußte jemandem mein Vertrauen schenken, denn durch Smithys verfluchten Trick, sich unsichtbar zu machen, blieb mir keine andere Wahl, und ich hielt Haggerty für den richtigen Mann. Er war eigensinnig und argwöhnisch, und seitdem Imrie ihn an diesem Morgen ausgefragt hatte, mußte er mir gegenüber noch argwöhnischer geworden sein. Aber er war kein Narr, ich hielt ihn für unbestechlich, und er hatte auch einen Sinn für strenge Disziplin und vor allem siebenundzwanzig Jahre seines Lebens damit verbracht, Befehle entgegenzunehmen.

Fünfzehn Minuten lang stand es auf der Kippe, aber schließlich erklärte er sich murrend einverstanden, das zu tun, worum ich ihn bat.

»Sie wollen mich doch nicht zum Narren halten, Dr. Marlowe?« fragte er.

»Sie wären ein Narr, wenn Sie so etwas nur in Erwägung ziehen würden. Was hätte ich dabei zu gewinnen?«

»Ganz richtig, ganz richtig.« Widerstrebend nahm er den kleinen Seesack an sich. »Sobald wir die Insel weit hinter uns haben . . .«

»Ja. Das und der Brief. Für den Kapitän. Nicht früher.«

»Das hier sind tiefe Gewässer, Dr. Marlowe.« Er wußte nicht, wie tief, und ich war nahe daran, in ihnen zu ertrinken. »Können Sie mir nicht sagen, worum es eigentlich geht?«

»Wenn ich das wüßte, Haggerty, glauben Sie, ich würde dann noch auf dieser gottverlassenen Insel zurückbleiben?«

Zum erstenmal lächelte er. »Nein, Sir, das glaube ich wirklich nicht.«

Kapitän Imrie und seine Suchmannschaft kehrten nur ein paar Minuten, nachdem ich wieder auf das Oberdeck gestiegen war, zurück. Sie kamen ohne Smithy. Ich war weder von ihrem Fehlschlag noch von der Kürze ihrer Suche überrascht — nur zwanzig Minuten waren verstrichen. Auf der Karte stellt die Bäreninsel nur einen winzigen Punkt in der Arktis dar, aber sie hat eine Ausdehnung von 178 Quadratkilometern, und Kapitän Imrie mußte schon sehr früh eingesehen haben, daß jeder Versuch, auch nur einen Bruchteil von einem Prozent dieses vereisten, gebirgigen Geländes in der Dunkelheit zu durchsuchen, eine monumentale Torheit bedeutete. Seine Begeisterung für die Suchaktion war auf den Nullpunkt abgesunken. Hingegen hatte der Fehlschlag, Smithy zu finden, seine Entschlossenheit, sofort abzulegen, falls dies möglich war, noch gesteigert. Nachdem er sich vergewissert hatte, daß auch das letzte Stück der Deckslast ausgeladen war und sich die gesamte Ausrüstung der Filmgesellschaft und die persönliche Habe an Land fanden, schüttelten er und Mr. Stokes uns höflich in aller Eile die Hände, während wir an Land gedrängt wurden. Die Ladebäume waren bereits festgemacht und die Halteleinen aufgeschossen. Kapitän Imrie dachte nicht daran, sich darauf zu verlassen, daß sein Befehl, an Land zu gehen, befolgt würde.

Wie es sich gehörte, verließ Gerran als letzter das Schiff. Oben an der Gangway sagte er: »Also in zweiundzwanzig Tagen, Kapitän Imrie? In zweiundzwanzig Tagen sind Sie zurück?«

»Keine Angst, Mr. Gerran, ich lasse Sie nicht den Winter über hier.« Jetzt, da Kapitän Imrie alle geheimnisvollen Vorgänge und die Büreninsel hinter sich lassen konnte, hatte er offenbar das Gefühl, einen etwas leichteren Ton anschlagen zu dürfen. »Zweiundzwanzig Tage? Allerhöchstens. Mensch, ich kann doch innerhalb von zweiundsiebzig Stunden Hammerfest und zurück schaffen. Ich wünsche Ihnen alles Gute.«

Damit befahl Kapitän Imrie, die Gangway einzuholen, und ging auf die Brücke hinauf, ohne seine geheimnisvolle Bemerkung bezüglich der zweiundsiebzig Stunden näher zu erläutern. Aller Wahrscheinlichkeit nach dachte er in diesem Augenblick tatsächlich daran, innerhalb dieses Zeitraums, was sein Verhalten anzudeuten schien, mit einem kleinen Aufgebot schwer bewaffneter norwegischer Polizisten zurückzukehren. Das bereitete mir nicht die geringsten Sorgen, denn ich war fest davon überzeugt, daß er, falls ihm dies wirklich vorschwebte, es sich anders überlegen würde, bevor die Nacht zu Ende ging.

Die Positionslaternen leuchteten auf, und die *Morning Rose* löste sich langsam in nördlicher Richtung von der Pier, schwang in einem Halbkreis herum und fuhr durch die Bucht von Sorhamna, wobei ihre Maschine, als sie an Geschwindigkeit zulegte, einen tieferen Ton annahm. Der Pier gegenüber ließ Kapitän Imrie noch einmal seine Dampfpfeife aufheulen — nur der Kapitän hätte sie eine Sirene nennen können. Zweimal, ein hoher, einsamer Laut, der fast augenblicklich von der alles dämpfenden Schneedecke geschluckt wurde. Nur Sekunden verstrichen, wie es schien, bis das Stampfen der Maschine und der bleiche Schein der Positionslaternen in Schnee und Dunkelheit entschwanden.

Eine ganze Weile blieben wir dort stehen, zusammengedrängt gegen die scharfe Kälte, und spähten in das Schneetreiben, als könnten wir allein durch unseren Willen die Lichter wieder in Sichtweite zurückbringen, das Stampfen der Maschine in Hörweite zurückholen. Die Stimmung war nicht gerade die von Reisenden, die glücklich an ihrem erhofften Bestimmungsort angelangt, sondern eher die von Schiffbrüchigen, die auf einer öden arktischen Insel gestrandet sind.

Die Stimmung im großen Wohnraum war nicht viel besser. Die Ölöfen funktionierten recht gut, und Eddie hatte den Dieselgenerator in Gang gesetzt, so daß sich auch die schwarzen Heizkörper an den Wänden zu erwärmen begannen, aber die Auswirkungen einer zehnjährigen Unterkühlung ließen sich nicht innerhalb einer Stunde beseitigen. Die Temperatur im Innern lag noch immer unter dem Gefrierpunkt. Keiner begab sich in die ihm zugewiesene Schlafkammer, die noch erheblich kälter war als der zentral gelegene Wohnraum. Auch schien niemand mit einem der anderen reden zu wollen. Heissman stürzte sich in einen pedantischen Vortrag über die Überlebenschancen in der Arktis, der recht langwierig zu werden versprach, ein Thema, für das er wahrscheinlich durch seine lange Bekanntschaft mit Sibirien einzigartige Voraussetzungen mitbrachte, aber er fand keine Zuhörer, und es war fraglich, ob er sich überhaupt selber zuhörte. Dann begannen Gerran und Neal Divine mit einem recht zusammenhanglosen Gerede über ihre Pläne für die Dreharbeiten des folgenden Tages, sollte das Wetter es erlauben, aber offensichtlich waren sie auch da nicht mit dem Herzen bei der Sache. Schließlich legte Conrad die Finger auf die Ursache des allgemeinen Unbehagens.

»Im arktischen Winter braucht man Taschenlampen, nicht wahr?« sagte er zu Heissman.

»Ja, natürlich.«

»Und haben wir welche?«

»Selbstverständlich, eine Menge. Warum?«

»Weil ich eine brauche. Ich möchte hinausgehen. Wir alle hocken hier seit mindestens zwanzig Minuten herum. Nach allem, was wir wissen, ist vielleicht dort draußen ein Mann, der krank ist oder verletzt, halberfroren oder vielleicht gestürzt ist und sich ein Bein gebrochen hat.«

»Nur keine Aufregung, das heißt doch, die Sache ein bißchen übertreiben, Charles«, erwiderte Gerran. »Von Mr. Smith hatte ich stets den Eindruck, er sei ein Mensch, der durchaus imstande ist, für sich selber zu sorgen.« Wahrscheinlich hätte Gerran das gleiche gesagt, wenn er beobachtet hätte, wie Smithy von einem Eisbären zerfleischt wurde. Denn sowohl seiner Natur wie seinem Körperbau nach war Gerran kein Mann, der sich unnötigerweise für irgend etwas interessierte, das auch nur entfernt mit etwas Physischem zu tun hatte.

»Wenn Ihnen das wirklich völlig gleichgültig ist, warum stehen Sie nicht dazu und sprechen es offen aus?« Ich sah Conrad in einem neuen Licht, und er fuhr fort, dieses Thema auf meine Kosten weiterzuentwickeln. »Ich hätte gedacht, Sie würden dies als erster vorschlagen, Dr. Marlowe.« Das hätte ich vielleicht auch getan, hätte ich nicht erheblich mehr über Smithy gewußt als er.

»Ich habe nichts dagegen, der zweite zu sein«, erwiderte ich höflich.

Auf jeden Fall gingen wir alle hinaus, mit Ausnahme von Gerran, der darüber klagte, sich nicht wohl zu fühlen, und Judith Haynes, die steif und fest versicherte, das alles sei Unsinn, und Mr. Smith werde schon zurückkommen, sobald er Lust dazu hätte. Eine Ansicht, die ich selber allerdings aus ganz anderen Gründen teilte. Wir wurden alle mit Taschenlampen ausgerüstet und vereinbarten, so dicht beieinander zu bleiben wie möglich oder, sollten wir getrennt werden, nach spätestens dreißig Minuten wieder zurück zu sein.

Die Suchexpedition brach weit auseinandergezogen auf und bewegte sich über die Landstufe, die Sorhamna nach Norden hin säumte. Zumindest die anderen taten es. Ich ging geradewegs auf die Materialhütte zu, wo der Dieselgenerator beruhigend blubberte, denn es war unwahrscheinlich, daß man einen von uns vermissen würde — jeder würde nur die Gegenwart seiner unmittelbaren Nachbarn wahrnehmen. Der beste Ort, ein so fruchtloses Unterfangen abzuwarten, war der wärmste und geschützteste Platz, den ich finden konnte. Ich schaltete meine Taschenlampe aus, um mich nicht zu verraten, öffnete die Tür der Hütte, trat ein, schloß die Tür, machte einen Schritt vorwärts und begann laut zu fluchen, als ich über etwas verhältnismäßig Weiches stolperte und fast der ganzen Länge nach auf dem Holzboden gelandet wäre. Ich fing mich wieder, drehte mich um und schaltete meine Taschenlampe ein.

Am Boden lag ein Mann, in dem ich, was mich nicht im geringsten überraschte, Smithy erkannte. Er bewegte sich und stöhnte, drehte sich halb auf die Seite, hob schwach einen Arm, um seine Augen vor dem grellen Schein der Lampe zu schützen, und sackte dann wieder zu Boden. Schlaff fiel sein Arm neben seinem Körper nieder, und er schloß die Augen. Seine linke Wange war mit Blut verschmiert. Er zuckte unruhig, drehte sich hin und her und stöhnte leise, wie ein Mensch es tut, wenn er sich der Grenze des Bewußtseins nähert.

»Tut es sehr weh, Smithy?« fragte ich.

Wieder stöhnte er.

»Dort, wo Sie sich Ihre Wange mit einer Handvoll gefrorenen Schnees aufgescheuert haben«, fuhr ich fort.

Er lag still und hörte auf zu stöhnen.

»Diese Komödie können Sie sich für den späteren Teil des Programms aufsparen«, erklärte ich kühl. »Würden Sie bitte so freundlich sein, aufzustehen und mir zu erklären, warum Sie sich wie ein verantwortungsloser Idiot aufgeführt haben?«

Ich stellte die Lampe auf die Haube des Generators, so daß der Lichtstrahl nach oben gerichtet war. Das ergab nicht viel Licht, doch ausreichend, um Smithys betont ausdrucksloses Gesicht zu erkennen.

»Was wollen Sie damit sagen?« rief er.

»PQS 182131, James R. Huntingdon, Golders Green und Beirut, allgemein und fälschlicherweise als Joseph Rank Smith bekannt — das ist der, den ich meine.«

»Ich glaube, ich bin der verantwortungslose Idiot, den Sie meinen«, erklärte Smithy. »Es wäre nett, wenn wir mit dem Vorstellen fortfahren könnten.«

»Dr. Marlowe«, antwortete ich. Er behielt das gleiche betont ausdruckslose Gesicht bei. »Als wir Sie vor vier Jahren und vier Monaten aus Ihrem netten, gemütlichen Dienst als Erster Offizier aus jenem heruntergekommenen libanesischen Tanker herausholten, glaubten wir, Sie hätten bei uns eine Zukunft. Eine vielversprechende. Noch vor vier Monaten haben wir so gedacht. Aber jetzt und hier bin ich alles andere als sicher.«

Smithy lächelte, aber dieses Lächeln kam nicht vom Herzen. »Sie können mich doch unmöglich auf der Bäreninsel feuern.«

»Wenn ich will, kann ich Sie in Timbuktu feuern«, entgegnete ich ungerührt. »Also, los.«

»Sie hätten sich mir gegenüber zu erkennen geben können.« Smithys Stimme klang gekränkt, und ich nahm an, daß ich es in seiner Lage auch gewesen wäre. »Ich fing an, etwas zu ahnen. Ich wußte nicht, daß außer mir noch jemand an Bord war.«

»Sie sollten gar nichts wissen. Sie sollten gar nichts ahnen. Sie sollten genau das tun, was Ihnen befohlen war. Genau das und nicht mehr. Entsinnen Sie sich der letzten Zeile in Ihren schriftlichen Anweisungen? Sie war unterstrichen. Ein Zitat von Milton. Ich habe es unterstrichen.«

»›Sie dienen auch, die nur stehen und warten‹«, sagte Smithy. »Abgedroschen, das habe ich damals gedacht.«

»Ich habe nur eine begrenzte Bildung erhalten«, erklärte ich. »Die

Frage ist, haben Sie dagestanden und gewartet? Den Teufel haben Sie getan! Ihre Anweisungen waren so einfach und klar, wie sie nur sein können. Bleiben Sie ständig an Bord der *Morning Rose*, bis Kontakt mit Ihnen aufgenommen wird. Verlassen Sie unter gar keinen Umständen das Schiff, und sei es nur für einen Schritt an Land. Versuchen Sie nicht — ich wiederhole: *nicht* —, Nachforschungen auf eigene Faust anzustellen; bemühen Sie sich nicht, irgend etwas aufzudecken; verhalten Sie sich in jedem Augenblick wie der Durchschnitt der Offiziere unserer Handelsmarine. Das haben Sie unterlassen. Ich wollte Sie an Bord dieses Schiffes haben, Smithy. Ich *brauchte* Sie an Bord — jetzt. Und wo sind Sie — festgefahren in einer gottverlassenen Hütte auf der Bäreninsel. Warum in Gottes Namen haben Sie nicht einfache Anweisungen befolgen können?«

»Okay. Meine Schuld. Aber ich hatte geglaubt, ich sei allein. Der einzelne Fall wird durch die Umstände verändert, etwa nicht? Wenn vier Leute auf geheimnisvolle Weise umkommen und vier weitere dem Tod ziemlich nahe kamen — hol's doch der Teufel, muß ich dann immer noch abseits stehen und *nichts* unternehmen? Wird von mir verlangt, *keine* Initiative zu entwickeln, auch nicht ein einziges Mal selber zu denken?«

»Erst wenn es Ihnen befohlen wird. Und jetzt sehen Sie einmal, wohin Sie mich gebracht haben — eine Hand hinter meinem Rücken. Die *Morning Rose* war meine andere Hand, und jetzt haben Sie mich ihrer beraubt. Ich wollte sie auf Abruf in der Nähe haben, zu jeder Tages- und Nachtstunde. Möglicherweise brauche ich sie plötzlich — und nun habe ich sie nicht. Gibt es einen Menschen an Bord dieses elenden Trawlers, der auch in der dunkelsten Nacht seine Position unmittelbar vor der Küste halten oder ihn mitten in einem rasenden Schneesturm nach Sorhamna bringen kann? Sie wissen ganz genau, es gibt keinen. Kapitän Imrie könnte ihn nicht einmal an einem Nachmittag mitten im Sommer den Clyde hinaufführen.«

»Haben Sie denn ein Funkgerät bei sich, um mit dem Trawler in Verbindung zu treten?«

»Natürlich. In meiner Arzttasche eingebaut — nichts weiter als ein Polizeigerät, aber mit genügender Reichweite.«

»Dürfte ziemlich schwierig sein, mit der zertrümmerten Funkanlage der *Morning Rose* Verbindung zu bekommen.«

»Wie wahr«, sagte ich. »Und warum wurde sie kurz und klein geschlagen? Weil Sie auf der Brücke ganz offen und ausführlich davon redeten, über diese Funkanlage um Hilfe zu rufen und, falls nötig, die atlantischen Streitkräfte der NATO heranzupfeifen, während die ganze Zeit über ein durchtriebener Halunke draußen auf der Brükkennock in aller Ruhe jedes Wort, das Sie sprachen, in sich einsog. Ich weiß, daß frische Spuren im Schnee zu sehen waren — ganz richtig, meine Spuren, aber nochmals benutzt, wenn Sie mir folgen können. Und so verdrückt sich unser durchtriebener Halunke und besorgt sich einen schweren Hammer.«

»Wahrscheinlich hätte ich da umsichtiger sein sollen. Ich kann mich bei Ihnen entschuldigen, wenn Sie das wünschen, aber ich sehe darin in diesem Stadium keinen großen Nutzen.«

»Ich sehe mich selber kaum auf der Liste für hervorragende Verdienste, wir können also auf die Entschuldigungen verzichten. Aber wenn Sie nun einmal hier sind — werde ich nicht mehr so verteufelt aufpassen müssen und habe den Rücken etwas frei.«

»Sie haben es also auf Sie abgesehen — wer immer *sie* sind?«

»Wer immer *sie* sind, sie haben es fraglos auf mich abgesehen.« Ich berichtete ihm kurz alles, was ich wußte, jedoch nicht alles, was ich zu wissen glaubte oder was ich vermutete, denn ich betrachtete es als sinnlos, Smithy ebenso verwirrt zu machen wie mich selber. Dann fuhr ich fort: »Nur damit wir uns nicht unabsichtlich ins Gehege kommen, lassen Sie mich jede Aktion einleiten, die nach meiner — oder unserer — Ansicht durchgeführt werden muß. Ich brauche Ihnen kaum zu sagen, daß dies Sie nicht jeder Initiative enthebt, wenn und wann immer Sie physisch bedroht werden oder sich für bedroht halten. In einem solchen Fall haben Sie im voraus meine Genehmigung, jeden zu Boden zu bringen.«

»Gut, daß ich das weiß.« Zum erstenmal glitt ein Lächeln über Smithys Gesicht. »Es wäre sogar noch besser, wenn man wüßte, wer derjenige ist, den ich aller Wahrscheinlichkeit nach zu Boden bringen muß. Und noch netter wäre es, zu erfahren, was Sie, ein höherer Beamter des Schatzamtes, und ich, dort eine der unteren Chargen, auf dieser gottverdammten Insel zu suchen haben.«

»Die Hauptsorge des Schatzamtes gilt dem Geld, stets dem Geld, in der einen oder anderen Form, und deshalb sind wir hier. Nicht unser Geld, kein britisches Geld, aber das, was wir als internationales schmutziges Geld bezeichnen. Alle Zentralbanken arbeiten in dieser Angelegenheit eng zusammen.«

»Wenn Sie so arm sind wie ich«, antwortete Smithy, »dann gibt es kein schmutziges Geld.«

»Sogar ein unterbezahlter Beamter wie Sie würde diesen Posten nicht anrühren. Hier handelt es sich um illegale Beute aus der Zeit des Zweiten Weltkriegs. Dieses ganze Geld wurde mit Blut verdient, und was davon gerettet wurde — nur ein Bruchteil der Gesamtmenge —, ist fast ohne Ausnahme mit Blut zurückgewonnen worden. Noch zu einem so späten Zeitpunkt wie im Frühling 1945 war Deutschland ein Land mit unbezahlbaren Schätzen: im Sommer des gleichen Jahres war der Vorratsschrank so gut wie ausgeräumt. Sieger wie Besiegte griffen mit klebrigen Fingern nach jedem Wertgegenstand, der ihnen unter die Augen kam — Gold, Edelsteine, alte Meister, Wertpapiere —, die Wertpapiere deutscher Banken, die vor vierzig Jahren ausgegeben wurden, haben noch immer ihren Wert behalten, und dann verschwanden diese Leute in alle Windrichtungen. Ich brauche kaum zu erwähnen, daß keiner dieser betreffenden es für richtig erachtete, seine jüngsten Erwerbungen bei den zuständigen Behörden anzumelden.« Ich blickte auf meine Uhr. »Ihre besorgten Freunde durchstöbern die Bäreninsel nach Ihnen — oder jedenfalls einen kleinen Teil von ihr. Die Suche ist auf eine halbe Stunde angesetzt. In etwa fünfzehn Minuten muß ich Ihren bewußtlosen Körper anbringen.«

»Das alles klingt recht langweilig«, meinte Smith. »Diese ganze Beute, meine ich. War es denn eine solche Menge?«

»Das hängt ganz davon ab, was man als Menge bezeichnet. Es wird geschätzt, daß die Alliierten — und wenn ich von ›Alliierten‹ spreche, meine ich England und Amerika ebenso wie die viel geschmähten Russen — ungefähr zwei Drittel der Gesamtmenge an sich zu bringen verstanden. Damit blieb den Nazis und ihren Freunden ein schäbiges Drittel, und eine vorsichtige Schätzung dieses einen Drittels — vorsichtig, Smithy — läuft darauf hinaus, daß es sich dabei um einen Betrag von ungefähr 350 Millionen Pfund handelt. Pfund Sterling, selbstverständlich.«

»Alles in allem tausend Millionen?«

»Hundert Millionen mehr oder weniger.«

»Meine kindische Bemerkung, dies sei eine langweilige Sache, streichen wir lieber aus dem Protokoll.«

»Zugestanden. Nun hat diese Beute ihren Weg in manchen Fällen zu sehr seltsamen Orten gefunden. Ein Teil davon liegt, das ist unvermeidlich, auf geheimen Nummernkonten einer Bank. Ein weiterer Teil — daran gibt es keinen Zweifel — ruht in Form von Bargeld in einigen der tiefsten österreichischen Seen in den Alpen und konnte bisher nicht wieder gehoben werden. Ich weiß von zwei Raffaels in der Kellergalerie eines Millionärs in Buenos Aires, von einem Michelangelo in Rio, von mehreren Hals und Rubens in der gleichen Art illegaler Sammlungen in New York und von einem

Rembrandt in London. Ihre Besitzer sind entweder Leute, die in den Regierungen oder den Streitkräften der betreffenden Länder Posten hatten oder enge Beziehungen zu ihnen unterhielten. Die Regierungen der Gastländer können nichts dagegen unternehmen, und es gibt auch keine Anzeichen dafür, daß sie besonders scharf darauf wären, es zu tun, da sie selber am Ende Nutznießer werden könnten. Noch gegen Ende des Jahres 1970 erschien ein internationales Kartell auf dem Markt, das über völlig gültige deutsche Wertpapiere im Wert von ungefähr 30 Millionen Pfund verfügte, ausgegeben in den dreißiger Jahren. Es bot sie der Reihe nach in London, New York und Zürich an, jedoch weigerte sich die Deutsche Bundesbank, sie einzulösen, bis die Eigentumsrechte völlig klargestellt wären. Es ist nämlich ein offenes Geheimnis, daß eine Sondereinheit der Roten Armee diese Wertpapiere 1945 aus dem Tresor der Reichsbank holte, eine Einheit, die als die einzige legalisierte militärische Einbrecherbande der Geschichte aufgestellt wurde.

Aber das ist sozusagen nur die Spitze des Eisbergs; die große Masse dieses riesigen Vermögens bleibt weiterhin verborgen, weil der Krieg noch zu kurze Zeit zurückliegt und diese Leute — die illegalen Besitzer — noch zu große Angst haben, ihre Schätze in Geld umzutauschen. Die italienische Regierung unterhält ein eigenes Amt für die Wiedererlangung verlorenen Eigentums, das sich ausschließlich mit dieser Angelegenheit befaßt, und sein Chef, ein gewisser Professor Siviero, schätzt, daß noch immer mindestens siebenhundert alte Meister, viele von ihnen so gut wie unbezahlbar, spurlos verschwunden sind, während ein anderer Fachmann, Simon Wiesenthal von der jüdischen Dokumentationszentrale in Österreich, praktisch das gleiche behauptet. Er versichert in diesem Zusammenhang, daß noch viele Leute leben, die untergetaucht sind und gesucht werden, zum Beispiel hohe SS-Offiziere, die von ihren Nummernkonten auf europäischen Banken bequem leben.

Siviero und Wiesenthal sind die anerkannten juristischen Experten auf diesem Gebiet der Wiedererlangung verlorenen Eigentums. Leider aber gibt es eine Handvoll Leute — bestimmt sind es nicht mehr als drei oder vier —, die auf diesem Gebiet die gleichen oder sogar noch größere Erfahrungen besitzen, denen es aber bedauerlicherweise an den hohen moralischen Prinzipien ihrer Kollegen fehlt, wenn man hier dieses Wort benutzen darf. Man kennt ihre Namen, aber man kommt nicht an sie heran, weil sie niemals, soweit nachprüfbar, ein Verbrechen begangen, sich nicht einmal der betrügerischen Einlösung von Aktien schuldig gemacht haben, weil die

Aktien stets in Ordnung sind, die Anspruchsberechtigten stets bekannt. Dennoch sind sie Verbrecher, die auf internationaler Ebene operieren. Der geschickteste und erfolgreichste dieser Gesellschaft ist hier mit uns auf der Bäreninsel zusammen. Sein Name lautet: Johann Heissman.«

»Heissman!«

»Kein anderer. Unser Johann ist ein sehr begabter Bursche.«

»Aber Heissman! Wie ist das möglich? Heissman? Das kann doch nicht stimmen! Vor erst zwei Jahren . . .«

»Ich weiß. Es ist zwei Jahre her, seitdem Heissman seine spektakuläre Flucht aus Sibirien gelang und er begleitet von viel Lärm, Fernsehkameras, meterlangen Zeitungsspalten und einem roten Teppich, der von Tilbury bis Tomsk gereicht hätte, in London eintraf. Seit dieser Zeit hat er sich ausschließlich mit seiner alten Liebe, der Filmherstellung, befaßt. Wie also könnte es Heissman sein?

Nun, es kann Heissman sein, und es ist Heissman, denn unser Johann ist tatsächlich ein sehr gerissener Fuchs. Wir haben festgestellt, daß er kurz vor dem Krieg Gerrans Partner in einem Filmstudio war und beide das gleiche Gymnasium in St. Pölten besucht haben, was nicht so weit von Wien entfernt liegt. Wir wissen auch, daß Heissman die falsche Richtung einschlug, während Gerran zur Zeit des Anschlusses den richtigen Weg suchte, und wir wissen auch, daß Heissman wegen seiner damaligen Sympathien für den Kommunismus im Dritten Reich ein sehr willkommener Gast war. Was folgte, war einer dieser unglaublich verwickelten Fälle, bei denen ein Spion zwei- oder dreimal umgedreht wurde, was während des Krieges in Mitteleuropa sehr häufig geschah. Heissman wurde offenbar die Flucht nach Rußland ermöglicht, wo seine Sympathien gut bekannt waren. Er wurde dann nach Deutschland zurückgeschickt, von wo aus er alle möglichen zwar irreführenden, aber noch immer annehmbaren militärischen Informationen an die Russen leitete.«

»Warum? Warum hat er das getan?«

»Weil seine Frau und seine beiden Kinder zur gleichen Zeit wie er verhaftet wurden. Ist das nicht ein ausreichender Grund?« Smithy nickte. »Als der Krieg vorüber war, die Russen Berlin überrannten und ihr Spionagematerial durchsahen, stellten sie fest, was Heissman wirklich getan hatte, und verfrachteten ihn nach Sibirien.«

»Ich hätte angenommen, sie hätten ihn sofort erschossen.«

»Das hätten sie auch getan, aber da war ein kleiner Haken. Ich habe Ihnen doch gesagt, daß Heissman ein sehr gerissener Fuchs war und es sich um eine dreifache Umdrehung handelte. Heissman arbeitete tatsächlich den ganzen Krieg hindurch für die Russen. Vier Jahre lang sandte er getreulich seine irreführenden Berichte an seine Gebieter, und obwohl er bei der Zusammenstellung seiner chiffrierten Nachrichten die deutsche Abwehr zur Verfügung hatte, kam doch niemand jemals darauf, daß Heissman die ganze Zeit über seinen eigenen überlagerten Code benutzte. Die Russen zauberten ihn ganz einfach am Ende des Krieges um seiner eigenen Sicherheit willen weg und schickten ihn angeblich nach Sibirien. Unsere Informationen laufen darauf hinaus, daß er niemals in Sibirien gewesen ist. Wir glauben, daß seine Frau und zwei verheiratete Töchter noch immer sehr behaglich in Moskau leben.«

»Und seitdem hat er für die Russen gearbeitet?« Smithy sah ein wenig verblüfft aus, und ich hatte durchaus Verständnis für ihn, denn Heissmans Doppelgleisigkeit war wirklich schwer zu begreifen.

»In seiner gegenwärtigen Eigenschaft. Während seiner letzten acht Jahre angeblicher sibirischer Gefangenschaft hat man Heissman in verschiedenen Verkleidungen in Nord- und Südamerika, Südafrika, Israel und, ob Sie es glauben oder nicht, im Hotel Savoy in London aufgespürt. Wir wissen, können es aber nicht beweisen, daß alle diese Reisen in gewisser Weise mit der Sicherstellung von Nazischätzen für seine russischen Herren zusammenhingen. Sie dürfen nicht vergessen, daß Heissman die allerbesten Beziehungen zu den höchsten Stellen in der Partei, der SS und der Abwehr unterhielt. Er war in geradezu einzigartiger Weise für diese Aufgabe qualifiziert. Seit seiner ›Flucht‹ aus Sibirien hat er in Europa zwei Filme gedreht, den einen in Piemont, wo eine alte Witwe sich darüber beschwerte, es seien einige alte verstaubte Bilder von ihrem Speicher gestohlen worden; den anderen in der Provence, wo ein alter Rechtsanwalt auf dem Lande die Polizei wegen einiger Dokumente kommen ließ, die aus seinem Büro verschwunden waren. Ob die Bilder oder die Dokumente einen Wert besaßen, wissen wir nicht. Noch weniger können wir dieses Verschwinden mit Heissman in Verbindung bringen.«

»Sehr schwer, das alles auf einmal zu verdauen«, beklagte sich Smithy.

»Das ist es, nicht wahr?«

»Okay, wenn ich rauche?«

»Fünf Minuten. Dann muß ich Sie an den Füßen hinter mir her zurückschleppen.«

»An den Schultern, wenn es Ihnen nichts ausmacht.« Smithy zündete sich eine Zigarette an und dachte eine Weile nach. »Sie müssen also feststellen, was Heissman auf der Bäreninsel treibt.«

»Deswegen sind wir hier.«

»Und Sie haben keine Ahnung?«

»Keine. Geld, um Geld muß es sich handeln. An sich wäre dies der letzte Ort auf der Welt, den man mit Geld in Verbindung brächte, und vielleicht würde diese Assoziation ohnehin falsch sein. Vielleicht ist es nur ein Umweg zum Geld. Heissman ist, wie Sie inzwischen begriffen haben werden, tatsächlich mit allen Wassern gewaschen.«

»Könnte es eine Gemeinschaftssache mit der Filmgesellschaft sein? Mit seinem alten Freund Gerran? Oder bedient er sich ihrer nur?«

»Ich habe einfach keine Ahnung.«

»Und Mary Stuart? Das Mädchen, mit dem er sich heimlich getroffen hat? Welche mögliche Verbindung besteht da?«

»Die gleiche Antwort. Wir wissen sehr wenig von ihr. Wir kennen ihren wirklichen Namen — sie hat auch niemals versucht, ihn zu verheimlichen —, ihr Alter, den Geburtsort, und wir wissen, daß sie Lettin ist — oder aus dem Gebiet kommt, das vor der Machtübernahme durch die Russen Lettland war. Wir wissen auch — und diese Information stammt nicht von ihr —, daß nur ihre Mutter Lettin war. Ihr Vater war Deutscher.«

»Ach! Vielleicht bei der Wehrmacht? Abwehr? SS?«

»Das wäre offensichtlich die Verbindung, nach der man suchen sollte. Aber wir wissen es nicht. In ihren Einwanderungspapieren steht, daß ihre Eltern tot sind.«

»Das Ministerium hat sie also auch überprüft?«

»Wir haben jeden unter die Lupe genommen, der mit *Olympus Productions* zu tun hat. Aber die Mühe hätten wir uns ebensogut sparen können.«

»Also keine Tatsachen. Irgendwelche Ahnungen, Mutmaßungen?«

»Ahnungen gehören nicht zu meinem Werkzeug.«

»Das Gefühl hatte ich auch.« Smithy zerdrückte seine Zigarette. »Bevor wir gehen, würde ich gern zwei mir sehr unangenehme Gedanken erwähnen, die mir gerade gekommen sind. Nummer eins: Johann Heissman ist ein erstklassiger, sehr erfolgreicher internationaler Agent? Stimmt's?«

»Er ist ein internationaler Verbrecher.«

»Mit anderen Worten ein As. Die Sache ist die, daß diese Jungs nach Möglichkeit jede Gewalttätigkeit vermeiden, nicht wahr?«

»Völlig richtig. Abgesehen von allem anderen ist es unter ihrer Würde.«

»Und haben Sie jemals Heissmans Namen in Verbindung mit Gewalttätigkeit gehört?«

»Darüber ist nichts bekannt.«

»Aber während der letzten paar Tage hat die Gewalttätigkeit ein beträchtliches Ausmaß angenommen. Wenn also nicht Heissman, wer steht hinter diesen Gewalthandlungen?«

»Ich behaupte nicht, daß es nicht Heissman ist. Auch der Leopard kann sein Fell verändern. Möglicherweise befindet er sich aus Gott weiß welchem Grund in einer höchst ungewöhnlichen Lage, daß ihm nichts anderes übrigbleibt, als zur Gewalt zu greifen. Vielleicht hat er, wovon wir nichts ahnen, gewalttätige Komplizen, die nicht unbedingt seine Einstellung vertreten. Oder es könnte jemand sein, der nicht das geringste mit ihm zu tun hat.«

»Das gefällt mir«, erklärte Smithy. »Einfache, gerade Antworten. Und da wäre noch der zweite Punkt, der Ihrer Aufmerksamkeit entgangen sein mag. Wenn Ihre Freunde hinter Ihnen her sind, ist anzunehmen, daß sie es auch auf mich abgesehen haben. Dieser Lauscher auf der Brücke.«

»Dieser Punkt ist meiner Aufmerksamkeit nicht entgangen. Und nicht wegen der Brücke, obwohl dies Anlaß zum Nachdenken gewesen wäre, sondern weil Sie absichtlich das Schiff haben abfahren lassen. Es ist dabei gleichgültig, was die meisten denken, einer oder mehrere werden überzeugt davon sein, daß Sie es absichtlich getan haben. Smithy, Sie sind ein gezeichneter Mann.«

»Wenn Sie mich also zurückschleppen, werden nicht alle tiefes Mitleid für den armen, alten Smithy empfinden? Einige werden die Glaubwürdigkeit meiner Verletzungen anzweifeln?«

»Sie werden sich nicht erst die Frage stellen. Sie wissen ganz genau Bescheid. Aber wir müssen so tun, als ob.«

»Vielleicht werden auch Sie mir den Rücken decken? Hin und wieder?«

»Ich habe an sehr viel zu denken, aber ich will es versuchen.«

Ich hatte Smithy unter den Achselhöhlen gepackt, mit herabhängendem Kopf, Fersen und Hände im Schnee schleifend, als uns zwei Taschenlampen weniger als fünf Schritt von der Tür der Haupthütte entfernt erfaßten.

»Haben Sie ihn gefunden?« Es war Goin, Harbottle neben sich. »Tüchtiger Mann!« Selbst für meine jetzt überempfindlichen Ohren klang Goins Reaktion echt.

»Ja. Etwa eine viertel Meile entfernt.« Ich atmete sehr schnell und heftig, um ihnen verständlich zu machen, was es bedeutete, eine Last von zweihundert Pfund durch unebenes, mit Schnee bedecktes Gelände auf eine solche Entfernung zu schleppen. »Ich habe ihn am Boden einer Schlucht gefunden. Könnten Sie mir jetzt helfen?«

Sie halfen mir. Wir schleppten ihn hinein, holten ein Feldbett heran und legten ihn darauf.

»Guter Gott, guter Gott, guter Gott!« Gerran rang die Hände, und der gequälte Ausdruck seines Gesichts war ein Zeichen für die neue Belastung, die jetzt zu dem erdrückenden Gewicht des Kreuzes, das er bereits trug, hinzukam. »Was ist dem armen Kerl zugestoßen?« Judith Haynes, die als einzige noch anwesend war, hatte keinen Versuch gemacht, die Nähe des Ölofens zu verlassen, den sie für sich in Anspruch nahm. Daß bewußtlose Männer vor ihr niedergelegt wurden, mochte für sie eine solche Routineangelegenheit sein, die nicht einmal das Hochziehen einer Augenbraue verdiente.

»Ich bin nicht sicher«, erklärte ich, nach Atem ringend. »Ich nehme an, ein schwerer Sturz, wobei er sich den Kopf an einem Stein geschlagen hat. So sieht es aus.«

»Gehirnerschütterung?«

»Vielleicht.« Ich tastete mit meinen Fingerspitzen durch sein Haar, fand eine Stelle auf der Kopfhaut, die sich nicht anders anfühlte als jede andere, und murmelte: »Aha!«

Sie sahen mich besorgt und gespannt an.

»Kognak«, sagte ich zu Gerran. Ich holte mein Stethoskop, führte das notwendige Zeremoniell durch, und es gelang mir, den hustenden, stöhnenden Smithy mit ein paar Schluck Kognak wiederzubeleben. Für einen, der nicht als Schauspieler ausgebildet war, bot er eine bemerkenswerte Leistung, am Ende durch eine Reihe von Verwünschungen und einem Ausdruck von Schock und Entsetzen noch gesteigert, als ich ihm mitteilte, die *Morning Rose* habe ohne ihn abgelegt.

Im Verlauf dieser Aufführung kamen die meisten Angehörigen des Suchtrupps zu zweit oder dritt hereingewandert. Ich beobachtete alle sehr genau, möglichst unauffällig, und suchte nach einem Ausdruck, der etwas anderes als Überraschung oder Erleichterung spiegelte, aber die Mühe hätte ich mir sparen können. Sollte es einen — oder mehrere — geben, der weder überrascht noch erleichtert war, so hatte er seine Empfindungen und Gesichtsmuskeln allzu sehr unter Kontrolle, um auch nur das geringste zu verraten. Nichts anderes hatte ich erwartet.

Nach etwa zehn Minuten wandte sich unsere Sorge von dem nun offensichtlich sich erholenden Smithy der Tatsache zu, daß zwei

Angehörige des Suchtrupps noch fehlten: Allen und Stryker. Nach den Ereignissen an diesem Morgen empfand ich die Abwesenheit ausgerechnet dieser beiden als einen seltsamen Zufall; nach fünfzehn Minuten fand ich sie merkwürdig und nach zwanzig Minuten geradezu unheilverkündend, ein Gefühl, das offenbar fast alle Anwesenden teilten. Judith Haynes hatte ihre ersessenen Rechte neben dem Ölofen aufgegeben, ging mit kurzen, nervösen Schritten auf und ab und preßte ihre Hände zusammen. Schließlich blieb sie vor mir stehen.

»Mir gefällt das nicht, mir gefällt das nicht!« Ihre Stimme klang erregt und besorgt; das alles konnte gespielt sein, aber das glaubte ich nicht. »Was hält ihn auf? Warum bleibt er so lange? Er ist mit diesem Kerl, diesem Allen, zusammen. Etwas stimmt nicht. Ich weiß es, ich *weiß* es.« Als ich nicht antwortete, sagte sie: »Gehen Sie denn nicht hinaus, um nach ihm zu suchen?«

»Genau so, wie Sie nach Mr. Smith gesucht haben«, erwiderte ich. Das war nicht sehr nett von mir, aber ich hatte anderen Leuten gegenüber nicht immer so freundliche Gefühle wie Lonnie. »Vielleicht kommt Ihr Mann zurück, sobald *er* Lust dazu hat.«

Sie sah mich an, ohne ein Wort zu sagen, ihre Lippen bewegten sich, aber es war kein Laut zu hören. Ihr Gesicht verriet keine wirkliche Feindseligkeit, und zum zweitenmal an diesem Tag wurde mir klar, daß das Gerücht, sie hasse ihren Mann, tatsächlich nur ein Gerücht war. Sie machte sich Sorgen um ihn, wie tief diese auch verschüttet sein mochten. Dann wandte sie sich ab, und ich griff nach meiner Taschenlampe.

»Also nochmals in die Brandung«, rief ich. »Kommt jemand mit?«

Conrad, Jungbeck, Heyter und Hendriks begleiteten mich. Es gab genügend Freiwillige, aber ich sagte mir, daß sich die einzelnen Leute bei einer größeren Zahl nur in die Quere kommen würden und die Gefahr, es könnte sich noch einer verirren, nur größer würde. Kaum hatten wir die Hütte verlassen, als wir fünf mit Abständen von nicht mehr als acht Schritt ausschwärmten und den Weg nach Norden einschlugen.

Wir fanden Allen innerhalb der ersten dreißig Sekunden. Oder genauer, er fand uns, denn er sah unsere Taschenlampen — seine eigene hatte er verloren — und kam aus Schnee und Finsternis auf uns zugetaumelt. »Taumeln« war das richtige Wort, denn er schwankte wie jemand, der unter starkem Einfluß von Alkohol steht oder sehr erschöpft ist, und als er zu sprechen versuchte, klang seine Stimme heiser und undeutlich. Er zitterte wie ein Mensch mit

Schüttelfrost. Es schien nicht nur sinnlos, sondern grausam, ihn in diesem Zustand auszufragen, und so eilten wir mit ihm hinein.

Ich sah ihn mir an, nachdem wir ihn auf einen Schemel neben dem Ölofen sich hatten hinsetzen lassen, und ich brauchte nicht zweimal hinzuschauen, um festzustellen, daß dies nicht gerade Allens großer Tag gewesen war. Allen hatte wieder den Kopf hinhalten müssen, und der Schaden, den er dabei genommen hatte, entsprach mindestens den Verletzungen, die ihm am Morgen beigebracht worden waren. Zwei böse Platzwunden über der Stelle, die bis dahin sein unbeschädigtes Auge gewesen war, eine geschwollene aufgeschürfte rechte Wange und Blut, das ihm aus Mund und Nase lief, Blut, das in der Kälte bereits geronnen war. Aber seine schwerste Verletzung war eine sehr tiefe, klaffende Wunde am Hinterkopf, wo die Kopfhaut bis auf den Knochen gespalten war. Jemand hatte den jungen Allen schwer zusammengeschlagen.

»Was ist Ihnen denn diesmal zugestoßen?« fragte ich. Er zuckte zusammen, als ich sein Gesicht zu säubern begann. »Oder sollte ich fragen, ob Sie wissen, was Ihnen zugestoßen ist?«

»Ich weiß es nicht«, antwortete er heiser. Er schüttelte den Kopf und atmete heftig ein, als ein Schmerz entweder durch seinen Kopf oder seinen Nacken zuckte. »Ich weiß es nicht, ich erinnere mich nicht.«

»Sie hatten eine Schlägerei, Freundchen«, sagte ich. »Jemand hat Sie zusammengeschlagen,und zwar recht übel.«

»Ich weiß. Ich fühle es. Aber ich erinnere mich nicht. Ganz ehrlich, ich erinnere mich nicht. Ich — ich weiß einfach nicht, was geschehen ist.«

»Aber Sie müssen ihn doch gesehen haben«, stellte Goin fest. »Wer immer es war, Sie müssen ihm doch gegenübergestanden haben. Mein Gott, Junge, Ihr Hemd ist zerrissen und an Ihrer Jacke fehlen ein paar Knöpfe. Er muß vor Ihnen gestanden haben, als er das tat. Sie müssen ihn doch wenigstens flüchtig erblickt haben.«

»Es war dunkel«, murmelte Allen. »Nichts habe ich gesehen. Ich habe auch nichts gefühlt, ich weiß nur, daß ich ziemlich angeschlagen im Schnee zu mir gekommen bin und mein Hinterkopf schmerzte. Ich wußte, daß ich blutete und — bitte, ich weiß wirklich nicht, was geschehen ist.«

»Doch, Sie wissen es, Sie wissen es!« Judith Haynes hatte sich nach vorn gedrängt. Die Verwandlung in ihrem Gesicht war ebenso erstaunlich wie häßlich. Obwohl ich durch ihr Auftreten am Morgen bis zu einem gewissen Grade darauf vorbereitet war, war es doch fast erschreckend, sie so zu sehen. Der Mund, der wie eine klaffende Wunde gewirkt hatte, war verschwunden, die Lippen waren über entblößten Zähnen zurückgezogen, die grünen Augen nur noch Schlitze, und ebenso wie am Morgen lag die Haut gespannt über ihren Backenknochen, so daß sie aussah, als sei sie für ihr Gesicht viel zu knapp. »Sie verdammter Lügner!« schrie sie ihn an. »Wollten es ihm nur heimzahlen, was? Sie gemeiner, kleiner Schweinehund, was haben Sie mit meinem Mann gemacht? Hören Sie mich? Hören Sie mich? Was haben Sie mit ihm gemacht, hol' Sie der Teufel? Wo ist er? Wo haben Sie ihn gelassen?«

Allen blickte in fast ängstlichem Staunen zu ihr auf und schüttelte dann ermattet den Kopf. »Tut mir leid, Miss Haynes, ich weiß nicht, was . . .«

Sie bog ihre Finger mit den langen Nägeln zu Krallen und stürzte auf ihn zu, aber ich hatte es erwartet. Auch Goin und Conrad. Sie wand sich wie eine gefangene Wildkatze, stieß schreiend Schimpfworte gegen Allen aus und erschlaffte dann plötzlich. Ihr Atem ging in ein rauhes, röchelndes Schluchzen über.

»Schon gut, schon gut, Judith«, sagte Gerran. »Es gibt doch keinen . . .«

»Bleib du mir nur mit deinem ›schon gut‹ vom Leibe, du dummer, alter Schweinehund!« kreischte sie. Kindlicher Respekt war offensichtlich nicht Judith Haynes' starke Seite, aber Gerran nahm, obwohl merkbar nervös, die Beschimpfungen durch seine Tochter hin, als sei dies ganz selbstverständlich. »Warum stellst du nicht lieber fest, was dieses junge Schwein meinem Mann angetan hat? Warum tust du das nicht? Warum nicht?« Sie wand sich, um ihre Arme freizubekommen, und da sie versuchte, sich von uns zu entfernen, ließen wir sie laufen. Sie ergriff eine Taschenlampe und rannte zur Tür.

»Haltet sie auf!« rief ich.

Heyter und Jungbeck, beide kräftige Männer, versperrten ihr den Weg.

»Laßt mich gehen, laßt mich raus!« schrie sie. Weder Heyter noch Jungbeck rührten sich von der Stelle, und sie wirbelte zu mir herum. »Wer zum Teufel sind Sie, um . . . ich will raus und Michael suchen!«

»Tut mir leid, Miss Haynes«, erwiderte ich. »Ihr Zustand ist nicht so, daß Sie nach irgend jemand suchen könnten. Sie würden sich nur verirren, keine Spur wäre von Ihnen zu sehen, und innerhalb von fünf Minuten wären Sie gleichfalls verloren, vielleicht für immer. Wir brechen gleich auf.«

Sie ballte die Fäuste, bleckte ihre Zähne und ging mit drei raschen Schritten auf Gerran zu.

»Läßt du ihn so mit mir umspringen?« Ein vernichtender Blick in meine Richtung. »Kein Rückgrat, das bist du, absolut kein Rückgrat! Jeder kann auf dir herumtrampeln!« Bei diesem letzten Ausbruch blinzelte Gerran nervös, sagte aber nichts. »Bin ich nicht angeblich deine verdammte Tochter? Bist du nicht angeblich der verdammte Chef? Zum Teufel, wer gibt hier die Befehle? Du oder Marlowe?«

»Ihr Vater«, rief Goin. »Selbstverständlich. Aber ohne damit Dr. Marlowe herabsetzen zu wollen, wir schaffen uns doch nicht einen Hund an, nur um selber zu bellen. Er ist Arzt, und wir wären verrückt, ihm in ärztlichen Angelegenheiten nicht die Entscheidung zu überlassen.«

»Wollen Sie damit zu verstehen geben, daß ich ein Fall für einen Arzt bin?« Alle Farbe war aus ihren Wangen gewichen, und sie sah häßlicher aus denn je. »Wollen Sie das? Wollen Sie das? Vielleicht ein Fall von Geisteskrankheit?«

Weiß Got, ich hätte es Goin nicht vorgeworfen, wenn er ohne weiteres mit ja geantwortet und es dabei belassen hätte, aber Goin war viel zu diplomatisch, um so etwas zu sagen. Außerdem hatte er offensichtlich eine derartige Krise schon früher miterlebt. So antwortete er ruhig, aber nicht herablassend: »Ich habe nichts dergleichen zu verstehen gegeben. Selbstverständlich sind Sie besorgt, selbstverständlich übermäßig erregt, immerhin ist es Ihr Mann, der vermißt wird. Aber ich stimme mit Dr. Marlowe darin überein, daß Sie nicht der richtige Mensch sind, um nach ihm zu suchen. Wenn Sie uns keine Schwierigkeiten machen, Judith, werden wir ihn um so schneller wieder hier haben.«

Sie zögerte, noch immer auf halbem Weg zwischen hysterischem Anfall und Zorn, wandte sich dann aber ab. Ich versah die Wunde an Allens Kopf mit einem Pflaster und sagte: »Das genügt, bis ich zurück bin. Ich fürchte, daß ich ein paar Locken abrasieren und die Sache nähen muß.« Auf dem Weg zur Tür blieb ich stehen und raunte Goin zu: »Halten Sie sie Allen fern, wollen Sie das tun?«

Goin nickte.

»Und halten Sie sie auch von Mary Darling fern.«

Er sah mich mit einem für ihn ungewöhnlichen Ausdruck der Verwunderung an. »Dieses Kind?«

»Dieses Kind. Sie steht als nächste auf Miss Haynes Liste. Das heißt, wenn Miss Haynes erst einmal dazu kommt, daran zu denken.«

Ich brach mit den gleichen vier Männern wie zuvor auf. Conrad, der als letzter hinaustrat, schloß hinter sich die Tür und sagte: »Mein Gott! Was für eine reizende Hauptdarstellerin habe ich! Was für ein zänkisches Weib!«

»Sie ist ein bißchen durcheinander«, erwiderte ich nachsichtig.

»Ein bißchen durcheinander! Ich bete, daß ich ein ganzes Stück entfernt bin, wenn sie wirklich in Raserei gerät. Was zum Teufel ist Ihrer Ansicht nach Stryker zugestoßen?«

»Ich habe keine Ahnung«, antwortete ich, und weil es dunkel war, brauchte ich mich nicht um einen Ausdruck der Aufrichtigkeit zu bemühen, der zu diesen Worten paßte. Ich trat näher auf ihn zu, damit die anderen, die zur Suche bereits ausgeschwärmt waren, mich nicht hören konnten. »Da wir ein solcher Haufen seltsamer Vögel sind, hoffe ich, daß die seltsame Bitte von einem anderen seltsamen Vogel nicht ungelegen kommt.«

»Sie enttäuschen mich, Doktor. Ich glaubte, Sie und ich wären zwei von den sehr wenigen halbwegs normalen Leuten hier herum.«

»Nach den herrschenden Maßstäben ist jeder halbwegs gemäßigte Irre als normal anzusehen. Wissen Sie eigentlich etwas von Lonnies Vergangenheit?«

Er schwieg eine Weile und sagte dann: »Hat er denn eine Vergangenheit?«

»Wir alle haben eine Vergangenheit. Wenn Sie meinen, ich denke an eine Vergangenheit als Verbrecher, nein. Die hat Lonnie nicht. Ich möchte nur herausfinden, ob er verheiratet war oder Familie hatte. Das ist alles.«

»Warum fragen Sie ihn nicht selber?«

»Würde ich Sie fragen, wenn ich keine Hemmungen hätte, ihn selber zu fragen?«

Wieder Schweigen. »Heißen Sie wirklich Marlowe, Doktor?«

»Marlowe wie eh und je. Christopher Marlowe. Paß, Geburtsurkunde, Führerschein — sie alle stimmen darin überein.«

»Christopher Marlowe? Genau wie der Bühnenautor, he?«

»Meine Eltern hatten literarische Neigungen.«

»Soso.« Wieder machte er eine Pause. »Erinnern Sie sich, was Ihrem Namensvetter zugestoßen ist — vor seinem dreißigsten Geburtstag von einem Freund durch einen Stich in den Rücken erdolcht?«

»Beruhigen Sie sich. Mein dreißigster Geburtstag ist schon längst im Nebel der Zeiten entschwunden.«

»Und Sie sind wirklich Arzt?«

»Ja.«

»Und Sie sind wirklich auch noch etwas anderes?«

»Ja.«

»Lonnie. Familienstand. Kinder ja oder nein. Sie können sich auf Conrads Verschwiegenheit verlassen.«

»Danke«, sagte ich. Wir gingen auseinander. Aus zwei Gründen bewegten wir uns nach Norden — einmal wegen des Windes, so daß wir den Schnee im Rücken hatten, und in dieser Richtung einfacher vorankamen; außerdem war Allen aus dieser Richtung auf uns zugetaumelt. Obwohl Allen erklärte, sich an nichts von dem, was geschehen war, erinnern zu können, erschien es mir wahrscheinlich, daß wir Stryker gleichfalls irgendwo in dieser Gegend finden würden. Das erwies sich auch als richtig.

»Hierher! Hierher!« Trotz des alle Laute dämpfenden Schnees klang Hendriks' Ruf seltsam hoch und erregt. »Ich habe ihn, ich habe ihn gefunden!«

Er hatte ihn wirklich gefunden. Michael Stryker lag mit dem Gesicht nach unten im Schnee, Arme und Beine fast vollkommen symmetrisch ausgestreckt. Er hielt beide Fäuste geballt. Im Schnee neben seiner linken Schulter entdeckte ich einen glatten, ovalen Stein, den man seiner Größe entsprechend — er mochte zwischen sechzig und siebzig Pfund wiegen — richtiger als Findling bezeichnet hätte. Ich beugte mich tief über diesen Findling, näherte ihm die Lampe und bemerkte sofort die paar dunklen Haare, die an dem schwärzlichen geronnenen Fleck klebten. Ein Beweis, wenn es eines Beweises bedurft hätte, aber ich hatte ohnehin nicht bezweifelt, daß dies der Gegenstand war, der benutzt wurde, um Stryker den Hinterkopf einzuschlagen. Der Tod mußte augenblicklich eingetreten sein.

»Er ist tot!« sagte Jungbeck ungläubig.

»Das ist er bestimmt«, antwortete ich.

»Und ermordet!«

»Das auch.« Ich versuchte, ihn auf den Rücken zu drehen, aber Conrad und Jungbeck mußten mir mit ihrem nicht unbeträchtlichen Gewicht zur Hilfe kommen, um es zu schaffen. Strykers Oberlippe war von den Nasenlöchern ab tief gespalten, ihm fehlte ein Zahn, und an der rechten Schläfe hatte er eine rote, blutunterlaufene Strieme.

»Mein Gott, muß das ein Kampf gewesen sein«, sagte Jungbeck heiser. »Ich hätte nie gedacht, daß Allen, dieser junge Kerl, das Zeug dazu hat.«

»Ich hätte es auch nicht gedacht«, stimmte ich ihm zu.

»Allen?« meinte Conrad. »Ich hätte geschworen, daß er die Wahrheit sagte. Konnte er ... glauben Sie, daß er nicht mehr weiß, was er getan hat?«

»Wenn man einen Schlag auf den Kopf bekommen hat, kann alles mögliche Seltsame geschehen«, antwortete ich. Ich betrachtete den Boden um den Toten herum. Da waren Fußspuren, nicht viele, aber auch sie bereits schwach und vom Schneetreiben verwischt. Von dieser Seite her war keine Hilfe zu erwarten. So sagte ich: »Schaffen wir ihn zurück.«

Wir trugen den Toten ins Lager zurück, und es war trotz des unebenen Geländes und des Schnees, der uns ins Gesicht trieb, keine so schwierige Aufgabe, da die Glieder bereits anfingen zu erstarren, nicht etwa durch Leichenstarre, denn dafür war es noch zu früh, sondern durch die Auswirkungen der scharfen Kälte. Der gleiche Grund, der es mir erschwert hatte, ihn umzudrehen. Vor dem Hauptgebäude legten wir ihn in den Schnee. Zu Hendriks sagte ich: »Gehen Sie hinein und bitten Sie Goin um eine Flasche Kognak — erklären Sie ihm, ich hätte Sie zurückgeschickt, und wir bräuchten sie, um weiterzumachen.« Es war das letzte, was ich jemals empfohlen hätte, damit sich jemand in scharfer Kälte warm hält, aber im Augenblick fiel mir nichts Besseres ein. »Und sagen Sie Goin leise, er soll herkommen.«

Goin, der offensichtlich wußte, daß etwas sehr Schlimmes geschehen war, trat scheinbar gleichgültig heraus und schloß ebenso unauffällig die Tür, aber es lag nichts Gleichgültiges in seiner Reaktion, als er Stryker dort liegen sah, sein zerschundenes Gesicht im grellen Licht mehrerer Lampen so weiß wie ein Totenschädel. Goins eigenes Gesicht war im Widerschein des vom Schnee zurückgeworfenen Lichts ziemlich deutlich zu erkennen. Der Ausdruck des Entsetzens hätte gespielt sein können; das Zurückweichen des Blutes aber, so daß sein Gesicht ebenso weiß wirkte wie Strykers, konnte er nicht herbeiführen.

»Du lieber Gott!« flüsterte er. »Tot?«

Ich antwortete nicht und drehte den Toten wieder mit Conrads und Jungbecks Hilfe nur herum. Diesmal war es schwieriger. Goin erstickte einen seltsamen Laut in seiner Kehle, reagierte aber sonst überhaupt nicht. Wahrscheinlich war ihm nichts mehr geblieben, womit er hätte reagieren können. Er stand lediglich da und starrte vor sich hin, während der treibende Schnee den Anorak des Toten und gnädig auch die entsetzliche Wunde am Hinterkopf mit seinem Weiß bedeckte. Es erschien uns eine recht lange Zeit, die wir dort schweigend standen und auf den Toten hinabblickten. Ich bemerkte, fast unbewußt, daß der Wind, der jetzt über Süd hinausdrehte, an Stärke zunahm, denn der immer dichter fallende Schnee trieb jetzt fast parallel zum Boden hin. Ich weiß nicht, wie kalt es war, aber es mußte an die dreißig Grad unter dem Gefrierpunkt sein. Dumpf wurde mir auch bewußt, daß ich vor Kälte zitterte. Ich blickte um mich und sah, daß es den anderen genauso erging. Unser Atem gefror, sobald er auf die eisige Luft traf, aber der Wind peitschte ihn weg, bevor der Dampf Zeit fand, sich zu verfestigen.

»Ein Ufall?« fragte Goin rauh. »Könnte es ein Unfall gewesen sein?«

»Nein«, antwortete ich. »Ich habe den Stein gesehen, der benutzt wurde, um ihm den Schädel einzuschlagen.« Goin machte wieder das gleiche seltsame Geräusch in der Kehle. »Wir können ihn nicht hier lassen, und wir können ihn auch nicht hineinbringen«, fuhr ich fort. »Ich schlage vor, ihn in den Traktorschuppen zu legen.«

»Ja, ja, der Traktorschuppen«, sagte Goin. In Wirklichkeit wußte er nicht, was er sagte.

»Und wer wird Miss Haynes die Nachricht überbringen?« fragte ich. Gott allein wußte, daß mir nichts daran lag.

»Bitte?« Er stand noch immer unter der Einwirkung eines Schocks. »Bitte, was sagten Sie?«

»Seine Frau. Man muß es ihr mitteilen.« Ich nahm an, daß ich als Arzt derjenige war, der es tun sollte, aber ich wurde der Entscheidung enthoben. Die Tür der Hütte wurde jäh aufgerissen, und Judith Haynes, ihre beiden Hunde dicht neben ihr, stand dort und zeichnete sich scharf gegen das Licht aus dem Inneren ab. Hinter ihr waren Gerran und der Graf verschwommen zu erkennen. Sie blieb dort stehen, die Hände an den Türpfosten, völlig regungslos und, soweit ich feststellen konnte, ohne jeden Ausdruck. Dann kam sie wie in einem Traum näher und beugte sich über ihren Mann. Nach einigen Augenblicken richtete sie sich auf, blickte wie verwundert um sich, wandte mir fragend ihre Augen zu, aber nur kurz, dann verdrehten sich ihre Augen, sie sank in sich zusammen und fiel schwer auf Strykers Leichnam, bevor ich oder einer der anderen sie auffangen konnten.

Conrad und ich trugen sie hinein und legten sie auf das Feldbett, das noch vor kurzem Smithy in Anspruch genommen hatte. Goin folgte uns. Die Cockerspaniels mußte man mit Gewalt daran hindern, sich zu ihr zu gesellen. Ihr Gesicht war weiß wie Alabaster und ihre Atmung sehr flach. Ich zog ihr rechtes Augenlid hoch, und mein Daumen fand keinen Widerstand. Meinerseits war es eine automatische Reaktion, denn mir war nicht einmal der Gedanke gekommen, die Ohnmacht könnte nicht echt sein. Ich bemerkte, daß Gerran mit weit aufgerissenen Augen und leicht geöffnetem Mund dicht neben ihr stand, seine Hände zusammengepreßt, so daß die Knöchel weiß schimmerten.

»Was ist mit ihr?« fragte er mit rauher Stimme. »Wird sie . . .«

»Sie wird schon zu sich kommen«, antwortete ich.

»Riechsalz«, rief er. »Vielleicht . . .«

»Nein.« Riechsalz, um ihr Aufwachen zu beschleunigen, ein Erwachen zu der bitteren Wirklichkeit, der sie sich stellen mußte.

»Und Michael? Mein Schwiegersohn? Ist er — ich meine . . .«

»Sie haben ihn doch gesehen«, erwiderte ich fast gereizt. »Er ist tot, natürlich ist er tot.«

»Aber wie — aber wie . . .«

»Er wurde ermordet.« Er stieß unwillkürlich ein paar Laute aus, holte gepreßt Atem, dann folgte eine Stille, die, während die Sekunden verstrichen, durch das Zischen der Coleman-Lampen noch verstärkt wurde. Ich gab mir nicht einmal die Mühe aufzublicken, um die individuellen Reaktionen festzustellen, denn inzwischen wußte ich, daß ich auf diesem Weg nichts erfahren würde. Ich betrachtete nur die ohnmächtige Frau und wußte nicht, was ich denken sollte. Stryker, dieser hartgesottene, weltgewandte, zynische Stryker, hatte in Angst vor dieser Frau gelebt. War es wegen der Macht, die sie als Gerrans Tochter in Händen hielt, aus dem Wissen heraus, daß seine Lebensumstände von einer ihrer höchst unberechenbaren Launen abhingen — und ich konnte mir nur wenige Frauen vorstellen, die in bezug auf unberechenbare Launen begabter waren als Judith Haynes? Lag es an ihrer krankhaften Eifersucht, die sie ohne Zweifel beherrschte, oder an ihrer jäh ausbrechenden Bösartigkeit, die angeblich vom Irrationalen bis zum Wahnwitz reichte, oder hatte sie die Drohung einer unvorstellbaren Erpressung über seinem Haupt hängen lassen, die ihn jederzeit in die Knie zwingen konnte? Hatte er auf seine Weise seine Frau sogar geliebt und entgegen aller hoffnungslosen Hoffnung gehofft, sie könnte etwas davon erwidern, und war er bereit gewesen, jede Erniedrigung, jede Beleidigung hinzunehmen, immer in der Hoffnung, er könnte dies oder einen Teil davon eines Tages erreichen? Ich würde es niemals erfahren, aber diese Fragen waren ohnehin nur von akademischem Interesse, Stryker ging mich nichts mehr an, ich wälzte sie nur in meinem Kopf hin und her und fragte mich, in welcher Weise sie ein Licht auf Judith Haynes' völlig unerwartete Reaktion auf Strykers

Tod werfen könnten. Sie hatte ihn verachtet, sie mußte ihn wegen seiner Abhängigkeit, seiner Schwäche, seines demütigen Sichabfindens mit Beleidigungen verachtet haben, wegen seiner Furcht, die er vor meinen Augen gezeigt hatte, und wegen der Leere, die hinter einer so eindrucksvollen männlichen Fassade verborgen gelegen hatte. Aber hatte sie ihn gleichzeitig nicht auch geliebt, oder war sie ganz einfach nur untröstlich über den Verlust des treuen Prügelknaben, dieses einzigen zuverlässigen Menschen auf der ganzen Welt, an dem sie ungestraft auch ihre ausgefallensten Launen auslassen konnte? Selbst wenn sie sich dessen nicht bewußt war, hätte er ein unentbehrlicher, wesentlicher Teil ihres Daseins werden können, ein heimtückisch in das Gewebe ihres Lebens hineingewobener Faden, stets verläßlich, stets da, stets zur Hand, wenn sie seiner am meisten bedurfte, selbst wenn dieses Bedürfnis nur dazu da war, das graue, zersetzende Gift wegzufressen, das unaufhörlich an den Rädern ihres Bewußtseins nagte. Selbst ein noch so von Patina bedeckter Eckstein kann das baufälligste Haus schützen: nimmt man ihn weg, stürzt das Haus ein. Die traumatische Reaktion auf Strykers Tod konnte paradoxerweise der überzeugende Beweis für grenzenlose, unheilbare Selbstsucht sein: die ihr bis jetzt noch nicht bewußte Erkenntnis, sie sei das bemitleidenswerteste aller Geschöpfe, ein völlig vereinsamter Mensch.

Judith Haynes bewegte sich, und ihre Augen öffneten sich zitternd. Die Erinnerung kehrte wieder, und sie erschauerte. Ich verhalf ihr zu einer sitzenden Stellung, und sie blickte verstört um sich.

»Wo ist er?« Ich mußte mich anstrengen, um ihre Worte zu hören.

»Schon gut, Miss Haynes«, sagte ich und fügte hinzu, als wollte ich dadurch diese nichtssagende Äußerung noch unterstreichen: »Wir kümmern uns um ihn.«

»Wo ist er?« stöhnte sie. »Er ist mein Mann, mein Mann. Ich will ihn sehen.«

»Besser nicht, Miss Haynes.« Goin konnte überraschend sanft sein. »Wie Dr. Marlowe schon sagte, wir kümmern uns um alles. Sie haben ihn bereits gesehen, und es kann nichts Gutes . . .«

»Bringt ihn herein. Bringt ihn herein!« Eine Stimme ohne jedes Leben, aber ein ungebrochener Wille. »Ich muß ihn noch einmal sehen.«

Ich stand auf und ging zur Tür. Der Graf vertrat mir den Weg. Seine adlerartigen aristokratischen Züge offenbarten eine Mischung von Abscheu und Entsetzen. »Das können Sie nicht tun. Es ist zu grausig — es ist — es ist makaber.«

»Was, meinen Sie, empfinde ich dabei?« Ich kam mir brutal vor, aber ich wußte, daß es nicht so klang. Ich glaube, ich wirkte nur müde. »Wenn ich ihn nicht hereinbringe, wird sie wieder hinausstürzen. Und in einer solchen Nacht sollte man lieber nicht draußen sein.«

So trugen wir ihn hinein, dieselben drei, Jungbeck, Conrad und ich, und legten ihn auf den Rücken, so daß die entsetzliche Wunde am Hinterkopf nicht zu sehen war. Judith Haynes erhob sich von ihrem Feldbett, ging langsam auf ihn zu wie ein Mensch in einem Traum und sank auf die Knie. Regungslos sah sie ihn einen Augenblick an, streckte dann die Hand aus und berührte sanft das zerschundene Gesicht. Niemand sprach, niemand rührte sich. Nicht ohne Mühe zog sie seinen rechten Arm dicht an seine Seite, wollte dasselbe mit dem linken tun, bemerkte, daß die Faust noch immer geballt war und stemmte sie vorsichtig auf.

Ein brauner, runder Gegenstand lag in seiner Hand. Sie nahm ihn, legte ihn auf ihre Handfläche, richtete sich noch immer kniend auf, wandte sich halb herum und zeigte uns, was sie da hielt. Dann sah sie, ihre Hand nach ihm ausgestreckt, Allen an. Wir alle sahen Allen an.

Der braune Lederknopf in ihrer Hand paßte genau zu den noch vorhandenen Knöpfen an Allens zerrissener Jacke.

IX

Ich bin nicht sicher, wie lange die Stille währte, eine Stille, die durch das unerträgliche Zischen der Lampen und das klagende Heulen des Südwinds nur noch verstärkt wurde. Es mußte mindestens zehn Sekunden gedauert haben, obwohl es sehr viel länger erschien, eine scheinbar grenzenlose Zeitspanne, in der sich niemand rührte, sich nichts bewegte. Nicht einmal die Augen bewegten sich, denn Allens Augen waren starr und verständnislos auf den Knopf in Judith Haynes' Hand gerichtet, während die Augen aller anderen im Raum auf Allen ruhten. Dieser kleine, mit Leder bezogene Knopf hielt uns alle gefangen.

Judith Haynes bewegte sich als erste. Sehr langsam stand sie auf, als ob dies eine gewaltige Anstrengung von Geist und Körper erforderte, und blieb einen Augenblick unschlüssig stehen. Sie wirkte jetzt ruhig und sehr resigniert, und da dies eine völlig falsche Reaktion war, sah ich an ihr vorbei Conrad und Smithy an und begegnete ihren Blicken. Conrad senkte kurz die Augen, als wollte er damit ein Signal bestätigen, während Smithy seinen Blick auf Judith Haynes richtete. Als sie sich vom Leichnam ihres Mannes fortzubewegen begann, näherten sich ihr beide wie unabsichtlich, um sie abzufangen, bevor sie sich Allen nähern konnte. Judith Haynes blieb stehen, sah sie an und lächelte.

»Das erübrigt sich vollkommen«, erklärte sie. Sie warf den Knopf Allen zu, der ihn in einer unwillkürlichen Reaktion auffing. Er hielt ihn in seiner Hand, starrte ihn an und blickte dann verstört Judith Haynes an, die erneut lächelte. »Den werden Sie doch brauchen, nicht wahr?« rief sie und entfernte sich in Richtung auf die ihr zugewiesene Kammer.

Die Spannung wich von mir, und ich bemerkte, daß es den anderen genauso ging, denn ich hörte das langsame Ausatmen der anderen, die in meiner nächsten Nähe standen. Ich blickte von Judith Haynes zu Allen, und das war ein Fehler, denn zu früh hatte meine Wachsamkeit nachgelassen. Instinktiv war mir bewußt geworden, daß die zur Schau getragene stille, traurige Resignation ganz und gar nicht mit ihrem Wesen übereinstimmte, aber ich hatte es den Auswirkungen des erschütternden Schocks, den sie gerade erlitten hatte, zugeschrieben.

»Sie haben ihn getötet, Sie haben ihn getötet!« Ihre Stimme war ein irrer Schrei, aber auch nicht wahnwitziger als der tobsüchtige Zorn, mit dem sie sich auf Mary Darling stürzte, die bereits hintenüber taumelte, während sich die andere Frau auf sie warf und mit zu Krallen gebogenen Fingern sie grausam zerkratzte. »Du Luder, du Hure, du dreckige Schlampe, du — du Mörderin! Du bist diejenige, die ihn ermordet hat! Du hast meinen Mann ermordet! Du! Du!« Schluchzend und wahnsinnige Beschimpfungen gegen die entsetzte und vorübergehend wie gelähmte Mary Darling ausstoßend, die bereits ihre große Hornbrille verloren hatte, griff Judith Haynes mit einer Hand in das Haar der unglücklichen Mary und suchte mit der anderen nach ihren Augen, als Smithy und Conrad sie zu fassen bekamen. Beide waren große, starke Männer, aber sie kämpfte mit einer so entfesselten, katzenhaften Wildheit — und gleichzeitig hatten sie es mit zwei ebenso hysterischen Hunden zu tun —, daß sie einige Sekunden brauchten, um sie zurückzureißen. Aber selbst da noch krallte sie sich mit der Kraft einer Irrsinnigen in Marys Haaren fest, ein Griff, den Smithy erbarmungslos und ohne Zögern aufbrach, indem er ihr Handgelenk zusammendrückte, bis sie vor Schmerz schrie. Sie rissen sie hoch, und sie schrie mit aller Kraft hysterisch weiter und versuchte nicht einmal mehr, Worte zu bilden. Nichts weiter als dieses entsetzliche, die Nerven zermürbende Schreien, wie ein Tier im Todeskampf, aber dann brach es plötzlich ab, ihre Beine gaben unter ihr nach, und Smithy und Conrad ließen sie auf den Boden gleiten.

Conrad sah mich an. »Der zweite Akt?« Er atmete heftig und sah blaß aus.

»Nein. Dies ist echt. Würden Sie sie bitte in ihren Schlafraum bringen?« Ich sah die noch unter dem Eindruck eines Schocks schluchzende Mary an, aber sie benötigte keine unmittelbare Hilfe von mir, denn Allen, der seine eigenen Verletzungen vergaß, kniete neben ihr, richtete sie zu einer sitzenden Stellung auf und benutzte ein nicht allzu sauberes Taschentuch, um die drei tiefen, bösen Kratzer, die Judith Haynes über ihre ganze Wange gezogen hatte, abzutupfen. Ich überließ sie sich selber, ging in meine Schlafkammer, zog eine Spritze auf und begab mich in den Raum, in den man Judith Haynes gebracht hatte. Smithy und Conrad bewachten sie, und Gerran, der

Graf und Goin hatten sich zu ihnen gesellt. Als Gerran die Spritze erblickte, ergriff er meinen Arm.

»Ist das — ist das für meine Tochter? Was wollen Sie ihr geben? Es ist jetzt alles vorbei, Mensch — Herrgott, Sie sehen doch, daß sie bewußtlos ist.«

»Und ich werde dafür sorgen, daß sie es auch bleibt«, erwiderte ich. »Auf viele Stunden hinaus. So ist es für sie und für uns alle am besten. Schon gut, Ihre Tochter tut mir leid, für sie war es ein furchtbarer Schock, aber vom medizinischen Standpunkt aus geht mich das nichts an, da bin ich nur daran interessiert, wie ich sie in Anbetracht ihres verworrenen, labilen und höchst gefährlichen Zustands am besten behandele. Oder möchten Sie sich Mary Darling noch einmal ansehen?«

Gerran zögerte, aber Goin kam mir, ruhig und vernünftig wie immer, zur Hilfe. »Dr. Marlowe hat völlig recht, Otto — und es ist zu Judiths eigenem Besten, nach einem solchen Schock kann nur ausgedehnte Ruhe helfen. Das ist für sie das Beste.«

Ich war dessen nicht so sicher und hätte eine Zwangsjacke vorgezogen, aber ich nickte Goin dankbar zu, gab ihr die Injektion und half, sie in einen Schlafsack mit Reißverschluß zu stecken. Dann sorgte ich dafür, daß sie gut zugedeckt war, legte noch reichlich Decken über sie und ließ sie allein. Ich nahm die Hunde mit und brachte sie in meine eigene Kammer — ich mag es nicht sehr, Tiere vor allem sehr nervöse, in Gesellschaft eines Menschen zu lassen, der unter dem Einfluß von Beruhigungsmitteln steht.

Allen hatte Mary Darling nun auf eine Sitzbank gesetzt, tupfte aber noch immer ihre Wange ab. Sie hatte jetzt aufgehört zu schluchzen, atmete schwer und rang immer wieder zitternd nach Luft. Abgesehen von ihren Kratzern schien sie dieses Erlebnis einigermaßen überstanden zu haben. Lonnie stand ein paar Schritte entfernt, sah das Mädchen besorgt an und schüttelte den Kopf.

»Armes, armes Ding«, sagte er leise. »Armes, kleines Mädchen.«

»Sie wird sich schon erholen«, entgegnete ich. »Wenn ich auch nur halbwegs gut arbeite, werden diese Kratzer nicht einmal Narben hinterlassen.« Ich warf einen Blick auf Strykers Leichnam und entschied, daß es das Wichtigste war, ihn in den Traktorschuppen zu schaffen. Abgesehen von Lonnie und Allen konnte keiner seine Blicke von ihm abwenden, und obwohl er außer Sehweite nicht unbedingt damit auch aus den Gedanken entschwunden war, mußte doch das Fehlen dieses Leichnams mit seinen Verletzungen die Stimmung etwas bessern.

»Ich habe gar nicht Mary gemeint.« Lonnie lenkte wieder meine Aufmerksamkeit auf sich. »Ich dachte an Judith Haynes. Armes, einsames Ding.« Ich sah ihn prüfend an, aber ich hätte ihn inzwischen zur Genüge kennen sollen, um mir klar darüber zu sein, daß er zu Verstellung und Falschheit nicht fähig war. Er sah ebenso traurig aus, wie seine Stimme klang.

»Lonnie«, sagte ich, »Sie setzen mich immer wieder in Erstaunen.« Ich zündete den Ölherd an, stellte Wasser zum Kochen auf und wandte mich Stryker zu. Smithy und Conrad warteten, und es bedurfte keiner Worte. Lonnie bestand darauf, mit uns zu kommen, Türen zu öffnen und eine Taschenlampe zu tragen. Wir ließen Stryker im Traktorschuppen und kehrten ins Hauptgebäude zurück. Smithy und Conrad gingen hinein, aber Lonnie schien nicht die Absicht zu haben, ihnen zu folgen. Er blieb stehen, als sei er tief in Gedanken versunken, offenbar ohne den Wind zu spüren, der so stark war, daß man sich jetzt gegen ihn stemmen mußte, auch nicht das immer dichtere Schneetreiben, das nun die Ausmaße eines starken Schneesturms annahm, und auch nicht die scharfe, sich ständig steigernde Kälte.

»Ich denke, ich bleibe eine Weile hier draußen«, erklärte er. »Es gibt nichts Besseres als frische Luft, um einen klaren Kopf zu bekommen.«

»Nein, sicher nicht«, stimmte ich zu. Ich nahm ihm die Taschenlampe ab und richtete ihren Strahl auf die uns nächste Hütte. »Dort drin. Gleich links.« Wo immer sonst *Olympus Productions* hinsichtlich der Verpflegung versagt haben mochte, von alkoholischen Stimulantien ließ sich das nicht behaupten.

»Mein lieber Freund!« Mit einem energischen Griff holte er sich seine Lampe zurück. »Ich persönlich habe das Verstauen überwacht.«

»Und nicht einmal ein Schloß, mit dem Sie sich abmühen müssen«, meinte ich.

»Und wenn eins da wäre? Gerran würde mir den Schlüssel geben.«

»Gerran würde Ihnen den Schlüssel geben?« fragte ich ungläubig.

»Natürlich. Halten Sie mich etwa für einen professionellen Tresorknacker, der mit Girlanden von Dietrichen um den Hals herumzieht? Wer hat mir Ihrer Ansicht nach denn die Schlüssel zu dem Schrank im Salon der *Morning Rose* gegeben?«

»Gerran etwa?« rief ich belustigt.

»Selbstverständlich.«

»Welcher Art von Erpressung bedienen Sie sich, Lonnie?«

»Gerran ist ein sehr, sehr freundlicher Mensch«, erklärte Lonnie mit vollem Ernst. »Ich dachte, ich hätte es Ihnen schon gesagt?«

»Ich hatte es nur vergessen.« Ich blickte ihm nachdenklich nach, während er zielbewußt durch den tiefen Schnee der Verpflegungshütte zustrebte. Dann betrat ich das Hauptgebäude. Die meisten der Anwesenden hatten nun, nachdem Stryker verschwunden war, ihre Aufmerksamkeit Allen zugewandt, der sich dessen offensichtlich in unangenehmer Weise bewußt war, denn er hielt seinen Arm nun nicht mehr um Mary gelegt, obwohl er noch immer ihre Wange mit einem Taschentuch abtupfte. Conrad, der allem Anschein nach ziemlich stark in Mary Stuart verliebt war, denn während der letzten zwei Tage hatte er bei jeder sich bietenden Gelegenheit ihre Gesellschaft gesucht, saß neben ihr und rieb eine ihrer Hände. Ich nahm an, daß sie sich über die Temperatur beklagt hatte, die noch immer kaum über dem Gefrierpunkt lag, und obwohl sie halb widerstrebte und etwas verlegen lächelte, hatte sie doch nicht soviel dagegen einzuwenden, um nun ein großes Theater daraus zu machen. Gerran, Goin, der Graf und Divine unterhielten sich leise in der Nähe eines der Ölöfen. Divine war überraschenderweise nicht da, um zur Unterhaltung beizutragen, sondern in seiner Eigenschaft als Barmixer, denn er stellte unter Gerrans pedantischer Anleitung Flaschen und Gläser auf. Gerran winkte mich zu sich heran.

»Nach dem, was wir alle gerade durchgemacht haben«, sagte er, »brauchen wir meiner Meinung nach dringend eine Stärkung.« Daß Gerran so leichtfertig mit seinen privaten Vorräten umging, zeigte zur Genüge, wie sehr ihn das Ganze mitgenommen hatte. »Damit gewinnen wir auch Zeit, um zu entscheiden, was wir mit ihm anfangen sollen.«

»Mit wem?«

»Mit Allen natürlich.«

»Ach so. Es tut mir leid, aber ich fürchte, daß Sie, meine Herren, mich beim Trinken wie bei den Beratungen entschuldigen müssen.« Ich nickte zu Allen und Mary Darling hinüber, die beide uns mit einer gewissen Unruhe beobachteten. »Da sind noch kleine Reparaturarbeiten fällig. Entschuldigen Sie mich.«

Ich nahm das inzwischen heiße Wasser vom Ölherd, trug es in meinen Schlafraum, breitete ein weißes Tuch auf dem wackeligen Tisch aus, der dort stand, legte eine Schale, Instrumente und die Medikamente zurecht, die ich meiner Ansicht nach brauchen würde, und kehrte zu Conrad und Mary Stuart zurück, die im großen Raum der Hütte saßen. Ebenso wie alle anderen kleinen Gruppen in der

Hütte waren ihre Stimmen so leise, daß es eigentlich ein Flüstern war, ob nun aus dem Verlangen, niemand zuhören zu lassen, oder weil sie noch immer die Nähe des Todes spürten, konnte ich nicht entscheiden. Es überraschte mich nicht im geringsten, daß Conrad nun eifrig ihre Hand rieb.

»Es tut mir leid, aber ich möchte den jungen Allen ein bißchen zusammenflicken«, erklärte ich. »Könnte Mary Dear so freundlich sein, sich ein wenig um Mary Darling zu kümmern?«

»Mary Dear?« Conrad zog fragend eine Augenbraue hoch.

»Um sie von Mary Darling zu unterscheiden«, erklärte ich. »So nenne ich sie nämlich, wenn wir während der langen Nachtwachen allein sind.« Ein leichtes Lächeln huschte über ihr Gesicht, aber das war auch ihre einzige Reaktion.

»Mary Dear«, sagte Conrad zustimmend. »Das gefällt mir. Darf ich Sie so nennen?«

»Ich weiß nicht«, antwortete sie gespielt ernst. »Vielleicht ist es urheberrechtlich geschützt.«

»Er kann das Patent als Lizenz erhalten«, sagte ich. »Dann kann ich es immer rückgängig machen. Was hatten Sie beide zu beraten?«

»Ach ja«, erwiderte Conrad. »Was ist Ihre Meinung, Doktor, über den Stein dort draußen, diesen Felsbrocken, mit dem Stryker erschlagen wurde? Meiner Schätzung nach wiegt er ungefähr siebzig Pfund. Was denken Sie?«

»Das gleiche.«

»Ich habe Mary gefragt, ob sie einen solchen Brocken bis über ihren Kopf heben könnte, und sie meinte, ich sollte mich nicht lächerlich machen.«

»Ja, ganz richtig, Sie machen sich lächerlich, falls sie nicht eine verkleidete olympische Gewichtheberin ist. Sie könnte es nicht. Warum?«

»Gut, dann sehen Sie sich die mal an.« Er nickte in Richtung der anderen Mary. »Haut und Knochen, nichts weiter als Haut und Knochen. Wie sollte nun . . .«

»Lassen Sie nur nicht Allen das hören.«

»Sie wissen, was ich meine. Ein Stein von dieser Größe. ›Mörderin‹ hat Judith Haynes sie genannt. Na schön, okay, sie war dort draußen zusammen mit den anderen und hat gesucht, aber wie in aller Welt . . .«

»Ich glaube, Miss Haynes hat an etwas anderes gedacht«, antwortete ich. Ich wandte mich von ihnen ab, machte Allen ein Zeichen und drehte mich zu Smithy herum, der in der Nähe saß. »Ich brauche einen Assistenten bei der Operation. Fühlen Sie sich schon stark genug?«

»Klar.« Er stand auf. »Ich tue alles, um nicht an Kapitän Imrie und den Bericht denken zu müssen, den er jetzt gerade über mich schreibt.«

An Allens Gesicht hätte ich nichts tun können, was die Natur nicht besser machte, und so konzentrierte ich mich auf die Wunde an seinem Hinterkopf. Ich vereiste sie, rasierte das Stück um sie herum aus und machte mit dem Kopf eine Bewegung zu Smithy hin, damit er sich das ansähe. Das tat er, und seine Augen weiteten sich ein wenig, aber er sagte nichts. Ich versah die Wunde mit acht Stichen und legte ein Pflaster drauf. Die ganze Zeit über hatten wir nicht ein Wort miteinander gewechselt, und Allen war sich offensichtlich dessen stark bewußt.

»Sie haben mir nicht viel zu sagen, nicht wahr, Dr. Marlowe?« sagte er.

»Ein guter Handwerker redet nicht während der Arbeit.«

»Sie denken genau das, was alle anderen denken, nicht wahr?«

»Ich weiß es nicht. Ich weiß nicht, was alle anderen denken. So, das wäre es. Kämmen Sie Ihr Haar glatt nach hinten, und niemand wird bemerken, daß Sie vorzeitig kahl sind.«

»Ja. Vielen Dank.« Er wandte sich um und sah mich an, zögerte und fragte: »Die Sache sieht für mich ziemlich schwarz aus, nicht wahr?«

»Nicht für einen Arzt.«

»Sie — wollen Sie damit sagen, Sie glauben nicht, daß ich es getan habe?«

»Es ist keine Frage des Glaubens. Es ist eine Frage des Wissens. Hören Sie, alles in allem hatten Sie einen recht stürmischen Tag, Sie sind stärker angegriffen, als Ihnen klar ist, und wenn diese Betäubung nachläßt, wird es etwas weh tun. Ihr Schlafraum liegt neben dem meinen?«

»Ja, aber . . .«

»Und ich schicke Mary zu Ihnen, sobald ich mit ihr fertig bin.«

Er wollte noch etwas sagen, nickte dann aber müde und ging hinaus. »Das war übel«, sagte Smithy. »Ich meine seinen Hinterkopf. Das muß ein gewaltiger Schlag gewesen sein.«

»Ein Glück, daß er keinen Schädelbruch hat. Doppeltes Glück insofern, als er nicht einmal eine Gehirnerschütterung davongetragen hat.«

»Jaja.« Smithy dachte einen Augenblick nach. »Ich bin zwar kein

Arzt und verstehe mich auch nicht besonders gut darauf, klug daherzureden, aber bekommen die Dinge nicht dadurch ein ganz anderes Gesicht?«

»Ich bin Arzt, und es stimmt, was Sie sagen.«

Er dachte wieder nach. »Besonders, wenn man sich Stryker genau ansieht?«

»Dann besonders.«

Ich holte Mary Darling herein. Sie war sehr blaß, noch immer verängstigt und wirkte wie ein kleines ratloses Mädchen, aber sie hatte sich unter Kontrolle. Sie sah Smithy an, als wollte sie etwas sagen, zögerte, überlegte es sich anders und ließ mich tun, was ich für sie tun konnte. Ich säuberte und desinfizierte die Kratzwunden, versah sie sorgfältig mit Pflastern und sagte: »Es wird eine Weile gewaltig jucken, aber wenn Sie der Versuchung widerstehen, die Pflaster abzureißen, werden keine Narben zurückbleiben.«

»Vielen Dank, Doktor. Ich will es versuchen.« Sie sah sehr blaß aus. »Darf ich bitte mit Ihnen sprechen?«

»Natürlich.« Sie sah Smithy an, und ich fügte hinzu: »Sie können ganz offen reden. Ich verspreche Ihnen, es bleibt unter uns.«

»Ja, ja, ich weiß, aber . . .«

»Mr. Gerran gibt drüben kostenlosen Whisky aus«, sagte Smithy und ging zur Tür. »Ich würde es mir nie verzeihen, ein Ereignis versäumt zu haben, das einem nur einmal im Leben begegnen kann.«

Noch bevor Smithy die Tür ganz hinter sich geschlossen hatte, packte sie mich an den Aufschlägen. Ihr Gesicht verriet tiefste Sorge, in ihren Augen lag eine solche Not, daß mir bewußt wurde, wieviel es sie gekostet hatte, in Smithys Anwesenheit ihre Fassung zu bewahren.

»Allen hat es nicht getan, Dr. Marlowe! Er nicht, ich weiß es, ich schwöre, er hat es nicht getan. Ich weiß, die Sache sieht entsetzlich für ihn aus, die Schlägerei, die sie heute morgen hatten, und nun dieser andere Kampf und dieser Knopf in — in Mr. Strykers Hand und das alles. Aber ich weiß, er hat es nicht getan, er hat es mir gesagt. Allen könnte nicht lügen, er würde mich nicht belügen! Und er könnte niemandem etwas antun, ich spreche nicht davon, jemanden zu töten, ich meine jemandem etwas zuleide tun, das könnte er nicht! Und ich habe es auch nicht getan.« Sie ballte die Fäuste, bis ihre Knöchel weiß schimmerten; sie versuchte sogar, aus welchem Grunde auch immer, mich zu schütteln, und Tränen liefen ihr über das Gesicht. Was sie auch in ihrem kurzen Leben erfahren haben mochte, hatte sie nicht auf solche Zeiten und solche Situationen vorbereitet. Verzweifelt schüttelte sie den Kopf. »Ich war es nicht, ich war es nicht! Eine Mörderin hat sie mich genannt! Vor allen Leuten hat sie mich eine Mörderin genannt! Ich könnte niemanden umbringen, Dr. Marlowe. Ich ...«

»Mary!« Ich brachte den hysterischen Ausbruch zu einem Ende, indem ich ganz einfach meine Finger auf ihre Lippen legte. »Ich bezweifle ernsthaft, ob Sie eine Fliege erledigen könnten, ohne sich hinterher die größten Vorwürfe zu machen. Sie und Allen zusammen — nun ja, wenn es sich um eine besonders abscheuliche Fliege handelte, würden Sie es vielleicht gerade schaffen. Eine Wette möchte ich darauf allerdings nicht abschließen.«

Sie nahm meine Hand weg und starrte mich an: »Dr. Marlowe, wollen Sie damit sagen ...«

»Ich will damit sagen, daß Sie eine junge, dumme Gans sind. Sie beide zusammen ergeben ein hübsches Paar junger, dummer Gänse. Es handelt sich nicht darum, daß ich einfach nicht glaube, Allen oder Sie hätten etwas mit Strykers Tod zu tun. Ich weiß, daß es nicht der Fall ist.«

Sie zog die Nase mehrmals hoch und sagte dann: »Sie sind ein furchtbar netter Mensch, Dr. Marlowe. Ich weiß, daß Sie versuchen, uns zu helfen ...«

»Ach, seien Sie doch still«, rief ich. »Ich kann es beweisen.«

»Es beweisen? Es beweisen?« Etwas Hoffnung schimmerte in den verängstigten Augen auf. Sie wußte nicht, ob sie mir glauben sollte oder nicht, aber dann schien sie es sich anders zu überlegen und erklärte mit dumpfer Stimme: »Sie hat gesagt, ich hätte ihn ermordet.«

»Miss Haynes hat bildlich gesprochen«, erwiderte ich, »was keineswegs das gleiche ist. Und selbst dann hat sie sich noch geirrt. Sie meinte, daß Sie der auslösende Faktor beim Tod ihres Mannes gewesen sind, was Sie selbstverständlich nicht waren.«

»Der auslösende Faktor?«

»Ja.« Ich nahm ihre Hände von meinen übel zerknitterten Aufschlägen, hielt sie in den meinen fest und sah sie mit meinem besten onkelhaften Gesicht an. »Sagen Sie mir eins, Mary Darling, haben Sie jemals bei Mondenschein mit Michael Stryker geschäkert?«

»Ich? Ob ich ...«

»Mary!«

»Ja«, antwortete sie kläglich. »Ich will sagen nein, nein, ich habe es nicht getan.«

»Das ist also klar«, fuhr ich fort. »Formulieren wir es einmal so:

Haben Sie jemals Miss Haynes Anlaß zum Argwohn gegeben, Sie hätten es getan? Schäkern, meine ich.«

»Ja.« Wieder zog sie hoch. »Nein. Ich will damit sagen, er tat es.« Ich legte meinen verdutzten Ausdruck auf Eis und sah sie aufmunternd an. »An dem Tag, an dem wir aus Wick ausliefen, hat er mich in seine Kabine gerufen. Er war allein. Er sagte, er wollte ein paar Sachen bezüglich des Films mit mir durchsprechen.«

»Als Abwechslung zum Zeichnen«, sagte ich.

Sie sah mich verständnislos an und fuhr fort: »Aber er wollte gar nicht über den Film reden. Das müssen Sie mir glauben, Dr. Marlowe. Sie müssen es!«

»Ich glaube Ihnen.«

»Er schloß die Tür, packte mich und dann ...«

»Ersparen Sie meinem unbefleckten Geist die gräßlichen Einzelheiten. Als der Unhold Ihnen seine unerwünschten Aufmerksamkeiten zuwandte, war auf dem Gang draußen das Getrippel weiblicher Schritte zu vernehmen, woraufhin der Unhold rasch eine Stellung einnahm, in der Sie Ihre unerwünschten Aufmerksamkeiten ihm aufzuzwingen schienen, und als sich dann die Tür öffnete — um selbstverständlich niemand anders als seine bessere Hälfte erscheinen zu lassen —, da wehrte er das wollüstige junge Scriptgirl ab und schrie: ›No, no, Nanette, beherrschen Sie sich doch, dies kann niemals sein‹, oder vielleicht Worte in diesem Sinn.«

»Mehr oder weniger.« Sie sah noch unglücklicher aus als zuvor, und dann riß sie die Augen auf: »Woher wissen Sie das?«

»Die Strykers dieser Welt sind ziemlich dicht gesät. Die Szene, die dann folgte, muß recht unangenehm gewesen sein.«

»Es folgten zwei Szenen«, erklärte sie dumpf. »In der folgenden Nacht geschah etwas in dieser Richtung. Sie sagte, sie wollte mich ihrem Vater melden — Mr. Gerran. Er sagte — natürlich nicht, als sie dabei war —, daß er mich an die Luft setzen lassen würde, wenn ich versuchte, Schwierigkeiten zu machen. Sie wissen doch, er ist einer der Direktoren. Als ich mich später mit Allen anfreundete, drohte er, er würde uns notfalls beide feuern lassen und dafür sorgen, daß keiner von uns jemals wieder in Filmen beschäftigt würde. Allen sagte, das wäre gemein, warum sollten wir uns so etwas gefallen lassen, wo doch keiner von uns etwas getan hatte und so ...«

»Und so hat er heute morgen versucht, ihm das Fehlerhafte seines Verhaltens vor Augen zu führen, und wurde für sein Mühe zusammengeschlagen. Keine Angst, keiner von Ihnen hat Anlaß zur Sorge. Sie werden Ihren verwundeten fahrenden Ritter nebenan finden,

Mary.« Ich lächelte und berührte sacht die geschwollene Wange. »Welch ein Anblick! Der Liebe junger Traum in Heftpflaster. Sie lieben ihn doch, nicht wahr, Mary?«

»Natürlich.« Sie sah mich ernst an. »Dr. Marlowe.«

»Bin ich wundervoll?«

Sie lächelte fast glücklich und ging hinaus. Smithy, der auf ihr Verschwinden gewartet haben mußte, kam fast augenblicklich herein, und ich berichtete ihm, was zwischen uns gesprochen worden war.

»Selbstverständlich, so muß es gewesen sein«, sagte er. »Wenn man mit der Nase drauf gestoßen wird und einem mit einer dicken Stange zwei-zu-vier auf den Kopf geschlagen wird, damit man es auch bemerkt, ist die Wahrheit stets völlig klar. Und jetzt?«

»Und jetzt, glaube ich, gibt es drei Dinge. Erstens, die Namen der beiden Liebesvögel nebenan von jedem Makel befreien; das ist an sich in diesem Stadium nicht wichtig, aber sie sind empfindliche Seelen, und ich glaube, daß sie gern wieder mit den anderen sprechen würden. Zweitens, ich habe nicht die Absicht, hier während der nächsten zweiundzwanzig Tage auf Eis zu liegen — zwei Tage würden mir viel mehr zusagen. Wer weiß, vielleicht gelingt es mir, den Unbekannten oder die Unbekannten zu einer überstürzten Handlung zu treiben.«

»Ich möchte meinen, daß wir davon bereits genug gesehen haben«, erklärte Smithy.

»Da mögen Sie recht haben. Und drittens, es würde das Leben für uns beide sehr viel leichter und sicherer gestalten, wenn wir jeden einzelnen dazu bringen könnten, eifrig jeden anderen zu beobachten, so daß es für diese unzuverlässigen Elemente weit schwerer wäre, uns unvermutet von hinten anzufallen.«

»Damit berühren Sie einen sehr empfindlichen Nerv«, meinte Smithy. »Ihren Plan in die Tat umsetzen und zwar sofort, würde ich sagen. Ein kleines Gespräch mit der ganzen Gesellschaft?«

»Ein kleines Gespräch mit der ganzen Gesellschaft. Ich habe Allen vorgeschlagen, sich ein paar Stunden hinzulegen, aber ich finde, er und Mary sollten dabeisein. Was meinen Sie?«

Smithy ging hinaus, und ich begab mich in den Wohnraum. Goin, Gerran und der Graf, alle mit Gläsern bewaffnet wie fast alle anderen Anwesenden, befanden sich noch immer in einer ernsten, leisen Konklave. Gerran winkte mich heran.

»Einen Augenblick«, rief ich. Ich trat hinaus, hustete und hielt den Atem an, als die scharfe Luft in meine Lungen schnitt. Dann stampfte ich gegen Sturm und Schneetreiben zur Vorratshütte hinüber. Lonnie saß auf einer Kiste und betrachtete liebevoll den bernsteinfarbenen Inhalt eines Glases gegen das Licht seiner Taschenlampe.

»Ha!« rief er. »Unser wandernder Samariter. Wissen Sie, wenn man einen so edlen Wein trinkt wie diesen . . .«

»Wein?«

»Nur eine Redensart. Wenn man einen so edlen Scotch wie diesen trinkt, liegt der halbe Genuß in der visuellen Befriedigung. Haben Sie es jemals im Dunklen versucht? Geschmacklos, schal, ohne jedes Aroma. Darin steckt bestimmt eine lohnende Abhandlung.« Er schwenkte sein Glas in Richtung der Kisten mit den Flaschen an der einen Wand. »Um auf meine früheren Andeutungen bezüglich des Jenseits zurückzukommen, wenn es sogar auf der Bäreninsel Bars gibt, dann muß doch . . .«

»Lonnie«, erwiderte ich, »Sie verpassen das große Rennen der Freigebigkeit. Gerran schenkt in diesem Augenblick edlen Wein aus. Er benutzt sehr große Gläser.«

»Ich wollte gerade aufbrechen.« Er legte den Kopf zurück und schluckte hastig. »Ich habe entsetzliche Angst davor, als Menschenfeind zu gelten.«

Ich führte diesen Freund der Menschheit in die Wohnhütte zurück und zählte die Anwesenden. Einundzwanzig, mich selber eingeschlossen; der zweiundzwanzigste und letzte, Judith Haynes, lag in tiefer Bewußtlosigkeit und würde dort noch für Stunden bleiben. Gerran winkte mich ein zweites Mal heran, und ich ging zu ihm.

»Wir haben sozusagen einen Kriegsrat abgehalten«, erklärte Gerran gewichtig. »Wir sind zu einer Entscheidung gelangt und würden gern Ihre Ansicht hören.«

»Warum die meine? Ich bin nur ein Angestellter wie alle anderen hier, selbstverständlich abgesehen von Ihnen drei — und Miss Haynes.«

»Betrachten Sie sich als hinzugewählten Direktor«, erklärte der Graf großzügig. »Nur auf Zeit und unbezahlt, natürlich.«

»Wir legen Wert auf Ihre Ansicht«, sagte Goin pedantisch.

»Ansicht worüber?«

»Über unsere Maßnahmen bezüglich Allen«, antwortete Gerran. »Ich weiß, daß nach dem Gesetz jeder Mensch als unschuldig gilt, solange nicht das Gegenteil erwiesen ist. Auch wollen wir keineswegs unmenschlich sein. Aber ganz einfach um uns zu schützen . . .«

»Darüber habe ich mit Ihnen reden wollen«, sagte ich. »Über

unseren Schutz. Ich habe mit allen darüber reden wollen. Tatsächlich wollte ich vorschlagen, das jetzt gleich zu tun.«

»Sie schlagen was vor?« Gerran konnte, wenn er es sich in den Kopf setzte, seine Augenbrauen sehr drohend zusammenziehen.

»Nur eine kurze Erklärung«, sagte ich. »Ich werde kaum etwas von Ihrer Zeit in Anspruch nehmen.«

»Das kann ich nicht zulassen«, erklärte Gerran von oben herab. »Zumindest nicht, bevor Sie uns eine gewisse Ahnung von dem vermitteln, was Sie im Sinn haben, und dann könnten wir unsere Zustimmung geben oder auch nicht.«

»Ihre Zustimmung oder deren Verweigerung ist ohne Bedeutung«, erklärte ich gelassen. »Ich brauche keine Genehmigung, wenn ich über etwas reden muß, von dem Menschenleben abhängen können — Sie verstehen schon, der Unterschied zwischen Leben und Tod.«

»Ich verbiete es. Ich möchte Sie an das erinnern, woran Sie mich soeben erinnert haben.« Gerran hatte vergessen, wie notwendig es war, heikle Angelegenheiten in einem verschwörerischen Gemurmel zu erörtern, und so richtete sich nun die ungeteilte Aufmerksamkeit aller Anwesenden auf uns. »Sie sind ein Angestellter von mir, Sir!«

»Und ich werde jetzt meine letzte Handlung als pflichtbewußter Angestellter vornehmen.« Ich goß mir etwas von Gerrans Whisky ein in der Hoffnung, es sei ungefährlich, ihn zu trinken, da er und mehrere andere schon davon getrunken hatten. »Auf die Gesundheit aller!« rief ich. »Und ich meine das durchaus ernst und nicht im konventionellen Sinne. Wir werden sie alle gebrauchen können, bevor wir diese Insel verlassen, und wir wollen hoffen, daß er oder sie nicht der Mensch ist, den das Glück im Stich läßt. Was nun Ihren Angestellten betrifft, Gerran, so können Sie meinen Rücktritt von diesem Augenblick an als gültig betrachten. Ich lege keinen Wert darauf, für Verrückte zu arbeiten. Noch wichtiger, ich lege keinen Wert darauf, für Leute zu arbeiten, die Verrückte und zugleich Schurken sein können.«

Dies hatte zumindest die Wirkung, daß Gerran zum Schweigen gebracht wurde; wollte man nach der bläulichen Tönung seiner Haut schließen, so schien er einige Schwierigkeiten beim Atmen zu haben. Auf dem Gesicht des Grafen lag ein leicht nachdenklicher Ausdruck, während Goins Gesicht die Ausdruckslosigkeit eines Menschen widerspiegelte, der sich sein Urteil vorbehält. Ich blickte mich im Raum um und sagte:

»Es ist eine Binsenwahrheit, zu behaupten, daß unsere bisherige Reise in einzigartiger Weise glücklos verlaufen wäre und unter keinem guten Stern stand. Wir wurden von einer Reihe tragischer und außerordentlich seltsamer Ereignisse heimgesucht. Antonio ist gestorben. Das mag nur ein unglücklicher Zufall gewesen sein; aber ebensogut könnte er das Opfer eines vorsätzlichen Mordes oder das unglückliche Opfer eines mißglückten Mordanschlags gewesen sein, der einem anderen galt. Genau dasselbe läßt sich von den beiden Stewards, Moxen und Scott, sagen. Ähnliche Anschläge können sich auf Mr. Gerran, Mr. Smith, Oakley und den jungen Cecil gerichtet haben. Mit Sicherheit kann ich nur sagen, daß mindestens drei von diesen hätten sterben können, wäre ich nicht zufällig in der Nähe gewesen. Sie mögen sich darüber wundern, warum ich ein solches Theater um eine Angelegenheit mache, die möglicherweise nur der einfache, wenn auch tödliche Ausbruch einer Lebensmittelvergiftung war. Ich habe nämlich allen Anlaß zu glauben, daß ein tödliches Gift mit Namen Akonitin, das sich in seiner pflanzlichen Erscheinungsform nicht vom Meerrettich unterscheidet, unter das Abendessen bestimmter Personen gemischt wurde, das wir damals zu uns nahmen, als diese Leute umkippten. Beweisen kann ich es jedoch nicht.«

Ich blickte in die Runde, um festzustellen, ob alle Anwesenden mir ihre Aufmerksamkeit schenkten, aber ich habe noch nie etwas Überflüssigeres getan. Sie waren so bestürzt, daß sie sich nicht einmal die Zeit nahmen, einander anzusehen. Gerrans Großzügigkeit war völlig vergessen; alle hatten nur Augen für mich, Ohren nur für das, was ich sagte, und der durchschnittliche Universitätsprofessor hätte sich bei einer solchen Vorlesung ins Paradies versetzt geglaubt. Aber dazu ließ sich auch sagen, daß der durchschnittliche Professor nur selten das zweifelhafte Glück hatte, auf ein so fesselndes Thema zu stoßen.

»Und dann haben wir es mit dem geheimnisvollen Verschwinden Hallidays zu tun. Ich hege nicht den geringsten Zweifel, daß man seine Todesursache einwandfrei feststellen könnte, ließe sich eine Obduktion durchführen, aber da ich gleichfalls nicht daran zweifle, daß der unglückliche Halliday auf dem Grund der Barentssee liegt, wird dies niemals möglich sein. Aber ich glaube, und auch dies ist wiederum nur eine Mutmaßung, daß er nicht an irgendeiner Lebensmittelvergiftung gestorben ist, sondern einen Nachttrunk aus einer vergifteten Whiskyflasche genommen hat, die für mich bestimmt war.« Ich sah Mary Stuart an: weitaufgerissene Augen und geöffnete Lippen in einem weißen, entsetzten Gesicht, aber ich war der einzige, der dies bemerkte.

Ich zog den Kragen meines Dufflecoats herunter und zeigte den anderen die eindrucksvoll große, bunt schillernde Verletzung an meiner linken Halsseite.

»Selbstverständlich hätte ich sie mir auch selber beibringen können. Oder vielleicht bin ich auch nur irgendwo ausgerutscht und habe mich angeschlagen. Oder nehmen Sie diese sonderbare Angelegenheit mit der zertrümmerten Funkanlage. Vielleicht jemand mit einer Abneigung gegen Funkgeräte und gegenüber solchen Erscheinungen, die wir als Fortschritt bezeichnen, oder jemand, den die Arktis einfach zu sehr belastete und der seinen Unmut an etwas auslassen mußte — Sie wissen schon ... Ein Gegenstück zum Wüstenkoller.

So weit nichts anderes als Vermutungen. Eine außergewöhnliche und höchst zusammenhanglose Reihe gewaltsamer, tragischer Unglücksfälle, denen man unterstellen könnte, daß nun einmal der Zufall eine anerkannte Rolle in unserem Leben spielt. Aber bestimmt kein Zufall, der sich in dieser Weise mit der Unbekannten X multiplizieren läßt. So etwas müßte sich an den äußersten Grenzen des Möglichen bewegen. Sie werden mir wohl einräumen, daß, wenn wir über jeden Zweifel hinaus die Tatsache eines sorgfältig geplanten und ebenso sorgfältig durchgeführten Verbrechens beweisen könnten, die anderen gewaltsamen Ereignisse nicht mehr nur als Zufälle betrachtet werden dürfen. Man müßte sie dann als das ansehen, was sie sein würden — nämlich vorsätzlich durchgeführte Morde mit einem Ziel, das sich jetzt nicht einmal ahnen läßt, aber von überragender Bedeutung sein muß.«

Wenn sie es sich selber gegenüber eingestanden, so sprachen sie es doch nicht aus. Aber ich glaube, hier handelte es sich tatsächlich um einen Fall, bei dem ihr Denken zu funktionieren aufgehört hatte, allerdings nicht das Denken aller — es mußte eine Ausnahme geben, wahrscheinlich sogar mehrere Ausnahmen.

»Und wir haben es hier mit einem nachweisbaren Verbrechen zu tun«, fuhr ich fort. »Mit diesem recht ungeschickt durchgeführten Mord an Michael Stryker, der gleichzeitig ein nicht sehr kluger Versuch war, dem jungen Allen etwas in die Schuhe zu schieben, das er niemals getan hatte. Ich glaube nicht einmal, daß der Mörder Allen gegenüber eine besondere Feindseligkeit hegte, jedenfalls keine größere als der Menschheit ganz allgemein gegenüber. Er hat nur jeden möglichen Verdacht von sich ablenken wollen. Wenn Sie sich alle genügend Zeit nehmen, darüber nachzudenken, würden Sie meiner Ansicht nach am Ende zu dem Schluß gelangen, daß Allen unmöglich etwas mit der Sache zu tun haben konnte. Mit einem Arzt im Hause, wenn Sie mir diese Redensart verzeihen, hatte er nicht die geringsten Aussichten.

Allen versichert, er könne sich an nichts von allem, was geschehen ist, erinnern. Ich glaube ihm aufs Wort. Er hat einen schweren Schlag auf den Hinterkopf erhalten — die Kopfhaut ist bis auf den Knochen aufgerissen. Wie er einem Schädelbruch, nicht zu reden von einer Gehirnerschütterung, entgangen ist, ahne ich nicht. Ganz bestimmt muß er ziemlich lange bewußtlos gewesen sein. Das führt zu der Annahme, daß sich sein Angreifer nach dem, was offensichtlich sein Gnadenstoß war, noch immer in ausgezeichneter Verfassung befand. Können wir da noch annehmen, daß Allen, nachdem er bewußtlos geschlagen war, sofort aufsprang und seinen Angreifer erbarmungslos vernichtete? Das ist ganz unvorstellbar. Vorstellbar jedoch ist, und das wäre die einzige Lösung, daß der Unbekannte Allen von hinten anschlich und ihn nicht etwa mit seinen Händen, sondern mit einem schweren festen Gegenstand zu Boden streckte — wahrscheinlich mit einem Stein, von denen genug herumliegen. Nachdem er dies getan hatte, verletzte er den bewußtlosen Allen noch im Gesicht, riß seine Jacke auf und ein paar Knöpfe ab — das alles, um den sehr überzeugenden Eindruck zu erwecken, es sei zu einer Schlägerei gekommen.

Das gleiche ist Stryker zugestoßen. Diesmal war es aber tödlich. Ich bin überzeugt, es war kein Zufall, daß man Allen nur bewußtlos geschlagen hat, während Stryker ermordet wurde — unser Freund, der in diesen Dingen ein Fachmann zu sein scheint, wußte genau, wieviel Kraft er in jedem Fall einsetzen mußte, was keineswegs so einfach ist, wie Sie vielleicht annehmen. Dann versuchte dieser Kerl törichterweise den Eindruck zu erwecken, Stryker sei in dieser Schlägerei der Gegner gewesen. Er machte sich an die Arbeit, Strykers Gesicht so zuzurichten, wie er es bei Allen getan hatte. Ich überlasse es Ihnen, sich Ihr eigenes Urteil darüber zu bilden, wie böse es um den geistigen Zustand eines Menschen bestellt sein muß, der sich vorsätzlich daran macht, das Gesicht eines Toten zu entstellen.«

Ich ließ ihnen etwas Zeit, die Sache selbst zu beurteilen. Die meisten von ihnen sahen weder angewidert noch empört aus; ihre Reaktionen deuteten eher auf einen Schock hin, und ihr Denken wehrte sich noch immer ganz bewußt gegen jedes Verstehen. Die Augen blieben regungslos, und ihre Blicke waren nur auf mich gerichtet.

»Stryker hatte eine gespaltene Oberlippe, ihm fehlte ein Zahn, und er wies eine rötliche wunde Strieme an seiner Schläfe auf, die wahrscheinlich von einem anderen Stein herrührte — aller Wahrscheinlichkeit nach wurden ihm die Verletzungen auf diese Weise beigebracht, um alle verräterischen Spuren von Händen oder Knöcheln zu vermeiden. Wären diese Verletzungen im Verlauf eines Kampfes entstanden, so hätten sich starke Blutungen und ziemlich heftige Schwellungen eingestellt. Von beidem aber findet sich keine Spur, weil Stryker schon tot war und die Blutzirkulation aufgehört hatte, bevor diese Wunden entstanden. Um noch überzeugender zu wirken, schloß dann der Mörder die Hand des Toten um einen der von Allens Jacke abgerissenen Knöpfe. Erwähnenswert ist ferner, daß es am Ort der Schlägerei keine Anzeichen von aufgewühltem Schnee gab, wie man es erwartet hätte. Zwei verschiedene Fußspuren führten zu der Stelle, an der Stryker lag; nur eine führte wieder weg. Kein Anzeichen von einer heftigen Begegnung, von einem Zusammenstoß, nichts als ein schneller, nicht besonders sauberer Mord.« Ich nahm wieder einen Schluck von Gerrans Scotch — er mußte aus seinem Privatvorrat stammen, denn er war ausgezeichnet — und fragte dann in meinem besten Vorlesungsstil: »Gibt es irgendwelche Fragen?«

Wie vorauszusehen, gab es sie nicht. Sie waren alle offensichtlich viel zu sehr davon in Anspruch genommen, sich selber Fragen zu stellen, um noch Zeit für Fragen an mich aufzubringen.

Ich fuhr fort: »Sie werden mir dann wohl zustimmen, wie äußerst unwahrscheinlich es zu sein scheint, daß die vier vorangehenden Todesfälle die Folgen harmloser Zufälle waren. Ich finde, daß nur sehr leichtgläubige und äußerst naive Leute jetzt noch bereit wären zu glauben, diese Todesfälle hätten keinen Zusammenhang und wären nicht das Werk des gleichen Täters. Wir haben es also hier tatsächlich mit einem Massenmörder zu tun. Ein Mensch, der entweder verrückt ist, ein pathologischer Mörder oder ein tückisches, böses Ungeheuer, das offensichtlich wahllos zu morden beabsichtigt, um Gott weiß was für dunkle Ziele zu erreichen. Möglicherweise ist er das alles zusammen. Was immer oder wer immer er ist, er befindet sich jetzt in dieser Hütte. Ich frage mich, wer von Ihnen es ist?«

Zum erstenmal wandten sich ihre Augen von mir ab, als sie einander rasch und flüchtig ansahen, vielleicht in der lächerlichen Hoffnung, sie könnten auf diese Weise die Identität des Mörders entdecken. Keiner von ihnen sah den anderen so genau und prüfend an, wie ich sie alle über den Rand meines Glases beobachtete. Wenn ein Augenpaar fest auf das meine gerichtet blieb, so konnte es nur deswegen sein, weil der Betreffende wußte, wer der Mörder war und sich nicht die Mühe zu geben brauchte, sich in der Runde umzusehen. Aber noch während ich sie beobachtete, wußte ich, daß eine solche Hoffnung jeder festen Grundlage entbehrte. Der Mörder mochte kein großes Licht in Physiologie sein, aber er war viel zu gerissen, um in etwas hineinzulaufen, das für einen intelligenten Menschen mit fünf Toten auf seinem Gewissen ganz offensichtlich eine Falle sein mußte. Ich war sicher, kein einziges Augenpaar zu entdekken, das nicht verstohlen im Raum herumirrte. Ich wartete geduldig, bis sich die Aufmerksamkeit aller mir wieder zugewandt hatte.

»Ich habe keine Ahnung, wer dieser mörderische Besessene sein mag«, erklärte ich, »aber ich glaube mit Sicherheit sagen zu können, wer es nicht ist. Zählen wir die abwesende Miss Haynes mit, befinden sich zweiundzwanzig Menschen in dieser Hütte: neun von ihnen kann ich unmöglich mit irgendeinem Verdacht in Verbindung bringen.«

»Gnädiger Gott!« murmelte Goin. »Gnädiger Gott! Das ist ungeheuerlich, Dr. Marlowe, nicht zu glauben. Einer von uns hier, einer von den Menschen, die wir kennen, einer von unseren Freunden hat das Blut von fünf Menschen an seinen Händen? Das kann nicht sein! Das kann einfach nicht sein!«

»Aber Sie wissen doch, daß es so sein muß«, sagte ich. Goin gab keine Antwort. »Um damit anzufangen, ich selber stehe außerhalb jedes Verdachts, nicht weil ich weiß, daß es so ist — wir alle könnten das für uns in Anspruch nehmen —, sondern weil zwei feindselige Handlungen gegen mich unternommen wurden, von denen eine tödlich ausgehen sollte. Außerdem habe ich Mr. Smith hier hereingebracht, als Stryker getötet und Allen verletzt wurde.« Letzteres war die Wahrheit, aber nicht die ganze Wahrheit. Nur der Mörder selber konnte das wissen, und da er es bereits auf mich abgesehen hatte, war seine Meinung unwesentlich, denn er konnte sie unmöglich aussprechen. »Mr. Smith ist gleichfalls unverdächtig, weil er zu jener Zeit nicht nur bewußtlos war, sondern fast ein tödliches Opfer der Aktivität unseres Giftmischers geworden wäre, und es ist doch wohl kaum anzunehmen, daß er sich selber vergiften wollte.«

»Dann falle auch ich aus, Dr. Marlowe!« Die Stimme des Herzogs war ein brüchiges Falsett, rauh vor Erregung. »Ich war es nicht, es könnte nicht . . .«

»Ganz Ihrer Meinung, Cecil, Sie waren es nicht. Abgesehen von der Tatsache, daß Sie ein weiteres Vergiftungsopfer waren, glaube ich nicht — na ja, ich möchte Ihre körperlichen Fähigkeiten nicht herabsetzen, aber ich halte es doch für sehr unwahrscheinlich, daß Sie diesen Steinbrocken hätten heben können, der für Strykers Ermordung benutzt wurde. Auch Mr. Gerran ist über jeden Verdacht erhaben: er litt nicht nur selbst unter der Vergiftung, sondern er befand sich zum Zeitpunkt von Strykers Tod hier in der Hütte. Allen konnte offensichtlich mit der Sache nichts zu tun haben und auch nicht Mr. Goin, obwohl man sich da auf mein Wort verlassen muß.«

»Was soll das heißen, Dr. Marlowe?« Goins Stimme klang ruhig.

»Weil Sie, als Sie Strykers Leichnam erblickten, so weiß wurden wie das sprichwörtliche Laken. Die Menschen können mit ihren Körpern allerlei vollbringen, aber die Blutzufuhr zur Haut können sie nicht nach ihrem Willen steuern. Wären Sie auf den Anblick, der Sie erwartete, vorbereitet gewesen, hätte sich ihre Hautfarbe nicht verändert. Bei Ihnen war es der Fall. Sie waren also nicht darauf vorbereitet. Unsere beiden Marys müssen wir gleichfalls streichen, denn beide wären körperlich nicht imstande, Stryker mit diesem Gesteinsbrocken anzugreifen. Und Miss Haynes kommt selbstverständlich überhaupt nicht in Betracht. Wodurch uns nach meiner Rechnung insgesamt dreizehn potentielle Verdächtige bleiben.« Ich sah mich im Raum um und zählte. »Stimmt. Dreizehn. Hoffen wir, daß dies für einen von ihnen eine sehr unglückliche Zahl sein wird.«

»Dr. Marlowe«, sagte Goin, »Sie sollten sich meiner Ansicht nach überlegen, Ihren Rücktritt wieder rückgängig zu machen.«

»Betrachten Sie ihn als rückgängig gemacht. Ich hatte ohnehin angefangen, mich zu fragen, was ich bezüglich meiner Verpflegung tun sollte.« Ich betrachtete mein leeres Glas und sah dann Gerran an. »Da ich nun wieder zur Mannschaft gehöre, wäre es da nicht angebracht . . .«

»Natürlich, natürlich.« Gerran sah niedergeschlagen aus und ließ sich schwerfällig auf einen glücklicherweise massiven Hocker sinken. Soweit es für mehr als zweihundert Pfund Fett möglich war, wie ein angestochener Ballon auszusehen — Gerran sah wie ein angestochener Ballon aus. »Mein Gott, das ist ja entsetzlich. Einer von uns hier ist ein Mörder. Einer von uns hat fünf Menschen umgebracht!« Er erschauerte heftig, obwohl die Temperatur inzwischen weit über den Gefrierpunkt gestiegen war. »Fünf Menschen. Tot. Und der Mann, der es getan hat, ist hier!«

Ich zündete mir eine Zigarette an, trank einen Schluck von Gerrans Scotch und wartete auf weitere Beiträge zur Unterhaltung. Draußen hatte der Wind an Stärke zugenommen; jetzt zerriß ein hoher, einsam klagender Laut die Stille, der einem durch Mark und

Bein ging, ein Klagen, das immer wieder die ganze Tonleiter hinaufstieg bis zu einem unheimlichen, geisterhaften Pfeifen, je nachdem ob der Wind anschwoll und absank. Alle schienen ihm angespannt zu lauschen, eine seltsam angemessene Begleitung für die Furcht und das Entsetzen, die ihr Denken immer stärker bedrängten, ein passendes Requiem für den toten Stryker. Eine ganze Minute verstrich, und niemand sprach, so daß ich die Last der Unterhaltung wieder auf mich nahm.

»Die Folgerungen werden Ihnen nicht entgangen sein«, sagte ich. »Zumindest nicht, wenn Sie soviel Zeit gewonnen haben werden, darüber nachzudenken wie ich. Stryker ist tot — und noch vier andere. Wer wollte ihren Tod? Warum sollten sie sterben? Liegt ein Sinn hinter diesen Morden? Haben wir einen psychopathischen Mörder unter uns? Wurde ein Zweck verfolgt, der erreicht ist? Wenn nicht oder wenn der Mörder ein Psychopath ist — wer von uns ist dann der nächste? Wer wird heute nacht sterben? Wer geht heute nacht in seinen Schlafraum mit dem Bewußtsein, daß irgendein wahnsinniger Mörder jederzeit bei ihm eindringen kann — ja daß möglicherweise sogar der eigene Schlafgenosse auf diese Gelegenheit mit einem Messer oder einem erstickenden Kissen wartet? Tatsächlich möchte ich annehmen, daß diese Version des Schlafgenossen am wahrscheinlichsten klingt — aber wer würde etwas so irrsinnig Offenkundiges tun? Mit Ausnahme natürlich eines Irrsinnigen. Wir haben also sozusagen eine schlaflose Nacht vor uns. Vielleicht können wir alle eine Nacht durchhalten, aber zweiundzwanzig Nächte — können wir das zweiundzwanzig Nächte durchstehen? Ist einer unter uns, der mit Sicherheit damit rechnen kann, bei der Rückkehr der *Morning Rose* noch am Leben zu sein?«

Der Ausdruck auf den Gesichtern und die tiefe Stille, die dieser Frage folgte, ließen erkennen, daß niemand mit einer solchen Sicherheit rechnete. Als ich mir die Sache selber überlegte, anstatt die anderen nur dazu aufzufordern, wurde mir klar, daß sich die Frage einer weiteren Existenz mir viel stärker stellte als irgendeinem der anderen, denn wenn der Mörder kein unberechenbarer Psychopath war, der zuschlug, wie es ihm gerade einfiel, sondern ein eiskalter, berechnender Mörder mit einem ganz bestimmten Ziel, dann war ich überzeugt, als erster auf seiner Besuchsliste zu stehen. Nicht einen Augenblick dachte ich, daß ein Versuch, mich beiseite zu schaffen, deswegen erfolgte, weil ich einen bestimmten Stellenwert in den Planungen des Mörders hatte, sondern nur weil ich eine Gefährdung dieser Planungen darstellte.

»Und wie werden wir uns von jetzt ab verhalten?« fragte ich. »Zerfallen wir jetzt in zwei entgegengesetzte Gruppen, wobei die neun anerkannt Unschuldigen einen weiten Bogen um die dreizehn möglicherweise Schuldigen schlagen und sie mit argwöhnischen Blicken verfolgen, obwohl es für zwölf unter ihnen sehr hart sein wird? Sollen wir uns wie Öl und Wasser verhalten und absolut jede Vermischung verweigern? Oder was ist mit den Drehplänen für morgen? Mr. Gerran und der Graf wollten, glaube ich, morgen in die Berge aufbrechen, ein Guter und ein potentiell Böser — Mr. Gerran wird dafür sorgen, daß zumindest noch ein anderer Guter mit von der Partie ist, um ihm den Rücken zu decken. Heissman will mit dem Boot herumfahren, um geeignete Plätze an der Küste von Sorhamna und vielleicht etwas weiter südlich zu erkunden. Ich glaube, Jungbeck und Heyter haben sich freiwillig erboten, ihn zu begleiten. Drei von denen, deren Unschuld nicht erwiesen ist. Will etwa ein weißes Schaf mit dem schwarzen Wolf oder den Wölfen mitgehen, die dann vielleicht bei ihrer Rückkehr traurig erklären, daß das arme Schaf über Bord gefallen und der arme Kerl trotz ihrer heldenhaften Bemühungen elend umgekommen ist? Was ist mit diesen großartigen Abhängen im Süden der Insel — ein kleiner, zeitlich gut gewählter Stoß, ein geschicktes Beinstellen — na ja, sechzehnhundert Fuß sind eine beträchtliche Tiefe, insbesondere wenn man bedenkt, daß es die ganze Strecke senkrecht hinabgeht. Ein verwirrendes, schwieriges Problem, nicht wahr, meine Herren?«

»Dies ist absurd!« rief Gerran laut. »Völlig absurd!«

»Ja, finden Sie das?« sagte ich. »Schade, daß wir Stryker nicht um seine Meinung bitten oder die Meinungen von Antonio und Halliday, Moxen und Scott einholen können. Wenn ihr bleiches Gespenst aus der Vorhölle hinabblickte, Mr. Gerran, und zusieht, wie Sie in ein Loch im gefrorenen Schnee hinabgelassen werden — glauben Sie, daß es dann für Sie noch immer absurd aussieht?«

Gerran erschauerte und griff nach der Flasche. »Was in Gottes Namen sollen wir tun?«

»Keine Ahnung«, antwortete ich. »Sie haben gehört, was ich soeben zu Mr. Goin gesagt habe. Ich bin wieder zum Status eines Angestellten zurückgekehrt. Ich habe nicht wie Sie alles auf diesen Film gesetzt, wie ich Mr. Goin zu Kapitän Imrie sagen hörte. Ich fürchte, daß diese Entscheidung auf der Ebene des Direktoriums gefällt werden muß — von den drei Direktoren, die noch fähig sind, Entscheidungen zu treffen.«

»Wäre unser Angestellter so gut, uns zu erklären, was er damit meint?« Goin versuchte zu lächeln, aber es gelang nicht recht, sein Herz war nicht dabei.

»Wollen Sie tatsächlich alle Ihre Auftritte hier oben drehen oder nicht? Das liegt bei Ihnen. Wenn wir alle dauernd hier in der Hütte bleiben, mindestens ein halbes Dutzend jederzeit wach, mit allen Augen aufpassen und mit allen Ohren lauschen, dann sind die Aussichten gut, daß wir uns alle nach Ablauf der zweiundzwanzig Tage in verhältnismäßig unversehrtem Zustand befinden. Andererseits bedeutet es natürlich, daß Sie nichts von Ihrem Film drehen können und das ganze hineingesteckte Geld verlieren. Ein Problem, mit dem ich mich nicht gern befassen möchte. Übrigens ist das ein ausgezeichneter Whisky, den Sie hier haben, Mr. Gerran.«

»Ich sehe, daß er Ihnen schmeckt.« Gerran hätte gern einen etwas schroffen Ton in seine Stimme gelegt, aber es gelang ihm nur, besorgt zu klingen.

»Seien Sie nicht so kleinlich.« Ich goß mir ein. »Dies sind Zeiten, in denen die Seele eines Mannes auf eine harte Probe gestellt wird.« Im Grunde lauschte ich nicht Gerran, sondern nur mir selber. Schon einmal früher, seit wir Wick verlassen hatten und der Graf etwas über eine zu große Portion Meerrettich gesagt hatte, übten gewisse Worte eine explosive Wirkung aus. Und jetzt war das gleiche geschehen. Nur wurden diesmal die Worte durch etwas, das ich selber gesagt hatte, in Gang gesetzt. Ich bemerkte, daß der Graf redete, offenbar zu mir gewandt. »Entschuldigen Sie, ich war mit den Gedanken woanders«, sagte ich.

»Das sehe ich.« Der Graf musterte mich nachdenklich. »Sehr schön und gut, aus Verantwortungsbewußtsein zu handeln, aber was würden Sie denn tun?« Er lächelte. »Wenn ich Sie erneut als unbezahlten Direktor auf Zeit hinzuwählte?«

»Ganz einfach«, erwiderte ich, und diese Antwort kam mir leicht über die Lippen — eine Folge meines Nachdenkens während der letzten dreißig Sekunden. »Ich würde auf der Hut sein und den verfluchten Film drehen.«

»So.« Gerran nickte, während der Graf und Goin einander offenbar befriedigt ansahen. »Aber was würden Sie jetzt, in diesem Augenblick tun?«

»Wann ist das Abendessen?«

»Abendessen?« Gerran blinzelte. »Oh, gegen acht, würde ich sagen.«

»Und jetzt ist es fünf. Ich lege mich drei Stunden hin, das werde ich tun. Und ich möchte keinem raten, in meine Nähe zu kommen, ob wegen eines Aspirins oder mit einem Messer in der Hand, denn ich bin jetzt recht nervös.«

Smithy räusperte sich. »Werde ich zusammengeschlagen, wenn ich jetzt um ein Aspirin bitte? Oder um etwas Stärkeres, um einem Menschen Schlaf zu schenken? Ich habe das Gefühl, als hätte mein Kopf auf einem Hackklotz gelegen.«

»Ich kann Sie innerhalb von zehn Minuten in Schlaf versetzen. Aber Vorsicht, beim Aufwachen werden Sie sich wahrscheinlich erheblich elender fühlen.«

»Unmöglich. Geben Sie mir diese K.o.-Tropfen.«

In meinem Schlafraum faßte ich nach dem Griff des kleinen quadratischen Doppelfensters und öffnete es mit einiger Mühe. »Können Sie das mit dem Ihren auch tun?«

»Woran Sie nur denken. Kein Fressen für ungebetene Gäste.«

»Um so besser. Bringen Sie ein Feldbett hier herein. Sie können es sich aus Judith Haynes' Zimmer holen.«

»Richtig«, sagte er. »Da ist eins frei.«

X

Fünf Minuten später, bis zu den Augen gegen die scharfe Kälte vermummt, gegen das Schneetreiben und diesen Wind, der jetzt heulend und nicht mehr klagend über die vereisten Flächen der Insel fegte, standen Smithy und ich auf der Leeseite der Hütte an meinem Fenster, das ich mit einem Papierkeil festgeklemmt hatte. An der Außenseite war kein Griff, um es wieder zu öffnen, aber ich hatte ein Allzweckmesser des Schweizer Militärs bei mir, mit dem man fast alles aufbekommen konnte. Wir betrachteten die schwach sich abzeichnenden Umrisse der Hütte, das grelle Licht — Coleman-Lampen verbreiten ein intensiv weißes Licht —, das aus einem der Fenster im mittleren Trakt fiel und den blassen Schein kleinerer Lichter aus einigen der Schlafkammern.

»Nicht ganz die richtige Nacht für einen ehrbaren Bürger, um seinen Gesundheitsspaziergang zu machen«, flüsterte mir Smithy ins Ohr. »Aber wenn wir nun auf einen der weniger Ehrbaren stoßen?«

»Zu früh für ihn oder mehrere, sich jetzt herumzutreiben«, erwiderte ich. »Im Augenblick brennt die Flamme des Argwohns zu stark, als daß jemand es wagen würde, sich im falschen Augenblick auch nur zu räuspern. Später, vielleicht. Aber nicht jetzt.«

Wir begaben uns direkt zum Vorratshaus, schlossen die Tür hinter uns und schalteten, da die Hütte keine Fenster hatte, beide Taschenlampen ein. Wir durchsuchten alle Säcke, Kisten, Kartons und Lebensmittelpackungen, fanden aber nichts Verdächtiges.

»Was suchen wir eigentlich?« fragte Smithy.

»Keine Ahnung. Sagen wir so: etwas, das nicht hergehört.«

»Eine Pistole? Eine große schwarze, geriffelte Flasche mit der Aufschrift: ›Tödliches Gift‹?«

»Etwas in der Art.« Ich holte eine Flasche Haig aus einer Kiste und steckte sie in die Tasche meines Anoraks. »Nur für medizinische Zwecke«, erklärte ich.

»Natürlich.« Smithy ließ zum Abschied den Strahl seiner Lampe über die Wände der Hütte wandern. Der Strahl erfaßte drei kleine glänzende Packungen auf einem der oberen Regale.

»Muß sich um erstklassige Verpflegung handeln«, meinte Smithy. »Vielleicht Kaviar für Gerran?«

»Medizinisches Reservematerial für mich. Meistens Instrumente, keine Gifte. Das garantiere ich.« Ich ging zur Tür.

»Wollen Sie es nicht nachprüfen?«

»Wäre sinnlos. Außerdem zu schwierig, eine Maschinenpistole darin zu verstecken.« Die Packungen waren etwa acht und zehn Zoll groß.

»Einverstanden, wenn ich trotzdem nachsehe?«

»Meinetwegen.« Ich war ein wenig ungeduldig. »Aber beeilen Sie sich.«

Smithy öffnete die Deckel der beiden ersten Packungen, überflog den Inhalt und schloß sie wieder. Er öffnete die dritte und sagte: »Wie ich sehe, haben Sie Ihre Reserven bereits angegriffen.«

»Das habe ich nicht.«

»Dann jemand anders.« Er reichte mir die Packung, und ich sah die beiden leeren Vertiefungen im blauen Filz. »Jemand bestimmt«, sagte ich. »Eine Injektionsspritze und ein Röhrchen mit Nadeln.«

Smithy sah mich schweigend an, nahm die Packung, schloß den Deckel und stellte sie wieder zurück. »Mir gefällt es eigentlich nicht sehr.«

»Zweiundzwanzig Tage können eine sehr lange Zeit sein«, antwortete ich. »Wenn wir jetzt nur das Zeug finden könnten, das für diese Spritze bestimmt ist.«

»Wenn. Und Sie glauben nicht, es könnte sie sich jemand für seine eigenen privaten Zwecke entliehen haben? Jemand, der von harten Drogen abhängig ist und seine eigene Spritze verbogen hat? Zum Beispiel einer der *Drei Apostel?* Der richtige Hintergrund, immerhin — die Popwelt, Filmwelt . . . sind ja nur Kinder?«

»Nein, das glaube ich nicht.«

»Ich auch nicht. Aber anders wäre es mir lieber.«

Von dort gingen wir zur Brennstoffhütte. Zwei Minuten genügten, um festzustellen, daß sie uns nichts zu bieten hatte. Auch nicht die Materialhütte, obwohl sie mich mit zwei Dingen versorgte, auf die ich scharf war, mit einem Schraubenzieher aus dem Werkzeugkasten, den Eddie benutzt hatte, als er den Generator anschloß, und mit einem Päckchen Schrauben. »Wofür wollen Sie das haben?« fragte Smithy.

»Zum Zuschrauben von Fenstern«, antwortete ich. »Eine Tür ist nicht die einzige Möglichkeit, um in die Kammer eines schlafenden Mannes zu gelangen.«

»Es gibt nicht viele Leute, denen Sie vertrauen, nicht wahr?«

»Ich weine um meine verlorene Unschuld.«

Es war nicht verlockend, sich längere Zeit im Traktorschuppen aufzuhalten, wo jetzt Stryker lag, sein Gesicht gespensterhaft im Widerschein der Taschenlampen, seine starren Augen blicklos zur Decke gerichtet. Wir durchstöberten Werkzeugkästen, durchsuchten Drahtkörbe und gingen sogar so weit, Treibstofftanks, Ölbehälter und Kühler zu sondieren. Wir fanden nichts.

Wir gingen den Weg zur Pier hinunter. Von der Wohnhütte war es eine Entfernung von etwas mehr als fünfundzwanzig Schritte, und wir brauchten fünf Minuten, um sie zu finden. Wir wagten nicht, unsere Taschenlampen zu benutzen, und bei dem heftigen Schneesturm, der die Sicht auf Armlänge verringerte, waren wir wie Blinde, die sich durch eine unsichtbare Welt tasteten. Vorsichtig schlichen wir bis zum Ende der Pier vor — der Schnee hatte Löcher in dem abbröckelnden Kalkstein verdeckt, und dick angezogen wie wir waren, konnte man die Chancen, einen Sturz in das eisige Wasser von Sorhamna zu überleben, nicht sehr hoch anschlagen. Wir fanden den Prahm in der geschützten Nordwestecke der Anlegestelle und stiegen auf einer steilen, eisernen Leiter hinunter, die so alt und rostig war, daß die äußeren Enden einiger Sprossen kaum noch einen viertel Zoll als Durchmesser hatten.

In einer dunklen Nacht kann man den Schein einer Taschenlampe selbst bei dichtem Schneetreiben auf große Entfernung noch sehen, aber jetzt, als wir uns unterhalb der Oberkante der Piermauer befanden, schalteten wir unsere Lampen ein, allerdings achteten wir noch immer darauf, sie mit der Hand zu verdecken. Eine rasche Durchsuchung des Prahms ergab nichts. Wir stiegen in das andere Boot über, das längsseits lag, und hatten dort den gleichen Mißerfolg. Von dort kletterten wir auf die U-Bootattrappe hinüber — man hatte eine eiserne Leiter an beiden Seiten und am Kommandoturm angeschweißt.

Der Kommandoturm war mit einer Plattform versehen, die in einem Abstand von vier Fuß auf seiner kreisförmigen Oberfläche angeschweißt war. Eine Luke bot Zugang zu einer halbkreisförmigen Plattform etwa achtzehn Zoll unterhalb des Flansches, auf der der Kommandoturm befestigt war; von dort führte eine kurze Leiter ins Innere des U-Boots. Wir stiegen hinunter und ließen unsere Scheinwerfer spielen.

»U-Boote sind nicht übel«, erklärte Smithy. »Zumindest ist man dort vor Schnee geschützt. Abgesehen davon würde ich mich allerdings nicht gern hier niederlassen.«

Das schmale, beengte Innere war tatsächlich ein düsterer, bedrükkender Ort. Das Deck bestand aus querlaufenden Holzlatten mit Zwischenräumen, die an beiden Seiten durch große Flügelschrauben festgehalten wurden. Unter den Latten sahen wir, gleichfalls fest verzurrt, Reihen langer, schmaler, grau gestrichener Barren — die vier Tonnen Gußeisen, die als Ballast dienten. An beiden Seiten des Rumpfes waren vier rechteckige Tauchtanks angebracht, die man fluten konnte, um den Schwebezustand herbeizuführen; an einem Ende des Rumpfes befand sich ein kleiner Diesel, dessen Auspuffrohr bis zur Oberkante des Kommandoturms aus dem Schiffsraum herausragte, an dem es mit Bolzen befestigt war. Diese Maschine war mit einem Kompressor gekoppelt, um die Tauchtanks zu leeren. Das war von der Konstruktion her alles. Man hatte mir erzählt, die gesamte Attrappe habe fünfzehntausend Pfund gekostet, und daraus konnte ich nur schließen, daß sich Gerran der Lieblingsbeschäftigung der Produzenten hingegeben hatte, seine Geschäftsbücher zu frisieren.

Es gab noch verschiedene andere Ausrüstungsgegenstände. In einem Kasten, wo ich das hintere Ende dieses Mittelteils vermutete, lagen vier kleine Pilzanker mit Ketten, zusammen mit einer kleinen tragbaren Winde. Unmittelbar darüber entdeckten wir eine Luke, durch die man ans Oberdeck gelangte. Die Anker konnten nur dazu bestimmt sein, das Modell in jeder gewünschten Lage festzuhalten. Dem Kasten gegenüber, fest mit einem Schott verbunden, befand sich die leichte Nachbildung eines Periskops aus Kunststoff, das imstande sein mußte, einigermaßen wirklichkeitsgetreu zu funktionieren. Dicht daneben drei andere Kunststoffmodelle, eine Kanone, Kaliber drei — wahrscheinlich, um an Deck montiert zu werden — und zwei nachgebildete Maschinengewehre, die sich, wie ich mir vorstellte, irgendwo im Kommandoturm aufstellen ließen. Im Vorschiff fanden wir noch zwei weitere Kästen: der eine enthielt eine Anzahl von Schwimmwesten, der andere sechs Büchsen mit Farbe und einige Pinsel. Die Büchsen trugen die Aufschrift: »Instant-Grau«.

»Was bedeutet das?« fragte Smithy.

»Eine Art schnelltrocknender Farbe, könnte ich mir denken.«

»Alles ordentlich und stilecht«, meinte Smithy. »Soviel hätte ich Gerran nicht zugetraut.« Er fröstelte. »Hier mag es zwar nicht schneien, aber ich würde Ihnen gern mitteilen, daß mir wirklich sehr kalt ist. Dieser Ort erinnert mich an ein eisernes Grab.«

»Sehr gemütlich ist es hier nicht. Nichts als rauf und fort.«

»Eine ergebnislose Suche, könnte man sagen?«

»Das könnte man. Große Hoffnungen hatte ich ohnehin nicht.«

»Haben Sie sich deswegen die Sache bezüglich des Films anders überlegt? Zuerst war es Ihnen gleichgültig, und im nächsten Augenblick rieten Sie Ihnen, sich in die Sache zu stürzen? Damit Sie vielleicht ihre Unterkünfte und ihre Habe, wenn sie weg sind, untersuchen könnten?«

»Wer hat Ihnen denn diesen Gedanken eingegeben, Smithy?«

»Es gibt tausend Schneewehen, in denen jemand etwas verstecken könnte.«

»Daran habe ich auch schon gedacht.«

Wir legten den Weg von der Pier bis zur großen Hütte sehr viel leichter zurück als umgekehrt, denn diesmal leitete uns der schwache, diffuse Lichtschimmer der Coleman-Lampen. Ohne allzu große Mühe krochen wir in unsere Schlafkammer zurück, bürsteten den Schnee von unseren Stiefeln und Anoraks und hängten diese auf. Verglichen mit dem Inneren des U-Bootrumpfes war die Wärme in diesem Raum geradezu wohltuend. Ich nahm Schraubenzieher und Schrauben und begann das Fenster festzuschrauben, während Smithy nach einigen Andeutungen über seinen schlechten Gesundheitszustand die Flasche hervorholte, die ich mir in der Vorratshütte gesichert hatte, und meinem Medikamentenkasten zwei kleine Bechergläser entnahm. Er beobachtete mich, bis ich fertig war.

»Damit wären wir für heute nacht sicher«, sagte er. »Wie steht es mit den anderen?«

»Ich glaube, daß die meisten anderen nicht in Gefahr sind, weil sie die Pläne unseres Freundes oder unserer Freunde nicht gefährden.«

»Die meisten anderen?«

»Ich werde wohl Judith Haynes' Fenster auch zuschrauben.«

»Judith Haynes?«

»Ich habe so ein Gefühl, daß sie in Gefahr ist. Ob es sich um eine ernste Gefahr, um eine unmittelbar drohende Gefahr handelt, ahne ich nicht. Vielleicht phantasiere ich nur.«

»Das würde mich nicht wundern«, meinte Smithy zweideutig. Nachdenklich trank er einen Schluck Whisky. »Ich habe mir auch gerade etwas überlegt, allerdings in einer ganz anderen Richtung. Wann wird es Ihrer Meinung nach unserem Direktorium einfallen, eine Behörde einzuschalten oder von außen Hilfe heranzuholen oder zumindest die Welt wissen zu lassen, daß die Angestellten der *Olympus Productions* wie die Fliegen sterben, und dies nicht einmal aus natürlichen Gründen?«

»Wäre das die Entscheidung, die Sie treffen würden?«

»Wäre ich kein Verbrecher oder, in diesem Fall, nicht der Verbrecher, der natürlich sehr stichhaltige Gründe hätte, keine Behörde einzuschalten, würde ich so entscheiden.«

»Ich bin zwar kein Verbrecher, aber ich habe ebenfalls sehr stichhaltige Gründe, keine Behörde einzuschalten. In dem Augenblick, in dem eine Behörde offiziell die Sache übernimmt, wird jeder verbrecherische Gedanke, jede verbrecherische Absicht und potentielle Handlung auf Eis gelegt, und wir haben es dann mit fünf unaufgeklärten Todesfällen zu tun. Das wäre das Ende, denn eins ist völlig sicher, daß wir bisher noch nichts haben, was wir jemandem nachweisen könnten. Es gibt nur die eine Möglichkeit, daß wir genügend lange Leine lassen, damit sich der Betreffende daran aufhängt.«

»Aber was ist, wenn Sie zuviel Leine auslaufen lassen und unser Freund, anstatt sich selber aufzuhängen, uns daran aufhängt? Was ist, wenn noch ein Mord geschieht?«

»In diesem Fall müßten wir die Behörden einschalten. Ich bin hier, um auf bestmögliche Weise eine Aufgabe zu lösen, aber das bedeutet nicht, mit jedem mir nur verfügbaren Mittel. Ich kann also die Unschuldigen nicht als Bauern in diesem Schachspiel opfern.«

»Tja, das ist eine gewisse Beruhigung. Aber wenn der Gedanke den anderen kommt?«

»Dann ist die Sache klar, dann müssen wir mit Tunheim Verbindung aufnehmen — dort gibt es einen Sender der Meteorologischen Station, der so ungefähr den Mond erreichen könnte. Oder wir könnten zumindest anbieten, diesen Versuch zu machen. Tunheim liegt weniger als zehn Meilen entfernt, aber unter solchen Wetterverhältnissen könnte es ebensogut auf der anderen Seite von Sibirien liegen. Beruhigt sich das Wetter, könnte es möglich sein. Der Wind dreht sich jetzt nach Westen, und falls er in diesem Sektor bleibt, wäre eine Fahrt mit dem Boot die Küste hinauf durchführbar — sehr unangenehm, aber wohl möglich. Sollte er weiter nach Norden drehen, dann nicht — wir haben nur offene Arbeitsboote, die bei jeder Art von Seegang vollaufen würden. Über Land — wenn das Schneetreiben aufhörte — na ja, das weiß ich einfach nicht. Zunächst einmal ist das Gelände so zerklüftet und bergig, daß man keinesfalls den kleinen Motorschlitten benutzen könnte — man müßte es also zu Fuß machen. Dazu müßte man tief ins Inland vorstoßen, nach Westen zu, um das Massiv der Misery Fjells zu umgehen, denn das endet an der Ostküste in steilen Abstürzen. Hunderte kleiner Seen liegen in diesem Gebiet, und ich habe keine Ahnung, wie fest sie zugefroren sind, einige von ihnen vielleicht nicht sehr fest, möglicherweise gerade ausreichend, um eine Schneedecke zu tragen, aber nicht einen Menschen — und ich glaube, daß einige dieser Seen über hundert Fuß tief sind. Man könnte auch bis zum Knöchel, bis zum Knie, bis zur Hüfte und bis zur Gürtellinie in Schnee geraten. Und abgesehen davon, in Schnee zu ersticken oder zu ertrinken, sind wir für eine Winterexpedition nicht ausgerüstet, wir haben nicht einmal ein Zelt für eine Übernachtung — es gibt nicht die geringste Hoffnung, es an einem Tag zu schaffen —, und wenn es erneut schneite oder nicht zu schneien aufhörte, möchte ich wetten, daß *Olympus Productions* nicht einmal über einen Marschkompaß verfügt, um zu verhindern, daß Sie im Kreis herumlaufen, bis Sie vor Kälte oder Hunger oder einfach aus Erschöpfung tot zusammenbrechen.«

»›Sie, Sie, Sie‹«, rief Smithy. »Ständig reden Sie nur von mir. Wie wäre es, wenn Sie an meiner Stelle gingen?« Er lächelte. »Selbstverständlich könnte ich stets von hier aufbrechen und herumsuchen, bis ich eine passende Höhle oder sonst einen Unterschlupf fände, um mich dort die Nacht über zu verkriechen und am nächsten Tag zurückzukehren mit der Meldung: Auftrag undurchführbar.«

»Wir werden sehen, wie die Karten fallen.« Ich trank mein Glas aus und nahm den Schraubenzieher und die Schrauben. »Schauen wir mal nach, wie es Miss Haynes geht.«

Der Zustand von Miss Haynes schien einigermaßen befriedigend. Kein Fieber, normaler Puls, tiefe und gleichmäßige Atmung. Wie sie sich nach dem Erwachen fühlen würde, war eine ganz andere Sache. Ich schraubte ihr Fenster fest, bis niemand mehr von außen hätte eindringen können, ohne die Scheibe einzuschlagen — und das Zertrümmern von zwei Glasscheiben würde genügend Lärm machen, um die Hälfte der Bewohner der Hütte zu wecken. Dann begaben wir uns in den Wohnraum der Hütte.

Er war erstaunlich leer. Mindestens zehn Leute, deren Anwesenheit ich erwartet hatte, fehlten, aber als ich im Kopf rasch nachprüfte, wer fehlte, erblickte ich darin keinen Grund zur Beunruhigung. Gerran, der Graf, Heissman und Goin fielen sofort als abwesend auf, sie befanden sich wahrscheinlich in einem ihrer Schlafräume in geheimer Konklave und erörterten gewichtige Dinge, die ihre Untergebenen nicht hören sollten. Lonnie hatte fast mit Sicherheit seine Zuflucht zu frischer Luft genommen, und ich hoffte, daß er sich zwischen dem Hauptgebäude und der Vorratshütte nicht verirrte. Allen hatte sich höchstwahrscheinlich wieder hingelegt, und ich nahm an, daß Mary Darling, die viele ihrer früheren Hemmungen überwunden zu haben schien, zu ihrem pflichtbewußten Handhalten zurückgekehrt war. Ich konnte mir nicht vorstellen, wohin die *Drei Apostel* entschwunden waren, aber um sie machte ich mir auch keine besonderen Sorgen. Ich war überzeugt, daß von ihnen nichts anderes zu befürchten war als eine nachhaltige Schädigung des Trommelfells.

Ich trat zu Conrad, der über einem dreiflammigen, auf einem Ofen montierten Ölkocher wachte. Vor sich hatte er zwei große Pfannen und einen mächtigen Kochtopf, in denen es gleichzeitig brodelte, Gulasch, Bohnen und Kaffee; er schien seine Rolle als Küchenchef zu genießen, nicht zuletzt, wie ich annahm, weil er Mary Stuart als Assistentin hatte. Bei einem anderen Mann hätte ich in dieser gutgelaunten Bereitschaft etwas anderes als altruistische Motive vermutet und in ihm den Hauptdarsteller gesehen, der mit jedem auf bestem Fuße stand und vor seinen bewundernden Zuschauern den Demokraten spielte. Aber ich kannte inzwischen Conrad gut genug, um zu wissen, daß dies gar nicht zu seinem Wesen paßte. Er war ganz einfach von Natur ein hilfsbereiter Mensch, der niemals daran dachte, sich über seine Kollegen zu erheben. Conrad, so überlegte ich, mußte wahrhaftig in der Filmwelt ein Vogel mit Seltenheitswert sein.

»Was geht denn hier vor?« fragte ich. »Haben Sie sich freiwillig dazu gemeldet? Ich dachte, Gerran hätte die *Drei Apostel* abwechselnd als Köche eingeteilt?«

»Die *Drei Apostel* hatten die Absicht, ausgerechnet in diesem Raum damit anzufangen, ihre musikalische Technik zu verfeinern«, antwortete Conrad. »So habe ich aus Gründen der Selbsterhaltung ein Geschäft mit ihnen abgeschlossen. Sie üben drüben in der Materialhütte — Sie wissen, wo der Generator steht.«

Ich versuchte mir diesen äußersten Grad einer Kakophonie vorzustellen, die durch ihre atonalen Stimmen, ihre Instrumente mit den Verstärkern und den Dieselmotor in einem engen Raum von acht zu acht erzeugt wurde, aber meine Phantasie reichte dazu nicht aus. »Sie haben einen Orden verdient«, erklärte ich. »Sie auch, Mary Dear.«

»Ich?« Sie lächelte. »Wieso?«

»Erinnern Sie sich an das, was ich über die Guten sagte, die sich mit den Bösewichten paarweise zusammentun? Ich freue mich, feststellen zu können, daß Sie einen unserer Verdächtigen so genau überwachen. Haben Sie nicht möglicherweise bemerkt, daß seine Hand verdächtig lange über einem der Töpfe verweilte?«

Ihr Lächeln erstarb. »Ich finde das gar nicht komisch, Dr. Marlowe.«

»Ich auch nicht. Nur ein plumper Versuch, die Atmosphäre ein bißchen aufzulockern.« Ich sah Conrad an. »Kann ich Sie kurz einmal sprechen, Chef?«

Conrad streifte mich mit einem nachdenklichen Blick, nickte und verließ seinen Platz. Mary Stuart sagte: »Das ist aber nett. Für mich, meine ich. Warum können Sie es ihm nicht hier sagen?«

»Ich möchte ihm ein paar komische Geschichten erzählen. Aber Sie scheinen für meine Art von Humor nicht viel Verständnis zu haben.« Ich entfernte mich mit Conrad ein paar Schritt und fragte: »Hatten Sie schon die Möglichkeit, mit Lonnie ein Wort zu reden?«

»Nein. Ich hatte noch keine Gelegenheit. Ist es so dringend?«

»Allmählich glaube ich es. Hören Sie, ich habe ihn nicht gesehen, aber ich bin ganz sicher, daß Lonnie drüben in der Provianthütte ist.«

»Wo Gerran alle seine Lebenselixiere aufbewahrt?«

»Sie würden doch wohl nicht erwarten, Lonnie im Brennstoffschuppen zu finden? Dieselöl und Petroleum sind nicht seine Lieblingsgetränke. Könnten Sie nicht einmal hinübergehen, flüssigen Trost vor dieser rauhen, harten Welt, vor *Olympus Productions*, vor allem, was Ihnen gerade einfällt, suchen und ihn listig in ein Gespräch verwickeln? Schlagen Sie das Thema an, wie sehr Ihnen Ihre Familie fehlt. Etwas in dieser Richtung. Nur um ihn dazu zu bringen, von der seinen zu erzählen.«

Er zögerte. »Ich mag Lonnie. Und diesen Auftrag mag ich nicht.«

»Ich bin jetzt darüber hinweg, auf die Gefühle anderer Rücksicht zu nehmen. Ich bin nur an Menschen interessiert — daran, daß sie weiterleben dürfen, meine ich.«

»Richtig.« Er nickte und sah mich ernst an. »Gehen Sie da nicht ein gewisses Risiko ein? Wenn Sie die Unterstützung durch einen der Verdächtigen suchen?«

»Sie stehen nicht auf meiner Liste der Verdächtigen«, erwiderte ich. »Von Anfang an nicht.«

Er sah mich eine Weile an und sagte dann: »Würden Sie das bitte Mary Dear mitteilen?«

Er wandte sich um und ging auf den Ausgang zu. Ich kehrte zum Ölkocher zurück. Mary Stuart sah mich mit ihrem gewohnten ernsten, abweisenden und unergründlichen Gesicht an.

»Conrad hat mich gebeten, Ihnen mitzuteilen, daß ich ihm gerade erklärt habe — können Sie mir folgen? —, daß er nicht auf meiner Liste von Verdächtigen steht und niemals gestanden hat.«

»Wie erfreulich.« Sie bedachte mich mit einem leichten Lächeln, über dem jedoch ein Anhauch von Winter lag.

»Mary«, sagte ich, »Sie sind unzufrieden mit mir.«

»Na ja.«

»Was heißt ›na ja‹?«

»Sind Sie mir freundlich gesinnt?«

»Natürlich.«

»Natürlich, natürlich.« Sie ahmte meinen Tonfall sehr glaubwürdig nach. »Dr. Marlowe ist der ganzen Menschheit freundlich gesinnt.«

»Dr. Marlowe hält nicht die ganze Nacht lang die gesamte Menschheit in seinen Armen.«

Wieder ein Lächeln. Diesmal mit einem Anhauch von Frühling. »Und Charles Conrad?« fragte sie.

»Ich mag ihn. Ich weiß nicht, was er von mir denkt.«

»Und ich mag ihn und ich weiß, daß er mich mag, und so sind wir alle Freunde.« Ich verbiß es mir, noch einmal »natürlich« zu sagen, und nickte nur. »Warum tauschen wir dann nicht alle unsere Geheimnisse miteinander aus?«

»Frauen sind wohl die neugierigsten Geschöpfe«, erwiderte ich, »in des Wortes ureigenster Bedeutung.«

»Seien Sie mir gegenüber nicht so gescheit.«

»Teilen Sie immer Ihre Geheimnisse mit anderen?«

Sie furchte, als sei sie verblüfft, ein wenig die Stirn, und ich fuhr fort: »Wollen wir ein Kinderspiel machen? Sie erzählen mir ein Geheimnis, und ich erzähle Ihnen auch eins.«

»Was in aller Welt meinen Sie?«

»Was für einen geheimen Auftrag hatten Sie gestern morgen? Im Schneetreiben auf dem Oberdeck? Als Sie Heissman gegenüber so zärtlich waren?«

Ich erwartete eine sehr heftige Reaktion und war entsprechend enttäuscht, als sie nicht eintrat. Sie sah mich schweigend und nachdenklich an und sagte schließlich: »Sie spionieren uns also nach?«

»Ich kam zufällig vorbei.«

»Ich habe Sie nicht zufällig vorbeigehen sehen.« Sie biß sich auf die Lippe, aber nicht in einer irgendwie erkennbaren Unruhe. »Mir wäre lieber, Sie hätten es nicht gesehen.«

»Warum?« Mich hatte kurz der Gedanke gestreift, sehr ironisch zu sein, aber aus der Ferne hörte ich eine leise warnende Glocke.

»Weil die anderen es nicht wissen sollen.«

»Das ist klar«, antwortete ich geduldig. »Aber warum?«

»Weil ich nicht sehr stolz darauf bin. Ich muß mir meinen Lebensunterhalt verdienen, Dr. Marlowe. Ich bin erst vor zwei Jahren in dieses Land gekommen und habe keinerlei Ausbildung für irgend etwas. Ich habe nicht einmal eine Ausbildung für das, was ich hier tue. Als Schauspielerin bin ich hoffnungslos. Ich weiß es. Ich habe einfach kein Talent. Die beiden letzten Filme, in denen ich gespielt habe — sie waren wirklich fürchterlich. Überrascht es Sie, daß man mir die kalte Schulter zeigt und sich die Leute ganz offen fragen, wieso ich meinen dritten Film bei *Olympus Productions* drehe? Jetzt können Sie es erraten: Johann Heissman ist dieses Wieso.« Sie lächelte, ein sehr zaghaftes Lächeln. »Überrascht es Sie, Dr. Marlowe? Sind Sie vielleicht entsetzt?«

»Nein.«

Das zaghafte Lächeln verschwand. Ihr Gesicht wirkte plötzlich etwas lebloser, und als sie sprach, war ihre Stimme ausdruckslos. »Ist es so leicht, das von mir zu glauben?«

»Nein, eigentlich nicht. Die Sache ist die, daß ich Ihnen ganz einfach überhaupt nicht glaube.«

Sie sah mich mit einem etwas traurigen und völlig verständnislosen Gesicht an. »Sie glauben mir nicht — dies glauben Sie mir nicht?«

»Ich glaube es nicht von Mary Stuart. Nicht von Mary Dear.«

Etwas Leben kehrte wieder zurück, und sie sagte fast verwundert: »Das ist das Netteste, was ein Mensch jemals zu mir gesagt hat.« Sie blickte auf ihre Hände, als zögerte sie, und sagte dann ohne aufzusehen: »Johann Heissman ist mein Onkel. Der Bruder meiner Mutter.«

»Ihr Onkel?« Ich hatte in Gedanken alle Arten von Möglichkeiten gewälzt, aber diese hatte sich nicht einmal entfernt abgezeichnet.

»Onkel Johann.« Wieder dieses zaghafte, verstohlene Lächeln, diesmal mit einem Anflug von Mutwillen, den ich mir aber vielleicht einbildete. Ich fragte mich, wie ihr Lächeln wohl wäre, falls sie jemals vor reiner Freude oder tiefem Glück lächelte. »Sie brauchen mir nicht zu glauben. Fragen Sie ihn doch selber. Aber unter vier Augen, bitte.«

Das Abendessen war kein großer gesellschaftlicher Erfolg. Die Atmosphäre heiterer, guter Kameradschaft, die erforderlich ist, um einem solchen gemeinschaftlichen Unternehmen einen gewissen Schwung zu verleihen, fehlte in bedrückender Weise. Das mochte teilweise darauf zurückzuführen sein, daß die meisten ganz für sich allein aßen oder sitzend und stehend in kleinen Gruppen im ganzen Wohnraum verstreut waren. Ihre Aufmerksamkeit wurde fast ausschließlich von dem unappetitlichen Gulasch in den Eßnäpfen in Anspruch genommen. Aber hauptsächlich war diese bedrückende Atmosphäre dem Umstand zuzuschreiben, daß allen deutlich und schmerzlich bewußt war, sie erlebten das weltliche Äquivalent unseres eigenen letzten Abendmahls. Denn das Interesse am Essen verdrängte nicht alles andere. Häufig, wenn auch sehr, sehr kurz, riß sich ein Augenpaar von der verzückten Beschäftigung mit Gulasch und Bohnen los, schweifte rasch im Raum umher und kehrte dann in einer seltsam schuldbewußten Abwehr zum Essen zurück, als habe der Betreffende gehofft, in diesem einen blitzartigen visuellen Ausfall einige unmißverständliche, verräterische Anzeichen zu entdecken, die unweigerlich den Verräter in unserer Mitte überführen würden. Unnötig zu sagen, daß keine derartig offenkundigen Anzeichen eines Selbstverrats zu erkennen waren, und das Problem der Identifizierung des Täters wurde durch den Umstand verschärft und erschwert, daß die meisten Anwesenden in ihrem Verhalten ein solches Maß von Anomalität offenbarten, das für gewöhnlich mehr als nur mäßigen Verdacht geweckt hätte. Denn es ist ein seltsames Merkmal der menschlichen Natur, daß selbst der Unschuldigste, der sich unter Verdacht weiß, dazu neigt, mit einem unnatürlichen hohen Grad zwangloser Gleichgültigkeit und unbeteiligter Sorglosigkeit viel zu stark zu reagieren, was nur dazu führt, den ursprünglichen Argwohn zu verstärken.

Ganz offensichtlich aber gehörte Gerran nicht zu denen, die davon geplagt wurden. Ob es nun daran lag, daß er wußte, einer von denen zu sein, die als völlig unverdächtig galten, oder sich als Generaldirektor des Unternehmens oder Produzent des Films als über den Dingen stehend und von den Problemen, die die übrigen Sterblichen befielen, als nicht betroffen betrachtete, Gerran war jedenfalls bemerkenswert ruhig und in erstaunlicher Weise sogar energisch und bestimmt. So unwahrscheinlich es bisher auch erschienen war, konnte Gerran, der gewöhnlich so zerfahren und unschlüssig wirkte, sehr wohl zu denen gehören, die erst im Augenblick einer Krise ihr Bestes zeigten. Als er sich gegen Ende des Essens erhob, um etwas zu sagen, wirkte er jedenfalls ganz gewiß weder zerfahren noch unschlüssig.

»Wir alle sind uns«, erklärte Gerran lebhaft, »der entsetzlichen Ereignisse während der letzten Tage bewußt, und ich glaube, daß wir keine Alternative haben, sondern uns mit Dr. Marlowes Deutung der Ereignisse abfinden müssen. Darüber hinaus, fürchte ich, müssen wir auch die Warnungen des Arztes bezüglich künftiger Ereignisse als durchaus der Wirklichkeit entsprechend hinnehmen.

Hier handelt es sich um unentrinnbare Tatsachen und durchaus vorstellbare Möglichkeiten. Ich bitte Sie daher, auch nicht einen Augenblick anzunehmen, ich wollte versuchen, den Ernst der Situation herunterzuspielen. Ganz im Gegenteil, es wäre unmöglich, ihn noch zu übertreiben. Hier sitzen wir einsam und verlassen in der Arktis und außerhalb der Reichweite jeder Hilfe, von dem Bewußtsein erfüllt, daß einige von uns ein gewaltsames Ende gefunden haben und diese Gewalttätigkeit noch nicht vorüber sein kann.« Er sah sich bedächtig im Kreis um, und ich tat das gleiche. Ich konnte feststellen, daß eine ganze Anzahl von der ruhigen Beurteilung der Lage durch Gerran ebenso beeindruckt waren wie ich. Dann fuhr er fort: »Gerade weil die Umstände, in denen wir uns befinden, so unglaublich und so anomal sind, schlage ich vor, wir sollten uns so vernünftig und normal verhalten wie möglich. Lassen wir uns in eine Hysterie hineintreiben, so werden dadurch die entsetzlichen Dinge, die geschehen sind, keineswegs rückgängig gemacht, und es könnte uns allen nur schaden.

Dementsprechend haben meine Kollegen und ich beschlossen, daß wir, selbstverständlich mit der größtmöglichen Vorsicht, unser Vorhaben ganz normal durchführen — weswegen wir ja überhaupt auf diese Insel gekommen sind. Sicher werden Sie mir alle zustimmen, daß es weit besser ist, wenn unsere Zeit und unsere Aufmerksamkeit in Anspruch genommen sind — ich will nicht behaupten, auf gewinnbringende Weise —, indem wir unbeirrbar an etwas Zweckmäßigem und Konstruktivem arbeiten, anstatt müßig herumzusitzen und uns von diesen entsetzlichen Dingen zermartern lassen. Ich schlage damit nicht vor, daß wir so tun, als wären diese Dinge niemals geschehen; aber ich behaupte, daß es unser aller Vorteil ist, wenn wir so handeln, als wären sie nicht geschehen.

Sollte das Wetter es erlauben, werden wir morgen drei Mannschaften einsetzen.« Gerran fragte nicht um Rat, er befahl. An seiner Stelle hätte ich das gleiche getan. »Die Hauptgruppe unter Mr. Divine wird auf Lerner's Way nach Norden gehen — eine Straße, die um die

Jahrhundertwende herum bis zur nächsten Bucht gebaut wurde. Ich nehme allerdings nicht an, daß von ihr noch viel zu sehen ist. Der Graf, Allen und Cecil werden ihn natürlich begleiten. Ich gehe selber mit und möchte Sie ebenfalls mit dabei haben, Charles.« Das galt Conrad.

»Werden Sie mich dabei brauchen, Mr. Gerran?« Das kam von Mary Darling, die ihre Hand wie ein kleines Mädchen beim Unterricht gehoben hatte.

»Nun, fast alles wird nur Hintergrund sein . . .« Er unterbrach sich, streifte Allens zerschundenes Gesicht mit einem Blick und sah dann wieder Mary mit einem verschmitzten Lächeln an. »Aber wenn Sie es wünschen, selbstverständlich. Mr. Hendriks wird mit Luke, Mark und John versuchen, für uns alle Laute auf der Insel einzufangen — den Wind auf den Bergen, die Vögel auf den Kliffs und die Wellen, die sich am Ufer brechen. Mr. Heissman wird mit einer kleinen Kamera ins Boot gehen, um einige geeignete Stellen an der Küste auszusuchen — Mr. Jungbeck und Mr. Heyter, für die morgen nichts vorliegt, haben sich freundlicherweise zur Verfügung gestellt, um ihn zu begleiten.

Das ist also unser Programm für morgen, wie wir es beschlossen haben. Aber die wichtigste Entscheidung von allen, die ich bis zum Schluß aufgehoben habe, hat mit unserer Arbeit nichts zu tun. Wir haben beschlossen, daß wir möglichst schnell um Hilfe bitten. Mit Hilfe meine ich die Behörden, die Polizei oder sonst eine amtliche Stelle. Es ist nicht nur unsere Pflicht, es könnte sogar für unsere Selbsterhaltung von wesentlicher Bedeutung sein, daß eine gründliche Untersuchung durch Sachverständige rasch durchgeführt wird. Um Hilfe zu erbitten, brauchen wir einen Sender, und der nächste befindet sich auf der Meteorologischen Station in Tunheim.« Ich vermied es sorgfältig, Smithy anzusehen, und war überzeugt, daß er sich ebenso verhielt. »Mr. Smith, Ihre Anwesenheit hier kann sich noch als ein Segen erweisen — denn Sie sind der einzige Seemann unter uns. Wie sind die Aussichten, Tunheim im Boot zu erreichen?«

Smithy schwieg ein paar Sekunden, um seinen Äußerungen größeres Gewicht zu verleihen, und sagte dann: »Unter den gegenwärtigen Bedingungen so schlecht, daß ich nicht einmal einen Versuch erwägen würde, nicht einmal unter diesen außerordentlichen Umständen. Wir hatten in letzter Zeit ein sehr schweres Unwetter, Mr. Gerran, und der Seegang wird sich eine ganze Weile nicht beruhigen. Der Nachteil bei diesen Arbeitsbooten ist der, daß man, wenn man in schweren Seegang gerät, nicht das tun kann, was man normalerweise tun würde, das heißt, wenden und vor der See laufen. Diese Boote sind achtern völlig offen und würden fast mit Sicherheit eine Sturzsee von hinten bekommen — das bedeutet, sie laufen voll und sinken. Bevor man also ablegt, sollte man sich des Wetters ziemlich sicher sein.«

»Ich verstehe. Im Augenblick zu gefährlich. Wenn der Seegang nachläßt, Mr. Smith?«

»Hängt vom Wind ab. Er dreht jetzt nach Westen, und sollte er in diesem Sektor bleiben — tja, dann ist es durchführbar. Dreht er jedoch nach Nordwesten und noch weiter, nein. Dann nicht.« Smithy lächelte. »Ich möchte nicht behaupten, daß ein Marsch über Land leichter wäre, aber zumindest würde man nicht von schweren Sturzseen durchnäßt werden.«

»Ach! Sie glauben also, daß es wenigstens möglich ist, Tunheim zu Fuß zu erreichen?«

»Nun, ich weiß es nicht. Ich bin kein Fachmann für Märsche in der Arktis, aber sicherlich ist Mr. Heissman weit mehr imstande, darüber zu sprechen, als ich — ich habe gehört, er hat bereits einen Vortrag darüber gehalten.«

»Nein, nein.« Heissman hob ablehnend die Hand. »Lassen Sie uns hören, was Sie denken, Mr. Smith.«

So ließ Smithy sie hören, was er dachte. Es lief mehr oder weniger auf eine wörtliche Wiederholung dessen hinaus, was ich ihm zuvor in unserem Schlafraum gesagt hatte. Nachdem er geendet hatte, nickte Heissman, der wahrscheinlich von Wintermärschen in arktischen Regionen ebensoviel verstand wie ich von der Rückseite des Mondes, sehr weise und erklärte: »Prägnant und ausgezeichnet dargelegt. Ich bin mit Mr. Smith völlig einig.«

Es folgte ein nachdenkliches Schweigen, das Smithy schließlich brach, als er bescheiden erklärte: »Ich bin hier überflüssig. Sobald das Unwetter nachläßt, habe ich nichts dagegen, es zu versuchen.«

»Jetzt stimme ich nicht mit Ihnen überein«, entgegnete Heissman sofort. »Das wäre Selbstmord, einfach Selbstmord, mein Junge.«

»Daran ist nicht einen Augenblick zu denken«, rief Gerran bestimmt. »Aus Sicherheitsgründen — Sicherheit auf Gegenseitigkeit — käme nur eine Art Expedition in Frage.«

»Ich bin gegen eine solche Expedition«, erwiderte Smithy ruhig. »Ich sehe nicht ein, wieso der Blinde, der den Blinden führt, hier von Vorteil wäre.«

»Mr. Gerran.« Nun sprach Jon Heyter. »Vielleicht könnte ich hier einspringen.«

»Sie?« Gerran sah ihn einen Augenblick verblüfft an, aber dann hellte sich sein Gesicht auf. »Natürlich. Hatte ich völlig vergessen.« Erklärend fügte er hinzu: »Jon war mein Double im Film *The High Sierra.* Ein Bergsteigerfilm. Er sprang für die Schauspieler ein, die zu große Angst hatten oder für die Kletterszenen zu wertvoll waren. Ein wirklich erstklassiger Alpinist, kann ich Ihnen versichern. Wie wäre es denn mit Ihm, Mr. Smith?«

Ich fragte mich schon, wie Smithy das wohl abwehren würde, als er bereits antwortete. »Das entspräche etwa der Größe der Expedition, die ich im Sinne hatte. Ich würde mich sehr freuen, Mr. Heyter mit dabei zu haben — wahrscheinlich wird er mich den größten Teil des Weges tragen müssen.«

»Gut, das wäre erledigt«, sagte Gerran. »Bin Ihnen beiden sehr dankbar. Aber selbstverständlich nur, wenn sich das Wetter bessert. Ja, ich glaube, damit wäre alles erledigt.« Er lächelte mich an. »Würden Sie mir nicht als hinzugewählter Direktor zustimmen?«

»Nun ja«, antwortete ich, »nur nicht Ihrer Annahme, daß morgen früh alle hier sein werden, um die ihnen zugeteilten Rollen zu spielen.«

»Ach!« rief Gerran.

»Genau«, sagte ich. »Sie haben doch nicht etwa im Ernst daran gedacht, daß wir alle uns für die Nacht zurückziehen, oder? Für gewisse Leute mit gewissen Absichten gibt es keine bessere Zeit als die frühen Morgenstunden. Wenn ich von ›Leuten‹ rede, gehe ich nicht über die Grenzen dieser Hütte hinaus; wenn ich von ›Absichten‹ rede, meine ich mörderische.«

»Meine Kollegen und ich haben auch darüber gesprochen«, erwiderte Gerran. »Schlagen Sie vor, wir sollten Wachen aufstellen?«

»Es könnte einigen von uns helfen, ein wenig länger zu leben«, erklärte ich. Ich machte zwei oder drei Schritte, bis ich in der Mitte des Raums stand. »Von hier aus kann ich in alle fünf Gänge hineinblicken. Niemand könnte die Schlafräume verlassen oder betreten, ohne von dem, der hier steht, beobachtet zu werden.«

»Setzt das nicht den Spezialtyp eines Menschen voraus?« warf Conrad ein. »Einen Menschen, dessen Hals auf einem Drehzapfen montiert ist.«

»Nicht nötig, wenn gleichzeitig zwei Leute Wache stehen«, erwiderte ich. »Und da die Zeit schon längst vorbei ist, in der verletzte Gefühle noch eine Rolle spielten, schlage ich zwei als Wache vor, die nicht nur die Gänge, sondern sich auch gegenseitig beobachten. Ein Verdächtiger, würde ich sagen, und ein Unverdächtiger. Unter den

Unverdächtigen sollten wir meiner Ansicht nach aus Höflichkeit die beiden Marys ausschließen. Und ich glaube auch, daß Allen einen ungekürzten Nachtschlaf vertragen könnte. Damit bleiben noch Mr. Gerran, Mr. Goin, Mr. Smith, Cecil und ich. Fünf von uns, was recht gut zweistündige Wachen zwischen, sagen wir, zehn Uhr abends und acht Uhr morgens ermöglichte.«

»Ein ausgezeichneter Vorschlag«, meinte Gerran. »Gut, dann noch fünf Freiwillige.«

Es gab dreizehn Freiwillige, die in Frage kamen, und alle dreizehn boten sofort ihre Dienste an. Schließlich war man sich einig, daß Goin und Hendriks die Wache von zehn Uhr bis Mitternacht miteinander teilen sollten, Smith und Conrad von Mitternacht bis zwei, ich und Luke von zwei bis vier, Gerran und Jungbeck von vier bis sechs und Cecil und Eddie von sechs bis acht. Einige der anderen, insbesondere der Graf und Heissman, protestierten zaghaft, sie würden sich dadurch diskriminiert fühlen. Der Hinweis, daß noch weitere einundzwanzig Nächte nach dieser vor uns lägen, genügte, um sicherzustellen, daß der Protest nur noch symbolischen Charakter hatte.

Der Beschluß, nicht länger herumzusitzen und zu plaudern, wurde mit einer keineswegs überraschenden Einstimmigkeit gefaßt. Tatsächlich gab es nur ein Thema, über das man reden konnte, und niemand hatte den Wunsch, darüber zu sprechen, für den Fall, daß er sich den falschen Gesprächspartner ausgesucht hatte. Allein und zu zweit waren innerhalb von sehr wenigen Minuten fast alle in ihren Schlafräumen verschwunden. Abgesehen von Smithy und mir blieb nur Conrad zurück, und ich wußte, daß er mit mir reden wollte. Smithy streifte mich mit einem raschen Blick und ging dann in unseren Schlafraum.

»Wie haben Sie das erfahren?« fragte Conrad. »Über Lonnie und seine Familie?«

»Habe ich gar nicht, ich habe es mir nur gedacht. Hat er mit Ihnen gesprochen?«

»Ein bißchen. Nicht viel. Er hatte Familie.«

»Hatte?«

»Hatte. Frau und zwei Töchter. Zwei erwachsene Mädchen. Ein Autounfall. Ich weiß nicht, ob sie mit einem anderen Wagen zusammengestoßen sind, ich weiß nicht, wer fuhr. Lonnie verstummte einfach, als habe er bereits zuviel gesagt. Er wollte nicht einmal sagen, ob er selber im Wagen saß, ob noch jemand anders dabei war, nicht einmal, wann es geschehen ist.«

Das war alles, was Conrad erfahren hatte. Wir redeten noch kurze

Zeit über dies und jenes, und als Goin und Hendriks erschienen, um die erste Wache anzutreten, ging ich in meinen Schlafraum. Smithy lag nicht in seinem Feldbett. Völlig angezogen löste er gerade die letzte der Schrauben, mit denen ich den Fensterrahmen festgemacht hatte. Das Licht der kleinen Petroleumlampe war so heruntergedreht, daß der Raum im Halbdunkel lag.

»Gehen Sie?« fragte ich.

»Draußen ist jemand.« Smithy griff nach seinem Anorak, und ich tat das gleiche. »Ich dachte, vielleicht sollten wir lieber nicht die Eingangstür benutzen.«

»Wer ist es?«

»Keine Ahnung. Er hat hier hereingeschaut, aber sein Gesicht war nur weiß und nebelhaft. Er weiß nicht, daß ich ihn gesehen habe, da bin ich ganz sicher, denn er ist von hier weitergegangen und hat mit seiner Lampe in Judith Haynes' Fenster geleuchtet. Das hätte er nicht getan, wenn er angenommen hätte, daß ihn jemand beobachtet.« Smithy kletterte bereits zum Fenster hinaus. Dann schaltete er seine Lampe aus, aber erst nachdem ich gesehen hatte, welche Richtung er einschlug. Bestimmt zur Pier hinunter.

Ich folgte Smithy und verkeilte das Fenster wie vorhin. Das Wetter hatte sich nicht verändert, noch immer Schneetreiben, scharfe Kälte, Finsternis und dieser durchdringende Wind, der weiterhin nach allen Richtungen der Windrose umsprang und jetzt auf Südwest gedreht hatte. Wir gingen bis zu Judith Haynes' Fenster, deckten unsere Lampen ab, so daß nur schmale Lichtstrahlen zu Boden fielen, fanden die Spuren im Schnee, die auf die Pier zuführten, und wollten ihnen schon folgen, als mir der Gedanke kam, es könnte aufschlußreich sein, festzustellen, woher sie kamen. Aber wir konnten nicht erkennen, von wo sie ausgingen. Wer immer der Unbekannte war, er hatte, sich dicht an die Wände haltend, zweimal die Hütte umrundet und dabei offenbar mit seinen Füßen im Schnee geschleift, so daß man unmöglich sehen konnte, welches Fenster er als Ausgang benutzt hatte. Daß er so erfolgreich seine Spuren verwischt hatte, war ärgerlich. Und daß er daran gedacht hatte, war beunruhigend, denn zumindest verriet es deutlich, wie sehr er sich dessen bewußt war, daß man solche spätabendlichen Ausfälle von ihm erwartete.

Rasch aber vorsichtig suchten wir unseren Weg hinunter zur Pier, wobei wir die fremden Spuren vorsichtig umgingen. Am Anfang der Pier wagte ich es, den abgeblendeten Strahl meiner Lampe schnell aufblitzen zu lassen: eine einzige Spur führte hinaus.

»Tja«, meinte Smithy leise, »unser Freund ist unten bei den Booten oder im U-Boot. Wenn wir das feststellen wollen, könnten wir ihm leicht in die Arme laufen. Gehen wir bis zum Ende der Pier, um uns schnell umzusehen; wenn wir dabei nicht auf ihn stoßen, muß er bei seiner Rückkehr unsere Spuren sehen. Wollen wir unsere Anwesenheit verraten?«

»Nein. Es ist nicht verboten, daß ein Mann, wenn er Lust dazu hat, spazierengeht, sogar in einem Schneesturm. Und wenn wir uns zu erkennen geben, können Sie sich darauf verlassen, daß er, solange wir auf der Bäreninsel bleiben, niemals mehr einen falschen Schritt macht.«

Wir zogen uns in den Schutz einiger Felsen nur ein paar Schritte entfernt auf dem Strand zurück, eine fast völlig überflüssige Vorsichtsmaßnahme bei dieser Sicht, die beinahe Null betrug.

»Was mag er vorhaben?« fragte Smithy.

»Im einzelnen, keine Ahnung. Ganz allgemein, alles und jedes zwischen Verbrechen und Schurkerei. Wir werden es, sobald er gegangen ist, dort unten feststellen.«

Was immer er beabsichtigen mochte, viel Zeit hatte er dazu nicht gebraucht, denn innerhalb von zwei Minuten war er fertig. Das Schneetreiben war so dicht, die Finsternis so tief, daß er sehr wohl ungesehen und ungehört hätte vorbeigehen können, wäre nicht das unregelmäßige Schwanken der kleinen Taschenlampe in seiner Hand gewesen. Wir warteten einige Sekunden und richteten uns dann auf.

»Hat er etwas getragen?« fragte ich.

»Das habe ich mich auch gefragt«, meinte Smithy. »Es wäre möglich. Aber ich könnte es nicht beschwören.«

Wir folgten den doppelten Spuren bis zum Ende der Pier, wo sie oberhalb der eisernen Treppe endeten, die zu der U-Boot-Attrappe hinabführte. Zweifellos war er dort hinuntergegangen, denn abgesehen davon, daß er sonst nirgends hätte hingehen können, waren seine Fußspuren überall auf dem Rumpf zu erkennen, auch auf der Plattform im Kommandoturm. Wir sprangen in den Rumpf des U-Boots hinunter.

Nichts hatte sich verändert, nichts schien zu fehlen. »Ich habe plötzlich eine Abneigung gegen diesen Ort«, sagte Smithy. »Als wir das letzte Mal hier waren, habe ich ihn als eisernes Grab bezeichnet. Ich hoffe nicht, unser Grab.«

»Haben Sie dies Gefühl?«

»Wie es scheint, hat unser Freund nichts mitgenommen. Aber er muß, als er herkam, eine bestimmte Absicht verfolgt haben. Vermutlich hat er etwas hergebracht. Dieser Absicht auf den Grund zu kommen, würde mir gar nicht zusagen, und mich interessiert auch nicht, was er gebracht hat. Wie wäre es, wenn er etwas hier heimlich angebracht hätte, um das verdammte Ding in die Luft zu sprengen?«

»Warum sollte er etwas so Verrücktes tun wollen?« Ich war gar nicht so ungläubig, wie meine Stimme klang.

»Warum hat er überhaupt all das Verrückte getan, was er getan hat? Im Augenblick suche ich gar keine Begründung dafür. Ich möchte nur wissen, ob er jetzt, hier und jetzt, noch etwas Verrücktes angestellt hat. Ich möchte damit sagen, daß ich nervös bin.«

Er war nicht der einzige. »Angenommen, Sie hätten recht«, sagte ich, »so könnte er diesen Brocken nicht mit einem kleinen Fitzelchen Plastik-Sprengstoff in die Luft jagen. Es müßte schon groß genug sein, um einen mächtigen Knall zu ergeben. Eine Sache mit Zeitzünder.«

»Um ihm genügend Zeit zu geben, in seinem Unschuldsbett einzuschlafen, während hier die Explosion losgeht? Jetzt bin ich noch nervöser. Wie lange hat er wohl gedacht, würde er brauchen, um zu seinem Bett zurückzukehren?«

»Das könnte er in einer Minute schaffen.«

»Mein Gott, warum stehen wir noch hier rum und reden?« Smithy ließ den Schein seiner Lampe herumspielen. »Wo zum Teufel würde ein Mann so ein Ding anbringen?«

»An einem Schott, würde ich sagen. Oder am Boden.«

Zuerst überprüften wir den Boden, aber alle Barren des eisernen Balasts und die Holzlatten, durch die sie festgehalten wurden, schienen unberührt und fest an ihrem Platz zu sein. Selbst für das kleinste Stück Sprengstoff war dort kein Raum. Wir wandten uns dem übrigen Rumpf zu, blickten hinter die Pilzanker, suchten zwischen den Ketten, unter der Kompressoranlage, der Winde und hinter den Kunststoffmodellen des Periskops und der Kanone. Wir fanden nichts. Wir sahen uns sogar die Reinigungsdeckel der Tauchtanks an, um festzustellen, ob man einen von ihnen losgeschraubt haben könnte, aber sie wiesen keinerlei Spuren auf. Und ganz gewiß gab es keine Stelle, an der man eine solche Sache an den Schotten selber hätte anbringen können, ohne daß sie sofort entdeckt worden wäre.

Smithy sah mich an. Es war schwierig zu sagen, ob er ratlos war oder sich ebenso wie ich in zunehmendem Maße der unangenehmen Tatsache bewußt wurde, daß, wenn ein solches Ding an Bord war, die Zeit möglicherweise sehr schnell verstrich. Er blickte zum vorderen Teil des Schiffrumpfs und sagte: »Oder er hat es ganz einfach in einen dieser Kästen fallen lassen. Das wäre das leichteste und schnellste, um etwas zu verstecken.«

»Höchst unwahrscheinlich«, erklärte ich und ließ den Lichtstrahl der Lampe über den Kasten mit den Farben spielen. Dann verweilte das Licht auf einer Holzplatte dicht über dem Boden des Kastens. Ich hielt den Lichtstrahl auf die gleiche Stelle gerichtet und sagte zu Smithy: »Sehen Sie das auch?«

»Ein verräterisches Stück frischen, nicht geschmolzenen Schnees. Von einem Stiefel.« Er griff nach dem Deckel des Kastens. »Die Zeit rennt uns davon. Öffnen wir lieber das verdammte Ding.«

»Lieber nicht.« Ich fiel ihm in den Arm. »Woher wissen Sie denn, daß dies keine Sprengfalle ist?«

»Könnte sein.« Er zog die Hand jäh zurück, wie ein Mann, der das Maul eines Tigers zuschnappen sieht. »Es würde die Kosten eines Zeitzünders ersparen. Wie öffnen wir dann das Ding?«

»Vorsichtig. Wahrscheinlich hatte er nicht die Zeit, etwas so Kompliziertes wie einen elektrischen Auslöser einzubauen, aber sollte es der Fall sein, muß es Kontakte am Deckel geben. Das Wahrscheinlichste aber ist eine einfache Zugschnur. In beiden Fällen kann nichts ausgelöst werden, wenn man den Deckel um rund zwei Zoll anhebt. Diesen Spielraum muß er freigelassen haben, um seine Hand herauszuziehen.«

Wir öffneten behutsam den Deckel um diese zwei Zoll, überprüften die Kante und das, was wir vom Inneren des Kasten sehen konnten, fanden aber nichts. Ich stieß den Kastendeckel ganz auf. Keinerlei Anzeichen eines Sprengstoffs. Man hatte nichts hineingelegt, aber etwas herausgeholt — zwei Büchsen mit der schnell trocknenden Farbe und zwei Pinsel.

Smithy sah mich an und schüttelte den Kopf. Keiner von uns sprach ein Wort. Die Gründe für das Entfernen von ein paar Büchsen Farbe waren so unvorstellbar, daß sich wirklich nichts Vernünftiges sagen ließ. Wir schlossen den Kasten, stiegen im Kommandoturm wieder nach oben und kehrten auf die Pier zurück. »Es ist sehr unwahrscheinlich, daß er sie mit sich in die Hütte genommen hat«, sagte ich. »Immerhin sind es große Büchsen, und es ist nicht so leicht, sie in einer engen Schlafkammer zu verstecken, insbesondere wenn einer unserer Freunde ihn zufällig aufsuchen sollte.«

»Er braucht sie gar nicht dort zu verstecken. Wie ich schon früher sagte, gibt es unzählige Schneewehen, in denen man so gut wie alles verstecken kann.«

Aber wenn er etwas versteckt hatte, dann nicht in einer der Schneewehen zwischen der Pier und der Hütte, denn seine Spuren führten direkt ohne jeden Umweg nach irgendeiner Seite zu ihr zurück. Wir folgten den Fußspuren bis dicht zu einer der Hüttenwände, und dort verloren sie sich in den alten verwischten Spuren, die rund um die Hütte führten. Smithy blendete das Licht seiner Taschenlampe ab und betrachtete einige Sekunden lang die Spuren.

»Ich finde, diese Spuren sind breiter und tiefer als vorher. Ich glaube, daß jemand — und es muß nicht die gleiche Person sein — eine weitere Rundreise um die Hütte angetreten hat.«

»Wahrscheinlich haben Sie recht«, antwortete ich, ging zum Fenster unserer eigenen Schlafkammer und wollte es gerade aufziehen, als ein Instinkt mich das Licht meiner Lampe über den Fensterrahmen streichen ließ — oder vielleicht lag es daran, daß ich jetzt unbewußt in jeder möglichen Situation nach Verdächtigem oder Ungewöhnlichem suchte. Ich wandte mich zu Smithy um. »Bemerken Sie was?«

»Ich bemerke was. Der Papierkeil, den wir zwischen Fenster und Rahmen gesteckt hatten — nun, er steckt nicht mehr zwischen Fenster und Rahmen.« Er ließ sein Licht über den Boden gleiten, hielt inne und hob etwas auf. »Weil er nämlich dort unten lag. Ein Besucher oder mehrere Besucher.«

»So scheint es.« Wir stiegen hinein, und während Smithy anfing, das Fenster wieder festzuschrauben, drehte ich die Petroleumlampe hoch und begann nach weiteren Anzeichen zu suchen, die verrieten, daß ein Eindringling dagewesen war. Aber in der Hauptsache wollte ich versuchen, den Grund für seine Anwesenheit zu finden. Es war unvermeidlich, daß die erste Überprüfung meiner medizinischen Ausstattung galt. Sie war sehr kurz.

»Na so etwas!« rief ich. »Zwei Fliegen mit einer Klappe. Wir sind ein großartiges Paar.«

»Wir?«

»Der Bursche, dessen Gesicht Sie gegen dieses Fenster gepreßt erblickt hatten. Wahrscheinlich hatte er es ganze fünf Minuten dagegen gedrückt, bis er überzeugt war, man habe ihn gesehen. Dann, um sicherzustellen, daß Ihr Interesse wirklich geweckt war, ging er noch zu Judith Haynes' Fenster und leuchtete mit seiner Lampe hinein. Er muß sich überlegt haben, daß diese beiden Handlungen uns aufs schnellste ins Freie locken würden.«

»Und damit hatte er recht, nicht wahr?« Smithy betrachtete meine geöffnete Arzttasche und fragte leise: »Darf ich also annehmen, daß dort etwas fehlt?«

»Das dürfen Sie.« Ich zeigte ihm die leere samtgefütterte Stelle im Einsatz, wo etwas fehlte. »Eine tödliche Dosis Morphium.«

XI

»Vier Glasen und alles in Ordnung«, sagte Smithy und rüttelte mich an der Schulter. Weder der Anruf noch das Rütteln waren nötig. Ich befand mich inzwischen, sogar in meinem Schlaf, in einem solchen Zustand der Spannung, daß das Drehen des Türknaufs genügt hatte, um mich sofort zu wecken. »Es ist an der Zeit, sich auf der Brücke zu melden. Wir haben frischen Kaffee gekocht.«

Ich folgte ihm in die Wohnhütte, begrüßte Conrad, der am Ölkocher über Töpfe und Tassen gebeugt stand, und ging zur Eingangstür. Zu meiner Überraschung hatte der Wind nun ganz auf West gedreht und war auf etwa Windstärke drei abgesunken. Das Schneetreiben hatte sich so gelichtet, daß es aussah, als ob es bald völlig aufhören würde. Ich bildete mir sogar ein, ein paar Sterne in dem klaren Stück Himmel nach Süden zu jenseits der Einfahrt zur Bucht von Sorhamna schwach schimmern zu sehen. Aber die Kälte war bestimmt noch schärfer als im ersten Teil der Nacht. Ich schloß die Tür und wandte mich zu Smithy um.

»Eine unerwartete Veränderung des Wetters«, sagte ich leise. »Wenn diese Besserung anhält, sehe ich bereits Gerran an Sie herantreten — und wenn er es nicht tut, wird jemand ihn daran erinnern —, damit Sie Ihr Angebot von gestern abend wahrmachen und sich auf den Weg nach Tunheim und zu den Behörden begeben.«

»Ich bedauere allmählich, dieses Angebot gemacht zu haben, aber ich schien zu diesem Zeitpunkt keine andere Wahl zu haben.«

»Und es bleibt Ihnen keine andere Wahl, falls bei Tagesanbruch die Sonne scheint. Keine Möglichkeit, jetzt aus der Sache herauszukommen. Aber haben Sie ein Auge auf Heyter, passen Sie sehr, sehr genau auf ihn auf.«

Smithy schwieg und dachte eine Weile nach. »Glauben Sie, daß er beobachtet werden muß?«

»Er ist einer der dreizehn potentiellen Mörder, und für mich sind diese Unterschiede so klein, daß alle dieselbe genaue Überwachung verdienen wie die Kronjuwelen. Sollte man aber unter diesen dreizehn Conrad, Lonnie und die *Drei Apostel* ausklammern — in Gedanken habe ich es bereits getan — dann stehen die Chancen immer noch acht zu eins. Vielleicht acht zu zwei — möglicherweise sogar acht zu recht unerfreulichen drei.«

»Sie wirken sehr ermutigend«, meinte Smithy. »Wieso sind Sie so sicher, daß diese fünf ...« Er unterbrach sich, als Luke gähnend und sich gewaltig streckend den Wohnraum betrat. Luke war ein mageres, linkisches, schmächtiges Geschöpf, ein strohblonder Junge, der dringend der Hilfe eines Friseurs bedurfte.

»Können Sie in ihm einen angeheuerten Totschläger sehen?«

»Ich könnte ihn wegen musikalischer Grausamkeiten mit einer Gitarre vor Gericht bringen, denke ich, sonst aber — ja, ich gebe Ihnen recht. Sehr geringe Gefährdung von Leib und Leben. Und nochmals ja, das würde auch für die anderen fünf gelten.« Er blickte Conrad nach, der mit einer Tasse Kaffee in einem der Gänge verschwand. »Ich würde jederzeit auf unseren Hauptdarsteller setzen.«

»Wohin in aller Welt geht er denn?«

»Er bringt seiner Herzensdame eine Stärkung, könnte ich mir denken. Miss Stuart hat einen großen Teil der Wache mit uns verbracht.«

Ich wollte schon die Bemerkung machen, daß die angebliche Herzensdame eine besondere Vorliebe dafür zu haben schien, während der dunkleren Nachtstunden umherzuwandern, überlegte mir es aber dann. Daß Mary Stuart in dunkle, abwegige Dinge verwickelt war, bezweifelte ich nicht. Daß sie aber in eine Mordsache verwickelt sein sollte, konnte ich nicht einen Augenblick glauben.

»Ist es so wichtig, daß ich nach Tunheim gelange?« fuhr Smithy fort.

»Es ist kaum von Bedeutung, ob Sie hinkommen oder nicht. Mit Heyter als Begleitung können nur das Wetter und das Gelände dies entscheiden. Müssen Sie umkehren, so ist es mir recht, ich habe Sie lieber hier. Sollten Sie nach Tunheim gelangen, bleiben Sie einfach dort.«

»Dort bleiben? Wie kann ich denn dort bleiben? Ich gehe doch hin, Hilfe zu holen, oder etwa nicht? Und Heyter wird alles dransetzen, um zurückzukehren.«

»Bestimmt wird man Verständnis haben, wenn Sie erklären, Sie wären müde und müßten sich ausruhen. Wenn Heyter Krach macht, lassen Sie ihn einsperren — ich gebe Ihnen einen Brief an den Leiter der meteorologischen Station mit.«

»So, sehr nett von Ihnen. Und was geschieht, wenn der Leiter der Station dies rundheraus ablehnt?«

»Sie werden meiner Ansicht nach einige Leute dort finden, die Ihnen nur zu gern helfen werden.«

Er sah mich nicht besonders begeistert an. »Natürlich Freunde von Ihnen?«

»Eine Gruppe von Meteorologen aus England ist dort kurz zu Besuch. Fünf Mann. Nur sind sie keine Meteorologen.«

»Natürlich nicht.« Der Mangel an Begeisterung sank zu kühler Schroffheit ab, die von Feindseligkeit nicht mehr allzu weit entfernt war. »Sie spielen mit ziemlich verdeckten Karten, nicht wahr, Dr. Marlowe?«

»Ärgern Sie sich nicht über mich. Ich bitte Sie nicht darum, ich befehle es Ihnen. Eine bestimmte Taktik — ich gehorche Befehlen, selbst wenn Sie es nicht tun. Geteiltes Geheimnis ist niemals halbes Geheimnis; und wenn mir jemand in meine Karten schaut — was weiß man denn, wer da kiebitzt? Ich gebe Ihnen diesen Brief am Morgen.«

»Okay.« Offensichtlich fiel es Smithy recht schwer, sich zurückzuhalten. Mürrisch fuhr er fort: »Wahrscheinlich sollte ich nicht allzu überrascht sein, wenn ich die *Morning Rose* dort oben antreffe?«

»Lassen Sie es mich so sagen«, erwiderte ich. »Ich hielte es nicht für ausgeschlossen.«

Smithy nickte, drehte sich um und ging zum Ölkocher, wo Conrad, inzwischen zurückgekehrt, Kaffee ausschenkte. Zehn Minuten saßen wir herum, tranken und unterhielten uns über nichts Besonderes, und dann gingen Smithy und Conrad weg. Ungefähr eine Stunde verstrich ohne Ereignisse, außer daß Luke nach fünf Minuten in tiefen Schlaf sank. Ich gab mir nicht die Mühe, ihn zu wecken, es war nicht nötig, denn ich befand mich in einem fast unnatürlichen Zustand der Wachsamkeit. Im Gegensatz zu Luke bedrückte mich so einiges.

Eine Tür in einem der Gänge wurde geöffnet, und Lonnie erschien. Da Lonnie nach seiner eigenen Darstellung nicht dazu neigte, viel zu schlafen, und er ohnehin nicht auf meiner Liste der Verdächtigen stand, war dies kaum Anlaß zur Beunruhigung. Er kam in den Wohnraum und ließ sich schwer in einen Sessel neben mir fallen. Er sah alt, müde und grau aus, und es fehlte der sonst bei ihm übliche scherzhafte Unterton.

»Wieder einmal der gute Samariter«, erklärte er, »der für seine kleine Herde sorgt. Ich bin hier, mein lieber Junge, um die Mitternachtswache mit Ihnen zu teilen.«

»Es ist fünfundzwanzig Minuten vor vier«, erwiderte ich.

»Nur eine Redensart.« Er seufzte. »Ich habe nicht gut geschlafen. Tatsächlich habe ich überhaupt nicht geschlafen. Sie sehen einen sorgenvollen, alten Mann vor sich, Doktor.«

»Es tut mir leid, das zu hören, Lonnie.«

»Keine Tränen für Lonnie. Ich, wie der größte Teil der bemitleidenswerten Menschheit, habe mir meine Nöte selber zuzuschreiben. Ein alter Mann zu sein, ist schlimm genug. Ein einsamer alter Mann zu sein, und ich bin seit vielen Jahren einsam, ist Anlaß genug, den größten Teil der Zeit in Trübsinn zu verbringen. Aber ein einsamer alter Mann zu sein, der nicht länger mit seinem Gewissen leben kann — ach, das ist unerträglich.« Wieder seufzte er. »Ich tue mir heute Nacht selber ungewöhnlich leid.«

»Was hat Ihr Gewissen damit zu tun?«

»Es hält mich wach, das ist es, was es mit mir treibt. Ach, mein Junge, gegen Mitternacht ohne Schmerzen zu verlöschen. Was könnte sich ein Mann mehr wünschen, wenn der Abend kommt und es Zeit ist zu gehen?«

»Diese Schenke am anderen Ufer?«

»Nicht einmal die.« Traurig schüttelte er den Kopf. »Keine Arme, die sich den verlorenen Lonnies aus dieser Welt im Paradies entgegenstrecken. Ich habe nicht die richtigen Qualifikationen, mein Junge.« Er lächelte, und seine Augen blickten betrübt. »Ich setze meine Hoffnungen auf eine kleine Kneipe mit billigem Ale im Fegefeuer.«

Er verfiel in Schweigen, schloß die Augen und schien einzuschlummern. Aber plötzlich bewegte er sich, räusperte sich und erklärte ohne besonderen Anlaß: »Immer kommt es zu spät, immer.«

»Was kommt immer zu spät, Lonnie?«

»Das Mitleid oder das Verstehen oder das Verzeihen. Ich fürchte, daß Lonnie Gilbert weniger gewesen ist, als er hätte sein sollen. Aber es ist immer zu spät. Zu spät, um zu sagen, ich habe dich gern oder ich liebe dich oder wie nett du bist oder ich verzeihe dir. Wenn man nur ... Es ist schwierig, seinen Frieden mit einem Menschen zu machen, wenn man diesen Menschen ansieht und er tot vor einem liegt. Ach, ach, ach.« Als sei es eine gewaltige Anstrengung, erhob er sich. »Aber noch immer bleibt ein kleiner Rest, der gerettet werden kann. Lonnie Gilbert steht nun im Begriff, zu gehen und etwas zu tun, was er vor vielen, vielen Jahren hätte tun sollen. Aber erst muß ich mich wappnen, muß etwas Leben in die alten Knochen bringen, etwas Klarheit in die verschwommenen Gedanken, mit anderen

Worten, mich auf das vorbereiten, was ich noch immer — ich schäme mich, es auszusprechen — als die schwere Prüfung betrachte, die vor mir liegt. Kurz gesagt, mein lieber Freund, wo ist der Whisky?«

»Leider hat Gerran ihn mitgenommen.«

»Ein guter Kerl, der Otto, es gibt keinen netteren, aber er hat diese geizige Ader. Macht nichts, die Hauptversorgungsquelle ist weniger als einen Sonntagsspaziergang entfernt.« Er ging auf die Tür zu, aber ich hielt ihn zurück.

»An einem dieser Tage, Lonnie, werden Sie dort hinausgehen, sich niederlassen, einschlafen und nicht wieder zurückkommen, weil Sie erfroren sind. Außerdem ist es nicht nötig. Ich habe welchen in meiner Schlafkammer. Die gleiche Quelle, wie ich Ihnen versichern kann. Ich hole ihn. Halten Sie nur bitte in meiner Abwesenheit die Augen offen.«

Es war nicht sehr wichtig, ob er die Augen offenhielt oder nicht. Innerhalb von zwanzig Sekunden war ich zurück. Smithy war ganz offensichtlich ein besserer Schläfer als ich, denn während meines kurzen Besuches rührte er sich nicht.

Lonnie schenkte sich reichlich ein, leerte sein Glas mit ein paar Schlucken, starrte die Flasche sehnsüchtig an und stellte das Glas energisch weg. »Nach Erfüllung meiner Pflicht komme ich zurück und genieße dies in aller Ruhe. Inzwischen bin ich zur Genüge gestärkt.«

»Wohin gehen Sie?« Es war schwer sich vorzustellen, was für eine dringende Aufgabe ihn in dieser Nachtzeit erwartete.

»Ich stehe sehr in Miss Haynes' Schuld. Ich habe den Wunsch ...«

»In Judith Haynes' Schuld?« Ich weiß, daß ich ihn anstarrte. »Wenn ich Sie recht verstanden habe, ist es Ihnen immer schwergefallen, sie auch nur anzusehen.«

»In großer Schuld«, erklärte er unerschütterlich. »Ich habe den Wunsch, mich dieser Schuld zu entledigen, klaren Tisch zu machen, könnte man sagen, verstehen Sie?«

»Nein. Ich verstehe nur, daß es erst drei Uhr fünfundvierzig ist. Wenn diese Angelegenheit, wie Sie sagten, schon seit so vielen Jahren unerledigt ist, kann sie doch bestimmt noch ein paar Stunden warten. Außerdem ist Miss Haynes stark mitgenommen, hat einen Schock erlitten und steht unter Sedativen. Als ihr Arzt kann ich es nicht gestatten.«

»Und als Arzt, mein lieber Freund, sollten Sie die Notwendigkeit unverzüglichen Handelns begreifen. Ich habe mich bis auf diesen Punkt hinaufgearbeitet, mich sozusagen bis zum höchsten erreichbaren Punkt hinaufgeschraubt. Ein paar Stunden, wie Sie sagen, und es kann zu spät sein. Der Lonnie Gilbert, den Sie vor sich sehen, wird sich dann fast mit Sicherheit in den bösen, alten, feigen, egoistischen Lonnie von ehemals mit seiner verfilzten Seele verwandeln, jenen Lonnie, den wir alle so gut kennen. Und dann wird es für immer zu spät sein.« Er hielt inne und bezog einen anderen Standpunkt. »Sedative, sagten Sie? Wie lange dauern die Wirkungen dieser Beruhigungsmittel an?«

»Das ist bei jedem Menschen verschieden. Vier Stunden, sechs Stunden, vielleicht sogar acht Stunden.«

»Da haben wir's. Das arme Mädchen liegt wahrscheinlich seit Stunden wach, sehnt sich nach Gesellschaft, allerdings, wie anzunehmen ist, nicht nach der von Lonnie Gilbert. Oder sollte es Ihrer Aufmerksamkeit entgangen sein, daß fast zwölf Stunden verstrichen sind, seitdem Sie ihr das Beruhigungsmittel gegeben haben?«

Das stimmte. Meiner Aufmerksamkeit war jedoch nicht entgangen, daß Lonnies Verhältnis zu Judith Haynes mich schon seit einiger Zeit erheblich verwunderte. Es würde uns sehr helfen und den Nebel all des Rätselhaften, das uns umgab, ein wenig lüften, wenn ich etwas von dem erfahren könnte, was Lonnie bedrückte und was er Judith Haynes zu sagen beabsichtigte. »Lassen Sie mich zuerst gehen und nach ihr sehen«, erklärte ich. »Ist sie wach und fähig zu reden, dann meinetwegen.«

Er nickte. Ich ging in Judith Haynes' Schlafkammer und trat ein, ohne anzuklopfen. Die Petroleumlampe war hochgedreht, und sie lag wach da, ausgestreckt unter den Decken, so daß nur ihr Gesicht zu sehen war. Sie sah entsetzlich aus, aber ich hatte nichts anderes erwartet, und ihr tizianrotes Haar hob noch die Blässe ihres Gesichts hervor. Die für gewöhnlich faszinierenden grünen Augen waren matt und glanzlos, und Tränen hatten auf ihren Wangen Spuren hinterlassen. Sie sah mich gleichgültig an, als ich einen Hocker heranzog, und blickte dann ebenso gleichgültig weg.

»Ich hoffe, Sie haben gut geschlafen, Miss Haynes«, sagte ich. »Wie fühlen Sie sich?«

»Ist es bei Ihnen üblich, Ihre Patienten mitten in der Nacht zu besuchen?« Ihre Stimme war ebenso matt wie ihre Augen.

»Im allgemeinen tue ich es nicht. Aber wir lösen uns heute bei Nachtwachen ab, und ich bin gerade an der Reihe. Möchten Sie etwas haben?«

»Nein. Haben Sie herausbekommen, wer meinen Mann umgebracht hat?« Sie war so unnatürlich ruhig, hatte sich scheinbar so eisern unter Kontrolle, daß ich befürchtete, dies sei nur ein Vorspiel für einen neuen, unkontrollierbaren, hysterischen Anfall.

»Nein. Darf ich daraus schließen, Miss Haynes, daß Sie nicht länger der Ansicht sind, der junge Allen könnte es getan haben?«

»Ich bin nicht mehr dieser Ansicht. Seit Stunden liege ich hier, denke nach und bin nicht mehr dieser Ansicht.« In Anbetracht der leblosen Stimme und des leblosen Gesichts war ich ziemlich sicher, daß sie noch immer unter dem Einfluß des Beruhigungsmittels stand. »Sie werden ihn doch kriegen, nicht wahr? Den Mann, der Michael ermordet hat. Michael war nicht so schlimm, wie man im allgemeinen dachte, Dr. Marlowe, nein, das war er wirklich nicht.« Zum erstenmal die Andeutung eines Ausdrucks, nichts weiter als der Anflug eines müden Lächelns. »Ich möchte nicht behaupten, daß er ein freundlicher, ein guter oder ein rücksichtsvoller Mann war, denn das war er nicht. Aber er war der richtige Mann für mich.«

»Ich weiß«, antwortete ich, als hätte ich verstanden, was nur zum Teil der Fall war. »Ich hoffe, daß wir den Schuldigen finden. Ich glaube es. Haben Sie Vermutungen, die uns helfen könnten?«

»Meine Gedanken sind nicht viel wert. Doktor. Mein Kopf scheint noch nicht sehr klar zu sein.«

»Glauben Sie, Sie könnten sich eine Weile unterhalten, Miss Haynes? Wäre es für Sie nicht sehr ermüdend?«

»Ich rede doch.«

»Ich meine nicht mich. Mit Lonnie Gilbert. Es scheint ihm entsetzlich viel daran zu liegen, mit Ihnen zu sprechen.«

»Mit mir zu sprechen?« Matt geäußerte Überraschung, aber nicht geradezu Ablehnung des Vorschlags. »Warum sollte Lonnie Gilbert mit mir sprechen wollen?«

»Ich weiß es nicht. Lonnie hält nichts davon, sich Ärzten anzuvertrauen. Ich kann aus allem nur schließen, daß er das Gefühl hat, Ihnen ein großes Unrecht angetan zu haben. Er möchte sich entschuldigen, glaube ich.«

»Lonnie sich bei mir entschuldigen!« Die Verwunderung hatte die stumpfe Hoffnungslosigkeit aus ihrer Stimme verdrängt. »Sich mir gegenüber entschuldigen? Nein, doch nicht mir gegenüber.« Sie schwieg eine Weile und fuhr dann fort: »Ja, ich würde ihn jetzt sehr gern sehen.«

Ich verbarg mein Erstaunen, so gut ich konnte, kehrte zurück und berichtete einem ebenso erstaunten Lonnie, Judith Haynes sei durchaus bereit, ihn zu empfangen. Ich beobachtete ihn, als er den Gang entlangging, ihr Zimmer betrat und die Tür hinter sich schloß. Ich streifte Luke mit einem Blick. Er schien, falls dies noch möglich war, noch tiefer zu schlafen. Leise ging ich den Gang bis zu Judith Haynes' Raum entlang. Der Eid des Hippokrates besagt nichts darüber, daß Ärzte nicht an geschlossenen Türen lauschen dürfen.

Es war klar, daß ich sehr angestrengt lauschen mußte, denn obwohl die Tür nur aus Sperrholz bestand, konnte ich lediglich ein wirres Gemurmel vernehmen. Ich ließ mich auf die Knie sinken und drückte mein Ohr an das Schlüsselloch. So konnte ich erheblich besser hören.

»Sie!« stieß Judith Haynes hervor. Ihre Stimme klang belegt. Niemals hätte ich sie einer so freundlichen Gefühlsregung für fähig gehalten. »Sie! Sie entschuldigen sich bei mir! Ausgerechnet Sie!«

»Ich, meine Liebe, ich. All diese Jahre, all diese Jahre.« Seine Stimme erstarb, und ich konnte die nächsten paar Worte nicht verstehen. Dann sagte er: »Verachtenswert, wie verachtenswert. Daß ein Mensch durch das Leben geht, diese Feindseligkeit nährt, nein, meine Liebe, diesen Haß ...« Er unterbrach sich, und einige Augenblicke herrschte Stille. Dann fuhr er fort: »Unverzeihlich, unverzeihlich. Ich weiß, er kann nicht ... ich weiß, er hat nicht so böse sein können. Sie haben ihn geliebt, und niemand kann einen anderen Menschen lieben, der durch und durch böse ist, aber selbst wenn seine Sünden so schwarz gewesen sein sollten wie die mitternächtliche Finsternis ...«

»Lonnie!« Die Stimme klang scharf, sogar energisch. »Ich weiß, daß ich nicht mit einem Engel verheiratet war, aber auch nicht mit einem Teufel.«

»Das weiß ich, meine Liebe. Ich wollte damit nur sagen ...«

»Hören Sie mir endlich zu, Lonnie! Michael war in jener Nacht nicht im Wagen. Michael ist diesem Wagen überhaupt nicht nahe gekommen.«

Ich lauschte bis aufs äußerste gespannt auf die Antwort, aber sie blieb aus. Judith Haynes fuhr fort: »Ich auch nicht, Lonnie.«

Es folgte ein längeres Schweigen, dann sagte Lonnie mit so leiser Stimme, daß sie kaum noch als ein Flüstern zu vernehmen war: »Mir hat man etwas anderes berichtet.«

»Das kann ich mir denken, Lonnie. Mein Wagen, ja. Aber ich saß nicht am Steuer. Michael auch nicht.«

»Aber — Sie werden doch nicht leugnen, daß meine Töchter in jener Nacht — nun, fahruntüchtig waren. Und Sie auch. Und daß Sie sie in diesen Zustand versetzt haben?«

»Ich leugne gar nichts. Wir alle haben an diesem Abend zuviel getrunken — deshalb trinke ich seitdem überhaupt nicht mehr, Lonnie. Ich weiß nicht, wer schuld war. Ich weiß nur, daß Michael und ich das Haus nicht verlassen haben. Großer Gott, glauben Sie, ich muß Ihnen das jetzt erzählen — jetzt, wo Michael tot ist?«

»Nein. Nein, das müssen Sie nicht. Aber — aber wer hat Ihren Wagen gesteuert?«

»Zwei andere. Zwei Männer.«

»Zwei Männer. Und die haben Sie in all den Jahren gedeckt?«

»Gedeckt? Nein, ich würde hier das Wort ›decken‹ nicht gebrauchen. Es sei denn unabsichtlich. Nein, das ist keine gute Formulierung, ich will sagen — wenn wir sie deckten, so hing das zufällig mit etwas anderem zusammen, worauf wir es abgesehen hatten. Man könnte es auch als unsere egoistischen Ziele bezeichnen. Alle wissen ganz genau, daß Michael und ich — nun ja, Verbrecher waren wir nicht, aber wir schielten immer nach dem großen Glück.«

»Zwei Männer.« Es klang fast so, als habe Lonnie nicht ein Wort von dem, was sie gesagt hatte, aufgenommen. »Zwei Männer. Sie müssen sie doch kennen.«

Wieder ein Schweigen, dann sagte sie ruhig: »Natürlich.«

Erneut aufreizende Stille, ich hörte sogar zu atmen auf, um die nächsten Worte nicht zu verpassen. Aber ich erhielt keine Gelegenheit mehr, sie zu verpassen oder sie zu hören, denn hinter mir rief eine rauhe, feindselige Stimme: »Was, zum Teufel, tun Sie hier, Sir?«

Ich verzichtete darauf, das zu tun, wozu ich große Lust hatte, nämlich ein paar ausgewählte unflätige Schimpfworte loszulassen, drehte mich um und blickte auf. Gerrans mächtige, birnenförmige Gestalt ragte bedrohlich über mir auf. Seine Fäuste waren geballt, seine rötliche Gesichtsfärbung hatte sich gefährlich vertieft, seine Augen funkelten und seine Lippen waren zu einem dünnen Strich zusammengepreßt.

»Sie sehen sehr erregt aus, Mr. Gerran«, sagte ich. »Tatsache ist, ich habe heimlich gelauscht.« Ich stand auf, klopfte den Staub von meiner Hose, richtete mich ganz auf und wischte meine Hände ab. »Ich kann alles erklären.«

»Ich warte auf Ihre Erklärung.« Er war stellenweise noch bläulicher als sonst angelaufen. »Das wäre aber interessant, Dr. Marlowe.«

»Ich habe nur gesagt, ich kann alles erklären, Mr. Gerran. Das bedeutet indes nicht, daß ich die Absicht habe, etwas zu erklären. Und außerdem — was treiben Sie eigentlich hier?«

»Was ich ... was ich ...?« Er stammelte sich in eine von Zorn erfüllte Sprachlosigkeit hinein, Spitzenkandidat des Jahres für einen sicheren Herzinfarkt. »Zum Teufel mit Ihrer Unverschämtheit, Sir. Ich stehe im Begriff, meine Wache anzutreten! Was haben Sie an der Tür meiner Tochter zu suchen? Es wundert mich, daß Sie nicht durch das Schlüsselloch schauen, Marlowe, anstatt nur zu lauschen!«

»Ich brauche nicht durch Schlüssellöcher zu spähen«, erwiderte ich ruhig, »Miss Haynes ist meine Patientin, und ich bin Arzt. Wenn ich sie sehen will, brauche ich nur die Tür zu öffnen und einzutreten. Aber da Sie jetzt die Wache übernommen haben, gehe ich. Ins Bett. Ich bin müde.«

»Bett! Bett! Ich schwöre Ihnen, Marlowe, Sie werden es bereuen — wer ist bei Ihr?«

»Lonnie Gilbert.«

»Lonnie Gilbert! Was in Teufels Namen — treten Sie zur Seite, Sir! Lassen Sie mich durch!«

Ich vertrat ihm den Weg. Es war, als wollte man einen kleinen, mit Schaumgummi gepolsterten Panzer aufhalten, und ich hatte den Vorteil, mit dem Rücken zur Wand zu stehen. Er kam kurz vor der Tür zum Stehen. »An Ihrer Stelle täte ich es nicht. Die beiden dort drin machen ein paar sehr unangenehme Augenblicke durch. Sie wühlen in den alles andere als süßen Erinnerungen an Vergangenes.«

»Was zum Teufel meinen Sie? Was versuchen Sie mir zu erzählen, Sie — Sie Lauscher an der Wand?«

»Ich versuche Ihnen gar nichts zu erzählen. Aber wie wär's, wenn Sie mir etwas erzählen? Vielleicht würden Sie mir ganz gern etwas von diesem Autounfall berichten — das war wohl in Kalifornien —, wobei vor langer Zeit Lonnie Gilberts Frau und seine beiden Kinder ums Leben kamen?«

Er war nun nicht mehr bläulich angelaufen. Er hatte sogar seine normale rötliche Gesichtsfärbung eingebüßt. Alle Farbe wich aus seinem Gesicht, und nun sah er nur noch häßlich, fleckig und grau aus. »Autounfall?« Seine Stimme beherrschte er weit besser als seine Gesichtsfarbe. »Was meinen Sie mit ›Autounfall‹, Sir?«

»Ich weiß nichts darüber. Deshalb frage ich sie. Ich habe Lonnie über den tödlichen Unfall seiner Familie reden hören, aber nichts als Bruchstücke, und da Ihre Tochter etwas darüber zu wissen schien, nahm ich es auch bei Ihnen an.«

»Ich weiß nicht, wovon er redet. Auch nicht, wovon Sie reden.« Gerran, der plötzlich seine ganze Vorliebe für Verhöre verloren zu haben schien, wandte sich ab und ging den Gang entlang auf den Wohnraum zu. Ich folgte ihm und verließ die Hütte. Smithy machte zweifellos einen Spaziergang. Obwohl die Kälte noch ebenso stark war wie vorher, hatte doch das Schneetreiben aufgehört, der Westwind war zu einer eisigen, leichten Brise abgeflaut, und ringsum waren große Stellen klaren Himmels mit Sternen. Es herrschte ein seltsames Licht, und ein gewisses Leuchten lag in der Atmosphäre, das sich durch Sterne allein nicht erklären ließ. Ich trat ein paar Schritte hinaus, ein Stück weg von der Hütte, und entdeckte tief im Süden einen Dreiviertelmond, der in einem wolkenlosen Himmel schwebte.

Ich ging wieder hinein, und als ich die Tür schloß, sah ich Lonnie den Wohnraum durchqueren, wie ich annahm, auf dem Weg zu seinem Schlafraum. Seine Schritte waren unsicher wie die eines Mannes, der nicht sehr gut sieht, und als er dicht an mir vorbeistreifte, bemerkte ich, daß seine Augen von Tränen verschleiert waren. Ich hätte viel darum gegeben, zu erfahren, was diese Tränen ausgelöst haben mochte. Es war für Lonnies tiefe Erregtheit bezeichnend, daß er die noch immer zu drei Vierteln volle Flasche Whisky auf dem kleinen Tisch, an dem Gerran saß, nicht einmal mit einem Blick bedachte. Gerran übersah er völlig. Noch merkwürdiger jedoch war, daß Gerran nicht einmal aufblickte, als Lonnie vorbeiging. In Anbetracht der Stimmung, in der er sich befand, als er vor der Tür seiner Tochter auf mich zutrat, hätte ich erwartet, daß er Lonnie sehr genau ausfragen würde. Offensichtlich hatte Gerrans Stimmung eine große Wandlung durchgemacht.

Ich näherte mich Luke, um den getreuen Wachhund aus seinem Schlaf zu wecken, als Gerran plötzlich seine schwere Gestalt hochhievte und sich auf den Weg den Gang entlang zum Schlafraum seiner Tochter machte. Ich zögerte nicht einen Augenblick, folgte ihm und bezog den mir nun gewohnten Posten vor Judith Haynes' Tür. Allerdings brauchte ich diesmal meine Zuflucht nicht wieder zum Schlüsselloch zu nehmen, da Gerran, wahrscheinlich in seiner Erregung, die Tür liebenswürdigerweise offen gelassen hatte. Gerran redete mit leiser, rauher Stimme, der unverkennbar jede väterliche Liebe fehlte, auf seine Tochter ein.

»Was hast du ihm gesagt, du junges Teufelsweib? Was hast du gesagt? Autounfall? Autounfall? Was für Lügen hast du Gilbert aufgetischt, du erpresserisches, kleines Luder?«

»Mach', daß du rauskommst!« Judith Haynes hatte auf weitere Verwendung ihrer dumpfen, ausdruckslosen Stimme verzichtet, wohl unbeabsichtigt. »Laß mich allein, du böses, altes Ekel. Raus, raus, raus!«

Ich beugte mich dichter zu dem Spalt zwischen Tür und Rahmen vor. Nicht jeden Tag erhielt man Gelegenheit, sich eine solche Familienauseinandersetzung anzuhören.

»Bei Gott, ich lasse mich nicht von meiner eigenen Tochter überfahren.« Gerran hatte die Notwendigkeit, leise zu sprechen, offenbar vergessen. »Ich habe mir mehr als genug von dir und diesem anderen faulen, nichtsnutzigen Lumpen von Erpresser gefallen lassen. Was du getan hast . . .«

»Du wagst es, von Michael so zu sprechen?« Ihre Stimme klang nun sehr ruhig, und mich überfiel unwillkürlich ein Schauer. »So redest du von ihm, wo er tot ist! Ermordet! Mein Mann! Mein lieber Vater, soll ich dir von etwas erzählen, wovon du nichts ahnst und womit er dich erpreßt hat? Soll ich das, lieber Vater? Und soll ich es auch Johann Heissman erzählen?«

Es folgte ein Schweigen, dann sagte Gerran: »Du bösartiges, kleines Luder!« Seine Stimme klang, als versuchte er, sich selber zu erwürgen.

»Bösartig! Bösartig!« Sie lachte, und es war ein rauher Laut, bei dem es mir kalt über den Rücken lief. »Und das von dir, das ist großartig! Ich bitte dich, lieber Daddy, bestimmt wirst du dich doch an 1938 erinnern — sogar ich kann mich daran erinnern. Der arme, gute Johann, er ist gelaufen, gelaufen und gelaufen, und die ganze Zeit in der falschen Richtung. Armer Onkel Johann. So hast du mich damals ihn nennen lassen, nicht wahr, lieber Daddy? Onkel Johann.«

Ich entfernte mich, nicht weil ich alles gehört hatte, was ich gern hören wollte, sondern weil ich annahm, daß dieses Gespräch nun nicht mehr lange dauern würde. Ich konnte mir denken, wie peinlich es wäre, wenn Gerran mich ein zweites Mal vor der Tür seiner Tochter antreffen würde. Außerdem — ich warf einen Blick auf meine Uhr — mußte Jungbeck, Gerrans zweiter Mann bei der Wache, nun jederzeit erscheinen, und ich wollte nicht, daß er mich hier anträfe, um es dann aller Wahrscheinlichkeit nach unverzüglich seinem Chef zu melden. So kehrte ich zu Luke zurück, gelangte zu dem Schluß, es sei sinnlos, ihn zu wecken, nur um ihm zu sagen, er solle wieder einschlafen, schenkte mir eine Art morgendlichen Nachttrunks ein und wollte ihn gerade mit Genuß trinken, als ich eine weibliche Stimme schreien hörte: »Raus, raus, raus!« Ich sah Gerran eilig aus der Schlafkammer seiner Tochter kommen und ebenso eilig die Tür hinter sich schließen. Er watschelte rasch bis in die Mitte des Wohnraums, griff ohne auch nur eine Andeutung von — Sie erlauben . . . — nach der Whiskyflasche, gewiß, sie gehörte ihm, aber das konnte er in dem Augenblick nicht wissen, goß sich das Glas bis zum Rand voll und stürzte die

Hälfte davon mit einem Schluck herunter, wobei seine zitternde Hand einen beträchtlichen Teil auf dem Weg bis zum Mund verschüttete.

»Das war sehr rücksichtslos von Ihnen, Mr. Gerran«, sagte ich vorwurfsvoll. »Ihre Tochter so aufzuregen. Sie ist wirklich ein sehr kranker Mensch, und was sie braucht, ist Zärtlichkeit, Zuneigung, ein gewisses Maß liebevoller Fürsorge.«

»Zärtlichkeit, Zuneigung!« Er war jetzt mit der zweiten Hälfte seines Glases beschäftigt und vergoß einen großen Teil davon auf sein Hemd. »Liebevolle Fürsorge! Mein Gott!« Er schüttete erneut Whisky in sein Glas. Nach und nach ebbte seine Erregung ab, und mit der Zeit wurde er ruhig, fast nachdenklich. Als er sprach, hätte niemand angenommen, daß noch vor ein paar Minuten sein größtes Verlangen in diesem Leben darin zu bestehen schien, mir den Bauch aufzuschlitzen. »Vielleicht war ich nicht so rücksichtsvoll, wie ich es hätte sein sollen. Aber sie ist ein hysterisches Mädchen, sehr hysterisch. Dieses Künstlertemperament, Sie wissen schon. Ich fürchte nur, Ihre Beruhigungsmittel sind nicht sehr wirksam, Dr. Marlowe.«

»Die Reaktion der einzelnen Menschen auf Beruhigungsmittel ist sehr unterschiedlich, Mr. Gerran. Und unberechenbar.«

»Ich mache Ihnen keine Vorwürfe, keinerlei Vorwürfe«, erklärte er gereizt. »Rücksicht und Anteilnahme. Sehr schön. Aber etwas Ruhe, ein verflucht guter Schlaf sind wichtiger, wenn Sie mich fragen. Wie wär's mit noch einem Beruhigungsmittel — diesmal einem wirksameren? Das ist doch nicht gefährlich?«

»Nein. Das ist harmlos. Sie wirkte ein wenig — wie soll ich mich ausdrücken? — abgekämpft. Aber sie ist ein recht eigenwilliger Mensch. Wenn sie sich weigert . . .«

»Ha! Eigenwillig! Versuchen Sie es trotzdem.« Er schien das Interesse an diesem Thema zu verlieren und starrte verstimmt zu Boden. Gleichgültig blickte er auf, als Jungbeck verschlafen eintrat, drehte sich um und schüttelte Luke grob an der Schulter. »Wachen Sie auf, Mensch.« Luke bewegte sich und öffnete seine verquollenen Augen. »Sie sind mir ja ein schöner Wächter. Ihre Wache ist vorbei. Gehen Sie zu Bett.« Luke murmelte eine Art Entschuldigung, erhob sich steif und entfernte sich.

»Sie hätten ihn in Ruhe lassen können«, meinte ich. »In ein paar Stunden muß er ohnehin aufstehen.«

»Dazu ist es jetzt zu spät. Außerdem«, fügte Gerran hinzu, »werde ich alle sowieso in zwei Stunden wecken. Das Wetter hat aufgeklart, der Mond scheint, man kann sehen, wir alle können an unseren

Bestimmungsorten sein und fertig zum Drehen, sobald genügend Tageslicht da ist.« Er blickte den Gang entlang, an dem der Schlafraum seiner Tochter lag. »Was ist, wollen Sie es nicht versuchen?«

Ich nickte und stand auf. Zehn Minuten — unter den richtigen Umständen, die in diesem Fall die falschen waren — können in den Zügen eines Menschen Veränderungen herbeiführen, die gerade noch innerhalb der Grenzen des Glaubhaften liegen. Das Gesicht, das vor kurzem nur erschöpft gewirkt hatte, sah nun verfallen aus. Ihr wirkliches Alter verriet sich, dem man noch zehn schwere, bittere Jahre hinzufügen konnte. Sie weinte lautlos, schmerzlich und zutiefst getroffen, und die Tränen flossen unaufhörlich an ihren Schläfen herunter und an den Ohrläppchen vorbei; ihre feuchten Spuren breiteten sich auf dem grauen, groben Leinen ihres Kissens aus. Niemals hätte ich es für möglich gehalten, daß ich ein solch tiefes Mitleid mit dieser Frau empfinden und den Wunsch haben könnte, sie zu trösten. Aber so war es. »Ich finde, Sie sollten jetzt schlafen«, sagte ich.

»Warum?« Sie preßte die Hände so fest zusammen, daß die Knöchel weiß schimmerten. »Was soll es nützen? Ich werde trotzdem wieder aufwachen müssen, etwa nicht?«

»Ja, ich weiß.« Es war eine jener Situationen, in der — ganz gleich, was ich sagte — die Worte banal klingen mußten. »Aber der Schlaf würde Ihnen guttun, Miss Haynes.«

»Na schön«, stieß sie hervor. Es fiel ihr offensichtlich schwer, durch die Tränen hindurch zu sprechen. »Also gut. Sorgen Sie für einen langen Schlaf.«

So sorgte ich, Idiot, der ich bin, für einen langen Schlaf. Als ein sogar noch größerer Idiot ging ich in meine Schlafkammer und legte mich hin. Und als der größte Idiot aller Zeiten schlief ich selber ein.

Ich schlief länger als vier Stunden, und als ich erwachte, war die Hütte fast menschenleer. Gerran hatte sein Wort wahrgemacht und alle bei Anbruch der Dämmerung in Trab gesetzt. Verständlicherweise hatte weder er noch sonst jemand es für richtig gehalten, mich zu wecken. Ich war einer der wenigen, dem an diesem Tag keinerlei Aufgaben zufielen.

Gerran und Conrad waren die beiden einzigen Menschen im Wohnraum. Beide tranken Kaffee, aber da sie dick angezogen waren, standen sie offenbar unmittelbar vor dem Aufbruch. Conrad sagte höflich guten Morgen. Aber Gerran gab sich nicht einmal diese

Mühe. Er teilte mir mit, der Graf, Neal Divine, Allen, Cecil und Mary Darling wären mit dem Motorschlitten und den Kameras den Lerner's Way entlang losgefahren, und er und Conrad würden ihnen sogleich folgen. Hendriks und die *Drei Apostel* befänden sich mit ihren Tonaufnahmegeräten im Gelände. Smithy und Heyter wären vor mehr als einer Stunde nach Tunheim aufgebrochen. Anfänglich fand ich dies irgendwie beunruhigend, denn ich hatte gedacht, Smithy würde mich zumindest wecken und, bevor er ging, noch mit mir sprechen. Als ich jedoch darüber nachdachte, schien mir diese Unterlassung nicht so beunruhigend. Es war ein Anzeichen von Smithys Selbstvertrauen und meinem unausgesprochenen Zutrauen zu ihm, daß er es nicht für notwendig erachtet hatte, vor seinem Abmarsch meinen Rat einzuholen. Schließlich wären, so berichtete mir Gerran, Heissman mit seiner kleinen Kamera und Jungbeck auf ihre Erkundungsfahrt mit dem großen Boot abgefahren. Goin, der sich freiwillig gemeldet hatte, begleitete sie, um für den abwesenden Heyter einzuspringen.

Gerran stand auf, leerte seine Tasse und sagte: »Was ist mit meiner Tochter, Dr. Marlowe?«

»Es ist mit ihr alles in Ordnung.« Aber es sollte bei ihr niemals wieder alles in Ordnung sein.

»Ich würde, bevor ich gehe, gern mit ihr sprechen.« Ich konnte mir zwar nicht den geringsten Grund vorstellen, warum er den Wunsch haben sollte, mit ihr zu sprechen oder sie mit ihm, aber ich verzichtete auf jede Bemerkung. Er fuhr fort: »Sie haben nichts einzuwenden? Vom ärztlichen Standpunkt aus, meine ich?«

»Nein. Nur einfache Einwände des gesunden Menschenverstands. Sie steht unter dem Einfluß eines starken Beruhigungsmittels. Sie könnten sie nicht einmal wachrütteln.«

»Aber bestimmt ...«

»Mindestens zwei oder drei Stunden. Wenn Sie meinen Rat nicht hören wollen, Mr. Gerran, warum fragen Sie?«

»Ganz recht, ganz recht, lassen wir sie.« Er ging auf die Ausgangstür zu. »Ihre Pläne für heute, Dr. Marlowe?«

»Wer bleibt hier?« fragte ich, »abgesehen von Ihrer Tochter und mir?«

Er sah mich mit gefurchter Stirn an und antwortete: »Mary Stuart. Dann noch Lonnie, Eddie und Sandy. Warum?«

»Schlafen sie noch?«

»Ja, soweit ich weiß. Warum?«

»Jemand muß Stryker beerdigen.«

»Ach ja, natürlich, Stryker. Ich hatte es nicht vergessen, verstehen Sie . . . ja, natürlich. Ja, Ja. Werden Sie . . .?«

»Ja.«

»Ich danke Ihnen sehr. Eine gräßliche Sache, gräßlich, gräßlich, gräßlich. Nochmals meinen Dank, Dr. Marlowe.« Er watschelte entschlossen auf die Tür zu. »Kommen Sie, Charles, wir sind überfällig.«

Sie verschwanden. Ich goß mir Kaffe ein, aß aber nichts, denn dies war nicht der Morgen für ein Frühstück. Dann ging ich hinaus in den Materialschuppen und holte mir einen Spaten. Der gefrorene Schnee war nicht allzu tief, nicht viel tiefer als ein Fuß, aber es war Dauerfrostboden, und es kostete mich über eineinhalb Stunden und, was in diesen hohen Breiten stets gefährlich ist, viel Schweiß, bevor ich getan hatte, was zu tun war. Ich brachte den Spaten zurück und ging wieder in die Hütte, um mich rasch umzuziehen. Es war ein schöner, klarer Morgen mit scharfer Kälte, aber die Sonne stand noch nicht am Himmel. Jedenfalls kein Morgen, an dem ein verschwitzter Mensch lange herumstehen sollte.

Fünf Minuten später schloß ich, ein Fernglas um meinen Hals gehängt, die Eingangstür leise hinter mir. Trotz der Tatsache, daß es auf zehn Uhr zuging, waren Eddie, Sandy, Lonnie und Mary Stuart noch nicht erschienen. Die Anwesenheit der drei zuerst Genannten wäre für mich kein Grund zur Sorge gewesen, denn sie alle waren für ihre Abneigung gegenüber jeder Art körperlicher Betätigung bekannt, und es war höchst unwahrscheinlich, daß einer von ihnen vorgeschlagen hätte, mich auf meinem Ausflug zu begleiten. Mary Stuart hingegen hätte es aus einer Reihe von Gründen sehr wohl tun können: aus Neugier, aus dem Wunsch heraus, sich umzusehen, oder weil man ihr befohlen hatte, mich im Auge zu behalten, vielleicht sogar, weil sie sich mit mir zusammen sicherer gefühlt hätte. Was immer ihre Gründe hätten sein können, ich wollte ganz entschieden nicht, daß Mary Stuart mich im Auge behielt, wenn ich mich auf den Weg machte, um wiederum Heissman im Auge zu behalten.

Aber um das zu tun, mußte ich ihn zuallererst finden, und Heissman war leider nirgends zu sehen. So wie ich es verstanden hatte, sollte er zusammen mit Jungbeck und Goin mit dem Boot die Bucht von Sorhamna auf der Suche nach geeignetem Hintergrundmaterial abklappern. Aber in der ganzen Bucht war keine Spur von ihrem Boot zu sehen, und von der Stelle aus, an der ich in der Nähe der Hütte stehengeblieben war, konnte ich mit einem Blick die Bucht in ihrer ganzen Ausdehnung übersehen. Obwohl die Möglichkeit äußerst gering war, daß das Boot vorübergehend hinter einer der kleinen Inseln an der Ostseite der Bucht festgemacht hatte, hielt ich das Glas ein paar Minuten lang auf sie gerichtet. Nichts rührte sich. Ich war überzeugt, daß Heissman Sorhamna verlassen hatte.

Er hätte nach Osten zu um die Nordspitze der Insel Måkehl aufs offene Meer hinausfahren können, aber das war unwahrscheinlich. Das Nordmeer war unruhig und hatte weiße Schaumkronen, und abgesehen von der Tatsache, daß Heissman von der allgemeinen Vorstellung eines unerschrockenen Seemanns so weit entfernt war, wie es sich nur denken ließ, war kaum anzunehmen, daß er Smithys gestrige Warnung bezüglich der Gefahren vergessen haben sollte, die bei einem Boot mit offenem Heck bei einem solchen Wetter drohten. Ich hielt es daher für weit wahrscheinlicher, daß er nach Süden aus der Bucht von Sorhamna in die geschützten Gewässer der nächsten Bucht weiter südlich, der Evjebukta, gefahren war.

Auch ich machte mich nach Süden auf den Weg. Anfänglich bewegte ich mich in südwestlicher Richtung, um die niedrigen Kliffs der Bucht so weit wie möglich zu umgehen, nicht etwa aus Angst vor einem Schwindelanfall auf diesen Höhen, sondern weil Hendriks und die *Drei Apostel* dort irgendwo unten sein mußten, um die Schreie der Möwen, Eissturmvögel und schwarzen Lummen, die sich in dieser Gegend aufhalten sollten, aufzunehmen. Ich hatte keinen Grund, von ihnen etwas zu befürchten; ich wollte nur nicht ihre Neugier allzu sehr wecken.

Das Vorwärtskommen auf einem scheinbar einfach aussehenden Hang schräg hinauf erwies sich als sehr mühsam. Bergsteigerische Fähigkeiten waren nicht erforderlich, was in Anbetracht meiner mangelnden Erfahrung oder des Fehlens jeglicher geeigneter Ausrüstung ohnehin gleichgültig war. Hingegen war eine gewisse Art eingebauten Radars notwendig, um das Vorhandensein verborgener Spalten und Bodensenken in der glatten, weißen Fläche entdecken zu können. Aber in dieser Beziehung fehlte es mir leider gleichfalls an Erfahrung, mit dem Ergebnis, daß ich unerwartet und in ziemlich regelmäßigen Abständen in neugebildete Schneewehen stürzte, die mir zuweilen bis zu den Schultern reichten. Darin lag keine Gefahr, denn die Pufferwirkung frisch zusammengewehten Schnees ist fast hundertprozentig, aber die Anstrengung, sich fast ständig aus diesen kleinen Schluchten herauszuarbeiten und in ein Gelände zurückzukehren, das einigermaßen festem Boden ähnelte — der im übrigen selten mit weniger als kniehohem Schnee bedeckt war —, erwies sich als sehr ermüdend. Wenn es mir so schwerfiel, in einem verhältnismäßig einfachen Gelände vorwärtszukommen, fragte ich mich, wie es wohl Smithy und Heyter in dem weit stärker zerklüfteten, gebirgigen Gelände im Norden ergehen mochte.

Ich brauchte genau eineinhalb Stunden, um weniger als eine Meile zurückzulegen und zu einem Aussichtspunkt auf einer Höhe von ungefähr fünfhundert Fuß zu gelangen, der es mir ermöglichte, einen Blick auf die nächste Bucht — die Evjebukta — zu gewinnen. Diese weite U-förmige Bucht, die sich von Kap Malmgren im Nordosten bis zum Kap Kolthoff im Südwesten erstreckte, besaß eine Länge von etwas mehr als einer Meile, und ihre Breite mochte ungefähr die Hälfte davon betragen. Die gesamte Küstenlinie der Bucht bestand aus steilen Felswänden, einer ungeschützten, abweisenden, unfreundlichen Fläche grauen Wassers und senkrechtem Kalkstein, der gefährdeten Schiffen keinen Schlupfhafen bot.

Ich streckte mich dankbar auf dem Schnee aus, und als mein heftiges Herzklopfen und mein keuchender Atem sich einigermaßen beruhigt hatten, so daß ich ein Fernglas ohne zu zittern halten konnte, begann ich die Evjcbukta abzusuchen. Nicht das geringste Lebenszeichen. Die Sonne war inzwischen aufgegangen und stand niedrig über dem südöstlichen Horizont, aber obwohl sie mir in die Augen schien, war die Sicht recht gut und die Schärfe des Fernglases so stark, daß ich eine auf dem Wasser sich wiegende Möwe hätte erkennen können. Im nördlichen Teil der Bucht lagen ein paar kleine Inseln; dann waren da noch die unmittelbar unter mir steil abfallenden Felswände, die mir die Sicht auf alles versperrten, was an ihrem Fuß geschehen mochte. Aber wenn das Boot hinter einer Insel oder unterhalb der Steilwände verborgen lag, war es höchst unwahrscheinlich, daß Heissman längere Zeit an einer solchen Stelle verweilen würde, denn es gab dort nichts, was ihn beschäftigen könnte.

Ich blickte nach Süden über die Spitze von Kap Kolthoff hinweg, und dort schimmerte, außerhalb des Schutzes durch das Festland, die Sonne auf den Kämmen weiß glänzenden Wassers. Ohne einen sicheren Beweis dafür zu haben, war ich überzeugt, daß sich die drei nicht aus dem Schutz dieser Landzunge herausgewagt hatten. Abgesehen von Heissmans nicht gerade seemännischen Fähigkeiten, war Goin ein viel zu vorsichtiger Mensch, um unachtsam in etwas hineinzustolpern, das auch nur entfernt nach Gefahr roch.

Wie lange ich dort lag und auf das Erscheinen des Boots hinter einer Insel hervor oder aus dem Versteck der mir nächsten Kliffs wartete, wußte ich nicht. Plötzlich wurde mir jedoch bewußt, daß ich vor Kälte zitterte und Hände und Füße fast völlig gefühllos waren.

Und ich wurde auch etwas anderes gewahr. Seit mehreren Minuten hatte ich nun das Fernglas nicht auf das Nordende der Bucht gerichtet, sondern auf den Fuß der steilen Felswände weiter im Süden, auf eine Stelle, wo rund dreihundert Yards nordwestlich der Landspitze von Kap Kolthoff ein seltsamer Einschnitt in den Felswänden zu bemerken war. Weil dieser Einschnitt nach rechts abbog und damit hinter einer der Felswände verschwand, die den Eingang bewachten, und weil wegen der Höhe der Kliffs und des Umstands, daß die Sonne fast unmittelbar dahinter stand, die Schatten sehr tief lagen, war ich nicht imstande, irgendwelche Einzelheiten jenseits dieses engen Eingangs zu erkennen. Aber daß es sich um einen Eingang zu einer Art Höhle dahinter handelte, daran zweifelte ich nicht. Von allen Orten innerhalb des Bereiches meines Fernglases war dies der einzige, wo das Boot versteckt hätte liegen können. Warum jemand den Wunsch haben sollte, dort anzulegen, war eine ganz andere Sache. Eins stand fest: eine Erkundung landeinwärts stand völlig außer Frage. Selbst wenn ich mir in der Mindestzeit von zwei Stunden, die ein solcher Vorstoß dauern würde, nicht das Genick brach, würde ich dadurch nichts erreichen. Der Abstieg über die senkrecht abfallenden, schwarzen Kliffs war selbstmörderisch; und selbst wenn ein solcher Vorstoß, so unmöglich er schien, doch gelingen sollte, so räumte der Endpunkt dieses Unternehmens jede Ungewißheit über das aus, was mich auf jeden Fall dort erwartete: es gab auch nicht das schmalste Strandstück, nichts weiter als diesen senkrechten Absturz des Kalksteins in die dunkle, eisige See.

Steif und unbeholfen erhob ich mich und trat den Rückweg zur Hütte an. Der Marsch zurück war leichter als der Hinweg, denn es ging bergab. Ich folgte meinen eigenen Spuren und konnte so die meisten unfreiwilligen Stürze in die tiefen Schneewehen vermeiden, die meinen Anstieg begleitet hatten. Dennoch war es kurz vor eins, als ich mich den Hütten näherte.

Ich war nur noch ein paar Schritte entfernt, als sich die Eingangstür öffnete und Mary Stuart erschien. Ein Blick genügte, und mein Herz drehte sich im Leibe um. Etwas Kaltes, Bleiernes schien in meiner Magengrube zu nisten. Zerzaustes Haar, ein weißes, entsetztes Gesicht, unruhige, von Furcht erfüllte Augen — ich hätte blind sein müssen, um nicht zu wissen, daß irgendwo ganz in der Nähe der Tod erneut zugeschlagen hatte.

»Gott sei Dank!« Ihre Stimme klang heiser und tränenerstickt. »Gott sei Dank, daß Sie da sind! Kommen Sie bitte schnell. Etwas Schreckliches ist geschehen.«

Ich verlor keine Zeit damit, sie zu fragen, was geschehen war. Ich würde es bald genug erfahren, und so folgte ich ihren eilenden Schritten in die Hütte hinein und den Gang entlang zu Judith Haynes' offener Tür. Etwas Schreckliches war tatsächlich geschehen, aber es gab keinen Grund zur Eile. Judith Haynes war aus ihrem Feldbett gefallen und lag am Boden auf der Seite, halb von ihrer Decke bedeckt, die sie offenbar mit sich heruntergerissen hatte. Auf dem Bett fand ich ein geöffnetes und zu drei Vierteln geleertes Röhrchen mit Schlaftabletten, ein paar von ihnen noch auf dem Bett verstreut. Am Boden eine Flasche Gin, ebenfalls dreiviertel leer, ihr Hals noch immer von ihrer Hand umklammert. Ich beugte mich nieder und berührte die weiße Stirn. Selbst wenn man die eisige Atmosphäre im Schlafraum in Betracht zog, mußte sie schon seit Stunden tot sein. Sorgen Sie für einen langen Schlaf, hatte sie zu mir gesagt, sorgen Sie für einen langen Schlaf.

»Ist sie . . . ist sie . . .?« In Anwesenheit von Toten neigen die Menschen zum Flüstern.

»Können Sie einen Toten nicht erkennen, wenn Sie ihn sehen?« Das war brutal von mir, aber ich spürte einen kalten Zorn in mir aufsteigen, der mir bis zum Verlassen der Insel treu bleiben sollte.

»Ich . . . ich habe sie nicht angerührt. Ich . . .«

»Wann haben Sie sie gefunden?«

»Vor einer Minute. Vor zwei. Ich hatte gerade etwas zu essen und Kaffee gemacht und ich wollte sehen, ob . . .«

»Wo sind die anderen? Lonnie, Sandy, Eddie?«

»Wo sind . . . ich weiß es nicht. Sie sind vor kurzem weggegangen — sagten, sie wollten spazierengehen.«

Das war glaubhaft. Es gab nur einen Grund, der mindestens zwei der drei veranlassen konnte, bis zur Eingangstür zu gehen. »Holen Sie sie. Sie werden sie im Vorratsschuppen finden«, sagte ich.

»Im Vorratsschuppen? Warum sollten sie dort sein?«

»Weil Gerran seinen Whisky dort aufbewahrt.«

Sie ging hinaus. Ich legte die Ginflasche und das Röhrchen mit den Tabletten beiseite und hob Judith Haynes auf das Bett, allein aus dem nicht ganz triftigen Grund, daß es mir grausam erschien, sie auf dem kalten Holzboden liegenzulassen. Ich sah mich schnell im Raum um, konnte aber nichts Ungewöhnliches entdecken. Das Fenster war noch immer festgeschraubt; die paar Kleidungsstücke, die sie ausgepackt hatte, lagen säuberlich über einen kleinen Stuhl. Meine Blicke kehrten zur Ginflasche zurück. Stryker hatte es mir erzählt, und ich selbst hatte gehört, wie sie Lonnie erklärte, sie tränke niemals und hätte seit vielen Jahren keinen Alkohol mehr angerührt. Ein Abstinenzler hat für gewöhnlich keine Flasche Gin für den außerordentlichen Fall bei sich, daß er plötzlich Durst verspüren sollte.

Lonnie, Eddie und Sandy kamen herein, gefolgt vom Duft einer Brennerei aus dem schottischen Hochland, aber das war der einzige Anhaltspunkt für ihren Aufenthalt im Vorratsschuppen. In welchem Zustand Mary sie auch angetroffen haben mochte, jetzt waren sie vor Entsetzen völlig nüchtern. Sie standen nur da, starrten die Tote an und sagten nichts. Verständlich, wie ich fand, denn sie waren wohl der Meinung, sie hätten dazu nichts Vernünftiges zu sagen.

»Mr. Gerran muß davon benachrichtigt werden, daß seine Tochter tot ist«, erklärte ich. »Er ist nach Norden, zur nächsten Bucht, aufgebrochen. Er ist leicht zu finden — Sie brauchen nur den Spuren des Motorschlittens zu folgen. Sie sollten, glaube ich, zusammen gehen.«

»Gott sei uns allen gnädig.« Lonnie sprach mit leiser Stimme, in der Schmerz und Ehrfurcht lagen. »Armes Wesen. Armes, armes Ding. Erst ihr Mann — und jetzt dies. Wo soll das alles enden, Doktor?«

»Ich weiß es nicht, Lonnie. Das Leben ist nicht immer sehr freundlich, oder? Sie brauchen sich auf der Suche nach Mr. Gerran nicht zu überanstrengen. Wir können nach all dem auf einen Herzanfall gut verzichten.«

»Arme, kleine Judith«, fuhr Lonnie fort. »Und was sollen wir Gerran als Todesursache nennen? Alkohol und Schlaftabletten — eine ziemlich tödliche Mischung, nicht wahr?«

»Häufig.«

Sie sahen einander unsicher an, drehten sich um und gingen hinaus. »Was kann ich tun?« fragte Mary Stuart.

»Hierbleiben!« Die Schärfe in meiner Stimme überraschte mich ebenso wie sie. »Ich habe mit Ihnen zu reden.«

Ich nahm ein Handtuch und ein Taschentuch, wickelte die Flasche Gin in das erstere und das Röhrchen in das letztere. Bei einem flüchtigen Blick sah ich, daß Mary mich mit weit aufgerissenen Augen betrachtete, mit einem Ausdruck, der Verwunderung oder Furcht oder beides bedeuten mochte. Dann trat ich zu der Toten, um sie zu untersuchen und festzustellen, ob sie irgendwelche sichtbaren Spuren aufwies. Es gab nicht viel zu untersuchen — obwohl sie im Bett unter Decken gelegen hatte, war sie völlig angekleidet, trug einen Anorak und eine Art pelzgefütterter Hose. Ich brauchte nicht lange zu suchen. Ich winkte Mary heran und deutete auf einen winzigen

Einstich, der beim Zurückstreichen von Judith Haynes' Haaren am Hals sichtbar wurde. Mary fuhr sich mit der Zungenspitze über ihre trockenen Lippen und sah mich mit entsetzten Augen an.

»Ja«, sagte ich. »Ermordet. Was halten Sie davon, Mary Dear?« Das Wort war zärtlich, der Tonfall nicht.

»Ermordet!« flüsterte sie. »Ermordet!« Sie streifte die eingewickelten Gegenstände mit einem Blick, fuhr sich erneut über die Lippen, machte eine Bewegung, als wollte sie sprechen, brachte es aber offenbar nicht zustande.

»Sie kann etwas Gin geschluckt haben«, räumte ich ein. »Möglicherweise sogar etwas von den Tabletten. Ich bezweifle es allerdings — es ist sehr schwierig, Menschen etwas schlucken zu lassen, wenn sie bewußtlos sind. Vielleicht gibt es auf der Flasche und dem Röhrchen keine anderen Fingerabdrücke — man hätte sie abwischen können. Aber wenn wir nur ihren Zeigefinger und den Daumen am Flaschenhals finden — nun ja, man leert nicht eine dreiviertel Flasche Gin, indem man sie mit einem Finger und dem Daumen festhält.« Sie starrte wie gebannt vor Entsetzen auf den feinen Einstich am Hals, und dann ließ ich das Haar wieder fallen. »Ich weiß nicht, aber ich glaube, daß eine Injektion mit einer Überdosis Morphium sie umgebracht hat. Was halten Sie davon, Mary Dear?«

Sie sah mich wie um Mitleid flehend an, aber ich vergeudete mein Mitleid nicht auf die Lebenden. »Das haben Sie nun schon zum zweitenmal gesagt«, antwortete sie. »Warum sagen Sie das?«

»Weil es zu einem Teil Ihre Schuld ist, daß sie tot ist — und dieser Teil könnte sehr groß sein. Ach, klug ausgedacht, dieser Tod, das kann ich Ihnen versichern. Ich verstehe mich sehr gut darauf, diesen Dingen auf die Spur zu kommen — wenn es schon verdammt zu spät ist. Als Selbstmord aufgetakelt — nur weiß ich, daß sie nie getrunken hat. Nun?«

»Ich habe sie nicht umgebracht! Oh, mein Gott, ich habe sie nicht umgebracht! Nein, nein, nein!«

»Und ich hoffe, Sie sind nicht auch für Smithys Ermordung verantwortlich«, rief ich erbittert. »Wenn er nicht zurückkommt, stehen Sie auf der Liste der Helfershelfer ganz oben. Wegen Mordes.«

»Mr. Smith!« Sie war zutiefst verwirrt und wirkte sehr kläglich. Ich blieb völlig ungerührt. »Ich schwöre bei Gott, daß ich nicht weiß, wovon Sie reden.«

»Natürlich nicht. Und Sie werden auch nicht verstehen, wovon ich rede, wenn ich Sie frage, was zwischen Gerran und Heissman vorgeht. Wie könnten Sie auch — ein nettes, harmloses Mädchen wie

Sie? Oder wissen Sie etwa nicht, was zwischen Ihnen und Ihrem guten, liebenswerten Onkel Johann vorgeht?«

Sie starrte mich in dumpfem Schmerz an und schüttelte den Kopf. Ich schlug sie. Obwohl ich mir dessen bewußt war, daß sich der Zorn in mir mehr gegen mich selbst als gegen Mary richtete. Aber er ließ sich nicht unterdrücken, ich schlug sie, und als sie mich so ansah, wie ein geliebter Hund einen Menschen ansieht, der auf ihn geschossen hat, ohne ihn ganz zu töten, da hob ich nochmals die Hand, aber diesmal ließ ich sie, als Mary die Augen schloß, zurückzuckte und dabei ihr Gesicht abwandte, hilflos herabsinken. Dann tat ich, was ich von vornherein hätte tun sollen, ich legte meine Arme um sie und drückte sie fest an mich. Sie versuchte nicht einmal, sich zu wehren oder sich mir zu entwinden, sondern stand nur still da. Es war kein Widerstand mehr in ihr.

»Arme Mary Dear«, sagte ich. »Ihnen ist kein Ort mehr geblieben, an den Sie sich flüchten können, oder?« Sie antwortete mir nicht, ihre Augen noch immer geschlossen. »Onkel Johann ist ebensowenig Ihr Onkel, wie ich es bin. In Ihren Einwanderungspapieren steht, daß Ihre Eltern tot sind. Ich bin überzeugt, daß sie noch immer leben und Heissman weder der Bruder Ihrer Mutter noch Ihr Onkel ist. Ich bin der festen Ansicht, daß er sie als Geiseln für Ihr Wohlverhalten festhält, und Sie als Geisel für das Wohlverhalten Ihrer Eltern. Ich glaube nicht nur, daß Heissman nichts Gutes im Sinn hat, sondern ich weiß auch, daß er ein in internationalem Maßstab operierender Verbrecher ist, ja, auch das weiß ich. Ich weiß sogar, daß Sie keine Lettin sind, sondern rein deutsche Vorfahren haben. Ich weiß auch, daß Ihr Vater während des Krieges in Berlin eine hohe Stellung bekleidet hat.« Ich wußte das ganz und gar nicht, aber es handelte sich dabei um eine zunehmend sichere Vermutung. »Und ich weiß auch, daß sehr viel Geld dabei eine Rolle spielt, nicht etwa bar, jedoch in verkäuflichen Werten. Dies alles trifft doch zu, nicht wahr?«

Es folgte ein langes Schweigen, dann sagte sie dumpf: »Was nützt es, weiterhin etwas vorzutäuschen, wenn Sie so viel wissen.« Sie löste sich etwas von mir und sah mich mit besiegten Augen an. »Sie sind in Wirklichkeit auch kein Arzt?«

»In der Hinsicht bin ich ziemlich wirklich, aber nicht im üblichen Sinn, wofür die Patienten, die ich hätte haben können, wahrscheinlich sehr dankbar wären, da ich während einer ganzen Reihe von Jahren nicht mehr paktiziert habe. Ich bin nichts weiter als ein Beamter der britischen Regierung, nichts Glanzvolles oder Romantisches wie Nachrichtendienst oder Abwehr, nur das Schatzamt.

Deswegen bin ich hier, denn wir interessieren uns schon seit geraumer Zeit für Heissmans Umtriebe. Allerdings hatte ich nicht damit gerechnet, in einen solchen Haufen von Schwierigkeiten hineinzurennen.«

»Was soll das heißen?«

»Zu lang, um es Ihnen zu erklären, selbst wenn ich es könnte. Und ich kann es noch nicht. Außerdem habe ich einiges zu erledigen.«

»Mr. Smith?« Sie zögerte. »Auch vom Schatzamt?« Ich nickte, und sie fuhr fort: »Das habe ich mir gedacht.« Wieder zögerte sie. »Mein Vater hat während des Krieges U-Boot-Flottillen befehligt. Er war auch ein hoher Parteifunktionär, sehr hoch, glaube ich. Dann ist er verschwunden ...«

»Wo hatte er sein Kommando?«

»Während des letzten Jahres im Norden — Tromsö, Trondheim, Narvik, um ein paar Orte zu nennen, ich bin nicht ganz sicher.« Ganz plötzlich war ich sicher, es mußte wahr sein.

»Dann verschwunden«, sagte ich. »Ein Kriegsverbrecher?« Sie nickte. »Und jetzt ein alter Mann?« Wieder ein Nicken. »Und wegen hohen Alters amnestiert?«

»Ja, seit etwas mehr als zwei Jahren. Da kam er zu uns zurück — Mr. Heissman hat uns alle zusammengeführt, ich weiß nicht wie.«

Ich hätte ihr Heissmans spezielle Qualifikation für diese Tätigkeit erklären können, aber es war kaum der richtige Augenblick. So sagte ich: »Ihr Vater ist nicht nur ein Kriegsverbrecher, sondern er ist es auch im Zivilleben, ein Betrüger ganz großen Maßstabs. Dennoch tun Sie dies alles für ihn?«

»Für meine Mutter.«

»Es tut mir leid.«

»Mir auch. Es tut mir leid wegen all der Schwierigkeiten, die ich Ihnen bereitet habe. Glauben Sie, meiner Mutter wird nichts geschehen?«

»Das glaube ich wohl«, antwortete ich, was in Anbetracht meiner katastrophalen Bilanz beim Versuch, Menschen am Leben zu erhalten, eine ziemlich voreilige Behauptung darstellte.

»Aber was können wir tun? Was in aller Welt können wir angesichts all dieser entsetzlichen Ereignisse tun?«

»Es handelt sich nicht darum, was wir tun können. Ich weiß, was zu tun ist. Genau das werden Sie tun.«

»Ich tue alles. Alles, was Sie sagen. Ich verspreche es.«

»Dann tun Sie nichts. Verhalten Sie sich genauso wie bisher.

Insbesondere Onkel Johann gegenüber. Aber nicht ein Wort von unserem Gespräch ihm oder irgend jemand gegenüber.«

»Nicht einmal zu Charles?«

»Conrad? Zu ihm am allerwenigsten.«

»Aber ich dachte, Sie mögen ...«

»Tue ich auch. Aber nicht halb soviel wie unser Conrad Sie mag. Er bringt es fertig und schlägt Heissman an Ort und Stelle nieder. Ich habe«, fuhr ich verbittert fort, »bis jetzt nicht sehr viel Intelligenz oder Geschicklichkeit an den Tag gelegt. Geben Sie mir diese eine letzte Chance.« Ich dachte ein wenig über das Wort Intelligenz nach und sagte dann: »Eins können Sie tun. Melden Sie mir, wenn Sie jemanden hierher zurückkehren sehen. Ich will mich etwas umschauen.«

Gerran hatte fast ebensoviele Schlösser wie ich Schlüssel. Wie es sich für den Generaldirektor von *Olympus Productions,* Produzenten des Films und den tatsächlichen Führer der Expedition gehörte, führte er eine Unzahl aller möglichen Ausrüstungsgegenstände mit sich. Die meisten von ihnen waren persönlicher Art, und viele davon Kleidungsstücke, denn obwohl Gerran wegen seiner kugelartigen Gestalt automatisch von der Liste der zehn bestangezogenen Männer ausgeschlossen blieb, waren doch seinem modischen Ehrgeiz keine Grenzen gesetzt, und so schleppte er mindestens ein Dutzend Anzüge mit sich herum, wenngleich es nur eine Sache von Vermutungen sein konnte, was er mit ihnen auf der Bäreninsel anfangen sollte. Interessanter jedoch war, daß er zwei kleine, gedrungene, braune Koffer bei sich hatte, die lediglich als Verkleidung für zwei eiserne Dokumentenkassetten dienten.

Diese waren mit Schließbändern und Messingschlössern versehen, die jeder blinde, klapprige Allerweltsdieb in weniger als einer Minute hätte aufbrechen können, und sogar ich brauchte dazu nicht viel länger. Die erste Kassette enthielt nichts von Bedeutung, das heißt, für jeden außer Gerran. Der Inhalt bestand aus Hunderten von Zeitungsausschnitten, zweifellos wegen ihres Lobes sorgfältig ausgewählt. Sie gingen über rund zwanzig Jahre zurück, und in allen wurde einstimmig Gerrans Genie auf dem Gebiet des Films hervorgehoben. Es war genau jene das Ich stärkende Nahrung, die Gerran mit sich herumschleppen würde. Die zweite enthielt Papiere rein finanzieller Natur, Unterlagen von Transaktionen, Einnahmen und Ausgaben über eine ganze Reihe von Jahren hinweg. Sie hätten, dessen war ich sicher, eine faszinierende Lektüre für jeden Prüfer des

Finanzamtes oder jeden gesetzestreuen Wirtschaftsberater abgegeben, sollten diese ihrer habhaft werden, aber mein Interesse an ihnen war gering. Was mich interessierte, und dies ganz erheblich, war eine Sammlung alter Scheckhefte, und da ich nicht einsehen konnte, daß sie Gerran in der Arktis von Nutzen sein könnten, steckte ich sie ein. Dann prüfte ich noch einmal nach, ob alles so aussah, wie ich es angetroffen hatte, und ging hinaus.

Goin neigte ebenfalls dazu, wie es sich für den Buchhalter eines Unternehmens gehörte, Dinge unter Verschluß zu halten, aber da die Gesamtheit seines Gepäcks kaum mehr als ein Viertel von Gerrans ausmachte, kostete die Durchsuchung entsprechend weniger Zeit. Goins Hauptinteresse galt offensichtlich, wie es sich wiederum für einen Buchhalter gehörte, finanziellen Dingen, und da dies mit meinen gegenwärtigen Interessen übereinstimmte, nahm ich drei Posten mit, von denen ich annahm, sie würden mit einiger Wahrscheinlichkeit bei eingehender Prüfung eine lohnende Beute sein. Es handelte sich um die Gehaltslisten der *Olympus Productions*, um Goins hervorragend ausgepolsterte private Bankauszüge und ein in Wildleder gebundenes Tagebuch, das in einer Art privaten Codes eine Fülle von Eintragungen enthielt, bei denen es sich nichtsdestoweniger ganz klar um Geld handelte, denn Goin hatte sich nicht die Mühe gegeben, für die Spalten von Pfund und Pennies einen eigenen Code zu entwickeln. Darin lag nicht unbedingt etwas Verdächtiges. Die Sorge um Geheimhaltung, insbesondere wenn es sich um Angelegenheiten anderer Leute handelte, konnte bei einem Buchhalter ein lobenswerter Zug sein.

Während der nächsten halben Stunde durchsuchte ich vier Schlafräume. In Heissmans Raum fand ich, was ich zu finden erwartet hatte, nämlich nichts. Ein Mann mit seiner Vergangenheit und seiner Erfahrung mußte schon seit Jahren festgestellt haben, daß sich der einzige sichere Ort für seine Unterlagen in seinem Kopf befand. Aber er besaß noch einige andere harmlose Gegenstände — ich nahm an, daß er sie benutzt hatte, als er die Denkschrift der *Olympus Productions* für den Film verfaßte. Sie waren für mich von einem gewissen Interesse, da es sich bei ihnen um mehrere Karten der Bäreninsel in großem Maßstab handelte. Eine von ihnen nahm ich mit.

Neal Divines private Papiere enthielten nur wenig Interessantes, außer einer großen Zahl unbezahlter Rechnungen, Schuldanerkenntnissen und einer Reihe von Briefen, die alle von verschiedenen Bankleuten stammten und in unterschiedlichem Grad Drohungen enthielten — eine Art der Korrespondenz, die zu Divines nervösem, ängstlichem und im allgemeinen niedergedrückten Verhalten gut paßte. Am Boden einer altmodischen Reisetasche im Schlafraum des Grafen fand ich eine kleine, schwarze, geladene Pistole, aber da sich in einem Umschlag neben der Waffe ein gültiger Waffenschein aus London befand, konnte diese Entdeckung auch völlig bedeutungslos sein. Die Zahl gesetzestreuer Menschen im gesetzestreuen England, die aus den verschiedenartigsten gesetzestreuen Gründen es für ein Gebot der Klugheit halten, eine Pistole zu besitzen, ist recht beträchtlich. Im Schlafraum, den Jungbeck und Heyter miteinander teilten, entdeckte ich nichts Belastendes. Jedoch interessierte mich ein kleines Päckchen in braunem Papier, das ich in Jungbecks Koffer fand. Es war zugeklebt. Ich nahm es mit in den Wohnraum, wo Mary Stuart von Fenster zu Fenster ging und Ausschau hielt — es gab vier solche Fenster.

»Nichts?« fragte ich. Sie schüttelte den Kopf. »Stellen Sie bitte einen Kessel mit Wasser auf.«

»Kaffee ist schon da. Und auch etwas zu essen.«

»Ich will keinen Kaffee. Nur einen Kessel mit Wasser. Es genügt, wenn der Boden gerade bedeckt ist.« Ich reichte ihr das Päckchen. »Würden Sie mir das bitte über Dampf öffnen?«

»Öffnen — was ist denn drin?«

»Wenn ich das wüßte, würde ich Sie nicht bitten, es zu öffnen.«

Ich begab mich in Lonnies Schlafraum, aber außer Lonnies Träumen enthielt er nichts — ein Album mit verblichenen Fotografien. Mit einigen Ausnahmen waren sie von seiner Familie, und offensichtlich hatte Lonnie sie selber aufgenommen. Die ersten zeigten eine dunkelhaarige hübsche Frau mit welligem, schulterlangem Haar nach der Mode der dreißiger Jahre, die zwei kleine Kinder, offensichtlich Zwillinge, im Arm hielt. Auf späteren Fotos war zu erkennen, daß es sich um zwei Mädchen handelte. Im Verlauf der Jahre hatte sich Lonnies Frau, abgesehen von der wechselnden Haarmode, bemerkenswert wenig verändert, während die Kinder von Seite zu Seite erwachsener wurden, bis sie schließlich zwei schöne junge Mädchen waren, die ihrer Mutter stark ähnelten. Auf dem letzten Bild, das Album war nur zu zwei Dritteln gefüllt, waren alle drei in weißen Sommerkleidern von übermäßiger Länge zu sehen. Sie lehnten an einem dunklen, offenen Roadster. Die beiden Mädchen mochten etwa achtzehn Jahre alt sein. Ich schloß das Album mit jenem schuldbewußten, unangenehmen Gefühl, das einen stets überkommt, wenn man auch noch so unabsichtlich in die persönlichen Träume eines anderen Menschen eingedrungen ist.

Ich überquerte den Gang zu Eddies Raum, als Mary mich rief. Sie hatte inzwischen das Päckchen geöffnet und den Inhalt in ein weißes Taschentuch geschüttet. »Das war schlau«, sagte ich.

»Zweitausend Pfund«, erklärte sie verwundert. »Und alle in neuen Fünf-Pfund-Noten.«

»Eine Menge Geld.« Sie waren nicht nur neu, sondern wiesen fortlaufende Seriennummern auf. Ich notierte mir die erste und die letzte Nummer. Die Nachforschung würde automatisch sofort zu einem Ergebnis führen. Jemand war entweder sehr dumm oder sehr selbstsicher gewesen. Dieser eine Posten konnte ein sehr nützliches Beweismaterial abgeben, aber ich nahm ihn nicht an mich, sondern legte alles, ordentlich verklebt, in Jungbecks Koffer zurück. Wenn ein Mensch so viel Geld bei sich hat, ist anzunehmen, daß er es recht häufig kontrolliert.

Eddies und Hendriks Räume lieferten nichts Interessantes, während ich bei einem kurzen Blick in Sandys Kammer feststellte, daß er bei der Versorgung mit fremden Alkoholvorräten noch etwas weniger skrupellos vorging als Lonnie. Sandy verproviantierte sich flaschenweise mit Gerrans Whisky. Den Raum der *Drei Apostel* ließ ich aus; eine Durchsuchung würde, davon war ich überzeugt, nichts ergeben. Bei Conrad nachzuschauen, kam mir nicht einmal in den Sinn.

Kurz nach drei Uhr, als das Tageslicht gerade zu schwinden begann, kehrte ich in den Wohnraum zurück. Lonnie und die beiden anderen hätten schon längst mit Gerrans Gruppe in Verbindung kommen müssen. Ich fand, ihre Rückkehr sei nun überfällig. Mary, die gegessen hatte oder es doch behauptete, gab mir ein Steak und Chips, beides von der vorgekochten und tiefgekühlten Sorte. Ich sah ihr an, daß sie sich Sorgen machte. Weiß Gott, sie hatte Grund genug, sich über eine Reihe von Dingen Sorgen zu machen, aber ich vermutete, daß ihre gegenwärtige Sorge ihre besondere Ursache hatte.

»Wo zum Teufel stecken sie denn alle?« rief sie. »Ich bin sicher, daß ihnen etwas zugestoßen ist.«

»Ihm wird nichts passiert sein. Wahrscheinlich sind sie nur weiter vorgestoßen, als sie beabsichtigt hatten, das ist alles.«

»Hoffen wir es. Es wird schon dunkel und fängt wieder an zu schneien ...« Sie hielt inne und sah mich vorwurfsvoll und verlegen an. »Sie sind sehr klug, nicht wahr?«

»Wäre ich es nur«, erwiderte ich, und das meinte ich auch. Ich schob das kaum angerührte Essen weg und stand auf. »Vielen Dank.

Entschuldigen Sie, es hat nichts mit Ihrer Kocherei zu tun, aber ich bin nicht hungrig. Ich bin in meiner Schlafkammer.«

»Es wird schon dunkel«, wiederholte sie, als habe sie mich nicht gehört.

»Ich bin bald wieder da.«

Ich legte mich auf mein Feldbett und betrachtete meine Beute aus den verschiedenen Schlafräumen. Ich brauchte nicht lange hinzuschauen und benötigte auch keine hervorragenden deduktiven Fähigkeiten, um mir über die Bedeutung dessen, was da vor mir lag, klarzuwerden. Die Gehaltslisten waren sehr interessant, aber längst nicht so aufschlußreich wie die Übereinstimmung zwischen Gerrans Scheckheften und Goins Bankauszügen. Jedoch war die Karte — genauer, die ins einzelne gehende Nebenkarte der Evjebukta — vielleicht das interessanteste Stück. Ich betrachtete die Karte und war in tiefe Gedanken über Mary Stuarts Vater versunken, als Mary selber den Raum betrat.

»Jemand kommt.«

»Wer?«

»Ich weiß es nicht. Es ist zu dunkel, und es schneit.«

»Aus welcher Richtung?«

»Aus dieser.« Sie deutete nach Süden.

»Das wird Hendriks mit den *Drei Aposteln* sein.« Ich wickelte die Papiere in ein kleines Handtuch und reichte sie ihr. »Verstecken Sie diese in Ihrer Schlafkammer.« Ich drehte meine Arzttasche um, nahm einen kleinen Schraubenzieher aus meiner Tasche und begann die vier Metallknöpfe, die als Bodenschutz dienten, zu lösen.

»Ja, ja, natürlich.« Sie zögerte. »Hätten Sie etwas dagegen, mir zu sagen ...«

»Es gibt hier schamlose Leute, die es sich nicht zweimal überlegen würden, die Privatsachen eines Menschen zu durchstöbern. Vor allem die meinen. Das heißt, wenn ich nicht hier bin.« Ich hatte inzwischen den Boden entfernt und begann nun den flachen schwarzen Metallkasten, der so gut in den Hohlraum gepaßt hatte, herauszuholen.

»Gehen Sie hinaus?« Sie sagte es mechanisch, wie jemand, den nichts mehr überraschen kann. »Wohin?«

»Ich gehe nicht in die Dorfkneipe, bestimmt nicht.« Ich reichte ihr den schwarzen Kasten. »Vorsicht. Schwer. Verstecken Sie den auch — und gut.«

»Aber was ...«

»Schnell. Ich höre sie schon an der Tür.«

Sie eilte davon. Ich schraubte den Boden wieder fest und begab mich in den Wohnraum. Hendriks und die *Drei Apostel* waren da. So wie sie ihre Arme zusammenschlugen, um die Blutzirkulation wieder in Gang zu bringen, und zwischendurch heißen Kaffee tranken, den Mary auf dem Ofen hatte stehen lassen, schienen sie über ihre Rückkehr mehr als glücklich zu sein. Ihre Zufriedenheit schwand jäh, als ich ihnen kurz von Judith Haynes Tod berichtete, und obwohl keiner von ihnen, ebenso wie die übrigen Angehörigen des Unternehmens, Veranlassung hatte, der Toten gegenüber besonders freundliche Gefühle zu hegen, versetzte doch allein die Tatsache, daß ein Mensch, den sie gekannt hatten, gestorben war, sie in einen Zustand sprachlosen Entsetzens, wenngleich es sich bei diesem erneuten Todesfall um Selbstmord handelte. Sie fingen gerade an, sich von diesem Schock zu erholen, als sich die Tür öffnete und Gerran hereinschwankte. Er rang nach Luft und schien völliger Erschöpfung nahe, obwohl solche Symptome physischer Schwäche in Gerrans Fall nicht unbedingt auf eine heftige Anstrengung hindeuteten. Gerran brauchte nur seine Schnürsenkel zu binden, und schon begann er in beunruhigender Weise zu schnaufen. Ich sah ihn an und hoffte, ernstlich besorgt zu wirken.

»Aber Mr. Gerran, Sie müssen es nicht so schwernehmen«, sagte ich beruhigend. »Ich weiß, daß dies für Sie ein furchtbarer Schlag gewesen ist ...«

»Wo ist sie?« fragte er mit rauher Stimme. »Wo ist meine Tochter? Wie in Gottes Namen ...«

»In ihrem Schlafraum.« Er wollte sich an mir vorbeidrängen, aber ich vertrat ihm den Weg. »Gleich, Mr. Gerran. Aber ich muß erst dafür sorgen, daß ... nun, Sie verstehen schon.«

Er starrte mich mit gefurchter Stirn an, nickte dann ungeduldig, um zu zeigen, er habe verstanden, und sagte: »Bitte, beeilen Sie sich.«

»Nur ein paar Sekunden.« Ich sah Mary Stuart an. »Ein Kognak für Mr. Gerran.«

Für das, was ich in Judith Haynes Raum zu tun hatte, brauchte ich nur zehn Sekunden. Ich wollte vermeiden, daß Gerran mir peinliche Fragen stellte, warum ich die Ginflasche und das Röhrchen mit den Schlafmitteln so fürsorglich eingewickelt hatte. Jetzt hielt ich sie vorsichtig oben fest, wickelte sie aus, stellte sie einigermaßen auffällig hin und rief Gerran. Er hielt sich kurze Zeit im Raum auf, sah so niedergeschlagen aus, wie es sich gehörte, und gab einige Laute der Untröstlichkeit von sich. Er setzte mir aber keinen Widerstand entgegen, als ich seinen Arm ergriff und erklärte, es sei nichts damit gewonnen, wenn er hier bliebe. Dann führte ich ihn hinaus.

Auf dem Gang sagte er: »Natürlich Selbstmord?«

»Kein Zweifel.«

Er seufzte. »Mein Gott, was ich mir für Vorwürfe mache, weil ...«

»Sie haben sich nichts vorzuwerfen, Mr. Gerran. Sie haben doch miterlebt, wie sie bei der Nachricht vom Tode ihres Mannes zusammengebrochen ist. Ganz einfacher, altmodischer Kummer.«

»Es tut gut, einen Mann wie Sie in solchen Augenblicken um sich zu haben«, murmelte Gerran. Ich nahm dies in bescheidenem Schweigen entgegen, führte ihn zu seinem Kognak zurück und fragte: »Wo sind die anderen?«

»Nur ein paar Minuten hinter mir. Ich bin vorausgeeilt.«

»Wieso hat Lonnie so lange gebraucht, um Sie zu finden?«

»Es war ein prachtvoller Tag zum Drehen. Soviel Hintergrund. Wir sind einfach immer weitergezogen, jede Aufnahme besser als die vorherige. Und dann hatten wir natürlich diese verdammte Rettungsaktion. Mein Gott, wenn jemals eine Gruppe bei Außenaufnahmen von soviel Pech verfolgt war ...«

»Rettungsaktion?« Ich hoffte, daß es überrascht klang und meine Stimme nicht jene Kälte verriet, die mich plötzlich überfiel.

»Heyter. Er hat sich verletzt.« Gerran trank einen Schluck Kognak und schüttelte den Kopf, um damit die schwere Last anzudeuten, die er zu tragen hatte. »Er und Smith stiegen bergan, als er stürzte. Der Knöchel verstaucht oder gebrochen, ich weiß es nicht. Sie sahen uns auf Lerner's Way näher kommen, ungefähr in der gleichen Richtung wie sie, obwohl sie sich natürlich viel höher befanden. Heyter hat anscheinend Smith überredet, weiterzugehen, sagte, ihm fehle nichts weiter, er würde schon unsere Aufmerksamkeit auf sich lenken.« Wieder schüttelte Gerran den Kopf und leerte sein Glas. »Idiot!«

»Ich verstehe nicht ganz«, sagte ich. Ich hörte den Motor des nahenden Schlittens.

»Anstatt einfach liegenzubleiben, bis wir auf Rufweite heran waren, versuchte er, den Hang hinunter bis zu uns zu humpeln. Natürlich hat sein verfluchter Knöchel nachgegeben — er fiel in eine Spalte und hat sich ziemlich übel zugerichtet. Gott weiß, wie lange er bewußtlos dort gelegen hat, es war früher Nachmittag, bevor wir seine Hilferufe hörten. Eine verdammte Plackerei, ihn diesen Hang hinunterzubringen, ganz verdammte Plackerei. Ist das der Motorschlitten dort draußen?«

Ich nickte. Gerran erhob sich schwerfällig, und wir gingen zusammen zur Tür. »Smithy? Haben Sie ihn gesehen?« fragte ich.

»Smithy?« Gerran sah mich ein wenig verwundert an. »Nein, natürlich nicht. Ich habe Ihnen doch gesagt, er hat seinen Weg fortgesetzt.«

»Ach ja«, sagte ich. »Das hatte ich vergessen.«

Gerade als wir zur Tür gelangten, wurde sie von außen aufgestoßen. Conrad und der Graf traten ein und schleppten Heyter mit, der nur auf einem Bein hüpfen konnte. Erschöpft ließ er den Kopf hängen, das Kinn auf die Brust fallen. Sein blasses Gesicht war auf der rechten Seite an Wange und Schläfe übel zerschunden.

Wir legten ihn auf eine Couch, und ich zog ihm den rechten Stiefel aus. Der Knöchel war geschwollen, stark verfärbt und blutete ein wenig, wo die Haut an mehreren Stellen geplatzt war. Während Mary Stuart Wasser heiß machte, richtete ich ihn auf, gab ihm etwas Kognak, bedachte ihn mit meinem aufmunterndsten ärztlichen Lächeln, ließ mich mitfühlend über sein Pech aus und merkte ihn mir als Todeskandidaten vor.

XII

Gerrans Vorräte an flüssigem Trost wurden stark mitgenommen. Es ist für Ärzte eine Binsenweisheit, daß es Leute gibt, die unter schwerer Belastung riesige Mengen an Essen verzehren. Von diesen gab es niemand in der Firma *Olympus Productions.* Das Verlangen nach Essen war ausgeschaltet, aber in entsprechend umgekehrtem Verhältnis herrschte starke Nachfrage nach alkoholischem Trost, und die Atmosphäre in der Hütte erinnerte sehr an die eines Wirtshauses in Glasgow, wenn eine schottische Fußballmannschaft ihre alten Feinde von jenseits der Grenze vernichtend geschlagen hat. Die sechzehn Leute, die in der Hütte herumsaßen, zeigten — einmal abgesehen vom verletzten Heyter — keinerlei Neigung, sich zum Schlafen zurückzuziehen. Es herrschte die stillschweigende Annahme, daß, wenn Judith Haynes in ihrem Raum hatte sterben können, dies auch jedem anderen zustoßen könnte. Statt dessen saßen sie in Gruppen zu zweit oder zu dritt im Raum verstreut, tranken schweigend oder unterhielten sich flüsternd, wobei ihre Blicke ständig umherwanderten und die anderen musterten. Das alles verstärkte nur die niedergedrückte, schicksalsschwangere Atmosphäre, die nicht auf Judith Haynes' Tod zurückzuführen war, sondern auf ein möglicherweise noch zu erwartendes Unheil. Obwohl es jetzt fast sieben Uhr war, völlige Dunkelheit herrschte und der Schnee unaufhörlich aus nördlicher Richtung fiel, waren Heissman, Goin und Jungbeck noch nicht zurückgekehrt.

Wie üblich saß Gerran für sich allein und kaute an einer Zigarre, ohne jedoch zu trinken. Er machte den Eindruck eines Mannes, der sich fragt, welchen furchtbaren Schlag das Schicksal nun ihm zugedacht hat. Ich hatte vor kurzem noch mit ihm gesprochen, und dabei äußerte er mürrisch die unerschütterliche Ansicht, alle drei seien ertrunken. Keiner von ihnen verstände, wie er erklärte, auch nur im geringsten mit einem Boot umzugehen. Selbst falls es ihnen gelänge, in diesem eisigen Wasser länger als ein paar Minuten zu überleben, welche Hoffnung blieb ihnen, wenn sie bis ans Ufer schwammen? Erreichten sie eine Felswand, so würden sich ihre

Finger vergeblich in den glatten, steilen Felsen krallen, bis ihre Kräfte nachließen und sie versanken. Sollte es ihnen jedoch gelingen, an einer geeigneteren Stelle an Land zu kriechen, würde die eisige Luft durch ihre durchnäßte Kleidung bis zu ihren Körpern dringen, und sie würden fast augenblicklich erfrieren. Wenn sie nicht zurückkehrten, sagte er, und jetzt war er dessen sicher, wollte er das ganze Unternehmen aufgeben und warten, bis Smithy Hilfe brächte. Und sollte dies nicht bald eintreten, würde er vorschlagen, daß die ganze Gesellschaft aufbrechen und sich in Tunheim in Sicherheit bringen sollte.

Die ganze Gesellschaft war sofort verstummt, und Gerran, der durch den Raum zu mir herüberblickte, verzog sein Gesicht zu einem schmerzlichen Lächeln und rief wie in einem verzweifelten Versuch, die Stimmung etwas zu beleben: »Los, Dr. Marlowe, los, wie ich sehe, haben Sie kein Glas.«

»Nein«, erwiderte ich, »ich halte es nicht für klug.«

Gerran sah sich in der Hütte um. Sollte ihm der Anblick seiner rasch abnehmenden Bestände zu schaffen machen, so verbarg er sehr gut seinen Kummer. »Die anderen scheinen es aber für klug zu halten.«

»Die anderen brauchen nicht mit der Gefahr zu rechnen, geweitete Poren Temperaturen unter Null auszusetzen.«

»Was?« Er sah mich fragend an. »Was soll das bedeuten?«

»Es bedeutet, daß ich die Absicht habe, das kleinere Boot zu nehmen und nach Heissman, Jungbeck und Goin zu suchen, wenn sie nicht innerhalb weniger Minuten hier aufkreuzen.«

»Was!« Dies in einem sehr veränderten Tonfall. Gerran brachte sich mühsam auf die Beine, wie er es stets tat, wenn er Eindruck machen wollte. »Sie wollen nach ihnen suchen? Sind Sie verrückt, Sir? Nach ihnen suchen, was Sie nicht sagen! In einer solchen pechschwarzen Nacht, in der man nicht die Hand vor Augen sehen kann. Nein, bei Gott, ich habe schon zu viele Leute verloren, viel zu viele. Ich verbiete es Ihnen strengstens.«

»Haben Sie bedacht, daß vielleicht nur ihr Motor ausgefallen ist? Daß sie hilflos umhertreiben, mit jeder Minute dem Tod durch Erfrieren näher, während wir hier herumsitzen und nichts tun?«

»Das habe ich, und ich halte es nicht für möglich. Die Bootsmotoren sind vor unserer Abreise gründlich überholt worden, und ich weiß, daß Jungbeck ein sehr tüchtiger Mechaniker ist. Das kann also nicht sein.«

»Ich gehe trotzdem.«

»Ich möchte Sie erinnern, daß dieses Boot Eigentum der Firma ist.«

»Wer will mich daran hindern, es zu nehmen?«

Gerran murmelte kraftlos etwas vor sich hin und sagte dann: »Ist Ihnen klar ...«

»Es ist mir klar.« Ich war seiner müde. »Ich bin entlassen.«

»Am besten, sie entlassen mich auch gleich«, rief Conrad. Wir wandten uns alle zu ihm um. »Ich begleite ihn.«

Eigentlich hatte ich nichts anderes von Conrad erwartet. Schließlich war er es gewesen, der bald nach unserer Landung die Suche nach Smithy eingeleitet hatte. Ich versuchte nicht, ihn davon abzubringen. Mary Stuart hatte ihre Hand auf seinen Arm gelegt und sah ihn verzweifelt an. Wenn sie ihn nicht davon abbringen konnte, würde ich mir nicht die Mühe geben, es zu versuchen.

»Charles!« Gerran setzte die ganze Macht seiner Autorität ein. »Ich möchte Sie daran erinnern, daß Sie einen Vertrag haben ...«

»— der Vertrag«, rief Conrad.

Gerran starrte ihn ungläubig an, preßte seine Lippen zusammen, schwieg, drehte sich um und ging zu seiner Schlafkammer. Nachdem er gegangen war, schienen alle gleichzeitig reden zu wollen. Ich trat zum Grafen, der mißmutig den unvermeidlichen Kognak trank. Er blickte auf und lächelte mich niedergeschlagen an.

»Mein lieber Freund, wenn Sie einen dritten Selbstmordkandidaten suchen ...«

»Wie lange kennen Sie Otto Gerran?«

»Wieso?« Er wirkte vorübergehend verwirrt und stürzte dann noch etwas Kognak hinunter. »Rund dreißig Jahre. Das ist kein Geheimnis. Ich habe ihn im Wien der Vorkriegszeit gut gekannt. Warum wollen Sie ...«

»Waren Sie damals im Filmgeschäft?«

»Ja und nein.« Er lächelte ein wenig seltsam. »Auch dies ist aktenkundig. In jenen seligen Zeiten, mein lieber Freund, als Graf Tadeusz Leszczynski — das bin ich — wenn nicht gerade ein Name, mit dem man Geister beschwören konnte, so doch zumindest ein Mann mit beträchtlichen Geldmitteln war. Ich war Gerrans Engel, sein erster Geldgeber.« Wieder ein Lächeln, diesmal belustigt. »Warum sitze ich wohl im Direktorium?«

»Was wissen Sie über die Umstände von Heissmans plötzlichem Verschwinden aus Wien im Jahr 1938?«

Der Graf sah nun nicht mehr belustigt aus, und ich fuhr fort: »Das steht also nicht in den Akten.« Ich hielt inne, um festzustellen, ob er darauf etwas erwidern würde, und als er es unterließ, sagte ich: »Achten Sie auf Rückendeckung, Graf.«

»Auf ... auf Rückendeckung?«

»Auf jenen Teil des menschlichen Körpers, der so häufig von scharfen oder von rasch fliegenden stumpfen Gegenständen durchbohrt wird. Oder ist es Ihnen noch nicht aufgefallen, daß die Direktoren der *Olympus Productions* wie abgeschossene Vögel von ihren luftigen Sitzen herunterfallen? Einer liegt tot draußen, ein anderer tot im Haus, zwei weitere sind in Gefahr oder vielleicht sogar auf See umgekommen. Wieso glauben Sie, Sie könnten ein solches Glück haben? Sehen Sie sich vor Geschossen aus dem Hinterhalt vor. Und Sie könnten auch Neal Divine und Lonnie ausrichten, sich vor den gleichen Dingen zu hüten, zumindest solange ich weg bin. Vor allem Lonnie — ich wäre froh, wenn Sie dafür sorgten, daß er während meiner Abwesenheit die Hütte nicht verläßt. Ein Rücken ist eine sehr verwundbare Sache.«

Der Graf saß eine Weile schweigend da, ohne daß sein Gesicht etwas verriet, dann sagte er: »Ich weiß wirklich nicht, wovon Sie reden.«

»Das habe ich auch nicht einen Augenblick lang angenommen.« Ich klopfte auf die bauchige Tasche seines Anoraks. »Dort sollte sie stecken und nicht nutzlos in Ihrem Schlafraum herumliegen.«

»Was denn, zum Teufel?«

»Ihre automatische Beretta 9 mm.«

Ich ließ den Grafen nach dieser angemessen rätselhaften Bemerkung allein und ging zu Lonnie hinüber, der die günstige Gelegenheit voll ausnutzte. Die Hand, mit der er sein Glas hielt, zitterte fast ununterbrochen, und seine Augen waren glasig, aber seine Worte klangen ebenso verständlich und klar wie immer.

»Und wieder einmal galoppiert unser medizinischer Lochinvar — oder war es Lanzelot? — zur Rettung heran«, rief Lonnie. »Ich kann Ihnen gar nicht sagen, mein lieber Junge, wie mein Herz vor Stolz schwillt ...«

»Während ich weg bin, bleiben Sie im Haus. Lonnie. Treten Sie nicht aus dieser Tür. Nicht ein einziges Mal. Bitte. Um meinetwillen.«

»Barmherziger Himmel!« Lonnie rülpste gewaltig. »Man sollte meinen, ich sei in Gefahr.«

»Sie sind es. Glauben Sie mir, Sie sind es.«

»Ich? Ich?« Er war wirklich verblüfft. »Und wer sollte dem armen, alten, harmlosen Lonnie etwas Böses antun wollen?«

»Sie würden sich über die Menschen wundern, die dem armen, alten, harmlosen Lonnie gern etwas antäten. Vergessen Sie eine Weile Ihre Predigten über die der menschlichen Natur innewohnende Güte und versprechen Sie mir, daß Sie heute nacht nicht hinausgehen?«

»Ist das denn für Sie so wichtig, mein Junge?«

»Das ist es.«

»Na gut. Mit dieser knorrigen Hand auf einem Faß des erlesensten Gerstenwhiskys ...«

Ich ließ ihn mit diesem wahrscheinlich sehr langwierigen Versprechen allein und trat zu Conrad und Mary Stuart, die in einen Streit verwickelt schienen, der ebenso leise wie heftig ausgetragen wurde. Sie unterbrachen sich, und Mary Stuart legte beschwörend eine Hand auf meinen Arm. »Bitte, Dr. Marlowe«, sagte sie. »Befehlen Sie bitte Charles, nicht mitzugehen. Auf Sie wird er hören, das weiß ich bestimmt.« Sie erschauerte. »Ich weiß ganz einfach, daß heute nacht etwas Furchtbares geschehen wird.«

»Damit könnten Sie recht haben«, antwortete ich. »Mr. Conrad, vielleicht gehören Sie zu einem verlorenen Haufen.«

Sofort wurde mir klar, daß ich mich eines geeigneteren Ausdrucks hätte bedienen können. Anstatt Conrad anzusehen, starrte sie mich an, und die mögliche Bedeutung dessen, was ich gesagt hatte, dämmerte mir erst einige Zeit, nachdem sie ihr klargeworden war. Sie legte beide Hände auf meinen Arm, blickte mich mit stumpfen, hoffnungslosen Augen an, wandte sich dann um und ging.

»Folgen Sie ihr«, rief ich Conrad zu. »Sagen Sie ihr ...«

»Es ist sinnlos. Ich gehe. Sie weiß es.«

»Gehen Sie ihr nach und richten Sie ihr aus, sie soll ihr Fenster öffnen und den schwarzen Kasten, den ich ihr gegeben habe, draußen in den Schnee stellen. Dann soll sie ihr Fenster schließen.«

Conrad sah mich prüfend an, als wollte er etwas sagen, aber dann ging er. Er ließ sich von niemandem täuschen und hatte nicht einmal genickt, was man als eine Bestätigung hätte deuten können.

In einer Minute war er wieder zurück. Wir zogen uns so dick an wie möglich und bewaffneten uns mit vier der größten Taschenlampen. Als wir auf dem Weg zur Tür waren, erhob sich Mary Darling, die bis dahin neben dem noch immer stark mitgenommenen Allen gesessen hatte.

»Dr. Marlowe.«

Ich wandte mein Gesicht der Stelle zu, wo sich, wie ich annahm, ihr Ohr hinter dem zerzausten Platinhaar befand, und flüsterte: »Ich bin wundervoll?«

Sie nickte ernst, mit traurigen Augen hinter der großen Hornbrille, und küßte mich. Ich wußte nicht, was die Anwesenden von diesem kleinen Zwischenspiel hielten, und es war mir auch gleichgültig: wahrscheinlich ein letztes zärtliches Lebewohl für den guten Doktor, bevor er in der Finsternis draußen für immer verschwand. Als sich die Tür hinter uns schloß, beklagte sich Conrad: »Mich hätte sie auch küssen können.«

»Ich glaube, Sie haben bisher nicht schlecht abgeschnitten«, entgegnete ich. Er besaß soviel Anstand, zu schweigen. Mit ausgeschalteten Lampen gingen wir bis in den Windschutz, den die Vorratshütte gegen den jetzt dicht fallenden Schnee bot, und blieben dort zwei oder drei Minuten, bis wir ganz sicher waren, daß niemand beabsichtigte, uns zu folgen. Dann gingen wir um die Wohnhütte herum und holten uns den schwarzen Kasten vor Mary Stuarts Fenster. Sie stand da, ich bin ganz sicher, daß sie uns sah, aber sie unternahm keinen Versuch, uns zum Abschied zuzuwinken. Es schien, als hätten die beiden Marys gemeinsam nur einen einzigen Gedanken.

Wir arbeiteten uns durch den Schnee und die Dunkelheit bis auf die Pier vor, verstauten den schwarzen Kasten sicher unter der Persenning am Heck, starteten den Außenbordmotor — nur 5,5 PS, aber ausreichend für ein Boot dieser Größe — und legten ab. Als wir um den nördlichsten Arm der Anlegestelle herumkamen, sagte Conrad: »Mein Gott, so schwarz wie in der finsteren Hölle! Wie wollen Sie die Sache anfangen?«

»Was anfangen?«

»Heissman und Co. zu finden.«

»Mir wäre es völlig gleichgültig, wenn ich diese Gesellschaft nie wieder zu sehen bekäme«, erwiderte ich aufrichtig. »Ich habe nicht die Absicht, sie zu finden. Ganz im Gegenteil, wir werden uns alle Mühe geben, ihnen aus dem Weg zu gehen.« Während Conrad schweigend über diese Kehrtwendung nachgrübelte, lenkte ich das Boot, vorsichtshalber mit gedrosseltem Motor, rund hundert Yards hinaus, bis wir dicht vor dem Nordufer der Bucht von Sorhamna lagen, und stellte den Motor ab. Als das Boot fast still lag, ging ich nach vorn und warf Anker und Tau über Bord.

»Nach der Karte«, erklärte ich, »sind hier drei Faden Tiefe, nach Angaben der Sachverständigen sollte das etwa fünfzig Fuß Tau bedeuten, um uns vor dem Abtreiben zu sichern. Also, fünzig Fuß.

Und da wir zum Land hin liegen und uns nicht abzeichnen können, sind wir für jeden, der von Süden kommt, so gut wie unsichtbar. Natürlich nicht rauchen.«

»Sehr komisch«, antwortete Conrad. Dann fuhr er nach einer Weile besorgt fort: »Wen erwarten Sie denn von Süden?«

»Schneewittchen und die sieben Zwerge.«

»Großartig. Sie glauben also nicht, daß mit ihnen etwas nicht in Ordnung ist?«

»Ich glaube, bei ihnen ist sehr viel nicht in Ordnung, aber nicht so, wie Sie es meinen.«

»Ach!« Es folgte ein Schweigen, das ich, was ihn betraf, für sehr nachdenklich hielt. »Da Sie gerade Schneewittchen erwähnten ...«

»Ja?«

»Wollen Sie mir nicht, um uns die Zeit zu vertreiben, ein Märchen erzählen?«

So erzählte ich ihm alles, was ich wußte oder zu wissen glaubte, und er hörte mir die ganze Zeit über schweigend zu. Als ich fertig war, wartete ich auf eine Äußerung, die aber nicht kam, und so sagte ich: »Sie geben mir das Versprechen, daß Sie Heissman nicht zusammenschlagen, sobald Sie ihn sehen?«

»Sehr widerwillig gegeben, sehr widerwillig.« Er erschauerte. »Mein Gott, ist das kalt!«

»Wird noch kälter. Hören Sie mal!«

Durch das Schneetreiben und gegen den Nordwind drang zuerst schwach und unterbrochen der Laut eines Motors immer näher. Innerhalb von zwei Minuten war das Auspuffgeräusch scharf und deutlich zu vernehmen.

»Man sollte es nicht glauben, sie haben ihren Motor repariert«, rief Conrad.

Wir blieben ruhig dort liegen, wo wir waren, dümpelten sanft vor Anker und froren in der immer schärferen Kälte, als Heissmans Boot um den nördlichen Arm der Pier herumkam und der Motor abgestellt wurde. Heissman, Goin und Jungbeck gingen nach dem Festmachen nicht sofort an Land, sondern blieben länger als zehn Minuten neben der Pier. Man konnte unmöglich erkennen, was sie taten. Dunkelheit und Schnee verhinderten, daß man auch nur schattenhafte Umrisse ihrer Gestalten ausmachen konnte. Jedoch konnten wir mehrere Male das Aufflackern der Taschenlampen hinter dem Arm der Pier sehen, und ein paarmal hörte ich ganz deutlich metallische Laute. Zweimal glaubte ich auch, das Platschen von etwas Schwerem zu vernehmen, das ins Wasser tauchte. Schließlich sahen wir drei Lichtpunkte sich auf dem Mittelstück bewegen und in Richtung der Hütte verschwinden.

»Ich nehme an, daß ich in diesem Stadium einige intelligente Fragen stellen sollte«, sagte Conrad.

»Und ich sollte einige intelligente Antworten darauf haben. Ich glaube, die haben wir bald. Könnten Sie bitte den Anker einholen?«

Ich startete erneut den Motor und fuhr bei ganz niedriger Tourenzahl ungefähr zweihundert Yards weiter nach Osten; dann wandte ich mich nach Süden, bis ich den Augenblick für gekommen hielt, Vollgas zu geben. Ich rechnete damit, daß die Entfernung und der Nordwind uns außer Hörweite der Hütte gebracht hatten.

Die Ortung, wenn das hier das richtige Wort war, erwies sich wider Erwarten als nicht allzu schwer. Wir waren nun schon so lange draußen, um ein Maximum an Sehschärfe erreicht zu haben, und so hatte ich nur geringe Mühe, die Küstenlinie zu meiner Rechten zu erkennen. Selbst in einer noch dunkleren Nacht wäre es schwierig gewesen, die scharfe Trennungslinie zwischen den schwarzen Kliffs und den schneebedeckten Höhenzügen, die sich hinter ihnen entlangzogen, nicht zu erkennen. Auch war die See nicht so aufgewühlt, wie ich gefürchtet hatte. Der Wind hätte in dieser Nacht kaum aus einer günstigeren Richtung wehen können.

Kap Malmgren kam auf Steuerbord dicht heran, und ich wandte das Boot mehr nach Südwesten, um in die Evjebukta einzulaufen, aber nicht zu scharf, denn obwohl die Kliffs recht leicht auszumachen waren, so waren doch Riffs, die tief im Wasser lagen, gegen den dunklen Hintergrund so gut wie unerkennbar, und ich hatte auch keine Lust, mit dem Boot auf einer der Inseln aufzulaufen, die ich am Morgen im nördlichen Teil der Bucht bemerkt hatte.

Zum erstenmal, seitdem wir Anker gelichtet hatten, sagte Conrad etwas. Er besaß eine beispielhafte Geduld. Er räusperte sich: »Darf man eine Frage stellen?«

»Sie dürfen sogar eine Antwort erwarten. Erinnern Sie sich dieser ungewöhnlichen Felssäulen und -nadeln dicht vor den Kliffs, als wir mit der *Morning Rose* den Süden der Insel umfuhren?«

»Seligen Angedenkens«, sagte Conrad sehnsüchtig.

»Kein Anlaß zu Herzenskummer«, rief ich aufmunternd. »Sie werden sie heute nacht noch sehen.«

»Was!«

»Ja, bestimmt.«

»Die *Morning Rose?*«

»Keine andere. Das heißt, ich hoffe es. Aber erst später. Diese

Felsensäulen sind durch Erosion entstanden, die wiederum ihre Ursache in Gezeitenströmen, hohem Wellengang und Frost hat — die Insel war früher viel größer als heute, und die ganze Zeit über stürzten Teile von ihr ins Meer. Die gleiche Erosion hat auch zur Bildung der Höhlen in den Felswänden geführt. Aber sie hat noch etwas anderes hervorgebracht, was ich für einzigartig auf der Welt halte — bis heute nachmittag habe ich nichts davon gewußt. Zwei- oder dreihundert Yards von der Südspitze dieser Bucht entfernt, einem Vorgebirge mit Namen Kap Kolthoff, liegt eine kleine hufeisenförmige Bucht — ich habe sie heute morgen durch das Fernglas gesehen.«

»Sie?«

»Ich war unterwegs. Im inneren Teil der Bucht befindet sich eine Öffnung, aber keine gewöhnliche Öffnung, sondern ein Gang, der bis zur anderen Seite von Kap Kolthoff führt. Er muß mindestens zweihundert Yards lang sein und heißt Perleporten. Um ihn zu finden, muß man eine Karte in großem Maßstab haben. Heute nachmittag bin ich auf eine solche Karte gestoßen.«

»So lang? Und ganz durch? Das muß doch Menschenwerk sein.«

»Wer zum Teufel würde ein Vermögen hinauswerfen, um zweihundert Yards durch Felsen von A nach B als Stollen durchzutreiben, wenn man in fünf Minuten mit dem Boot von A nach B gelangen kann? Ich meine, auf der Bäreninsel.«

»Das ist nicht sehr wahrscheinlich«, räumte Conrad ein. »Und Sie glauben, daß Heissman und seine Freunde dort gewesen sind?«

»Ich weiß nicht, wo sie sonst hätten sein können. Ich habe mir jede Stelle in der Bucht von Sorhamna und in dieser Bucht angesehen, die ich nur finden konnte. Nichts.«

Conrad schwieg, und das war etwas, das ich an diesem Mann schätzte, den ich immer mehr mochte. Er hätte ein Dutzend Fragen stellen können, für die es bisher keine Antwort gab, aber weil er dies wußte, verzichtete er darauf. Unser Motor surrte beruhigend und stetig, und nach etwa zehn Minuten ragten die Umrisse der Kliffs im Süden der Evjebukta auf. Links war die Spitze von Kap Kolthoff deutlich zu sehen. Ich bildete mir ein, weiter draußen weiße Brecher zu erkennen.

»Hier kann unmöglich jemand sein, der uns beobachtet«, erklärte ich, »und so brauchen wir auch unsere nächtliche Sehschärfe nicht mehr. Ich weiß, daß es keine Inseln in der Nähe gibt. Scheinwerfer wären jetzt sehr praktisch.«

Conrad ging nach vorn und schaltete zwei von unseren starken

Lampen ein. Nach zwei Minuten konnte ich den steilen Absturz der schwarzen Kliffs weniger als hundert Yards voraus ausmachen. Ich wandte mich nach Steuerbord und fuhr parallel zu den Kliffs im Nordwesten. Eine Minute später waren wir da — vor der nach Osten offenen Einfahrt in einer kleinen kreisförmigen Bucht. Ich nahm das Gas weg, ließ mich vorsichtig hineintreiben, und fast im nächsten Augenblick lag sie vor uns — eine kleine halbrunde Öffnung am Fuß des südlichen Kliffs. Sie erschien mir entsetzlich klein. Wir trieben mit einer Geschwindigkeit von weniger als einem Knoten auf sie zu. Conrad blickte über seine Schulter zu mir zurück.

»Ich leide an Klaustrophobie.«

»Ich auch.«

»Wenn wir steckenbleiben?«

»Das andere Boot ist größer als dies.«

»Falls es hier war. Schon gut, mitgegangen, mitgehangen.«

Im Geist drückte ich meinen Daumen und hoffte, daß Conrad Ursache haben würde, sich dieser Worte zu erinnern, dann ließ ich das Boot in den Tunnel einlaufen. Er war größer, als er zunächst ausgesehen hatte, aber auch nicht sehr viel größer. Die Wellen und Wasser zahlloser Jahrtausende hatten die Felswände so glatt wie Alabaster abgeschliffen. Obwohl der Gang eine bemerkenswert genaue Richtung fast nach Süden einhielt, war doch auf Grund der wechselnden Breite und Höhe des Ganges klar, daß die Hand des Menschen Perleporten niemals berührt hatte. Aber als dann Conrad plötzlich einen Ruf ausstieß und geradeaus und nach rechts zeigte, war dies längst nicht mehr so klar.

Die Öffnung in der Felswand, tatsächlich nicht mehr als ein Einschnitt, der sich kaum von denen unterschied, die wir bereits durchfahren hatten, betrug in seiner größten Tiefe nicht mehr als sechs Fuß, aber er wurde von einer seltsam flachen Felsbank begleitet, die eine Breite von zwei bis fünf Fuß aufwies. Sie sah so aus, als sei sie von Menschenhand geschaffen worden, aber es gab dort so viele merkwürdige Felsformationen, daß auch diese durchaus natürlichen Ursprungs sein mochte. Aber es gab dort noch etwas anderes, das absolut nicht auf einen natürlichen Ursprung zurückzuführen war: eine Menge grau gestrichener Metallbarren, die ordentlich in kreuzweiser Symmetrie aufgestapelt waren.

Keiner von uns sprach. Conrad schaltete die beiden anderen Lampen ein und drehte sie herum, bis sie nach oben strahlten, und stellte sie auf die Felsbank. Der ganze kleine Raum war von Licht durchflutet. Nicht ohne Mühe kletterten wir auf die Felsbank und schlangen die Fangleine um einen der Barren. Noch immer ohne ein Wort griff ich zum Bootshaken und untersuchte den Boden: er lag hier weniger als fünf Fuß unter dem Wasserspiegel und fühlte sich auch wie ein höchst seltsamer Felsboden an. Ich rührte noch ein bißchen herum, und da stieß der Haken auf etwas, das zugleich hart war und nachgab. Ich holte es heraus. Es war eine halbzöllige Kette, stellenweise zerfressen, aber doch noch brauchbar. Ich zog daran, und das Ende eines anderen rechteckigen Barrens wurde sichtbar, in der Größe den anderen auf der Felsbank gleich und durch einen Ringbolzen mit der Kette verbunden. Er war stark verfärbt. Ich ließ Kette und Barren wieder auf den Boden sinken.

Noch immer von dieser unheimlichen Stille umgeben, holte ich ein Messer aus der Tasche und untersuchte die Oberfläche eines der Barren. Das Metall, fast mit Sicherheit Blei, war weich und geschmeidig. Aber es war nichts weiter als eine Außenschicht, denn darunter befand sich etwas Härteres. Ich stieß die Klinge fest hinein und kratzte ungefähr einen Zoll von dem Blei weg. Etwas Gelbes schimmerte im Lampenlicht auf.

»Na so was!« rief Conrad. »Haupttreffer, glaube ich, ist der Fachausdruck dafür.«

»Etwas in dieser Art.«

»Und sehen Sie sich das mal an.« Conrad griff hinter den Stapel von Barren und holte eine Farbbüchse hervor. Sie trug die Aufschrift »Instant-Grau«.

»Das Zeug scheint wirklich gut zu sein«, sagte ich. Ich faßte einen der Barren an. »Völlig trocken. Und, wie Sie zugeben müssen, sehr schlau angestellt. Man sägt den Ringbolzen ab, streicht das ganze Ding, und was hat man?«

»Einen Ballastbarren in Größe und Farbe den Ballastbarren in der U-Boot-Attrappe völlig gleich.«

»Zehn raus, zehn rein«, sagte ich und hob einen der Barren abwägend auf. »Gerade richtig und leicht zu handhaben. Ein Barren von vierzig Pfund.«

»Woher wissen Sie das?«

»Meine Ausbildung im Schatzamt. Tageswert — sagen wir, dreißigtausend Dollar. Wieviel Barren sind Ihrer Meinung nach in diesem Stapel?«

»Hundert. Nein, mehr.«

»Und das ist erst der Anfang. Die Hauptmasse liegt fast mit Sicherheit noch immer unter Wasser. Sind auch Pinsel hier?«

»Ja.« Conrad griff hinter den Stapel, aber ich hielt ihn zurück.

»Lieber nicht«, sagte ich. »Denken Sie doch an alle diese hübschen Fingerabdrücke.«

»Mein Geist ist gerade erst wieder auf Touren gekommen.« Er musterte den Stapel und sagte ungläubig: »Drei Millionen Dollar?«

»Ein paar Prozent hin oder her.«

»Ich glaube, wir sollten lieber aufbrechen«, meinte Conrad. »Meine Habsucht juckt mich am ganzen Körper.«

Wir brachen auf. Als wir in die kleine kreisförmige Bucht hinauskamen, blickten wir beide auf den dunklen, unheimlichen kleinen Gang zurück. »Wer hat den entdeckt?«

»Keine Ahnung.«

»Was bedeutet das, Perleporten?«

»Das Perlentor.«

»Damit sind sie der Sache ziemlich nahe gekommen.«

»Es war keine schlechte Idee.«

Die Fahrt zurück war erheblich unangenehmer als die Hinfahrt. Der Seegang stand uns entgegen, eisiger Wind und Schnee schlugen uns ins Gesicht, und wegen dieses Schnees war auch die Sicht beträchtlich herabgesetzt. Aber wir schafften es in weniger als einer Stunde. Buchstäblich steif gefroren und vor Kälte zitternd machten wir das Boot fest. Conrad stieg auf die Pier. Ich reichte ihm den schwarzen Kasten, schnitt etwa dreißig Fuß vom Ankertau des Bootes ab und folgte ihm. Ich machte aus dem Tau eine Art Korb um den Kasten, fingerte an einigen Verschlüssen herum und öffnete ein mit Scharnieren versehenes Gehäuse, das ein Drittel der Deckplatte und zwei Drittel einer Seitenplatte bildete. In der fast völligen Dunkelheit waren die Schalter und Skalen nur schwach erkennbar, aber ich brauchte kein Licht, um dieses Gerät zu bedienen, das im Grunde eine sehr einfache Konstruktion war. Ich zog eine mit der Hand betätigte Teleskopantenne bis zu ganzer Länge heraus und drehte an zwei Schaltern. Ein mattes grünes Licht schimmerte auf, und ein leises Summen drang aus dem Kasten, das man auf einen Schritt Entfernung nicht mehr hören konnte.

»Ich finde es immer so befriedigend, wenn diese kleinen Spielzeuge funktionieren«, sagte Conrad. »Aber wird der Schnee nicht störend wirken?«

»Dieses kleine Spielzeug kostet knapp über tausend Pfund. Sie können es in Säure legen, in Wasser kochen und von einem vierstöckigen Haus fallen lassen. Dann arbeitet es immer noch. Es besitzt eine kleine Schwester, die man mit einem Schiffsgeschütz abschießen kann. Ich glaube kaum, daß ein bißchen Schnee schaden könnte, etwa Sie?«

»Ich auch nicht.« Er sah mir schweigend zu, während ich den Kasten mit der Kontrollampe zum Mauerwerk über den Südarm der Pier hinabließ, das Tau an einem Poller ganz unten an seinem Fuß festmachte und dann mit Schnee zudeckte. »Wie groß ist der Bereich?«

»Vierzig Meilen. Heute nacht brauche ich nicht ein Viertel davon.«

»Und er sendet jetzt?«

»Er sendet jetzt.«

Wir kehrten zum Hauptarm der Pier zurück und verwischten unsere Fußspuren mit unseren Handschuhen. »Ich glaube kaum, daß sie uns bei unserer Rückkehr gehört haben, aber wir wollen ganz sicher gehen. Sozusagen das Auge des Sturms.«

Ich war in das Innere der U-Boot-Attrappe hinabgestiegen und kehrte nach zwei Minuten zu Conrad zurück. »Alles in Ordnung?« fragte er.

»Bestens. Die beiden Farben stimmen nicht ganz überein. Aber das würde einem nicht auffallen, falls man nicht gerade danach sucht.«

Man empfing uns nicht gerade wie zurückkehrende Helden. Es würde auch nicht zutreffen, behauptete man, daß unsere frühzeitige Rückkehr mit einer Art Enttäuschung aufgenommen wurde, aber zweifellos herrschte eine müde Stimmung. Vielleicht hatten die anderen bereits alle ihre Gefühle auf Heissman, Jungbeck und Goin verschwendet, die, wie vorauszusehen, erklärt hatten, am späten Nachmittag habe ihr Motor ausgesetzt. Heissman bedankte sich einigermaßen höflich bei uns, aber in seinem Dank lag ein Anflug belustigter Herablassung, die normalerweise bei mir ein gewisses Maß von Feindseligkeit ausgelöst hätte, wären meine feindseligen Gefühle Heissman gegenüber nicht schon so zur Vollkommenheit entwickelt gewesen, daß jede weitere Vertiefung unmöglich war. So begnügten sich Conrad und ich damit, überschwenglich unserem Gefühl der Erleichterung Ausdruck zu geben, die drei Heimkehrenden lebend anzutreffen, während wir uns keine große Mühe gaben, unseren Ärger zu verbergen. Besonders Conrad war darin fabelhaft; offensichtlich hatte er eine großartige Zukunft als Schauspieler vor sich.

Die Atmosphäre in der Hütte war fast unerträglich niederdrükkend. Ich hätte angenommen, daß die sichere Rückkehr von fünf Mitgliedern der Gruppe Anlaß für ein gewisses Maß gedämpfter Freude gewesen wäre, aber möglicherweise verstärkte allein die Tatsache, uns noch am Leben zu sehen, das allgemeine Bewußtsein, daß nebenan eine Tote lag. Heissman versuchte uns von der überwältigenden Landschaft zu berichten, die er an diesem Tag gefunden hatte, und ich konnte mich des Gedankens nicht erwehren, wie verdammt schwierig es gewesen sein mußte, in dem außerordentlich beschränkten Raum des Felstunnels von Perleporten die Kamera- und Tonteams unterzubringen. Heissman gab es auf, als er bemerkte, daß niemand ihm zuhörte. Gerran unternahm einen zaghaften Versuch, eine Art Gemeinschaft mit mir herzustellen, und ging dabei sogar so weit, mir etwas Whisky aufzudrängen, den ich ohne Dank entgegennahm, jedoch trank. Er versuchte jedoch auch, eine witzige Bemerkung über offene Poren zu machen, und meinte, offensichtlich hätte ich nicht die Absicht, mich in dieser Nacht noch einmal hinauszuwagen. Ich erzählte ihm aber nicht, daß ich tatsächlich die Absicht hatte, mich in dieser Nacht wieder hinauszuwagen; aber da mein beabsichtigter Gang mich nur bis zur Pier führen würde, war es unwahrscheinlich, daß sogar sämtliche offenen Poren der Welt mich daran hindern könnten.

Ich blickte auf meine Uhr. Noch zehn Minuten. Dann würden wir alle diesen kleinen Spaziergang unternehmen, die vier Direktoren der *Olympus Productions*, Lonnie und ich. Nur wir sechs, nicht mehr. Die vier Direktoren waren bereits da, und in Anbetracht der Zeit, die Lonnie brauchte, um nach einer langen Sitzung mit der einzigen Gesellschaft, die ihm auf dieser Welt noch Trost spendete, mit der Wirklichkeit wieder in Verbindung zu treten, war es höchste Zeit, daß auch er erschien. Ich ging den Gang entlang zu seinem Schlafraum.

Es war dort bitterkalt, denn das Fenster stand weit offen. Es stand weit offen, weil sich Lonnie für diesen Weg entschieden hatte, um seine Schlafkammer zu verlassen, die völlig leer war. Ich griff nach einer Taschenlampe, die auf dem zerwühlten Feldbett lag, und blickte zum Fenster hinaus. Es herrschte noch immer starker Schneefall, jedoch nicht so stark, daß die Spuren, die vom Fenster wegführten, verwischt worden wären. Es gab zwei Reihen von Spuren. Man hatte Lonnie überredet, den Raum zu verlassen.

Ich ließ die neugierigen Blicke unbeachtet, die mich verfolgten, als ich rasch durch den Wohnraum ging und den Weg zur Vorratshütte einschlug. Ihre Tür stand offen, aber Lonnie war nicht dort. Das einzige sichere Anzeichen, daß er dort gewesen war, bestand in einer halbvollen Flasche Whisky, deren Kappe abgeschraubt war. Soviel über Lonnie und seinen gewaltigen Schwur, den er mit einer Hand auf einem Faß erlesensten Whiskys abgelegt hatte.

Draußen vor der Hütte fand ich ein Gewirr von Spuren. Es war klar, daß meine Aussichten, eine von ihnen herauszusuchen und ihr zu folgen, äußerst gering waren. So kehrte ich zur Hütte zurück, und es fehlte nicht an Freiwilligen für eine sofortige Suchaktion. Lonnie hatte sich niemals in seinem Leben ungewollt einen Feind gemacht.

Der Graf fand ihn innerhalb einer Minute mit dem Gesicht in einer Schneewehe hinter dem Generatorschuppen. Er war bereits mit Schnee bedeckt, mußte also schon einige Zeit dort gelegen haben. Er trug nur Hemd, Pullover, Hose und ein Paar alte Pantoffeln. Der Schnee neben seinem Kopf war gelb verfärbt, wo der Inhalt einer weiteren Flasche, die er immer noch mit der rechten Hand umklammert hielt, verschüttet worden war.

Wir drehten ihn herum. Wenn jemals ein Mensch wie ein Toter ausgesehen hatte, so war es Lonnie. Seine Haut fühlte sich eiskalt an, sein Gesicht hatte die Färbung alten Elfenbeins angenommen, seine glasigen, starren Augen blickten in den fallenden Schnee, sein Brustkorb hob und senkte sich nicht mehr, aber auf die geringe Möglichkeit hin, daß dennoch in diesem alten Spruch etwas Wahrheit steckte, die Vorsehung nähme sich kleiner Kinder und Betrunkener an, drückte ich mein Ohr auf seinen Brustkasten und glaubte ein schwaches, fernes Pochen zu vernehmen.

Wir trugen ihn hinein und legten ihn auf sein Feldbett. Während tragbare Ölöfen, Flaschen mit heißem Wasser und angewärmte Decken gebracht oder vorbereitet wurden — abgesehen von der allgemeinen Wertschätzung, der sich Lonnie erfreute, schienen alle geradezu rührend begierig zu sein, etwas Vernünftiges zu tun —, setzte ich mein Stethoskop an und stellte fest, daß wirklich noch ein Herzschlag vorhanden war, wenn man diesen Ausdruck auf etwas anwenden durfte, das so schwach flatterte wie Flügel eines verletzten Vogels. Ich dachte kurz an ein Stärkungsmittel für das Herz und an Kognak, ließ aber beide Gedanken fallen, da beides in seinem angegriffenen Zustand ihn ebensosehr umbringen wie auf die Beine stellen könnte. So konzentrierten wir uns nur darauf, den unterkühlten und scheinbar leblosen Körper so schnell wie möglich aufzuwärmen, wobei vier Leute unaufhörlich beängstigend weiße Hände und Füße massierten, um die Blutzirkulation bis zu einem gewissen Grade wieder in Gang zu setzen.

Fünfzehn Minuten, nachdem wir ihn gefunden hatten, atmete er wieder vernehmbar, ein flaches, keuchendes Ringen um Luft, aber nichtsdestoweniger ein Atmen. Er war nun so warm, wie er es durch künstliche Unterstützung werden konnte, und so dankte ich den anderen und erklärte ihnen, sie könnten aufhören. Nur die beiden Marys bat ich, als Krankenschwestern zu bleiben, da ich selber nicht bleiben konnte. Nach meiner Uhr hatte ich mich bereits zehn Minuten verspätet.

Lonnies Augen bewegten sich. Kein anderer Teil von ihm rührte sich, aber seine Augen bewegten sich. Nach einer Weile richteten sie sich verschleiert auf mich. Er war so sehr bei Bewußtsein, wie er es aller Wahrscheinlichkeit nach für einige Zeit sein würde.

»Sie verdammter alter Esel!« sagte ich. So redete man zwar nicht mit einem Menschen, der mit einem Fuß noch immer auf der Schwelle des Todes stand, aber so war mir zumute. »Warum haben Sie das getan?«

»Ach!« Seine Stimme war nur ein fernes Geflüster.

»Wer hat Sie hier herausgeholt? Wer hat Ihnen zu trinken gegeben?« Ich bemerkte, daß die beiden Marys zuerst mich und dann einander angesehen hatten, aber die Zeit war vorüber, in der es noch von Bedeutung war, was jemand dachte.

Lonnies Lippen bewegten sich ein paarmal lautlos. Dann irrten seine Augen umher, und er gab ein trunkenes Krächzen von sich, nichts weiter als einen schwachen heiseren Laut tief in seiner Kehle. »Ein netter Mann«, flüsterte er schwach. »Ein sehr netter Mann.«

Ich hätte ihn am liebsten geschüttelt, nur hätte ich mit Sicherheit das Leben aus ihm hinausgeschüttelt. So beherrschte ich mich mit großer Mühe und fragte: »Welcher nette Mann, Lonnie?«

»Ein netter Mann«, murmelte er. »Ein freundlicher Mann.« Er hob ein mageres Handgelenk und winkte mich heran. Ich beugte mich über ihn. »Wissen Sie was?« Seine Stimme war ein immer schwächer werdendes Gemurmel.

»Sagen Sie es mir, Lonnie.«

»Am Ende ...« Seine Stimme erstarb.

»Ja, Lonnie?«

Es kostete ihn große Anstrengung. »Am Ende ...« Es folgte eine lange Pause. Ich mußte mein Ohr an seinen Mund legen. »Am Ende gibt es nur noch Freundlichkeit.« Er senkte seine wachsbleichen Augenlider.

Ich fluchte und fluchte, bis ich bemerkte, daß beide Mädchen mich entsetzt anstarrten. Sie mußten geglaubt haben, daß mein Fluchen

Lonnie galt. Ich sagte zu Mary Stuart: »Gehen Sie zu Conrad — zu Charles. Richten Sie ihm aus, er soll dem Grafen sagen, sofort in meine Schlafkammer zu kommen. Jetzt. Conrad wird schon wissen, wie er es anstellt.«

Sie ging ohne Widerrede. »Wird Lonnie es überleben, Dr. Marlowe?« fragte mich Mary Darling.

»Ich weiß es nicht, Mary.«

»Aber ... er ist jetzt ganz warm.«

»Nicht die Unterkühlung wird ihn umbringen, wenn Sie das meinen.«

Sie sah mich an, die Augen hinter der Brille ernst und erschrocken zugleich. »Wollen Sie damit sagen — damit sagen, daß er an Alkoholvergiftung sterben könnte?«

»Das könnte er. Ich weiß es nicht.«

Mit einem Aufblitzen ihrer fast rührenden Strenge, die so charakteristisch für sie war, sagte sie: »Im Grunde ist es Ihnen doch gleichgültig, nicht wahr, Dr. Marlowe?«

»Ja.« Sie sah mich an, ihr schmales Gesicht voller Entsetzen, und ich legte meinen Arm um ihre mageren Schultern. »Es ist mir gleichgültig, Mary, weil es ihm gleichgültig ist. Lonnie ist jetzt schon seit langem tot.«

Ich kehrte in meinen Schlafraum zurück, traf den Grafen dort an und verlor keine überflüssigen Worte. »Ist Ihnen bewußt, daß es sich hier um einen vorsätzlichen Anschlag auf Lonnies Leben gehandelt hat?«

»Nein. Aber ich habe mir Gedanken darüber gemacht.« Der Graf verzichtete auf seine übliche Tarnung durch Scherze.

»Wußten Sie, daß Judith Haynes ermordet wurde?«

»Ermordet!« Der Graf war völlig verstört, und auch das war nicht gespielt.

»Jemand hat ihr eine tödliche Dosis Morphium injiziert. Zum Überfluß war es auch noch meine Spritze, mein Morphium.« Er antwortete nichts. »Ihre ziemlich gesetzeswidrige Goldjagd hat sich demnach in etwas anderes als einen Spaß, als eine Spielerei verwandelt.«

»Das kann man wohl sagen.«

»Wissen Sie, daß Sie mit Mördern gemeinsame Sache gemacht haben?«

»Jetzt weiß ich es.«

»Jetzt wissen Sie es. Wissen Sie auch, wie das Gericht dies beurteilen wird?«

»Auch das weiß ich.«

»Sie haben eine Pistole?« Er nickte. »Verstehen Sie, mit ihr umzugehen?«

»Ich bin ein polnischer Graf, Sir.« Ein Anflug des alten Tadeusz.

»Im Zeugenstand würde ein polnischer Graf eine sehr eindrucksvolle Figur machen«, fuhr ich fort. »Sie sind sich natürlich darüber im klaren, daß Ihre einzige Hoffnung darin liegt, als Kronzeuge aufzutreten?«

»Ja«, antwortete er, »auch das weiß ich.«

XIII

»Mr. Gerran«, sagte ich, »ich wäre Ihnen dankbar, wenn Sie, Mr. Heissman, Mr. Goin und der Graf einen Augenblick mit mir herauskämen.«

»Heraus?« Gerran blickte auf seine Uhr, sah seine drei Direktoren an, wieder auf die Uhr und dann mich — in dieser Reihenfolge. »In einer solchen Nacht und zu einer solchen Stunde? Wozu denn?«

»Bitte.« Ich sah die anderen im Wohnraum an. »Ich wäre auch dankbar, wenn die übrigen bis zu meiner Rückkehr in diesem Raum bleiben. Ich hoffe, es wird nicht zu lange dauern. Sie brauchen nicht zu tun, worum ich Sie bitte, und ich bin gewiß nicht in der Lage, mein Ersuchen durchzusetzen, aber ich möchte Ihnen versichern, daß dies in Ihrem eigenen Interesse liegt. Ich weiß jetzt, wer unter uns der Mörder ist, ich weiß es seit heute morgen. Aber bevor ich diesen Mann mit Namen nenne, halte ich es für recht und billig, die Angelegenheit zunächst mit Mr. Gerran und seinen Direktoren zu besprechen.«

Diese kurze Rede wurde, was nicht überraschend war, in tiefstem Schweigen aufgenommen. Wie vorauszusehen, war Gerran derjenige, der dieses Schweigen brach. Er räusperte sich und fragte vorsichtig: »Sie behaupten, die Identität dieses Mannes zu kennen?«

»Ja.«

»Können sie diese Behauptung begründen?«

»Beweisen, meinen Sie?«

»Ja.«

»Nein, das kann ich nicht.«

»Ach!« rief Gerran vielsagend. Er blickte sich im Kreis um und fragte: »Finden Sie nicht, daß Sie sich da ziemlich viel zumuten?«

»In welcher Hinsicht?«

»Ich meine diese ziemlich diktatorische Haltung, die Sie in zunehmendem Maße angenommen haben. Großer Gott, Mensch, wenn Sie diesen Mann gefunden haben oder glauben, ihn gefunden zu haben, dann sagen Sie es uns und machen Sie kein solches Theater daraus. Es steht keinem Menschen an, den lieben Gott zu spielen, Dr. Marlowe, und ich möchte Sie erinnern, daß Sie nur Angehöriger einer

Gruppe sind, ein Angestellter von *Olympus Productions*, ebenso wie ...«

»Ich bin kein Angestellter der *Olympus Productions*. Ich bin Beamter des britischen Schatzamtes, der die Aufgabe hat, gewisse Aspekte von *Olympus Productions* zu untersuchen. Diese Ermittlungen sind nun abgeschlossen.«

Gerran reagierte darauf so stark, daß sich sein Mund öffnete. Goin reagierte nicht so stark, aber sein glattes, gewöhnlich verschlossenes Gesicht nahm einen wachsamen Ausdruck an, der bei ihm völlig ungewohnt war. Heissman rief ungläubig: »Ein Regierungskommissar! Einer vom Geheimdienst ...«

»Sie bringen die Länder durcheinander. Regierungskommissare arbeiten für das Schatzamt der Vereinigten Staaten, nicht für das britische. Ich bin nur ein Beamter und habe in meinem ganzen Leben noch nicht mit einer Pistole geschossen, noch weniger eine bei mir getragen. Ich besitze soviel Vollmacht wie ein Postbeamter oder ein Angestellter in Whitehall. Nicht mehr. Deswegen bitte ich um Ihre Mitarbeit.« Ich sah Gerran an. »Und deswegen biete ich Ihnen diese Rücksprache an, die ich als eine Vergünstigung betrachte.«

»Ermittlungen?« Offensichtlich hatte ich Gerran vor mindestens einer halben Minute sehr verwirrt. »Was für Ermittlungen? Wie kommt es, daß ein Mann, der als Arzt eingestellt wurde ...« Gerran brach ab und schüttelte den Kopf in der Gebärde eines Menschen, der über jede Hoffnung einer Aufklärung hinaus verblüfft ist.

»Wie ist es Ihrer Ansicht nach zu erklären, daß keiner der anderen sieben Bewerber um den Arztposten zu einer Unterredung erschienen ist? In der medizinischen Fakultät hat man uns nicht viel von guten Manieren beigebracht, aber so unhöflich sind wir eigentlich nicht. Gehen wir jetzt?«

»Ich glaube, Otto, wir sollten uns anhören, was er zu sagen hat«, sagte Goin ruhig.

»Ich würde auch gern hören, was Sie zu sagen haben«, rief Conrad. Er war einer von den sehr wenigen in der Hütte, der mich nicht so ansah, als sei ich ein Geschöpf aus dem Weltall.

»Das kann ich mir denken. Sie müssen jedoch leider hier bleiben. Aber ich hätte gern ein paar Worte mit Ihnen unter vier Augen gesprochen, wenn ich darf.« Ich drehte mich um, ohne auf eine Antwort zu warten, und wollte zu meiner Schlafkammer gehen, aber Gerran vertrat mir den Weg.

»Sie können Charles nichts mitzuteilen haben, was Sie nicht auch uns allen sagen könnten.«

»Woher wissen Sie das?« Ich drängte mich unhöflich an ihm vorbei und schloß die Tür, nachdem Conrad eingetreten war. »Aus zwei Gründen möchte ich nicht, daß Sie dabei sind«, erklärte ich ihm. »Wenn unsere Freunde eintreffen, könnten sie mich unten an der Pier vermissen und direkt hierherkommen — ich möchte, daß Sie ihnen in diesem Fall sagen, wo ich bin. Und noch wichtiger: ich möchte, daß Sie ein Auge auf Jungbeck halten. Wenn er sich entfernen will, versuchen Sie, es ihm auszureden. Wenn er nicht auf Vernunftsgründe hört, lassen Sie ihn gehen — etwa drei Schritt. Sollten Sie zufällig keine volle Flasche Whisky zur Hand haben, was ganz natürlich wäre, dann schlagen Sie ihn mit allem nieder, was Ihnen in die Finger kommt. Nicht auf den Kopf — das würde ihn umbringen. Auf die Schultern, dicht am Nacken. Möglicherweise brechen Sie ihm dabei einen Knochen, aber auf jeden Fall wird ihn dies bestimmt kampfunfähig machen.«

Conrad zog nicht einmal die Augenbrauen hoch. »Ich verstehe, warum Sie sich nicht mit Pistolen abgeben«, sagte er.

»In Gesellschaften und auch sonst wirkt eine Flasche Whisky sehr besänftigend«, erwiderte ich.

Ich hatte eine Coleman-Sturmlaterne mitgenommen und hängte sie nun an eine Sprosse der steilen Eisenleiter, die vom Kommandoturm in das Innere der U-Boot-Attrappe führte. Ihr grelles Licht überzog diese eisige, naßkalte, eiserne Gruft mit seltsam gegensätzlichen Mustern von blendendem Weiß und pechschwarzen geometrischen Figuren. Während mich die anderen in einem recht unfreundlichen Schweigen beobachteten, schraubte ich eine der Holzlatten am Boden los, hob einen Ballastbarren auf, legte ihn auf den Kompressor und kratzte mit der Klinge meines Messers etwas an der Oberfläche herum.

»Sie werden feststellen«, sagte ich zu Gerran, »daß ich kein Theater mache. Prologe sparen wir uns und gelangen ohne jede Zeitvergeudung zur Sache.« Ich ließ mein Messer einschnappen und betrachtete sein Werk. »Es ist nicht alles Gold, was glänzt. Aber finden Sie, daß dies wie Sahnebonbon aussieht?«

Ich sah sie der Reihe nach an. Offensichtlich hielt es niemand für Sahnebonbon.

»Völliges Fehlen jeder Reaktion, keinerlei Überraschung.« Ich steckte mein Messer in die Tasche zurück und lächelte, als ich drei von den vier seltsam erstarren sah. »Auf Ehrenwort, wir Beamte tragen niemals Waffen. Und warum sollte Sie das überraschen — Sie vier sind sich schon seit einiger Zeit darüber im klaren, daß ich nicht der bin, als der ich eingestellt wurde. Und warum sollte einer von Ihnen beim Anblick des Goldes Überraschung zeigen — denn schließlich war dies auf jeden Fall der einzige Grund für Ihren Besuch auf der Bäreninsel.«

Es erfolgte keine Antwort. Seltsamerweise sahen sie mich nicht einmal an, sondern nur den Goldbarren, als sei er viel wichtiger als ich, was von ihrem Standpunkt aus eine durchaus verständliche Bevorzugung war.

»Du lieber Himmel!« rief ich. »Wo bleiben denn all die entrüsteten Worte, die ›Hand auf's Herz‹ des unantastbaren Ehrenmanns und die empörten Aufschreie: ›Wovon, zum Teufel, reden Sie eigentlich?‹ Ich sollte meinen — Sie nicht auch? —, daß jeder unvoreingenommene Beobachter diese negative Reaktion in jeder Hinsicht als ebenso belastend beurteilen würde wie ein schriftliches Geständnis.« Ich sah sie mit einem Ausdruck an, den man als ermutigend hätte deuten können, aber auch damit löste ich keinerlei Reaktion aus — abgesehen davon, daß Heissman es offenbar für notwendig hielt, seine Unterlippe mit der Zungenspitze anzufeuchten — und so fuhr ich fort: »Es war, wie sogar Ihr Verteidiger vor Gericht wird zugeben müssen, ein gerissener und gut durchdachter Plan. Würde einer so liebenswürdig sein, mir zu sagen, wie Sie es sich weiter gedacht haben?«

»Meiner Ansicht nach, Dr. Marlowe«, erklärte Gerran von oben herab, »hat die Anspannung der letzten Tage Sie geistig aus dem Gleichgewicht gebracht.«

»Keineswegs eine schlechte Reaktion«, rief ich anerkennend. »Leider kommen Sie damit zwei Minuten zu spät. Keine weiteren Freiwilligen, um die Bühne zu betreten? Haben wir es hier mit einem Übermaß an Bescheidenheit oder nur mit einem Mangel an Unterstützungsbereitschaft zu tun? Möchten nicht Sie, Mr. Goin, ein paar Worte sagen? Schließlich stehen Sie in meiner Schuld. Ohne mich, ohne unsere dramatische kleine Gegenüberstellung, wären Sie noch vor Ende der Woche ein toter Mann gewesen.«

»Ich glaube, Mr. Gerran hat recht«, erwiderte Goin mit seiner beherrschten Stimme, die er so gut zur Geltung zu bringen verstand. »Ich? Ich sollte sterben?« Er schüttelte den Kopf. »Die Belastung muß für Sie unerträglich geworden sein. Als Arzt müßten Sie wissen, daß unter solchen Umständen die Phantasie eines Menschen sehr leicht ...«

»Die Phantasie? Bilde ich mir etwa diesen vierzigpfündigen Goldbarren ein?« Ich deutete auf die Ballastbarren unter den Latten.

»Gibt es diese anderen fünfzehn Barren dort nur in meiner Phantasie? Bilde ich mir die rund hundert weiteren Barren, die auf einer Felsbank im Innern des Perleportengangs aufgestapelt sind, nur ein? Bilde ich mir die Tatsache ein, daß das völlige Ausbleiben einer Reaktion bei Ihnen auf das Wort Perleporten hin über jeden Zweifel hinaus zeigt, wie genau Sie alle wissen, was Perleporten ist, wo es liegt und welche Bedeutung es hat? Stelle ich mir die Dutzende von weiteren mit Blei überzogenen Barren, die noch immer unter der Wasseroberfläche von Perleporten liegen, nur in meiner Phantasie vor? Hören wir doch mit diesen albernen kleinen Spielereien auf. Ihr eigenes Spiel ist aus. Wie ich schon sagte, ein recht gerissenes Spiel, solange es währte. Gibt es eine bessere Tarnung für ein Goldrückgewinnungsunternehmen in der Arktis als eine Filmexpedition — schließlich werden Filmleute allgemein als so exzentrisch angesehen, daß es fast an Wahnsinn grenzt. So wird auch ihr lächerlichstes Verhalten als völlig normal innerhalb der Grenzen ihrer eigenen Anomalität betrachtet. Gibt es eine bessere Zeit, um dieses Gold an sich zu bringen als die, in der nur einige Stunden Tageslicht herrscht, so daß man das Unternehmen während der langen Stunden der Dunkelheit durchführen kann? Welche bessere Methode gäbe es, das Gold nach England zurückzubringen, als die von Ihnen gewählte — den Ballast dieses Fahrzeugs auszutauschen, um ihn dann unter den Augen der Zollbeamten in das Land einzuschmuggeln?« Ich streifte den Ballast mit einem Blick. »Vier Tonnen gemäß der großartigen Denkschrift, die Mr. Heissman verfaßte. Ich würde eher sagen fünf. Also rund zehn Millionen Dollar. Das rechtfertigt, möchte ich sagen, eine Fahrt sogar zu einem so abgelegenen Ort wie die Bäreninsel. Meinen Sie nicht auch?«

Sie wollten nichts meinen.

»Im Laufe der Zeit«, fuhr ich fort, »hätten Sie sich wahrscheinlich einen Vorwand ausgedacht, um dieses Fahrzeug bis Perleporten zu schleppen und so die Umladung des Goldes erheblich zu erleichtern. Und dann ab in das gemütliche, alte England, um die Früchte all Ihrer Mühen zu genießen. Sollte ich mich da irren?«

»Nein.« Gerran war sehr ruhig. »Sie haben recht. Aber es würde Ihnen meiner Meinung nach sehr schwerfallen, daraus ein Verbrechen zu konstruieren. Was könnte man uns möglicherweise vorwerfen? Diebstahl? Lächerlich. Finder, Hehler.«

»Finder, Hehler? Nur ein paar elende Tonnen Gold? Ihr Ehrgeiz ist also ganz unbedeutend, Sie wollten nur die oberste Schicht der verfügbaren Beute abrahmen, stimmt's, Heissman?«

Alle sahen Heissman an. Heissman hingegen schien nicht besonders darauf erpicht, einen der anderen anzusehen.

»Sie sind doch wirklich töricht. Warum wohl, glauben Sie, bin ich hier?« fuhr ich fort. »Wieso glauben Sie, daß trotz Ihrer geschickten Tarnung die britische Regierung nicht nur wußte, daß Sie zur Bäreninsel wollten, sondern auch wußte, daß Ihre Ziele ganz andere wären? Wissen Sie denn nicht, daß in gewissen Dingen die europäischen Regierungen sehr eng zusammenarbeiten? Wissen Sie nicht, daß die meisten von ihnen an der Tätigkeit von Johann Heissman stark interessiert sind? Ihnen ist auch nicht bekannt, daß die meisten von ihnen weit mehr über Johann Heissman wissen als Sie. Vielleicht würden Sie, Heissman, selber den anderen die Augen öffnen — fangen wir doch mal mit den rund dreißig Jahren an, in denen Sie für die Sowjetregierung gearbeitet haben!«

Gerran starrte Heissman an, und seine fleischigen Wangen schienen auseinanderzufallen. Goins Gesichtsmuskeln spannten sich, bis die gewohnte, nichtssagende Ausdruckslosigkeit aus seinem Gesicht verschwunden war. Das Gesicht des Grafen veränderte sich nicht, er nickte nur bedächtig, als habe er endlich die Lösung für ein schon seit langem bestehendes Problem gefunden. Heissman sah zutiefst unglücklich aus.

»Nun«, sagte ich, »da Heissman nicht die Absicht zu haben scheint, mit irgend etwas herauszurücken, bleibt dies alles wohl mir überlassen. Heissman ist ein bemerkenswert begabter Spezialist auf einem außerordentlich speziellen Gebiet. Er ist ganz einfach ein Schatzjäger, und in dieser Branche kann niemand ihm das Wasser reichen. Aber er hat es nicht nur auf jene Art von Schätzen abgesehen, wie Sie es sich vorstellen. Ich fürchte, daß er Sie in dieser Hinsicht hintergangen hat, wie er dies in einem anderen Fall auch getan hat. Ich meine den Umstand, daß eine seiner Vorbedingungen, Sie an der Beute zu beteiligen, darin bestand, daß seine Nichte Mary Stuart von *Olympus Productions* engagiert werden sollte. Dank Ihrer boshaften, argwöhnischen Einstellung gelangten Sie wahrscheinlich sehr schnell zu dem Schluß, sie sei gar nicht seine Nichte — was sie auch nicht ist — und sie sei aus anderen Gründen mitgenommen worden — was zutrifft. Aber nicht aus den Gründen, die Sie in Ihrer Boshaftigkeit und Ihrem Argwohn ihr unterstellt haben. Für Heissman war Miss Stuart für die Erreichung eines völlig anderen Zieles wichtig, von dem Ihnen etwas mitzuteilen er aber vergessen hat.

Miss Stuarts Vater war ein ebenso skrupelloser, prinzipienloser Schurke wie jeder einzelne von Ihnen. Er bekleidete eine sehr hohe

Stellung in der deutschen Marine und in der Nazi-Partei. Ebenso wie andere auf ähnlichen Posten nutzte er seine Macht aus, sein eigenes Nest auszupolstern — etwa wie Hermann Göring —, als der Krieg verloren zu sein schien. Allerdings war er schlauer als Göring, denn es gelang ihm, sich als Kriegsverbrecher rechtzeitig aus dem Staube zu machen. Fast mit Sicherheit stammt das Gold aus den Tresoren norwegischer Banken, obwohl sich dies wahrscheinlich niemals nachweisen lassen wird. Und ein Mann, dem alle Hilfsmittel der deutschen Marine zur Verfügung standen, hat bestimmt ohne Schwierigkeiten eine so großartig abgelegene Stelle wie Perleporten auf der Bäreninsel aussuchen und die Beute dorthin transportieren lassen können. Wahrscheinlich im U-Boot. Das ist jedoch unwesentlich.

Aber nicht nur das Gold wurde nach Perleporten geschafft, und deswegen ist Mary Stuart hier. Für das Nest des Papas waren gewöhnliche Federn nicht genug, es mußten Schwanendaunen sein. Diese Schwanendaunen bestanden fast mit Sicherheit aus Bankobligationen oder sonstigen Wertpapieren, die er sich in der Mitte der dreißiger Jahre verschafft hatte — ich will hier nicht von Erwerb reden. Solche Wertpapiere sind sogar heute noch durchaus einlösbar. Vor kurzem wurde ein Versuch unternommen, solche Wertpapiere im Wert von 30 Millionen Pfund über die Auslandsbörse zu verkaufen, aber die Deutsche Bundesbank wollte nicht mitspielen, weil die Eigentumsverhältnisse nicht geklärt waren. Diesmal aber wäre es wohl kein Problem, den Eigentümer nachzuweisen, nicht wahr, Heissman?«

Heissman sagte weder ja noch nein.

»Und wo befinden sie sich?« fragte ich. »Säuberlich in die Attrappe eines Eisenbarrens eingeschweißt?« Da er noch immer nicht sehr entgegenkommend reagierte, fuhr ich fort: »Tut nichts zur Sache, wir werden sie finden. Und dann werden Sie niemals das Vergnügen haben, mitanzusehen, wie Mary Stuarts Vater seine Unterschrift auf diese Dokumente setzt, um zu bestätigen, daß alles seine Richtigkeit hat.«

»Sind Sie dessen so sicher?« entgegnete Heissman. Er hatte seine gewohnte Gelassenheit wiedergefunden, und das bedeutete, daß er tatsächlich sehr gelassen war.

»Wer kann in einer sich verändernden Welt irgendeiner Sache sicher sein? Aber mit dieser Einschränkung, ja.«

»Ich fürchte, daß Sie etwas übersehen haben.«

»Habe ich das?«

»Ja. Wir haben Admiral Hannemann.«

»Ist das der richtige Name von Miss Stuarts Vater?«

»Nicht einmal das wissen Sie?«

»Nein. Es ist ohne Bedeutung. Und nochmals nein, ich habe diese Tatsache nicht übersehen. Ich komme bald darauf zu sprechen, sobald ich mich mit Ihren Freunden befaßt habe. Vielleicht ist das nicht der richtige Ausdruck, denn vielleicht sind sie nicht mehr Ihre Freunde. Ich finde, sie sehen nicht besonders freundlich aus, nicht wahr?«

»Ungeheuerlich!« schrie Gerran. »Absolut ungeheuerlich. Unverzeilich! Teuflisch! Unser eigener Partner!« Er stammelte noch etwas und verstummte dann vor Empörung.

»Verachtungswürdig«, erklärte Goin kühl. »Widerlich.«

»Nicht wahr?« rief ich. »Sagen Sie mir, geht Ihre moralische Entrüstung auf diese Enthüllung von Heissmans abgrundtiefer Falschheit zurück oder lediglich darauf, daß er es unterlassen hat, Sie an den Einnahmen aus dem Verkauf der Wertpapiere zu beteiligen? Geben Sie sich nicht die Mühe, diese Frage zu beantworten, sie ist rein akademisch, denn als Gauner sind Sie ebenso schwarz eingefärbt wie Heissman. Die meisten von Ihnen verwenden einen großen Teil Ihrer Zeit und Ihrer Überlegungen darauf, vor den anderen Mitgliedern des Direktoriums von *Olympus Productions* Ihre eigentliche Tätigkeit zu verbergen. Heissman steht in dieser Hinsicht nicht allein.

Nehmen Sie zum Beispiel den Grafen. Mit allen übrigen verglichen war er ein jungfräulicher Engel, aber sogar er hat in trüben Wassern gefischt. Seit mehr als dreißig Jahren ist er nun Mitglied des Direktoriums und hatte für sein Leben ausgesorgt, weil er sich zufällig in Wien befand, als der Anschluß kam, Gerran Kurs auf die Vereinigten Staaten nahm und Heissman weggezaubert wurde. Heissman wurde weggezaubert, denn das hatte Gerran manipuliert, so daß er das gesamte Kapital der Filmgesellschaft mit sich außer Landes nehmen konnte. Gerran hat nie gezögert, wenn es sich darum handelte, einen Freund zu verkaufen.

Eins aber war Gerran nicht bekannt, was hingegen der Graf wußte, aber sorgfältig vor ihm verbarg, daß nämlich Heissmans Verschwinden ganz auf Freiwilligkeit beruhte. Heissman war schon seit einiger Zeit Angehöriger des deutschen Geheimdienstes, und sein Wahlvaterland brauchte ihn. Sein Wahlvaterland wußte aber auch nicht, daß Rußland ihn schon zuvor für sich gewonnen hatte, aber das hat mit dem wesentlichen Punkt nichts zu tun: daß nämlich Gerran glaubte, einen Freund um des Geldes willen betrogen zu haben, der Graf aber davon wußte. Es wird schwer sein, dem Grafen etwas nachzuweisen, und da er von Natur aus nicht habgierig ist und nie mehr verlangte als sein Gehalt, gibt es keinen Anhaltspunkt, ihm Erpressung nachzuweisen; deswegen habe ich ihn ausgesucht, um ihn als Kronzeugen gegen seine Kollegen im Direktorium auftreten zu lassen — und er ist einverstanden.«

Heissman bedachte nun den Grafen mit den gleichen Blicken wie Gerran und Goin.

»Oder nehmen wir einmal Gerran«, fuhr ich fort. »Jahre hindurch hat er die Firma um große Geldsummen betrogen und sie an den Rand des Bankrotts gebracht.« Nun waren Heissman und der Graf an der Reihe, Gerran anzustarren. »Oder nehmen wir Goin. Er hat diese Veruntreuung entdeckt und daraufhin zwei oder drei Jahre lang Gerran erpreßt und nun ihn ausgenommen. Alles in allem stellen Sie den unerfreulichsten, skrupellosesten und übelsten Haufen dar, dem zu begegnen ich jemals das Pech hatte. Aber damit habe ich nicht einmal die Oberfläche Ihrer Niedertracht angekratzt, nicht wahr? Oder die Niedertracht eines unter Ihnen. Wir haben uns bisher noch nicht mit der Person befaßt, die für die gewaltsamen Todesfälle verantwortlich ist. Der Betreffende ist natürlich einer von Ihnen. Ich bin überzeugt, daß er geisteskrank ist und seine Tage in einer Irrenanstalt beenden wird. Ich muß allerdings zugeben, daß in seinem Denken und Handeln eine Logik lag, die von der eines Wahnsinnigen weit entfernt war. Aber die lebenslängliche Einweisung in eine Anstalt steht fest — die Abschaffung der Todesstrafe ist nur zu bedauern. Es kann sehr gut sein, und das wäre für Sie die größte Hoffnung, Gerran, daß Sie nach Ihrer Einweisung nicht mehr lange zu leben haben.« Gerran antwortete nichts, und sein Gesichtsausdruck blieb unverändert. So fuhr ich fort: »Für Ihre angeheuerten Mörder, Jungbeck und Heyter, wartet natürlich die Verurteilung auf Lebenszeit in Gefängnissen mit einem Maximum an Sicherheit.«

Die Temperatur in dieser eisigkalten Metallgruft war viele Grade unter den Nullpunkt gesunken, aber keiner schien es zu spüren. Das klassische Beispiel der Überlegenheit des Geistes über die Materie, und selten war der Geist von Menschen so ausschließlich und fast bis zur Besessenheit in Bann geschlagen wie bei diesen Männern in einer solch unheimlichen und fremden Umgebung.

»Otto Gerran ist ein böser Mensch«, erklärte ich, »und die Ungeheuerlichkeit seiner Verbrechen ist kaum zu begreifen. Dennoch wäre zuzugeben, daß er ein verhängnisvolles Glück in der Wahl seiner Geschäftspartner hatte. Diese Partner müssen zu einem Teil für die Ereignisse zur Verantwortung gezogen werden, denn ihre grenzenlose Habgier, ihr Egoismus haben Gerran in eine Ecke getrieben, aus der er nur entkommen konnte, indem er zu den verwegensten Mitteln griff.

Wir haben bereits festgestellt, daß drei von Ihnen Gerran im Verlauf der Jahre unaufhörlich erpreßt haben. Seine anderen beiden Kollegen im Direktorium, seine Tochter und Stryker, beteiligten sich begeistert an diesem inzwischen sehr beliebten Zeitvertreib. Sie gingen jedoch bei ihren Erpressungen von einer ganz anderen Grundlage aus. Diese Grundlage kann ich bisher noch nicht beweisen, aber ich glaube, daß man die Tatsachen im Laufe der Zeit aufdecken wird. Es handelt sich um einen Autounfall in Kalifornien vor mehr als zwanzig Jahren. Zwei Wagen waren beteiligt. Der eine von ihnen gehörte Lonnie Gilbert, und in ihm saßen drei Frauen — seine Frau und zwei Töchter, die damals offenbar alle dem Alkohol stark zugesprochen hatten. Der andere Wagen gehörte den Strykers — aber die Strykers saßen nicht in ihrem Wagen. Die beiden Leute, die in ihm saßen, hatten ebenso wie Lonnies Familie an der gleichen Party in Strykers Haus teilgenommen, und ebenso wie diese befanden sie sich in einem Zustand schwerer Trunkenheit. Es waren Gerran und Neal Divine. Stimmt's, Gerran?«

»Von diesem ganzen Unsinn kann nichts bewiesen werden.«

»Noch nicht. Gerran saß damals am Steuer, aber als sich Divine von den Folgen des Unfalls erholt hatte, war er überzeugt — zweifellos hatte Gerran da seine Hand im Spiel —, er habe am Steuer gesessen. Seit Jahren lebt nun Divine mit dem Bewußtsein, daß er seinen Freispruch von der Anklage fahrlässiger Tötung lediglich Gerrans Schweigen verdankt. Aus den Gehaltslisten geht hervor . . .«

»Wo haben Sie die Gehaltslisten her?« fragte Goin.

»Aus Ihrer Schlafkammer, wo ich auch Ihre interessanten Bankauszüge gefunden habe. Aus den Gehaltslisten geht hervor, daß Divine Jahre hindurch nur einen Hungerlohn erhalten hat. Unser Otto ist bewundernswürdig. Er bürdet einem Menschen nicht nur die Verantwortung für Todesfälle auf, die er selbst verschuldet hat, sondern versetzt dabei diesen Mann auch noch in die Stellung eines Sklaven und Almosenempfängers. Der Erpreßte hat auf eigene Rechnung selber erpreßt. Das ergibt auf der ganzen Linie ein hübsches Bild, nicht wahr?

Aber die Strykers wußten, wer den Unfall wirklich verursacht hatte, denn bei der Abfahrt hatte Gerran am Steuer gesessen. So verkauften sie ihr Schweigen gegen Stellungen im Direktorium von

Olympus Productions und gegen weit überhöhte Gehälter. Eine wirklich reizende Gesellschaft! Wissen Sie auch, daß dieses Ungeheuer tatsächlich versucht hat, Lonnie heute nacht ermorden zu lassen? Warum? Weil Judith Haynes kurz vor ihrem Tod die Wahrheit über die Umstände des Autounfalls berichtet hat. So wäre Lonnie natürlich, so lange er lebte, für Gerran eine Gefahr gewesen.

Ich weiß nicht, wer diese Filmexpedition als Tarnung für den Goldraub vorgeschlagen hat. Wahrscheinlich Heissman. Es ist auch unwesentlich. Wesentlich hingegen ist, daß Gerran in diesem Unternehmen eine einzigartige und wahrscheinlich niemals wiederkehrende Gelegenheit sah, alle seine Schwierigkeiten auf einen Schlag zu lösen. Diese Lösung war einfach — seine fünf Partner liquidieren, einschließlich seiner Tochter, die er ebensosehr haßte wie sie ihn. So heuerte er zwei Mörder an, Heyter und Jungbeck — an diesem Anheuern gibt es keinen Zweifel, denn ich habe heute nachmittag zweitausend Pfund in Fünfpfundscheinen in Jungbecks Koffer gefunden: zwei angebliche Schauspieler, von denen außer Gerran noch niemand jemals etwas gehört hatte.

Auf jeden Fall hätte Gerran mit einem Schlag reinen Tisch gemacht. Er wäre die Leute losgewesen, die er haßte und die ihn haßten. Durch ihren Tod hätte er Zeit genug gewonnen, um seine Betrügereien zu tarnen. Außerdem hätte er eine große Versicherungssumme kassiert und mit Hilfe gefälliger Wirtschaftsprüfer, die genauso käuflich sind wie die meisten Menschen, wieder in die schwarzen Zahlen gelangen können. Vor allem aber wäre er für alle Zeit von der unaufhörlichen Erpressung befreit gewesen, der sein Leben unterworfen war, und die seinen Geist verdunkelte, bis er die Grenze zum Wahnsinn überschritt.« Ich sah Goin an. »Begreifen Sie jetzt, was ich mit meinen Worten meinte, ohne mich wären Sie bis zum Ende der Woche ein toter Mann?«

»Ja, ja, ich glaube wohl. Es bleibt mir nichts übrig, als Ihnen zu glauben.« Er sah Gerran ein wenig verwundert an. »Aber wenn er es nur auf das Direktorium abgesehen hatte . . .«

»Warum dann andere sterben mußten? Pech, fehlerhafte Durchführung, oder es ist ihm ganz einfach jemand in den Weg gekommen. Das erste Opfer sollte der Graf sein, und da setzte das Pech ein. Nicht das des Grafen — Antonios. Wenn man Gerrans Vergangenheit durchstöbert, so entdeckt man einen vielseitig begabten Menschen. Zu den ungewöhnlicheren Kenntnissen gehörten solche, die zur Chemie oder zur Medizin in Verbindung standen: Gerran versteht sich auf Gifte. Er besitzt auch wie so viele dicke Leute eine außerordentliche Begabung für Taschenspielerei. An dem Abend, an dem Antonio starb, wurde das Essen wie gewöhnlich von dem Nebentisch am oberen Ende des großen Tisches, an dem Gerran saß, ausgegeben. Gerran hat etwas Akonitin auf den Meerrettich auf dem für den Graf bestimmten Teller gestreut — nur eine Prise war erforderlich. Der arme Antonio hatte das Unglück, daß der Graf eine tiefe Abneigung gegenüber Meerrettich hegt und den seinen an den vegetarischen Antonio weitergab. So ist Antonio gestorben.

Gleichzeitig versuchte er Heissman zu vergiften. Aber Heissman fühlte sich an diesem Abend nicht in Höchstform, stimmt's, Heissman? Sie werden sich daran erinnern, daß Sie, ohne Ihr Essen angerührt zu haben, den Tisch in aller Eile verließen. Der sparsame Haggerty schüttete den Inhalt dieses offensichtlich nicht angerührten Tellers anstatt in den Abfalleimer wieder zurück in den Kochtopf, aus dem die beiden Stewards, Scott und Moxen, später am Abend ihre Portionen erhielten — und aus dem der Herzog heimlich ein paar Bissen klaute. Drei wurden sehr krank, zwei sind gestorben — und das alles nur durch Pech.«

»Übersehen Sie dabei nicht die Tatsache, daß Gerran selber Vergiftungserscheinungen aufwies?« fragte der Graf.

»Das war auch der Fall. Aber von eigener Hand. Um jeden Verdacht von sich abzulenken. Allerdings hat er kein Akonitin benutzt — er brauchte nur ein verhältnismäßig harmloses Brechmittel und etwas Schauspielerei. Nebenbei gesagt hat mich Gerran aus diesem Grunde auf einen Rundgang durch die *Morning Rose* geschickt — nicht etwa um den Stand der Seekrankheit festzustellen, sondern um zu sehen, wer sonst durch Zufall mit dem Gift in Berührung gekommen sein mochte. Als er von Antonios Tod hörte, war seine Reaktion ungewöhnlich heftig — damals ist mir allerdings die Bedeutung nicht klargeworden.

Im weiteren Verlauf des Abends nahm die Angelegenheit noch eine andere tragische Wendung. In meiner Abwesenheit haben zwei Leute meine Kabine durchsucht — der eine entweder Jungbeck oder Heyter, der andere war Halliday.« Ich sah Heissman an. »Er war doch Ihr Mann, nicht wahr?«

Heissman nickte schweigend.

»Heissman war mir gegenüber mißtrauisch. Er wollte meine Zuverlässigkeit nachprüfen und durchsuchte meine Koffer — oder richtiger, er ließ sie durch Halliday durchsuchen. Auch Gerran war argwöhnisch, und einer seiner Killer entdeckte dabei, daß ich einen Artikel über Akonitin gelesen hatte. Für Gerran bedeutete nun ein

Toter mehr oder weniger nicht allzuviel, und so entschloß er sich, mich zu liquidieren, wobei er sich seines bevorzugten Liquidierungsmittels bediente — Gift. In einer Flasche Whisky. Es war Hallidays Unglück, der sich eingeschlichen hatte, um festzustellen, ob er die Hand auf meine Arzttasche legen könnte, die ich mit in den Speiseraum genommen hatte, daß er den für mich bestimmten Nachttrunk trank.

Die anderen Todesfälle sind leicht zu erklären. Als wir nach Smithy suchten, schlugen Jungbeck und Heyter Allen nieder und brachten Stryker bei seinem plumpen Versuch, Allen etwas anzuhängen, um. Im Verlauf der Nacht leitete Gerran die Hinrichtung seiner eigenen Tochter ein. Er war mit Jungbeck zusammen auf Wache, und nur während dieser Zeit hat der Mord geschehen können.« Ich sah Gerran an. »Sie hätten das Fenster Ihrer Tochter überprüfen sollen — ich hatte es festgeschraubt, so daß niemand von außen eindringen konnte. Ich hatte auch bemerkt, daß mir eine Injektionsnadel und ein Röhrchen mit Morphium gestohlen worden war. Das alles brauchen Sie nicht zuzugeben — Jungbeck und Heyter werden wie Kanarienvögel singen.«

»Ich gebe alles zu.« Gerran sprach mit überwältigender Ruhe. »Jede Einzelheit ist richtig. Nur sehe ich nicht, daß Sie davon einen Nutzen haben werden.« Ich habe schon erwähnt, daß er eine große Begabung für Taschenspielerei besaß, und nun wollte er es beweisen. Die sehr unangenehm aussehende, schwarze, kleine Pistole, die er in seiner Hand hielt, schien sich dort aus dem Nichts materialisiert zu haben.

»Ich verstehe nicht, welchen Nutzen Sie davon haben werden«, erwiderte ich. »Schließlich haben Sie soeben zugegeben, daß Sie in allem, was ich Ihnen vorgeworfen habe, schuldig sind.« Ich stand unmittelbar unter der Luke des Kommandoturms, wohin ich ganz bewußt und mit Vorbedacht gleich nach unserer Ankunft getreten war, und so konnte ich einiges sehen, was Gerran verborgen blieb. »Wo befindet sich Ihrer Ansicht nach jetzt die *Morning Rose?*«

»Was soll das?« Seine schwammige kleine Hand, die sich fester um den Pistolengriff schloß, gefiel mir nicht sehr.

»Sie ist niemals weiter als bis nach Tunheim gelangt, wo andere Leute sind, die auf eine Nachricht von mir warten. Gewiß, sie haben nicht unmittelbar durch Funk von mir hören können, denn Sie haben einen Ihrer starken Männer die Funkanlage des Trawlers zerstören lassen, nicht wahr? Aber bevor die *Morning Rose* von hier ablegte, habe ich an Bord eine Funkanlage zurückgelassen, die auf einen

Peilsender anspricht. Diese Leute haben klare Anweisung, was sie in dem Augenblick zu tun haben, in dem die Funkanlage durch den Peilsender Signale empfängt. Er sendet jetzt seit fast neunzig Minuten. An Bord dieses Trawlers befinden sich norwegische wie britische Soldaten und Polizeibeamte. Richtiger, dort befanden sie sich. Jetzt sind sie an Bord dieses Fahrzeugs. Sie können sich auf mein Wort verlassen. Sonst gibt es nur nutzloses Blutvergießen.«

Gerran verließ sich nicht auf mein Wort. Er trat schnell vor und hob seine Pistole, während er zum Kommandoturm hinaufspähte. Sein Unglück war, daß er, als er in die Dunkelheit hinaufblickte, an einer hell erleuchteten Stelle stand. Das Krachen eines Schusses, in diesem engen Raum sehr schmerzhaft für die Ohren, fiel mit seinem Schrei zusammen, dem ein metallisches Scheppern folgte, als die Pistole seiner blutüberstömten Hand entfiel und auf einem Barren aufschlug.

»Das tut mir leid«, rief ich. »Sie haben mir nicht genug Zeit gelassen, um Ihnen zu sagen, daß es sich um ausgesuchte Leute handelt.«

Vier Männer stiegen in den Rumpf des Schiffes hinab. Zwei trugen Zivil, zwei Uniformen des norwegischen Heeres. Einer der Zivilisten sagte zu mir: »Dr. Marlowe?« Ich nickte, und er fuhr fort: »Inspektor Matthewson. Und dies ist Inspektor Nielsen. Wir sind offenbar gerade zur rechten Zeit gekommen?«

»Ja, vielen Dank.« Nicht rechtzeitig genug, um Antonio und Halliday, die beiden Stewards, Judith Haynes und ihren Mann zu retten. Aber das war allein meine Schuld. »Sie sind wirklich sehr pünktlich eingetroffen.«

»Wir sind schon seit einer Weile hier. Wir haben gesehen, wie Sie unter Deck gingen. Wir sind in einem Gummiboot ans Ufer gekommen, von einer Stelle nördlich der Insel Makehl. Kapitän Imrie konnte sich nicht sehr mit dem Gedanken anfreunden, bei Nacht in der Bucht von Sorhamna einzulaufen. Ich glaube, er sieht nicht sehr gut.«

»Aber ich!« Die rauhe Stimme kam von oben. »Die Pistole wegwerfen! Wegwerfen oder ich schieße.« Heyters Stimme klang sehr überzeugend. Nur einer hatte eine Pistole in der Hand, der Soldat, der auf Gerran geschossen hatte, und er ließ sie auf einen scharfen Befehl des norwegischen Inspektors hin ohne Zögern fallen. Heyter stieg, vorsichtig um sich blickend, nach unten, während sich seine Pistole in einem leichten Bogen hin und her bewegte.

»Gut gemacht, Heyter, gut gemacht!« Gerran stöhnte vor Schmerz.

»Gut gemacht?« rief ich. »Wollen Sie für noch einen Toten die Verantwortung übernehmen? Wollen Sie, daß dies das letzte ist, was Heyter jemals tut, ob gut oder schlecht?«

»Zu spät für Worte.« Gerrans rötliches Gesicht war grau geworden, das Blut tropfte unaufhörlich auf das Gold. »Zu spät.«

»Zu spät? Sie Idiot, ich wußte, daß Heyter bewegungsfähig war. Sie haben vergessen, daß ich Arzt bin, wenn auch kein besonders guter. Er hatte einen arg zerschundenen Knöchel in seinem dicken Lederstiefel. So etwas ist nur die Folge eines komplizierten Bruches. Aber einen solchen Bruch gab es nicht. Bei einem verstauchten Knöchel platzt die Haut nicht. Also eine sich selber beigebrachte Verletzung. Wie beim Mord an Stryker, wie beim Mord an Smith — ein geradezu sträflicher Mangel an Phantasie. Sie haben ihn umgebracht, nicht wahr, Heyter?«

»Ja.« Er richtete seine Pistole auf mich. »Ich bringe gern Menschen um.«

»Lassen Sie die Pistole fallen oder Sie sind ein toter Mann.«

Er verwünschte mich, haßerfüllt und voller Verachtung, und fluchte noch immer, als die rote Rose in der Mitte seiner Stirn aufblühte. Der Graf senkte seine Beretta, aus deren Lauf noch immer schwarzer Rauch aufstieg, und sagte entschuldigend: »Nun, ich war ein polnischer Graf. Aber man gerät außer Übung, wissen Sie.«

»Das sehe ich«, antwortete ich. »Ein gemeiner Schuß, aber er verdient wohl eine königliche Begnadigung.«

Auf der Pier bestanden die Polizeiinspektoren darauf, Goin, Heissman und sogar dem verwundeten Gerran Handschellen anzulegen. Ich überzeugte sie davon, daß der Graf keine Gefahr darstellte, und überredete sie dazu, mich ein Wort mit Heissman sprechen zu lassen, während sie sich auf den Weg zur Hütte machten. Als wir allein waren, sagte ich: »Das Wasser im Hafen ist kälter als der Gefrierpunkt. Mit dieser schweren Kleidung und den Gelenken in Handschellen auf dem Rücken sind Sie in dreißig Sekunden tot. Das ist der Vorteil, Arzt zu sein, man kann in diesen Dingen ziemlich sichergehen.« Ich ergriff seinen Arm und stieß ihn auf die Kante der Pier zu.

»Sie haben Heyter absichtlich töten lassen, nicht wahr?« rief er mit erregter Stimme.

»Natürlich. Wußten Sie das nicht — in England gibt es keine Todesstrafe mehr. Hier oben ist das kein Problem. Leben Sie wohl, Heissman!«

»Ich schwöre es! Ich schwöre es!« Seine Stimme war ein Schrei. »Ich sorge dafür, daß Mary Stuarts Eltern entlassen werden und in Sicherheit wieder zusammenkommen. Ich schwöre es! Ich schwöre es!«

»Es ist Ihr Leben, Heissman.«

»Ja.« Ein heftiger Schauer überlief ihn, und es lag nicht am bitterkalten Wind. »Ja, das weiß ich.«

Die Stimmung in der Hütte war außerordentlich still und bedrückt. Das rührte, wie ich annahm, von jener Reaktion her, die der unvermeidliche Begleiter jeder tiefen und noch immer ungläubigen Erleichterung ist. Matthewson hatte ganz offensichtlich die Dinge ins rechte Licht gerückt.

Jungbeck lag am Boden, seine rechte Hand umklammerte seine linke Schulter, und er stöhnte wie in großem Schmerz. Ich sah Conrad an, der auf den Mann am Boden hinabblickte und dann auf die Glassplitter auf der Erde deutete.

»Ich habe nach Ihrem Wunsch gehandelt«, erklärte er. »Leider ist die Flasche zerbrochen.«

»Das bedauere ich«, antwortete ich. »Schade um den Whisky.« Ich sah Mary Darling an, die heftig schluchzte, und Mary Stuart, die versuchte, sie zu trösten, aber kaum weniger unglücklich aussah. Vorwurfsvoll sagte ich: »Tränen, vergebliche Tränen, meine beiden Marys. Jetzt ist alles vorbei.«

»Lonnie ist tot.« Große verschleierte Augen sahen mich verzweifelt hinter den großen Brillengläsern an. »Vor fünf Minuten. Er ist einfach eingeschlafen.«

»Das tut mir leid«, sagte ich. »Aber keine Tränen für Lonnie. Seine Worte, nicht die meinen. ›Er haßt den, der ihn auf die Folter dieser bösen Welt noch länger spannen wollte.‹«

Verständnislos sah sie mich an. »Hat er das gesagt?«

»Nein. Ein Kerl mit Namen Kent.«

»Er hat etwas anderes gesagt«, berichtete Mary Stuart. »Er hat gesagt, wir sollten dem Samariter mitteilen — ich nehme an, er meinte Sie —, er solle seinen Penny mitbringen, um in einer Bar um die erste Runde zu losen. Das habe ich nicht verstanden. Eine Bar mit billigem Ale.«

»Sollte er das Fegefeuer gemeint haben?«

»Das Fegefeuer? Ach, ich weiß nicht. Ich sehe gar keinen Sinn darin.«

»Ich schon«, sagte ich. »Ich werde meinen Penny nicht vergessen.«